Rosemarie Marschner

Das Jagdhaus

Roman

Deutscher Taschenbuch Verlag

Von Rosemarie Marschner
sind im Deutschen Taschenbuch Verlag erschienen:
Nacht der Engel (20286)
Die Insel am Rande der Welt (24231)
Das Bücherzimmer (24403)

FSC
Mix
Produktgruppe aus vorbildlich
bewirtschafteten Wäldern und
anderen kontrollierten Herkünften
Zert.-Nr. GFA-COC-1298
www.fsc.org
© 1996 Forest Stewardship Council

Der Inhalt dieses Buches wurde auf einem nach den
Richtlinien des Forest Stewardship Council zertifizierten
Papier der Papierfabrik Munkedal gedruckt.

Originalausgabe
November 2005
2. Auflage Januar 2006
© 2005 Deutscher Taschenbuch Verlag GmbH & Co. KG,
München
www.dtv.de
Umschlagkonzept: Balk & Brumshagen
Umschlaggestaltung: Stephanie Weischer
unter Verwendung des Gemäldes ›The Quiet Room‹
von Sir George Clausen/Crawford Municipal Art Gallery,
Cork, Ireland/© Bridgeman Giraudon
Satz: Greiner & Reichel, Köln
Gesetzt aus der Sabon 10,25/13·
Druck und Bindung: Kösel, Krugzell
Gedruckt auf säurefreiem, chlorfrei gebleichtem Papier
Printed in Germany
ISBN-13: 978-3-423-24501-2
ISBN-10: 3-423-24501-8

Erstes Buch

Die Taufe

I

Wenn Antonia Bellago in späteren Jahren auf ihr Leben zurückblickte, kam es ihr vor, als habe es, ohne daß sie es damals bemerkt hätte, in ihrem neunundzwanzigsten Lebensjahr eine Zäsur gegeben. Die Schatten von draußen rückten näher und verdunkelten allmählich die Tage, die bisher so licht und sorglos gewesen waren.

»Dieses Kind ist so alt wie der Krieg«, hatte der Pfarrer bei der Taufe gesagt, aus deren Anlaß sich Antonias Familie versammelt hatte. Gerade so viele waren sie, daß jeder von ihnen am Rande des sechseckigen Marmorbeckens Platz fand, in das der Mesner kurz vorher erwärmtes Taufwasser gegossen hatte. Antonia, die junge Mutter, stand neben dem Pfarrer. Sie hielt das Taufkind in den Armen, das in wenigen Augenblicken den Namen Elisabeth erhalten sollte, seit seiner Geburt aber bereits von allen Lilli genannt wurde.

Zur allgemeinen Erleichterung schlummerte Lilli sanft. Nur von Zeit zu Zeit öffnete sie kurz die Augen, seufzte leise und schlief dann sofort wieder ein. Ein Teil der Anwesenden erinnerte sich bei ihrem friedlichen Anblick daran, daß die Taufe von Lillis älterer Schwester sieben Jahre zuvor wesentlich turbulenter verlaufen war. Die kleine Enrica, die damals das gleiche spitzenbesetzte Taufkleid trug wie heute Lilli, hatte während der ganzen Zeremonie ohne Unterbrechung durchdringend gebrüllt. Erst als alles vorbei war, verstummte sie und war von da an den ganzen Tag der liebenswürdigste Säugling, den man sich nur vorstellen konnte. Ihr lautstarker Auftritt diente seither in Pfarrkreisen dazu, besorgte Eltern zu beruhigen, wenn sie fürchteten, ihr Kind könnte durch sein Geschrei das Taufritual stören. »Da gab es einmal eine Enrica«, erklärte man ihnen dann mit einer Stimme, als spräche man von der mittelalterlichen Pest. »Die hätten Sie hören sollen!« Heute allerdings stand Enrica im weißen Kleidchen zwischen ihren Eltern, seltsam gerührt, als wäre sie selbst eine kleine Mutter. Alle Anwesenden hatten gehört, was sie mit leuchtenden Augen geflüstert hatte, als der weißgewandete Geistliche im Gegenlicht die Kirche betrat: »Da kommt ja der liebe Gott!«

Auch der Pfarrer hatte es vernommen und daraufhin selbstgefällig gelächelt. Sein Familienname war »Herrn«, und jedesmal, wenn die Gläubigen das Lied ›Lobet den Herrn‹ anstimmten, lächelte er so wie eben, als würde ihm eine Ehrenbezeigung erbracht, auf die er ein Anrecht hatte. Die Gemeinde schmunzelte darüber, wenn auch zunehmend verdrossen, da es kaum noch eine Messe des Pfarrers gab, bei der er das Lied nicht singen ließ.

Neben Antonia stand ihr Mann Ferdinand Bellago, mit dem sie seit acht Jahren verheiratet war. Daß das zweite Kind wieder ein Mädchen war, spielte weder für Ferdinand noch für die übrige Familie eine Rolle, obwohl die gegenwärtige öffentliche Meinung Söhne eindeutig favorisierte. Auf diesbezügliche Bemerkungen antwortete Ferdinand: »Hauptsache gesund!«, was zwar die meisten Väter in einem solchen Fall sinngemäß zu sagen pflegten, doch Ferdinand Bellago verspürte tatsächlich keinerlei Bedauern. Während er nun am Taufbecken stand und den Arm um die Schultern seiner Frau legte, dachte er daran, daß sie elf Jahre jünger war als er, doch beide hatten den Altersunterschied nie wirklich wahrgenommen. Und auch in ihrem Bekanntenkreis bildete er kein Thema. Ferdinand und Antonia Bellago galten einfach nur als schönes, angenehmes Paar, das man gern bei sich zu Hause empfing – besonders Antonia, denn sie war lebhaft und nahm regen Anteil an den Tischgesprächen.

Als der Pfarrer nun mit einem Kopfnicken ans Taufbecken trat, übergab Antonia den Täufling an den Paten Thomas Harlander – Juniorpartner in Ferdinand Bellagos Anwaltsbüro. Die Bellagos hatten ihm die Patenschaft angetragen, um ihn noch enger an die Familie und die Kanzlei zu binden. Er nahm es mit Humor und bemerkte nur ganz nebenbei, daß er sich für eine derartige Würde eigentlich noch nicht gesetzt genug fühle.

Fünf weitere Personen nahmen an der Taufe teil: Ferdinands und Antonias Eltern sowie Antonias jüngerer Bruder Peter, der noch aufs Gymnasium ging. Ihre nächsten Angehörigen standen hier vereint beieinander, dachte Antonia, während ihr Blick von einem zum anderen wanderte. Eigentlich hatten die beiden Familien nicht viel miteinander gemein, doch in den zwei kleinen Mädchen verband sich ihr unterschiedliches Erbe.

»Dieses Kind ist so alt wie der Krieg«, wiederholte der Pfarrer, und wie beim ersten Mal zuckte Antonia zusammen. Es hätte ein so schönes Fest werden können, dachte sie, wenn der Pfarrer es nicht mit diesem einen Satz zunichte gemacht hätte, der daran erinnerte, daß es außerhalb dieser Familie noch eine andere Welt gab, die ihr Glücksgefühl über die Ankunft eines neuen kleinen Menschenwesens nicht teilen konnte. Panzer, die ein schwaches Land überrollten. Flugzeuge, die ihre tödliche Fracht abwarfen. Gewehrkolben, die Türen einschlugen. Gewalt gegenüber hilflosen Menschen, kaum vorstellbar für jene, die noch im Frieden lebten und sich wünschten, daß es ewig so bliebe.

Dieses Kind ist so alt wie der Krieg… Meine arme kleine Lilli, dachte Antonia: Elisabeth Bellago, gerade sechzehn Tage alt, so zart noch, so verletzlich, daß man beim Baden Angst hatte, dem winzigen Körper ein Leid anzutun. Ein ganz junges Leben, ohne jede Schuld. Niemand hatte das Recht, es mit dem

Krieg in Verbindung zu bringen, diesem Urverbrechen der Menschheit, das alle anderen Schandtaten weit übertraf.

Wie es in der Familie Bellago üblich war, hatte Lillis Geburt zu Hause stattgefunden, da man das Risiko nicht eingehen wollte, daß in der Klinik die Gebärende den Kreißsaal mit anderen Frauen zu teilen hätte – eine Nähe, der man sie nicht aussetzen wollte. Die Bellagos waren im allgemeinen auf Distanz bedacht, auch wenn sie mindestens einmal die Woche Gäste hatten und noch häufiger selbst eingeladen waren. Trotzdem wagte niemand, Franz Josef Bellago seinen Freund zu nennen, und ebensowenig konnte sich eine der Damen der Gesellschaft damit brüsten, daß die alte Frau Doktor ihr jemals ein Geheimnis anvertraut, sie um Rat gebeten oder sich auch nur einen Scherz über die eigene Familie erlaubt hätte. Trocken seien sie, die älteren Bellagos, hieß es, staubtrocken, und bevor seine Heirat ihn offener gemacht hatte, habe es so ausgesehen, als ob auch der Sohn auf dem besten Weg wäre, ihrem Beispiel zu folgen.

Im Gegensatz zu ihren Schwiegereltern galt Antonia Bellago als heiter und aufgeschlossen, so daß sie nicht in die provinzielle Enge der kleinen Stadt zu passen schien, in die ihre Heirat sie verschlagen hatte. Sie war stets freundlich, und wenn man sie nach ihrer persönlichen Meinung fragte, antwortete sie offen und mit Gefühl. Sie war ein Gewinn für diese Familie, dessen war man sich sicher. Eine Rose zwischen lauter Dornen, hatte ein heimlicher Verehrer sie einmal genannt, und wer sich der Bellago-Villa mit ihren hohen Zaunspitzen und der einschüchternden Hausfront näherte, atmete auf, wenn ihm die junge Frau lächelnd entgegenkam und ihn willkommen hieß.

Die Geburt war ohne Komplikationen verlaufen. Antonia erholte sich schnell. Ihre Schwiegermutter achtete darauf, daß der Schlaf der jungen Mutter durch das Neugeborene nicht gestört wurde. Lillis Kinderzimmer lag mehrere Türen vom Schlafgemach ihrer Eltern entfernt. Es war das Reich der Kinderfrau Fanni, die schon Enrica aufgezogen hatte und der alle blind vertrauten, wie die vermögenden Stadtleute schon seit Generationen ihre Kinder in die Obhut der jungen Bauerntöchter aus dem Umland gaben. Bereits sieben Jahre lebte Fanni im Haus, fast so lang wie Antonia, und sie hatte sich noch nie von irgend jemandem hier einschüchtern lassen.

»Geh'n S', Herr Doktor!« pflegte sie zu antworten, wenn Franz Josef Bellago sie zurechtwies oder sie auf halb spöttische, halb streitbare Art aus der Reserve zu locken suchte. »Geh'n S', Herr Doktor!« – Manchmal kampfbereit mit finster gerunzelten Brauen, manchmal tadelnd, wie niemand sonst es gewagt hätte, doch zuweilen auch wieder verschämt lächelnd, als wäre der alte Herr noch ein junger Mann, der ihr gerade ein Kompliment gemacht hatte. »Geh'n S', Herr Doktor!« Dann drehte er sich scheinbar verärgert um und ließ sie stehen, ohne daß ein Schmunzeln sein heimliches Wohlbehagen verraten hätte.

Ja, staubtrocken waren sie, die alten Bellagos, aber es ließ sich mit ihnen auskommen. Das fand Fanni und das fand auch Antonia. Von Anfang an hatte sie sich in der Familie ihres Mannes wohl gefühlt, die so ganz anders war als ihre eigene. »Geh'n S', Herr Doktor!« tadelte auch sie manchmal ihren Schwiegervater und imitierte Fannis Lächeln und ihre kokette Schulterdrehung. Dann kam es vor, daß er doch ein wenig schmunzelte und sich insgeheim eingestand, daß sein Sohn – dieser lahme Knochen, der so lange gebraucht hatte, bis er endlich die Richtige fand! – eine akzeptable Wahl getroffen hatte.

Eine angenehme Zeit hatte man bisher miteinander verbracht. Das kleine Mädchen im Taufkleid aus Brüsseler Spitze wurde in eine Familie hineingeboren, die Zuneigung und Fürsorge versprach. Gute Wünsche, liebevolle, sollten ihm bei der Taufe mitgegeben werden – nicht der Hinweis darauf, daß dieses verletzliche junge Leben gerade so alt war wie ein jenseits der Grenzen ausgebrochener Krieg.

2

Der weitere Verlauf des Tages wurde vom Naturell Franz Josef Bellagos diktiert, der Völlerei haßte und es verabscheute, seinen asketischen Körper nach einem üppigen Mittagsmahl schon am Nachmittag wieder mit Kaffee und Torte zu traktieren, womit man seiner Auffassung nach dem Gehirn Sauerstoff entzog und die inneren Organe folterte. Ganz zu schweigen von der Verfettung, die sich bei mehrmaliger Wiederholung der kulinarischen Ausschweifung unweigerlich einstellen würde und die der alte Herr verachtete. »Adel hält auf Taille; nur der Pöbel frißt sich satt«, pflegte er sogar in Gesellschaft zu verkünden, was dazu führte, daß seinen Tischgenossen der Appetit verging und die Gastgeberinnen ihn im stillen verfluchten. Seine Frau war die einzige, die ihm einmal widersprach – dies jedoch auch nur in der Abgeschiedenheit des ehelichen Schlafzimmers, wo niemand Zeuge ihrer Auflehnung werden konnte. »Von *sattfressen* kann keine Rede sein«, wandte sie ein. »Die du meinst, sind schon froh, wenn sie und ihre Familien nicht verhungern müssen!« Dabei wandte sie das Gesicht ab, um ihrem Protest die Schärfe zu nehmen. Trotzdem folgte ihren Worten eine unerwartete Stille. »Von diesen Menschen spreche ich nicht, wenn ich Pöbel sage«, antwortete ihr Mann schließlich ungewohnt leise, obwohl er es sonst ablehnte, eigene Behauptungen zu rechtfertigen. »Der Pöbel, den ich meine, frißt sich sehr wohl satt – in jeder Hinsicht und immer ungenierter. Ich frage mich, ob er je den Hals vollbekommen wird.« Da atmete sie erleichtert auf und schlief unverzüglich ein.

In Gesellschaft gab er solche Erklärungen niemals ab, und nur seine unangefochtene Position im Leben der Stadt verhinderte, daß man aufhörte, ihn einzuladen. Manchem schien es dabei, als wollte Franz Josef Bellago mit seinen Bemerkungen austesten, ob man noch immer Angst vor ihm hatte wie schon in seinen besten Jahren, und das, obwohl er nie ein öffentliches Amt bekleidet hatte.

»Angeborene Autorität« nannte er seine Fähigkeit, andere zu überrennen. Schon als sein Sohn Ferdinand sechs Jahre alt war, verwirrte er ihn an seinem ersten Schultag mit der Empfehlung, er solle sich nicht so sehr um Beliebtheit bemühen, ein gewisses Maß an Einschüchterung sei viel effizienter. »Sie müssen ja nicht gleich Angst vor dir haben«, riet er seinem feinfühligen kleinen Sohn, der bereits anfing, an sich selbst zu zweifeln. »Aber zumindest auf Respekt mußt du bestehen, sonst tanzen sie dir bald auf der Nase herum.«

Er erfuhr nie, welchen inneren Kampf er damit bei seinem Sohn auslöste, der im Turnunterricht Schwierigkeiten hatte, das Seil hochzuklettern oder auf dem Reck einen schwungvollen Felgaufschwung zustande zu bringen. Nur seine erstklassigen Noten retteten ihn vor der Verachtung seiner Mitschüler, die ihm seine Position als Klassenprimus nur deshalb nicht neideten, weil sie ihn auf dem höher geachteten sportlichen Feld übertrumpften. So lernte das nachdenkliche Kind frühzeitig und erschreckend bewußt eines der versteckten Gesetze erfolgreichen Wettbewerbs: andere ruhig ihr Gesicht wahren zu lassen und dafür auf dem eigenen Gebiet zu siegen, ohne durch Neid behindert zu werden.

Vielleicht hätte seinem Vater als geborenem Anwalt diese machiavellistische Schlußfolgerung sogar gefallen. Doch er ahnte nichts vom Zwiespalt seines Sohnes. Über die schlechte Zensur im Fach »Leibesübungen« ging er mit einem Achselzucken hinweg. »Hauptsache Köpfchen!« pflegte er jedesmal zu sagen, wenn ihm Ferdinand errötend das Zeugnis vorlegte. Er ahnte nicht, daß der Junge – Schlauheit hin oder her – jede Eins in Latein oder Mathematik freudestrahlend hergegeben hätte, wenn er dafür ein einziges Mal beim Völkerballspiel als erster gewählt worden wäre.

So ging man also anstelle des Nachmittagskaffees spazieren – zu sechst. Die Kinder blieben zu Hause, und der Pate hatte sich bereits auf den Weg nach Wien gemacht, wo er – wie Antonia wußte – eine kleine Freundin hatte, die er niemandem vorstellte, obwohl man sich erzählte, sie sei eine tüchtige Studentin und außerordentlich hübsch. »Eine heimliche Liebschaft«, sagte Antonia lächelnd und ein wenig herausfordernd, als er sich verabschiedete. »Wie romantisch!« Da lächelte er ebenfalls, äußerte aber – wie immer – dazu kein Wort.

Es war ein angenehmer Spätsommertag. Die Blätter der Kastanien fingen an, sich zu verfärben. Manchmal segelte eines langsam zu Boden und trieb im sanften Wind über den Gehsteig. Für Antonia war es das erste Mal seit der Geburt, daß sie wieder spazierenging. Die ungewohnte frische Luft und die Wärme der Sonnenstrahlen berauschten sie fast und erfüllten sie mit einem Glücksempfinden, das durch Sonne und Wind in ihr gleichsam aufgerührt wurde. Sie hatte das Gefühl, einen einzigartigen, vollkommenen Moment zu erleben, den sie in ihrer Erinnerung für immer festhalten wollte: Sie hatte ein Kind geboren. Es war gesund, und sie war es ebenfalls. Ihr Mann ging an ihrer Seite und legte den Arm um ihre Schultern, wie um sie zu beschützen. Er liebte sie, dessen war sie sicher, und sie liebte ihn desgleichen, obwohl er ganz anders war als sie – oder vielleicht sogar deswegen. Ihre Eltern waren da und auch die seinen. Sie redeten miteinander, lachten manchmal, blieben stehen und gingen dann wieder weiter. Und das alles im hellen Sonnenlicht, das durch die Blätter der Kastanien hindurchdrang und den Gehsteig mit leuchtenden, beweglichen Kringeln betupfte! Welch ein Friede, dachte Antonia. Welch ein Friede.

3

Als sie von ihrem Spaziergang zurückkehrten, kam es Antonia jedoch auf einmal so vor, als würden ihre Eltern immer unruhiger. Sie tauschten fragende Blicke, schüttelten dann wieder den Kopf und flüsterten miteinander, als gelte es, eine unangenehme Verpflichtung endlich hinter sich zu bringen.

Sogar Franz Josef Bellago fiel die gespannte Stimmung auf, in der sich seine Gäste befanden. »Habt ihr etwas?« fragte er, direkt wie immer. Er traute den Bethanys nicht über den Weg. Für seinen Geschmack waren sie zu unkonventionell. Aber so mußte ein Hochschullehrer aus dem roten Wien vielleicht sein, in dessen Haus sogar ein Doktor Freud zu Gast gewesen war, der bekanntlich das menschliche Streben auf gewisse intime Regungen zurückführte, über die Franz Josef Bellago nicht zu diskutieren pflegte.

Wieder schauten sich die Bethanys fragend an. Diesmal aber nickten sie. »Allerdings«, räumte Johann Bethany ein. »Wir müssen mit euch reden.«

Franz Josef Bellago starrte ihn mißtrauisch an. »Das verspricht ja nichts Gutes«, murmelte er und wies mit einer einladenden Geste den Weg in den Salon.

»Darf ich dabeisein?« fragte Peter, Antonias Bruder, der, Enrica im Schlepptau, herbeigelaufen war, kaum hatten die Älteren das Haus betreten.

Seine Mutter schüttelte den Kopf. »Lieber nicht«, wimmelte sie ihn ab. »Wir rufen dich später.«

Peters Gesicht war blaß. Antonia spürte seine Anspannung. »Aber es geht doch auch um mich!« rief er. Seine innere Not stand ihm im Gesicht geschrieben. Doch seine Eltern blieben hart. »Spiel mit Enrica!« sagte sein Vater, wobei er seinen Sohn nicht anschaute, vielleicht um den ängstlichen Gesichtsausdruck nicht wahrnehmen zu müssen, mit dem der Junge zu ihm aufblickte.

Die Tür zum Salon wurde geschlossen. Man setzte sich um den schweren Holztisch, der Antonia bei ihrem ersten Besuch an die Tafel einer Ritterburg erinnert hatte. Obwohl sich alle bemühten, gleichmütig zu erscheinen, übertrug sich die Unruhe der Bethanys auch auf die anderen.

»Komm am besten gleich zur Sache!« forderte Franz Josef Bellago seinen Gegenschwieger auf.

Dieser nickte gehorsam. »In Ordnung, ich mache es kurz«,

antwortete er. »Ich komme mit dem neuen Regime nicht zurecht und habe deshalb Schwierigkeiten an der Universität. Und außerdem leide ich an Asthma.«

Franz Josef Bellago starrte ihn fragend an. »Und?« fragte er. »Mir gefallen die neuen Herren auch nicht, und manchmal rumpelt mein Herz.«

Johann Bethany atmete tief ein. Das Ausatmen bereitete ihm einige Schwierigkeiten. »Es geht nicht um gefallen oder nicht gefallen«, entgegnete er. »Ich fürchte, wir sind in Gefahr. Mit einem Wort: Wir müssen fort!«

»Fort wohin?«

Nun mischte sich auch Antonias Mutter in das Gespräch ein. »In meine Heimat«, erklärte sie in fast flehendem Ton. »Nach Italien. Dort soll mein Mann erst einmal seine Krankheit auskurieren. Danach hat sich hier vielleicht schon vieles normalisiert, so daß wir wieder zurückkönnen.«

Antonia schien es, als würde es plötzlich dunkel im Zimmer. »Das könnt ihr doch nicht tun!« rief sie erschrocken. Gerade war sie noch so glücklich gewesen und hatte geglaubt, ihr Leben und das ihrer beiden Familien wäre vollkommen. Und nun saß ihr Vater vor ihr, wollte fort und rang nach Atem, aus Angst, zu ersticken.

Laura Bethany legte besänftigend eine Hand auf die ihres Mannes, die nun zitterte, als er merkte, auf wie wenig Verständnis seine Ankündigung bei den Bellagos stieß. »Langsam, Gianni, langsam«, murmelte Laura Bethany, wobei sie wie immer, wenn sie Angst hatte, das A seines Kosenamens nach Art ihrer Muttersprache in die Länge zog. »Erkläre doch erst alles.«

Johann Bethany wartete darauf, daß jemand ihn ermunterte. Doch alle schwiegen. Sie starrten ihn an, daß er meinte, nur noch Augen zu sehen wie so oft in letzter Zeit, wenn er in seinen Vorlesungen wagte, eine Meinung zu vertreten, die sich von der staatlich relevanten unterschied. Und staatlich relevant war auf einmal fast alles, zumindest kam es ihm so vor: was an öffentlichen Plätzen gesagt wurde und was im kleinen

Kreis; wie die Kinder spielten, was sie sangen und wofür sie sich begeisterten; wie man seine Freizeit verbrachte und was man las; welche Musik man bevorzugte und wie man sich kleidete; was man aß und trank und mit wem man befreundet war. Fehlte nur noch, daß die Schnüffler der Partei sogar in die Schlafzimmer schlichen, um sicherzustellen, daß auch hier das ungeschriebene Gesetz der Partei beachtet wurde: Alles für ihn, den Führer. Einer für alle, alle für einen. Keiner mehr für sich selbst. Individualismus war gefährlich für den gesunden Volkskörper. Es war nicht nötig und nicht erwünscht, sich eigene Gedanken zu machen. Sich zu fragen, ob das alles wirklich so vollkommen war und so moralisch, wie man behauptete. War man tatsächlich ein Volk ohne Raum? War es wirklich unumgänglich, in andere Länder einzudringen, um den eigenen Machtbereich zu erweitern? War es wirklich Recht und Pflicht des Starken, den Schwächeren zu unterwerfen? Und wer entschied, wer der Starke war, der Bessere, der Herrenmensch, dem die Knute gebührte, unter die sich die anderen zu ducken hatten?

»Wie ihr wißt, bin ich Historiker«, sagte Johann Bethany leise. »Alte Geschichte – die Geschichte auch der Demokratie, die ich immer bewundert habe. Ein Ideal vielleicht nur, aber wert, daß man ihm nachstrebt. Soll ich meinen Studenten auf einmal das Gegenteil erzählen? Soll ich meine Meinung verleugnen, nur weil in der letzten Reihe einer sitzt, der alles mitschreibt, was ich sage, und der den Saal noch vor Ende der Vorlesung verläßt?«

»Ein bißchen Klugheit und Vorsicht können nie schaden«, meinte Franz Josef Bellago in dem herablassenden Tonfall, den er sonst für uneinsichtige Prozeßgegner reservierte. »Wir können alle nicht einfach herausplaudern, was uns gerade in den Sinn kommt.«

Johann Bethany atmete tief ein, um sich zu beruhigen. Seine Frau beobachtete ihn besorgt. »Dein Asthma, Gianni!« mahnte sie leise. Doch er schüttelte den Kopf.

»Es geht um Redlichkeit, alter Freund!« Er drehte sich um, ging zum Fenster und schaute hinaus. »Ich kann meine Seele nicht verkaufen.« Er wandte sich wieder um. »Das sind Verbrecher, Franz Josef!« sagte er eindringlich. »Glaubt nicht, daß ihr sie in den Griff bekommen werdet. Glaubt nicht, daß die Macht sie besänftigen wird. Das sind Landsknechte, die Blut gerochen haben. Sie werden niemals aufhören, nach vorne zu stürmen, nicht einmal, wenn sie sich schon den ganzen Erdball untertan gemacht hätten.« Er setzte sich neben seine Frau und ließ zu, daß sie seine Hand mit ihren beiden umschloß. »Unsere Zeit ist krank, darum sind auch die Menschen krank«, murmelte er. »Seit dem Weltkrieg haben sie sich nicht mehr erholt. Auch was sie tun, ist krank. Sie suchen erneut den Krieg. Den Tod. Aber ich kann dem nicht zustimmen. Ich kann nicht zusehen, wie sie in ihr Unglück rennen, und dazu auch noch schweigen – auch nicht aus Klugheit oder Vorsicht!«

Dann berichtete er, wie sich sein Leben in den beiden letzten Jahren verändert hatte. »Alles wird enger und immer enger!« murmelte er. »Haß und Feindschaft, wo früher Arbeitsfreude und Ehrgeiz regierten, Humor und ein wenig Leichtsinn.« Er entzog seiner Frau die Hand und wischte sich mit einem Taschentuch den Schweiß von der Stirn. »Erst ging es nur gegen die Juden«, sagte er leise. »Dann gegen die, die sie verteidigten, und jetzt gegen alle, die eine andere Meinung haben als die Herrschaften in Berlin. Man darf nicht mehr äußern, was man denkt, und wenn man es doch tut, kostet es gestern die Freunde, heute die Karriere und morgen das Leben.« Er wandte sein Gesicht Franz Josef Bellago zu, der älter war als er und so viel lebenstüchtiger. »Versteh mich bitte, alter Freund«, bat er. »Ich muß fort. Wenn ich bleibe, gefährde ich nicht nur mich selbst, sondern auch meine Frau und unseren Sohn. Mit jeder Vorlesung, die ich halte, ziehen sich unsere Freunde weiter von uns zurück, schleichen unsere Feinde näher. Erst hat man mich verspottet, dann verachtet, und jetzt bin ich nur noch ein Ärgernis, das man loswerden möchte. Wenn ich nicht gehe, wird man mich irgendwann als Gefahr betrachten und schließlich als Feind. Ich möchte nicht in Dachau enden, Franz Josef, auch wenn ich dort einer Menge guter Bekannter begegnen würde, die vor ein paar Jahren noch als Elite gefeiert wurden und jetzt nur noch als Abschaum gelten, der weggesperrt werden muß oder gar ausgemerzt.«

Johann Bethany hielt verstört inne. Er wartete auf Zuspruch. Doch alle schwiegen. Als die Stille unerträglich wurde, stand Antonia auf und öffnete ein Fenster. Ein warmer, frischer Luftzug wehte ins Zimmer und bewegte die Gardinen.

»Mein Mann ist nicht mehr so gesund wie früher«, mischte sich Laura Bethany wieder ins Gespräch. »Seine Differenzen mit den Kollegen und den Studenten haben ihm mehr zugesetzt, als man ihm ansieht. Und wie gesagt: er hat Asthma.«

Johann Bethany hob beschwichtigend die Hand, um seine Frau am Weiterreden zu hindern. Doch sie fing die Hand ab und legte sie ihm in den Schoß. Es war eine Bewegung, die Antonia vertraut war. Immer wieder berührten ihre Eltern einander. Kaum eine Bemerkung, die nicht auch körperlichen Ausdruck fand – ganz anders als bei den Bellagos, die stets voneinander Abstand hielten. Nie streichelte einer die Hand oder Wange des anderen. Nie schienen sie sich zu umarmen. Kaum, daß sie einander zulächelten. Sie redeten über Dinge, die zu tun waren, über Verabredungen, Erledigungen und Bekannte. Manchmal tadelten sie einander, doch auch das, ohne sich zu nahe zu treten. Als Ehepaar bildeten sie nach außen hin eine Einheit, doch innerhalb dieser Einheit hielten sie Distanz.

»Asthma«, wiederholte Laura Bethany. »Ihr könnt euch nicht vorstellen, wie sehr er manchmal leidet.« Dann erklärte sie, daß sie schon vor Monaten den Plan gefaßt hatten, das Land zu verlassen und nach Italien zu ziehen, Lauras Heimat, wo sie am Strand von Viareggio noch das Haus ihrer Großeltern besaß. »Wir haben alles genau geregelt«, berichtete sie. »Johann hat um vorzeitige Pensionierung ersucht, aus gesundheitlichen Gründen, was man ihm umgehend zugestanden hat. Unsere Fahrt nach Italien gilt offiziell als Kuraufenthalt. Man wird verstehen, daß gegen sein Leiden nur das warme Klima hilft. Er hat mit mehreren Kollegen darüber gesprochen. Sie haben nicht daran gezweifelt, daß er zurückkommen will, sobald es ihm besser geht. Das ist wichtig für uns, damit es keine Schwierigkeiten bei der Auszahlung der Pension gibt. Sogar unsere Wohnung werden wir behalten. Die Miete ist ohnedies sehr niedrig. Mieterschutz und so. Ihr wißt ja, wie das in Wien gehandhabt wird.« Sie wandte sich Antonia zu. »Ich möchte dich deshalb bitten, *bambina*, alle paar Wochen nach der Wohnung zu sehen. Vielleicht habt ihr ja auch Spaß daran, sie hin und wieder als Quartier in der Hauptstadt zu nutzen.« Sie lächelte.

Franz Josef Bellago lehnte sich zurück und faltete die Hände im Schoß. »Dann ist das ja wohl bereits beschlossene Sache«, stellte er fest. »Ich wünschte, ihr hättet früher mit mir darüber gesprochen. Vielleicht hätten wir eine andere Lösung gefunden.« Er machte eine Pause. »Eine bessere Lösung«, fügte er hinzu.

Antonia merkte, daß ihre Hände zitterten. »Wann kommt ihr wieder?« fragte sie bedrückt. Am liebsten hätte sie geweint.

»Wenn dieser sogenannte Blitzkrieg zu Ende ist und wirklich nur ein Blitzkrieg bleibt«, antwortete ihr Vater. »Womöglich aber auch nie mehr.«

»Aber warum das alles so plötzlich?« erkundigte sich Hella Bellago gereizt. »Es eilt doch nicht. Das Haus in Italien läuft euch nicht davon.«

Laura Bethany zuckte die Achseln. »Das Haus nicht«, murmelte sie bitter. »Doch ab nächstem Mittwoch soll die Benutzung privater Kraftfahrzeuge verboten werden. Wir möchten unseren Wagen jedoch auf jeden Fall mitnehmen.«

Franz Josef Bellago schlug mit der flachen Hand auf den Tisch. »Eine Verordnung aus Berlin!« schnaubte er verächtlich. »Bis die bei uns gegriffen hat, hat das noch lange Zeit. Wir kennen das doch. Außerdem gibt es für alles eine Ausnahmegenehmigung.«

»Nicht für mich.« Johann Bethany war blaß und müde. Noch nie hatte ihn Antonia so erschöpft gesehen. Auch ihre Mutter schien von Sorge beherrscht. Es kam Antonia so vor, als wären ihre Eltern, die ihr bisher so sorglos und lebenslustig erschienen waren, urplötzlich alt geworden.

In diesem Augenblick ließ ein heftiger Luftzug von der Tür her die Gardinen emporflattern wie unstete Vögel und drückte sie dann an die Fensterscheiben.

Alle drehten sich um. Peter stand in der Tür, weiß wie die Wand. Er hatte es wohl nicht mehr ertragen, mit seiner kleinen Kusine »Mensch ärgere dich nicht« zu spielen, während im Salon die Erwachsenen über sein Schicksal entschieden.

»Habt ihr schon über mich gesprochen?« fragte er besorgt.

Antonia sah ihn plötzlich mit ganz anderen Augen als bisher. Das hier war nicht mehr der ungezwungene blonde Junge, der mit seinem Charme alle Menschen für sich einnahm. Einer, dem alles leichtfiel, dem alles zuflog. Einer, der sich nicht bemühen mußte, sondern nur zuzugreifen brauchte. Ein Glückskind von Geburt an. »Fortunatus« hatte ihn sein Vater manchmal im Spaß genannt. Der Glückliche. Diesmal aber war das Glück nicht auf Peters Seite, dachte Antonia und blickte hinüber zu ihrer Mutter, als trüge diese die heimliche Schuld daran.

Peter stand noch immer in der Tür und wartete auf eine Antwort. Peter Bethany, zwölf Jahre alt, ein Nachzügler in der Familie, zu spät zur Welt gekommen, um die Hoffnung seiner Mutter auf eine Stube voller Kinder noch zu nähren. Fast wie Hohn war es ihr erschienen, als sie merkte, daß sie mit vierzig Jahren noch einmal schwanger geworden war. »Ein zweites Einzelkind«, murrte sie, bekreuzigte sich aber gleich danach, weil es Sünde war, mit dem Schicksal zu hadern. Ein Kind war ein Geschenk des Himmels und mußte zu jeder Zeit freudig begrüßt werden. Nichts konnte wichtiger sein. Noch nach Jahren wurde Laura Bethany manchmal vom schlechten Gewissen gepackt – vor allem in den frühen Morgenstunden, mitten im Aufwachen, wenn die gedachten und die gelebten Sünden ihr wahres Gesicht zeigen. Dann hätte sie ihren Sohn am liebsten auf der Stelle um Verzeihung gebeten dafür, daß sie ihn vor seiner Geburt ein paar Augenblicke lang nicht willkommen geheißen hatte, und sie schwor sich, daß sie diese Sünde tausendfach gutmachen würde, indem sie ihm alle Liebe schenkte, die ein Kind von seiner Mutter nur erwarten konnte.

»Er will nicht mit«, erklärte Laura Bethany mit leiser Stimme. »Er will nicht in einem anderen Land mit einer anderen Sprache leben und zur Schule gehen. Dabei habe ich mich immer bemüht, ihm die italienische Sprache nahezubringen. Bei Antonia hatte ich Erfolg, aber Peter hat sich nie dafür interessiert. Hier in Österreich will er leben, hier fühlt er sich wohl. Bei keinem seiner Besuche in Viareggio konnte er sich mit seinen Cousins und Cousinen wirklich anfreunden. Er sagt, er finde die Mädchen unberechenbar und die Jungen angeberisch. Die Zuwendung der Verwandtschaft beenge ihn, und die Sommer seien ihm viel zu heiß.« Mit einer resignierten Gebärde hob Laura Bethany die Arme. »Dabei ist er doch zur Hälfte Italiener!«

Franz Josef Bellagos Gesicht hatte sich verdüstert. Die Stirn in tausend Falten, starrte er vor sich hin. »Und was bedeutet das?« fragte er mit harter Stimme.

Johann Bethany errötete. »Ich möchte euch bitten, meinen Sohn bei euch aufzunehmen«, sagte er beklommen. »Zumindest vorläufig.« Alle sahen, wie er um Atem rang. Er wußte, daß er eine Bombe zum Platzen gebracht hatte.

Niemand sagte etwas. So still war es im Raum, daß man das Ticken der Uhr auf dem Kamin hörte und einmal sogar das leise Knacken des Parketts.

Franz Josef Bellago wandte sich zu Peter um. Die ganze Zeit, während er sprach, schaute er den Jungen an. Der einsamste und zugleich der tapferste kleine Mensch, den sie je gesehen hatte, dachte Antonia.

»Wenn ihr tot wärt«, sagte Franz Josef Bellago, »wäre es eine Selbstverständlichkeit, daß wir uns um den Jungen kümmern. Aber so? Wo bleibt eure elterliche Verantwortung? Und habt ihr auch an uns gedacht? Es ist nicht ungefährlich, sich in diesen Zeiten ein Kind ins Haus zu holen, das die Verhältnisse in der Familie nicht kennt. Die neuen Herren in Berlin wissen genau, wie man in Familien eindringt und sich Informationen verschafft.« Er wies mit dem Kinn auf Peter wie ein unerbittlicher Lehrer. »Wie war das bisher bei euch, mein Junge: in der Schule und beim Jungvolk? Hat man euch gefragt, wie es zu Hause abläuft? Was die Eltern über die Regierung sagen? Ob sie zufrieden sind oder ob sie sich beschweren?«

Peter hielt seinem Blick stand. »Natürlich haben sie gefragt, Onkel«, antwortete er mit heiserer Stimme. »Aber vergiß bitte nicht, daß ich einen Vater habe, der ihnen nicht genehm ist. Ich weiß, was man sagen darf und was nicht.«

Doktor Bellago starrte ihn forschend an mit diesem für ihn typischen Raubtierblick, der vor Gericht so manchen erstarren ließ. »Gut!« brummte er dann. »Es scheint, du hast verstanden, worum es geht.«

Laura Bethany fing an zu weinen. »Kann er bleiben?« fragte sie flehentlich. Erst jetzt sah man ihr ihre Verzweiflung an.

Franz Josef Bellago musterte sie wie eine Fremde. »Glaubt nicht, daß ich billige, was ihr tut«, antwortete er. »Aber der Junge soll nicht für eure Feigheit büßen.« Er erhob sich und ging zur Tür. Vor Peter hielt er inne. Mit einer kurzen, fast widerwilligen Bewegung tätschelte er ihn am Arm. »Du kannst hierbleiben, wenn es denn sein muß.« Damit verließ er den Raum.

Peter stand noch immer wie erstarrt an der Tür. Antonia lief zu ihm hin und umarmte ihn. »Wir waren alle ein wenig überrumpelt«, gestand sie. »Aber ich freue mich, daß wir wieder unter einem Dach leben werden.« Sie versuchte ein tröstendes

Lächeln. »Wir werden eine gute Zeit miteinander haben, und vielleicht überlegen es sich Mama und Papa und kommen ja bald wieder zurück. Immerhin haben sie die Wohnung in Wien nicht gekündigt.«

Peter gab keine Antwort, aber er ließ sich von ihr auf die Wange küssen. Als ihn seine Eltern ebenfalls umarmen wollten, wandte er sich ab.

4

Es war Nacht. Eine milde Septembernacht in einer rauhen Zeit. Ein Krieg in der Ferne, in Polen, so weit weg, daß man seine Auswirkungen noch kaum zu spüren bekam, auch wenn schon das Gerücht die Runde machte, in den nächsten Tagen werde die Regierung Lebensmittel und Seife rationieren. Man werde Bezugsscheine verteilen, die der Normalverbraucher beim Einkauf einlösen könne. Eine vorübergehende Regelung, vier Wochen nur, hieß es beschwichtigend. Die vorherrschende Meinung dazu lautete, das werde man wohl überstehen, wenn nur danach wieder Ruhe einkehre.

Trotzdem schien alles nun anders als bisher. Des Nachts wurden die Städte verdunkelt. Die Fensterläden mußten geschlossen werden, Jalousien heruntergelassen. Wo sie fehlten, bemalte man die Glasscheiben mit schwarzer Farbe. In jedem Haus hatte mindestens eine Handfeuerspritze bereitzustehen, ein Reißhaken, Wassereimer, eine Sandkiste, Schaufeln und eine Axt. Kleine Veränderungen nur, doch sie mehrten sich. Wer fremde Sender abhörte, dem drohte Zuchthaus oder gar die Todesstrafe, weil jedes dort gesendete Wort erstunken und erlogen sei und nur dazu bestimmt, dem deutschen Volk einen weiteren Dolch in den Rücken zu stoßen.

Eine milde Septembernacht, und auch in der Villa Bellago waren wie überall in der Stadt die Fenster fest geschlossen. Antonia hatte das Gefühl, sie müsse ersticken. Sie dachte an ihren

Vater und sein Leiden. Vielleicht war es wirklich besser, in ein Land zu ziehen, wo man nachts die Fenster öffnen durfte, damit man tief durchatmen konnte und der Mond ins Zimmer schien.

Antonia dachte daran, daß heute zum ersten Mal seit langer Zeit ihre ganze Familie wieder unter demselben Dach schlief. Alle vereint und in Sicherheit – ein Zustand, von dem Antonia manchmal träumte, weil sie sich häufig um ihre Angehörigen sorgte. Trotzdem fand sie in dieser Nacht keine Ruhe. Nichts schien auf einmal mehr sicher. Die Familie driftete auseinander. Die gemeinsame Zukunft war in Frage gestellt, die Sicherheit aller. Die Gewißheit, daß man einander regelmäßig treffen würde und einander beistehen konnte, wenn Hilfe nötig war.

Antonia horchte auf den Atem ihres Mannes. In der Finsternis konnte sie nicht einmal seinen Umriß erkennen, aber seinem leisen Schnarchen nach zu schließen, mußte Ferdinand auf dem Rücken liegen, den Kopf von ihr abgewandt. Sie flüsterte seinen Namen, doch Ferdinand bewegte sich nicht, so tief war sein Schlaf. Da stand sie auf und schlich auf Zehenspitzen zur Tür. In der ungewohnten Dunkelheit stieß sie an die Kommode und mußte ein paarmal tasten, bis sie die Klinke fand.

Auf der Empore machte sie Licht. Erst jetzt atmete sie auf. Sie huschte zum Kinderzimmer, in dem Fanni mit Enrica und dem Baby schlief. Enrica hatte darauf bestanden, daß das Kindermädchen mit Lilli zu ihr ins Zimmer zog. Der Raum – eigentlich zwei große, in L-Form aneinandergereihte Zimmer – bot Platz genug für alle drei. Franz Josef Bellago mißbilligte diese Regelung. Das Haus sei so weitläufig, daß jeder ein eigenes Zimmer bewohnen könne, erklärte er. Außerdem dürfe man Kinder nicht verweichlichen. Auch Mädchen nicht. Mit sieben Jahren sei Enrica alt genug, allein zu schlafen. Doch Antonia wollte nicht, daß sich Enrica nach der Geburt der kleinen Schwester zurückgesetzt fühlte, und auch Fanni war damit einverstanden, ihr Schlafzimmer – zumindest vorläufig – mit beiden Kindern zu teilen.

Antonia ließ die Tür halb offenstehen. Sie trat an den Stubenwagen, wo unter einem Himmel aus dichten weißen Spitzen das Baby lag: auf der Seite und zugedeckt mit einem leichten Kissen, das am Wagen festgebunden war, damit das Kind es nicht wegstrampeln konnte oder darunter erstickte. »Lilli«, flüsterte Antonia. Das Baby grunzte leise und seufzte. Antonia streichelte seine Wangen. Alle Sorgen fielen auf einmal von ihr ab. Sie dachte nicht mehr an die Zukunft, sondern nur noch daran, daß wahrhaftig all ihre Lieben in ihrer Nähe waren und es ihnen gerade gutging. Jetzt. Zu dieser Stunde. Warum an morgen denken?

Antonia sah, daß Fanni wach geworden war, aber dann – als sie die Besucherin erkannte – beruhigt weiterschlief. Welch ein Friede, dachte Antonia zum zweiten Mal an diesem Tag. Sie ging zu Enricas Bett und zog die Decke zurecht. Halb im Schlaf rückte Enrica zur Seite und machte ihrer Mutter Platz, wie sie es oft tat, wenn draußen ein Gewitter tobte oder Antonia einfach den Wunsch hatte, sich zu vergewissern, daß mit ihrem Kind alles in Ordnung war.

Für ein paar Minuten legte sich Antonia neben ihre ältere Tochter. Dann stand sie wieder auf. Ohne die Augen zu öffnen, murmelte Enrica: »Mama«, und schlief erneut ein. Antonia streichelte ihr übers Haar und verließ den Raum.

Auf dem Weg zurück ins Schlafzimmer kam sie an dem Raum vorbei, in dem Peter übernachtete. Sie dachte, daß auch er immer noch ein Kind war, das jemanden brauchte, der seinen Schlaf behütete. Da strich sie mit der flachen Hand sanft über die Tür und wünschte ihm im stillen, daß er in seinem Leben nicht unglücklich werden möge, zumindest nicht mehr, als zu ertragen er stark genug war.

Peter

I

Peter Bethany mußte einsehen, daß er sich verkalkuliert hatte. Für einen Jungen von zwölf Jahren hatte er zu hoch gepokert und verloren. Schon seit Monaten sprachen seine Eltern davon, daß sie nicht mehr in Wien leben wollten. Jeden Morgen, wenn sich sein Vater nach dem Frühstück die Krawatte umband und seine Aktentasche holte, um zu Fuß zur Universität zu gehen, spürten Peter und seine Mutter die Anspannung, die von ihm Besitz ergriff und die er stets mit einer scherzhaften Bemerkung zu überspielen suchte. »Auf in die Höhle des Löwen!« sagte er dann vielleicht oder »Heil Hitler, ihr Lieben! Der Führer wartet schon auf mich.« Dabei lächelte er mit zusammengepreßten Lippen und wurde erst rot und dann leichenblaß.

Manchmal kam es vor, daß sich dabei sein Atem beschleunigte und er seine Krawatte noch einmal lockern mußte. Dann stützte er sich mit beiden Händen auf den Eßzimmertisch und rang nach Fassung. Seine Frau brachte ihm ein Stück Würfelzucker, auf das sie zwanzig Tropfen träufelte. Mit zitternden Händen nahm er ihr den Zucker aus der Hand und ließ ihn langsam im Mund zergehen. Dazu setzte er sich wieder hin, wie um den gefürchteten Aufbruch hinauszuzögern. Erst nach einer Weile, während der ihn Peter und seine Mutter besorgt beobachteten, sprang er wieder auf, als wäre alles vergessen, machte sich fertig und ging zur Tür. Er küßte seine Frau auf die Wange und zwinkerte Peter zu. »Alles bestens«, sagte er beruhigend. »Diese tausend Jahre werden wir auch noch überstehen.« Peter war alt genug zu begreifen, daß sein Vater Angst hatte. Dabei war noch vor etwas mehr als einem Jahr alles ganz anders gewesen. Damals erschien ihm sein Vater unverwundbar und souverän; einer, der über den Dingen stand, der die Handlungen der Menschen und ihre Beweggründe durchschaute; einer, den man achtete, wenn er vor vollen Sälen sprach oder in kleiner Runde sein Urteil abgab; einer, dessen Mitgliedschaft man im Golfclub zu schätzen wußte; an dessen Tisch man während Bällen sitzen wollte und den man gerne zu sich nach Hause einlud – nicht nur als gesellschaftliche Pflicht, sondern auch weil er amüsant war, klug und aufmerksam, galant mit Frauen umging und umgänglich mit Männern, selbst wenn sie anderer Auffassung waren als er. Ein geschätzter Wissenschafter und ein angenehmer Mensch; ein Weltbürger vom Scheitel bis zur Sohle. Daß er sich seine Frau aus dem Ausland geholt hatte, schien diesen Charakterzug nur noch zu unterstreichen.

Die Veränderung war langsam gekommen. Schleichend, so wie sich das Klima im Land, in der Stadt und an der Universität gewandelt hatte. »Zukunft braucht Herkunft«, hatte Johann Bethany eines Abends zu Peter gesagt, den Arm um seine Schultern gelegt, während sie auf dem großen Platz vor dem Stephansdom standen, die Seelenheimat aller, die hier geboren waren. »Was du hier siehst, das existiert nicht für diese Leute aus Berlin. Jahrhunderte tiefer Erfahrungen, die sich in unser gemeinsames Gedächtnis eingenistet haben. Dieser Dom ist ein Teil von dir und von mir, von uns allen, die wir Tag für Tag an ihm vorbeigehen. Unsere Vorfahren haben ihn gebaut. Ihr Blut ist unser Blut, und wie sie fühlten, so fühlen auch wir. Du, Peter, bist der Junge, der hilflos zusah, wie der Kaiser der Franzosen in Schönbrunn einzog, als gehörte es ihm. Der mit seinen

Eltern in der Loge saß und voller Entzücken und Traurigkeit den Melodien des göttlichen Mozart lauschte. Du bist der Junge, der in den Mauern der Stadt fast verhungerte, belagert von fremden Horden. Der mit gesenktem Haupt den Mönchen diente. Der sich wochenlang im Wald vor den römischen Legionären versteckte und dem eines Tages ein Reisender von einer neuen Religion erzählte und von einem Menschen, den man dafür ans Kreuz genagelt hatte. Du bist der Junge aus den Wäldern, aus den Höhlen. Der Jäger in Fellschuhen, der mit Pfeil und Bogen auf die Berge stieg, um Nahrung zu erbeuten für sich und die Seinen. Das ist deine Herkunft, mein Kind. Das ist die Herkunft von uns allen hier. Nicht die gewaltige Sagenwelt des hohen Nordens ist die Heimat deiner Seele. Nicht das tosende Meer voller Eis, über dem die Nebel hängen. Der Junge, der du immer warst, ist geprägt von einer lieblichen Natur, von der Farbe und dem Duft der Blumen. Schwerer Wein, Musik und Tanz und das Streben nach Vollkommenheit, vielleicht sogar nach dem süßen Frieden des Todes. Niemals in all den Jahrhunderten warst du der gute Mensch an sich, aber du wärst es immer gern gewesen und hast das Böse in dir erkannt und beklagt, wenn auch nicht besiegt… Zukunft braucht Herkunft, mein Kind. Eigene Herkunft. Es wird uns vernichten, wenn wir uns den Göttern anderer ausliefern. Tote, grausame Götter, die – wiedererweckt – nach Heldenblut gieren und unbegrenztem Recht des Stärkeren. Begreifst du, was ich meine?«

Er hatte es begriffen, wenn auch mehr mit dem Gefühl als mit dem Verstand, und als er mit seinem Vater nach Hause ging, vorbei an den wartenden Fiakern und den vielen Männern in Uniform und Stiefeln, wurde ihm bewußt, in welcher Gefahr sein Vater schwebte. Er dachte an seine Lehrer im Gymnasium, die ganz anders redeten. Nicht alle, aber viele, doch auf genau die hörte man. Er dachte an seinen Banknachbarn, ein Junge wie er, so war es ihm zumindest immer erschienen. Erst gestern hatte der Turnlehrer diesen Jungen einen Bastard genannt. Alle wußten warum und schwiegen, weil sie

Unannehmlichkeiten befürchteten und weil sie jeden Samstag mit ebendiesem Lehrer auf Wanderung gingen, auf die sie sich freuten, weil in der weiten Natur und beim Gesang am Lagerfeuer ihre jugendliche Sehnsucht nach Abenteuer, Gemeinschaft und Romantik gestillt wurde.

»Deine Frau Großmama kam aus dem Schtetl, nicht wahr, du kleiner galizischer Bastard?«

Auch Peter hatte weggehört, obwohl einen Augenblick lang das Bild seines Vaters vor ihm auftauchte, der nicht geschwiegen hätte und auch nicht schwieg, wenn an seiner Universität Unrecht geschah. Nicht daß er laut wurde. Keine dramatischen Auseinandersetzungen. Die entsprachen nicht seiner Natur. Aber er sagte seine Meinung, und das reichte schon aus, um in Gefahr zu sein. Er wußte es selbst. Wenn er am späten Nachmittag nach Hause kam und die Aktentasche wegstellte, rang er nach Luft, als hätte er es gerade noch bis hierher geschafft, sich zu beherrschen. Manchmal reichten die Tropfen, die seine Frau schon bereithielt, aus, ihn zu beruhigen. Oft aber schien es, als müsse er sterben, weil der Atem seine Brust nicht mehr verlassen konnte und ihn von innen her fast erdrückte.

Zukunft braucht Herkunft, dachte Peter dann und fragte sich voller Angst, ob sein Vater noch eine Zukunft zu erwarten hatte, da es verboten war zu denken wie er und einer gewachsenen Welt eine neue übergestülpt werden sollte, die eigentlich schon uralt war und längst untergegangen; die nach Tod roch und nach Verwesung; die jubelnd den Krieg besang und die Unbarmherzigkeit und die dennoch so viele verlockte, weil sie meinten, hinter aller Mühsal und allen Opfern das Licht einer vollkommenen Welt zu erahnen, in der alle schön und stark waren, treu und gehorsam. Alles würde gigantisch und erhaben werden in dieser Welt, schnörkellos und klar. Keine banalen Parteizwiste mehr, keine Arbeitslosigkeit und keine Angst vor einer ungewissen Zukunft. Wer sich unterordnete, gehörte dazu und brauchte sich keine Gedanken mehr zu machen.

Du kleiner galizischer Bastard… Was sein Vater wohl geantwortet hätte, um den Lehrer in die Schranken zu weisen? Einen Augenblick lang dachte Peter, es hätte ihm gutgetan, sich vor den Mitschüler zu stellen, der nie ein enger Freund gewesen war, an den er aber trotzdem immer öfter denken mußte. Gutgetan, aber auch geschadet. Wer war schon so unangreifbar, daß er aus der Menge hervortreten konnte, um zu widersprechen? War Peters Mutter nicht auch eine Ausländerin? Italienerin: nichts Schlimmes also, da der Führer und Mussolini miteinander befreundet waren. Andererseits hieß es aber, Mussolini habe noch vor wenigen Jahren der damaligen österreichischen Regierung versprochen, sie gegen den Führer zu verteidigen, sollte dieser es wagen, seine Hand nach dem Nachbarland auszustrecken. Einst Rivalen, nun Verbündete. Es war verwirrend, dachte Peter. Verwirrend wie alles um ihn herum, wenn die Politiker von »unseren italienischen Freunden« sprachen, aber die kleinen Leute auf der Straße von den »Katzlmachern«.

Zukunft braucht Herkunft. Peter fragte sich, ob es irgend jemandem irgendwann einmal einfallen würde, auch ihn einen Bastard zu nennen. Man lebe in einer Zeit der Erneuerung, wurde täglich verkündet. Die Zeit der Kirchen und Dynastien sei vorbei. Angebrochen sei nun die Epoche der Völker und Rassen. Ein Volk zu sein, war die Religion der neuen Zeit, dieser berauschenden Zeit des Wandels. Was aber, dachte Peter, wenn sich dieser Wandel einmal gegen ihn und seine Familie richtete? War überhaupt noch etwas sicher auf dieser Welt?

2

Ja, er hatte sich verkalkuliert, das wußte er jetzt, als er in dem weitläufigen Haus seiner Schwester und deren neuer Familie in dem großen Raum mit den hohen Wänden lag und die Ohren spitzte, weil draußen jemand über den Flur schlich und nun verstohlen die Tür zu einem anderen Zimmer öffnete. Licht drang durch die Ritze unter der Tür in sein Zimmer, und er hoffte, daß das umherirrende Gespenst auch zu ihm hereinkäme, damit er sich nicht mehr so einsam fühlte und erzählen konnte, wie es gekommen war, daß er plötzlich nirgends mehr dazugehörte und daß ihn schon am nächsten Morgen sogar die eigenen Eltern verlassen würden.

Er hatte sich verkalkuliert, als er sich weigerte, die Eltern nach Italien zu begleiten. Bis zuletzt hatte er geglaubt, wenn er nur genügend Widerstand leistete, würden sie schon nachgeben und auf ihre Auswanderungspläne verzichten. Er war ihr Kind. Zählte das nicht viel mehr als ein paar Kontroversen im Hörsaal? Warum konnte sich sein Vater nicht beugen, warum sich nicht geschmeidig anpassen wie so viele andere auch?

Trotz seines jugendlichen Alters hatte Peter in den vergangenen Monaten gelernt, zu beobachten und Schlüsse zu ziehen. Mit immer schwererem Herzen erkannte er die Gegensätzlichkeiten, die plötzlich dort offenbar wurden, wo ihm bisher alles friedlich und harmonisch erschienen war. Kurze Wortgefechte, die bei Tisch plötzlich unter den Gästen aufflammten, weil der eine die Welt ganz anders beurteilte als der andere und weil jeder sich im Recht wähnte. Abfällige Bemerkungen über Religion und Kirche, die er bisher für unangreifbar gehalten hatte. Das Verschwinden von Menschen, die er fest in seiner Welt verankert glaubte.

Vorsichtig war er geworden wie ein im Dienst gealterter Diplomat. Abwägend und schweigsam, wenn er in der Klasse nach seiner Meinung gefragt wurde. Er, der bisher immer gern Aufsätze geschrieben hatte, wagte kaum noch, sich zu äußern, weil er genau wußte, was man von ihm hören wollte, und vor Scham errötete er bei dem Gedanken, sein Vater würde nach seinen Heften fragen und dort die verlangten Lobeshymnen auf die neue Zeit vorfinden, mit der er selbst sich nicht abfinden konnte. Immer kürzer wurden Peters Aufsätze, enttäuschend für die Lehrer, die ihn bisher für intelligent gehalten hatten.

Seine einzige Rettung war der Sportunterricht, auf den höchsten Wert gelegt wurde. Dort konnte er immer noch glänzen. Dort verausgabte er sich für seine Mannschaft, weil es ein Spiel war. Er war schnell, geschickt und mutig. Ein gutaussehender Junge mit dunkelblondem Haar. Das Idealbild dessen, was erwünscht war. »Ein Intellektueller wie sein Vater ist er glücklicherweise nicht geworden«, urteilte der Sportlehrer zufrieden. »Aber dafür eine richtige kleine Kampfratte. Wenn es soweit ist, wird ein erstklassiger Soldat aus ihm, und darauf kommt es schließlich an.«

Es war eine zerrissene Welt, in der Peter Bethany seither lebte, geprägt von der Sorge um seinen Vater. Trotzdem hoffte er immer noch, die Menschen um ihn herum könnten zu ihrem früheren Gleichmut zurückfinden. Das Wort Toleranz war ihm noch nie untergekommen, aber genau danach sehnte er sich.

3

Einen einzigen Menschen gab es, in dessen Gegenwart er sich noch wohl fühlte. Es war kein Mitschüler oder gleichaltriger Freund, sondern ein junger Bursche aus ganz anderen Lebensverhältnissen, die mit denen der Bethanys nur dadurch verknüpft waren, daß dem Vater des jungen Mannes das Haus gehörte, in dem Peters Eltern die Wohnung gemietet hatten. Der Vater war ein Hotelbesitzer aus der Innenstadt, dem auch ein elegantes Restaurant gehörte und einige – so erzählte man sich, ohne daß es je einer beweisen konnte – nicht ganz so vornehme Etablissements, die allerdings das Geld einbrachten, mit dem ihr Besitzer das Trauma seiner unglücklichen Kindheit als Sohn eines arbeitslosen Bürogehilfen zu bewältigen suchte.

Ein Haus nach dem anderen kaufte er, wobei der Mietertrag unerheblich war, gab es doch für ihn kein befriedigenderes Gefühl als an Montagen, wenn das Restaurant geschlossen hatte, mit einem Fiaker von einem seiner Häuser zum nächsten zu fahren und durch die herrschaftlichen Portale zu treten in dem Bewußtsein, daß dies alles ihm gehörte und er jederzeit mit seiner Familie hier einziehen könnte. Langsam und genußvoll stieg er dann die Treppen hinauf und wieder hinunter und spielte dabei mit dem schweren Schlüsselbund in seiner Tasche.

Im Haus, in dem die Bethanys wohnten, lebte er jedoch selbst. Nicht im ersten Stock, der Beletage, wo man den Hausbesitzer vermutet hätte, sondern im zweiten, weil er weiter von der Straße entfernt lag und damit auch von unerwünschten Besuchern. Zwei Zugangsmöglichkeiten gab es zu dieser Wohnung: die breite Steintreppe und den klappernden Aufzug mit den Türen aus Schmiedeeisen. Beim Einzug hatte sein Architekt vorgeschlagen, auf die Treppe einen roten Teppich zu legen, um damit zu demonstrieren, daß hier nicht irgendein Mieter wohnte, sondern der Mann, dem das ganze Haus gehörte. Der Teppich wurde auch aufgezogen, doch schon nach einer Woche wieder entfernt, weil er den Schall der Tritte verschluckte, und der Hotelier Wert darauf legte, in seiner Wohnung zu hören, wenn jemand zu ihm heraufkam.

Der Sohn dieses Mannes hieß Johnny, zumindest nannte er sich so. Peter kannte ihn jedenfalls nur unter diesem Namen. Er wußte, daß Johnny noch zur Schule ging – eine private Handelsschule, wo er lernen sollte, mit all dem Geld umzugehen, das sein Vater in so geschickter Weise angehäuft hatte. Johnny war hochgewachsen und sehr schlank, immer rastlos und nervös, was sich darin ausdrückte, daß er trotz seiner Jugend fast ununterbrochen rauchte und seine Mundwinkel zu zucken begannen, wenn er gezwungen war, über längere Zeit an einem Platz auszuharren. Für Peter war er ein Freund, der ihm zuzuhören schien, wenn der Junge sein Leid klagte. Antworten allerdings gab er keine, sondern er nickte nur, ohne jemals zu widersprechen, und spielte dann dem Kind seine neuesten Schallplatten vor, die er, beständig mit den Fingern schnipsend, mit einer Art Tanz begleitete. Einen »Schlurf« nannten ihn die Nachbarn, die ihm wegen seiner brillantineglänzenden, welligen Haare und seiner gewollt eleganten Kleidung alles Schlechte zutrauen.

Peters Eltern wußten nicht, daß ihr Sohn fast jeden Nachmittag die Treppe zum nächsten Stockwerk hinaufeilte, um Johnny zu besuchen. Für ihn war Johnny kein *Schlurf*, und auch Johnny selbst lehnte diese Bezeichnung ab. Schlurfs gab es in der Vorstadt unter den Proleten, sagte er, doch er war der Sohn eines reichen Mannes, und auch seine Freunde und Freundinnen hatten vermögende Eltern. Sie trafen sich reihum, immer auffallend angezogen, die Mädchen stark geschminkt. Die Nachbarn in ihren von Johnnys Vater gemieteten Wohnungen empörten sich, wenn durch die geschlossenen Türen hindurch die Musik das Stiegenhaus erfüllte, daß die Fensterscheiben zitterten. Der stampfende Rhythmus der Musik drängte sich auf wie Baulärm, daß die Herzen derer, die sie haßten, gefährlich zu klopfen begannen.

Swing: Johnny und seine Freunde waren ihm ergeben wie einer Sucht, auch wenn er bei den unfreiwilligen Zuhörern als »Negermusik« verschrien war. Nach diesem Swing aus dem fernen Amerika, dem Land ihrer heimlichen Sehnsucht, benannten sich Johnny und seinesgleichen. Sie waren »Swing-Kids«, denen nichts wichtiger war, als sich von den braven Kindern des Nationalsozialismus abzugrenzen. »Swing Heil!« riefen sie, wenn sie einer Gruppe Hitlerjungen begegneten. Immer wieder kam es zu heftigen Auseinandersetzungen, die oft genug in blutigen Schlägereien endeten. Die Hitlerjungen nannten die Mädchen der Swing-Kids »Swingerhuren«, und die Swing-Kids bemühten sich, die zackigen Fahrtenlieder der HJ mit ihren eigenen Songs zu übertönen.

»Eigentlich wollten wir uns ja die ›Scheichs‹ nennen nach dem *Sheik of Araby*«, erklärte Johnny, während ebendieser Song durchs Zimmer schallte. »Aber die Mädchen waren dagegen. Sie seien keine Scheichs, sagten sie und für Haremsdamen seien sie zu selbstbewußt. Nun ja, vielleicht fällt uns noch ein anderer Name ein.« Und er legte seine neueste Platte auf:

›Puttin' on the Ritz‹, nach dem sich so wunderbar steppen ließ, daß man meinte, gerade in diesem Augenblick selbst im glitzernden New York zu sein und mit den anderen verwöhnten Müßiggängern über die Park Avenue zu flanieren.

Dressed up like a million dollar trooper.
Trying hard to look like Gary Cooper. Super duper.

Peter liebte Johnny. Er bewunderte ihn und wäre gerne so gewesen wie er, vor allem auch wegen Johnnys Freundin Lola, die Peter so wunderschön erschien wie noch nie zuvor ein Mädchen. Lola mit den trägen Bewegungen einer Katze; eine helle, immer ein wenig schmollend klingende Stimme; ein blasses Gesicht mit schwarz umrandeten Augen und einem dunkelroten Kußmund. Ein schwarzer Bubikopf und Röcke, die immer eine Idee kürzer waren als die der anderen Mädchen, was durch die hochhackigen Schuhe, in denen sie daherstolzierte, noch unterstrichen wurde. Sie sei ein tüchtiges kleines Ding, erklärte Johnny, der vom Vater gelernt hatte, daß man sich zwar des Lebens freuen solle, Arbeit aber nötig sei, um das erforderliche Kleingeld dazu zu erwirtschaften.

»Ihr Vater hat ein Bestattungsunternehmen«, erzählte Johnny weiter. »Da arbeitet sie am Vormittag im Büro – ganz brave kleine Tippse und dazu noch ungeschminkt und immer im schwarzen Kleid und mit schwarzen Strümpfen, weil die Kundschaft meint, da sie selbst in Trauer ist, wäre es die ganze übrige Welt auch. Vor allem natürlich der Bestatter ihres Vertrauens und somit auch Lola.«

Johnny war stolz auf Lola, und sie war stolz auf ihn. In ihrer Clique bildeten sie das Königspaar. Was sie bestimmten, geschah, und niemals waren sie unterschiedlicher Meinung. Peter hätte gerne gewußt, was sie taten, wenn sie allein waren, doch er wagte nicht, Johnny danach zu fragen. So war er auf Beobachtungen angewiesen, die ihm aber ebensowenig Aufschluß darüber gaben. Manchmal setzte sich Lola vor aller Augen auf Johnnys Knie und barg ihr Gesicht an seiner Schulter, während er scheinbar gleichmütig ihren Rücken streichelte und weiterredete. Manchmal küßten sie sich auch, ohne sich durch die Gegenwart der Freunde stören zu lassen. Alles Anzeichen, dachte Peter, daß die Nachbarn recht hatten, wenn sie ihnen unterstellten, sie nähmen auf bürgerlichen Anstand und die allgemein geforderte voreheliche Enthaltsamkeit keine Rücksicht. Trotzdem berührte ihn die Behutsamkeit, mit der sie einander behandelten, und er wünschte sich sehnlichst, an Johnnys Stelle zu sein.

In manchen Nächten konnte er nicht aufhören, an Lola zu denken. Dann überlegte er sich, ob es irgendeinen Augenblick gegeben hatte, in dem ihm das Mädchen besondere Beachtung schenkte. Doch die einzige Gelegenheit, die ihm einfiel, war ihre kurze Gratulation zu seinem zwölften Geburtstag. Er hatte ihn erwähnt, weil er hoffte, damit Lolas und Johnnys Aufmerksamkeit zu erregen. Dreimal versuchte er, sich Gehör zu verschaffen, bis er im Stimmengewirr von Johnnys Freunden endlich durchdrang. Erst dann horchte Johnny auf, klopfte ihm auf die Schulter und forderte ihn auf, sich als Geschenk zwei seiner Platten auszusuchen.

Überwältigt und voller Schüchternheit fragte Peter, ob es denn auch die beiden neuesten sein dürften. »Der ›Scheich‹ und das ›*Puttin' on the Ritz*‹!«

Trotz der kühnen Forderung verzog Johnny keine Miene. »Aber sicher, Kleiner«, antwortete er. »Schön, daß du den gleichen Geschmack hast wie ich.«

»Und es macht dir wirklich nichts aus?«

»Aber nein. Ich kann sie mir doch wieder besorgen. Als Gastronom hat man so seine Quellen.« Damit reichte er Peter die beiden Platten – ein Geschenk auf Zukunft, denn Peter besaß kein eigenes Gerät, sie abzuspielen, und der Gedanke, das erlauchte Grammophon seiner Eltern für diesen Swing zu mißbrauchen, erschien ihm gewagt, fast undenkbar.

Doch dies war noch nicht der Höhepunkt seines Glücks.

Noch während ihm das Klopfen seines Herzens bewußt wurde, spürte er, wie ihn jemand sanft am Arm faßte, und dann sah er wie in einem paradiesischen Traum Lolas Gesicht vor sich. »Gratuliere dir«, sagte sie mit ihrer gedehnten, schmollenden Kinderstimme, die in seinen Ohren bezaubernder klang als alles andere auf der Welt. Damit zog sie ihn einen Atemzug lang an sich und küßte ihn auf die Wange – so nah an seinem Mund, daß ein Teil ihrer Lippen die seinen berührten.

Zu Stein erstarrt stand er da. »Danke!« stieß er hervor, drückte seine Platten an sich und stürmte aus der Wohnung, die Treppe hinunter und in sein Zimmer, wo er sich aufs Bett warf und wie in verzweifeltem Zorn minutenlang auf das Kissen einprügelte.

Lola. So vollkommen und dabei so zierlich, daß er bald größer sein würde als sie. Sie war es, an die er als erstes dachte, als ihm seine Eltern eröffneten, sie wollten das Land verlassen. Lola und Johnny, Johnny und Lola. Wie sollte er weiterleben, ohne die beiden zu sehen, selbst wenn jedes ihrer Treffen allein von ihm ausging und sie ihn nie zu vermissen schienen, wenn er sich nicht meldete?

4

Als der Sommer kam und damit auch die Ferien an der Universität und an Peters Schule, begann eine Zeit der Irreführung und Manipulation. Alle Welt redete davon, daß ein Krieg bevorstand und nach der Zerschlagung der Tschechoslowakei nun Polen an der Reihe sein würde, weil die Polen, wie Hitlers Presse berichtete, die deutsche Minderheit in unerträglicher Weise drangsalierten, was der Führer nicht länger mit ansehen konnte. Wie ein Vater, so priesen ihn seine Anhänger, sorge er für sein Volk und für dessen Sicherheit, indem er seine eigene, ganz persönliche Abneigung gegen den Bolschewismus unterdrücke und mit seinem russischen Erzfeind Stalin einen Nichtangriffspakt geschlossen habe, was bedeutete, daß im Kriegsfall keiner der beiden den Gegner des anderen unterstützen würde. Sogar von einem geheimen Zusatzprotokoll wurde gemunkelt, in dem die beiden Feinde – und nun doch Verbündeten – das gesamte Osteuropa schon im voraus unter sich aufteilten. »Wir sind ausgetrickst worden!« sagte der französische Botschafter in Berlin resigniert. »Der letzte Faden, an dem der Friede noch hing, ist gerissen.« Ihm war klar, daß sein Land und Großbritannien im Falle eines deutschen Angriffs auf Polen Deutschland den Krieg erklären mußten, wie sie sich vertraglich gegenüber Polen verpflichtet hatten.

Verzweifelt bemühten sich die Diplomaten der europäischen Länder und der Vereinigten Staaten, die Kriegsgefahr abzuwenden. Pius XII. in Rom mahnte zum Frieden in dieser Welt, in der es brodelte und zischte. Frankreich feierte das hundertfünfzigste Jubiläum seiner großen Revolution, während die Geisterschiffe der geflüchteten deutschen Juden über die Meere irrten auf der Suche nach einem Hafen, der sie endlich aufnahm; während sich zugleich in Palästina der latente Bürgerkrieg zwischen Arabern und Juden verschärfte; während in Ravensbrück das erste Konzentrationslager nur für Frauen errichtet wurde; während Japan halb China eroberte und das nationalistische Spanien den Sieg im Bürgerkrieg feierte. In New York erregte die Weltausstellung Aufsehen, und Italien überfiel das Königreich Albanien. Die Irisch-Republikanische Armee zündete todbringende Bomben in London und anderen englischen Städten, und im Deutschen Reich ehrte man die Frauen, die mindestens acht »deutschblütige« Kinder geboren hatten mit dem Mutterkreuz in Gold, während zu gleicher Zeit der Führer die Arbeiten am Westwall inspizierte, der das »gigantischste Befestigungswerk aller Zeiten« werden sollte, »eine unüberwindliche Mauer aus Stahl und Beton« zum Schutz gegen den Erbfeind Frankreich.

Wie sollte man verstehen, daß man in Wien verzweifelte, weil der Fußballclub Admira Wien mit 9:0 gegen den deutschen FC Schalke 04 verloren hatte? Wie sollte man verstehen, daß die Tischgespräche hauptsächlich um die Hochzeit des Schauspielers Heinz Rühmann kreisten, während kaum jemand erfuhr, daß der große Joseph Roth in einem Pariser Hospital elendiglich verreckt war?

Eine Zeit der Täuschung, um die eigene finanzielle Existenz zu sichern. Niemand durfte erfahren, daß die Italienfahrt des Professors Johann Bethany mehr war als eine Spätsommerreise der Gesundheit zuliebe und daß der bedauernswerte Asthmatiker, der mit seinen defätistischen Ansichten ohnedies nichts mehr auf der Hochschule zu suchen hatte, fortan fern seiner Heimat leben wollte – für längere Zeit oder vielleicht sogar für immer.

So kam es, daß Laura Bethany ihren Freundinnen über das gebotene Maß hinaus unentwegt von den Atembeschwerden ihres Mannes berichtete, dem die Ärzte angeraten hätten, sich endlich ein paar Wochen lang in einem warmen Klima zu erholen. Zugleich kündigte sie auf demonstrative Weise ihre Weihnachtspläne in Wien an und den Silvesterbesuch bei ihrer Tochter Antonia in Linz. Damit, hoffte sie, würde man jede Verlängerung ihres Italienaufenthalts als krankheitsbedingt ansehen, so daß niemand auf die Idee kam, ihren Mann als politisch unzuverlässig anzuzeigen und damit die Auszahlung seiner Pension zu gefährden.

Um an der Grenze nicht durch den Umfang ihres Reisegepäcks aufzufallen, kaufte Professor Bethany eine Fahrkarte nach Viareggio und gab dann einen Reisekoffer mit Winterkleidung auf, den Lauras Verwandte am Zielbahnhof abholen sollten. Am nächsten Tag folgte ein weiterer Koffer und danach mehrere Pakete – was immer nervenaufreibender wurde, weil die Schalterbeamten längst aufmerksam geworden waren und anfingen, neugierige Fragen zu stellen. Professor Bethany und seine Frau wechselten sich von nun an ab, doch bald half auch das nichts mehr, da sämtlichen Diensthabenden der Name Viareggio inzwischen bekannt war.

Laura Bethany konnte des Nachts nicht mehr schlafen. Sie fürchtete, jemand würde die Gestapo informieren und Nachforschungen auslösen. Noch viel mehr erschrak sie, als sich ein Schalterbeamter, dem sie ein Paket mit Schuhen, Eßbesteck und Familienphotos übergab, vertraulich vorbeugte und murmelte, dies seien schreckliche Zeiten. Seine Schwester habe auch einen Juden geheiratet und sei deshalb nun in Uruguay. »Da ist Italien immer noch angenehmer und wenigstens nicht so weit weg von der Heimat.«

Laura Bethany wollte erst widersprechen, daß weder sie noch ihr Mann Juden seien. Dann aber schwieg sie lieber und sagte nur: »Sie irren sich. So ist es nicht.«

Der Schalterbeamte zuckte die Achseln, enttäuscht, weil sein Vertrauen nicht erwidert wurde. »Wie Sie wollen«, murmelte er gekränkt. »Ich jedenfalls weiß von nichts, und wenn Sie wiederkommen, habe ich Sie noch nie gesehen.« Er machte eine kurze, bedeutungsvolle Pause. »Auch dann nicht, wenn man mich nach Ihnen fragen sollte.«

Das war Warnung genug. Schnurstracks begab sich Laura Bethany zum Fahrkartenschalter und gab die Fahrkarte zurück. Danach fuhr sie mit der Straßenbahn nach Hause und zuckte an den folgenden Tagen jedesmal zusammen, wenn es an der Tür läutete.

Als Peter bemerkte, daß die Paketfahrten seiner Eltern zum Südbahnhof aufgehört hatten, hoffte er schon, sie hätten ihren Plan aufgegeben. Alle Welt redete inzwischen davon, wie unsicher die Zukunft geworden sei, seit die Wehrmacht in Polen einmarschiert war. Schon wieder Krieg, obwohl man erst vor dreißig Jahren gemeint hatte, nun wäre endlich alles vorbei. Jetzt und für alle Zeiten. Der letzte aller Kriege. Schwer genug hatte man es danach gehabt. Wirtschaftskrise im eigenen Land, Wirtschaftskrise bei den Nachbarn, Wirtschaftskrise sogar im fernen, vermeintlich reichen Amerika. Eine verarmende Menschheit, die nicht zur Ruhe kam. Und jetzt wieder ein Krieg!

»Wir bleiben doch hier, nicht wahr?« fragte Peter voller Angst und Hoffnung zugleich. »Wir fahren zu dieser Taufe nach Linz und danach ist alles wie früher.«

Seine Eltern schwiegen.

»Nicht wahr?« Als er auch darauf keine Antwort bekam, verließ er den Raum und ging hinüber in sein Zimmer, wo er sich aufs Bett warf und leise zu weinen begann, ein Wimmern wie das eines kleinen tödlich verwundeten Tiers. Er dachte an Johnny und an Lola mit ihrem schwarzen Bubikopf und dem süßen kleinen Mund. So feste Lippen... wie gut er sich daran erinnerte! Lola. Wie sie auf Johnnys Schoß gesessen hatte! Wie sie tanzte, selbstvergessen und biegsam wie eine Weide im Wind! Lola. Was hätte er darum gegeben, sie einmal zu küssen! Richtig zu küssen, Mund auf Mund, nicht nur eine zufällige Berührung aus Freundschaft und Koketterie. Ein Kuß aus Liebe und Leidenschaft, der zu mehr führte, auch wenn Peter nicht genau wußte, wozu.

Was an den folgenden Tagen geschah, nahm er kaum wahr. Wie in Trance packte er seine Sachen ein und trug sie zum Auto hinunter. Er half seiner Mutter, die vor der Abreise unbedingt noch einmal die ganze Wohnung lüften wollte, die Fenster zu schließen, kontrollierte die Wasserhähne und horchte zugleich immer nach oben, ob in der Wohnung des Hausbesitzers jemand zu Hause war.

Es war Vormittag, da war Johnny wahrscheinlich in seiner Handelsschule, denn die Ferien waren nun zu Ende. Vor ein Uhr mittags würde er auf keinen Fall nach Hause kommen, dachte Peter, vielleicht auch erst viel später, wenn er vorher noch zu seinem Vater ins Hotel ging.

»Müssen wir wirklich jetzt schon fahren?« fragte Peter leise.

»Steig ein!« Die Stimme seiner Mutter zitterte, als sie ihren Sohn ins Auto schieben wollte.

Da riß sich Peter los. »Ich komme gleich wieder«, stieß er hervor und rannte zurück ins Haus. Es durfte nicht sein, daß er seinen besten Freund ohne ein Lebewohl zurückließ! Er sprang die Treppen hinauf und läutete im zweiten Stock Sturm. Atemlos wartete er und lauschte, ob Schritte näher kämen und Johnny auf einmal doch noch vor ihm stünde. *Johnny, the Sheik of Araby ... a million dollar trooper ... Trying hard to look like Gary Cooper ... Super duper ...*

Es dauerte eine Ewigkeit, doch Peter hätte noch tausendmal länger gewartet. Plötzlich aber spürte er eine Hand auf seinem Arm. Er meinte schon, nun wäre sein Wunsch doch noch in Erfüllung gegangen, doch als er sich umdrehte, stand seine Mutter vor ihm.

»Was willst du denn hier?« fragte sie besorgt. »Komm schon, Pietro!«

Mit steinerner Miene folgte er ihr und benahm sich von nun an so, wie man es von ihm erwartete. In Wirklichkeit aber ließen seine Trauer und seine Verzweiflung nicht nach bis zu dem Augenblick, als seine Eltern in Linz wieder ins Auto stiegen, diesmal ohne ihn. Da war er auf einmal nicht mehr traurig und verzweifelt, sondern überzeugt, tot zu sein. Auf eine seltsam tückische Art aus der eigenen Welt hinausgeworfen.

»Wir dürften nicht ohne dich fahren«, schluchzte seine Mutter. »Gianni! Sag doch was!« Schon im Auto sitzend, zog sie Peters Hand zu sich und bedeckte sie mit Küssen. »Komm mit uns, Kind! Ich flehe dich an!«

Da wand er sich los und ging ins Haus zurück, ohne sich noch einmal umzudrehen. *Er* ging. *Er* verließ *sie,* die ihm nachstarrten und nun haltlos weinten. Beide. Aber beide würden sie ihn ja auch verlassen. Es war in Ordnung, daß er nichts mehr mit ihnen zu tun haben wollte. Eigentlich wollte er mit niemandem mehr etwas zu tun haben, denn es war ja wohl klar, daß er auch hier, im Hause seiner Schwester, nicht willkommen war. Es wäre besser gewesen, wahrhaftig tot zu sein, und im Grunde war er es ja auch, wogegen er nichts einzuwenden hatte. Tot. Keine Schmerzen mehr. Keinen Kummer. Einfach nur tot. Hoch gepokert und verloren. Super duper.

Die Reise nach Wien

I

Ein paar Monate später stand Antonia zum ersten Mal seit langem wieder vor der elterlichen Wohnung, wo sie ein Strom von Erinnerungen überraschte, der sie betäubte und in eine Zeit zurückriß, die sie schon längst vergessen zu haben glaubte. Vor über einem Jahr war sie zum letzten Mal in diesem Haus gewesen. Damals hatten ihre Eltern noch hier gewohnt. Schon als sie aus dem Aufzug getreten war und gewissenhaft die schmiedeeiserne Tür hinter sich zugedrückt hatte, hatte ihr Bruder Peter die Wohnungstür aufgerissen und mit lauter Stimme seinen Eltern zugerufen, sie sei endlich da. Wie herbeigezaubert standen die beiden dann auch schon im Türrahmen und breiteten lachend ihre Arme aus, wie immer, wenn Antonia, die geliebte Tochter, zu Besuch kam. Vom ersten Augenblick an wurde sie von Zuneigung und Fürsorge umgeben, von der Freude darüber, daß sie gekommen war, und von dem Eifer, ihr möglichst schnell alles zu erzählen, was sich ereignet hatte, damit sie sofort wieder auf dem laufenden war wie früher, als sie noch selbst hier wohnte. Antonia hörte sich geduldig alles an, wehrte sich nicht einmal im Scherz dagegen, sondern lieferte sich dem liebevollen Ansturm der Berichte aus, bis sie selbst wieder ganz in dieser Familie aufgegangen war.

Heute aber war es anders. Niemand kam ihr entgegen, und Antonia mußte in ihrer Handtasche erst nach dem Schlüsselbund kramen. Doch schon als sie die Tür öffnete, bemerkte sie die behagliche Wärme und das Licht der kleinen gelben Stehlampe auf dem Telefontischchen im Flur. Ihr Mann Ferdinand war drei Tage vor ihr nach Wien gereist, um an einer Gerichtsverhandlung teilzunehmen. Bisher hatte er bei solchen Anlässen immer im Hotel übernachtet, doch nun bot sich die Gelegenheit, die Wohnung der Schwiegereltern zu nutzen, was ohnedies zu empfehlen war, damit die Wasserleitungen wieder einmal durchgespült wurden und die Öfen geheizt.

Erst später erfuhr Antonia, daß die Wohnung kalt wie ein Eiskeller gewesen war, als Ferdinand ankam. Die ganzen drei Tage hatte die Hausmeisterin ununterbrochen geheizt und zwischendurch immer wieder gelüftet, um die abgestandene Luft zu vertreiben, die sich in den Räumen festgesetzt hatte. »Wo nicht gewohnt wird, riecht es auch nicht nach Leben«, hatte die Hausmeisterin gebrummt und dabei fordernd die Hand ausgestreckt, weil sie bezweifelte, daß der Schwiegersohn aus der Provinz weltmännisch genug war, um zu wissen, daß Beflissenheit nur erwarten durfte, wer dafür tief in die Tasche griff. Daß Ferdinand dies großzügig tat, hinderte die Frau indes nicht daran, vom Heizmaterial des Herrn Professor mehrere Eimer voll für sich abzuzweigen, denn Kohlen waren teuer und nicht uneingeschränkt verfügbar. Wer seinen Platz im Stich ließ, war selber schuld, wenn sein verwaister Besitz die Begehrlichkeit anderer weckte.

Antonia ließ ihr Gepäck im Flur stehen und wanderte von Raum zu Raum. Eine großbürgerliche Wohnung mit hohen Zimmern und Stuckleisten an der Decke. Ein Salon mit schweren, dunklen Möbeln, Ölbildern an den Wänden und dunkelgrünen Samtvorhängen; ein Eßzimmer mit einem Tisch für zwölf Personen, einer Vitrine und einem vielarmigen Kristallüster, der trotz einer dicken Staubschicht immer noch blitzte und blinkte, als Antonia nun das Licht einschaltete. Als Kind hatte sie geglaubt, er bestünde aus lauter echten Diamanten und ihre Eltern wären unermeßlich reich. Ein Herrenzimmer gab es noch, das zugleich als Bibliothek und als Arbeitszimmer für den Herrn Professor diente; ein Damenzimmer mit Louis-Seize-Möbeln und *bric à brac* von Augarten; ein Kinderzimmer mit zwei Betten, die Fenster noch immer mit den rosa geblümten Gardinen dekoriert, die man für Antonia angeschafft hatte. Die übrige Einrichtung war für Peter etwas männlicher gestaltet worden durch eine rotbraunblau karierte Bettdecke aus englischem Tweed und einen grünen, nägelbeschlagenen Ledersessel aus dem Herrenzimmer. Ein weißgekacheltes Badezimmer mit großer Wanne, Doppelwaschbecken und Bidet gehörte ebenso zur Wohnung wie eine englische Toilette und ein sogenanntes Fremdenzimmer, das Laura zum Hauswirtschaftsraum umgestaltet hatte. Und neben der Küche ein finsteres Kämmerchen mit Fensterluke zum Hof für das jeweilige Dienstmädchen.

Vor dem Schlafzimmer ihrer Eltern zögerte Antonia. Erst jetzt wurde ihr bewußt, daß sie dort mit ihrem Mann die kommende Nacht verbringen würde: im rätselhaften, vieldeutigen Reich der Erwachsenen. Mit Ausnahme des Schlafzimmers waren stets alle Räume der Wohnung frei zugänglich gewesen. Sogar das Herrenzimmer durfte man immer betreten, auch dann, wenn der Vater am Schreibtisch arbeitete und eigentlich nicht gestört werden wollte. Wenn man Sorgen hatte oder meinte, unbedingt mit ihm reden zu müssen, gab es kein Verbot.

Antonia erinnerte sich daran, daß sie als Kind einmal versucht hatte, die Grenzen dieser Freizügigkeit auszutesten. Ohne anzuklopfen war sie ins Zimmer geschlüpft, hatte sich von hinten an ihren Vater, der am Schreibtisch saß, herangeschlichen, und ihm die Augen zugehalten. Damals verwirrte es sie, als sie merkte, daß er erschrak. »Ich wollte dir nur ein Bussi geben!« hatte sie atemlos und mit ihrer kindlichsten, hilflosesten Stimme geflüstert und war dabei errötet. »Dann tu es doch!« hatte er geantwortet, doch ohne seine gewohnte Freundlichkeit. Erst da hatte Antonia gemerkt, daß sie eine

Grenze überschritten hatte und er sie nicht wie sonst umarmen und seine kleine Schmeichelkatze nennen würde. Voller Entsetzen hatte sie die Lippen zusammengepreßt, heftig den Kopf geschüttelt und war hinausgerannt. In ihrem Zimmer hatte sie sich danach aufs Bett geworfen und laut zu schluchzen begonnen, so sehr schämte sie sich.

Von da an kam es nie wieder vor, daß sie ihren Vater bei der Arbeit störte. Als sie Jahre danach im Religionsunterricht von der Vertreibung aus dem Paradies hörte, erinnerte sie sich an jenen Augenblick der unausgesprochenen Zurückweisung, und es kam ihr vor, als hätte sie nie etwas Schrecklicheres vernommen als diesen Bericht aus der Bibel.

Wiederum ein paar Jahre später las sie die verbotenen Bücher des Professor Freud aus der Berggasse, der ein paarmal bei ihren Eltern zu Gast gewesen und inzwischen in der Ferne gestorben war – auch er vertrieben aus einem Reich, das er gewiß nicht als Paradies empfand, das ihm jedoch vertraut war wie kaum einem anderen: die Welt derer, die in ebenso großbürgerlichen Räumen lebten wie jenen, durch die Antonia nun schritt. Räume, in denen eigene Gesetze galten und unsichtbare Bestrafungen, die sich der Sünder selbst auferlegte und die er in sich eindringen ließ wie Gift, das ihn nach und nach verzehrte.

Alles schien er zu verstehen, der vornehm aussehende alte Herr mit dem weißen Bart, und doch konnte sich Antonia an ihn kaum noch erinnern. Sie sah ihn am großen, weiß gedeckten Tisch ihrer Eltern sitzen und mit dem schweren Silberbesteck der Mutter das Fleisch auf dem Teller zerteilen. Einmal blitzte das Messer kurz auf, als es sich in der kristallenen Deckenbeleuchtung spiegelte. Einen Ring trug er am Finger, auch daran erinnerte sich Antonia noch. Aber sonst an nichts. Er hatte sich nicht preisgegeben.

Als sie seine Bücher las – sie verschlang alle, denn sie hoffte, mit ihrer Hilfe endlich die Welt zu verstehen –, kam ihr der Gedanke, daß er für die Menschen vielleicht nie zu greifen gewesen war, er immer nur im Hintergrund geblieben war, von dem aus er alles beobachtete und durchschaute: mit dem Verstand drang er ein in die Seelen derer, die sich öffneten, obwohl sie meinten, hinter ihren vielen Worten die Wahrheit schlau verstecken zu können. Ein mitleidloser Betrachter, der die Seelen sezierte wie ein Pathologe den Körper eines Toten.

In einer Ausstellung in München hatte Antonia einmal ein Bild gesehen, das sie faszinierte und zugleich abstieß wie keines zuvor: Auf einem Behandlungstisch lag eine schöne junge Frau, beleuchtet nicht von unpersönlichen hellen Lampen, sondern von diffusem Kerzenlicht. Die Frau war tot, und doch umgab sie noch immer der Zauber ihrer einstigen Anziehungskraft. Sie war nicht allein. Vor ihr saß ein schwarzgekleideter Herr, eine goldene Uhr am Handgelenk und kostbare Manschettenknöpfe an den Ärmeln. Man sah ihn nur von der Seite, dennoch spürte man den Blick, den er nicht von der jungen Frau wenden konnte. Noch nie zuvor hatte Antonia ein solches Ausgeliefertsein empfunden. Es war ihr, als wäre sie selbst diese junge Tote und ihr hätte man diese unendliche Wehrlosigkeit auferlegt – die tiefste aller Demütigungen, wie ihr schien.

Schwankend zwischen Faszination und Widerwillen studierte sie die Schriften des Gastes ihrer Eltern und fühlte sich von ihm durchschaut und bloßgestellt – nicht als Person, als Antonia Bethany, sondern als ein Teil der Gesellschaft, in die sie hineingeboren und von deren Gesetzen sie geformt worden war.

»Ein so sanfter Mensch, dieser Freud«, hatte ihre Mutter einmal lächelnd gesagt, nachdem sich die Tür hinter dem Professor geschlossen hatte. Doch als Antonia nun die Räume ihrer Eltern durchquerte, dachte sie, daß diese wohltuende Sanftmut vielleicht nur Traurigkeit gewesen sein mochte, Müdigkeit oder Resignation, weil da einer war, der das kleine Universum, in dem er lebte, viel zu gut kannte: all seine Gesetzmäßigkeiten und Lügen; die Grundlagen seiner Hierarchien und den Selbstbetrug, der sich dahinter verbarg; die Qual der Enttäuschungen, der Angst und die Flucht in Hysterie und künstliches Vergessen. Kein Wunder, dachte Antonia, daß die neuen Herrn aus Berlin die Bücher dieses Mannes ins Feuer geworfen hatten, um sich für immer des scharfen Blicks zu entledigen, der ihre Seele bloßlegte.

An all diese einstigen Überlegungen erinnerte sich Antonia, als sie jetzt vor der Schlafzimmertür der Eltern stand. Dann aber schüttelte sie sich, wie um sich zu befreien. Sie drehte den Türknopf und trat ein. Es war, als käme sie in eine fremde, abweisende Welt. Als einzigen Raum der Wohnung hatte die Hausmeisterin diesen nicht geheizt, als wüßte sie von dem elterlichen Verbot, dieses Zimmer zu betreten. Hier herrschte noch immer der Grabgeruch der vergangenen Monate, es war kalt und unwirtlich, und die Fensterläden waren geschlossen. Erst jetzt wurde Antonia bewußt, daß ihr Mann wahrscheinlich im Kinderzimmer übernachtet hatte.

Sie öffnete die Fensterläden und lehnte sich hinaus, doch ein eisiger Luftzug, vermischt mit spitzen Eiskristallen, trieb sie schnell wieder ins Zimmer zurück. Trotzdem ließ sie die Fenster offen, bis sie das Gefühl hatte, die Luft wäre nun ausgetauscht. Dann schloß sie die Läden wieder, heizte den hohen Kachelofen ein und machte die zweiflügelige Tür zum Flur weit auf. Zugleich murmelte sie verärgerte, an ihre Eltern gerichtete Worte, Vorwürfe, die sie bisher sorgsam unterdrückt hatte. Die beiden würden nicht mehr wiederkommen, davon war sie nun überzeugt. Für immer waren sie fortgegangen, hatten sich in Sicherheit gebracht, ihre Familie verlassen. Dies war ihr Zimmer mit ihrem Bett, in dem sie geschlafen hatten, ihre Krankheiten auskuriert und ihre Kinder gezeugt! Hier hätten sie dereinst auch sterben müssen, nicht irgendwo in der Fremde unter einem heiteren, sonnigen Himmel! Voller Zorn packte Antonia die seidene Bettdecke und warf sie zu Boden. Sie schaltete alle Lichter ein und erklärte die Eltern für tot. Vielleicht würde es nun keine Sünde mehr sein, hier einzuziehen.

Nach einer Weile beruhigte sie sich. Sie schaute auf die Uhr. Bald würde Ferdinand nach Hause kommen. Hierher, wo sie aufgewachsen war. Sie und ihr Bruder; einer nach dem anderen, weil viele Jahre zwischen ihnen lagen. Sie warf einen letzten Blick in das Zimmer, das sich langsam erwärmte. Dann löschte sie kurzentschlossen wieder alle Lichter und machte die Tür hinter sich zu. Wenn Ferdinand das kleine Zimmer ihrer Jugend gewählt hatte, sollte es ihr recht sein. Sie würden sich dort wohler fühlen als in dem pompösen Gemach, bevölkert von den Gespenstern der Erinnerung.

Als sie die Tür hinter sich ins Schloß zog, fiel ihr ein, daß Professor Freud die Einladungen ihrer Eltern niemals erwidert hatte.

2

Schweigend löffelten sie die Suppe, die der weißbehandschuhte Kellner geschickt aus silbernen Tassen in ihre Teller gegossen hatte: Einmachsuppe mit Markknödeln – so zart und sämig, daß Antonia und Ferdinand einander schweigend anschauten und sich dann fast gleichzeitig zulächelten, so sehr schmeichelte die dampfende Speise ihrem Gaumen.

Der Mangel und die Not draußen in der Stadt und im ganzen hochgepriesenen Reich erschien in diesem gastlichen Speisesaal fern und unwirklich: mit weinrotem Brokat bespannte Wände, von denen kristallbehangene Appliquen ihr weißbeschirmtes Licht wie einen Nebelschleier über die Tische und rotplüschenen Armsessel legten, gerade in der richtigen Höhe, um dem Teint der Damen zu schmeicheln; schneeweiße Tischdecken und Servietten aus besticktem Damast; Silber, Kristall und zartestes Porzellan aus der einstigen kaiserlichen Manufaktur.

Als die »Rote Bar« war dieses Restaurant in der Stadt bekannt, Teil jenes renommierten Hotels, in dem einst der Adel gespeist hatte, die große Welt und auch die Halbwelt, und in dem sich nun die neuen Herren tummelten mit ihren Damen, die sich noch nicht so ganz an den Luxus gewöhnt hatten, den ihnen die bevorzugte Stellung ihrer durchsetzungsfrohen Ehegatten auf einmal eröffnete. Allzu leger gaben sich die einen, um zu demonstrieren, wie wenig sie sich von dem alten Glanz beeindrucken ließen; allzu angespannt die anderen, immer bemüht zu beobachten, wie man sich zu verhalten habe.

Gedämpfte Stimmen, die sich mit dem Fortschreiten des Abends hoben und immer mehr der Lautstärke näherten, derer sie sich tagsüber bedienten. Schon beim Hauptgang wurde das Lachen ungenierter, erst bei den Herren und bald auch bei ihren Damen mit ihren langen, fließenden Seidengewändern und dem glitzernden Schmuck am Hals und an den Händen. Namen führender Politiker fielen plötzlich wie Geröll von einem Felsen, um den Zuhörern die Bedeutung des Sprechenden aufzudrängen. Begriffe wie »Reichskanzlei« und »Berchtesgaden« klangen auf; Satzfetzen wie »mein Freund Speer« oder »Als ich kürzlich mit Göring auf der Jagd war«. Über die »verdammten Juden« dozierte einer, denen man hier, dem Führer sei Dank, nun nicht mehr begegnen müsse – als ob der Sprechende vor der Zeit seines Führers jemals diese Räume betreten hätte.

Ein paar vornehm Aussehende hielten Abstand und beobachteten mit ausdrucksloser Miene, wie ihre Parteigenossen – nun schon mit vom Wein geröteten Gesichtern – dem Oberkellner ihre Kamera in die Hand drückten und ihn mit barscher Jovialität aufforderten, sie an der Bar zu photographieren. Der Ober gehorchte mit der Gelassenheit versteckter Verachtung und verbeugte sich dann.

Den Gästen erschien dieses Verhalten devot und kratzfüßig, wie es ja von den dekadenten Ostmärkern zu erwarten war. Die selbstgewissen Herrenmenschen nahmen die schnellen, heimlichen Attacken und Paraden in Blick und Tonfall nicht wahr, die Verfeinerung der Respektlosigkeit, mit denen man ihnen tagsüber in den Ämtern begegnete, mit den raffinierten Grußformeln, deren wahre Bedeutung nur der ermessen konnte, der mit ihnen aufgewachsen war: »Meine Reverenz, Herr Sektionsrat«, »Spezielle Hochachtung, Herr Feldwebel«, »Meine besondere Verehrung, Herr Gauleiter«. Höflichkeiten, die ebensogut Beleidigungen sein konnten. Geringschätzung unter dem Mantel der Hochachtung. Zum »Reichsgau Groß-Wien« hatten die neuen Herrn die Metropole des einstigen Weltreichs erklärt, in dem die Sonne wahrlich nicht untergegangen war. Fünfhundert Jahre hatte es Bestand gehabt, voller Verirrungen und voller Glanz. Ob jemals einem der neuen Herrschaften der ketzerische Gedanke durch den Kopf geschossen war, daß über ihr Tausendjähriges Reich viel schneller die Dunkelheit hereinbrechen konnte?

Eine irreale Welt aus roter Seide, Kerzenlicht, Silber und Porzellan. Kostbare Speisen und Champagner im Eiskübel. Man hätte vergessen können, dachte Antonia, daß man daheim in Linz wieder per Bezugschein einkaufen würde, weil Panzer wichtiger waren als Brot und der Mangel angeblich leichter zu ertragen als die Demütigung, daß das eigene Land noch nicht das größte und mächtigste der Welt war. Mangel, nicht Elend. Auch wenn gespart werden mußte, durfte die Volksgesundheit nicht gefährdet werden, bildete sie doch die Grundlage weiterer Kriegsführung. »Ernährung ist so wichtig wie Munition«, hieß es, während die Volksgenossen vor den Läden Schlange standen und zu Hause an ihren Tischen mit heruntergezogenen Mundwinkeln versuchten, sich mit Ersatzstoffen anzufreunden. Gute Küche ohne Fett. Sojagerichte als eiweißhaltiger und vitaminreicher Fleischersatz. Zum Geburtstag dann Blümchenkaffee und eine falsche Marzipantorte mit fünfundzwanzig Gramm Fett und zwei Eiern. Mangel, nicht Elend. Und hier in der Roten Bar des Hotel Sacher das Schlaraffenland.

An Ferdinands Augen erkannte Antonia zuerst, daß etwas geschehen sein mußte. Wie noch einen Moment zuvor umgab sie Stimmengewirr, das Klappern des Eßbestecks auf kostbaren

Tellern und die leise Musik aus dem Nebenraum. Alles gedämpft durch die luxuriöse Ausstattung des Restaurants. Gerade noch hatte Ferdinand gelacht, weil Antonia sich über die neuen Bonzen lustig gemacht hatte. Er hatte gelacht und wollte antworten – in dem amüsierten Pingpong, in dem sie sich miteinander unterhielten, wenn es ihnen gutging und sie vergaßen, was sie bedrücken konnte, wieder zu denen wurden, die sich vor acht Jahren durch Zufall kennengelernt hatten und fast gleichzeitig meinten, am Ziel ihrer Suche angekommen zu sein. Genau die ist es. Genau der ist es. Mit ihr kann ich der werden, der ich sein möchte. Bei ihm fühle ich mich wohl.

Er hatte gelacht und wollte antworten, doch dann war er plötzlich erstarrt. Langsam legte er das Besteck auf den Teller zurück, ohne den Blick von dem zu wenden, das hinter Antonias Rücken aufgetaucht sein mußte.

»Was ist denn?« fragte Antonia. »Was hast du denn?«

Doch er schien sie nicht zu hören. Sie erschrak, als er für den Bruchteil einer Sekunde errötete und gleich danach so blaß wurde, daß sie meinte, ein plötzliches Unwohlsein hätte ihn befallen.

Sie wollte sich schon umdrehen, um herauszufinden, was hinter ihr vorging, als sie sah, daß in dem Spiegel hinter Ferdinands Rücken der ganze Raum reflektiert wurde. Sie sah ihren Mann und dahinter die plaudernden Gäste und die Ober, die zwischen den Tischen hin- und hereilten. Alles schien wie zuvor, nur daß sich die Tür geöffnet hatte und ein junges Paar hereingekommen war. Ein eleganter Herr und eine schlanke Dame in einem silbergrauen Kleid und mit einem modischen kleinen Spitzenschleier über der Stirn. Ein schönes Paar, dachte Antonia. Fremde. Sie konnte sich nicht vorstellen, daß die beiden etwas mit Ferdinands Verhalten zu tun hatten.

Inzwischen hatte Ferdinand seine Fassung zurückgewonnen. Er nahm sein Besteck wieder auf und aß weiter, ohne jedoch zu dem leichten Tonfall ihres vorangegangenen Gesprächs zurückzufinden. Antonia blickte über ihn hinweg immer noch auf das junge Paar, das sich mit dem Ober unterhielt, der mit diskreter Gebärde auf einen Tisch wies. Er schien den beiden zuzusagen, denn sie nickten und machten ein paar offenkundig scherzhafte Bemerkungen, die der Ober mit einem höflichen Lächeln quittierte. Schon wollten sie sich zu ihrem Tisch begeben, als der Blick der jungen Frau über den ganzen Raum hinweg auf Ferdinand fiel. Antonia sah es genau im Spiegel: Die junge Frau erstarrte, wie zuvor Ferdinand erstarrt war. Auch er mußte ihren Schrecken bemerkt haben, doch er sagte nichts, sondern senkte nur hastig den Kopf.

»Kennst du die Dame?« fragte Antonia.

Er antwortete nicht.

Da drehte sich Antonia um. Erst jetzt erkannte sie den Begleiter der jungen Frau: Thomas Harlander, Ferdinands Partner, der Pate ihrer kleinen Lilli, die so alt war wie der Krieg oder so jung. Auch Thomas Harlander hatte Antonia nun bemerkt, er stutzte und grüßte sie dann mit einer verlegenen Verbeugung. Antonia nickte zurück, befremdet, weil er nicht an ihren Tisch kam.

Die junge Frau legte nun ihre Hand auf Thomas Harlanders Arm und sagte etwas zu ihm, wobei sie heftig den Kopf schüttelte. Thomas schien ihre Argumente zu verstehen, nickte und sagte mit bedauerndem Achselzucken ein paar Worte zu dem Ober, der bereits seine Hände auf die Lehne des Sessels gestützt hatte, um ihn der jungen Frau zurechtzurücken.

Mit offensichtlichem Unbehagen grüßte Thomas Harlander noch einmal zu Antonia und Ferdinand herüber und wandte sich dann schnell zur Tür. Antonia grüßte automatisch zurück, ohne die Situation zu begreifen. Ihr Mann blickte nicht auf. Er schien nicht zu bemerken, daß Thomas und seine Begleiterin den Raum verließen. Noch immer war er blaß, und seine Hände zitterten kaum merklich.

»Was war das jetzt?« fragte Antonia. »Wie kommt er dazu, uns so zu behandeln? Er hätte doch wenigstens an unseren Tisch kommen können.«

Ferdinand blieb stumm. Er griff nach seinem Glas und trank es in einem Zug leer. Der Ober eilte herbei und schenkte nach. Wieder leerte Ferdinand das Glas.

»Darf ich noch eine Flasche bringen?« fragte der Ober. Als Ferdinand schwieg, verneinte Antonia an seiner Stelle mit einem höflichen Lächeln.

3

Sie froren, als sie in die Wohnung der Eltern zurückeilten. Zu früheren Zeiten war es leicht gewesen, vor dem Sacher einen Fiaker zu bekommen. Nun aber hatte man die meisten Droschken konfisziert, und nur die hohen Herren von der Partei genossen noch den Luxus, nach Hause gebracht zu werden, wo auch immer in der Stadt sich ihr derzeitiger Wohnsitz befinden mochte. Hoffentlich nicht für lange, dachte Antonia erbittert.

Sie redeten nicht miteinander. Noch immer stand die Begegnung mit Thomas Harlander und seiner Begleiterin zwischen ihnen wie eine Mauer aus Mißtrauen, das mit einem Schlag in Antonia erwacht war. Alles, dachte sie, hatten sie einander erzählt, als sie sich kennenlernten und insgeheim wünschten, das ganze Leben beieinander zu bleiben. Alles? Wirklich alles? grübelte sie weiter. Sie erinnerte sich plötzlich, daß sie an jenem glücklichen Abend des grenzenlosen Vertrauens ein paarmal kurz überlegt hatte, ob es wirklich nötig sei, jede Einzelheit preiszugeben: ein paar flüchtige Umarmungen mit einem Tanzstundenpartner; der ungestüme Kuß eines Vetters in einer Mondnacht am Strand von Viareggio; und dann noch ein Besuch im Atelier eines Malers, mit dem ihr Vater bekannt war und der nicht viel jünger war als er. Damals wäre sie fast in Schwierigkeiten geraten – wie ihre Mutter dies ausgedrückt hätte. Erst im letzten Augenblick hatte sie sich losgerissen und war nach Hause gelaufen, atemlos und mit dem Gefühl, selbst an ihrer Bedrängnis schuld gewesen zu sein. Mit Abscheu erinnerte sie sich an das Lächeln des Mannes, mit dem er sie jedesmal musterte, wenn sie sich später begegneten. Nein, sie hatte Ferdinand nichts davon erzählt, obwohl sie ein wenig scheinheilig gefragt hatte: »Alles? Willst du wirklich alles wissen?« »Ist es denn so schlimm?« hatte er zurückgefragt, belustigt und sorglos. Sie hatte gespürt, daß er sich nicht vorstellen konnte, daß dieses behütete junge Mädchen schon vor ihm neugierig auf die Welt gewesen war. Daß sie den Dingen ihren Lauf gelassen hatte, um zu erfahren, welche Möglichkeiten sich eröffneten, den Moment zu genießen. Es war ihrer Erziehung und vielleicht auch ihrem Charakter zu verdanken, daß nichts geschehen war, was andere vielleicht später zum Professor in die Berggasse getrieben hätte, weil die gängige Moral den Wunsch nach Selbstbestrafung weckte oder nach der Verachtung der eigenen Schwäche.

Trotz ihrer Bildung wußte das junge Mädchen Antonia nicht viel vom Lauf der Welt. Ihre Eltern hatten dafür gesorgt, daß sie beschäftigt war, vor allem in den Jahren der Gefahr. Als einziges Mädchen in einer Knabenklasse hatte sie kaum Freundinnen, mit denen sie sich hätte austauschen können über ihre eigenen Zweifel, ihre heimlichen Träume und Wünsche. Und nach der Matura übernahm sie für ihren Vater Schreibarbeiten und Recherchen, so daß sie wiederum nicht unter ihresgleichen war. Ihre winzigen Abenteuer erschienen ihr wie schwerwiegende Sünden, die sie vorsichtshalber nicht einmal beichtete, weil ihr Pfarrer mit den Eltern befreundet war und sie den Verdacht hatte, daß er noch weniger Bescheid wußte als sie selbst. Immer wieder grübelte sie darüber nach und fragte sich, ob sie ein schlechter, allzu fehlbarer Mensch war. Manchmal dachte sie aber auch, daß sicher auch die anderen Mädchen ihre kleinen Begegnungen gehabt hatten und alles wahrscheinlich gar nicht so sündhaft war, wie ihre Mutter es immer darstellte. Doch Gewißheit gab es nicht, und als Antonia Ferdinand Bellago kennenlernte, hielt sie sich fast für eine erfahrene Frau.

»Und du?« An jenem Abend war sie sicher gewesen, er würde ihr von einer zerbrochenen Liebe erzählen. Ein Mädchen aus seinen Kreisen, das einen anderen vorgezogen hatte. Oder eine, die zu lieben er aufgehört hatte. Vielleicht würde er auch sagen, er habe nie die Richtige getroffen, habe, ohne sie zu kennen, immer nur auf sie gewartet: Antonia Bethany, in die er so verliebt war, daß er mit der Hochzeit höchstens ein halbes Jahr warten wollte. Keine ausgedehnte Verlobungszeit, kein Sich-Prüfen und Den-anderen-Bewerten. Ein schneller Entschluß und ebenso entschlossen ausgeführt – weil alles seine Richtigkeit hatte und perfekt zusammenpaßte. Ja, es war gut, daß sie nichts von sich preisgegeben hatte.

»Und du?« Er hatte gelacht und die Achseln gezuckt. »Das Übliche«, hatte er dann gemurmelt. »Nichts Wichtiges.«

Doch wieso dieses Erröten heute abend und diese Blässe? Das Zittern der Hände und sein Schweigen. Dazu noch die Verwirrung der jungen Frau. Ihre Unruhe und ihr offenkundiger Wunsch, die Begegnung zu vermeiden.

»Du kennst sie«, sagte Antonia leise, während sie durch die nächtlichen Straßen eilten, außer Atem, weil es so kalt war, daß man kaum Luft bekam. Noch am Morgen hatten alle Zeitungen Bilder der gewaltigen Eisblöcke gezeigt, die sich auf der Donau türmten. Der Schiffsverkehr in Europa war lahmgelegt, und selbst aus Amerika wurde von Todesopfern berichtet, Menschen, die von Schneeverwehungen begraben wurden und darin erstickten oder erfroren. Eine Kälte wie damals im Weltkrieg. Ob der Himmel diesen Frost geschickt hatte, weil es in den Herzen der Menschen so kalt geworden war?

Ferdinand antwortete nicht, sondern eilte an ihrer Seite weiter, daß sie ihm mit ihren hochhackigen Schuhen kaum folgen konnte. Als sie endlich das Haus erreicht hatten und die Treppe hochstiegen, atmeten sie auf. Die Luft im Stiegenhaus war abgestanden, aber sie kam ihnen warm und anheimelnd vor. Aus dem Stockwerk über ihnen dröhnte laute Musik.

»Der Sohn unseres Hausherrn«, erklärte Antonia und wies

mit dem Kinn nach oben. »Sein Musikgeschmack ist nicht ganz auf Parteilinie.«

Ferdinand lächelte, erleichtert, daß sie das Thema gewechselt hatte.

In der Wohnung war es nicht mehr so warm wie zuvor. Das Feuer in den Öfen war ausgegangen. Nur im Küchenherd glomm es noch. Sie legten ein paar Holzscheite nach und rieben ihre Hände über der Platte.

»Sag mir die Wahrheit: Du kennst diese Frau, nicht wahr?«

Antonia fror, doch zugleich war ihr heiß. Sie hatte plötzlich Angst, daß alles, worauf sie gebaut hatte, auf einer großen Lüge beruhte.

Ferdinand zog die Hände zurück. »Sie ist die Freundin von Thomas«, murmelte er. »Ich glaube, er würde sie auf der Stelle heiraten, aber sie will nicht.«

»Und woher kennst du sie?«

Er war wieder blaß geworden wie zuvor im Restaurant des Sacher. Trotzdem klang seine Stimme nun fest und sicher. »Ich habe noch nie ein Wort mit ihr gesprochen. Das schwöre ich dir, Antonia.«

»Und warum reagierst du dann so nervös?«

»Weil du mir nicht glauben willst. Ich dachte immer, du vertraust mir.«

Daraufhin schwieg sie. Sie legte ihre Hand auf seinen Arm und blickte forschend in sein Gesicht. Er kam ihr fremd vor, als sähe sie ihn zum ersten Mal. Trotzdem dachte sie plötzlich, die Schuld an der Verstimmung läge bei ihr. Wie der Schelm ist, so denkt er, hatte ihre Mutter manchmal gesagt. Vielleicht hatte sie ja recht damit.

»Diese Stadt ist nicht mehr so wie früher«, sagte Antonia und wandte sich ab. »Ich fühle mich nicht mehr wohl hier. Auch nicht in dieser Wohnung. Ich bin froh, daß wir morgen wieder heimfahren.«

Da nahm er sie in den Arm. Es tat ihr gut, sich an ihn zu lehnen. Als sie zu ihm hochblickte, sah sie eine Trauer in seinem

Gesicht, die sie noch nie zuvor bemerkt hatte. »Ist alles wieder gut?« fragte sie leise. Er blickte sie an und nickte. »Natürlich«, antwortete er. »Natürlich.«

In dieser Nacht schliefen sie in Antonias altem Kinderzimmer: zwei Erwachsene, die selbst schon Eltern waren. Das Land der Kindheit hatten sie längst verlassen. Es bot ihnen keinen Schutz mehr. Mit der Gründung einer eigenen Familie hatten sie sich in eine andere Welt begeben, doch sie wagten nicht zu denken, daß auch diese dabei sein könnte, auseinanderzubrechen.

WOCHENSCHAU

I

Schon seit dem frühen Vormittag wartete eine lange, füßescharrende Menschenschlange vor dem Kinoeingang auf die begehrten Karten und auf den Einlaß in die finstere Höhle des Lichtspieltheaters, in dem einmal die Woche keine Filme gezeigt wurden, sondern das Abbild der Wahrheit, des realen Lebens, so wie die Zuschauer es nach dem Willen der Obrigkeit verstehen sollten. Seit bald einem Jahr drängte man sich hier jeden Sonntagmittag. Verwirrende Nachrichten hatte es gegeben. Drei Blitzkriege hatte man auf der Leinwand miterlebt und jedes Mal gehofft, diesmal wäre es der letzte, damit endlich wieder Ruhe einkehrte und Normalität. Normalität? Man wußte kaum noch, was das war und wann sie eigentlich zu Ende gegangen war. Ganz sicher war es nicht normal gewesen, ein fremdes, unvorbereitetes Land wie Polen zu erobern und seine Bevölkerung zu unterwerfen. Bomben, Panzer und unzählige Tote. Aber der Führer hatte gesagt, dies müsse geschehen, weil die Polen die deutsche Minderheit drangsalierten, und Deutsche Deutschen zu jeder Zeit in Treue Beistand leisten.

Danach der zweite Blitzkrieg: Dänemark und Norwegen. Den meisten Wochenschaubesuchern war nicht wohl beim Anblick der Bilder abweisend blickender Dänen, denen deutsche Soldaten Zigaretten aufdrängten. Dänen und Norweger: germanische Völker wie man selbst eines war. Doch ihre Länder waren reich an Bodenschätzen, die man brauchte für den Krieg, mit dem die Scharfmacher in England, wie es hieß, ständig drohten.

Und dann der Vorstoß nach Westen, der dritte Blitzkrieg, der sich anfangs ereignislos über Monate hingezogen hatte, daß man schon meinte, die Angriffspläne wären vergessen worden und der Führer, der ja bekanntlich den Frieden liebte, würde Gnade vor Recht ergehen lassen und die Franzosen nun doch nicht dafür bestrafen, daß auf ihrem Boden der Schandfrieden von Versailles unterzeichnet worden war, dessen unerbittliche Strenge das deutsche Volk zwei Jahrzehnte in Abhängigkeit und Not gehalten hatte.

Dann aber hatte der Blitz vor den Augen der Kinobesucher wirklich eingeschlagen: Belgien, die Niederlande und Luxemburg fielen. Die Wochenschaubilder zeigten idyllische Kleinstädte, in denen deutsche Truppen Straße um Straße eroberten, Haus um Haus. Widerstände habe es gegeben, räumte der Sprecher vorsichtig ein, Kämpfe und Bombardierungen. Flüchtlingsströme zogen nach Paris. Und: eine blühende Hafenstadt – Rotterdam – wurde auf Befehl des Reichsmarschalls Göring noch kurz vor der Kapitulation verwüstet.

Verwüstet. In der fern der Front in der Sommerhitze dahindösenden Provinzstadt Linz konnte man sich kaum vorstellen, was das bedeutete. Um so verwirrter war man, als man im flackernden Licht des Non-Stop-Kinos die Bilder jener Stadt zu sehen bekam oder das, was nach dem Bombardement noch von ihr übriggeblieben war. Trotzdem jubelte der Sprecher, jubelten auf der Leinwand der Führer und seine Paladine, jubelten bald auch immer mehr Menschen auf den Straßen, weil man nach der Verachtung der letzten Jahrzehnte endlich wieder jemand war. Weil den anderen gezeigt wurde, daß man mit Deutschland nicht alles machen konnte, Deutschland, dessen Truppen an einem warmen Sommertag in Paris einmarschierten. »Kampflos fällt Paris in deutsche Hände!« triumphierte der Sprecher und rollte dabei das R, das auf einmal alle dem Führer nachmachten.

Am Arc de Triomphe vorbei zogen die deutschen Truppen in Paris ein. Junge Männer mit Stahlhelm und geschultertem Gewehr. Donnernde Stiefel. Am Straßenrand, kaum beachtet, die Bevölkerung, die in hilflosem Zorn das Unfaßbare mit ansah und es sich einprägte, um es niemals zu vergessen.

Am 22. Juni 1940 dann das Ereignis, um dessentwillen die Menschen in Linz und im ganzen Deutschen Reich die Kinosäle stürmten – die Unterzeichnung des Waffenstillstandsvertrages mit Frankreich an einem Ort, der wie kein anderer geeignet war, die Schmach des verlorenen Weltkriegs für immer und ewig auszulöschen: genau derselbe Salonwagen, in dem 1918 der französische Marschall Foch mit der Barschheit des Siegers einer deutschen Abordnung die Dokumente mit den Waffenstillstandsbedingungen hingeworfen hatte. Friß, Vogel, oder stirb! Wahrscheinlich wären die Gedemütigten viel lieber gestorben, als zu unterschreiben.

Und jetzt: derselbe Salonwagen an genau derselben Stelle im Wald von Compiègne. Nur daß diesmal der Führer bestimmte, was mit Frankreich zu geschehen hatte. Nun war er es, der ein Land aufteilte und ihm Verpflichtungen auferlegte. Der Führer, der, wie der Sprecher ergriffen erklärte, in seiner Bescheidenheit sogar auf eine Siegesparade durch Paris verzichtet hatte. Statt dessen fuhr er am frühen Morgen des folgenden Tages mit seinem Architekten Speer und seinem Lieblingskünstler Breker drei Stunden lang durch das schlafende Paris – einem Voyeur ähnlicher als einem Sieger. So aber vermied er es, sich der Gefahr eines angedrohten Anschlags auszusetzen. »Meine Kunstreise«, nannte er diese Rundfahrt und schlich sich damit noch tiefer in die Herzen derer, die an seine Gutwilligkeit glaubten.

2

Auch Antonia und ihr Bruder Peter befanden sich an diesem Tag unter der Menschenmenge, die in den Linzer Kinosaal drängte. Da es Sonntag war, hatten sich die meisten Besucher fein herausgeputzt. Die Damen vor allem mit den neumodischen Turbanen, die zugleich chic und schmeichelnd waren wie auch vernünftig, weil Tücher weniger kosteten und leichter zu beschaffen waren als Hüte, die nur die Köpfe jener zierten, die sich den Luxus eines Sommerhuts schon vor dem Krieg erlauben konnten. Eine Zwischenlösung bildeten Strohhüte, deren Material auch in Notzeiten verfügbar war. »Deutscher Hut aus deutschem Stroh«, lautete der Werbespruch. Niemand mißbilligte diese bescheidene Extravaganz, denn deutsche Frauen sollten schöne Frauen sein, gesund und frisch, um die Männer zu erfreuen und ihnen viele Söhne zu gebären, Soldaten für den Führer.

Auch junge Menschen befanden sich im Publikum: Buben aus der Hitlerjugend und junge Mädchen mit straff geflochtenen Zöpfen vom Bund deutscher Mädel. HJ und BDM, das Sehnsuchtsziel aller Kinder, weil man dann endlich auch selbst jemand war, nicht nur Sohn oder Tochter, sondern ein Teil der Volksgemeinschaft. »Bin ich erst groß und nicht mehr klein, werd ich Soldat des Führers sein!« skandierten die Hitlerjungen bei ihren abendlichen Heimstunden, und tatsächlich erschien ihnen nichts erstrebenswerter, als ihr junges Leben dem Führer zu opfern, den sie mehr liebten als die eigenen Eltern.

Peter Bethany war mit seinen dreizehn Jahren noch zu jung, um richtiges Mitglied der HJ zu sein. Immerhin aber hatte er bereits die Pimpfenprobe bestanden, was bedeutete, daß er berechtigt war, die Uniform der HJ zu tragen: braune Hose; braunes Hemd; schwarzes, dreieckiges Halstuch, das mit einem braunen Lederknoten gehalten wurde; Schulterriemen aus Leder; Koppel ebenfalls aus Leder mit einem weißen Koppelschloß, darauf eine Sigrune. Dazu weiße Kniestrümpfe, braune Schuhe und ein braunes Schiffchen, das Peter sich schief auf den Kopf zu setzen pflegte, weil er die Erfahrung gemacht hatte, daß ihm dann trotz seiner Jugend die Mädchen anerkennend zulächelten.

Im Lichtspieltheater herrschte ein ständiges Kommen und Gehen. Für jeden, der den Saal verließ, durfte ein Wartender eintreten, um seinen Platz einzunehmen, wobei die Platzanweiserinnen mit ihren Taschenlampen ein strenges Regiment führten und keine Sonderwünsche duldeten. So landeten Antonia und Peter in der allerersten Reihe, mitten unter den anderen Pimpfen und Mitgliedern von HJ und BDM mit ihren erwachsenen Begleitern. Von hier aus konnte die Leinwand nur betrachtet werden, wenn man entweder auf dem Sitz nach vorne rutschte, bis man fast lag, oder sich beim angestrengten Hochblicken fast den Hals verrenkte. Dazu kam der kaum zu ertragende Lärm aus den Lautsprechern neben der Leinwand. Schon nach ein paar Minuten konnte Antonia das Getöse kaum noch aushalten. Als dann die Champs-Elysées unter den Stiefeltritten der Wehrmacht erdröhnten, wäre sie am liebsten aus dem Saal geflohen. Doch das konnte mißverstanden werden, weshalb sie wie alle anderen in ihrer Reihe ebenfalls nach vorn rutschte und die sich daraus ergebende Verkürzung des Oberkörpers nutzte, sich unauffällig die Zeigefinger in die Ohren zu stopfen. Großdeutschland und der Führer mochten es ihr verzeihen.

Immer wieder brandete im Saal Beifall auf, manchmal auch Sieg Heil!-Rufe oder ein altmodisches Bravo, in das aber kaum jemand einstimmte, weil es mehr in eine Zirkusvorstellung zu passen schien als zur Berichterstattung über den Triumph einer für immer besiegt geglaubten Armee.

»Sieg Heil!« Antonia beobachtete ihren Bruder von der Seite. Während die Gleichaltrigen um ihn herum immer wieder laut jubelten und sich als Teil eines gemeinsamen Ganzen zu fühlen schienen, schaute er nur aufmerksam zu. Das Licht von der Leinwand her flackerte über sein noch immer kindlich weiches Gesicht, ohne jedoch den Blick des Jungen zu entzünden oder gar sein Herz.

Antonia hätte plötzlich am liebsten den Arm um ihren Bruder gelegt, um ihn zu beschützen und ihm zu zeigen, daß sie ihn liebte. Wer sonst sollte es tun, wenn nicht sie? Die Eltern, deren Pflicht dies gewesen wäre, zählten nicht mehr, auch wenn sie fast täglich Briefe schrieben, die oft wochenlang brauchten, bis sie zugestellt wurden, so daß kein Zusammenhang mehr bestand zwischen der Situation, in der sie verfaßt worden waren, und der Stimmung, in der sie gelesen wurden. Manchmal lag ein ganzer Packen dieser Briefe auf dem Telefontisch in der Diele, dennoch waren mehrere Schreiben wohl verlorengegangen.

Auch an Peter schrieben die Eltern: an ihn speziell, mit seinem Namen auf dem Umschlag, damit er ihn selbst öffnete und wußte, daß ihn sein Vater und seine Mutter liebten und sich nach ihm sehnten. Kein Brief an Antonia, in dem sie nicht flehten, Peter zu ihnen zu schicken. Ihnen selbst sei es im Augenblick nicht möglich, die Reise zu unternehmen, weil es dem Vater inzwischen gesundheitlich viel schlechter gehe als zuvor.

Mit Schaudern erinnerte sich Antonia an Peters Antwort, als sie ihm davon erzählte.

»Klar«, hatte er kühl gesagt, ohne sie anzusehen. »Klar, daß er krank ist. Wenn es ihm wieder gutginge, müßte er ja zurückkommen.«

»Aber er hat sich dieses Leiden doch nicht ausgesucht!« hatte Antonia entsetzt ausgerufen.

Erst da hatte der Bruder ihr das Gesicht zugewandt. »Nein? Wirklich nicht?« Und war zur Tür gegangen. »Immerhin hätte er sich anpassen können. Andere tun das auch. Doch dazu war er zu stolz. Er war aber nicht zu stolz, davonzurennen und mich im Stich zu lassen.« Mit diesen Worten war die Tür hinter ihm zugefallen, und Antonia hatte gewußt, daß es keinen Sinn hatte, ihn zurückzurufen.

Erst Wochen später entdeckte sie durch Zufall in einer seiner Schreibtischschubladen die Umschläge mit den Briefen der Eltern. Sie waren ungeöffnet und nur oben in der Mitte etwa einen Fingerbreit eingerissen, als sollten sie entwertet werden. Peter hatte sie säuberlich zu einem Päckchen verschnürt und ganz nach hinten geschoben, doch mochte der Adressat die Lade manchmal öffnen, vielleicht um seine Rache zu genießen oder an ihr zu leiden. Groll und Schmerz eines Kindes, auch wenn seine Stimme schon brach und er sich manchmal ein paar Worte lang anhörte, als wäre er bereits ein junger Mann.

Antonia fühlte sich für ihn verantwortlich, mehr, so dachte sie selbst, wie eine Mutter als wie eine ältere Schwester. Sie wollte, daß er endlich seinen Frieden fand und daß ihn auch die anderen akzeptierten. Noch immer kam es ihr vor, als ob die alten Bellagos das neue Familienmitglied nur mit Widerwillen an ihrem Tisch duldeten und den Ärger über die Verantwortungslosigkeit der Eltern auf den Jungen selbst übertrugen. Auch mit Ferdinands Verhalten war Antonia nicht zufrieden. Er war freundlich zu Peter, wenn er mit ihm sprach – aber das eben tat er nur selten. Meistens streifte sein Blick gleichgültig über den Jungen hinweg, der seine Aufmerksamkeit suchte, aber immer wieder schnell aufgab, weil er ahnte, daß seine Anwesenheit nicht wirklich erwünscht war.

Zum Glück benahmen sich die übrigen Mitglieder des Haushalts anders. Vor allem Enrica blühte auf, wenn Peter sie anlachte und seine Scherzchen mit ihr trieb. Seit er sie zum Spaß ein paarmal Eni genannt hatte, bestand sie darauf, fortan von allen mit diesem Kosenamen angesprochen zu werden. Eni – das war der Name, den er ihr geschenkt hatte, er, der eigentlich ihr Onkel war, aber dem Alter nach gar nicht so weit von ihr entfernt. Sie liebte und verehrte ihn, und er tat alles, um ihr Freude zu bereiten. Wenn sie lachend durch den Garten tobten, kam es Antonia vor, als wäre der Frieden zurückgekehrt. Fern der Krieg, fern die Sorge und fern auch die uneingestandene Sehnsucht nach den beiden Menschen, die fortgegangen waren, um der Demütigung zu entgehen und vielleicht sogar dem Tod.

Selbst das Baby war in Peter verliebt und biß ihn sanft in

den Knöchel seines Zeigefingers, den er ihr hinhielt. »Lilli«, schmeichelte er dann, hob das kleine Mädchen behutsam aus dem Wagen und ließ zu, daß die winzigen Finger sein Gesicht erforschten.

»Er ist ein so lieber Bub«, sagte das Kindermädchen Fanni fast verschämt und lachte. »Ganz anders als die Bauerntölpel bei uns daheim.«

Antonia freute sich darüber und blickte voller Zuneigung auf den Bruder, der ihr und ihren Eltern ähnlich sah. Das gleiche dichte, dunkelblonde Haar, auf das ihr Vater in jungen Jahren stolz gewesen war; die gleichen braunen Augen wie die Mutter. »*Occhi italiani*«, pflegte Laura Bethany voller Stolz zu schwärmen, als die Familie noch vereint war. »*Occhi bellissimi!*« Und *bellissimo* fand sie auch alles andere an ihrem Sohn, diesem hübschen, intelligenten Jungen, der alles zu haben schien, was man sich nur wünschen konnte.

3

Für Peter boten die Wochenschaubesuche nicht viel Neues. Nur dadurch, daß sie die Ereignisse bildlich darstellten, unterschieden sie sich von den Informationen, die die Lehrer in der Schule vermittelten. Täglich verfolgten sie mit den Kindern den Frontverlauf auf der Landkarte, markierten ihn mit Fähnchen und priesen die tapferen Männer der Wehrmacht, die die grandiosen Visionen des Führers unter Einsatz des eigenen Lebens in die Tat umsetzten.

In Peters Klasse hing gleich neben der Tafel ein Plakat, das der Klassenlehrer persönlich in gotischen Buchstaben beschriftet hatte: ein Zitat das Führers, das Lieblingszitat des Lehrers, weil es alles beinhaltete, was auch ihn beflügelte, ihn spüren ließ, welche Kraft in ihm und im ganzen deutschen Volk steckte, das endlich aus seiner Schwermut erwacht war: »Die Erde ist nicht für feige Völker da«, hieß es hier. »Nicht für faule und nicht für schwache, sondern die Erde ist da für denjenigen, der sie sich nimmt. Die Erde ist ein Wanderpokal, der immer den Völkern gegeben wird, die ihn verdienen, die sich im Kampf um das Dasein stark genug erweisen, die eigene Existenzgrundlage sicherzustellen.«

Die Erde ist ein Wanderpokal: Peter verstand plötzlich, warum die Männer in Uniform so viele Opfer brachten und warum der Klassenlehrer so berauscht war von der neuen Zeit. Die Erde ist ein Wanderpokal. Drei Blitzkriege. Eins, zwei, drei. Schlag auf Schlag. Ohne Zögern. Nimm dir, was du willst. Solange du der Stärkere bist, wird keiner dich daran hindern können.

Jedes der unzähligen Schlagworte, die täglich auf ihn und seine Mitschüler einprasselten, war auf einmal von einer bezwingenden Logik: Glauben, gehorchen, kämpfen… Wir geloben Hitler Treue bis ins Grab… Meine Ehre heißt Treue… Die Welt gehört den Führenden, sie gehn der Sonne Lauf. Und wir sind die Marschierenden, und keiner hält uns auf… Das Alte wankt, das Morsche fällt… Wir marschieren für Hitler durch Nacht und durch Not, mit der Fahne der Jugend für Freiheit und Brot… Ein deutscher Junge weint nicht.

Es war nicht schwer, diese Worte nachzusprechen, zumal sie mit so großer Lautstärke verkündet wurden. Schwierig fand Peter es nur, wenn es dabei um die Juden ging. Er kannte nicht viele, aber er erinnerte sich noch immer an den Mitschüler in Wien, dessen »Frau Großmama aus dem Schtetl« stammte. Peter hatte nie etwas an ihm auszusetzen gefunden, und sein Vater hatte ihm eingeschärft, niemals zu verallgemeinern. Damals hatte er noch gar nicht begriffen, was das bedeutete: zu verallgemeinern, aber allmählich wurde es ihm immer klarer.

Wenn er »*Juda verrecke!*« rufen sollte, wie man es auf den Heimabenden von ihm erwartete, dann kam es ihm vor, als ob er seinen ehemaligen Mitschüler, der bestimmt schon längst nicht mehr an seiner alten Schule war, direkt attackierte. »Arthur, verrecke!« hätte das geheißen, aber warum sollte man so etwas sagen? Arthur war ein netter, wohlerzogener Junge gewesen – »comme il faut«, wie Professor Bethany es genannt hätte – und was an Arthur anders sein sollte als an den anderen Jungen, konnte Peter nicht erkennen.

»Trau keinem Fuchs auf grüner Heid und keinem Jud bei seinem Eid!« Als die Kameraden auf dem Heimabend den Spruch grölten, blickte Peter zu Boden und erhob sich dann unauffällig. Auf der Toilette stand er danach allein vor dem Spiegel und starrte hinein. Er hörte, wie sie drinnen »Juda verrecke!« schrien und danach dreimal »Sieg Heil!«, was das Ende des geselligen Abends bedeutete. *Deine Frau Großmama kommt aus dem Schtetl, nicht wahr?*

Vor ein paar Wochen waren Ärzte in der Klasse erschienen und hatten die Schüler gemessen, um herauszufinden, ob sie auch wirklich alle rassereine Arier seien. Peters Kopfform und seine Proportionen erschienen den Prüfenden perfekt. Er wurde besonders gelobt, als ob er persönlich für die Länge seiner Nase und die Form seines Schädels verantwortlich wäre.

Juda verrecke. Arthur verrecke... Was wäre, wenn plötzlich einer käme, der verlangte, daß alle »Peter verrecke!« brüllten? Oder gar: »Adolf verrecke!«?

Peter erschrak über die eigenen Gedanken. Oben auf der Leinwand stieg der Führer aus dem Sonderzug und schaute ernst in die Kamera. Es kam Peter vor, als ob er ausgerechnet ihn mit diesem Blick fixierte, womöglich sogar seine ketzerischen Gedanken erriet. Adolf Hitler, unser lieber Führer! Ein Mann im Zenith seines Erfolges. Die Eroberungen seien unbedingt notwendig gewesen, hatte der Lehrer gesagt. Durch den Sieg sei man endlich der kontinentale Hegemoniestaat. Was immer das auch bedeuten mochte.

Eigentlich mochte Peter seinen Lehrer. Es gefiel ihm, wie der Lehrer seine Schüler behandelte. Vor allem begeisterte es ihn, daß er ihnen vertraute. Bei Klassenarbeiten konnte es vorkommen, daß er plötzlich den Raum verließ, da er sicher schien, daß keiner versuchen würde, abzuschreiben. Betrug war keine deutsche Handlungsweise.

Ein deutscher Junge weint nicht. Trotz der überschäumenden Einigkeit im Kinosaal fühlte sich Peter plötzlich verzagt. Irgend etwas paßte nicht zusammen. Irgend jemand hatte unrecht. Als nächstes müßte man sich England zur Brust nehmen, hatte der Lehrer gesagt. Die Engländer seien allesamt Kriegstreiber, besonders deren erster Mann im Staat: Winston Churchill. Der sei zwar angeblich kein Jude, aber wer könne das schon genau wissen? England befände sich doch längst – wie übrigens auch Amerika – in jüdischer Hand. Bei all seiner Friedensliebe könne der Führer nicht zulassen, das so einer wie dieser Churchill Oberwasser bekam.

Peter blickte hinüber zu Antonia, die sich die Ohren zuhielt. Er lächelte. Er war froh, daß sie bei ihm war. Er war nicht allein.

4

Als sie heimkamen, war das Haus leer. »Alle ausgeflogen!« rief Peter übermütig und breitete die Arme aus, als wolle er für kurze Zeit dieses Gebäude, in dem er nur halbherzig willkommen war, in Besitz nehmen.

Sie tranken Himbeersaft und aßen von dem Apfelstrudel, den es zu Mittag als Nachspeise gegeben hatte. Ohne Gabel, nur mit den Fingern naschten sie ihn vom Teller. »Oma Hella würde sagen: Wie die Schweine«, mampfte Peter vergnügt, und Antonia fühlte sich keinen Tag älter als er.

Neun Jahre Ehe lagen hinter ihr. Neun Jahre mit den steiflippigen Schwiegereltern unter einem Dach. Neun Jahre ständiger gesellschaftlicher Verpflichtungen, während denen eine kleine Stadt sie beobachtete und beurteilte. Antonia hatte wenig Zeit gehabt, darüber nachzudenken, ob sie glücklich war oder auch nur zufrieden.

Nur zufrieden? Antonia verstand selbst nicht, warum sie plötzlich an den Abend im Hotel Sacher denken mußte, als die schöne junge Freundin Thomas Harlanders vor ihr – oder vor Ferdinand? – geflohen war. Denn eine Flucht war es gewesen, davon war Antonia überzeugt. Immer wieder hatte sie überlegt, welche Bewandtnis es mit der jungen Frau haben mochte. Mehrmals hatte sie versucht, ihren Mann zur Rede zu stellen. Doch er war ihr immer ausgewichen. Er habe mit der Dame noch nie gesprochen und wenn Thomas sie, aus welchen Gründen auch immer, vor der Linzer Gesellschaft verstecke, sei das ganz allein seine Sache. Er als sein Seniorpartner habe jedenfalls nicht die Absicht, sich da einzumischen.

»Aber beunruhigt es dich denn nicht, daß du so gar nichts von ihr weißt?« hatte Antonia gerufen. »Sie könnte alles mögliche sein, vielleicht ist sie ja eine Spionin.«

Doch er hatte nur gelacht und den Kopf geschüttelt. »Sie wohnt bei Harlanders Mutter im Gartenhaus«, hatte er geantwortet. »Und die ist eine kluge Frau, der man nichts vormachen könnte.«

Da hatte Antonia geschwiegen. »Du weißt also doch mehr über sie, als du eingestehst«, meinte sie schließlich. »Immerhin ist dir bekannt, wo sie wohnt. Das hast du vorher nicht zugegeben.« Ferdinand hatte nur die Schultern gezuckt und sich hinter seiner Zeitung verschanzt. Damit war das Gespräch beendet, Antonias Mißtrauen indes nicht zerstreut.

Eine junge Frau. Studentin sei sie, hatte Ferdinand erklärt, als sie ihn ein weiteres Mal mit Fragen überschüttet hatte. Ein Mensch, der sich bildete und an sich arbeitete. Antonia begriff, warum sie ihr gerade jetzt einfiel, als sie sich fragte, ob sie zufrieden war. Zufrieden mit ihrer Familie, zufrieden mit ihrem Leben, zufrieden vor allem mit dem, was sie aus sich selbst machte. Talente seien Befehle von oben, hatte ihr Vater einmal gesagt. Und doch hatte er sie nie zu einem eigenständigen Weg ermutigt. Zugleich fiel ihr auch seine Freude ein, als sie ihm eröffnete, sie wolle diesen Anwalt aus Linz heiraten, mit dem er sich immer so angeregt unterhalten hatte. Ja, er hatte sich gefreut und schien über die Maßen erleichtert zu sein: ein Vater, der seine Tochter gut unter die Haube gebracht hatte. Ob er sie bestärkt hätte, mehr aus sich zu machen, wenn sie ein Junge gewesen wäre? Je länger die Eltern fort waren, um so deutlicher schienen sich ihre Schwächen abzuzeichnen. Erinnerung verklärt, hieß es für gewöhnlich, aber bei Antonia und ihrem Bruder schärfte heimlicher Groll ihren Blick und ließ sie, die verlassenen Kinder, hart urteilen.

Eine friedvolle Stimmung lag über diesem Nachmittag. Wie sanfte Mädchenfinger tasteten sich die Strahlen der Sonne zwischen den dunkelgrünen Kastanienblättern ins Zimmer, festlich, milde und warm, gerade so viel, daß es angenehm war und man die Arme ausbreiten und mit geschlossenen Augen das Antlitz dem Licht entgegenhalten konnte.

Antonia nahm sich vor, sich von nun an öfter für ihren Bruder Zeit zu nehmen. Die Jugend verflog so schnell, die Zeit der verzehrenden Empfindungen, der quälenden Sehnsucht, des Zweifels. Es durfte nicht geschehen, daß dieser heranwachsende Mensch den Seelenverderbern in die Hände fiel. Irgendwie mußte sie es schaffen, ihn über die Jahre hinwegzuretten, in denen die jungen Männer vielleicht bald von einer Kampfmaschinerie verschlungen würden. Manövriermasse für die Machthungrigen, die sie in fremde Länder sandten, um dort als Futter für die Kanonen zu enden. Es konnte nicht ewig dauern, dachte Antonia, daß Menschen über andere herfielen. Daß ein Mensch weniger wert war als die Kugel, die ihn auslöschte, und ein Volk jubelte, weil es glaubte, im Recht zu sein, und es ihm endlich besser zu gehen schien; weil ihm eine stolze Zukunft versprochen wurde, Wohlstand und Ehre für alle. Doch die Schande war bereits geboren, und in so manche Träume schlich sich Scham. Wenn dann jedoch die forsche Stimme des Führers aus dem Volksempfänger schallte, untermalt vom Knarren und Knacken des schlechten Empfangs, war plötzlich jeder Einwand beiseite geschoben, und man beeilte sich, die Bedenken der Nacht ganz schnell zu vergessen.

Antonia spürte, daß Peter sie beobachtete. Schnell verscheuchte sie ihre Gedanken und lächelte ihm zu. Da sprang er auf und verkündete strahlend: »Ich muß dir etwas zeigen.« Er lief hinaus und hinauf in sein Zimmer. In wenigen Augenblicken war er wieder zurück. Er hatte wohl nicht lange suchen müssen nach dem, was er nun hinter dem Rücken verbarg. »Kannst du tanzen?« fragte er, bevor er wie ein Varietézauberer zwei Schallplatten präsentierte.

Antonia nahm sie ihm aus der Hand. »Das ist ja Swing«, sagte sie erstaunt. »Woher hast du das?«

»Geschenkt bekommen. Noch in Wien.« Er zog eine der Platten aus der Hülle und wies mit dem Kinn auf das Grammophon Franz Josef Bellagos. »Darf ich?«

Antonia zuckte die Achseln. »Das ist Gotteslästerung«, murmelte sie. Doch dann: »Worauf wartest du noch?«

Eifrig legte er die Platte auf und drehte an der Kurbel. Vorsichtig, fast zittrig ließ er die Nadel auf die Randrille sinken. Zu Anfang knisterte und knackte es nur, dann aber sprang ihm das Lied plötzlich entgegen und erfüllte den Raum, der in einer ganz anderen Zeit eingerichtet worden war und von einem anderen Lebensgefühl kündete. »*The Sheik of Araby!*« rief Peter. »Los, Suleika, zeig, was du kannst!«

Da lachte Antonia laut auf, und sie tanzten, als hätten sie nie etwas anderes getan. Kein diszipliniertes Eins-zwei, Eins-zwei oder Eins-zwei-drei, Eins-zwei-drei, sondern genau das, was Peter bei Johnny und Lola gesehen hatte. Ein Wirbeln und Springen und Drehen, daß den Tänzern ganz heiß wurde und sie vor Freude jauchzten. »Wie im ›Blauen Affen von Venedig‹!« rief Peter.

»Im ›Blauen Affen von Chicago‹, meinst du wohl«, widersprach Antonia und wackelte mit den Hüften.

»Bei den Gangsterbossen!«

»Und den Alkoholschmugglern!«

»Und den verruchten Weibsbildern!«

»Was weißt du schon von verruchten Weibsbildern!«

»Alles, große Schwester. Und noch viel mehr.«

Sie legten die andere Platte auf. ›*Puttin' on the Ritz*‹, das Johnny so liebte. Wenn Lola danach tanzte, sah sie aus wie eine verwöhnte Millionärsgöre aus New York. Super duper. Erst nach mehreren Wiederholungen ließen sie sich atemlos auf das Sofa fallen.

»Das war mein großes Geheimnis«, flüsterte Peter.

Antonia begriff die Größe dieses Vertrauensbeweises.

»Hast du auch ein Geheimnis?« fragte Peter plötzlich, als hinge für ihn viel davon ab, daß auch sie etwas von sich preisgab.

Antonia überlegte lange. Was sollte sie ihm anvertrauen? Ihre Geheimnisse waren nicht für Peters Ohren bestimmt. Dann aber richtete sie sich mit einem Ruck auf. »Ich höre Feindsender!« murmelte sie, und es verschlug ihr bei diesem Geständnis selbst fast die Sprache. »Radio Beromünster, zum Beispiel.«

Die Platte war zu Ende. Mit leisem Knacken drehte sie sich weiter und immer weiter, bis die Energie des Grammophons verbraucht war. Antonia spürte, daß Peter genau wußte, wie gefährlich ein Geständnis wie das ihre sein konnte.

Er lehnte sich an sie und nickte. »Gut«, murmelte er, leise, als wäre eine tiefe Ruhe über ihn gekommen. »Sehr gut.«

Antonia verstand nicht gleich, ob er damit ihr Vergehen meinte oder daß sie es ihm gestanden hatte. Dann aber begriff sie, was er wirklich empfand. Wir vertrauen einander, hieß das. Wir können uns aufeinander verlassen. Wir gehören zusammen. Alles ist gut.

Ja, alles war gut. Zumindest in diesem Augenblick der Geschwisterliebe.

»Gehen wir bald mal wieder zusammen in die Wochenschau?« fragte Peter leise. »Da habe ich dich ganz allein für mich.«

Antonia strich ihm mit dem Zeigefinger über die Wange. »Ich werde mich immer um dich kümmern«, versprach sie. »Du bist doch mein Bruder!«

Teestunde

I

Beate Horbachs Auftritt hatte etwas Imperiales. Fast lautlos kam die schwarze Mercedes-Limousine vor der Bellago-Villa zum Stehen. Der uniformierte Chauffeur verstand es, den Wagen, ohne zu bremsen, an genau der richtigen Stelle ausrollen zu lassen. Danach tat sich eine Weile nichts, während Antonia die Eingangstreppe hinunterschritt. Erst als sie die letzte Stufe erreicht hatte, stieg der Chauffeur aus und öffnete den hinteren Wagenschlag. Antonia blieb stehen und wartete. Nach einigen eindrucksvollen Sekunden zeigte sich ein zart bestrumpftes Damenbein, und erst danach verließ Beate Horbach, graziös gestützt von ihrem Chauffeur, das Auto. Der Chauffeur verneigte sich, ließ den Wagenschlag mit einem satten Geräusch zufallen und parkte dann, um die Einfahrt des Hauses freizuhalten, ein paar Schritte weiter unter den Kastanienbäumen.

Trotz der sommerlichen Wärme trug Beate Horbach einen seidenen, sanftbeigen Umhang und einen winzigen, gleichfarbenen Hut, dessen gepunkteter Schleier ihr Gesicht zur Hälfte bedeckte. Antonia erinnerte sich, genau dieses Hutmodell in einem Zeitungsbericht über die Wiener Modewoche gesehen zu haben, die trotz der schlechten Zeiten noch immer abgehalten wurde. Im Gegensatz zu früher nahmen jedoch nun Ratschläge zum Umnähen und Aufputzen abgetragener Kleidungsstücke und zur schonenden Pflege derselben einen großen Teil der Berichterstattung ein. Wahrscheinlich hatte Beate Horbach die Messe besucht und dort wohl auch einiges für sich bestellt. Es war bekannt, daß sie süchtig nach Kleidern war und sich schnell für etwas begeisterte, dessen sie ebenso sprunghaft wieder müde wurde. Schon immer hatte sie in der Stadt als Paradiesvogel gegolten, und sie selbst hielt sich für eigentlich zu mondän für die biederen Bürgersfrauen, mit denen sie verkehrte. Schon vor dem Krieg war sie mit ihrer Kleidung aufgefallen, doch jetzt, da der Mangel sich breitmachte und die anderen Damen der Stadt ihre alten Kleider auftragen mußten und auf den Frieden warteten, war sie für die meisten fast schon ein Ärgernis. Schon früher hatte man sie trotz ihrer Talente als Gastgeberin nicht wirklich gemocht, doch jetzt äußerte man sich erst recht abfällig über sie. Grund dafür war nicht nur der heimliche Neid, den sie auslöste, weil es ihr offenbar viel besser erging als den anderen Damen der Gesellschaft, sondern auch das Unbehagen über die Position ihres Gatten, der offiziell nicht einmal Parteimitglied war, hinter den Kulissen jedoch eine gewichtige Rolle spielen mußte, was niemand wirklich durchschaute.

Schon lange munkelte man, daß der Notar Horbach, der unauffällig die Kanzlei seines Schwiegervaters weitergeführt hatte, ein Millionengeschäft mit Waffen eingefädelt habe, die von Ungarn ins kriegswillige Italien verschoben wurden. Niemand wußte, woher dieses Gerücht stammte und ob es überhaupt den Tatsachen entsprach. Sicher war nur, daß der Notar, der auch vorher schon als umtriebig gegolten hatte, mit einem Mal unzählige Reisen ins Ausland unternahm und Besucher in verdunkelten Limousinen empfing, die vom Flugplatz auf Nebenstraßen heranrollten, meist in der Dämmerung oder auch in tiefer Nacht. Für einheimische Klienten war der Notar kaum noch zu sprechen. Sie wurden an seinen Adlatus verwiesen, der trotz aller Verdächtigungen nach wie vor gern konsultiert wurde, weil es hieß, wer von der Kanzlei Horbach vertreten werde, sei in einflußreichen Händen.

Selbst seine Frau sah ihn kaum noch und machte daraus auch kein Geheimnis. Ihr Leben wurde bestimmt durch ein seltsames Leiden, eine Hautkrankheit, die in unregelmäßigen Abständen ihr Gesicht durch blaßrote Pusteln entstellte, gegen die kein Arzt ein Mittel fand. Ihr Mann behauptete, die Erkrankung sei eine Folge jahrelangen Gebrauchs einer bestimmten Hautcreme, die Beate Horbach aus England bezogen hatte und die eine radiumhaltige Substanz enthielt. Beate Horbach selbst verwarf diese Diagnose jedoch mit aller Heftigkeit und behauptete genau das Gegenteil: Die Entzündungen seien erst aufgetreten, seit ihr die Creme aufgrund des Krieges nicht mehr zur Verfügung stand. Es war nicht richtig vom Führer, englische Städte bombardieren zu lassen, aber bestimmt trug nicht er die Verantwortung dafür, sondern seine Berater, diese Proleten. Wie sollten sie ermessen, wie verbunden man sich der englischen Bevölkerung fühlte: nordische Menschen wie man selbst, gebildet und geformt vom Glanz einer großen Vergangenheit.

Ewige Jugend hatte sich Beate Horbach von dem geheimnisvollen Wundermittel erhofft, und nun überhäufte sie ihren Mann mit Vorwürfen, weil er sich weigerte, ihr mit Hilfe seines Einflusses weiterhin die Creme zu beschaffen. Als sie erfuhr, daß das Mittel wegen seiner Nebenwirkungen inzwischen verboten worden war, verzweifelte sie fast, und ihr Leiden verschlimmerte sich noch. In dieser Zeit ging Beate Horbach nicht mehr aus dem Haus, und selbst dort trug sie einen Schleier vor dem Gesicht. Von früh bis spät saß sie am Telefon, um ihre dominierende Stellung in der Gesellschaft zu bewahren. Erst wenn die Pusteln abgeheilt waren, nahm sie ihr gewohntes Leben wieder auf, gab Einladungen und machte Besuche. Aus Angst vor einem neuerlichen Auftreten der Krankheit traf sie alle Verabredungen stets kurzfristig, was nur möglich war, weil man ihren Mann inzwischen zu fürchten gelernt hatte. Er »roch nach Berlin«, sagte einmal einer, und alle verstanden, was damit gemeint war.

Auch bei Antonia hatte sich Beate Horbach erst gegen Mittag angemeldet, was bei der Köchin Paula einen Gewissenskonflikt ausgelöst hatte. Einerseits kränkte es ihr Ehrgefühl, daß ein so hochrangiger Gast mit gekauftem Kuchen bewirtet werden mußte, andererseits aber würde am Nachmittag ihr Mann auf einen dreitägigen Fronturlaub heimkommen, aus Jugoslawien, von dem sie jetzt endlich erfahren würde, wo es eigentlich lag. Seit zwei Jahren war sie nun verheiratet, ein spätes Glück, denn sie hatte die Vierzig bereits beträchtlich überschritten. Sie dankte Gott, daß der alte Doktor Bellago ihr die Stellung als Köchin nicht gekündigt hatte, obwohl sie nun jeden Abend nach Hause ging, zwar nur ein paar Schritte bis zum Ende der Allee, aber immerhin stand sie nachts nicht mehr zur Verfügung und auch am Morgen erst ab sechs Uhr. »Macht es wirklich nichts, wenn ich gehe?« fragte sie Antonia zum zehnten Mal und hoffte dabei inständig, daß die junge Frau nicht doch noch einen Rückzieher machte. Als diese nur lachend den Kopf schüttelte, lief sie die Treppe hinunter, so schnell, daß sie beinahe stürzte, und rannte atemlos nach Hause, um sich umzuziehen und schön zu machen, bevor sie ihren Mann vom Zug abholte.

Man saß auf der Terrasse und trank Tee. Beate Horbach wollte alles ganz genau wissen: wie es Antonias Eltern in Italien gehe; wen Antonia in letzter Zeit getroffen habe; ob sie manchmal nach Wien fahre; wie sie mit ihren Dienstboten zufrieden sei; ob sie denn auch ausreichend Möglichkeiten habe, sich trotz der Bezugsscheinmisere mit ordentlichen Lebensmitteln einzudecken; woher ihr Mann den Treibstoff für das Familienauto beziehe.

»Wir fahren nicht mehr mit dem Auto«, antwortete Antonia, während sie Tee nachschenkte.

Beate Horbach schrie entsetzt auf, so könne man doch nicht leben. »Sie müssen Ihre Beziehungen ausschöpfen, meine Liebe. Nur so läßt sich diese Zeit des Umschwungs ertragen.«

Als Antonia schwieg, holte Beate Horbach ein winziges

Büchlein aus der Handtasche und machte sich mit einem ebenso winzigen Goldstift eine Notiz. Dabei lächelte sie geheimnisvoll und legte danach beide Hände auf die Wangen, als wollte sie die Beschaffenheit ihrer Haut überprüfen. Daraufhin wechselte sie das Thema und erkundigte sich nach Antonias Kindern, vor allem nach Enrica, die in Sichtweite hinten im Garten mit ihrer Freundin spielte.

»Kein Kind aus unseren Kreisen, nicht wahr?« fragte Beate Horbach mit einem prüfenden Blick auf das Mädchen.

»Eine Mitschülerin«, erklärte Antonia. »Berta Nagl. Berti. Ein nettes Ding. Die beiden Mädchen verstehen sich sehr gut.«

Beate Horbach schüttelte den Kopf. »Man muß vorsichtig sein heutzutage, das wissen Sie doch.« Sie wies mit dem Kinn auf die kleine Berti, die so ganz anders aussah als Enrica. »Ein Arbeiterkind, nicht wahr?«

»Ja.«

»Die drängen sich jetzt überall auf.«

Antonia verneinte. »Berti nicht. Im Gegenteil. Ihre Mutter ist sogar dagegen, daß die beiden miteinander spielen. Als ich sie einmal darauf ansprach, war ihre Antwort, das passe einfach nicht.«

Beate Horbach führte mit einer anmutigen Gebärde ihre Tasse zum Mund. »Heuchelei?« fragte sie.

»Ich glaube nicht.«

Dann erzählte Beate Horbach von ihrer eigenen Tochter, Elvira, die inzwischen ernsthaft ans Heiraten dachte, vor allem, um nicht das obligatorische Pflichtjahr für unbeschäftigte weibliche Jugendliche ableisten zu müssen. »Bisher konnte mein Mann sie davor bewahren, aber inzwischen wurde sie schon mehrmals darauf angesprochen. Das ist mir sehr peinlich. Sie ist ein so gutes Kind, müssen Sie wissen, und besonders hübsch noch dazu, aber Sie kennen sie ja.«

Danach berichtete sie wortreich von Elviras bisherigem »kleinen Freund«, einem jungen Arzt, dem Elviras Vater eine angenehme Anstellung in einer Klinik verschafft hatte. »Ein sicherer Posten weitab von der Front. Jeder andere hätte auf Knien dafür gedankt.«

Fanni kam heraus auf die Terrasse und brachte den Kuchen, den sie inzwischen aus der Bäckerei geholt hatte. Sie stellte das Tablett auf den Tisch, während Beate Horbach erzählte, daß sich der Freund ihrer Tochter inzwischen freiwillig an die Front gemeldet habe. Sogar mit Selbstmord habe er gedroht, wenn man ihn daran hindern wolle. »Ein Verrückter!« seufzte Beate Horbach. »Er wird schon sehen, was er sich damit einhandelt. So ruhig wie in der Klinik Hartheim wird er es nirgends mehr haben.«

Ein Klirren unterbrach ihre Worte. Fanni hatte den Tortenheber fallen lassen. Ihr Gesicht war hochrot, als sie ihn aufhob und ins Haus lief, um ihn abzuwaschen.

Beate Horbach erzählte weiter, ihre Tochter habe inzwischen einen anderen jungen Mann kennengelernt, der ebenfalls als Bräutigam in Frage käme. »Er war dabei, als der Führer im April nach Linz kam«, schwärmte sie. »Sie wissen schon, zur Geburtstagsfeier unseres Gauleiters. Dabei ging es natürlich auch um die großartigen Pläne zum Ausbau unserer Stadt. Der junge Mann ist Architekt. Eigentlich stammt er aus Berlin, aber in der nächsten Zeit wird er sich fast ständig in Linz aufhalten.« Sie lachte zufrieden. »Sie können sich nicht vorstellen, welchen Elan dieser junge Mensch ausstrahlt. So viel Energie und Begeisterung! ›Machen Sie mir aus Linz die schönste Stadt an der Donau!‹ hat der Führer zu ihm und zu seinem Chef gesagt – Hermann Giesler, der Städteplaner, Sie kennen ihn sicher.«

Antonia verneinte, doch Beate Horbach achtete nicht weiter darauf. »Unsere Stadt«, schwärmte sie. »Eine Führerstadt, bevorzugt vor allen anderen. Stellen Sie sich das einmal vor! Und dieser junge Mensch nimmt teil an allem. Elvira könnte es nicht besser treffen.«

Antonia schwieg. Im Garten rannten Enrica und Berti lachend hintereinander her. Auch Fanni hatte sich inzwischen zu ihnen gesellt, die kleine Lilli, die bereits laufen gelernt hatte, an der Hand.

»Am Ende der Donaubrücke werden Gunther und Brunhild stehen«, sagte Beate Horbach und legte erneut ihre Hände an die Wangen. »Und der Turm an der Donau wird höher werden als der des Wiener Stephansdoms. Ist es nicht wunderbar, was dieser große Mann alles tut für die Stadt, in der er zur Schule ging?«

Sie hörte nicht auf zu schwärmen und das Bild der künftigen Stadt zu beschreiben, in der der geliebte Führer dereinst seine Altersjahre zu verbringen gedachte. Eine Stadt der Kunst sollte es werden. Direkt am Donauufer ein prächtiges Museum. Eine Oper. Drüben am Berghang ein Stadion, von dem aus man die ganze Stadt überblicken konnte. Ein Prachtboulevard, breiter als die Ringstraße in Wien, sollte angelegt werden zwischen dem Opernhaus und dem eleganten neuen Bahnhofsgebäude. Das Donauufer, jetzt noch verschlafen und ein wenig heruntergekommen, würde gesäumt werden von den Verwaltungsgebäuden für Partei, Gau und Stadt. Im Zentrum aber würde die »Halle der Volksgemeinschaft« stehen für fünfunddreißigtausend Menschen und einem Aufmarschplatz für hunderttausend. Dazu noch ein Mausoleum für Hitlers Eltern und führende Parteigenossen. Am Hang des Pöstlingbergs war eine Technische Universität geplant und ein Bau für die Gemäldesammlung des Führers. Zwei Donaubrücken würden die gegenüberliegenden Stadtteile miteinander verbinden: eine Bogenbrücke aus Granit und eine Hängebrücke. Außer der Oper sollte auch noch ein Schauspielhaus entstehen, ein Operettenhaus, ein Uraufführungskino, ein Künstlerhaus mit Freiluftausstellungsgelände, ein Bismarckdenkmal, eine nationalsozialistische Erziehungsanstalt, eine Bibliothek und eine Waffensammlung.

Beate Horbach wußte über alles genau Bescheid. Auch über den geplanten Verkehrsknoten am Taubenmarkt, über die Häuser, die dafür abgerissen werden mußten, und über die künftige Anlage Unter den Lauben mit ihren noblen Geschäften. »Es wird traumhaft sein, hier zu leben«, seufzte sie und sah sich wohl schon in eleganter Kleidung über den Boulevard von Geschäft zu Geschäft flanieren: ein Kleidchen hier, ein Kostümchen da, ein neuer Hut und – endlich, endlich! – eine wirksame Kosmetik für ihre arme Haut!

Beate Horbach legte zum letzten Mal ihre Hände auf die Wangen. »Es ist spät geworden, meine Liebe«, murmelte sie und erhob sich. »Sie erwidern meinen Besuch doch, nicht wahr?«

2

Franz Josef Bellago hatte sich zu Antonia auf die Terrasse gesetzt – ein wenig gereizt, weil er durch den Besuch »dieses Weibes« seinen nachmittäglichen Kaffee erst eine Stunde später einnehmen konnte. Kaffee: guter, starker Kaffee, pechschwarz und dampfend, daß schon beim ersten Schluck das »Maschinchen da drinnen«, wie Doktor Bellago sein Herz nannte, wieder in Gang kam. Beim zweiten Schluck spürte er dann, wie sich seine Fingerspitzen erwärmten, und beim dritten sorgte er sich bereits, daß das Getränk, das für ihn so konzentriert aufgebrüht wurde, das Maschinchen zu sehr antreiben könnte, so daß es plötzlich außer Rand und Band geriet, erst losraste und dann stehenblieb, wie es schon einigen seiner ehemaligen Studienkollegen ergangen war.

Franz Josef Bellago wußte genau, daß es sich bei seiner Sorge um die Gesundheit um eine Alterserscheinung handelte, von der auch seine Frau geplagt wurde, deren Schwachpunkt die Nieren waren, wobei sie melancholisch festzustellen pflegte, Nierenleiden entstünden aus ungeweinten Tränen. Genauer erklärte sie sich nicht, aber ihr Mann wollte es eigentlich auch gar nicht wissen. Zu viele Redensarten hatten sich im Laufe ihrer langen Ehe eingebürgert, alt und grau geworden wie die beiden Menschen, die sie äußerten, vielleicht nur, um gemeinsames Denken zu demonstrieren und eine innere Bindung, die sie auf keine andere Art zu zeigen trauten. Scheu waren sie geworden im Laufe der Jahre, und obgleich sie sich nach Vertrautheit sehnten, hatten sie dennoch Angst, einander zu nahe zu kommen. Nie hätte ein Familienmitglied zu erwähnen gewagt, daß alle anderen auf den inzwischen rationierten Kaffee verzichteten, damit der Hausherr seine täglichen zwei Tassen bekam, so wie er es gewohnt war. Nie aber hätte auch Franz Josef Bellago gestanden, daß er sich manchmal verstohlen über seine Frau beugte, um den rauchigen Duft nach Patschuli, mit dem sie sich parfümierte, seit er sie kannte, einzuatmen wie ein Sehnsüchtiger den Geruch der Heimat.

An diesem Nachmittag war seine Stimmung schlecht. Er mußte sich fast zwingen, das kostbar gewordene Getränk bewußt zu genießen. Ununterbrochen dachte er daran, daß er in früheren – besseren! – Jahren jetzt seine Zeitung gelesen hätte, die ›Neue Freie Presse‹, die von den Banausen in Berlin inzwischen verboten worden war. Von ihrem Standpunkt wohl zu Recht, denn nie hätten sie es mit dem intellektuellen Niveau dieses Blattes aufnehmen können. Ein Genuß war es gewesen, jeden Tag die Zeitung zu lesen, deren Philosophie seiner eigenen entsprach, so daß er sich in ihr wiederfand. Genau so ist es, hatte er bei der Lektüre immer wieder gedacht. Doch damit war es nun vorbei, weil die Blätter der neuen Herren eine ganz andere Sprache redeten. Wenn er sich verleiten ließ, eines von ihnen zur Hand zu nehmen, kam es ihm vor, als wäre niemand mehr seiner Meinung, als wäre er allein auf der Welt, geistig vereinsamt und unverstanden.

»Obszön«, sagte er plötzlich mit lauter Stimme, daß Antonia zusammenzuckte. »Obszön: weißt du, was das Wort ursprünglich bedeutet? *Obscoerius*, ›das, was im Theater nicht gezeigt werden darf‹, heißt das, außerhalb der Szene. Dabei findet dieser Krieg, dieser Höhepunkt aller Obszönität, vor aller Augen auf offener Bühne statt.« Er schwieg wieder und dachte daran, daß ihm ein alter Schulfreund, unzufrieden wie

Franz Josef Bellago selbst, erzählt hatte, es existiere eine Parole des Reichspropagandaministeriums, derzufolge es in Zeitungen keine Überschriften geben dürfe, in denen das Wort »Krieg« vorkam. »Der Rede des Führers zufolge schlagen wir nur zurück«, brummte Franz Josef Bellago mehr zu sich selbst als zu Antonia. »Alles Lüge! Sie betrügen uns nach Strich und Faden.« Er dachte zurück an die Zeit, als er selbst noch mitten im Leben gestanden hatte, ein angesehenes Mitglied der Gesellschaft. Einer, der gestaltete. Einer, auf den man hörte, wenn er sein Urteil abgab. Jetzt hatten andere das Sagen in der Stadt. Fremde – und die Einheimischen, die mit ihnen paktierten. Um die Interessen der Stadtbevölkerung ging es dabei schon lange nicht mehr. Jetzt zählte nur noch die Volksgemeinschaft, was immer das auch bedeuten mochte.

Nichts war mehr klar und durchschaubar. Alle Informationen, die nötig waren, daß man sich eine Meinung bilden konnte, waren nur noch einer Minderheit zugänglich: den neuen Herren, die sich die Eroberung der ganzen Welt zum Ziel gesetzt hatten, als ob das möglich wäre oder auch nur wünschenswert. Nichts haben sie gelernt aus der Geschichte der Menschheit, dachte Franz Josef Bellago. Nichts aus den Zusammenbrüchen, die der Hybris der Eroberer unweigerlich gefolgt waren.

Das wenige an Hintergrundinformation, das er sich verschaffen konnte, bezog er aus den monatlichen Treffen mit den Bundesbrüdern seiner alten Studentenverbindung – einer katholischen natürlich, die mit den Agnostikern aus Berlin nichts im Sinn hatte. So war sie denn auch längst verboten worden, und die festlichen Herrenessen in lichtdurchfluteten Sälen und die amüsanten Treffen gemeinsam mit den Damen gehörten der Vergangenheit an. Nur inoffiziell kam man noch zusammen, reihum in den dunkel getäfelten Herrenzimmern der Bürgervillen, wo die Bewirtung immer bescheidener wurde, weil die kulinarischen Leckereien nur noch denen zugänglich waren, die sich duckten und in Wohlverhalten übten.

Bisher war die Gestapo anscheinend noch nicht auf die subversiven Zusammenkünfte der einstigen Honoratioren aufmerksam geworden. Vielleicht wußte man aber auch davon, nahm sie aber nicht mehr ernst: das Palaver alter Männer, die meinten, alles zu verstehen, deren Arm aber schwach geworden war. Zahnlos gewordene Leitwölfe von einst. Pathetisch nur mehr und bedauernswert, wie man selbst es nicht werden wollte, weil man gelernt hatte, den Wert der Macht zu schätzen und sich ihrer mit allen Mitteln zu bedienen. Mit allen. Wirklich mit allen.

Auch Doktor Bellago hatte während seiner besten Jahre die Macht zu gebrauchen gewußt: eine ererbte Macht, die sich aus der Stellung seiner Familie ergab, die in der Stadt schon immer das Sagen gehabt hatte. Nicht sie allein, vielmehr gemeinsam mit den anderen führenden Sippen, die beurteilen konnten, was dem Gemeinwesen guttat, und die manchmal auch bereit waren, mit harter Hand durchzugreifen. Daß es nach dem verlorenen Weltkrieg drunter und drüber ging, konnten sie nicht verhindern. Auch die Armut nicht, die über alle hereinbrach wie eine Strafe des Himmels. Sie war es gewesen, die den neuen Herren die Tore geöffnet hatte, weil die Verzweifelten glaubten, wer so selbstbewußt daherkam, mußte doch Erfolg haben. *Führer, befiehl! Wir folgen.* Nun waren sie ihm gefolgt, und ihr Blut floß auf den Schlachtfeldern Europas. Ihres und auch das jener, die ihre Gefolgschaft lieber verweigert hätten.

3

Wie ihr Schwiegervater war Antonia in Gedanken versunken. Als ein leiser Lufthauch sie streifte, glaubte sie, noch das Parfüm Beate Horbachs zu riechen und deren überraschend mädchenhafte Stimme zu vernehmen, wie sie das neue Regime pries, die Energie und Tatkraft dieser Bewegung und deren

Lust am Herrschen. Vom Haß hatte sie nichts gesagt, der aus den Reden des kleinen Mannes aus Köln, Joseph Göbbels, hervorbrach und jene anprangerte, die angeblich die Schuld an all der Misere der vergangenen Jahre trugen: die Juden und die Bolschewisten, die Feinde der Volksgemeinschaft.

Doch wo gab es denn noch Juden? Die meisten hatten längst das Land mit unbekanntem Ziel verlassen. Die aber, die geblieben waren, hatte man abgeholt. Blasse, verwirrte Menschen, die sich schweigend an ihrem einzigen Koffer festhielten und mehrere Schichten Kleider übereinander trugen, um möglichst viel mitzunehmen in den Osten, dem Ziel der langen Reise. Eine neue Heimat, die mit eigener Hände Arbeit bewohnbar gemacht werden sollte. Warum nur, fragte sich Antonia, gaben sie keine Nachricht, wie es ihnen ging?

Und die Bolschewisten? Die ungehobelten Slawen, deren Land man anscheinend brauchte, weil man ein Volk ohne Raum war? Es war beruhigend, daß der Führer mit dem Diktator Stalin einen Nichtangriffspakt geschlossen hatte. Aber wie verläßlich war ein solcher Pakt? »Hoffentlich wollen wir nicht auch noch nach Rußland«, seufzte Fanni oft und dachte dabei wohl an ihren kleinen Bruder Felix, der zweimal die Woche den Bellago-Garten pflegte. Einmal hatte er sich von Freunden verleiten lassen, mit dem Pferdewagen nach Steyr zu fahren und das dortige Bordell zu besuchen. Als die kleine Expedition aufkam, wurden die unternehmungslustigen Jungen von ihren Vätern grün und blau geprügelt. Der Pfarrer nannte die jugendlichen Ausflügler von der Kanzel herunter sogar Hurenböcke und verhieß ihnen alle Strafen der Hölle. »Trotzdem«, hatte Fanni zu Antonia gesagt, »trotzdem ist das alles unwichtig, wenn er nur nicht nach Rußland muß. Rußland wäre das schlimmste.«

So viel Angst gab es unter den Menschen. Wenig zu essen und kaum Schlaf für die, die man zum Arbeitseinsatz verpflichtet hatte. Linz? Eine Prachtstadt als Alterssitz des Führers? Ein Mausoleum für seinen Vater, vor dessen Schlägen er sich gefürchtet hatte? Linz: eine Stadt, die von Tag zu Tag mehr herunterkam. Die Fassaden der Häuser wirkten immer schäbiger; keine Blumen blühten mehr in den Vorgärten; die Straßen und Gehsteige wurden immer holpriger und die Menschen immer unwilliger und gereizter – außer jenen, die mitten im Abstieg auf die Versprechen einer glorreichen Zukunft setzten oder sogar schon jetzt davon profitierten. Zukunft auf Pump. Ein Geschäft mit echten Chancen oder nur ein Glücksspiel? Doch wer zahlte den Einsatz?

Antonia dachte an Beate Horbach mit all ihrer Begeisterung. Glaubte sie wirklich, was sie sagte? Antonia erinnerte sich an ihren ersten Besuch in der Horbach-Villa. Ein kalter Novemberabend war es gewesen, doch in der Villa war es warm und gemütlich. Gutes Essen, goldener Wein in funkelnden Gläsern. Damals lebte noch Beate Horbachs Vater, mit dem sich Franz Josef Bellago manchmal getroffen hatte. Und damals war sie auch mit Enrica schwanger gegangen. So lange war das schon her! Antonia erinnerte sich, wie alle geschmunzelt hatten, weil das Dienstmädchen der Horbachs so aufgeregt über den Besuch gewesen war, daß es am ganzen Leibe zitterte. Ein hübsches Mädchen, schlank und graziös, nicht wie die meisten anderen Kinder vom Lande, die in den Stadthaushalten arbeiteten, immer ein wenig ängstlich und fremd, immer ein wenig plump und bäurisch, und alle voller Hoffnung auf eine baldige Heirat, um versorgt zu sein, und wenn man Glück hatte, vielleicht ja auch aus Liebe ... Ein hübsches Mädchen, dachte Antonia noch einmal und erinnerte sich an die bebenden Hände der Kleinen und daran, daß Ferdinand Bellago mehrere Scheine auf den Zinnteller neben dem Eingang gelegt hatte.

In diesem Moment kam Fanni auf die Terrasse und räumte den Tisch ab. »Verzeihung, aber darf ich etwas sagen?« brach es plötzlich aus ihr hervor.

Antonia lächelte sie aufmunternd an. »Nur zu!«

Fanni warf einen warnenden Blick auf Doktor Bellago. Antonia stand auf und folgte ihr ins Haus. Wahrscheinlich ging es um die Kinder. Fanni liebte die beiden Mädchen, als wären es ihre eigenen. Ob sie jemals eigene Kinder haben würde? Den ganzen Tag verbrachte sie im Haushalt ihrer Dienstherren ohne Gelegenheit, einen passenden Mann zu treffen. Selbst ein nettes Mädchen wie sie konnte da übrigbleiben, wie man es gönnerhaft nannte. Noch dazu jetzt, wo die jungen Männer in den Krieg zogen und viel zu viele verstümmelt heimkehrten, wenn sie denn überhaupt zurückkamen.

»Der junge Arzt, von dem die Frau Notar gesprochen hat…«, sagte Fanni leise und stellte das Tablett auf den Tisch im Salon. »Ich weiß, warum er weg wollte. Ich weiß, warum er sich lieber umgebracht hätte, als noch länger in der Klinik zu arbeiten.«

»Ach ja?« sagte Antonia. »Ich habe von der Hartheim-Klinik schon gehört. Ein Heim für geistig und seelisch Behinderte. Bestimmt keine leichte Aufgabe für einen jungen Arzt.«

»Das meine ich nicht.« Fanni trat näher an Antonia heran. »Meine Patin hat einen Bauernhof bei Alkoven, ganz in der Nähe der Anstalt. Sie sagt, fast jeden Tag führen Krankenwagen vor und brächten neue Kranke. Manchmal seien auch Blinde dabei oder einfach bloß Altersschwache.«

»Und?«

»Das Heim müßte längst überfüllt sein. Aber das ist es nicht.«

»Was willst du damit sagen?«

»Manchmal kommen Angehörige und holen eine Urne ab. Meine Patin weiß von einem, dessen Tochter immer kerngesund gewesen war. Körperlich. Aber eben schwermütig, vor allem im Winter. Sie sei plötzlich an Herzversagen gestorben, hat man ihm mitgeteilt. Mit neunzehn Jahren!«

Antonia fröstelte. »Aber so etwas kann doch vorkommen«, wandte sie ein, obwohl sie genau verstand, was Fanni meinte.

Fanni schüttelte den Kopf. »Meine Patin sagt, manchmal rieche es am frühen Morgen in der ganzen Gegend nach verbranntem Fleisch, und ein paarmal habe sie angesengte Haarbüschel auf den Ribiselstauden gefunden.«

»Weißt du, was du da sagst?« flüsterte Antonia.

Fanni nickte. »Meine Patin ist zum Pfarrer gegangen und hat ihm alles erzählt. Er wußte es bereits. Trotzdem sagte er, er könne da nichts machen, das sei Sache der Kirchenoberen. Sie hätten schon mehrmals Einspruch erhoben, bis jetzt allerdings vergeblich. Auch er selbst habe mit dem Primarius der Klinik gesprochen, Dr. Renno heißt er, glaube ich. Der habe ihm aber nur geantwortet, es seien alles Defektmenschen. Für die sei nicht die Kirche zuständig, sondern die Politik und die Medizin. Er könne ihm nur einen Rat geben: nichts sehen, nichts hören, nichts sagen! Vor allem aber: Nichts denken! In unserer Zeit sei es gefährlich, zuviel zu denken.« Fanni senkte den Kopf. »Meine Patin sagt, im Dorf würde man schon spotten: Lieber Gott, mach mich stumm, daß ich nicht nach Dachau kumm!«

»Mein Gott!« Antonia sank in den großen Lehnsessel, der eigentlich nur von ihrem Schwiegervater benutzt werden durfte. »Mein Gott! Ich frage mich, ob Frau Horbach das alles weiß.«

Fanni zuckte mit den Achseln. »Sie könnte es wissen, wenn sie wollte«, antwortete sie. »Wir wissen es doch auch, und sie hat noch ganz andere Quellen. Aber wahrscheinlich hält sie sich strikt an die neue Regel: Nur nichts denken.« Fanni nahm das Tablett wieder auf und ging mit seltsam torkelnden Schritten hinüber in die Küche. Antonia blieb sitzen und starrte vor sich hin. Ein Gefühl der Schuld ergriff sie. *Defektmenschen*, dachte sie. Angesengte Haarbüschel auf den Ribiselstauden. Urnen, die von trauernden Verwandten abgeholt wurden. *Manchmal sind auch Blinde dabei oder einfach bloß Altersschwache.*

Da läutete es draußen an der Tür. Antonia hörte, wie Fanni öffnete, eine zackige Männerstimme ein paar Worte sagte und Fanni sich bedankte. Dann fiel die Tür wieder zu. Fanni kam herein und legte ein Kuvert auf den Tisch. »Von einem Boten«, meldete sie und ging wieder in die Küche.

Der Umschlag war an das Ehepaar Bellago adressiert. Sie öffnete ihn und zog ein offiziell aussehendes Blatt mit mehreren Stempeln und einer energischen Unterschrift heraus. »Sondergenehmigung«, stand da als Überschrift. Darunter wurde erklärt, daß es im öffentlichen Interesse liege, Rechtsanwalt Dr. Ferdinand Bellago und seiner Gemahlin Antonia Bellago geborene Bethany hiermit die Benutzung eines privaten Kraftfahrzeuges zu gestatten.

Antonia ließ das Schreiben fallen, als wäre es Gift. Es glitt zu Boden und bildete einen weißen Fleck auf dem roten Teppich zu ihren Füßen. Einen Augenblick lang kam es ihr vor, als kehrten sich die Farben um, und nicht der Teppich wäre rot, sondern dieser Fleck. Sie hatte plötzlich das Gefühl, gegen ihren Willen in eine Schuld verstrickt zu werden, aus der es kein Entrinnen gab.

Das Grammophon

I

Es war Peters erste Zugfahrt, die er ohne Begleitung unternahm. Er genoß das Gefühl, ein paar Stunden lang für sich selbst verantwortlich zu sein. Antonia hatte dafür gesorgt, daß er sich eine Fahrkarte der Ersten Klasse kaufen konnte. So blieb ihm das Gedränge in den Waggons der Dritten erspart. Obwohl der Zug erst in anderthalb Stunden abfahren sollte, waren sämtliche Wagen bereits überfüllt. Wer jetzt erst kam, mußte froh sein, wenn er mit seinem Gepäck noch einen Stehplatz auf dem Gang ergattern konnte.

Seit einigen Tagen hatte die Reichsbahn den Personenverkehr deutlich eingeschränkt, um »die für die Sicherung der Ernährung des deutschen Volkes und die für die Kriegswirtschaft notwendigen Transporte an Kartoffeln, Rüben und Kohle in dem erforderlichen Umfang durchführen zu können«. Die Bevölkerung müsse verstehen, daß die Kapazitäten der Reichsbahn nicht ausreichten, um den Personenverkehr neben den Transportzügen zur Front, zu den Rüstungsbetrieben und zur Versorgung der Bevölkerung im gleichen Umfang wie bisher zu betreiben.

So drängte man sich also um die Einstiege in die Waggons, schob, drückte und drängelte, beschimpfte die Konkurrenten und teilte heimlich Tritte aus, um nach vorn zu gelangen. Erst am Ziel – dem festen Platz, von dem man nicht mehr vertrieben werden konnte – atmete man auf, blieb jedoch wachsam, als wäre jeder Mitreisende ein Feind, dem es nur darum ging, den Platz für sich zu beanspruchen, den man selbst mit so viel Mühe erkämpft hatte.

Für Peter gab es dieses Problem nicht. Schon vor einer Stunde hatte ihn Thomas Harlander, Ferdinands Juniorpartner, im Coupé abgeliefert, so daß der Junge sogar noch einen Fensterplatz in Fahrtrichtung bekommen hatte. Seither saß er geduldig da, umklammerte das Grammophon auf seinem Schoß und machte sich zum Zeitvertreib über die Speckbrote her, die man ihm mitgegeben hatte.

Das Abteil füllte sich. Ein junges Ehepaar setzte sich ihm gegenüber, wobei vor allem die junge Frau mit ihrem kurzen Rock Peters Blicke auf sich zog. Immer wieder schaute er verstohlen auf ihre Knie, die in seiner Vorstellung eine Art Eigenleben gewannen und jede Bewegung der jungen Frau widerzuspiegeln schienen. Sie bewegten sich hin und her, wenn die junge Frau sich zur Seite drehte, um ihrem Mann eine Locke aus der Stirn zu streichen. Sie hoben sich, als jemand ans Fenster trat, um hinauszuwinken; und sie öffneten sich ein wenig, als sich ihre Besitzerin nach ihrer Handtasche bückte, um sie neben sich zu stellen. Bei diesem Anblick errötete Peter und senkte den Kopf, damit niemand es bemerkte.

In letzter Zeit war es häufig vorgekommen, daß er rot wurde, und nichts konnte ihm peinlicher sein. Er hatte beobachtet, daß auch seinen Freunden dieses Mißgeschick des öfteren unterlief, doch keiner kam jemals auf den Gedanken, darüber zu sprechen. Ein deutscher Junge hatte geradeheraus und selbstsicher zu sein, seinen Charakter prägten Ehrlichkeit und Offenheit und nicht Phantasien und schweinische Gedanken. Peter und seine Mitschüler hätten sich eher die Zunge abgebissen, als ihr beschämendes Erröten einzugestehen, das auf die neue Unsicherheit hinwies, von der sie alle erfaßt wurden, weil sie plötzlich nirgendwo mehr dazuzugehören schienen – Ausgestoßene aus dem behüteten Reich der Kindheit, doch noch

Ewigkeiten davon entfernt, erwachsen zu sein. Nichts war mehr, wie es vorher gewesen war, vor allem der Körper nicht, der auf einmal die Herrschaft übernahm, daß man sich sündig vorkam und auf eine bisher nicht gekannte Weise schmutzig.

In den Büchern der Bibliothek des alten Doktor Bellago forschte Peter nach Hinweisen auf das, was ihn bedrückte und von dem er nicht einmal eine Idee hatte, was es sein könnte. Sogar auf dem Dachboden wühlte er in alten Kisten auf der Suche nach – so würde er es vielleicht später nennen – sich selbst. Einmal fiel ihm ein Buch in die Hände, dessen Einband weggerissen war. Auch die ersten Seiten fehlten, als hätte jemand Angst gehabt, der Titel könnte ihn verraten.

Als Peter die ersten Zeilen las, überkam ihn wieder diese flammende Röte, die ihn seit einiger Zeit quälte. Atemlos überflog er eine Seite nach der anderen, immer ängstlicher, bis die Röte schließlich einer fahlen Blässe wich und seine Hände zu zittern begannen. Erst als er das Buch beendet hatte, hob er den Blick und merkte wieder, wo er sich befand. Verstohlen, wie vielleicht schon ein anderer, Gleichaltriger, viele Jahre vor ihm, versteckte er das Buch wieder zwischen den übrigen. Die Drohungen aber, die es enthielt, hatten sich in seinem Bewußtsein festgesetzt. Von jungen Greisen war darin die Rede gewesen, die schon Anfang Zwanzig ihre Haare verloren, für immer gezeichnet durch das heimliche Laster, dem sie sich hingegeben hatten. Von einer Erweichung des Rückenmarks, die zur Lähmung führte, war berichtet worden, und von geistiger Umnachtung als letzter Konsequenz.

Wie in Trance war Peter die Treppe in sein Zimmer hinabgestiegen. Von nun an wagte er kaum noch zu träumen. Fast jeden Morgen eilte er als erstes zum Waschbecken, um sich mit einem nassen Lappen kalt abzureiben und dann ganz schnell anzuziehen, als wäre sein Körper ein Feind, der bedeckt werden mußte, um nicht zu entgleisen.

Er sprach mit niemandem über seine Lektüre und ihre Folgen, nicht einmal mit seinen besten Kameraden in der Schule oder bei der Hitlerjugend. Doch er beobachtete sie und spürte auch ihre Unsicherheit hinter der Prahlerei und den abfälligen Bemerkungen über die Mädchen, von denen sie in Wahrheit ihre Blicke nicht wenden konnten. Das Kürzel BDM bedeute in Wahrheit nicht »Bund deutscher Mädel«, flachsten sie, sondern »Bald deutsche Mutter«. Ein Lacherfolg, der sich noch steigerte, als einer die Deutung »Bubi drück mich« beisteuerte. Als ein dritter einwarf, sein Bruder habe ihm erzählt, es hieße eigentlich »Bedarfsartikel deutscher Männer«, lachten alle noch viel lauter als zuvor, wobei so mancher gegen das Erröten ankämpfte und an die kleine Ingrid oder Karin dachte, die so bezaubernd war, daß sie ihm nicht aus dem Kopf ging, und die er auf keinen Fall mit einem Bedarfsartikel in Verbindung bringen wollte. Trotzdem widersprach keiner. Es wäre unmännlich gewesen. Womöglich sogar undeutsch.

Der Zug war inzwischen so voll geworden, daß niemand mehr einsteigen konnte. Auf dem Bahnsteig spielten sich wilde Szenen schreiender, gestikulierender Menschen ab, die um jeden Preis noch mitwollten. Das Zugpersonal konnte den Andrang nicht bewältigen. Erst als ein Trupp Uniformierter aufmarschierte und hart durchgriff, gelang es, die Türen zu schließen.

Im Zug selbst herrschte das Recht des Stärkeren. Sogar auf den Gängen der Ersten Klasse schob und drängte man sich, während drinnen in den Coupés betretene Ruhe herrschte. In Peters Abteil hatten es sich außer dem jungen Ehepaar noch drei weitere Personen bequem gemacht: ein eleganter Herr mit Aktentasche, der – so dachte Peter in Erinnerung an Gespräche zu Hause – »nach Berlin roch«, sowie ein Kriegsversehrter mit seiner Pflegerin. Peter schielte neugierig zu ihm hinüber, aber der strenge Blick der Frau ließ ihn zurückzucken. Doch er hatte schon genug gesehen von der Jammergestalt mit dem bandagierten Kopf, der Klappe über dem rechten Auge und den verbundenen Händen und Armen, die durch zwei gefaltete Tücher um den Hals in ihrer angewinkelten Stellung gehalten wurden. Ein Verwundeter wie viele, die von der Front zurückkehrten und daheim das Propagandabild des strahlenden nationalsozialistischen Helden, der alle besiegte, in Frage stellten. Zwei Jungen aus Peters Klasse hatten bereits ihren Vater verloren und einer den Bruder, der aber vielleicht doch noch zurückkommen würde, denn er galt nur als vermißt.

Vermißt in Rußland, obwohl noch bis vor wenigen Wochen alle geglaubt hatten, man habe nun endlich genug gesiegt und lasse sich unter keinen Umständen mit einem Feind wie »dem Russen« ein, der nicht zu vergleichen war mit den Franzosen oder Engländern. Der Russe sei »ein Untermensch«, hieß es. Ein Tier. Und welcher denkende Mensch war schon so dumm, sich auf den Kampf mit einem Tier einzulassen?

So löste denn auch der »Fall Barbarossa« Bestürzung aus, als an einem sonnigen Junitag bekannt wurde, daß deutsche Wehrmachtsverbände ohne Kriegserklärung die Sowjetunion auf breiter Front zwischen Ostsee und Karpaten angegriffen hatten. Angst regte sich, überall auf der Welt. Doch der Führer versicherte, dieser Angriff sei notwendig, weil das bolschewistische Moskau sich anschickte, dem nationalsozialistischen Deutschland in den Rücken zu fallen. Dies sei ein Existenzkampf, und das Reich sei nicht gewillt, der ernsten Bedrohung seiner Ostgrenze tatenlos zuzusehen.

Wer auf ein Ende des Krieges gehofft hatte, der nun schon zwei Jahre dauerte, wurde somit enttäuscht. Sogar Peter und seine Freunde spürten vage, daß ihr Leben nicht mehr ihnen gehörte, sondern nur noch vom Mechanismus dieses Krieges bestimmt wurde, der eine eigene Dynamik entwickelt hatte, die alles mit sich riß. Noch waren die Kämpfe nicht in ihrem Lebensbereich angekommen. Noch erfuhr man nur aus dem Radio, aus den Zeitungen und aus der Wochenschau von den schrecklichen Verwüstungen, die die Bombenangriffe der Engländer in den deutschen Städten anrichteten. Weit weg war er noch, der Krieg, wie es schien. Noch immer meinte man, die Ostmark – vormals Österreich – würde einem derartigen

Schicksal entgehen, sei es, weil der Krieg vorher beendet wurde, sei es aber auch, weil man doch immer eine Kulturnation gewesen war. Ein Land der Musik und der Lebensfreude. Sogar auf den Sohn des letzten Kaisers hoffte man, Otto von Habsburg, der in der Welt geachtet wurde und bestimmt ein gutes Wort für das Land seiner Väter einlegen würde. So flüchtete man sich in die Naivität, wurde gleichsam wieder zum Kind, das an Wunder glaubte.

Die Selbsttäuschung verzögerte das böse Erwachen: Dieser Krieg war kein österreichischer Krieg, versicherte man einander. Er war ein rein preußisches Unternehmen, und die Preußen täten gut daran, ihn schnellstens zu beenden, da doch jedermann wußte, daß die Ausrüstung der Wehrmacht für den Angriff auf Rußland ausgerechnet durch sowjetische Lieferungen gedeckt wurde. Zwar war bekannt, daß sich der russische Bär Stalin in die Hosen machte, wenn er den Namen Hitler nur hörte. Doch wer konnte wissen, wie lange dieser Respekt noch anhielt? Bald würde man auch in Moskau erfahren, was die Fronturlauber daheim im Reich mit betretener Miene berichteten: daß das deutsche Heer durchaus nicht so perfekt ausgestattet war, wie es die Goebbelssche Propaganda das Volk und den Feind glauben lassen wollte. Nicht einmal voll motorisiert war es, und seine gefürchtete Artillerie war auf Pferdewagen angewiesen, deren Räder bald im herbstlichen Morast steckenbleiben würden.

Ein preußisches Unternehmen, dieser Krieg, kein österreichisches. Österreich gab es nicht mehr. Wie hätte es sich da schuldig machen können? Der Professor aus der Berggasse hätte bestimmt den Kopf geschüttelt über so viel Einfalt, hatte Antonia einmal zu Peter gesagt. Aber war es überhaupt Einfalt? War es nicht vielleicht nur der gleiche Reflex, der ein bedrohtes Tier dazu brachte, sich totzustellen – nicht nur für den Angreifer, sondern auch, um nicht kämpfen zu müssen, zumal doch längst feststand, wer der Schwächere war und damit das künftige Opfer?

2

Eine Woche zuvor war der Kanzlei Bellago in einem Behördenschreiben mitgeteilt worden, daß die Wiener Wohnung des Professors Johann Bethany und seiner Frau Laura Bethany geborener Chierici mit sofortiger Wirkung konfisziert sei. Im Deutschen Reich herrsche Wohnungsnot. Es sei unzulässig, daß besagte Wohnung leerstehe. Sie sei innerhalb einer Woche nach Erhalt des Schreibens zu räumen, andernfalls werde das gesamte Mobiliar dem Nachmieter übertragen. Ein Einspruch gegen diese Entscheidung sei nicht möglich.

Als Antonia von dem Schreiben erfuhr, versuchte sie zum ersten Mal seit der Abreise ihrer Eltern, diese telefonisch zu erreichen. Nach mehrstündigen vergeblichen Versuchen mußte sie jedoch aufgeben. Ihr anfänglicher Zorn über die Maßnahme war inzwischen abgekühlt, sie fühlte sich nur noch müde und machtlos. So viele Menschen waren in letzter Zeit aus ihren Wohnungen und Häusern vertrieben worden. So viele hatten sogar ihr Leben verloren, nachdem man ihnen zuvor noch ihre Würde genommen hatte. Man beschimpfte sie als Zigeuner, als wertlose Geisteskrüppel, als Perverse oder – und dies am häufigsten – als Judenpack, mit dem weder der Pöbel auf der Straße noch die Bonzen der Regierung Mitleid hatten.

Der alte Haß, über die Jahrhunderte hinweg geschürt, war wieder voll entflammt. Kein Mitleid, kein Erbarmen mehr mit Menschen, mit denen man seit Generationen zusammengelebt hatte und die vielfach sogar einen Teil ihrer Identität geopfert hatten, um sich anzupassen. Nur das diffuse Unterscheidungsmerkmal der Rasse, des Blutes, zählte noch, dessen Fremdartigkeit man durch die Eintragungen der Standesämter nachzuweisen glaubte.

Professor Bethany und seine Frau waren keine Juden. Durch ihre distanzierte Haltung dem Regime gegenüber und die Abreise bei Nacht und Nebel hatten sie sich jedoch selbst in die Position Verfolgter gebracht. Heimtücke nannte man das, und auf Heimtücke stand Lagerhaft von unbestimmter Dauer und mit unbestimmtem Ausgang. Von einem Tag zum anderen war Antonia zur Tochter politisch unzuverlässiger Eltern geworden, was bedeutete, daß sie sich vorsehen mußte und nicht unangenehm auffallen durfte.

Antonia wollte sich nicht eingestehen, daß sie ihren Eltern noch immer heimlich grollte. Nichts deutete darauf hin, daß sie bald zurückkehren würden. Sie waren ihre eigenen Wege gegangen, ohne auf ihre Kinder Rücksicht zu nehmen. Sie zählten zu keiner der Gruppen, die von den Nationalsozialisten per se bedroht wurden. Hätten sie geschwiegen und abgewartet, könnte jetzt alles noch so sein wie früher. Was zählt in Wahrheit mehr, fragte sich Antonia: das Gewissen oder die Elternliebe?

»Laß deine Kanzlei das erledigen«, sagte Antonia erschöpft zu Ferdinand. »Ich will nichts damit zu tun haben. Es ist ja doch alles vergeblich.« Mit diesen Worten nahm sie Lilli auf den Schoß und befühlte ihre Stirn, wie es seit Tagen alle Mütter des Landes bei ihren Kindern taten, weil sich eine Masernepidemie von bisher nicht gekanntem Ausmaß von Stadt zu Stadt ausbreitete, einer Armee gleich, die das Feindesland überrennt und unterwirft. Schulen und Kindergärten mußten geschlossen werden, aber es gab ja ohnedies nicht mehr genug Lehrer, seit ein Großteil von ihnen zur Wehrmacht eingezogen worden war. So blieben die Kinder zu Hause und holten sich die Krankheit eben beim Spielen auf der Straße.

Medizinische Versorgung war kaum zu erwarten. Die wenigen Ärzte, die noch nicht im Feld waren, konnten den Ansturm der Kranken kaum bewältigen. Zehn, zwölf Stunden Wartezeit in den Praxen waren üblich – zuviel für Kinder, die vom Fieber geschüttelt wurden. Den meisten blieb so nichts anderes übrig, als die Krankheit durchzustehen und im Bett liegenzubleiben, bis sich der Körper durch die Ruhe aus eigener Kraft erholte.

Wer verschont blieb, hatte Ferien – mit der einzigen Auflage, die Musterblätter durchzuarbeiten, die die Lehrer am letzten

Schultag ausgeteilt hatten. Da Deutschland seinen Machtbereich inzwischen auf weite Teile Europas ausgedehnt habe, hieß es auf dem Beiblatt, sei eine Vereinheitlichung der Schrift erforderlich. Auf dem ersten Formblatt standen daher die Buchstaben des Alphabets in der bisher unterrichteten Deutschen Schreibschrift, die acht Jahre zuvor bei der Machtergreifung der Nationalsozialisten als zutiefst deutsch eingeführt worden war. Jetzt erklärte man aber plötzlich, ab sofort sei in den Schulen des Deutschen Reiches wieder die frühere Lateinische Schreibschrift zu unterrichten. In Wahrheit sei das nämlich die Schrift des germanischen Mittelalters, weshalb man sie per Gesetz ab sofort zur »Deutschen Normalschrift« erkläre. Deshalb zeigte das zweite Formblatt denn auch die gute alte frisch germanisierte Lateinschrift, und Enrica und ihre gesundgebliebenen Altersgenossen verbrachten die schulfreien Vormittage damit, sie sich für die kommenden tausend Jahre einzuprägen.

Die Entscheidung der Regierung erregte bei der Bevölkerung Erstaunen, zum Teil auch Verärgerung oder gar Empörung. Zum ersten Mal seit acht Jahren wagte man von »Etikettenschwindel« oder »Augenauswischerei« zu reden. Den Krieg hatte man hingenommen mit all seinen Gefahren und Einschränkungen. Den Verlust der Freiheit hatte man verkraftet, die Gleichschaltung und den Meinungszwang. Daß man sich nun aber plötzlich wieder an eine neue Schrift gewöhnen sollte, ging über das Maß des Erträglichen hinaus. »Wir haben die Juden hinausgejagt, die Demokratie überwunden und die Stalin-Linie vernichtet. Aber wenn es um die Deutsche Schrift als hohes Kulturgut geht, geben wir klein bei«, wagte einer in einem Leserbrief zu schreiben und traf damit den Nerv seiner Volksgenossen. Nach allgemeiner Überzeugung war der Führer durch den Krieg so sehr beansprucht, daß er keine Zeit fand, sich mit dem zutiefst weltanschaulichen Problem der Schrift zu befassen. War der Krieg erst vorbei, würde er die undeutsche Entscheidung seiner charakterlosen Beamten bestimmt sofort rückgängig machen. »Sollen sich doch die an uns anpassen«, hieß es, wobei mit »die« die unterworfenen Völker Europas gemeint waren, die man trotz aller Großspurigkeit insgeheim oder sogar, ohne es sich selbst bewußt zu sein, fürchtete, weil man spürte, daß das, was man getan hatte oder auch nur geschehen ließ, nicht recht war, selbst wenn Joseph Goebbels es behauptete oder gar der Führer. Gab man jetzt erst einmal nach, brach vielleicht bald die gesamte Machtposition zusammen, und das entstehende Chaos würde den Weg frei machen für die Rache der einst Besiegten.

»Ich möchte noch einmal in unsere Wohnung«, hatte Peter gebeten, als man entschied, daß Thomas Harlander im Auftrag der Familie nach Wien fahren sollte, um die Bethany-Wohnung ordnungsgemäß zu übergeben. Erst verweigerte Antonia ihrem Bruder die Zustimmung, doch unversehens kam ihm Franz Josef Bellago zu Hilfe. Er erklärte, der Junge sei fast erwachsen. Bei der HJ gestatte man ihm, ein Gewehr abzufeuern, und wenn sich nicht bald etwas änderte, werde er in wenigen Jahren in den Krieg ziehen. Da müsse er doch eigentlich schon erwachsen genug sein, die Wohnung, in der er aufgewachsen war, ein letztes Mal zu besuchen.

Die Wohnung der Eltern. Es war aber auch seine Wohnung gewesen! Während Peter mit Thomas Harlander die Treppe hinaufstieg, die er von klein auf unzählige Male erklommen hatte, forschte er nach den eigenen Gefühlen. Traurig hätte er sein müssen, dachte er. Vielleicht sogar verzweifelt. Doch er spürte nichts, auch nicht als er in seinem Zimmer stand und Thomas Harlander die Vorhänge zurückzog, um die herbstliche Mittagssonne hereinzulassen. Ein kalter Oktobertag, aber strahlend, wie um den Abschied zu erschweren.

Thomas Harlander ließ Peter allein. Es war still im Raum. Früher hatte man den ganzen Tag über von der Straße herauf die Geräusche des Autoverkehrs und der Straßenbahnen vernommen. Doch Autos gab es nur noch wenige. Die meisten standen aufgebockt in den Garagen ihrer Besitzer oder wurden an der Front gebraucht. Sogar die Pferde hatte man eingezogen. Alles im Dienste des Krieges, der immer näher zu kommen schien, in Wahrheit aber längst angekommen war und das Leben aller regierte und knebelte.

Eigentlich ein Mädchenzimmer, dachte Peter, während er sich umsah. Eingerichtet für Antonia. Er selbst war hier fast nur ein Gast gewesen. Nur die karierte Sofadecke erinnerte an ein Jungenzimmer: Schottenkaro in rot, braun und blau. Mit spitzen Fingern strich Peter über den Stoff. Er war angenehm rauh und warm. Peter erinnerte sich, daß er sich früher gern in seine Decke gewickelt hatte, ganz eng, um sich zu schützen, wovor auch immer. Für ein Kind gab es ständig etwas, vor dem es sich in Sicherheit bringen wollte. Auch für einen lebhaften, selbstsicheren Jungen, wie er einer gewesen war. »Wie ein kleiner Soldat«, hatte seine Mutter manchmal lächelnd und voller Stolz gesagt, wenn sie seine aufrechte Haltung bewunderte und seinen forschen Gang. Heute würde sie so etwas bestimmt nicht mehr sagen. Wie ein Soldat auszusehen war sicher nicht das, was sie sich für ihren Sohn wünschte.

Wie früher legte sich Peter auf sein Bett und wickelte sich ein, die Decke bis über beide Ohren gezogen, so daß sein Kopf ganz warm wurde und er sich wie in einer geschützten Höhle fühlte. Was wäre gewesen, dachte er, wenn seine Eltern geblieben wären und er immer noch hier leben würde? Er wußte es nicht, aber in all der Geborgenheit merkte er auf einmal, daß er seinen Eltern nicht mehr grollte. Vielleicht wären sie ja tot, dachte er. Vielleicht hätte man sie auch verschleppt. Befürchtet hatten sie das bestimmt, sonst wären sie nicht ohne ihn gefahren. Während er hier, im Zimmer seiner Kinderjahre, lag, dachte er plötzlich an die vielen Briefe in seinem Schreibtisch. Halb zerrissen und ungelesen. Mit Nichtachtung bestraft, weil er sich verraten fühlte. Verraten und im Stich gelassen.

»Zukunft braucht Herkunft«, hatte sein Vater gesagt. Bestimmt wußte er damals schon, daß er in seiner Heimatstadt keine Zukunft mehr haben würde. Seinem Sohn aber hatte er das Geschenk der Herkunft mitgegeben, das spürte Peter auf einmal. Die Herkunft von einem Vater, der mutig gewesen war. Unvernünftig mutig, vielleicht. Aber ein Mensch, der das Gute erkannte und der den Finger ausstreckte und dorthin zeigte, wo sich das Böse offenbarte.

Peter schloß die Augen. Ganz deutlich sah er auf einmal seinen Vater vor sich. Ihn und auch die Mutter, die so verzweifelt gewesen war, als sie ihren Sohn zurücklassen mußte. Sie hatten ihn nicht verraten, das begriff Peter plötzlich, als er zusammengekrümmt wie ein ungeborenes Kind auf seinem Bett lag, eingehüllt in seine alte Decke. Sie hatten ihn nicht verraten und auch nicht willentlich im Stich gelassen. Sie hatten sich nur in Sicherheit gebracht, weil sie sonst vielleicht alle drei untergegangen wären. Auch Peter, der plötzlich am liebsten aufgesprungen und auf der Stelle zu ihnen gelaufen wäre, um ihnen zu sagen, daß sie ihn umarmen dürften, ohne daß er das Gesicht abwandte und sie zurückstieß.

3

Peter mußte lange klopfen, bis sich die Tür im zweiten Stock endlich öffnete. Im Flur brannte kein Licht, so daß Peter im ersten Augenblick nicht erkennen konnte, wer ihm gegenüberstand. Dabei wußte er es im Grunde ganz genau, und sein Herz klopfte vor Aufregung und vor Freude.

»Johnny!« rief er leise. »Johnny, erkennst du mich nicht?«

Sein Gegenüber streckte den Arm aus, um das Licht einzuschalten. »Bist du es, Kleiner?« Ein Blinzeln, um besser sehen zu können.

»Aber ja! Willst du mich nicht reinlassen?«

Alles sah aus wie immer, das erkannte Peter auf den ersten Blick. Alles: das heißt die Wohnung und ihre Einrichtung. Sonst aber war alles anders geworden, auch das spürte er sofort. Anders: weil sich der Mensch, der vor ihm stand, verändert hatte.

»Johnny?« fragte Peter befremdet und starrte auf sein Idol von einst, den König des Swing, der seine Freunde um sich scharte wie ein Herscher seinen Hofstaat. Der Schlurf von einst, Schrecken der Nachbarinnen, die ihm jede Schlechtigkeit zutrauten und mit spitzen Stimmen ihre Töchter in die Wohnung zurückriefen, wenn er auftauchte. *Johnny, the sheik auf Araby.* Johnny, der die wunderbare Lola küssen durfte!
»Johnny! Was ist mit dir?« Peter erkannte ihn kaum wieder. Im Gesicht und in der Haltung des fast Fremden suchte er sein ehemaliges Vorbild. Der rotseidene Morgenrock, den Johnny trug, konnte ihn nicht so grundlegend verändert haben. Wahrscheinlich gehörte er seinem Vater, und Johnny hatte ihn nur angezogen, weil er bequem war. Eine Laune wie früher so oft, jovial und souverän. Auch der militärisch kurze Haarschnitt konnte nicht der Grund sein, daß Peter einen Moment lang meinte, er hätte sich getäuscht und der junge Mann vor ihm wäre gar nicht Johnny, sondern vielleicht ein Verwandter, der ihm ein wenig ähnlich sah. Ein wenig nur, denn nichts von dem, was Johnny einst ausgemacht hatte, fand Peter in diesem Mann wieder.

Johnny drehte sich um und ging vor Peter her in den Salon. Dabei hinkte er leicht. Nicht bei jedem Schritt, aber doch merklich. Johnny, der sich früher so geschmeidig zu bewegen wußte! Der gegangen war wie ein Panther, dachte Peter, und getanzt hatte wie... Peter fand keinen Vergleich, der seiner Erinnerung gerecht wurde, doch als er Johnny nun folgte und ihn nur von hinten sah, hätte er erneut schwören können, daß dies ein Fremder war. Entweder gab es den früheren Johnny nicht mehr, oder er trieb seinen Scherz mit ihm. Bestimmt würde er sich gleich umdrehen und lachend fragen: »Bist du wirklich darauf hereingefallen, Kleiner?« Dann würde Peter erleichtert aufatmen und ihm gestehen, wie glücklich er sei, ihn wiederzusehen. Er würde ihm sagen, daß er der einzige wirkliche Freund sei, den er je gehabt habe. Daß er ihn bewundere und vermisse. Ja, vermisse, jetzt auf einmal sogar mehr als je zuvor, weil er ihn nicht mehr erkannte, es war, als wäre der wahre

Johnny tot und hätte nur ein blasses Abbild hinterlassen. Einen Schatten von einst, dessen Anblick weh tat. Er war vollkommen verändert, so wie alles sich veränderte in dieser neuen, grausamen Welt ohne den Charme der Freude und der Hoffnung.

Dann saßen sie einander gegenüber, und Johnny, der nie von sich selbst gesprochen hatte, erzählte mit stockender Stimme, was geschehen war.

Einen Kleinkrieg hatten sie geführt, Johnny und seine Freunde, die sich selbst als *Swing-Kids* bezeichneten. Ihre Gegner waren die Burschen der HJ gewesen mit ihren weißgestrickten Kniestrümpfen über den strammen Waden. »Swing Heil!« riefen die Swing-Kids den jungen Burschen zu, die in Reih und Glied die Straßen entlangmarschierten, als gehörte ihnen nicht nur die Zukunft, sondern vor allem auch die ganze Stadt. Nein, nicht nur die Stadt: alles. Absolut alles. *Und morgen die ganze Welt.*

Es war zu Schlägereien gekommen, zunächst fast zum Vergnügen der beiden Parteien. Sie waren jung genug, um die Rivalität zu genießen, den Kampf ums Revier. Blut mochte fließen, aber nie zuviel. Noch sollte der Gegner nicht vernichtet werden. Noch glomm ein winziges Fünkchen Kindlichkeit hinter den Beschimpfungen und den Hieben, die man austeilte. Noch ließ man den Feind entkommen, wenn er die Flucht ergriff. Noch. Bis eines Tages die Behörden den Fall in die Hand nahmen. Es ging nicht an, daß brave HJ-Burschen von diesem Abschaum lächerlich gemacht wurden.

Johnny war der erste, den sie abholten. Sie trugen lange Mäntel und Stiefel darunter. Damals besaß Johnny noch die Dreistigkeit, sich vor ihren Augen die Haare zu kämmen, bevor er ihnen voran die Treppe hinunterstieg. Zu diesem Zeitpunkt waren sie noch höflich zu ihm, auch wenn er kurz erschrak, als ihm einer der Gestapomänner eine Hand auf die Schulter legte und wie mit einer eisernen Faust zudrückte.

Johnny verstand die Warnung nicht. »Was soll das?« fragte er und schüttelte mit jener Arroganz, die ihn zum Anführer seiner Kids gemacht hatte, die Hand einfach ab. Dann klopfte er mehrmals auf die Stelle, als wolle er Staub entfernen oder Schmutz, und drehte sich zu dem Mann um. Er sah ihm mitten ins Gesicht, doch es war vollkommen ausdruckslos, weder Abneigung, Zorn, Haß, noch Verachtung waren daraus zu lesen. Nur Leere, die alles bedeuten konnte.

»Ich war zu blöd, um diese Miene richtig einzuschätzen«, sagte Johnny zu Peter. »Später, im Verhörkeller, schaute er immer noch so drein, während er seine brennende Zigarette auf meiner Stirn ausdrückte.« Johnny drehte sich zum Fenster, um Peter sein Gesicht zu zeigen. »Hier, siehst du? Sie meinten, jetzt sähe ich aus wie eine indische Tänzerin. Und mit dem Tanzen hätte ich es doch, vor allem nach Negermusik.«

Dann hatten sie eine Platte aufgelegt: Glenn Millers ›Chattanooga Choo Choo‹. »*It's swing time*«, sagte einer in fast freundlichem Ton zu mir, »schade, daß keine von euren Huren hier ist. Dann wäre es bestimmt noch viel lustiger.«

Sie hatten trotzdem ihr Vergnügen. Mit einer Eisenstange schlugen sie Johnny aufs Knie, daß er schreiend zusammenbrach.

»Sie haben mir die Kniescheibe zerschmettert«, erzählte er Peter verstört. »Sie sagten, sie wollten mir einen Gefallen tun. Ein Krüppel zu sein, wäre ein Glück für mich. Feige Hunde wie ich hätten doch sowieso Schiß davor, in den Krieg zu ziehen. Das bliebe mir jetzt erspart. Wenn ich wollte, könnten sie mein zweites Knie auch noch behandeln.«

Unter dem Dröhnen der Musik jagten sie ihn durch den Raum, bis er schluchzend zusammenbrach und nicht mehr aufstand. Erst da stoppten sie die Platte und wurden plötzlich ganz geschäftlich. Von jetzt an würden sie ihn von Zeit zu Zeit besuchen. Dann würde er sicher gern von seinen Freunden berichten und von dem, was sie planten und trieben. »Eine ge-

sunde Kniescheibe ist doch einen kleinen Verrat wert, oder?«
sagte einer. »Vor allem, wenn man nur noch eine hat.« Dabei
trat er mit dem Stiefelabsatz in Johnnys Gesicht, daß ihm ein
Schneidezahn herausbrach.
»Schau«, forderte Johnny Peter auf und zog seine Oberlippe
hoch. »Ich habe die Lücke immer noch. Sie haben gedroht, mir
das ganze Gebiß einzuschlagen, wenn ich deswegen zum Arzt
gehe. ›Jede unserer Begegnungen wird in deinem Gesicht und
auf deinem Körper dokumentiert‹, drohten sie. ›Und Urkundenfälschung gibt es nicht.‹«
Danach gaben sie ihm den Rat, sich sofort die Haare schneiden zu lassen, damit er endlich wie ein Mann aussähe, zumindest annähernd. Sollte er der freundlichen Aufforderung nicht nachkommen, würden sie selbst die Arbeit übernehmen. Das könnte dann aber etwas kräftiger ausfallen als beim Friseur. Auch seinen Kleiderstil habe er zu ändern. Eigentlich müßte überhaupt alles an ihm geändert werden, aber vorerst wollten sie noch Gnade vor Recht ergehen lassen.
Sie schleppten ihn in eine Zelle. Erst war er froh, daß sie das Licht anließen, dann aber blendete es ihn immer mehr. Sein Knie schmerzte so sehr, daß er immer wieder ohnmächtig wurde. Er flehte um Wasser. Doch niemand reagierte auf sein verzweifeltes Klopfen. Nur das Licht an der Decke wurde immer greller. Zum Schutz legte er sich sein Jackett übers Gesicht, doch fror er nun, so daß er es wieder anzog.
Nach einiger Zeit hämmerte er wieder gegen die Tür und bat darum, eine Toilette aufsuchen zu dürfen. Auch jetzt bekam er keine Antwort. Erschöpft legte er sich schließlich auf den Boden und ergab sich dem Schmerz in seinem Knie. Er schlief ein, erwachte aber gleich wieder und merkte, daß er sich selbst beschmutzt hatte. Wie würden sie ihn jetzt verspotten, dachte er, doch es war ihm fast schon gleich.
Er wußte nicht, wie lange er so gelegen hatte, als plötzlich Musik erklang. Erst ganz leise, dann immer lauter, bis es so laut dröhnte, daß es schmerzte. Er hielt sich die Ohren zu. Erst

nach einiger Zeit erkannte er das Musikstück. Wieder war es der ›Chattanooga Choo Choo‹: »*Pardon me, boy! Is that the Chattanooga Choo Choo? Track twenty nine. Boy, you can give me a shine?*«
Pardon me, boy! Immer wieder das gleiche Stück. Stundenlang. Eine Ewigkeit lang. Noch nie hatte ihm ein Geräusch ein solches Entsetzen eingejagt. Manchmal fiel er in Ohnmacht und meinte, er wäre wieder im Verhörkeller, und die beiden Gestapoleute zertrümmerten ihm nun auch die andere Kniescheibe. »Meinetwegen!« hörte er da jemanden schreien. »Tut euch keinen Zwang an! Ich bin doch ohnehin so gut wie tot!« Zu Anfang merkte er gar nicht, daß es seine eigene Stimme war, die sogar die Musik übertönte.
Erst da wurde es plötzlich still. Von einem Augenblick zum anderen hörte die Musik auf. Kein Geräusch mehr im Raum, nur ein dumpfes Pochen, das nicht enden wollte. Ein Klopfen ohne jeden Rhythmus. Immer nur ein Ton nach dem anderen. Erst nach langer Zeit wurde Johnny bewußt, daß er seinem eigenen Herzschlag lauschte. Da spürte er, daß er vor Entsetzen ohnmächtig wurde. In dem Augenblick, als er in die Bewußtlosigkeit hinüberglitt, war er sicher, daß er diesmal nicht wieder aufwachen würde. Wie in einem Blitzlicht sah er auf einmal Lola vor sich, die ihm zulächelte. »Bleib, wo du bist!« wollte er rufen, um sie zu retten. »Versteck dich! Laß dich nicht erwischen!« Dann wußte er nichts mehr.

»Ich habe sie nie wiedergesehen«, fuhr Johnny nach langem Schweigen leise fort. Peter wußte genau, wen er meinte. Hatte er nicht selbst noch vor wenigen Stunden gehofft, etwas über sie zu erfahren oder ihr – Himmel auf Erden! – hier sogar zu begegnen? Lola, die er nicht vergessen konnte; die auch Johnny nicht vergessen konnte, obwohl er keinen Versuch unternahm, sie zu treffen. »Wenn die erfahren, daß wir zusammengehören«, murmelte er, »machen sie mit ihr das gleiche wie mit mir. Oder Schlimmeres.«

Lola, die es zu beschützen galt; die Freunde, die es zu beschützen galt … Von seinem Vater hatte Johnny die spärliche Information erhalten, die Swing-Kids gebe es nicht mehr. Wie Schneeflocken im Sturm seien sie nach seiner Verhaftung auseinandergestoben, jeder an den Platz, an den ihn die Vernunft stellte oder der Wille der besorgten Eltern.

Jeden Morgen eilte Lola nun ins Bestattungsunternehmen ihres Vaters, wie früher schwarz gekleidet. Den ganzen Tag saß sie dort am Schreibtisch, ungeschminkt und ohne den göttlichen Firlefanz, mit dem sie sich vormals behängt hatte. »Fräulein Charlotte« wurde sie angesprochen. Niemand im Reich der Särge, der Kränze und Kerzen wußte, daß es einmal eine Lola gegeben hatte, von der alle träumten, die ihr je begegnet waren.

Auch die anderen Freunde waren im grauen Einerlei untergetaucht, in der Sicherheit der Verstellung und der Selbstaufgabe. Sie gingen weiter zur Schule oder arbeiteten irgendwo, zusammen mit vielen anderen, die ebenso unauffällig waren wie sie. Sie grüßten mit *Sieg Heil!* und hoben gehorsam den rechten Arm. Im Kino schauten sie sich an, wie Willy Birgel für Deutschland ritt und wie Christina Söderbaum im Teich ertrank. Sie hörten nun nicht mehr Benny Goodman oder Ella Fitzgerald, sondern Marika Rökk und Zarah Leander. *Man muß den Männern was bieten, wozu sind wir Frauen denn da?* … Hatte es nicht irgendwann einmal einen Song gegeben, der ›*Sentimental Journey*‹ hieß? Heil Hitler. Es war klüger, nicht aufzufallen. Alle hatten erfahren, daß der große Johnny jetzt wie ein Einsiedler mit entstelltem Gesicht und zerstörtem Körper in der Wohnung seiner Eltern hauste und sich weigerte, die braven Klamotten anzuziehen, die seine Mutter für ihn ausgesucht hatte, damit er aussehe wie alle anderen. Anders zu sein war tödlich. Alles konnte nachgewiesen werden, wenn man den Beschuldigten nur lange genug quälte. *Deutschland, so vieler Hexen Mutter.* Heil Hitler.

Lange Zeit blieb es still. Bis Peter das Schweigen brach. »Wir haben einen Lehrer«, sagte er. »Für Mathematik, Physik und Turnen. Er ist sehr ungeduldig. Wenn man zu langsam ist, teilt er eine Kopfnuß aus und sagt: ›Auf was wartest du? Auf bessere Zeiten?‹« Peter lächelte plötzlich, ein wenig schief, weil Johnny so erbärmlich aussah, daß es einem das Herz brechen konnte. »Eigentlich gar nicht so dumm, was er sagt, oder?«

Auch Johnny lachte plötzlich. Es mußte lange her sein, daß er zum letzten Mal fröhlich gewesen war: Sein Lachen klang mehr wie ein trockener Husten. »Du hast recht, Kleiner. Warten wir auf die besseren Zeiten! Irgendwann müssen sie doch einmal kommen.«

»Hast du noch deine Platten?«

Johnny schüttelte den Kopf. »Mein Vater hat alle in der Donau versenkt. Der sicherste Platz, der ihm einfiel.«

Peter sah ihn voller Mitgefühl an. Dann tippte er mit dem Zeigefinger an die Stirn. »Da drin«, murmelte er. »Da ist es noch sicherer.« Er stand auf sah sich suchend nach seiner Jakke um. Dabei fing er an, leise zu singen. So leise, daß selbst die Hausmeisterin, die sich bestimmt ein Zubrot als Spitzel verdiente, es ganz bestimmt nicht hören konnte: »*If you're blue and you don't know where to go to, why don't you go where fashion sits, puttin' on the Ritz.*«

Johnny rührte sich nicht, aber sein Gesicht erwachte, lebte auf wie früher, während er ebenso leise einstimmte und danach sogar mit den Fingern dazu schnippte: »*Dressed up like a million dollar trouper. Trying hard to look like Gary Cooper.*«

Peter stand nun an der Tür. »Ich komme wieder«, versprach er.

Johnny nickte. »In den besseren Zeiten!«

Peter ging. Bevor die Tür ins Schloß fiel, rief ihn Johnny jedoch noch einmal zurück. »He, Kleiner!«

Peter drehte sich um.

Johnny tippte sich zum Gruß an die Schläfe. »*Super duper!*«

»Ja«, antwortete Peter und grinste mit der überlegenen Miene der Swing-Kids zu ihren besten Zeiten. »*Super duper, old man!*«

4

Mit Thomas Harlander fuhr er in einem zum Taxi umfunktionierten Lieferwagen zur Wohnung von Thomas' Mutter. Auf der Ladefläche lagerten der große Kristallüster aus dem Salon der Bethanys, das alte Grammophon und Peters Schottendekke – die einzigen Stücke, die sie aus der Wohnung mitgenommen hatten. Alles übrige hatten sie zurückgelassen, unter dem Vorwand, daß sie nicht wußten, wo sie es unterstellen oder wie sie es nach Linz schaffen sollten. In Wahrheit aber hing niemand mehr an den alten Dingen, die die Bethanys im Laufe ihres Lebens zusammengetragen hatten.

Peter war ganz in Gedanken versunken, doch er war nicht traurig. In den letzten beiden Jahren hatte er gelernt, sich mit dem abzufinden, was ihm der Tag brachte. Daß er Johnny wiedergesehen hatte, war ein Geschenk des Himmels, und je weiter sich das stotternde, ruckende Vehikel von der Stätte seiner Kindheit entfernte, um so mehr wuchs Peters Überzeugung, daß irgendwie alles wieder gut werden würde. Daß er irgendwann Johnny wiedersehen würde, genesen und voller Lebensmut, und daß auch seine Eltern zurückkamen: gesund und mit freiem Atem in jeder Hinsicht.

Bei Harlanders Mutter trank er den Himbeersaft, den ihm Thomas' Freundin hinstellte, und aß ihre Brote. »Guter Speck«, lobte er zwischen zwei Bissen. »So einen haben wir zu Hause auch. Unser Kindermädchen kommt vom Land.«

Thomas' Freundin, die sehr hübsch war, wie Peter insgeheim feststellte, nickte und sagte, sie selbst sei ebenfalls in einem Bauernhaus aufgewachsen. Daher stamme auch der Speck. Er, Peter, solle doch so nett sein, auch dem Taxler ein paar Brote hinunterzubringen, hier in Wien bekomme man so etwas nicht. Dann lachte sie, als Thomas, der sich beim Abmontieren des Leuchters in die Hand geschnitten hatte, vergeblich versuchte, sich mit einer Serviette zu verbinden. »Wer zwei linke Hände hat, studiert die Rechte«, sagte sie und holte das Verbandszeug aus dem Badezimmer.

Eine warme, behagliche Atmosphäre herrschte in dem Haus. »Wollt ihr heiraten?« fragte Peter, doch er bekam keine Antwort. Bald danach war es Zeit, zum Bahnhof zu fahren. Peter bestand darauf, das Grammophon und seine Decke schon jetzt mitzunehmen. Mit einem höflichen Diener verabschiedete er sich von Thomas' Freundin und erinnerte sich mit einem leichten Erröten daran, daß er nicht einmal wußte, wie sie hieß. »Das ist Peter Bethany«, hatte ihn Thomas vorgestellt. Die umgekehrte Floskel war im Wirbel um den Kronleuchter untergegangen.

»Eine tolle Frau, deine Freundin«, sagte Peter zu Thomas. »Großvater Bellago würde sagen: sehr einnehmend.«

Thomas lachte. »Sie heißt Marie«, sagte er. Dann sprach er schnell von etwas anderem.

Die Zugfahrt ging schnell vorbei, vor allem wegen der ausdrucksvollen Knie der jungen Dame auf dem Platz gegenüber. Doch trotz dieser Reize schlief Peter bald ein. Noch im Halbschlaf dachte er, daß dies trotz allem ein guter Tag gewesen war.

Das sagte er auch zu Antonia und Ferdinand, die ihn am Linzer Bahnhof abholten. Peter kam es vor wie die Krönung dieses Tages, daß sein Schwager mitgekommen war, der ihm sonst nicht die Aufmerksamkeit schenkte, die Peter sich gewünscht hätte. Peter bewunderte Ferdinand und dachte manchmal, daß er später gern so werden wollte wie er. Jurist. Da wußte man Bescheid über die Wünsche und Irrwege der Menschen. Man konnte sein Recht einfordern und handeln, wo andere nur die Hände rangen.

Plötzlich mußte er lachen. »Wißt ihr, was die Freundin von

Thomas gesagt hat?« fragte er, während er versuchte, mit Antonia und Ferdinand Schritt zu halten. Er hatte darauf bestanden, das Grammophon selbst zu tragen, weshalb er unter der Last fast zusammenbrach und immer wieder kurz haltmachen und Atem schöpfen mußte.

Antonia blieb abrupt stehen. »Du hast sie kennengelernt?«
Peter nickte. »Sie ist sehr nett«, erklärte er.
Ferdinand war ebenfalls stehengeblieben. »Und was hat sie gesagt?«

Peter grinste. »Sie hat gesagt, wer zwei linke Hände hat, studiert die Rechte.«

Antonia und Ferdinand schwiegen.

»Das ist ein Scherz«, erklärte Peter enttäuscht. »Wer zwei linke Hände hat, studiert die Rechte! Versteht ihr das nicht?«

Antonia lächelte ein wenig gequält. »Aber ja«, antwortete sie. Dann ging sie weiter, so schnell, daß Peter fast nicht hinterherkam.

»Hat sie sonst noch etwas gesagt?« erkundigte sich Antonia nach einer Weile.

Peter schüttelte den Kopf. »Ich war doch nur ganz kurz da. Aber sie hat mir Speckbrote gemacht und dem Taxler auch. Ach ja, sie sagte, sie stamme von einem Bauernhof.«

Schweigend gingen sie weiter durch die nächtliche Stadt, in der kaum noch jemand unterwegs war.

»Seltsam«, sagte Antonia plötzlich mit leiser Stimme zu Ferdinand. »Irgendwie hört sich das alles so freundlich und einfach an. Ich dachte immer, weiß Gott welches Geheimnis hinter dieser Frau steckt. Dabei entstand das ganze Mysterium nur durch Thomas' Heimlichtuerei.«

Ferdinand antwortete nicht.

»Sie heißt übrigens Marie«, mischte sich Peter ein. »Klingt nicht gerade nach Mata Hari oder so.«

Da atmete Antonia endgültig auf. Sie lachte und legte den Arm um Peters Schultern. »Es ist schön, daß du wieder da bist, Kleiner!«

Er zuckte bei der Anrede ein wenig zusammen, doch dann freute er sich plötzlich darüber. Als er endlich in seinem Zimmer angelangt war und die steif gewordenen Arme schüttelte, wollte er noch einmal alles überdenken, was ihm an diesem Tag widerfahren war. Er stellte das Grammophon auf seinen Schreibtisch und legte sich daneben ins Bett. Doch obwohl das Licht noch an war, schlief er ein. Er träumte, daß jemand hereinkam, ihm vorsichtig die Schuhe auszog, ihn zudeckte und das Licht löschte. Da fühlte er sich geborgen, und seine Ohren waren ganz warm unter der rotbraun-blauen Schottendecke.

Klug wie die Schlangen

1

Für Antonia war und blieb der 25. Dezember 1941 der Tag, an dem der Mann mit dem Hund vor der Tür stand: ein mittelgroßer, schlanker Mensch mittleren Alters in der Uniform der Militärpolizei. Mit einiger Mühe hielt er den großen Wolfshund zurück, der ungeduldig an der Leine zerrte und Enrica anhechelte, die die Haustür geöffnet hatte. Enrica wich nicht zurück. Obwohl sie keine Erfahrung mit Hunden besaß, hatte sie doch aus den Erzählungen ihres Großvaters gelernt, daß man Tieren seine Angst nicht zeigen durfte. Der Mensch, bekräftigte Franz Josef Bellago immer wieder, sei der Herr der Kreaturen. Es sei ein Naturgesetz, daß sie ihm gehorchten. Wenn er kraftvoll auf seinem Recht bestünde, spüre ein Tier das und wage keinen Angriff.

Antonia hatte das Läuten am Hauseingang gehört. Aus ihrem Schlafzimmer kam sie heraus auf die Empore im ersten Stock und schaute hinunter in die weitläufige Diele, in der heute zur Feier des Tages das Kaminfeuer brannte. »Halten Sie doch Ihren Hund fest!« rief sie erschrocken. »Sehen Sie nicht, daß meine Tochter Angst vor ihm hat?« Dann trat sie schnell zurück und schloß die Tür zu ihrem Zimmer, wo das Radio noch leise lief.

Der Polizist zog im selben Augenblick die Haustür hinter sich zu. Er setzte seine Kappe ab, befreite sie vom Schnee und legte sie auf den runden Tisch in der Mitte der Diele. »Warm haben Sie es hier«, stellte er fest. Es war nicht auszumachen, ob es mißbilligend klang oder anerkennend. »Zur Zeit kommt man nicht oft in gut beheizte Häuser.«

Antonia stieg die Treppe hinunter. »Es ist Weihnachten«, sagte sie mit ruhiger Stimme, um ihn zu besänftigen. »Da macht man es sich etwas gemütlicher als sonst.«

Als sie vor ihm stand, nickte ihr der Polizist zu. »Wenn man die Möglichkeit dazu hat...«, murmelte er. »Die meisten Leute sind allerdings froh, wenn sie in ihrer Wohnung wenigstens ein Zimmer warm kriegen.«

Antonia ging nicht darauf ein. »Darf ich fragen, warum Sie hier sind?« Sie griff nach Enricas Hand und nahm sie in die ihre. Die Hand des Kindes war kalt und zitterte, obwohl Enrica den Kopf hoch trug und sich ihre Unruhe nicht anmerken ließ.

»Militärpolizei«, erklärte der Mann und befahl dem Hund, sich zu setzen. Der Hund hieß Frei. Er gehorchte aufs Wort. »Haben Sie unser Auto nicht gesehen?«

Antonia schüttelte den Kopf. »Nein«, sagte sie ruhig, obwohl ihr plötzlich fast das Herz stillstand. »Ich habe gerade ein wenig geschlafen.«

»So, so, geschlafen.« Der Polizist beugte sich zu der Standuhr aus Porzellan vor, die in der Mitte des runden Tisches stand. »Ein schönes Teil«, murmelte er anerkennend. »Was stellt es dar?«

Antonia zögerte. »Die Jakobsleiter«, antwortete sie dann widerwillig.

»Und die kleinen Figuren ganz unten?«

»Sie symbolisieren die vier letzten Dinge«, erklärte Antonia. »Das eine hier ist der Tod. Die Waage steht für das Jüngste Gericht, und das daneben sind Hölle und Himmel.«

»Und die zwei großen Figuren an den Seiten?«

»Wollen Sie das wirklich wissen?«

»Aber ja doch.« Er lächelte. »Ich komme aus Köln. Wir

Rheinländer haben auch eine gewisse Neigung zum Jenseitigen. Wie ihr Ostmärker.« Er lachte. »Das kommt wahrscheinlich vom Katholizismus. Das prägt.«

»Die Figuren stellen die beiden Patrone eines Sterbenden dar«, erklärte Antonia betreten. »Den heiligen Petrus und die heilige Ursula.«

Mit gerunzelter Stirn beugte sich der Polizist vor, um die Uhr ganz genau zu betrachten. »Was man alles so lernt! Sehr schön, wirklich. Gratuliere zu dem Besitz.«

»Darf ich trotzdem noch einmal fragen, was Sie herführt?«

Er richtete sich auf und lächelte, und genau dieses Lächeln ließ Antonia spüren, daß das Spiel mit den höflichen Fragen nun vorbei war. »Was mich herführt?« Er wandte sich an Enrica. »Mach die Tür auf, Kleine!«

Nach einem fragenden Blick auf die Mutter gehorchte das Mädchen.

»Mach sie ganz weit auf.«

Schnee stob herein. Dicke, weihnachtliche Flocken, die die Sicht einschränkten. Antonia sah erst gar nicht, was der Polizist gemeint hatte. Erst als ein kurzer Windstoß den Blick freigab, bemerkte sie das Auto draußen auf der Straße: ein Militärfahrzeug, wie so viele in der Stadt. Dieses hier aber war mit einem Peilsender ausgestattet.

Oft genug hatte Antonia diese Autos mit ihren runden Antennen durch die Straßen fahren sehen. »Kettenhunde« nannte die Bevölkerung die Häscher der MP, die von ihrem bequemen Sitzplatz aus gleichsam Witterung aufnahmen, in welchem Gebäude die Frequenz der Feindsender empfangen wurde, obwohl dies doch bei schwersten Strafen, von Zuchthaus bis zum Tode, verboten war.

Der Polizist schloß die Tür wieder. Herausfordernd schaute er Antonia an.

»Ich weiß nicht, was Sie wollen«, sagte sie abweisend. »In diesem Haus hört niemand Feindsender.« Sie spürte, wie sich Enricas Hand verkrampfte und plötzlich feucht wurde. Das

Gesicht des Mädchens aber blieb ruhig und beherrscht wie beim Anblick des hechelnden Hundes.

»Sind Sie allein zu Hause?«

»Meine jüngere Tochter spielt in ihrem Zimmer mit dem Kindermädchen.«

Der Polizist knurrte leise. »Kindermädchen! Ist dort ein Radio?«

»Nein. Nur im Salon... Im Wohnzimmer, will ich sagen.«

»Das werden wir uns gleich ansehen. Wer ist sonst noch im Haus?«

»Die anderen sind spazierengegangen: meine Schwiegereltern und mein Mann. Mein Bruder ist auf einem Heimabend der HJ.«

»Sonst wohnt niemand hier?«

»Nein.«

»Haben Sie noch ein zweites Radio?«

»In der Küche.«

»Und wer hält sich dort auf?«

»Im Augenblick niemand.«

Der Polizist setzte seine Kappe wieder auf. »In diesem großen Haus befinden sich also zwei Rundfunkgeräte: eins im Wohnzimmer und eins in der Küche. Wo ist das Wohnzimmer? Der Salon, meine ich.«

Als er die Diele durchquerte, ließ er eine Schneespur aus den Profilen seiner Schuhe hinter sich. Schon nach ein paar weiteren Schritten war sie geschmolzen. Bevor er noch vor Antonia das Wohnzimmer betrat, befreite er den Hund von der Leine, ohne auf Antonias Widerspruch Rücksicht zu nehmen. Als wäre er hier zu Hause, streifte er im Wohnzimmer umher, und der Hund schnüffelte an den Möbeln und an dem geheimnisvollen Duftnetz auf dem Boden, das sich nur ihm erschloß.

»Hier ist ja noch ein Kamin eingeheizt!« stellte der Polizist fest. Diesmal war seine Mißbilligung offenkundig.

»Ich sagte schon: wir feiern Weihnachten.«

»Ach ja, ein christliches Haus.« Er wies mit dem Kinn auf

den Weihnachtsbaum.« Man könnte meinen, wir leben im tiefsten Frieden.« Dann zeigte er auf Enrica. »Und ein so schönes Kleid. Das haben nicht mehr viele heutzutage. Kennst du den Spruch, Mädchen? ›Komm nicht daher wie ein Pfau! Du bist ein Dieb und Spinnstoffklau.‹«

»Das ist mein Sonntagskleid!« Enrica blickte ihm direkt ins Gesicht.

»Und was ziehen unsere Soldaten an der Front am Sonntag an? In Rußland? Mitten im Schnee?«

Enricas Stimme klang hell und klar. »Es tut mir sehr leid, daß es unsere Soldaten so schwer haben. Hoffentlich kommen sie alle bald wieder nach Hause!«

Der Polizist errötete plötzlich. Er fing an, das Radio zu untersuchen. Als er es einschaltete, erklang der ›Marsch der Deutschen in Polen‹. »Tja!« murmelte der Polizist schon nach den ersten Takten verdrossen. »Vielleicht sind Sie wirklich unschuldig. Manchmal funktionieren unsere Peilantennen nicht richtig. Und bei dem Schnee…« Er zuckte die Achseln.

Auch in der Küche erschallte das gleiche Musikstück. »Ganz schön lang, dieser Marsch«, sagte der Polizist. Dann schaltete er das Radio aus.

Enrica ließ Antonias Hand los. »Darf ich bitte in mein Zimmer gehen?« fragte sie in wohlerzogenem Ton. »Ich möchte vor dem Abendessen noch ein wenig lesen.«

Der Polizist nickte. »Meinetwegen.« Sein Gesicht wurde freundlicher. »Möchtest du Frei einmal streicheln?«

Enrica nickte zögernd. »Ja, bitte«, sagte sie höflich. Mit spitzen Fingern strich sie über den Nacken des Tieres, das plötzlich zu wedeln begann und Enrica mit seiner Schnauze bedrängte.

»Am liebsten hat er es, wenn man ihn an der Kehle krault.«

Enrica lächelte verlegen. »Das traue ich mich nicht«, gestand sie. Dann machte sie einen Knicks und lief hinaus. Ihre Schuhe klapperten die Treppe hinauf.

Auch Antonia und der Polizist verließen nun die Küche. In der Diele blieb der Polizist stehen. »Eigentlich bin ich froh,

daß hier alles in Ordnung ist«, gestand er. »Sie haben es wirklich schön. Wenn wir wieder Frieden haben, möchte ich es auch so haben. Nicht so fein, ich bin kein reicher Mann, aber doch komfortabel. Warm und hell.«
Erleichtert ging Antonia auf seinen versöhnlichen Ton ein. »Vielleicht dauert das ja gar nicht mehr lange. Wir siegen doch immerzu.« Sie erschrak, weil sie spürte, daß ihre Bemerkung als Ironie aufgefaßt werden konnte. Der Polizist nickte aber nur und leinte Frei wieder an.

Er ging zur Tür. Antonia wollte schon aufatmen, als er sich noch einmal umdrehte. »Und Sie haben bestimmt kein drittes Rundfunkgerät im Haus?«

Antonia verschlug es den Atem. »Nein.«

Er blickte nach oben. »Sie waren doch in Ihrem Schlafzimmer, als ich kam, nicht wahr?«

»Ja.«

»Und Sie haben dort kein Radio stehen?«

Antonia zögerte. Sie spürte sein wiedererwachtes Mißtrauen und hatte das Gefühl, daß alles nun zu Ende war. Ihr kam es so vor, als fiele sie in eine tiefe Schlucht und der Erdboden, auf dem sie zerschellen würde, käme immer näher. »Nein!« erklärte sie trotzdem mit fester Stimme.

Doch es war schon zu spät. Den Bruchteil einer Sekunde zu lang hatte sie mit ihrer Antwort gezögert. Der Polizist drehte sich um und lief mit dem Hund an ihr vorbei die Treppe hinauf. Anders als bei Enricas klappernden Schrittchen waren seine Tritte nicht zu hören. Trotzdem schienen sie in Antonias Ohren zu dröhnen. Sie wußte, was er entdecken würde, wenn er die Tür öffnete: das kleine Radio auf ihrem Nachttischchen! Nicht einmal ausgeschaltet hatte sie es, als sie die Klingel an der Haustür hörte. Nur leise gestellt, aber der Polizist würde trotzdem sofort den englischen Akzent des BBC-Sprechers erkennen, der von den vielen Fronten des Krieges berichtete und davon, daß die Armeen des Führers durchaus nicht ununterbrochen siegten, wie Goebbels es dem deutschen Volk weismachen wollte.

2

Wie eine Sucht war das Hören der Feindsender gewesen seit einem Jahr, als Antonia immer quälender zu Bewußtsein kam, daß sie betrogen wurde. Sie selbst und das gesamte deutsche Volk, dem man erzählte, es sei ein Volk ohne Raum, das mit dem Recht des Stärkeren in die Gebiete anderer eindrang, um sie sich zu eigen zu machen. Ein Herrenvolk sei man, dazu berufen, die minderwertigen Sklavenmenschen zu unterwerfen und sich ihrer Arbeitskraft zu bedienen. Herrenvolk? Brandstifter waren sie, dachte Antonia, der Führer und seine Mannen. Von Anfang an hatten sie ihre Feuerchen gelegt und mit Flammenzungen gesprochen. Erst nur wie auf Probe, doch dann, als der Widerstand ausblieb, immer kühner und rücksichtsloser. Feuer in Deutschland, Feuer in den eroberten Gebieten. Feuer, das sich immer weiter ausbreitete, von Tag zu Tag, von Monat zu Monat. Das Volk ohne Raum hatte bereits mehr Raum erobert, als es jemals besiedeln konnte.

Deutsche Soldaten erfroren in Rußland. Auch sie waren Opfer, wie auch die Millionen Männer, Frauen und Kinder, die durch sie ihre Heimat verloren hatten und ihr Leben. Deutsche Soldaten in Afrika. »Was haben wir dort zu suchen?« hatte Fanni schluchzend gefragt, als man ihren Bruder übers Meer schickte, in die glühende Wüste, die zu sehen er sich niemals gewünscht hatte. Fanni hoffte nur, seinen Namen niemals auf einer der Listen zu finden, die täglich in den Zeitungen abgedruckt wurden und an öffentlichen Plätzen aushingen. Opferlisten. Die Welt schien nur noch aus Opfern zu bestehen. Fanni war plötzlich froh, daß sich ihr Bruder diesen Ausrutscher ins Hurenhaus gegönnt hatte. Wenn man ihm schon das Leben stahl, sollte er wenigstens einmal seinen Spaß gehabt haben.

Dann trat auch das mit Deutschland befreundete Japan in den Krieg ein und vernichtete auf der Trauminsel Hawaii, die man bisher nur aus schmachtenden Liedern kannte, die amerikanische Flotte. Pearl Harbor. Perlenhafen. Schiffe, die in

Flammen untergingen. Flugzeuge, die ausbrannten. Rußige Perlen im blauen Wasser des paradiesischen Eilands.

Die Propagandisten jubelten auf. Die Brandstifter konnten sich einer neuen Feuerstelle rühmen. Endlich hatte man die Vereinigten Staaten von Amerika, die sich bisher feige aus der Umschichtung der Welt herausgehalten hatten, gezwungen, Flagge zu zeigen. Vorbei waren die Zeiten, in denen sie heimlich und hinterhältig den Feind mit Waffen belieferten! Endlich brannte es überall. Zumindest fast überall, doch was noch fehlte, würde auch noch an die Reihe kommen.

Hatten sie den Verstand verloren aus Entsetzen über das, was sie angerichtet hatten? dachte Antonia. Wußten sie, daß sie zu weit gegangen waren? Glaubten sie wirklich, sie könnten noch siegen, jetzt, da nun die ganze Welt gegen sie stand? Hatten sie es aufgegeben, zu denken und dem Krieg ein Ziel zu geben? Oder schlugen sie nur noch weiter drein und immer weiter und weiter, weil ein Innehalten längst nicht mehr möglich schien?

Antonia wollte das Unbegreifliche begreifen. Sie las die Zeitungen des Regimes, die an Tatsachen und wahre Entwicklungen wie Feuerblumen die Lügen der Propaganda hefteten, daß man nicht mehr wußte, wie die Wahrheit eigentlich aussah. Erzfeindschaften wurden erfunden und ausgeschmückt; Greueltaten anderer benutzt, um die eigenen zu rechtfertigen oder zu verharmlosen oder sich mit Notwehr zu entschuldigen. Man hatte die Welt in Flammen gesetzt, doch man zeigte mit tausend Fingern auf die anderen und bezichtigte sie der bösen Tat.

Und zu Hause, in der kleinen Stadt an der Donau, die noch immer verschont geblieben war vom brennenden Tod, den die Flugzeuge der Royal Air Force auf die Städte Deutschlands fallen ließen? Noch war es ruhig in den Straßen von Linz. Noch schlief man zur Nacht. Doch immer mehr junge Männer mußten einrücken. Immer mehr veränderte sich das Straßenbild, in dem es fast nur noch Frauen, Kinder und alte Männer gab. Immer leerer wurden die Straßen, weil man die jungen Frauen in die Rüstungsbetriebe schickte. Immer mehr unbekannte Gesichter tauchten auf: Fremdarbeiter, die man hergeholt hatte, damit sie die Arbeit jener Männer übernahmen, die inzwischen über das Land der neuen Sklaven hinwegzogen.

Unfrieden zwischen den Menschen. Haß und Eifersucht. Junge Frauen, die man verdächtigte, sich mit den Fremden eingelassen zu haben, wurden kahlgeschoren und oft zu Tode gehetzt, weil sie sich als »Frauen deutschen Blutes« auf unerlaubten Geschlechtsverkehr eingelassen hatten.

> Unsere Brüder und Freunde stehen im Feld,
> fallen und sterben.
> Und die Mädchen zu Haus
> pudern mit den Serben.
> Das ist die größte Schand
> für unser Vaterland.

So stand es auf einer Scheune neben dem Hof von Fannis Eltern. Das Mädchen, das den Anlaß zu diesem Spruch gegeben hatte, war an Lungenentzündung gestorben, nachdem man es mitten im November halbnackt durchs Dorf gejagt und danach nirgendwo mehr eingelassen hatte.

Feindschaft. Überdruß. Hoffnungslosigkeit. Baldur von Schirach, der frühere Reichsjugendführer, dem nun Wien unterstand, bekämpfte die Wohnungsnot in der Stadt durch Deportationen. Siebzigtausend Unterkünfte von Juden wurden »freigemacht für Arier reinen Blutes als aktiver Beitrag zur europäischen Kultur«. Haß. Ausgebombte Volksgenossen aus dem Altreich wurden auf Bauernhöfen untergebracht. Kost und Logis waren frei, und an der Hausarbeit brauchten sich die Flüchtlinge nicht zu beteiligen. Dazu erhielten sie noch Beihilfen von der Wohlfahrtsorganisation der Partei. Da schlug das Mitleid der ersten Tage schnell um in Neid und Feindseligkeit. Die Bauern beklagten sich, die Flüchtlinge machten sich ein flottes Leben, während sie selbst, die unfreiwilligen Gastgeber, sich auf dem Feld abrackerten.

Eigentlich wollte man nichts mehr zu tun haben mit Berlin und allem, was dazugehörte. Eigentlich hätte man am liebsten alles ungeschehen gemacht. Ätschipätschi, es war nicht so gemeint.

»Wir wollen keinen Krieg! Wir wollen keinen Sieg. Wir woll'n a schöne Hitlerleich und a freies Österreich«: Doch es war zu spät. Man war zu weit gegangen, hatte sich mit dem Bösen zu eng verstrickt, war so sehr ein Teil davon geworden, daß man zuletzt trotz allem hoffte, dem Führer würde nichts zustoßen, weil er vielleicht der einzige war, der das Volk noch retten konnte. Hatte man nicht immer fest und treu an ihn geglaubt? Hatte man ihm nicht mehr vertraut als Gott selbst? Gott, dessen Kreuze er nun aus den Schulen verbannen wollte, was man nur durch heftigen Protest rückgängig machen konnte. Gott, dessen ehrwürdige Klöster er schloß und ausraubte. Gott, den er nicht anerkannte, weil er gotteslästerlich meinte, ihm gleich zu sein oder gar überlegen.

Es war diese Attitüde der Überlegenheit, die man an den Volksgenossen aus dem Altreich am meisten verabscheute, diese Sprache, viel härter und präziser als die eigene, diese Herablassung, kaum merklich und doch stets vorhanden ... So kam es, daß man Fremden falsche Wegauskünfte erteilte, um sich zu revanchieren. Daß in den Läden vor deutschen Frauen behauptet wurde, gewisse Waren seien ausverkauft, die dann doch unter der Theke auftauchten, wenn Einheimische danach verlangten. Daß man es wagte, die Gemahlin des Reichsmarschalls Hermann Göring zu beleidigen, die in einem extravaganten Abendkleid und mit einem kostbaren Diadem auf der Stirn die Wiener Staatsoper besuchte. »Wo haben Sie das Diadem gestohlen?« begrüßte das Publikum sie im Chor. »Wo haben Sie das Diadem gestohlen?« immer wieder, obwohl die Polizei sofort einschritt und zwanzig Opernbesucher verhaftete.

»Wo haben Sie das Diadem gestohlen?« Bis die Lichter im Saal erloschen und die hohe Frau fluchtartig ihre Loge verließ. Auflehnung. Ganz informell zuerst, spontan der Situation entsprungen. Sprechchöre an der Technischen Hochschule und im Volkstheater. Stapel von Flugblättern, die plötzlich verteilt waren, so schnell, daß man die Urheber nicht ausfindig machen konnte. Und dann – eine Aufführung von Grillparzers ›König Ottokars Glück und Ende‹:

> O gutes Land! O Vaterland! Inmitten
> dem Kinde Italien und dem Manne Deutschland
> liegst du, der wangenrote Jüngling da;
> erhalte Gott dir deinen Jugendsinn,
> und mache gut, was andere verdarben!

Beifall brandete auf, Applaus in allen Reihen. Am Schluß stand das ganze Publikum, sogar, wie man berichtete, die überzeugten Nazis – sei es aus Angst vor der Überzahl oder weil plötzlich die Liebe zur alten, untergegangenen Heimat ihr Herz ergriff.

Und mache gut, was andere verdarben ... Frieden, ja, Frieden hätte man gerne wieder gehabt, dachte Antonia. Einfach nur Frieden. Ruhe und keine Angst mehr. Alle Flammen erloschen. Für alle genug zu essen. Ordentliche Kleidung und ein Dach über dem Kopf, eine warme Stube und Arbeit für die, die sich und andere zu versorgen hatten.

Doch so war es nicht. Das Volk hatte nichts mehr zu sagen, ihm blieb nur noch die vorgehaltene Hand. »Wie sieht die deutsche Weihnachtsgans aus?« spottete man sarkastisch und wußte auch schon die Antwort: »Fett wie Göring, schnatternd wie Goebbels, braun wie die Partei und gerupft wie das deutsche Volk.«

Niemand wußte, wie es weitergehen würde. Und doch hätte man so gern Bescheid gewußt, um vielleicht doch noch irgendwo ein kleines Licht der Hoffnung zu entdecken. So kam es, daß

Antonia immer öfter am Knopf ihres Radios drehte, um zu hören, was die anderen, die Feinde – mein Gott! – zu sagen hatten. Die Feinde? War er denn ein Feind, dem sie zugehört hatte, als draußen auf der Straße der Zeiger des Peilsenders ausschlug und der Mann mit dem Hund durch den verschneiten Vorgarten zu ihrer Haustür schritt? War er ein Feind, der große Dichter aus Lübeck, den man vertrieben hatte und dessen Bücher auf den Scheiterhaufen brannten? War er ein Feind, der die Verführbarkeit und schreckliche Fügsamkeit seiner Landsleute beklagte und sie anflehte, zu verzweifeln, damit die Wende zum Guten einsetzte? »Aus der Verzweiflung«, sagte er, während draußen der Polizist den Finger auf die Türklingel legte, »aus der Verzweiflung, ist sie nur tief genug, kommt die Erhebung, die neue Hoffnung, die Wiedergeburt des Lichtes.« Kein siegreicher Friede werde am Ende dieses Krieges stehen, prophezeite er und sprach von der Verstrickung seines Volkes in irrsinnige Schuld und von der Sehnsucht nach Unschuld. »Seht«, fuhr er fort mit einer Stimme, die sehr leise war, nicht durchdringend wie jene des großen Verführers. »Seht! Der Weihnachtsstern leuchtet auch durch den dunklen Blutnebel dieser Zeit. Es ist der Stern des Friedens, der Brüderlichkeit und des Rechtes.«

In diesem Augenblick hatte die Glocke an der Tür geläutet. Antonia war noch ganz beklommen von den Worten, die ihr Herz berührt hatten. So kam es, daß sie das Radio nicht vollends ausschaltete, sondern es nur leiser stellte, um weiterhören zu können, sobald sie sich vergewissert hatte, wer da draußen Einlaß begehrte.

3

Der Polizist öffnete die Tür zu Antonias Zimmer. Er ließ die Leine des Hundes los, der an ihm vorbeidrängte. Dann trat auch er ein.

Antonia, deren Knie ganz weich waren, blieb am oberen Ende der Treppe stehen und gab sich auf. Sie war sicher, daß der Mann gleich wieder auftauchen und sie zu sich rufen würde. Im barschen Befehlston, denn dazu war er nun berechtigt, da sich ihre Schuld erwiesen hatte. Sie blickte sich um auf der Empore mit den vielen Türen, die sich nachts hinter den Bewohnern des Hauses schlossen, um ihren Schlaf zu schützen. Alles war ihr so vertraut. Seit fast zehn Jahren war dies hier ihre Welt, die sie gelernt hatte zu lieben – das spürte sie auf einmal, obwohl sie sich bisher noch nie darüber Gedanken gemacht hatte. Zu selbstverständlich war alles geworden: dieses Haus und seine Bewohner; ihre Familie, die sie nun vielleicht verlassen mußte, womöglich für immer.

Sie spürte ein Schluchzen in der Kehle, eine Verzweiflung so tief wie jene, die der Dichter erbeten hatte. Eine Verzweiflung jedoch nicht über das Leid der Völker, sondern nur über ihr eigenes Unglück, das ihr den Tod bringen und ihren Kindern die Mutter nehmen konnte.

Erklärungen würden nicht helfen, dachte sie. Zu deutlich hatte der Polizist seine Befehle kundgetan. Es war seine Pflicht, sie mitzunehmen und auszuliefern. Sie hoffte nur, daß Enrica und Lilli nicht mit ansehen mußten, wie ihre Mutter aus dem Haus geführt wurde. Zugleich aber wünschte sie sich nichts sehnlicher, als sie an sich zu drücken und nie wieder loszulassen.

Mit schleppenden Schritten trat sie in das Zimmer, in dem sie glücklich gewesen war. Sie erwartete, dem Blick der Staatsmacht zu begegnen, kalt und unerbittlich, und den Griff zu spüren, der ihr die Freiheit nahm.

Doch was sie sah, ließ ihre Schritte stocken. Der Polizist stand unter dem großen Kristallüster ihrer Eltern. Er hatte ihn eingeschaltet und bewunderte nun das vielfarbige Glitzern, das sich an den Wänden in schwankender Bewegung widerspiegelte. Auch der Hund hatte sich hingelegt und schaute zu, während er immer wieder leise winselte. Sonst war es still im

Raum. Kein Laut. Auch nicht aus dem Rundfunkgerät auf dem Nachttischchen.

Der Polizist sah sie an. »Sie haben ja doch noch ein Radio«, sagte er anklagend.

Antonia zuckte hilflos die Achseln. »Aber nur ein ganz kleines«, wandte sie ein. »Wir tragen es im ganzen Haus herum. Wer sich etwas anhören möchte, nimmt es sich einfach. Ich hatte ganz vergessen, daß es jetzt hier steht. Gestern nacht haben wir uns hier noch das Wunschkonzert angehört.«

Die Miene des Polizisten wurde versöhnlicher. »Das habe ich auch getan«, gestand er, »obwohl es einem das Herz brechen könnte.«

Es kam Antonia vor wie ein Wunder. Sie konnte sich nicht erklären, wie es kam, daß das Gerät ausgeschaltet war. Einen Augenblick lang dachte sie schon, der Polizist selbst hätte es getan, doch dann erschien ihr dies unmöglich. Noch immer war sie voller Angst. Wenn irgend jemand sie gerettet hatte, indem er das laufende Radio ausstellte, so brauchte der Polizist es doch nur wieder einzuschalten, um zu erkennen, welchen Sender sie zuvor gehört hatte.

Er schien ihre Gedanken zu erraten. Mit großer Selbstverständlichkeit setzte er sich aufs Bett, tätschelte kurz den Hund und drehte dann den verhängnisvollen Knopf.

Erst war es still. Dann erklang plötzlich Musik. Eine Männerstimme sang ein sehnsüchtiges Lied. Antonia erkannte es nicht sofort, weil sie etwas ganz anderes erwartet hatte. Doch dann drangen die Worte in ihr Bewußtsein: »Es steht ein Soldat am Wolgastrand, hält Wache für sein Vaterland, in dunkler Nacht allein und fern, es leuchtet ihm kein Mond, kein Stern.«

Das war nicht die BBC, nicht deren Nachrichten und auch nicht die Stimme des großen Dichters! Das war der heimatliche Sender mit seiner schmachtenden Musik, die eine wohlige, wohlfeile Trauer erwecken sollte, damit die schwarze, wütende Trauer, derer das Volk bedurft hätte, übertönt wurde.

Sentimentalität, die Vergessen brachte – nicht anders als das kichernde Lachen der Komödien. Alles an der Oberfläche und schnell verfügbar.

»Mein Bruder ist auch in Rußland«, gestand der Polizist. »Bei der Belagerung von Leningrad. Es ist kaum zu fassen, was der deutsche Soldat ertragen muß.«

Antonia nickte.

Der Polizist stand auf. Er zog sich den Rock zurecht. »Nun, da anscheinend wirklich alles seine Ordnung hat, kann ich ja gehen.« Er bückte sich nach der Leine und ging zur Tür. Dort salutierte er zackig: »Gnädige Frau …«, dann hörte Antonia, wie er die Treppe hinuntereilte und die Haustür öffnete, so daß ein heftiger Wind hereinpfiff. Dann fiel die Tür ins Schloß, und das Auto fuhr weiter durch die verschneiten Straßen der weihnachtlichen Stadt auf der Suche nach irgend jemandem, der das falsche Programm hören würde. Der Peilsender würde ausschlagen, und der Polizist würde wieder an einer Tür läuten und vielleicht erfolgreicher sein als hier.

Antonia setzte sich auf die Treppe. Obwohl es im Haus warm war, zitterte sie am ganzen Leib. Sie wußte nicht, wieviel Zeit vergangen war, als plötzlich Enrica neben ihr stand und auf sie herunterblickte. Ihr kleines Gesicht war weiß wie der Schnee vor der Tür.

»Habe ich es richtig gemacht?« flüsterte sie.

Erst jetzt begriff Antonia. Sie zog das Kind zu sich herab und schloß es in die Arme. So blieben sie sitzen, bis es dunkel wurde und die anderen von ihrem Spaziergang zurückkehrten.

Zweites Buch

Die Sünde des Unterlassens

I

Das »kleine Maschinchen« in seiner Brust erinnerte Franz Josef Bellago an seine Sterblichkeit. In letzter Zeit war viel vom Tod die Rede. Vom Tode junger Menschen vor allem, Männer, die stark waren, gesund und tatkräftig. Man hätte ihre Energien auf Sinnvolleres lenken sollen, dachte Franz Josef Bellago, als darauf, andere ebenso starke, gesunde und tatkräftige Männer zu töten oder sich von ihnen töten zu lassen. Welche Verschwendung, dieser Krieg! Welche Sünde! »Ich habe einen guten Kampf gekämpft«, stand in der Bibel. Glücklich, wer am Ende seiner Tage solches behaupten konnte. Die Männer aber, die nun im Feld standen, um die Befehle ihres höchsten Kriegsherrn auszuführen, kämpften keinen guten Kampf. Zu Anfang dachten sie es vielleicht noch, wenn sie sich am Bahnsteig von ihren Familien verabschiedeten, um mit einer Zugladung Gleichaltriger zur großen Schlachtstätte gekarrt zu werden, die sich Front nannte. Vielleicht lachten sie zuerst noch in Vorfreude auf das verlockende Abenteuer, das den Mann angeblich erst zum Manne machte. Wenn dann aber die Kugeln pfiffen, wenn dem Kameraden nebenan das Gesicht weggerissen wurde und ein anderer zum letzten Mal aufschrie, dann wären sie gewiß am liebsten wieder zu Hause gewesen, dort, wo sie hingehörten, wo man sie liebte und brauchte. Dort hätten sie wirklich Männer sein können, nicht hier im Schlamm, in Schnee und Eis oder im heißen Sand der Wüste. Hier waren sie nur die Opfer einer Idee, die es nicht wert war, daß der Wind für sie auch nur ein Staubkorn bewegte.

Franz Josef Bellago hatte Glück gehabt. Er gehörte der Generation an, die zwischen beiden Kriegen durchgeschlüpft war. 1914, als der Weltkrieg begann, war er gerade neunundvierzig Jahre alt geworden – nicht mehr jung genug, um vorgeschickt zu werden. Und jetzt, da die Kanonen wieder das Sagen hatten, war er zu alt, um noch sinnvoll eingesetzt zu werden.

Weltkrieg: ein grauenerregendes Wort, als man es zum ersten Mal aussprach. Mit der Zeit gewöhnte man sich aber daran und verwendete es nur noch als Bezeichnung dieses einen, ganz bestimmten Krieges, der die Epoche der Monarchien beendete und an ihrer Stelle die Herrschaft der Volksmassen anbahnte. Das Ende aller Kriege hatte man damals prophezeit. Zu furchtbar seien die Kämpfe gewesen. Ein zweites Mal, so meinte man, würde die Menschheit einen solchen Weltenbrand nicht überstehen. Inzwischen aber, dachte Franz Josef Bellago, war dieselbe Menschheit schon wieder mitten in das Chaos hineingeraten. In die Hölle. Ein zweiter Weltkrieg war im Gange, und es gab bereits einige, die anfingen, diesen Ausdruck zu benutzen, als steckten sie selbst nicht mittendrin, sondern würden nur einen historischen Zeitraum benennen, den man kühl beobachtete und kommentierte, von dem man aber innerlich bereits Abstand nahm.

Erster Weltkrieg: 1914 bis 1918. Zweiter Weltkrieg: 1939 bis …? Fast drei Jahre dauerte er nun schon, und ein Ende war nicht abzusehen. Hatte es nicht einst einen Krieg gegeben, den man den Dreißigjährigen nannte? Einen Hundertjährigen sogar? Wie lange würde es diesmal dauern? Es hätte eine Erleichterung bedeutet, zu wissen, wie lange man noch ausharren mußte. Zwei Jahre? Oder neunzig? Der Drang, einfach weiterzustürmen, war so groß, daß er sich selbst auffraß. Die Sünde aller Sünden. Der letzte Mord, der nur noch Opfer zurückließ und rauchende Trümmer. Der Mord an Gott selbst, denn wenn es keine Menschen mehr gab, die ihn anbeteten, würde auch er vergessen sein, nach dessen Bild sie geschaffen waren. Dann würde die Welt nur noch ein öder, seelenloser Ort sein.

Alles war verletzlich, dachte Franz Josef Bellago, alles war sterblich. Auch er selbst, das spürte er, wenn er nachts plötzlich aufwachte und sein Herz hämmerte, als wäre er einen Berg hinaufgerannt. Er spürte es, wenn der Ärger ihn packte und es ihm fast die Rede verschlug, so sehr pochte es da drinnen, bis er schließlich nicht mehr wußte, ob sein Herz schlug, weil er wütend war, oder ob seine Wut sich vergrößerte, weil der Trommler in seiner Brust sie schürte. Das kleine Maschinchen. Niemand in seiner Familie hatte bisher mit dem Herzen zu tun gehabt. Keiner von ihnen war gestorben, weil es sich verkrampfte. Alt waren sie geworden, die Bellagos, durchweg. Er selbst mit seinen siebenundsiebzig Jahren konnte sich durchaus noch Hoffnung auf ein paar weitere Jährchen machen.

> Ich leb,
> weiß nit wie lang.
> Ich stirb,
> und weiß nit wann.
> Ich fahr,
> weiß nit wohin.
> Mich wunderts,
> daß ich so fröhlich bin.

So stand es auf der kleinen Porzellanuhr in der Diele der Villa Bellago. Keiner, der vorbeiging, beachtete den Spruch. Zu sehr hatte man sich an den Anblick der Schrift gewöhnt. Dennoch schlug dasÜhrchen alle Viertelstunden – ein zierliches, helles Klingen, und mit jedem Mal war jeder, der es hörte, eine Viertelstunde älter und eine Viertelstunde näher an seinem Ende.

Siebenundsiebzig Jahre. Franz Josef Bellago fühlte sich nicht alt. Trotzdem dachte er daran, daß ihm bei jemand anderem siebenundsiebzig Jahre gewiß als ein gesegnetes Alter erschienen wären. Er war bald achtzig!... Er erschrak. Mit einem Mal sah er sich nicht mehr als Franz Josef Bellago, ehemals erfolgreicher Jurist, angesehener Bürger von Linz und Familienvater. Er sah sich auf einmal als einen Menschen, der fast acht Jahrzehnte lang gelebt hatte. Ein alter Knochen, der sich einbildete, es wäre etwas Besonderes, wenn sich das Herz in seiner Brust bemerkbar machte. Sollte er nicht lieber froh sein, daß er es überhaupt noch spürte? Bald achtzig Jahre: Wäre es nicht dennoch schön – trotz allem –, wenn man noch ein wenig länger leben dürfte?

2

Er fing an, Spaziergänge zu machen, sich die Welt näher anzusehen, die so viele Jahre lang zu selbstverständlich die seine gewesen war. Diese Stadt am Strom, auf drei Seiten umsäumt und beschützt von einer Hügelkette, grün bewachsen, lieblich wie die Lieder seiner Kindheit, die ihm in letzter Zeit immer öfter einfielen, obwohl er sie seit Jahrzehnten nicht gehört und auch nicht vermißt hatte. Vieles kam ihm wieder in den Sinn, während er langsam durch die Gassen und Straßen schlenderte, an den Häusern hinaufblickte und manchmal auch durch die Fenster hinein in die Wohnungen, aus denen fremde Augen seinen Blick erwiderten, so daß er den Hut zum Gruß lüftete, um sich für seine Zudringlichkeit zu entschuldigen.

Einmal stieg er sogar die Treppe zum Turm des Mariendoms hinauf, der nur eine Mannshöhe niedriger war als der Stephansdom in Wien. Der Mariendom: der größte Kirchenbau des ganzen Landes. Franz Josef Bellago konnte sich noch gut daran erinnern, wie während seiner gesamten Jugendzeit an dieser Kirche gebaut worden war. Eine volle Stunde lang hatten die Glocken geläutet, als das große Werk endlich vollendet war. Damals war er längst verheiratet gewesen und Ferdinand schon ein junger Mann, der bald sein Studium abschließen würde.

Es hatte geregnet, erinnerte sich Franz Josef Bellago, während er auf mittlerer Höhe des Turms auf einer Stufe saß, um Atem zu schöpfen. Um sieben Uhr morgens hatte sich der Zug des Klerus von der Kirche der Barmherzigen Brüder durch die Herrenstraße und die Baumbachstraße zum Hauptportal des Domes begeben, wo der Bischof die Einweihung vornahm, umgeben von politischen und kirchlichen Würdenträgern und assistiert vom Päpstlichen Legaten und dem Päpstlichen Nuntius. Auch der Bundespräsident hatte der Zeremonie beigewohnt, der Bundeskanzler und die Bürger der Stadt. Desgleichen die Bellagos. Franz Josef Bellago auf der Turmtreppe spürte in seiner Erinnerung fast körperlich seine Familie um sich herum versammelt. Ein bedeutender Tag war es gewesen, damals. Unvergeßlich.

Um acht Uhr abends hatte der Regen ausgesetzt, und eine Lichterprozession war durch das Dunkel der Straßen gezogen. Leise Gesänge, sanfte Schritte, damit alle folgen konnten, auch die Kinder und die Alten und Schwachen. Alles ganz anders als die Marschtritte, die in der heutigen Zeit über das Pflaster schallten.

Franz Josef Bellago war immer ein gläubiger Mensch gewesen. Er hielt es für seine Pflicht, die Botschaft der Bibel niemals in Frage zu stellen, auch wenn er manchmal lächelte, wenn der Pfarrer die Wunder des heiligen Buches rühmte. Ein so altes Buch, dachte Franz Josef Bellago dann nachsichtig. Aufgeschrieben von fehlbaren Menschen. Nomaden aus der Wüste, deren Welt eine andere war als die der satten, seßhaften Kinder der Neuzeit. Doch die Sehnsucht nach Geborgenheit war wohl die gleiche. Was bedeuteten da schon Einzelheiten: Die göttliche Wahrheit über allem war erhaben und beglückend. Sie tröstete und bewahrte vor der Qual des Zweifels. Es war eine Gnade, sich vor ihr verneigen zu dürfen.

Er brauchte fast zwei Stunden, bis er endlich oben angelangt war. Nun schlug sein Herz so sehr, daß es ihm hätte angst machen können. Doch während er sich schwer atmend auf die

Brüstung stützte und der Schweiß über seine Stirn rann, erfüllte ihn der Anblick seiner Heimatstadt mit einer tiefen Freude. Mittendrin stand er und doch weit darüber. Alles, was er kannte und liebte, lag ihm zu Füßen, breitete sich vor ihm aus wie ein Teppich bunter Blumen: am Strom das Schloß aus der Epoche, die ihm von allen am interessantesten erschien, weil sie den Menschen ernster nahm als jede andere. Über das Landhaus streifte sein Blick und über die barocken Türme der Kirchen, von denen er jede einzelne kannte, von innen und außen, weil sich so vieles im Leben der Stadt und in seinem eigenen darin abgespielt hatte.

Geburten, Hochzeiten, Totenmessen. Die Stadt war geprägt vom Kreislauf christlichen Lebens. Daß jetzt alles anders geworden war, konnte man von hier oben nicht erkennen. Man sah nicht die Not in den Häusern, den Schmerz der Verwundeten, die Angst um die Männer an der Front. Was sich darbot, war eine Stadt an einem blauen Strom, der in der Sonne glänzte. Und am Rand des Häusermeeres ein großes Industriewerk, in dem Panzer hergestellt wurden. Ganz neue Gebäude: Franz Josef Bellago konnte sich gut an die beiden Ortschaften erinnern, die noch vor wenigen Jahren an genau der Stelle lagen, wo jetzt die Hochofenachse verlief. Blühende Dörfer mit Kastanienbäumen vor den Häusern, mit Gemüsegärten, Obstbäumen und Blumen.

Adolf Hitler selbst hatte der Stadt das große Industriewerk geschenkt, um ihren Wohlstand zu garantieren. Linz war die Stadt, in der er ein paar Jahre zur Schule gegangen war und in deren Nähe seine Eltern begraben lagen, die er im Laufe seines Lebens immer leidenschaftlicher idealisierte. Und genau so hielt er es auch mit dieser Stadt, Linz, das ihm überschaubar erschien und moralisch sauber – ganz anders als die mächtigen Metropolen, die das Kleinstadtkind aus Braunau in seinem Inneren fürchtete und verachtete.

Sankt Peter und Zizlau. Als Kind war Franz Josef Bellago mit seinen Eltern oft hinausgewandert vor die Stadt, um im Mühlbach zu baden und danach Steckerlfische zu essen. Wie jung die Eltern damals gewesen waren. Viel jünger, als er selbst es nun war. So alt wie jetzt sein eigener Sohn und dessen Frau. Und doch waren sie ihm so nahe, als brauchte er sich nur umzudrehen und sie stünden hinter ihm. Die Jahre verschwammen ineinander wie die Farben auf einem Aquarell. Gestern schien ihm plötzlich wie heute, und die Menschen von damals lebten wieder und waren jung. Und wie er jetzt als alter Mann oben auf dem Turm des Mariendoms stand und hinunterschaute, konnte er die Kastanienblüten riechen, und es kam ihm vor, als wäre er wieder ein Kind und wanderte mit seinen Eltern im Dämmerlicht nach Hause, und irgendwo sänge ein Vogel.

3

Franz Josef Bellago war immer stolz auf seine Familie gewesen, deren Geschichte sich von den Kleinstadtbiographien der meisten anderen Linzer Bürger unterschied. Lange genug lebten die Bellagos schon in der Stadt, um als ortsansässig zu gelten, und doch konnten sie auf Wurzeln verweisen, die in der Ferne lagen und ihnen einen Hauch von Exotik und fremdartigem Glanz verliehen. Allein der Klang ihres Namens ließ aufhorchen und unterschied sie von den Grubers, Strobls, Fichtlbauers und Steinwendners. Dazu kam, daß sie sich in geradezu aristokratischer Beschränkung ihre Ehefrauen stets nur aus den besten Familien geholt hatten, wobei keiner der künftigen Ehemänner das romantische Ideal der großen Liebe angestrebt hatte. Ein guter Stall sollte es sein, aus dem die junge Frau kam, tüchtig sollte sie sein und verläßlich, dabei eine Dame, die in der Gesellschaft aufzutreten verstand. Beliebtheit war kein Kriterium, das die Kandidatin aufweisen mußte. Auch Charme nicht oder Humor. Ein angenehmes Äußeres konnte nicht schaden, doch Stil und zurückhaltende Eleganz zählten mehr. Vielleicht sogar ein gewisser Hochmut, der – das hatten die Bellagos über Generationen hinweg erfahren – die Umgebung einschüchterte, was nie schaden konnte, wenn man sich erst damit abgefunden hatte, daß es lohnender war, respektiert zu werden als geliebt.

Auch Franz Josef Bellago hatte sich an die überlieferten Auswahlkriterien seiner Familie gehalten. Von Kindheit an kannte er Hella Urban, deren Eltern Gutsbesitzer waren und in der Umgebung der Stadt ein gastliches Haus führten. Begeisterte Jäger vor dem Herrn, aber alles mit Maß und Vernunft, wie der junge Anwalt Franz Josef Bellago feststellte, als er sich unter den Töchtern der Stadt umsah.

Hella war gewiß nicht die schönste von allen. Sie war weder besonders anmutig noch besonders freundlich. Eigentlich fiel sie ihrem späteren Gatten zum ersten Mal wirklich auf, als sie einem anderen jungen Mann, der sich auf ihre Kosten ein Witzchen erlaubt hatte, mit kühler Stimme über den Mund fuhr, daß alle aufhorchten und für ein paar Augenblicke peinliches Schweigen herrschte. Franz Josef Bellago war überzeugt, daß nach diesem Vorfall niemand mehr wagen würde, Hella Urban mit Zweideutigkeiten zu belästigen.

Dieser Gedanke gefiel ihm. Noch am gleichen Abend bat er die junge Dame um ein Gespräch, das ihr ihr Leben lang wörtlich im Gedächtnis haften blieb. »Sie sind intelligent«, sagte er mit einem leichten Neigen des Kopfes. »Sie setzen sich durch. Wir würden gut zusammenpassen. Könnten Sie sich vorstellen, mich zu heiraten?«

Zum zweiten Mal an diesem Abend wurde es still. Franz Josef Bellago hörte das Ticken der Uhr. Hella gestand ihm später, daß sie zuerst nicht in der Lage gewesen sei, einen klaren Gedanken zu fassen, und deshalb eine ganze Weile dem Geräusch der kleinen Standuhr mit den jenseitigen Symbolen gelauscht habe. Noch war sie ein junges Mädchen, dem es bei allen energischen Anlagen lieber gewesen wäre, wenn ihr Kavalier gesagt hätte, sie sei hübsch oder gar schön. Eigentlich hätte sie auch eine Erklärung seiner Liebe erwartet. Doch dann schaute sie in

Bellagos Gesicht, über das sie bisher noch kaum nachgedacht hatte. *Sie sind intelligent. Sie setzen sich durch. Wir würden gut zusammenpassen.* Irgendwie fühlte sie sich verstanden, und sie begriff, daß er in ihr die Werte gefunden hatten, die ihm vor allen anderen viel bedeuteten. Und nicht nur ihm. Auch ihr selbst. *Sie sind intelligent. Sie setzen sich durch. Wir würden gut zusammenpassen.* Für einen kurzen Augenblick bedauerte sie noch einmal, daß er sie nicht als bildhübsch bezeichnet hatte und auch nicht beteuert hatte, sie raube ihm sowohl den Atem als auch den Schlaf. Doch dann nickte sie und sagte ja.

Viel später, an ihrem sechzigsten Geburtstag, schwor sie nach diversen Toasts in einem Anfall von nachsichtigem Humor, das sei die schnellste und die beste Entscheidung ihres Lebens gewesen. Dabei wußte sie nicht – und sollte es auch nie erfahren –, daß ihr Sohn Ferdinand in der gleichen Situation zu seiner späteren Frau gesagt hatte: »Sie sind so hübsch, Antonia! Ich sehe so gern in Ihr Gesicht. Ich wäre glücklich, mit Ihnen verheiratet zu sein.« Und Antonia hatte zugestimmt. Von Durchsetzungsfähigkeit war keine Rede.

4

Die Bellagos stammten aus Italien, waren aber seit Generationen in Österreich ansässig. Ein Vorfahre hatte in der k. u. k. Armee gedient, doch nach einer obskuren Affäre mit einer verheirateten Frau war er unehrenhaft entlassen worden. Vor dem Nichts stehend, gelang es ihm auf Grund seines Aussehens und seiner gewinnenden Manieren, eine Linzer Erbin zu heiraten. Er stieg in das Druckereigeschäft seines Schwiegervaters ein und bestätigte dessen Riecher für menschliche Qualitäten, da er sich mit dem Tausch der Ringe vom Saulus zum Paulus wandelte und dem Schwiegervater – was Tüchtigkeit und Fortune betraf – bald in nichts mehr nachstand.

So viel Ansehen gewann er im nationalen und internatiolen Geschäftsleben, daß sein Sohn Arthur seine Lehrjahre im renommiertesten Druckereibetrieb der Welt ableisten durfte: in Antwerpen bei Plantin-Moretus, dessen Firmenmotto Arthur nach erfolgreicher Beendigung seiner Lehrzeit mit nach Linz brachte: *Labore et constantia,* durch Arbeit und Ausdauer, zusammen mit dem Wappenschild der Antwerpener Drukkerei, das er nur geringfügig abwandelte, gerade so viel, daß keine urheberrechtlichen Schwierigkeiten zu befürchten waren: ein Zirkel, dessen einer Schenkel fest verankert war, während der andere sich frei bewegte.

Die Bellagos waren seit jeher katholisch, auch Arthur Bellago, der in Antwerpen zwar hauptsächlich in katholischen Kreisen verkehrte, in dem das Erlebnis der Fremde aber die Aufmerksamkeit geweckt hatte für alles, was ihm zum Vorteil gereichen konnte. Erfreut durchschaute er, daß man auch im Hause seines Dienstherrn offen war für jede Anregung, sofern man seinen Nutzen daraus ziehen konnte. Einträchtig teilte man sich die Stadt mit den Protestanten, deren calvinistisches Weltbild den Erwerb von Besitz als Zeichen göttlicher Gnade betrachtete. Mit seinem wachen Instinkt spürte Arthur Bellago, daß auch sein Lehrherr, bei aller katholischen Gottergebenheit, dieses Leitbild für sich übernommen hatte. Offenkundig fuhr er gut damit, denn das Geschäft blühte, und die Summen, von denen im Plantinschen Kontor mit seinen prächtigen, lederbezogenen Wänden die Rede war, überstiegen ganz gewiß die kühnsten Vorstellungen jedes anderen Druckers der Welt. Kein Wunder also, daß der wache Jüngling aus Linz das fremdartige Exempel auch für sich übernahm und es in versteckem Triumph heim an die Donau brachte, wo sein Großvater beifällig nickte und sich selbst dazu gratulierte, daß er vor Jahren seinem unscheinbaren Töchterchen den Wunsch nach einem blendend aussehenden, jedoch armen Bräutigam erfüllt hatte, der seinerseits schlau genug gewesen war, die Vorteile dieser Verbindung zu erkennen und zu nutzen.

So kam es, daß die Linzer Druckerei Bellago eine der angesehensten Europas wurde und die Bellagos auch in den nachfolgenden Generationen ihr ausgeprägtes Besitzstreben nie verleugneten. Längst hatte sich ein weiterer Familienzweig herausgebildet, der mit der Juristerei sein Geld verdiente und dem nun auch Franz Josef Bellago mit den Seinen angehörte. Das Familiendenken aber änderte sich nicht. Sie alle waren klug genug, das wahre Ausmaß ihres Wohlstands stets zu verbergen. Was sie zur Schau stellten, war Gediegenheit. Ihre Häuser waren großzügig geschnitten, aber nicht prunkvoll. Das Mobiliar bis hin zu Gebrauchsgegenständen wie Küchenmessern aus Solingen war erlesen, aber nicht protzig. Ihre Kleidung hochwertig, doch ohne Prunk. Die Damen kleideten sich elegant, aber ohne Schnickschnack. Die Kinder erhielten die beste Ausbildung, doch sie prahlten nicht damit, denn wovor sich die Bellagos am meisten in acht nahmen, das war Neid. Neid, das wußten sie alle, entsprang der Schwäche des Neiders, und über die Generationen hinweg gaben die Bellagos ihren Söhnen und Töchtern weiter, daß nicht die Starken zu fürchten waren, sondern die Zukurzgekommenen.»Geld braucht das Dunkel«, stickte einmal eine elfjährige Bellago-Enkelin in Kreuzstichmuster auf eine Kissenhülle, die sie ihrem verehrten Großvater zum Weihnachtsfest schenkte. Rotes Garn auf weißem Leinen – nichts Besonderes, aber die größte Festtagsfreude für den alten Herrn, der von dieser Stunde an sein Haupt zum viertelstündlichen Mittagsschlaf nur noch auf den Spruch seiner aufgeweckten Enkelin bettete, die genau begriffen hatte, was eine Bellago stets beherzigen mußte.

5

Im Laufe seines langen Lebens hatte Franz Josef Bellago gelernt, daß die Zeiten sich ständig änderten und sogar die großen Wahrheiten niemals endgültig feststanden. Trotzdem achtete er darauf, daß auch in der nachfolgenden Generation alles so weiterging wie bisher. Er bedauerte, daß er nur einen einzigen Sohn hatte, obwohl es immer noch besser war als eine ganze Stube voller Nachkommen. Diesen Hemmschuh hatte die Familie stets vermieden, wohl wissend, daß Erbteilungen nur Groll stifteten und bei häufiger Wiederholung zur Verarmung führten. Ein zweites Kind wäre allerdings wünschenswert gewesen, auch wenn sich Franz Josef Bellago dieses Gedankens ein wenig schämte, weil er wußte, worauf er zurückzuführen war: er war nicht zufrieden mit seinem Sohn, der schon als Kind sanft und fügsam gewesen war, der Liebling aller Damen, aber – in den strengen Augen seines Vaters – nicht mannhaft und wagemutig genug. Glücklicherweise war er wenigstens intelligent, was man in dem Benediktinerkloster, dessen Gymnasium die Bellagos aller Generationen absolviert hatten, lobend anerkannte.

Franz Josef Bellago ahnte nicht, daß sein Sohn diese Schule haßte und vor Heimweh fast verging. Wenn er in den Ferien nach Hause kam, hoffte er inständig, das Kloster möge in den folgenden Wochen abbrennen oder einem Erdbeben anheimfallen. Und richtiggehend schlecht wurde ihm, als ihm der Vater einmal zu Ferienbeginn seinen neuen Jagdhund vorführte und bemerkte, er habe das Tier nach dem ehrwürdigen Begründer des Klosters Tassilo benannt.

Damit hatte das unschuldige Tier jede Chance verwirkt, das Herz des Jungen zu gewinnen. Dabei hatte der Hund ausgerechnet zu ihm eine hingebungsvolle Zuneigung gefaßt. Obwohl Franz Josef Bellago sein Herr war, lief Tassilo den ganzen Sommer in hungriger Liebe hinter Ferdinand her, der ihn kaum beachtete. Als Ferdinand im September wieder ins Internat zurückmußte, lag Tassilo tagelang vor der Tür zu seinem Zimmer und drückte die Schnauze auf den Spalt zwischen Tür und Schwelle. Erst als ihm Hella Bellago einen alten Schal des Jungen gab, beruhigte sich das Tier und schlief fortan nur noch auf diesem verschlissenen blauen Kleidungsstück – bis Ferdinand zu Weihnachten wiederkam und er erneut um seine Zuneigung buhlte.

»Dieser Hund ist nicht normal«, stellte Franz Josef Bellago fest und überlegte, wie sich in einem solchen Fall sein Schwiegervater verhalten hätte, der als Jäger eine ganze Meute von Hunden gehalten und auf unbedingten Gehorsam bestanden hatte. Wagte eines der Tiere, nach einem Menschen zu schnappen, war es beim ersten Mal mit einem kräftigen Hieb auf die Schnauze bestraft worden. Beim zweiten Mal aber hatte Hellas Vater persönlich zum Gewehr gegriffen und das Problem aus der Welt geschafft.

Oben auf dem Turm dachte Franz Josef Bellago wieder an seinen Sohn. Dabei wurde ihm bewußt, daß er in letzter Zeit eigentlich sehr zufrieden mit ihm war. Zwar liefen die Geschäfte nicht wie einst, doch daran trug Ferdinand keine Schuld. Nach der sogenannten »Vereinfachung der Rechtspflege«, die die Regierung jüngst vorgenommen hatte, hatten alle Anwaltskanzleien weniger zu tun. Per Erlaß hatte der Führer die Angeklagten in Zivil- und Strafsachen eines großen Teils ihrer Verteidigungs- und Berufungsrechte beraubt. In Zukunft würde das Gericht nach Eingehen der Anklageschrift unverzüglich einen Termin für die Hauptverhandlung festsetzen. Keine Gelegenheit gäbe es mehr für den Angeklagten, wie bisher zur Anklage Stellung zu nehmen und seine Einwände vorzubringen. Die Nazis, dachte Franz Josef Bellago, liebten den kurzen, direkten Weg, von dem die Chinesen sagten, er führe geradewegs in die Hölle. Und die Anwälte betrogen sie damit um ihr Honorar.

Man hätte diese Leute von Anfang an nicht an die Macht lassen dürfen, spann Bellago seine Gedanken weiter. Aber wann war das: der Anfang? Als Adolf Hitler seine ersten Reden hielt oder man ihm zum ersten Mal aufmerksam zuhörte? Oder später, auf dem langen Weg, der ihn bis zur Reichskanzlei führte? Jede der vorangegangenen Wahlen hätte verhindern können, daß er weiter voranschritt auf der Straße zum Krieg, den er doch schon längst in seinem dicken Buch angekündigt hatte, das nun jeder Haushalt besitzen mußte. Der Unsinn von einst war das Evangelium von heute. Wie es schien, genügte es, an einem Lügengespinst nur konsequent genug festzuhalten, daß es irgendwann plötzlich zur Wahrheit wurde.

»Sendest du deinen Geist aus, veränderst du das Antlitz der Erde«, stand in der Bibel. Adolf Hitler hatte seinen Geist ausgesandt, und es war ihm gelungen, die drei unzerstörbar scheinenden Fundamente der abendländischen Kultur zu vernichten, an die Franz Josef Bellago geglaubt hatte wie an eine eigene, zweite Religion: der griechische Geist der Demokratie, die scharfe Klarheit des römischen Rechts und das sanfte Gesetz des Christentums.

Alle drei waren ihm zum Opfer gefallen, dem Mann aus Braunau. Man hatte ihn unterschätzt, man hatte geglaubt, ihn benutzen zu können, und war doch in Wahrheit selbst zum Werkzeug geworden. Blitzkrieg. Krieg im Westen. Krieg in Afrika. Krieg in Rußland. Krieg auf der ganzen Welt. Wann hätte man ihn aufhalten können? Die wenigen, die es im Alleingang versuchten, endeten am Galgen.

Franz Josef Bellago spürte wieder sein Herz. Er war Anwalt gewesen, zu seiner Zeit. Anwalt, aber doch nicht Retter der Menschheit! Alle hier, dachte er, während er hinunterblickte auf die Straßen voller Menschen, alle hier hatten ihren Platz in der Gesellschaft. Sie taten mehr oder weniger Gutes, waren mehr oder weniger feige. Wer von ihnen aber fühlte sich ausersehen, seinen Hals zu riskieren und mit einer einzigen verzweifelten Tat die Wurzel allen Übels auszurotten? Keiner, dachte Franz Josef Bellago resigniert, und sein Herz beruhigte sich wieder. Keiner. Auch er nicht. Warum hätte er seine Familie gefährden sollen? Es hätte ja doch nichts gebracht. Politik war Schicksal, und irgendwie waren noch alle Völker ihre Tyrannen wieder losgeworden. Man würde auch Hitler überstehen. Doch dabei verflossen die eigenen Jahre ... Vielleicht überlebe ich ihn sogar, dachte Franz Josef Bellago, aber danach wird auch mein Leben bald zu Ende sein, und selbst wenn er besiegt sein mag: das Glück, um das er uns betrogen hat, kann uns keiner zurückgeben.

Langsam stieg Franz Josef Bellago die letzten Stufen hinunter und trat hinaus ins Freie, wo ihm der Lärm der Stadt entgegenschlug, lebhaft und ungeordnet nach der Ruhe da oben. Schuld, überlegte Franz Josef Bellago, haben wir nicht alle Schuld auf uns geladen, indem wir das Grauen einfach geschehen ließen? Nicht nur den Krieg, sondern alles, was nebenher noch geschah und durch ihn erst möglich wurde ... Die unschuldigen Patienten in der Klinik von Hartheim. Die jüdischen Familien, die von ihrer Reise in den Osten nicht mehr zurückkehrten. Das neu erbaute Lager bei Mauthausen, gar nicht weit entfernt von Linz: So viele Gerüchte kursierten, doch keiner wagte ein klares Wort. Der Verrat des Schweigens, dachte Franz Josef Bellago. Haben wir ihn begangen? Begehen wir ihn immer noch?

Auf einmal dachte er wieder an seine eigene Familie und daran, daß auch sie nicht immer nach dem Gebot der Güte gehandelt hatte. Es gab nicht nur die politische Schuld. Wer hätte leugnen mögen, daß er im Laufe des Lebens nicht auch noch andere, menschliche Verfehlungen und Unterlassungen begangen hatte, die er lieber vergessen würde? Jetzt, da das Maschinchen da drinnen sich meldete, tauchten auch in den Gedanken Franz Josef Bellagos alte Erinnerungen wieder auf, die ihn immer noch schmerzten und beschämten. Franz Josef Bellago gab ihnen keinen Namen. Alles war schon so lange her. Man wollte doch immer nur das Richtige tun ...

Er ging nach Hause. Als er in der Diele den Mantel auszog, kam seine Frau die Treppe herunter und lächelte ihn an. Während des ganzen Weges hatte er sich vorgenommen, seine Gedanken endlich mit ihr zu teilen. Jetzt aber, als er sie lächeln sah und spürte, daß sie sich über sein Heimkommen freute, schwieg er, um das Paradies ihres gemeinsamen Altersfriedens nicht zu stören.

Aufschub

1

Hella Bellago war überzeugt, daß der 25. November 1942 der schwärzeste Tag ihres Lebens war. Trotz des Krieges war es ihr bisher gelungen, sich ein Gefühl von Geborgenheit zu bewahren. Mochte alles um sie herum ins Wanken geraten: solange sich ihre Familie und sie selbst in Sicherheit befanden, war Hella Bellago nicht bereit, die allgemeine Stimmung von Bedrohung an sich heranzulassen. »Es hilft ja doch nichts«, war der Satz, mit dem sie alle Gesprächsversuche abwürgte, die den anderen zur Erleichterung dienten, die einen allerdings auch in Lebensgefahr bringen konnten, wenn man an den Falschen geriet. »Schweigen ist Gold, Reden ist Mauthausen«, hieß es in der Stadt, und doch konnten die wenigsten den Mund halten. Zu groß war ihre Unzufriedenheit, zu quälend die Sorge, zu peinigend die Angst.

Angst, wirkliche Angst, hatte Hella Bellago bisher nicht kennengelernt. Keiner ihrer Angehörigen befand sich an der Front, keiner im Visier der Gestapo. Einzig Antonias verhängnisvolles Interesse für ausländische Rundfunkmeldungen hätte sich fatal auswirken können, doch Gott sei Dank war alles noch einmal gutgegangen. Trotzdem mahnte Hella Bellago ihre Schwiegertochter jeden Tag, nur ja nicht rückfällig zu werden. Ein zweites Mal würde sie nicht ungeschoren davonkommen. Selbst für Vergehen, die man früher höchstens mit einem

Achselzucken kommentiert hätte – vor allem in einem Juristenhaushalt – drohte nun der Tod. Keine zweifelnden oder gar abfälligen Bemerkungen über den Führer und die Seinen! Keine Verstöße gegen die Interessen der Volksgemeinschaft!

Noch vor einem Jahr hatten sich die Bellagos über einen großen braunen Keramiktopf voll mit Schweineschmalz gefreut, über das frische, blaßrosa Fleisch und die wohlschmeckenden Würste in ihrer glänzenden Haut. Fanni hatte das alles weit nach Mitternacht auf dem Fahrrad vom Hof ihrer Eltern mitgebracht. »Schwarzschlachten« nannte man das betreffende Vergehen schon damals, aber ein Schuldgefühl spürte keiner der Beteiligten. Das wunderbar fette Schwein, das dran glauben mußte, hatte man selbst gemästet. Es gehörte den Baumgartners, die auch denen abgaben, die ihnen nahestanden – aber nicht der Volksgemeinschaft, für die es sowieso nicht gereicht hätte. Ein wahres Fest war es gewesen für alle, die mit leuchtenden Augen den saftigen Braten verzehrten und ein paar unvergeßliche Stunden lang den Führer und seinen vermaledeiten Krieg vergaßen. Zwar erwähnten sie ihn hin und wieder, aber ohne überflüssigen Respekt und immer dann, wenn sie den Krug mit Most zum Munde führten, stolz auf sich selbst, weil sie nicht so dumm gewesen waren, sich alles abluchsen zu lassen.

Wilderei, Fallenstellen, Fischdiebstahl: alles nun todeswürdige Verbrechen, obwohl ohnehin die Zeitungen jeden Tag dicker wurden wegen der vielen schwarzumrandeten Anzeigen, in denen zum letzten Mal öffentlich an die erinnert wurde, die weit weg in der Fremde für Führer und Vaterland ihr Leben gelassen hatten. »Irgendwann wird es keine Männer mehr geben«, klagte Fanni in heimlicher Verzweiflung, weil sie zweiundzwanzig Jahre alt war und immer noch Jungfrau. Trotz der Lebenslust, die sie in sich spürte; trotz der Sehnsucht, die sie nicht schlafen ließ, obwohl es keinen bestimmten Mann gab, den sie dabei vor Augen hatte.

Der 25. November 1942. Ein Mittwoch. Kalt war es, fast schon zum Gefrieren. Keine Sonne, aber auch kein Regen. Wolken am Himmel, zu dem keiner mehr aufblickte. Die Leute auf den Straßen und in den Läden redeten alle nur von Stalingrad, wo die 6. Armee seit drei Tagen eingeschlossen war. Zweihundertfünfzigtausend Mann. Jeden Tag gab es in den Zeitungen Bilder von der Front. Manchmal meinten Familien, den Vater darauf zu erkennen, einen Bruder oder einen Sohn. Besorgte Gesichter neigten sich über die Fotos. Man holte Vergrößerungsgläser und beratschlagte, ob es wirklich der sein konnte, den man meinte. Man hoffte es, denn es hätte bedeutet, daß derjenige noch am Leben war. Zugleich aber fürchtete man sich davor, weil der Soldat auf dem Bild so elend aussah, so durchgefroren und hoffnungslos. Dabei schwärmte der Begleittext von der hohen Moral der Wehrmacht, was allerdings nicht dem entsprach, was man in Friedenszeiten unter Moral verstand. Welche Moral zählte denn noch bei minus 26 Grad Celsius und heftigen Schneestürmen? Noch dazu wenn manche der Soldaten nicht einmal einen Mantel besaßen und seit Tagen kaum etwas gegessen hatten! Zwei Scheiben Brot waren die normale Ration und dazu Suppe oder Tee aus aufgetautem Schnee und hin und wieder eine Portion Büchsenkost, bevor der Soldat endgültig verhungerte.

»Drum haltet aus, der Führer haut uns raus!« machten sich die Eingeschlossenen angeblich gegenseitig Mut, voller Vertrauen in ihren Führer, der sie bekanntlich wie ein Vater liebte und nicht im Stich lassen würde. In Wahrheit flehte ihr Kommandeur Paulus besagten Führer über Funk um die Genehmigung an, aus dem Kessel von Stalingrad ausbrechen zu dürfen: »Munition und Betriebsstoffe gehen zu Ende. Die Armee geht in kürzester Zeit der Vernichtung entgegen. Bitte auf Grund der Lage um Handlungsfreiheit.« Erlaubt uns, zu fliehen! hieß das. Erlaubt uns, auszubrechen! Erlaubt uns, das bißchen Leben zu retten, das wir noch in uns haben!

Die Antwort des Führers traf einen Tag später ein: »Jetzige

Wolgafront und jetzige Nordfront unter allen Umständen halten. Luftversorgung durch Einsatz weiterer hundert Ju im Anlaufen.« Sechshundert Tonnen Munition und Treibstoff hätte die 6. Armee täglich gebraucht. Der Führer schickte fünfundsechzig Tonnen und die Anweisung, die Verpflegungssätze der Soldaten seien zu kürzen. *Drum haltet aus, der Führer haut uns raus!* Man hatte einen Blitzkrieg geplant, nicht einen Feldzug über mehrere Jahre.

»Das ist nicht der größte Feldherr aller Zeiten«, meinte ein Fronturlauber, der am Adolf-Hitler-Platz vor einer Tabaktrafik Schlange stand, »das ist der größte Hasardeur aller Zeiten!« Er sagte es mit lauter Stimme, so daß es alle hören konnten. Keiner stimmte ihm offen zu, aber es gab auch keinen, der widersprochen hätte oder auf die Idee gekommen wäre, ihn anzuzeigen. Diese Bemerkung hätte ihn den Kopf kosten können, das wußten alle, weshalb sie ihm insgeheim für seinen Mut dankten, der ihre eigene Seele von einer Schuld zu befreien schien – allein deshalb, weil sie zugegen waren, als er es sagte und sie ein Gefühl der Zusammengehörigkeit spürten, während sie da in der Kälte standen und auf ihre paar Zigaretten warteten.

Der schwärzeste Tag im Leben Hella Bellagos. Mit Stalingrad hatte sie nichts zu tun, auch ihre Familie nicht. Zumindest hatte Hella Bellago das bisher geglaubt. So viel Leid in der Welt durch diesen Krieg. Leid und Tod. Aber hier in Linz, am Rande des Geschehens, konnte man sich verkriechen und überleben. Überall fielen Bomben, und auch hier war man längst darauf vorbereitet, doch eigentlich glaubte man immer noch an ein Wunder. An einen Schutzengel, der die Hand über einen hielt und über die, die man liebte. Mit Gottes Hilfe würden die tausend Jahre bald vorbei sein und man zu denen gehören, die übrigblieben.

Man: die Bellagos. Seit dem schwarzen Tag aber, dem 25. November 1942, fehlte einer. Die braune Krake hatte ihre Tentakel ausgestreckt und sich einen aus der Familie gegriffen: Ferdinand Bellago, Hellas Sohn, Antonias Mann, den Vater der beiden Mädchen. Ferdinand Bellago, der zu Hause in der Halle mit leiser Stimme zu seiner Mutter sagte: »Ich muß an die Front, Mutter.«

Er war nicht allein. Hinter ihm stand Thomas Harlander, sein Kompagnon und Lillis Pate. Freunde waren die beiden Männer, fast schon wie Brüder. Trotzdem schoß Hella Bellago als erstes der Gedanke durch den Kopf, Thomas Harlander würde sich bestimmt freuen, denn wenn Ferdinand an die Front mußte, blieb Thomas die Kanzlei, in der er sonst doch immer nur die zweite Geige gespielt hätte.

Aber Ferdinand redete weiter: »Sie haben uns beide eingezogen, Mutter. Auch Thomas. Wir müssen die Kanzlei schließen. Es bleiben uns gerade noch zwei Tage Zeit, die laufenden Fälle an Kollegen zu übertragen.«

Hella Bellago blieb stumm. Sie schaute ihrem Sohn ins Gesicht, als wäre er schon weit fort. Sie hätte die Hände ringen mögen, wie man es von alten Gemälden kannte, doch sie rührte sich nicht. Alles: nur das nicht. Nicht dieser harte Griff von draußen, der einen der Ihren packte und fortriß. Sie schaute Ferdinand an, sah nur ihn, nicht Thomas und auch nicht den großen Raum, der ein Teil ihres Lebens war, weil sich in ihm alles abgespielt hatte, was für die Familie von Bedeutung war.

26 Grad minus, dachte sie. Schneestürme. Kämpfe in verlassenen Fabrikgebäuden und Kellern. Feuergefechte in zerstörten Straßen. Auf schneebedeckten Feldern rund um eine vernichtete Stadt. Schatten von Menschen, die gegen andere Schatten kämpften, deren Gesichter von den ihren kaum noch zu unterscheiden waren. Die hungerten, froren wie sie und wie sie schon längst am Ende ihrer Kräfte angelangt waren.

Dorthin wollte man ihren Sohn schicken? Ferdinand, der ein so sanftes Kind gewesen war, keine Kämpfernatur, und den die Frauen geliebt hatten und begehrt, auch wenn er selbst es kaum zu bemerken schien? Er war kein Eroberer, auf welchem Gebiet des Lebens auch immer.

Wohl hatte er gelernt, seine Prozesse erfolgreich zu führen, sich einzusetzen und über die Interessen anderer zu siegen. Doch immer war es seiner Mutter vorgekommen, als spiele er dabei nur eine vorgegebene Rolle. Wie ein Schauspieler erhob er seine Stimme und drängte den Gegner in die Enge, obwohl dieses Verhalten nicht seinem Wesen entsprach. Sein Vater hatte es genossen, zu siegen und zu dominieren. Ferdinand aber gehorchte nur den Regeln der Lebensform, die andere für ihn ausgesucht hatten.

Was er lieber getan hätte, wer er in Wirklichkeit war, wußte seine Mutter nicht. Während sie ihm in der Halle ins Gesicht starrte und schon jetzt um ihn bangte, fragte sie sich, ob Antonia ihn besser kannte oder es irgendeine andere Frau gab, die irgendwann einmal sein Innerstes berührt hatte. Er liebte Antonia, auch daran dachte Hella Bellago in diesem Moment, aber zugleich erinnerte sie sich, daß er in Wahrheit doch schon einmal so wie jetzt vor ihr gestanden hatte. So hilflos und voller Angst. Damals, als er noch ganz jung war, gerade achtzehn, und er beinahe den größten Fehler seines Lebens begangen hätte. Natürlich war ein Mädchen der Grund für sein Elend gewesen, und natürlich hatten ihn seine Eltern aus der Falle herausgeholt. Doch Erleichterung hatte er damals nicht gezeigt. Auch keine Dankbarkeit. Er hatte dreingesehen wie heute, nur daß ihm nun niemand mehr helfen konnte. Er mußte fort, wohin auch immer. Würde geopfert werden auf dem Altar fremder Götter. Geopfert wie tausend, hunderttausend, Millionen andere, aber das war kein Trost.

»Ich muß erst einmal auf einen Offizierslehrgang«, sagte Ferdinand. »Thomas auch, wir fahren jedoch nicht am gleichen Tag.« Sie hatten beide nie eine militärische Ausbildung absolviert, da die Sieger des Weltkriegs dem Verlierer Österreich nur eine Berufsarmee zugestanden hatten.

»Und für wie lange?« Antonia war dazugekommen. Sie

umklammerte Ferdinands Arm, als könnte sie an ihm Halt finden.
»Zwölf Wochen.«
Hella Bellago schüttelte den Kopf. »Offizierslehrgang.« Gerade hatte sie sich noch vor Stalingrad gefürchtet und atmete nun fast auf, als sie von dem Aufschub hörte, den eine solche Ausbildung bedeutete. Zugleich aber stellte sie sich vor, wie ihr Sohn unter hundert anderen, die wahrscheinlich viel jünger waren als er, in einer schmutzigen Kaserne in einem Stockbett schlief, am Morgen durch den Schlamm robbte und auf einen gebrüllten Befehl hin so lange Liegestütze machte, bis er nicht mehr hochkam. Alles, was er während seiner Schulzeit gehaßt hatte, würde ihn wieder einholen. Er war nicht dafür geschaffen, aber diese Welt verlangte es von ihm und von allen Männern, gleich welcher Wesensart. Demütigung: Hella Bellago spürte sie fast am eigenen Leib. Zugleich sagte sie sich aber, daß während eines Krieges zwölf Wochen eine lange Zeit waren, daß die Wehrmacht inzwischen vielleicht gesiegt hatte oder daß sie aufgeben mußte und die Zeit der Diplomatie anbrach, in der die Soldaten zur Ruhe kamen. Alte Männer führten Friedensverhandlungen, die eigentlich nur ein Schachern waren, ein Geschäft mit Menschen und ihrem Lebensraum. Gibst du mir, gebe ich dir. Wehe den Besiegten! Ferdinand aber würde überleben, und nichts anderes war für seine Mutter von Bedeutung.

2

Sie saßen im Salon und versuchten, die Situation zu bewältigen. Für kurze Zeit schöpften sie Hoffnung, als Antonia vorschlug, Notar Horbach um Hilfe zu bitten. Hatte er sich nicht immer als Freund der Familie bezeichnet? Hatte seine Frau nicht stets Antonias Freundschaft gesucht, obgleich Antonia viel jünger war als sie? »Alles biedere Hausfrauen«, hatte Beate Horbach über die Linzer Bürgerinnen gesagt. »Sie sind die einzige hier, die die weite Welt kennt. Ein Lichtblick für jemanden wie mich.«

Man einigte sich, daß Ferdinand selbst in der Kanzlei Horbach anrufen sollte. Obwohl er bei dem Gespräch lieber allein gewesen wäre, ließ er zu, daß alle im Raum blieben und an seinen Lippen hingen, während er mit dem Kanzleivorsteher des Notars verhandelte. Der Herr Notar sei nicht zu sprechen, hieß es. Für niemanden. Nein, auch nicht für Freunde. Nein, heute den ganzen Tag nicht. Wahrscheinlich auch nicht morgen. Sehr bedauerlich, aber es gehe nicht anders. Der Herr Doktor wisse doch sicher, welch bedeutende Persönlichkeit der Herr Notar sei. Den könne man nicht einfach so sprechen. Ja, man werde es ausrichten. Bestimmt. Aber versprechen könne man nichts. Ja, man habe verstanden, daß es dringend sei. Aber sei heutzutage nicht alles dringend?

»So etwas hätte früher niemand gewagt«, knurrte Franz Josef Bellago und versuchte, nicht daran zu denken, daß sein Sohn schon immer ein wenig zu nachgiebig war. Ihm selbst hatte nie jemand eine solche Behandlung zugemutet.

Nun versuchte es Antonia bei Beate Horbachs persönlicher Telefonnummer. Diese war jedoch immer besetzt, was darauf schließen ließ, daß Beate Horbachs altes Leiden wieder ausgebrochen war und sie ihr gesellschaftliches Leben gerade telefonisch weiterführte.

Ein zweiter Anruf in der Kanzlei Horbach brachte immerhin einen kleinen Erfolg. Der Kanzleivorstand erklärte in bedeutend höflicheren Formulierungen, er habe der »gnädigen Frau« von dem Anruf des »Herrn Doktor« berichtet. Sie habe ihm aufgetragen, Herrn Doktor Bellago darüber aufzuklären, daß sich ihr Gatte in wichtiger Mission in Berlin aufhalte. Er werde erst am kommenden Montag zurückkehren. Sie werde aber persönlich dafür sorgen, daß er dann sofort für seinen geschätzten Kollegen und Freund zu sprechen sei. Sie bitte allerdings um äußerste Geheimhaltung dieser Information. Man werde das sicher verstehen. Die dringende Angelegenheit der Bellagos werde doch sicher die paar Tage noch warten können.

»Am Samstag muß ich weg«, sagte Ferdinand leise, nachdem er den Hörer aufgelegt hatte.

»Und ich übermorgen«, fügte Thomas hinzu.

Sie gingen beide nicht auf Franz Josef Bellagos Vorschlag ein, daß er die Kanzlei übernehmen könne, bis sich »die Sache« geklärt habe, und nach genauerem Nachdenken war Bellago froh, daß ihm diese Belastung erspart blieb. Zum ersten Mal an diesem Tag spürte er das Maschinchen wieder in seiner Brust, und obwohl er dieses Thema bisher noch nie angeschnitten hatte, hätte er jetzt auf einmal gern allen davon erzählt.

Je länger sie darüber redeten, um so mehr gelangten sie zu der Überzeugung, daß diese doppelte Einberufung kein Zufall sein konnte. Irgend jemand mußte dafür gesorgt haben, daß beide Anwälte gleichzeitig aus dem Verkehr gezogen wurden. Jemand mußte es auf sie abgesehen haben. Aber wer und mit welcher Begründung?

»Jeder Anwalt hat Feinde«, murmelte Ferdinand. »Bei keinem Prozeß kann man beurteilen, wie tief der Verlierer verletzt ist und wie lange seine Verbitterung anhält.«

Sie diskutierten hin und her, während die Köchin Paula den letzten Bohnenkaffee servierte, den es im Hause noch gab. Hella Bellago hatte ihn im Sommer für das Weihnachtsessen beiseite geschafft, obgleich sie befürchtete, daß er bis dahin seinen Geschmack eingebüßt hatte. Nun aber war es auf einmal nicht mehr sicher, daß die Familie zum Weihnachtsfest vereint sein würde, und Hella Bellago hätte am liebsten alles auf den Tisch gebracht, was gut war, wenn nur ihr einziger Sohn auch noch seine Freude daran hatte. Von nun an würde man Gerstenkaffee trinken und mit dem Öl aus Bucheckern kochen wie andere Leute auch. Wirklich glücklich konnte man sich ja doch nicht mehr fühlen, solange Ferdinand im Krieg war und sein Leben in jeder Minute in Gefahr.

Sie versuchten, sich gegenseitig zu trösten. Sie verteidigten die Theorie, der Krieg würde in wenigen Tagen zu Ende gehen und die Einberufung sei nur ein Irrtum gewesen. Schon morgen werde man einen Widerruf in der Post finden. Dann schwiegen sie lange, weil ihnen allen klar war, daß kein Irrtum vorlag und niemand etwas berichtigen würde.

Auch die Kinder gesellten sich dazu. Enrica fing an zu weinen, als Ferdinand ihr sagte, er müsse für ein paar Wochen verreisen. »Wie Bertis Papa«, schluchzte sie. »Wirst du auch im Schnee verlorengehen?« Sie klammerte sich an ihren Vater, der sie aufs Haar küßte und beruhigende Worte murmelte, die sie nicht verstand. Auch Lilli, die ihre große Schwester in allem imitierte, riß, verzweifelt und zornig zugleich, an Ferdinands Ärmel und weinte bittere Tränen. Nur Peter schwieg und starrte vor sich hin. Manchmal hob er verstohlen den Blick und forschte in Ferdinands Gesicht. Dann senkte er die Augen erneut bedrückt zu Boden, weil wieder ein Mensch aus seinem Leben ging und vielleicht nicht mehr zurückkehrte.

Als Paula das Geschirr abräumte, richtete sie sich plötzlich auf. »Ich weiß, wie Ihnen zumute ist«, sagte sie, und ihr Gesicht war weiß wie die Wand. »Mein Mann ist doch auch an der Front. Auf dem Balkan, sagen sie. Da sind die Partisanen. Aber das Wort darf man gar nicht benutzen. Goebbels meint, das wertet sie auf, und ein guter Deutscher darf sich vor ihnen nicht fürchten.« Sie ergriff das Tablett und ging zur Tür. »Aber ich fürchte mich trotzdem!« rief sie dann mit lauter Stimme und stieß mit dem Fuß die Tür hinter sich zu, daß es knallte.

Alle schwiegen.

»Wie ist es, Thomas: Soll ich mich um Ihre Freundin kümmern?« fragte Antonia plötzlich.

Doch Thomas Harlander schüttelte den Kopf. »Sie ist bei meiner Mutter«, erklärte er. »Da geht es ihr gut.«

Antonia zuckte die Achseln. »Sie ist ein sehr unabhängiger Mensch, Ihre Freundin«, sagte sie, wie immer bei diesem Thema ein wenig verbittert. »Ich finde es schade, daß wir sie noch nicht kennengelernt haben. Gerade jetzt, wo Sie fortmüssen.« Peter hob den Kopf. »Aber ich kenne sie doch«, widersprach er. »Sie heißt Marie, und sie ist ganz in Ordnung.«

Es wurde dunkel. Antonia schaltete die beiden Stehlampen ein, die den Salon angenehm ausleuchteten. Es war, als läge ein sanfter Nebel über dem Raum. Eine eigene kleine Welt, abgeschlossen von der großen und beschützt. Alles still und harmonisch. Hier konnte man sich kein Geschrei vorstellen und keine Grausamkeit.

Fast gleichzeitig wurde ihnen allen bewußt, daß Ferdinand und Thomas bald in einer ganz anderen Umgebung leben würden.

3

Antonia und Ferdinand wußten nicht, worüber sie noch reden sollten. Alle Vermutungen waren ausgetauscht, jede Ungerechtigkeit beklagt, jeder mögliche Ausweg besprochen und wieder verworfen. Nun war die Nacht angebrochen. Die Kinder schliefen, und auch aus den anderen Zimmern drang kein Laut mehr. Beide waren nun allein mit ihrem Schrecken und der Sorge, die viele in der Stadt und anderswo mit ihnen teilten.

Seit über zehn Jahren waren sie nun schon verheiratet. Trotz der schlechten Zeiten hatten sie ein gutes Leben gehabt. Sanft und freundlich waren sie miteinander umgegangen. Keine brennende Leidenschaft, kein eifersüchtiges Beobachten des anderen, kein einengendes Besitzergreifen. Eine ruhige Liebe hatte den Charakter ihrer Ehe bestimmt, dachte Antonia und fragte sich, ob sie mit einem anderen Mann vielleicht eine ganz andere Beziehung erlebt hätte.

Vertrauen, dachte sie. Immer haben wir einander vertraut. Schon während sie es dachte, glaubte sie, den Arm ihres Mannes um ihre Schultern zu spüren, eine Bewegung, die ihr auf einmal typisch erschien für ihre Ehe, von Anfang an. Nie hatte Ferdinand sie zum Streit herausgefordert, nie hatte er verlangt, daß sie seinetwegen etwas aufgab. Er hatte sie immer geliebt, dachte Antonia, nicht stürmisch und selbstvergessen, sondern sanft und manchmal sogar wie mit einem bedauernden Lächeln.

»Wieviel weiß ich eigentlich von deinem Leben?« fragte sie plötzlich. Noch nie war es ihr in den Sinn gekommen, eine solche Frage zu stellen.

»Wie meinst du das?« Er drehte sich zu ihr um. Sein Gesicht war weiß wie schon den ganzen Abend.

Da überkam Antonia tiefes Mitleid. Wie konnte sie ihn gerade jetzt so etwas fragen? Hatte er ihr denn irgendeinen Grund gegeben, an ihm zu zweifeln? Trösten sollte sie ihn. Ihm zu verstehen geben, daß sie ihn liebte, daß alle hier im Hause ihn liebten und treu zu ihm halten würden, auch wenn er vielleicht lange Zeit fortbleiben müßte. »Entschuldige!« sagte sie leise. »Ich denke nur an das, was auf uns zukommt. Man hat oft genug miterlebt, wie schwierig es ist, während einer langen Trennung das Gemeinsame zu erhalten. Aber ich bin sicher, daß wir klug genug sind, unsere Lage zu begreifen und das Richtige zu tun.«

»Das Richtige?« Er lächelte. »Wie willst du wissen, was das Richtige ist? Euer Doktor Freud ist leider nicht mehr unter den Lebenden, so daß du ihn fragen könntest.«

Sie ging auf seinen scherzhaften Ton nicht ein. »Das Richtige«, sagte sie leise, »das Richtige wird sein, daß wir uns nicht mitreißen lassen von zerstörerischen Gedanken. Daß wir uns das Vertrauen erhalten.« Ja, dachte sie, das Vertrauen. Immer wieder das Vertrauen. Daran hing alles. Sie trat zu ihm, umarmte ihn und barg ihr Gesicht an seiner Schulter. Sie spürte seine Traurigkeit, die auch die ihre war. Es gibt nichts Kostbareres, dachte sie, als gemeinsam das gleiche zu fühlen.

Sie sprachen nur wenig in dieser Nacht, doch sie wachten bis zum Morgen, als wäre es eine Verschwendung, zu schlafen und nicht jeden Augenblick gemeinsam auszukosten in einer Liebe, die ihnen erschien wie eben erst erwacht. Jetzt, da sie Angst hatten, sich zu verlieren, gewannen sie das Gefühl ihrer ersten gemeinsamen Tage zurück. Als wäre sie wieder kaum zwanzig und hätte ihn gerade zum ersten Mal getroffen, so sah Antonia ihren Mann nun wieder. Im Licht der Nachttischlampe durchforschte sie sein Gesicht und gewann es nach der Gewöhnung der vergangenen Jahre zurück. Sie erkundete seinen Körper, als begegnete sie ihm zum ersten Mal, und er tat das gleiche mit ihr.

Eine lange Nacht, ganz still draußen, nur einmal die lauten Schritte eines Heimkehrenden. Eine lange Nacht, und als sie fast schon zu Ende ging und das bleierne Grau des Novembermorgens durch den schmalen Spalt zwischen den Gardinen drang, glaubte Antonia plötzlich, einen ganz neuen Mann kennengelernt zu haben: einen Verzweifelten, der auf einmal in einer Leidenschaft aufging, die sie bisher noch nie mit ihm erlebt hatte. Ein ganz anderer war er auf einmal, als hätte der Trennungsschmerz eine Tür in ihm aufgestoßen, die bisher fest verschlossen gewesen war. Verschlossen zumindest für Antonia, die sich einen Augenblick lang fragte, ob sie ihn je gekannt hatte und die Frage, die sie ihm ein paar Stunden zuvor gestellt hatte, nicht vielleicht doch berechtigt gewesen war. Schon wollte sie sie wiederholen, doch statt dessen fing sie an zu weinen, weil es draußen immer heller wurde und diese Nacht und die wenigen Tage womöglich der Schlußpunkt waren, der Abschied, vielleicht für immer.

Drei Tage folgten, an denen sie einander so nahe waren wie niemals zuvor. Jeden Morgen verließ Ferdinand früh das Haus, um die anstehenden Fälle anderen Anwälten zu übertragen – am ersten Tag noch gemeinsam mit Thomas Harlander, dann allein. Nach dem Mittagessen blieb er zu Hause, spielte mit den Mädchen und redete zum ersten Mal voller Aufmerksamkeit mit Peter, der nicht mehr von seiner Seite wich, als habe er endlich einen Vater gefunden. Nicht den eigenen, von dem jede Woche ein Brief eintraf, von Mal zu Mal weiter entfernt von der Wirklichkeit im Leben seines Sohnes. Was interessierte sich Peter schon für die Schönheit der Sonnenuntergänge am Strand von Viareggio? Was sollte er seinem Vater antworten, wenn dieser ihn bat, seinen Tagesablauf zu schildern?

Eine ganze Welt trennte sie voneinander. Auch wenn sie beide unter einem faschistischen Regime lebten, war Peters Alltag doch wie von einem unsichtbaren Nebel umgeben, den der Vater nur aus der Vergangenheit kannte. Ein schmutziger Nebel voll Haß, Verachtung und Erbarmungslosigkeit und der Ahnung, daß das Beobachtete und selbst Miterlebte noch nicht das Äußerste war, was gerade um sie herum geschah. Nicht die volle Wahrheit, nicht der ganze Schrecken.

Wo endeten die Geleise, auf denen die Viehwaggons mit den verstörten Menschen nach Osten rollten? Was geschah mit ihnen, die ihr Hab und Gut zurücklassen und sich dem Stärkeren ausliefern mußten? Dem Stärkeren, der sich angeblich alle Vorrechte anmaßen durfte, weil die Natur es so bestimmte. Ja, was geschah auf den öden Verschiebebahnhöfen und in den riesigen Lagern, über die keiner zu sprechen wagte? Was geschah überhaupt auf der Welt, in der man lebte? Wann und von wem war bestimmt worden, daß diese Generation zum Schlachtopfer wurde, das kein Recht mehr hatte, über sich selbst zu entscheiden? Soldaten für den Führer. Fleisch für den Drachen. Opfer für den gnadenlosen Ungott des Krieges.

Würde man je wieder durch wohlhabende Städte gehen, in denen zufriedene Menschen ohne Angst ihr Tagewerk vollbrachten? Würde man es erleben, daß der Himmel einfach nur blau war mit ein paar weißen Wölkchen und sonst nichts? Daß man neugierig und nicht ängstlich hochblickte, wenn sich ein Flugzeug näherte? Daß man ihm vielleicht sogar fröhlich zuwinkte, weil man wußte, darin saßen Menschen auf Reisen, die ihr Heim verlassen hatten und wohlbehalten wieder zurückkehren würden, ohne daß sie todbringende Bomben auf Städte fallen ließen oder im Tiefflug auf Passanten zielten?

Nicht der leibliche Vater konnte ihn verstehen, dachte Peter, sondern dieser Mann, der eigentlich sein Schwager war, obwohl er noch einer anderen Generation angehörte. Ferdinand war der einzige Mann, dem Peter wirklich vertraute, weil sein Verhalten den Wertvorstellungen entsprach, mit denen Peter aufgewachsen war. Mochte er seinem Vater Johann Bethany auch immer noch grollen: seine Ideale hatte er übernommen. Es war ihm unmöglich, seine Lehrer im Gymnasium vorbehaltlos anzuerkennen. Mochte ihm auch manches an ihnen imponieren – wenn sie den rechten Arm hochrissen und zackig »Heil Hitler!« brüllten, dachte Peter heimlich, daß sie alle Dummköpfe waren, die ihre eigenen Wurzeln vergessen hatten. In diesen Augenblicken erinnerte er sich wieder an seinen Vater, wie er mit ihm am Stephansdom vorbeigegangen war und darüber gesprochen hatte, woher er kam, daß er, Peter Bethany, das bisher letzte Glied der langen Generationenkette vor ihm war, die ihr Erbe weitergegeben hatte über die Jahrhunderte hinweg. Mochten diese Wurzeln auch heute nicht mehr geschätzt werden – in Peters Herzen und Denken waren sie fest verwachsen, und wenn Ferdinand Bellago ihm zuhörte, fühlte er sich verstanden und geborgen.

Drei Tage Aufschub. Drei Tage, die bei aller Angst vor der Zukunft doch auch voller Glück waren. Im Kreise der ganzen Familie nahm man das Abendessen ein, frugal wie nie zuvor, weil die öffentliche Versorgung immer chaotischer wurde. Trotzdem wurde man satt, dank Fannis Beziehungen zum Nährstand und Paulas Neigung zu schweren Beilagen, die man früher nicht geschätzt hatte, heute aber dankbar zu sich nahm. Danach saß man noch weiter am Tisch und redete über dies und das, es war nicht wichtig, worüber. Hauptsache, man war beisammen. Heute noch und morgen und übermorgen. Dann würde Ferdinand Bellago die Uniform anziehen, die schon bereitlag, die zu probieren er sich aber weigerte. An diesen drei

Tagen wollte er noch er selbst bleiben. Vielleicht würde er in diesem Gewand dereinst den Tod erleiden. Wie käme er also dazu, es vorzeitig anzuziehen?

Wenn die Kinder zu Bett gebracht waren und auch Peter und die Großeltern sich zurückgezogen hatten, blieben Antonia und Ferdinand noch lange auf. Einmal gingen sie nachts noch auf die Straße hinaus, um den Vollmond zu betrachten. Es war, als suchten sie nach gemeinsamen Erlebnissen, an die sie sich später erinnern konnten, wenn der Krieg sie trennte. Manchmal dachten sie voller Bedauern an die vielen Gelegenheiten, die sie verstreichen ließen, obwohl sie ihnen gewiß Glück gebracht hätten. Erst jetzt ermaßen sie die Bedeutung ihrer Ehe und lernten einander kennen, wie sie wirklich waren.

Heute noch und morgen und übermorgen. Heute noch und morgen. Heute noch ... und kein gemeinsames Morgen mehr. Morgen würde Ferdinand noch vor Sonnenaufgang das Haus verlassen, diesmal nun in der Uniform, die ihm so fremd war. Antonia würde mit ihm zur Haustür hinausgehen und durch das Gartentor auf die Straße. Weiter nicht. Er wollte nicht, daß sie ihn zum Bahnhof begleitete. Auch die Kinder sollten ihm nicht nachwinken, ebensowenig wie seine Eltern. Wenn er fortging, sollten sie noch alle schlafen, wie jeden Morgen um diese frühe Stunde. Wenn er die dunkle Allee hinunterschritt, wollte er wissen, daß sie in Sicherheit waren. Wenn sie aufwachten, war er nicht mehr da. Sie sollten sich an ihn erinnern, wie er am Abend zuvor gewesen war. Ferdinand Bellago, nicht der Soldat Bellago oder der Offizier Bellago. Nicht ein Mann in einer Uniform, sondern der, genau der, der sie auf die Wange oder auf die Stirn geküßt hatte, bevor sie einschliefen.

Dann war es soweit. Alles geschah, wie Ferdinand es sich gewünscht hatte. Ganz still war es im Haus, als er die Haustür aufschloß. Still, während er mit Antonia zum Gartentor ging. Er umarmte sie lange und blickte dann zurück auf das große, schöne Gebäude, in dem er aufgewachsen war. Ganz dunkel waren die Fenster, als hätte das Haus seine Augen geschlossen.

Auch Antonia schaute zurück, als wollte sie sein Elternhaus mit seinen Augen betrachten. Da kam es ihr vor, als ob sich oben, im ersten Stock, eine Gardine bewegte. Sie konnte es nicht mit Sicherheit erkennen, aber sie war überzeugt, daß jemand dahinter stand. Die Eltern vielleicht oder die Kinder oder sie alle? In einem raschen Entschluß winkte sie, winkte die Unsichtbaren da oben herunter zu sich und zu Ferdinand, der ebenfalls hinaufstarrte. Da bewegten sich die Gardinen nicht mehr, aber die Haustür sprang auf, und alle stürmten heraus, um doch noch Abschied zu nehmen.

Das Bücherzimmer

I

»Es fällt mir nicht leicht, Sie zu empfangen.« Beate Horbachs Stimme klang sachlich und ruhig, als redete nicht die leichtsinnige, verwöhnte Gemahlin des einflußreichen Notars und Geschäftsmanns, sondern eine ältere Schwester von ihr, deren Leben weniger glatt und glanzvoll verlaufen war. Eine erwachsene Frau, die Ereignisse richtig einzuschätzen wußte und auch die Menschen, die ihr begegneten. Antonia hatte Mühe, sie wiederzuerkennen, zumal das Zimmer im Halbdunkel lag und Beate Horbach mit dem Rücken zum Fenster saß. Ein dichter, grauer Spitzenschleier verdeckte ihr Gesicht, dessen Züge man nur erahnen konnte. Wenn sie redete, bewegte ihr Atem das feine Stoffgespinst, doch wenn sie schwieg, hätte man glauben können, eine Statue aus Wachs vor sich zu haben.

Über eine halbe Stunde hatte sie Antonia warten lassen, die sich fast mit Gewalt an der Haushälterin vorbeigedrängt hatte, um endlich die Fragen stellen zu können, die sie nicht mehr schlafen ließen, seit Ferdinand zu dieser Offizierskaserne in Bayern aufgebrochen war, wo man ganz offensichtlich sogar seine Post kontrollierte. So unpersönlich klangen seine Nachrichten, als hätte er sie irgendwo abgeschrieben. Erst beim letzten seiner Briefe hatte Antonia ein winziges Loch in der rechten unteren Ecke entdeckt, wahrscheinlich mit einer Nadel gestochen. Sie dachte lange darüber nach, ob dies ein Zeichen sein könnte, und beriet sich zuletzt sogar mit Enrica darüber, die von den Briefen ebenfalls enttäuscht war. Man konnte es ihr ansehen, auch wenn sie nichts dazu sagte.

»In der Schule machen wir das auch manchmal«, meinte Enrica. »Es heißt: Glaube nicht alles. Oder sogar: Es ist gelogen. Ich habe Papa einmal davon erzählt.« Nun holten sie auch die vorigen Briefe wieder hervor und fanden das gleiche Zeichen. Es war, als hätte man eine Last von Antonias Seele genommen. Mochten die Briefe auch von Ferdinands Hand stammen, so war jetzt klar, daß er sich nicht frei äußern konnte. Sofort antwortete sie ihm mit der gleichen Zurückhaltung und dem Zeichen in der Ecke – damit es nicht auffiel, nur ein Punkt mit Tinte. Als die Antwort eintraf, fand sie das Signum wieder an der gleichen Stelle: Es war ihr, als hätte sie endlich wieder Verbindung mit ihrem Mann aufgenommen. Trotzdem war ihr zum Weinen zumute, denn beide hatten sie gehofft, sich wenigstens in ihren Briefen ungestört nahe zu sein.

»Die gnä' Frau ist nicht zu sprechen!« hatte Beate Horbachs Haushälterin immer wieder gerufen und versucht, Antonia am Arm zurückzuzerren. Und fast wäre es ihr auch gelungen, Antonia aus dem Haus zu drängen, denn sie war beinahe einen Kopf größer und hatte Knochen wie ein Ringkämpfer. Die »germanische Gertrud« nannte man sie im Bekanntenkreis der Horbachs. Keiner konnte verstehen, warum Beate Horbach sie eingestellt hatte. Wenn man nachfragte, lächelte sie nur und sagte: »Ihr wißt doch: Ihre Vorgängerin hat sich ertränkt, und Gertrud stand auf einmal in der Halle und wollte hier arbeiten. Glaubt ihr wirklich, ich hätte gewagt, sie fortzuschicken?« Es klang kokett, wie Beate Horbach sich gerne äußerte und damit meistens die Lacher auf ihrer Seite hatte. Dennoch entsprach es der Wahrheit, und Beate Horbach hätte sich keine hingebungsvollere Angestellte wünschen können. Keiner bezweifelte, daß die germanische Gertrud mit ihren bloßen Händen jeden erwürgt hätte, der ihrer Herrin zu nahe kam.

Als Antonia schon fast aufgeben wollte, hörte sie plötzlich eine Stimme aus dem ersten Stock: »Lassen Sie, Gertrud! Bitten Sie die Dame, Platz zu nehmen, bis ich soweit bin. Und kommen Sie herauf und helfen Sie mir.«

So wurde Antonia von zwei großen Händen in einen zierlichen Rokokosessel gedrückt, der gemeinsam mit seinem Pendant neben einem schwarzen Intarsientischchen stand, das duftige weiße Rosen schmückten, wie Antonia sie seit Kriegsbeginn nicht mehr gesehen hatte und auch davor in keinem November.

Wie im tiefsten Frieden war es hier. Alles wie frisch gestrichen. Durch eine Tür, die halb offenstand, konnte man in die Küche sehen, die blitzte und blinkte, als wäre sie eben erst neu eingerichtet worden.

Ganz ähnlich der Bellago-Villa war dieses Haus konzipiert, nur ein wenig kleiner und früher vielleicht auch bescheidener. »Aus Franz Josefs Zeiten«, sagte der Schwiegervater manchmal über diese Bauten, ironisch, aber mit heimlichem Stolz. Mit Franz Josef meinte er nicht sich selbst, sondern den alten Kaiser, den er noch immer verehrte, weil er dem Land eine so lange Friedenszeit beschert hatte. Prächtige Villen hatte man zu seiner Zeit gebaut, weil die aufstrebenden Bürger an die Zukunft glaubten und einfach weghörten, wenn die Völker der Monarchie mit den Säbeln rasselten. Eine vertraute Umgebung, dachte Antonia. Viele solche Villen gab es in vielen Straßen dieser Stadt und in vielen Städten dieses Reiches, in dem zu seinen besten Zeiten die Sonne nicht untergegangen war, dem neuerdings aber nicht einmal mehr ein eigener Name zugebilligt wurde. Von der glanzvollen k. u. k. Monarchie war es abgesunken zur Ostmark des Deutschen Reiches und nun sogar in die Bedeutungslosigkeit der »Alpen- und Donaugaue«: Eisenschmiede für den Krieg, Ferienidyll für die Damen der Bonzen, Luftschutzkeller für die Ausgebombten der großen Städte.

Vorhänge wurden auf- und zugezogen wie zu einer Theaterprobe, Lampen ein- und ausgeschaltet. Erst dann kam Gertrud

wieder die Treppe herunter und führte Antonia hinauf in das
»Bücherzimmer«, wie Gertrud es ankündigte.

Es war, als wäre plötzlich die Sonne untergegangen. Antonia mußte sich erst an das Halbdunkel gewöhnen. Dann sah sie wie auf einem Scherenschnitt die Umrisse ihrer Gastgeberin, die ihr mit geübter Geste einen Platz gleich neben der Tür zuwies – weit weg von sich selbst, fast ein ganzer Raum dazwischen.

Noch bevor Antonia ihr Anliegen vorbringen konnte, kehrte Gertrud zurück und stellte ein Silbertablett vor Antonia hin mit einem Kännchen Bohnenkaffee, Schlagobers, einem Glas Wasser, winzigen Zuckerwürfeln und einer Schale mit Butterkeksen. »Bitte, Antonia, bedienen Sie sich«, sagte Beate Horbach in beiläufigem Ton, als ahnte sie nicht, an welchen Mangel die vermögende Frau Bellago inzwischen gewöhnt war.

»Ich weiß, weswegen Sie gekommen sind.« Noch immer klang Beate Horbachs Stimme ungewohnt und fremd. »Lassen Sie sich von den Umständen hier nicht beirren. Mein altes Leiden, Sie wissen schon. Es ist inzwischen viel besser geworden. In zwei Wochen kann ich wieder unter die Leute.« Sie zuckte bedauernd die Achseln. »Durch den Krieg komme ich nicht mehr an diese wunderbare Hautcreme aus England. Ich muß mich endlich daran gewöhnen, daß meine Haut immer wieder verrückt spielt, weil sie ihr fehlt. Mein Mann behauptet natürlich das Gegenteil, er sagt, die Creme habe mich erst krank gemacht. Das Radium darin, wissen Sie. Aber das stimmt nicht.« An ihrer Stimme war zu hören, daß sie lächelte. »Allein schon wegen meiner Creme wünschte ich, wir hätten bald wieder Frieden.«

»Es tut mir leid.« Antonia goß Kaffee in das zierliche Täßchen aus Augartenporzellan. Wenigstens das Geschirr, dachte sie, ist bei mir zu Hause noch von der gleichen hohen Qualität. Als sie an der Tasse nippte, strömte wohlige Wärme durch ihren ganzen Körper. Am liebsten hätte sie alles auf einen Zug ausgetrunken und dann die Kekse in sich hineingestopft, daß nur ja niemand sie ihr wegnehmen konnte.

»Diesmal kommt mein Leiden besonders ungelegen«, erklärte Beate Horbach. »Mein Mann ist mit unserer Tochter nach Berlin gereist. Elvira hat vorige Woche dort geheiratet. Den jungen Architekten, von dem ich Ihnen erzählt habe. Natürlich hätte ich dabeisein wollen. Aber mein Mann hat mich entschuldigt: Ich hätte Masern.« Sie schüttelte ärgerlich den Kopf. »Seit der Epidemie haben alle in Berlin fürchterliche Angst vor den Masern. Einen besseren Entschuldigungsgrund hätte man nicht finden können.« Sie lehnte sich zurück. »Mein Schwiegersohn weiß nichts von meinem Leiden. Er darf es auch nicht erfahren. Neuerdings macht man bei Hochzeiten ein entsetzliches Theater, von wegen Erbkrankheiten und so. Wahrscheinlich hätte er die Trauung verschoben, bis zweifelsfrei geklärt sein würde, daß meine kleine Hautgeschichte nicht erblich ist.« Ein unterdrücktes Schluchzen schwang in Beate Horbachs Stimme. Zum ersten Mal erschien sie wieder sie selbst. »Es soll eine sehr schöne Hochzeit gewesen sein. Im kleinen Kreis allerdings nur, wegen des Krieges. Aber Albert Speer persönlich war Trauzeuge, stellen Sie sich das vor! Er hielt eine lange Rede über das Lebensziel, das er sich selbst als junger Mann gesetzt hatte und das er nun auch meinem Schwiegersohn ans Herz legte: seinen Weg zu machen in der Welt. Das sei das Wichtigste für einen Mann.« Sie schüttelte den Kopf. »Man erzählt sich, daß er einmal gesagt haben soll, für einen großen Bau würde er wie Faust seine Seele verpfänden.« Beate Horbachs Stimme klang amüsiert. »Eigentlich nicht ganz im Sinne unseres Führers, oder? Der will doch alles nur im Dienste der Volksgemeinschaft getan sehen.« Sie lachte leise. »Unser großer Reichsarchitekt ist wohl einfach nur ehrgeizig. Warum auch nicht? Ich habe nichts dagegen, wenn mein Schwiegersohn diese Einstellung übernimmt.« Sie senkte den Kopf. »So wie früher sind die Männer heutzutage ja doch nicht mehr.«

»Ich wünsche Ihrer Tochter alles Gute, richten Sie ihr das bitte aus. Sie telefonieren ja sicher mit ihr.«

Beate Horbach nickte. »Jeden Abend. Das Kind hat Heim-

weh, wissen Sie. Ihr Mann ist so gut wie nie zu Hause, und wenn er da ist, kann nichts schnell genug gehen. Manchmal denke ich, meine Elvira hätte einen Mann mit mehr Gemüt gebraucht.«
»So wie diesen jungen Arzt, von dem Sie erzählten?«
»Vielleicht.«

2

Sie schwiegen lange. Draußen wurde es dunkel, doch Beate Horbach machte keine Anstalten, wenigstens die Vorhänge zurückzuziehen, um die letzten Lichtstrahlen hereinzulassen. »Mein Mann hat sich wegen dieser Einberufung erkundigt«, begann sie plötzlich mit ihrer fremden, sachlichen Stimme. »Er hat versucht, Ihren Mann und den jungen Harlander UK stellen zu lassen. Aber es war schon zu spät. Wenn die Maschinerie erst angelaufen ist ...« Sie ergriff die Tischglocke und läutete. Nur einen Atemzug später trat Gertrud ein. »Bringen Sie meiner Freundin noch einmal das gleiche«, befahl Beate Horbach. Antonia wollte erst höflich ablehnen, doch dann lächelte sie und nickte Gertrud zu, die mit steinerner Miene den Keksteller und die Kaffeekanne abräumte.

»Wir hätten Ihnen gern geholfen, glauben Sie mir, Antonia«, beteuerte Beate Horbach. »Aber das ist gar nicht so leicht. Mein Mann versicherte dem Gauleiter persönlich, wie treu ergeben die Bellagos unserem Führer sind. Aber ehrlich gesagt, lachte der Gauleiter nur. Eigentlich hat er auch recht: Von Ihrer Familie existiert kein einziges eindeutiges Bekenntnis zum Führer! Nichts, was man auch nur annähernd positiv auslegen könnte! Sie haben sich immer herausgehalten, haben nie jemanden von der Partei zu sich eingeladen oder besucht. Ganz Linz weiß, welch ein offenes Haus Sie vor dem Anschluß geführt haben. Jede Woche Gäste, oft mehrmals. Kaum ein Abend, den Sie allein verbrachten. Und dann auf einmal: Paff, alles aus! Die Bellagos gehen auf Tauchstation. Die Bellagos wollen nicht mehr dazugehören. Sieht das nicht aus, als wollten Sie damit demonstrieren, daß die Bellagos sich für etwas Besseres halten? Die Bellagos machen sich nicht gemein mit den braunen Emporkömmlingen aus dem Altreich!«

Antonia war blaß geworden. »So ist es nicht!« versicherte sie. »Das war nicht beabsichtigt. Unsere Lebensweise hat sich einfach so ergeben.« Dabei wußte sie, daß Beate Horbach recht hatte. Erst jetzt ging ihr auf, wie beleidigt die ehrgeizigen Volksgenossen gewesen sein mochten, weil eine der vornehmsten Familien der Stadt jeglichen Kontakt mit ihnen mied. »Lieber allein als in schlechter Gesellschaft«, hatte Franz Josef Bellago oft gesagt. Lieber allein: Jetzt waren sie allein, isoliert, und niemand konnte oder wollte ihnen mehr helfen.

»Die Gestapo führt ihre Akten über jeden, der einmal aufgefallen ist«, fuhr Beate Horbach fort. »Sogar über Parteimitglieder, da gibt es keine Ausnahme. Was Ihren Vater betrifft, so ist seine politische Einstellung in Wien bekannt, und Ihre Mutter ist immerhin eine Ausländerin. Kein Mensch hat Ihnen abgenommen, daß die beiden aus Gesundheitsgründen das Land verlassen haben.«

»Aber so war es!«

Beate Horbach zuckte die Achseln. »Zum Teil vielleicht, das mag ja sein.«

Die germanische Gertrud brachte das Tablett zurück, doch Antonia hatte keinen Appetit mehr. »Woher wissen Sie das alles?« fragte sie beklommen. Ihr Herz klopfte. Die Angst der vergangenen Wochen hatte sie wieder eingeholt. Auf einmal konnte sie verstehen, wie ihr Vater sich gefühlt hatte, wenn ihn manche Kollegen an der Hochschule schnitten und ihm zu verstehen gaben, daß er hier nichts mehr zu suchen habe.

Beate Horbach seufzte. »Ich sollte nicht mit Ihnen darüber reden«, sagte sie bekümmert. »Aber ich weiß, daß Sie schweigen können. Vielleicht müssen Sie alles erfahren, um endlich zu begreifen, daß dies kein Spiel ist. Sie haben es mit einem Staat zu tun, einem System. Wir sind ein Teil davon, ob wir es wollen oder nicht. Diese Tatsache nicht zu akzeptieren, ist gefährlich. Haben Sie das nun verstanden?«

»Aber woher haben Sie Ihre Informationen? Sagen Sie es mir, bitte! Ich werde bestimmt niemandem davon erzählen.«

Beate Horbach zögerte. »Der Gauleiter...«, begann sie dann vorsichtig. »Es ist ja kein Geheimnis, daß er manchmal ganz gern...« Sie machte die Geste des Trinkens. »Und nicht gerade wenig. Es entspannt ihn wohl bei seiner schweren Amtsbürde.« An ihrer Stimme war nicht zu erkennen, ob sich Beate Horbach über den mächtigen Mann mokierte. »Jedenfalls war es vorige Woche wieder einmal soweit. Mein Mann kutschierte ihn unauffällig nach Hause und fragte ihn unterwegs ein wenig aus. Über Ihre Familie, zum Beispiel.«

»Der Gauleiter kennt uns doch gar nicht persönlich!«

»Das Persönliche ist in der Politik nicht wichtig. Jedenfalls wußte er trotz seines Zustandes alles über Sie. Sogar über Ihren kleinen Bruder.«

Antonia erschrak. »Peter?«

Beate Horbach nickte. »Ja, Peter. In Wien hatte er Kontakte zu einer aufmüpfigen Gruppe Jugendlicher, die sich die *Swing-Kids* nannten. Trotz seiner Jugend verkehrte er mit ihnen, und als die Wohnung Ihrer Eltern übergeben wurde, traf er sich erneut mit dem Anführer der Bande.«

Antonia sprang auf. »Das ist nicht möglich!« rief sie. »Er war mit Thomas Harlander dort. Der hätte mir bestimmt davon erzählt.«

Beate Horbach bedeutete Antonia, sich wieder zu setzen. »Wie es abgelaufen ist, weiß ich natürlich nicht«, erklärte sie. »Ich wiederhole nur, was mein Mann mir erzählt hat.« Sie zögerte. »Anscheinend wissen Sie wirklich nichts davon. Aber auch über Sie selbst existieren einige Anmerkungen. Nicht nur wegen Ihrer Eltern. Nein, es ist aktenkundig, daß Sie Feindsender hören und dabei sogar erwischt wurden. Zwar konnte man es Ihnen nicht nachweisen, aber das heißt noch lange nicht, daß man Sie für unschuldig hält. Ein zweites Mal und – wie sagte der Herr Gauleiter Eigruber? – Sie sind weg vom Fenster.« Beate Horbachs Stimme wurde sanfter. »Es tut mir leid, daß ausgerechnet ich Ihnen das sagen muß. Aber ich habe das Gefühl, jemand muß Ihnen endlich die Augen öffnen.« Sie legte die Hände über den Schleier vor ihrem Gesicht. »Sie rufen in der Kanzlei meines Mannes an und bedrängen das Personal. Sie glauben, ein Wort genügt, und alles kommt wieder in Ordnung. Aber so lang ist der Arm meines Mannes nun auch wieder nicht. Und glauben Sie mir: Daß Sie heute hier bei mir sind und noch dazu so lange, wird vom Sicherheitsdienst ebenso festgehalten werden wie jeder andere Ihrer Schritte oder meiner oder sogar die meines Mannes. Denken Sie nicht, daß wir Horbachs uns völlig sicher fühlen können. Keiner kann das. Ein Schritt ab vom Wege, ein paar falsche Worte – und schon schreibt einer es auf und gibt es weiter. Je wichtiger und je einflußreicher man ist, um so wachsamer sind die Augen, die einen beobachten. Sie können niemandem trauen, Antonia. Niemandem.« Ihr Blick wanderte zur Tür, hinter der die treue Gertrud wartete, um ihr zu Diensten zu sein. »Keiner Menschenseele.«

»Das glaube ich nicht«, flüsterte Antonia. »Ich habe viele Menschen, denen ich vertrauen kann.«

Beate Horbach schwieg.

Antonia schob das Tablett von sich. »Ich danke Ihnen für Ihre Offenheit«, sagte sie ernüchtert. »Doch erklären Sie mir bitte noch eines: Warum hat man meinen Mann und Thomas Harlander gerade jetzt einberufen? Mein Mann ist nicht im passenden Alter, und da man beide gleichzeitig geholt hat, muß doch jedem klar sein, daß es darum ging, ihre Existenz zu vernichten.«

Beate Horbach schüttelte den Kopf. »Das kann ich nicht sagen.«

»Bitte! Sie sind schon zu weit gegangen, um jetzt zu schweigen.«

Beate Horbach seufzte. »Es war eine Denunziation«, gestand sie schließlich. »Unerwünschte Kontakte mit Juden.«

Antonia wäre am liebsten aufgesprungen, um das Licht einzuschalten, so unwirklich kam ihr die Situation vor. Ein böser Traum in diesem finsteren Zimmer mit dieser verschleierten Frau. Wie ein Gespenst, dachte Antonia, eine Unselige, deren Leiden immer wiederkehrt. »Wir haben keine Kontakte mit Juden!« widersprach sie müde. »Es gibt doch schon längst keine mehr hier in Linz.«

»Es existiert ein Gästebuch«, erklärte Beate Horbach und fächelte mit dem Schleier ihrem Gesicht Luft zu. »Darin steht mehrmals Ihr Name, der Ihres Mannes und der von Thomas Harlander. Einmal hat der junge Harlander sogar ein launiges Gedicht beigesteuert, in dem er sich für den schönen Abend bedankt. Äußerst herzlich, nicht nur höfliche Worte. In der gemeinsamen Hochstimmung mag das ja ganz normal und einfach nett gewirkt haben. Wenn man es aber im kalten Licht eines Gestapobüros liest, hört es sich ganz anders an.«

»Wir haben wirklich keine jüdischen Freunde! Nicht etwa aus Prinzip. Es hat sich einfach nicht ergeben.«

»Und die Ohnesorgs? Sie waren mehrmals in deren Haus eingeladen. Der Sicherheitsdienst besitzt sogar Photos davon.«

»Die Ohnesorgs waren Katholiken. Das weiß ich ganz genau.«

»Sie waren Juden. Hedwig Ohnesorg hieß eigentlich Hadassah.« Beate Horbach schwieg eine Weile. »Glauben Sie mir, Antonia. Ich habe die Ohnesorgs sehr geschätzt. Sie waren die nettesten, freundlichsten Menschen, die mir je begegnet sind. Sanft und aufmerksam. Dazu diese beiden hübschen Kinder: Susi und Richard. Mein Gott, wie oft waren sie bei uns hier im Haus! Die liebsten Freunde unserer Elvira … Aber dann verkaufte der Vater plötzlich seinen Besitz und ließ seinen Betrieb im Stich. Von einem Tag auf den anderen waren sie fort. Bis jetzt weiß niemand, wo sie sich aufhalten. Manche meinen, sie wären nach Shanghai gegangen, dann heißt es wieder, jemand habe sie in Lissabon gesehen.« Beate Horbachs Stimme klang ehrlich und voller Bedauern. »Ich wünsche ihnen jedenfalls nur das Beste. Vielleicht sehen wir uns ja alle einmal wieder, wenn die Zeiten anders geworden sind.«

Antonia nahm nun doch einen Schluck aus der Tasse. Aber der Kaffee war kalt geworden. »Ich kann mich an dieses Gästebuch erinnern«, gestand sie. »Herr Ohnesorg kam immer damit an, wenn ein Abend besonders stimmungsvoll verlaufen war. Wir fanden es alle ziemlich anstrengend, nach einem guten Essen und zu später Stunde noch etwas Launiges hineinzuschreiben. Wir taten es aber trotzdem, und einmal hatten wir großen Spaß, als wir die alten Eintragungen nachlasen.« Sie erschrak. »Mein Gott, das muß gewesen sein, kurz bevor die Ohnesorgs weggingen. Wahrscheinlich hatten sie ihre Abreise damals schon geplant.«

Beate Horbachs Stimme war weich geworden, verletzlich wie früher in ihren guten Augenblicken als Gastgeberin, in denen sie sich um das Wohl ihrer Gäste bemühte. »Dieses Buch hat Ihnen sehr geschadet«, sagte sie leise. »Nicht einmal mein Mann kann Ihnen mehr helfen, ohne sich selbst verdächtig zu machen.«

»Aber wie ist die Gestapo an das Buch gekommen? Ich verstehe das nicht.«

»Sie haben es wohl von der Frau, die die Häuser der Ohnesorgs gekauft hat und jetzt in ihrer Wohnung lebt«, erklärte Beate Horbach. »Die Ohnesorgs konnten ja nur wenig mitnehmen. So blieben auch persönliche Gegenstände zurück.«

»Ich kenne diese Frau nicht. Warum sollte sie uns schaden wollen?« Antonia überkam auf einmal das Gefühl, als wäre sie bisher wie ein Kind durch die Welt gegangen und hätte nie wirklich begriffen, was um sie herum vorging und wie schwer die scheinbar leichten Dinge wirklich wogen.

»Sie führt mit ihrem Mann und ihrem Sohn die Bäckerei auf dem Adolf-Hitler-Platz. Eine vermögende Frau und sehr tüchtig. Außerdem regimetreu von Anfang an. Eine Fanatikerin, sagt mein Mann.«

Antonia stutzte. »Janus?« fragte sie. »Sie meinen die Bäckerei Janus? Meine Köchin kauft manchmal dort ein. Ich selbst gehe nicht gern hin. Die Bäckerin ist ziemlich unfreundlich, finde ich.« Antonia stutzte. »Ist sie es, die meinen Mann denunziert hat?«

»Ja«, antwortete Beate Horbach. »Aber sie ist gar nicht unfreundlich. Im Gegenteil, sie ist bekannt dafür, besonders verbindlich und aufmerksam zu sein. Wenn sie zu Ihnen unfreundlich war, hatte sie vielleicht von Anfang an etwas gegen Sie.«

Antonia überlegte. »Ich werde mit ihr reden!« sagte sie dann entschlossen.

»Das dürfen Sie nicht! Man könnte herausfinden, daß ich Ihnen die Informationen gegeben habe.«

»Keine Sorge, ich werde Sie nicht verraten. Ich schwöre es Ihnen.«

Beate Horbach seufzte. »Es ist meine eigene Schuld, daß ich so vertrauensselig bin!« beklagte sie sich. »Das war immer schon mein Fehler. Was, glauben Sie, erzählt mir mein Mann, wenn er erfährt, daß ich geplaudert habe?«

»Aber er selbst hat uns doch auch oft geholfen!«

Beate Horbach nickte. »Ja. Aber nicht mit geheimen Informationen.«

»Niemand wird Ihren Namen aus meinem Mund hören. Am wenigsten diese Bäckerin, die ich nicht einmal richtig kenne und die uns trotzdem fertigmachen will.«

Antonia wollte gehen. Es gab nichts mehr zu sagen. Sie fühlte sich, als hätte man sie verprügelt. Noch wußte sie nicht, ob sie daheim in der Familie dieses Gespräch erwähnen durfte.

»In was für einem Land leben wir«, murmelte sie und griff nach ihrer Handtasche. »In was für einem Staat!«

Auch Beate Horbach erhob sich, machte aber keine Anstalten, Antonia die Hand zu reichen. So dunkel war es inzwischen geworden, daß man die beiden Frauen im Zimmer nicht erkannt hätte, wäre man jetzt hereingekommen. Das Bücherzimmer, dachte Antonia. Nie zuvor hatte sie diesen Raum betreten. Beate Horbach hatte einmal erzählt, daß dies das Reich ihres Vaters gewesen sei, der hier mit seinen Vorlesern aus dem

Priesterseminar gesessen hatte, stundenlang, weil seine Augen immer schwächer wurden. Manchmal hatte Beate Horbach auch darüber gescherzt, daß er ihr sogar ein Hausmädchen abspenstig gemacht hatte, um es zu seiner Vorleserin zu ernennen. »Die Kleine blieb aber nicht lange bei uns«, hatte Beate Horbach hinzugefügt. »Ich glaube, mein Vater hat sie eine Weile ziemlich vermißt.«

3

Antonia öffnete die Tür. »Ich finde allein hinunter«, sagte sie leise. Als sie jedoch hinausgehen wollte, stand schon die germanische Gertrud vor ihr, um sie zur Tür zu begleiten.

»Warten Sie!« Beate Horbach verließ ihren Platz vor dem Fenster und durchquerte mit raschen Schritten die Weite des Zimmers, mit der sie bisher ihre Besucherin von sich ferngehalten hatte. »Warten Sie!« Ganz nah trat sie nun an Antonia heran. Sie schob Antonias Hand von der Klinke und schloß erneut die Tür, ohne ein Wort an Gertrud zu richten.

Antonia roch Beate Horbachs Parfum, das ihr bekannt vorkam. Arpège, dachte sie und atmete es tief ein. Ein Fläschchen genau dieses Parfums war Ferdinands erstes Geschenk an sie gewesen. Ein schwerer, eleganter Duft, wie man ihn an den mondänen Damen wahrnahm, die sich in ihren kostbaren Pelzen zur Opernpremiere fahren ließen. Zu vornehm und gesetzt erschien er Antonia damals, kaum zwanzig Jahre alt und auf der Suche nach sich selbst. Sollte sie, wie ihre Eltern es für gut befanden, weiter als eine Art Sekretärin ihres Vaters fungieren, die seinen Assistenten die unangenehmen Aufgaben abnahm und doch selbst ohne Befugnisse blieb? Eine Hilfskraft, wenn auch in den hübschen Kleidern einer höheren Tochter und mit deren Ansehen und angenehmer Lebensweise? Oder sollte sie rebellieren und das werden, was ihre Mutter noch immer mit heimlichem Entsetzen einen Blaustrumpf nannte? Sollte sie darauf bestehen, studieren zu dürfen und eine eigene Karriere zu versuchen, denn mehr als einen Versuch traute man einer Bürgerstochter ja doch nicht zu. »Irgendwann heiraten alle«, beendete ihre Mutter gewöhnlich dieses Thema und fügte vielleicht noch die Spitze hinzu, daß die wenigen, die nicht heirateten, wahrscheinlich auch dementsprechend aussahen. Erst seit Kriegsbeginn, dachte Antonia, stürmten junge Frauen in die Hörsäle, manche mit echtem Eifer, manche, um nicht in die Kriegsindustrie verpflichtet zu werden. Auch um die Jagd nach einem Ehemann ging es wohl, wie man ihnen unterstellte, aber welcher wirklich attraktive junge Mann ging jetzt noch auf die Universität? Die richtigen Kerle waren längst an der Front.

»Arpège«, sagte Antonia lächelnd.

Beate Horbach stand ganz nahe vor ihr. Trotzdem konnte Antonia sie nur als Schatten wahrnehmen. Auch Beate Horbach selbst schien die Dunkelheit auf einmal zu stören. In einem raschen Entschluß drückte sie auf den Lichtschalter neben der Tür. Fast unwirklich kam es Antonia vor, als das sanfte Licht hinter dem goldgelben Seidenschirm den Raum plötzlich zum Leben erweckte.

»Ja«, antwortete Beate Horbach. »Arpège. Mein Mann hat es mir aus Frankreich mitgebracht. Er reist viel, wissen Sie.« Als wollte sie den Besuch noch einmal von vorne beginnen, ging sie im Zimmer umher und schaltete eine nach der anderen die vielen Lampen ein, die überall herumstanden wie einzelne Blumen in einem gepflegten Garten.

»Ich glaube, ich sollte jetzt wirklich gehen«, wandte Antonia ein. »Ich bin schon so lange hier. Sie sagten doch selbst...«

Beate Horbach kehrte zurück zu dem Stuhl, auf dem sie vorher gesessen hatte. Mit der gleichen Bewegung wie zuvor wies sie Antonia an, sich zu setzen, dieses Mal aber ihr gegenüber, am gleichen Tisch, wo vor Jahren ihr Vater gesessen haben mochte, um dem jungen Mädchen zuzuhören, das ihm aus der Zeitung vorlas. »Ich bin es so müde, mich zu verstecken«, gestand Beate Horbach. »Ich bin es müde, die Aussätzige zu sein.

Ich bin es müde, alle paar Minuten zum Spiegel zu rennen, ob es schon besser geworden ist und ich mich bald wieder unter die Menschen wagen kann.«

Das Licht der vielen kleinen Lampen umschmeichelte Beate Horbachs Erscheinung. Anziehend und geheimnisvoll sah sie nun aus in ihrem für zu Hause viel zu eleganten Kleid. »Die schicke Frau Horbach« nannte Hella Bellago sie manchmal, nicht bewundernd, sondern fast ein wenig abfällig. Die schicke Frau Horbach, die ihre Rolle als Dame von Welt so perfekt spielte, die ihre Heimatstadt stilmäßig längst hinter sich gelassen hatte und doch nie von ihr weggehen würde, weil der ständig drohende Makel sie festhielt und ihr die Freiheit verwehrte.

»Ich möchte Ihnen meine Freundschaft anbieten«, sagte Beate Horbach leise. »Man sagt das immer so leicht: Freundschaft, Freundeskreis, unsere Freunde, meine Freundin. Dabei gibt es nichts Empfindlicheres und Schwierigeres als eine Freundschaft. Ich hatte immer viele Freundinnen, aber nie eine *wirkliche* Freundin, der ich vertrauen konnte.« Sie schwieg. Antonia kam es vor, als würde es durch die vielen Lampen immer wärmer im Raum. Trotzdem fühlte sie sich nicht wohl. »Ich weiß, daß man Freundschaft nicht anbieten kann«, fuhr Beate Horbach fort. »Das freundschaftliche Du vielleicht, aber selbst dabei werden meistens schon Hierarchien errichtet. Ihrer Schwiegermutter hätte ich niemals das Du anbieten können. In früheren Jahren standen die Bellagos auf einer weitaus höheren gesellschaftlichen Stufe als die Horbachs. Es ist eine unsichtbare Leiter. Wir alle wissen um sie, und wer sie nicht akzeptiert, wird dafür bestraft. Inzwischen ist Ihre Familie abgerutscht, wenn Sie mir diese Bemerkung erlauben. Ihre Schwiegermutter müßte mittlerweile hocherfreut sein, wenn ich ihr das Du anböte.«

»Sie kennen meine Schwiegermutter nicht«, Antonia lachte.

»Vielleicht.« Auch Beate Horbachs Stimme klang nun amüsiert. »Ihnen, Antonia, hätte ich früher das Du anbieten können, weil ich älter bin. Trotzdem hätten auch Sie sich darüber gewundert. Ich werde nie vergessen, daß wir eine der letzten Familien waren, denen Ihr Mann Sie vorgestellt hat.«

»Das hat nichts zu bedeuten. Wir hatten damals so viele Einladungen, daß wir nicht wußten, wo wir anfangen sollten.« Beate Horbach schwieg nachdenklich. »Ich will Ihnen das Du auch gar nicht anbieten«, fuhr sie nach einer Weile fort. »Bleiben wir beim Sie und beim Vornamen.«

»Sehr gern.« Antonia fühlte sich immer unbehaglicher. Sie wäre am liebsten gegangen, doch Beate Horbach schien sich davor zu fürchten, wieder allein zu sein.

»Mein Mann ist sehr tüchtig«, sagte sie plötzlich. »Man hat das Gefühl, alles, was er in die Hand nimmt, gelingt ihm. Er ist wie im Rausch. ›Wir sind die Gewinner‹, sagt er manchmal. Er macht seinen Weg, aber ich fürchte mich vor der Erkenntnis, daß es vielleicht ein Irrweg ist.«

»Über solche Dinge sollten wir nicht sprechen«, warnte Antonia. »Sie sagten doch selbst, man müsse vorsichtig sein.«

Beate Horbach schlug ungeduldig mit der Hand auf den Tisch. »Ich habe es satt, immer vorsichtig zu sein und alles großartig zu finden, was geschieht!« rief sie. »Sie sind doch eine kluge, scharfsinnige Frau, Antonia. Sie informieren sich auf jede mögliche Weise. Stellen Sie sich einmal unsere Welt vor, so wie sie heute ist. Hier und jetzt, genau in diesem Augenblick.« Beate Horbachs Stimme war so laut geworden, daß Antonia fürchtete, die germanische Gertrud könnte draußen alles mithören. Treu war sie – aber wem gegenüber? »An der gesamten Ostfront sind unsere Truppen in die Defensive geraten«, fuhr Beate Horbach fort. »In Stalingrad verrecken unsere Soldaten. In Afrika werden Rommels Truppen vor Al Alamain aufgerieben. In Südostasien ist der Siegeszug unserer japanischen Verbündeten zum Stillstand gekommen. Keine Großmachtträume mehr, seit die amerikanische Marineflotte auf Guadalcanal gelandet ist. Den Atlantik beherrschen wir auch nicht mehr, nicht einmal mit unseren großartigen U-Booten. Wir haben alle Trümpfe verloren, und die Engländer zerstören mit tausend Bombern unsere schönen deutschen Städte. Lübeck, Köln ... alles in Trümmern. Wer sind wir denn noch? Sklavenhalter von hunderttausenden Kriegsgefangenen und KZ-Häftlingen! Es geht zu Ende, Antonia! Ich habe meinen Mann gefragt, warum wir nicht aufgeben, um zu retten, was noch zu retten ist. Er hat mir geantwortet, wir seien die Gewinner, und das Blatt werde sich wieder wenden.«

Antonia war blaß geworden. »Bitte, reden Sie nicht so mit mir!« Sie spürte, daß ihre Hände zitterten.

»Ich habe zu ihm gesagt: Gewinner, wir! Kriegsgewinnler vielleicht, aber bald nicht einmal mehr das. Wir sollten umkehren. Schnellstens. Aber wahrscheinlich können die da oben gar nicht mehr aufhören, weil sie schon zuviel Schuld auf sich geladen haben. Die Rache der Überlebenden ist ihnen gewiß. Auch uns wird sie treffen. Heil Hitler: Er hat uns alle in den Untergang gerissen.« Mit beiden Händen griff sie plötzlich nach ihrem Spitzenschleier und riß ihn hoch. »So wie das hier sieht das Antlitz des Tausendjährigen Reiches aus, meine Liebe! Nichts Bewundernswertes, Mitreißendes: ein ganz alltägliches Durchschnittsgesicht, aber voller Geschwüre!« Sie streckte ihr Gesicht Antonia entgegen, als wolle sie dafür bestraft werden, und heiße Tränen liefen ihr über die Wangen.

Antonia wollte wegsehen, aber sie konnte es nicht. Einen schrecklichen Anblick hatte sie erwartet, abstoßend und ekelerregend. Doch im milden Schein der Lampen waren nur kleine, fast schon abgeheilte Pusteln auf Beate Horbachs Wangen und in der Mitte ihrer Stirn zu entdecken.

»So schlimm ist es doch gar nicht«, versuchte Antonia ihre Gastgeberin zu trösten.

Beate Horbach beruhigte sich. Noch immer bot sie ihr Gesicht Antonias Blicken dar. Trotzdem schien sie sich auf einmal erleichtert zu fühlen. Mit den Fingerspitzen strich sie über ihre Wangen. »Es ist wirklich besser geworden«, räumte sie ein. »Es tut gut, daß es einmal jemand gesehen hat!«

»Aber Ihre Familie ...?«

Beate Horbach schüttelte den Kopf. »Niemand. Meine Tochter ekelt sich davor, und mein Mann will nichts damit zu tun haben. Sogar Gertrud schaut weg, wenn sie mich überrascht. Wenn ich einen Hautarzt aufsuche, bestehe ich darauf, daß die Sprechstundenhilfe hinausgeht, und vom Arzt erwarte ich, daß er sachlich bleibt und sich seine Gedanken nicht anmerken läßt.«

Antonia antwortete nicht. Sie war müde. Sie wollte nach Hause, weg von all den Enthüllungen und Erklärungen. Zu Enrica wollte sie und zu Lilli. Zu Peter und zu den Schwiegereltern, die den geraden Weg gewählt hatten. Und zu Fanni, die den Boden liebte, den ihre Familie bestellte. Nicht mit Blut verband sie ihn in ihren Gedanken, sondern mit Leben. Mit Wachsen, Reifen und Ernten.

Beate Horbach senkte den Kopf. »Es wird nicht mehr lange dauern, dann werden wieder Menschen wie Sie ganz oben auf der Leiter stehen«, sagte sie resigniert. »Auf uns wird man dann herunterspucken. Sie werden noch froh sein, daß Sie mich nicht duzen müssen.« Sie lächelte traurig. »Vielleicht brauche dann *ich* Ihre Hilfe. Ich oder mein Mann oder meine Tochter mit ihrem dynamischen Gatten, der Deutschland neugestalten möchte, wenn nicht gleich die ganze Welt.« Beate Horbach erhob sich. »Ich hoffe, Sie werden dann nicht vergessen, daß wir gut zu Ihnen waren. Daß ich Ihnen sogar meine Freundschaft angeboten habe, obwohl das im Moment nicht ungefährlich ist.«

Antonia stand ebenfalls auf. »Ich danke Ihnen für alles, Beate«, sagte sie sanft. »Möglicherweise haben Sie mir das Leben gerettet. Ich war naiv wie ein Kind.« Sie streckte Beate Horbach die Hand hin. Doch Beate Horbach ergriff sie nicht, sondern zog ihren Schleier wieder vors Gesicht und läutete nach Gertrud, damit sie Frau Bellago hinausbegleite.

Der deutsche Blick

I

Der Winter im Jahre 1943 war mild; ganz anders als in den Jahren davor, und in der Ostmark auch wieder anders als in dem Teil der Welt, an den nun alle dachten und von dem alle sprachen, sei es, weil sie um einen Menschen bangten, der ihnen nahestand und dort wohl gerade die Hölle erlebte, oder sei es, weil sie ahnten, daß an jenem fernen Ort ihr politisches System zerbrach und im Schnee versank.

Stalingrad. Schon lange hatte man gelernt, diesen Namen zu fürchten. Den großen Napoleon zitierte man, der seine Grande Armée in die Weiten Rußlands geführt hatte und sie dort dem Untergang überlassen mußte. Auch der Führer des Deutschen Reiches, den manche für nicht weniger bedeutend hielten, hatte den Osten gesucht und gefunden, so wie ein verkappter Selbstmörder mit dem Tod poussieren mag und ihm am Schluß ungewollt zum Opfer fällt. Hatte Adolf Hitler wirklich geglaubt, ihm würde gelingen, was noch keiner vor ihm vollbracht hatte: das weite Rußland zu erobern, das endlose? Europa und Asien; Kälte und Hitze; so reich und so arm; alles zugleich. In Stalingrad war seine Armee zum Stillstand gekommen, der Stadt an der Wolga, benannt nach dem Mann, der sich selbst »der Stählerne« nannte. Sein Volk sagte »Väterchen« zu ihm mit der gleichen Liebe und Vertrauensseligkeit, mit der es seine Heimat »Mütterchen« nannte. Männer und

Frauen unterwarfen sich wie Kinder, und wie Schlachtvieh schickte Väterchen sie in den Tod... Ein großes Land, ein schönes Land. Licht und Dunkel in einem. Seine mächtigste Waffe war die Natur. Auch sein Volk war ein Teil dieser Natur. Sanft und zärtlich, rachsüchtig und grausam. Stalingrad. Am 2. Februar hatte die 6. deutsche Armee kapituliert, 260 000 Soldaten, seit neun Wochen eingekesselt. Am Ende waren zwei Drittel der Mannschaften und Unteroffiziere und die Hälfte der Offiziere umgekommen. Die nicht im Feuer starben, waren erfroren, verhungert oder der Erschöpfung erlegen, die meisten von ihnen in den beiden letzten Wochen der Schlacht. Bis Weihnachten hatte man die Verwundeten noch ausgeflogen, danach starb verlassen, wer Hilfe gebraucht hätte. »Kämpfen bis zum letzten Mann!« hatte Hitler befohlen und schrie und tobte, weil sein Generalfeldmarschall Paulus es gewagt hatte, aufzugeben, was längst verloren war. Es war zu spät. 90 000 Soldaten gingen den ungewissen Weg in sowjetische Kriegsgefangenschaft. Kraftlos und ohne Hoffnung begaben sie sich auf den Todesmarsch in Richtung Osten, und nur wenige erreichten das gefürchtete Ziel.

»In Stalingrad die Frage nach Gott stellen heißt, sie verneinen«, schrieb ein Soldat an seinen Vater in Deutschland. »Ich habe Gott gesucht in jedem Trichter, in jedem zerstörten Haus, an jeder Ecke, bei jedem Kameraden, wenn ich in meinem Loch lag, selbst am Himmel. Gott zeigte sich nicht, wenn mein Herz nach ihm schrie. Die Häuser waren zerstört, die Kameraden ebenso tapfer oder feige wie ich. Auf der Erde war Hunger und Mord, vom Himmel fielen Bomben und Feuer. Nur Gott war nicht da.«

Stalingrad. Auch Antonia vernahm diesen Namen in jedem ihrer Schritte, die gedämpft auf dem Pflaster widerhallten, weil die Schuhsohlen im Laufe der Kriegsjahre dünn und brüchig geworden waren wie das anmaßende Deutsche Reich, das tausend Jahre für sich veranschlagt hatte und dem nun, nach zehn Jahren, seine Grenzen aufgezeigt worden waren.

Stalingrad. Mit düsteren Fanfaren hatte der Rundfunk die Kapitulationsmeldung angekündigt. Sie schallten aus jedem Volksempfänger in jeder Wohnung des Deutschen Reiches, als leiteten sie das Schlußkapitel der nationalsozialistischen Herrschaft ein. Zu Ende war die Zeit der seichten Liedchen, mit denen die darbenden Volksgenossen bei Laune gehalten werden sollten. ›Haben Sie schon mal im Dunkeln geküßt?‹ war der Schlager des gerade vergangenen Jahres gewesen. Doch nun suchten wie vom Blitz getroffen die einst so Gehorsamen nach dem Feindsender Radio Moskau, an den sie bisher nur durch Zufall geraten waren und den sie schnell wieder ausgeblendet hatten, weil sie die Strafe der eigenen Leute fürchteten. Jetzt aber wollten sie ihn hören, auf jede Gefahr hin, weil sie hofften, dort etwas über das Schicksal ihrer Angehörigen zu erfahren.

Sogar über die Kriegsdauer diskutierte man auf einmal, überzeugt, daß die Niederlage von Stalingrad diesen Krieg endlich beenden würde. Keinen Gauleiter von Kapstadt, Philadelphia oder von Peking würde es geben. Die Welt würde nicht deutsch werden. Wie in einem Kaleidoskop würden die Steinchen wieder durcheinanderfallen, zurück an den Platz, an den sie gehörten. Kein Endsieg? Und wenn schon! In der ostmärkischen Kleinstadt Grieskirchen verpaßte die Mutter eines gefallenen Soldaten dem örtlichen Parteiführer eine Ohrfeige, als er ihr sein Beileid ausdrückte, und die Pfarrer standen in den Kirchen plötzlich wieder vor vollen Bänken.

Zum ersten Mal seit Jahren traute man sich, die Staatsführung offen zu kritisieren: den Einpeitscher Goebbels und den fetten Göring, der den Feldeintopf lobpries und Kaviar fraß; den Schreibtischtäter Himmler und den stolzen Heydrich, dessen Tod die SS mit der Vernichtung eines unschuldigen tschechichen Dorfes vergalt. Nur den Führer selbst wagte man nicht in Frage zu stellen. Noch sah man in ihm die wohlmeinende

Vaterfigur, nun auf einmal tragisch geworden durch die erdrückende Niederlage seiner Armee. Noch wollte man nicht auf ihn verzichten. Wer sonst konnte den Karren vielleicht noch aus dem Dreck ziehen? Aber konnte er es denn? Und liebte er sein Volk wirklich so sehr, wie er behauptete? *Kämpfen bis zum letzten Mann!* ... Hatte er es wirklich nur gut gemeint und gehofft, sein Volk doch noch zum Sieg zu führen? Zum Endsieg, dem schrillen Kontrapunkt zur dumpfen Radiomelodie von Stalingrad, deren Fanfaren von Haus zu Haus schallten, hinweg über die rauchenden Trümmer der zerbombten Städte.

Antonia befand sich auf dem Weg nach Urfahr am gegenüberliegenden Ufer der Donau, wo es in einem der Lagerhäuser angeblich ganz legal Bohnenkaffee zu kaufen gab und sogar begrenzte Mengen von Wermut. Bisher hatte Fanni immer diese Einkäufe erledigt. Heute jedoch war Waschtag im Hause Bellago – ein aufwendiges Unterfangen, seit Waschpulver knapp geworden war und es nur noch wenig Seife gab. Mit der ganzen Kraft ihrer Hände und Arme rückten Paula und Fanni dem Schmutz zu Leibe, und nur durch das Trocknen an der frischen Luft und das Bleichen in der prallen Sonne erreichte man, daß die Betten nach dem Beziehen angenehm frisch und sauber rochen.

Der Waschtag bedeutete Schwerstarbeit. Trotzdem war Fanni froh, daß sie nicht aus dem Haus mußte. Seit einigen Tagen fühlte sie sich heimlich beobachtet. Es hatte damit angefangen, daß eine ältere Frau in der Uniform des Reichsarbeitsdienstes sie auf der Straße ansprach und fragte, ob sie in einem Privathaushalt arbeite. Keine freundliche Frage war das gewesen, sondern bereits eine versteckte Anklage. Ob sie denn nicht wisse, daß das Reich jede Hand brauche, um in den Rüstungsbetrieben mit anzupacken? Hausarbeit führe nicht zum Sieg. Die faulen Bürgersfrauen sollten lieber selbst Hand anlegen, statt die dummen Dinger vom Lande mit überhöhten Löhnen zu ködern und sie damit von ihren wahren Pflichten abzuhalten.

»Seien Sie ehrlich, wieviel bezahlt man Ihnen in der Woche?« hatte die fremde Frau gedrängt. Fanni hatte ihre Schritte beschleunigt. Doch die Frau war neben ihr hergelaufen. »Drückeberger seid ihr. Vaterlandsverräter! Ihr werdet schon noch sehen, wohin ihr damit kommt!« Dann konnte sie nicht mehr Schritt halten und war stehengeblieben. Trotzdem glaubte Fanni nun jedesmal, wenn sie auf die Straße ging, die Frau warte schon auf sie und wolle sie von neuem in die Enge treiben. Irgendwann würde dann die Gestapo vor der Tür stehen und sie, Fanni Baumgartner, die Vaterlandsverräterin, mitnehmen.

Von nun an huschte Fanni nur mehr an den Hauswänden entlang und blickte sich alle paar Meter um, ob ihr nur ja niemand folgte. Ihr Benehmen war keine Ausnahme. Den »deutschen Blick« nannte man das gehetzte Umherschauen und das Forschen in den Gesichtern der Passanten. Verfolgst du mich? Willst du etwas von mir? Hast du gehört, worüber ich mich mit meiner Nachbarin unterhalten habe? Habe ich etwas gesagt, was ich nicht sagen dürfte? Etwas getan, das mich in Schwierigkeiten bringen kann? Bin ich unangenehm aufgefallen? Ist die Polizei hinter mir her? Wird man mich festnehmen? Mich einsperren? Oder verschleppen ohne Wiederkehr? ... Stolz war das Volk einst gewesen auf seinen geraden, ehrlichen Blick direkt ins Auge des Gegenübers. Verstohlen schaute es nun beiseite, kleinlaut geworden durch Mißtrauen und Angst. Der deutsche Blick: Die kecke Fanni Baumgartner blieb jetzt lieber im Haus und versteckte sich, als hätte sie etwas Unrechtes getan.

Alles hat sich verändert in den letzten Jahren, dachte Antonia. Die Stadt war schäbig geworden. Immer wieder stolperte man über locker gewordene Pflastersteine. Von den Hauswänden bröckelte der Putz. Zerbrochene Fensterscheiben wurden nicht erneuert, Dachziegel nicht ersetzt. Was verschlissen war, wurde weiterverwendet, ohne daß man es ausbesserte.

Auch die Menschen in den Straßen waren anders geworden. Bis auf die Uniformierten sah man kaum noch junge Männer oder solche in mittleren Jahren. Nur Frauen, Kinder und Alte waren noch unterwegs und viele, viel zu viele Invaliden. Männer mit nur einem Bein. Männer auf Krücken. Männer mit schwarzen Augenklappen. Männer mit entsetzlichen Gesichtsverletzungen, daß man schnell wegschaute, als hätte man es nicht bemerkt. Dazu die fremdartig aussehenden Kriegsgefangenen und Zwangsarbeiter, ausgemergelt und ängstlich. Die erschöpften Züge der Fabrikarbeiterinnen, wenn sie nach vierzehn Stunden von der Arbeit heimeilten. Besorgt und müde, so blickten fast alle in den Straßen. Alle waren sie blaß und schlecht ernährt. Bei manchen, wie auch Antonia, deutete die Kleidung darauf hin, daß die Betreffenden weitaus bessere Zeiten gesehen hatten. Doch inzwischen besaß auch Antonia kaum noch ein heiles Paar Schuhe.

Einmal hatte sie versucht, sich neue Schuhe zu kaufen. Den Bezugsschein dafür konnte sie vorweisen. Dann verlangte man aber, daß sie für ein neues Paar ihr altes zurückgeben sollte. Als Antonia die Schuhe sah, die man ihr anbot, verließ sie schnell wieder das Geschäft. »Fischhaut«, rief ihr die Verkäuferin nach. »Sehr haltbar. Man schwitzt ein bißchen, aber man gewöhnt sich daran.« Antonia fragte in der halben Stadt herum, ob es nicht irgendwo einen Flickschuster gebe, der ihre alten Schuhe wieder herrichten könnte. Doch die kleinen Läden waren inzwischen alle geschlossen. Die Regierung hatte sie verboten. Die Handwerker waren nun allesamt Soldaten oder standen am Fließband. Nur die Großbetriebe zählten noch in den Zeiten des großen Krieges.

Antonia dachte an ihre Kinder und an Peter. Alle drei trugen inzwischen die neuen Schuhe aus Fischhaut. Zu schnell wuchsen sie aus allem heraus. Soweit es möglich war, erbten die Jüngeren von den Älteren. Doch Lillis runde Füßchen paßten nicht in die abgelegten Schuhe ihrer schlanken Schwester. Wenn Antonia versuchte, sie ihr anzuziehen, schrie die Kleine:

»Eni! Eni!« und wehrte sich mit Händen und Füßen. »Ich will nicht!« wurde ihr Lieblingssatz, und wenn ihr Antonia die schweren, undurchlässigen Fischhautschuhe anzog, deren Ränder die Haut blutig schabten, wünschte sie sich die alten Zeiten zurück, als die Kleidung noch weich und angenehm war und das Essen gesund und wohlschmeckend.

Weinen hätte Antonia mögen, wenn Peter am Nachmittag zu seinem Kurs als Luftwaffenhelfer ging, wo er an der Flak ausgebildet wurde. Antonia zitterte bei dem Gedanken, daß ihr Bruder mit seinen kaum sechzehn Jahren im Ernstfall mitten im Bombenhagel stehen würde. Ein so junger Mensch noch, unerfahren im Kampf gegen die unzähligen Bomber, die über den Städten den Tod abluden.

Todmüde kam Peter am späten Nachmittag zurück. Trotzdem mußte er nach dem Abendbrot oft nochmals aus dem Haus, um Spielzeug für die Kinder der Gefallenen zu basteln oder Kriegerwitwen bei schweren Arbeiten zu unterstützen. Am Morgen ging es dann wieder zur Schule. Über fünfzig Knaben saßen in einer Klasse, weil es nicht mehr genug Lehrer gab. Die jüngeren waren nach und nach an die Front geschickt worden. So griff man auf die pensionierten Lehrer zurück, denen alles zuviel war, zumal auch sie oft noch für den Luftschutz ausgebildet wurden und bei Sammlungen mithelfen mußten – eine unbeliebte Aufgabe, denn niemand mochte mehr etwas spenden und konnte es auch kaum noch. Sogar die Skier, die die Kinder zu Weihnachten bekommen hatten, sammelte man ein, um sie nach Rußland zu schaffen. »Die Soldaten brauchen sie dringender«, erklärten die Sammler und hatten wohl recht damit. Trotzdem blieben in den Häusern weinende Kinder zurück, denen man eines der wenigen Vergnügen genommen hatte, die ihnen im Krieg noch geblieben waren.

Vor dem Lagerhaus wartete bereits eine lange Schlange von Menschen. Aus der Ferne sah es aus, als bewegten sie sich nicht und redeten auch nicht miteinander. Erst beim Näherkommen gewannen sie an Leben. Gesichter tauchten auf im grauen Einerlei. Stimmen erhoben sich über das Gemurmel und das Scharren der Füße. Dieses Scharren war es, was Antonia vor allem anderen von den Warteschlangen ihr Leben lang in Erinnerung blieb, das Scharren, wenn sich die Menschen langsam und kontinuierlich weiterbewegten, immer näher an das zur Hälfte geöffnete Tor heran, hinter dem die begehrte Ware gekauft werden konnte. Als Bittsteller stand man da und war froh, daß man es schon so weit nach vorne geschafft hatte und daß es nicht kälter war.

Mit neugierigen Blicken musterte man Antonia, der plötzlich bewußt wurde, daß der Kragen ihres Mantels und seine Ärmelaufschläge aus Pelz waren. Fast schämte sie sich dafür, weil sie spürte, daß sie sich von den anderen unterschied und nicht hierherpaßte. Frauen mit ihrem Äußeren galten hier wohl als »feine Damen«, was keineswegs freundlich gemeint war, denn die meisten der »feinen Damen« gehörten der führenden politischen Klasse an und hatten es nicht nötig, sich nach einer mageren Ration Bohnenkaffee und Wermut anzustellen. Wie Beate Horbach saßen sie in ihren gepflegten Räumen und ließen sich – aus welchen Quellen auch immer – bringen, was sie brauchten. Gutes Essen oder schöne Kleider und Schuhe waren kein Problem für sie, die Gattinnen und Gemahlinnen der kleinen Herren, die es den großen Herren in Berlin gleichtaten. Das Führerprinzip: In jeder Gruppe gab es einen, der das unbedingte Sagen hatte. Bereits in der HJ hielt man es so, und: Je kräftiger die Ellbogen, desto höher das Amt.

Antonia hatte fast schon ihr Zeitgefühl verloren, als sie endlich in die Lagerhalle vorgelassen wurde. Hier drinnen war es viel kälter als draußen, denn die großen Fenster an der Rückseite hatten keine Scheiben mehr. Es zog so stark, daß die kräftig dauergewellten Haare der Verkäuferin hochgeweht wurden, obwohl sie sie über den Schläfen mit Klammern festgesteckt hatte wie ein Schulmädchen. Sie prüfte Antonias Belege und schnitt mit einer großen, verrosteten Schere die Bezugsmarken ab. Dann reichte sie Antonia eine kleine Tüte mit Kaffee und ein Fläschchen Wermut. »Ende der Vorstellung!« verkündete sie mit lauter Stimme, kaum hatte sie Antonias Geld in einer Handkasse nach Münzwert einsortiert. »Alles weg. Ich weiß nicht, wann die nächste Lieferung kommt. Vielleicht schon morgen. Ihr könnt es ja wieder versuchen.« Sie rieb sich die rotgefrorenen Wangen warm und zog dann den Wollumhang enger um ihre Schultern.

Draußen erhob sich ein Murren. Ein alter Mann, der hinter Antonia gewartet hatte, hatte Tränen in den Augen. Während die anderen bereits nach Hause gingen, blieb er ratlos stehen, das Geld für die Ware abgezählt zwischen den klammen Fingern.

Antonia konnte nicht an ihm vorübergehen. Sie blieb stehen und holte kurzentschlossen das Fläschchen aus ihrer Einkaufstasche. »Bitte nehmen Sie das«, sagte sie zu dem alten Mann, der ihr nur ganz langsam den Kopf zuwandte. »Was wollen Sie von mir?« fragte er ängstlich. »Lassen Sie mich in Ruhe!«

»Nehmen Sie!« wiederholte Antonia. »Sie haben so lange gewartet.«

Die Miene des Mannes veränderte sich, als hätte ihn plötzlich ein heftiger Zorn gepackt. »Gehen Sie weg!« fuhr er Antonia an. »Verschwinden Sie! Ich lasse mich nicht kaufen.« Damit drehte er sich um und eilte davon, so schnell er konnte.

Antonia sah ihm nach. Sie wehrte sich nicht, als ihr jemand das Fläschchen aus der Hand riß und damit wegrannte. Ihr Herz klopfte wild. Es kam ihr vor, als hätte man sie geschlagen. Bedrückt ging sie zurück zur Donaubrücke. Sie spürte, wie dünn ihre Schuhsohlen waren, vielleicht würde sie sie noch heute durchlaufen. Das bißchen Kaffee war den Aufwand nicht wert. Aber vergeudete zur Zeit nicht jeder seine kostbaren Lebensstunden mit Anstrengungen, von denen er selbst nicht wußte, ob er sie für tragisch halten sollte oder für grotesk?

2

Antonia setzte sich auf eine Parkbank an der Donaulände und schaute hinüber nach Urfahr, woher sie gerade gekommen war. Der Winterhimmel über ihr war so grau wie die Fluten der Donau, die ihn widerspiegelten. Man konnte sich kaum vorstellen, daß es in wenigen Wochen Frühling sein würde. Mit der Schneeschmelze in den Bergen würde die Donau anschwellen und mit doppelter Kraft gegen Osten drängen. Vielleicht würde es sogar Hochwasser geben. Dann wurden die jungen Mütter mit ihren kleinen Kindern hierherspazieren, um ihnen die Gewalten der Natur zu zeigen.

So schön könnte es hier sein, dachte Antonia, wenn alle einfach nur so leben dürften, wie sie wollten. Dann wäre sie jetzt zu Hause, um Fanni beim Tischdecken zu helfen; und Paula briete mit hochrotem Kopf in der Küche ein paar Forellen, denn es war Freitag. Sie würde Kartoffeln schälen, Petersilie zupfen und darauf achten, daß die Butter auf dem Herd nicht braun wurde. Hella Bellago würde das Gartentor öffnen, um Enrica einzulassen, die aus der Schule käme und eilig, noch im Mantel, zu ihrer Mutter liefe, um ihr das Neueste zu berichten. Und die kleine Lilli schwirrte derweil wie ein Kreisel zwischen allen hin und her und buhlte um Aufmerksamkeit, bis endlich ihr Großvater käme und sie in den Keller mitnähme, wo er eine Flasche Weißwein holte, einen ganz milden, damit er den zarten Geschmack der Forellen nicht überdeckte. Auch Peter käme dann zurück, erhitzt vom Turnunterricht, und gleich darauf auch Ferdinand mit seiner großen, schwarzen Aktentasche, die er wie immer in der Garderobe stehenließe, weil er nach dem Essen gleich wieder in die Kanzlei müßte. Gemeinsam äße man die Suppe, die Forellen »Müllerin«, vor deren bösartigem Blick die kleine Lilli jedesmal in Schreckensrufe ausbrach, und den Vanillepudding mit der süßen Soße aus Erdbeeren vom eigenen Garten. Man würde miteinander plaudern über dies und das; nichts Wichtiges, weil man, ohne daß man es aussprach, wußte, daß man zueinandergehörte und nichts einen trennen konnte.

Und wenn sie sich zu ihrem Glück noch etwas wünschen dürfte, dann wären auch ihre Eltern wieder da und ihr Vater könnte wieder frei atmen und ohne Angst seine Vorlesungen abhalten; die Mutter würde ihre Gäste bewirten, und sie selbst, Antonia, hätte wieder zwei Familien, zu denen sie gehörte. So sollte es sein. So war es gedacht.

In Wirklichkeit aber, dachte Antonia, läuteten in den vielen Kirchen der Stadt gerade die Mittagsglocken, und sie saß, einen halbstündigen Fußmarsch von zu Hause entfernt, auf einer feuchten Parkbank und brachte nicht einmal die Energie auf, aufzustehen und heimzugehen. Und es gab daheim auch keine Forellen, sondern Erbsensuppe und Schwarzbrot, und der Schwiegervater holte längst keinen Wein mehr aus dem Keller. Die Wahrheit war, daß Enrica kaum noch erzählte, was in der Schule vor sich ging, und Peter oftmals gar nicht mehr zum Essen kam, weil man ihm irgendeine Aufgabe übertragen hatte, die er schnell noch erledigen mußte. Was sie an der rauhen Wirklichkeit aber am meisten bedrückte, war, daß Ferdinand nicht mehr zum Mittagessen oder Abendessen und auch sonst nicht mehr nach Hause kam. Seit fast zwei Monaten war er nun schon fort, und was mit ihm geschehen würde, wenn sein Offizierslehrgang zu Ende war, wußte nicht einmal er selbst.

Ich will mein Leben zurück! dachte Antonia, während sie in die grauen Fluten starrte. Und ich will die Menschen zurück, die zu mir gehören: Ich will, daß meine Eltern wiederkommen und unbedroht hier leben können. Und ich will meinen Mann bei mir haben. Ich will, daß wir eine Familie sind! Ich will nicht allein auf einer Parkbank sitzen, während hinter mir Militärfahrzeuge die Straße blockieren. Spaziergänger gehören hierher an die Donaulände. Menschen mit lachenden Gesichtern. Menschen, die zu genießen verstehen. Spielende Kinder müßten hier sein mit ihren Bällen, auf ihren Tretrollern und Fahrrädchen. Und vor allem Frauen mit ihren Männern, ihren gesunden Männern, denen man nicht in irgendeinem Feldlazarett ein Bein amputiert hat oder einen Arm.

Antonia begann die Kälte zu spüren. Sie stand auf und griff nach ihrer Tasche. Über die Donaulände ging sie zum Hauptplatz zurück, der seit fünf Jahren Adolf-Hitler-Platz hieß. Kleine Jungen und Mädchen mit ihren Ranzen kamen ihr entgegen. Die älteren Schüler hatten ihre Taschen unter den Arm geklemmt. Die meisten von ihnen trugen die Uniform der Hitlerjugend, und die Mädchen die Röcke und Blusen des BDM. Antonia fragte sich, ob diese Kinder im Innersten wirklich so freudig überzeugt waren von dem Regime, unter dem sie heranwuchsen. Doch sie hatten nie etwas anderes kennengelernt. Während des größten Teils ihres bewußten Lebens war Adolf Hitler der Führer gewesen. Der Wichtigste von allen, der nicht angezweifelt werden durfte. Was er sagte, war Gesetz. Wen er ansah, dem klopfte das Herz, und nie vergaß er diese Begegnung.

Und dennoch, dachte Antonia, hatte Enrica genau gewußt, daß der Mann mit dem Hund, der im Auftrag des Führers in ihr Elternhaus eingedrungen war, ihre Mutter bedrohte. Sie hatte gewußt, daß er Antonia verhaften konnte, und sie war klug genug gewesen, es zu verhindern. Sie hatte zu lügen gelernt, sich zu schützen, ohne die eigenen Gedanken preiszugeben. Antonia fragte sich, ob es Peter ebenso ergangen war. Vielleicht war für ihn der Augenblick der Einsicht sogar noch viel früher gekommen. In Wien schon, als sein Vater zum ersten Mal seine Angst zeigte. Diese Kinder hatten zu schweigen gelernt. Aber hatten sie deshalb auch zu denken *verlernt*? Und wie würde sich Lilli entwickeln, die keinen einzigen Tag des Friedens erlebt hatte? Würde sie einst als junge Frau begeistert am Straßenrand stehen, den rechten Arm in die Luft gestreckt, und »Heil Hitler!« rufen? Oder würde bis dahin eine ganz andere Ära angebrochen sein mit neuen Idealen, die die alten verdrängten?

Aus den Läden auf dem Marktplatz strömten die letzten Kunden. Bis drei Uhr würde nun geschlossen sein. Antonia spürte eine plötzliche Beklemmung. Sie wußte genau, woher sie rührte, aber sie wagte nicht, sich den Gedanken einzugestehen, der jedesmal von ihr Besitz ergriff, wenn sie über den Hauptplatz ging, vorbei an der Bäckerei, die der Frau gehörte, die Ferdinand und Thomas Harlander denunziert hatte.

Janus hieß sie. Emmi Janus. Antonia hatte sie mehrmals durch die Auslagenscheiben hindurch beobachtet, ohne einzutreten. Worüber hätte sie sich auch beschweren wollen? Die meisten Männer waren inzwischen an der Front. Auf einen Lehrgang geschickt zu werden bedeutete fast schon ein Privileg. Wahrscheinlich verdankten Ferdinand und Thomas Harlander es ihrer Ausbildung und Erfahrung als Juristen. In einem seiner Briefe, den Ferdinand ihr über heimliche Kanäle geschickt hatte, hatte er die Hoffnung ausgesprochen, daß man ihn vielleicht gar nicht an die Front abstellen würde, sondern für einen Verwaltungsposten in einem der eroberten Länder vorsähe. Tüchtige Juristen waren Mangelware im Deutschen Reich.

Antonia hatte die Bäckerei fast erreicht. In der Auslage waren auf einem rot-weiß gewürfelten Leinentuch verschiedene Brotsorten gefällig ausgestellt. Dahinter lehnte ein Holzbrett mit der Aufschrift: »Das Stückchen Brot, das dich ernährt, ist mehr als Gold und Silber wert.« Drinnen im Geschäft räumten die Verkäuferinnen in ihren einheitlich weißen Blusen und silbergrauen Röcken auf und deckten die Torten ab. Ein Lehrmädchen fegte den Boden. Die Bäckerin war nicht zu sehen. Antonia wollte schon weitergehen, da erblickte sie Emmi Janus, die in Hut und Mantel aus dem Hinterzimmer kam. Sie ging zur Tür und erteilte der ältesten Verkäuferin einige Anweisungen. Ihre Miene war sachlich und kühl. Die Verkäuferin nickte gehorsam. Ihr Respekt vor der Chefin war unübersehbar. Vielleicht fürchtete sie sich sogar vor ihr. Jedenfalls öffnete sie ihr mit einer kleinen Verneigung die Geschäftstür und schloß sie hinter ihr ab.

Antonia hielt den Atem an. Nur wenige Schritte stand Emmi Janus von ihr entfernt und nestelte in ihrer Tasche. Es wäre leicht gewesen, sie anzusprechen. Doch Antonia dachte, daß dies nicht der richtige Ort für eine so wichtige Unterredung war. Zugleich kam ihr die Befürchtung, daß sie damit alles noch verschlimmern könnte. Eine Fanatikerin hatte Beate Horbach die Bäckerin genannt. Eine, die Beziehungen hatte und womöglich sogar einen Mann wie Notar Horbach in Schwierigkeiten bringen konnte.

Antonia rührte sich nicht vom Fleck. Aus den Augenwinkeln beobachtete sie, wie Emmi Janus prüfend den Blick über die Ladenfront und die Fassade gleiten ließ. Gleichsam mit den Augen ihrer Kunden kontrollierte sie das gesamte Gebäude. Zweifellos würde ihr dabei nichts entgehen, was den gepflegten Eindruck störte oder verbessert werden konnte. Eine gutaussehende Frau war Emmi Janus, dachte Antonia. Obwohl sie auf den ersten Blick unauffällig wirkte, fast ein wenig hausbacken, umgab sie bei genauerem Hinsehen eine Aura von Energie und Zielstrebigkeit. Sie war keine sympathische Frau, aber eine, die einem Respekt abnötigte. Man konnte sich nicht vorstellen, daß sie sich jemals Zeit nahm, zu scherzen oder sich mit etwas zu beschäftigen, das keinen Nutzen brachte. Wahrscheinlich gab es kaum jemanden, der sie liebte, und auch sie selbst machte nicht den Eindruck, als vergeude sie ihre Kräfte mit überflüssigen Gefühlsausbrüchen.

Mit raschen Schritten reihte sich Emmi Janus in den Strom der Passanten ein. Fast hätte Antonia sie aus den Augen verloren. Doch sie wußte ja, wohin die Bäckerin wollte: in ihr Haus, das elegante kleine Stadtpalais, nur ein paar Schritte vom Laden entfernt. Antonia war mehrere Male bei den freundlichen Ohnesorgs zu Gast gewesen. »Sanssouci« hieß das Getränk, dem die Familie ihren Wohlstand verdankte: ein Kirschlikör, den vor allem die ganz jungen Leute liebten, weil er leicht und süß war – genau die Eigenschaften, die sie sich von ihrem Leben erhofften.

Auch an die beiden Kinder der Familie konnte sich Antonia gut erinnern. An Richard, der in Wien studierte: ein großer, gutaussehender junger Mann, der Antonia ohne Aufdringlichkeit das Gefühl vermittelt hatte, daß er sie hübsch und sympathisch fand. Und an seine Schwester, die sich im Spaß Susi Sanssouci nannte und Filmstar werden wollte. Irgendwann mußte sie ihre Pläne aber aufgegeben haben, denn Antonia hatte sie auf der Straße mehrmals in einem konservativen Kostüm gesehen, als käme sie gerade aus einem Büro oder einem Amt. »Ich arbeite bei meinem Vater«, hatte sie erklärt, als Antonia sie bei einer dieser Begegnungen darauf angesprochen hatte. Ob sie damals schon gewußt hatte, daß ihre Familie die Stadt verlassen würde und in dem schönen Renaissance-Gebäude, in dem sie aufgewachsen war, bald eine Frau Janus residieren würde mit ihrem Mann und ihrem Sohn, wie Antonia von Fanni erfahren hatte?

Emmi Janus sperrte das Haustor auf und trat ein. Enttäuscht über die eigene Unentschlossenheit spürte Antonia, daß damit die Gelegenheit verpaßt war, Emmi Janus zur Rede zu stellen. Trotzdem ließ sie sich nicht entmutigen und drückte nach ein paar Minuten die Klinke nieder. Zu ihrem Erstaunen war nicht abgeschlossen. Vielleicht würde der Sohn der Bäckerin bald nach Hause kommen. Fanni hatte gesagt, auch er arbeite im Geschäft, sei aber meistens mit dem Lieferwagen zu den verschiedenen Filialen unterwegs, um sie zu beliefern und zu kontrollieren. »Sie haben überall ihre Läden«, hatte Fanni neidvoll erzählt. »Manchen Leuten gelingt eben alles.« Dann hatte sie davon berichtet, daß der Sohn der Bäckerin für kurze Zeit verheiratet gewesen war. Seine junge Frau sei ihm aber davongelaufen. Niemand wisse, wohin. »Dabei sieht er eigentlich gar nicht übel aus«, hatte Fanni hinzugefügt. »Er ist ein ganz Schwarzhaariger. Für meinen Geschmack aber ein bißchen zu klein und außerdem ein wenig feist.« Damit hatte sie errötend das Zimmer verlassen.

Antonia stieg beherzt die Treppe hinauf: helle Marmorstufen, über die man früher in der Mitte einen roten Teppich gespannt hatte. Jetzt ging man auf dem blanken Stein. Wahrscheinlich hielt eine nüchterne Frau wie Emmi Janus einen Teppich im Treppenaufgang für unpraktisch.

Oben angekommen, zögerte Antonia. Es war noch nicht zu spät, umzukehren und die Sache auf sich beruhen zu lassen. Ändern konnte man ja doch nichts mehr.

Aus der Wohnung drang kein Laut. Früher hätte man die beiden Pudel der Ohnesorgs gehört, einen schwarzen und einen braunen. Hin und wieder bellte einer von ihnen kurz auf, und wenn man eintrat, pendelten die Hundeleinen, die innen an der Tür aufgehängt waren, gegen das Holz, als klopfte jemand.

Antonia läutete. Der Klang der Glocke kam ihr höchst vertraut vor. Sie meinte fast, gleich müßte die Tür aufgehen, und die Pudel sprängen ihr entgegen. Statt dessen bemerkte sie, daß in die Tür inzwischen ein Spion eingebaut worden war, der sich kurz öffnete und wieder schloß. Unmittelbar danach ging die Tür auf, und das ehemalige Hausmädchen der Ohnesorgs strahlte Antonia an. »Frau Doktor Bellago!« rief sie entzückt. »Das ist aber eine Freude! Und eine große Ehre noch dazu.« Sie neigte sich zu Antonia und flüsterte: »Wir bekommen nämlich nicht viel Besuch. Eigentlich gar keinen. Es ist nicht mehr wie früher.«

Antonia lächelte. »Grüß Gott, Mitzi«, sagte sie erfreut. »Ich wußte gar nicht, daß Sie noch hier sind.«

Mitzi zuckte die Achseln. »Man hat mich übernommen«, erklärte sie ohne Begeisterung. »Aber bei Geschäftsleuten ist es anders als in einem Fabrikantenhaushalt.« Der Ton ihrer Stimme ließ keinen Zweifel, welche Art Herrschaft sie vorzog. »Ich melde Sie gleich an«, fuhr sie fort. »Darf ich Ihnen den Mantel abnehmen?«

Antonia lehnte ab.

In diesem Augenblick öffnete sich am Ende des Korridors die Tür zum Salon. Emmi Janus kam heraus. Sie trug einen schmalen, hellgrauen Rock und ein roséfarbenes Twinset; um den Hals eine Perlenkette und am Handgelenk eine Uhr und mehrere zierliche Armbänder.

Antonia erschrak. Im matten Licht der kleinen Stehlampe sah es so aus, als stände Frau Ohnesorg vor ihr. Genau in diesem Stil hatte sie sich gekleidet. Es hieß doch, dachte Antonia, daß die Ohnesorgs fast ihren ganzen Besitz zurückgelassen hätten. Womöglich hatte Emmi Janus ihren damenhaften Geschmack an der Kleidung ihrer Vorgängerin geschult oder in ihrer Sparsamkeit einiges aus deren Schrank übernommen.

Antonia umklammerte ihre Tasche. »Grüß Gott«, sagte sie vorsichtig. Sie hatte das Gefühl, daß Emmi Janus sie nicht erkannte. Bestimmt hatte sie nicht damit gerechnet, in ihrer eigenen Wohnung plötzlich der Frau des Mannes gegenüberzustehen, den sie bei der Gestapo denunziert hatte.

Mitzi strahlte. Ihr Gesicht war vor Freude hochrot. Wahrscheinlich hoffte sie, daß dieses Haus durch Antonias Besuch zu seinem früheren Leben zurückfinden würde. Interessante Gäste mehrmals im Monat. Fette Trinkgelder auf dem Tablett im Flur. Nette Herren, die zwischendurch mit ihr scherzten. Das schöne bürgerliche Leben, wie es einst die Ohnesorgs geführt hatten und an dem auch sie ihren Anteil gehabt hatte. Auch ein Dienstmädchen hatte Wünsche, und zu denen gehörte, daß seine Herrschaften eine angemessene Rolle in der Gesellschaft spielten, daß man stolz auf sie sein konnte und mit ihnen prahlen durfte, wenn man sich am freien Tag mit Kolleginnen traf oder die Verwandten daheim besuchte. Wozu sonst schuftete man Tag für Tag und verzichtete auf ein eigenes Glück? »Das ist Frau Doktor Bellago!« rief Mitzi, um ihre Herrin vor einer vermeintlichen Peinlichkeit zu bewahren. »*Die* Frau Doktor Bellago!«

Die Miene von Emmi Janus veränderte sich nicht. »Ich weiß«, antwortete sie kühl. Lässig hob sie ihre rechte Hand, als wollte sie sie auf den Kopf eines Kindes legen. »Heil Hitler!«

Antonia schwieg erst. »Ja«, antwortete sie dann mit ebenso

kühler Stimme. Sie hatte das Gefühl, daß eigentlich schon alles verloren war.

Ohne den Blick von Antonia zu wenden, befahl Emmi Janus dem Dienstmädchen, in die Küche zu gehen. Dabei machte sie eine Handbewegung, als wollte sie Mitzi wie eine lästige Fliege verscheuchen. »Worum handelt es sich?« fragte sie, nachdem Mitzi die Tür hinter sich geschlossen hatte. Der Gedanke, Antonia in den Salon zu bitten, schien ihr gar nicht zu kommen.

»Ich möchte Ihnen eine Frage stellen«, sagte Antonia. Die Ähnlichkeit der Bäckerin mit Hedwig Ohnesorg irritierte sie immer mehr.

»Ich höre.«

Antonia sah, daß sich die Klinke der Küchentüre nach unten bewegte und die Tür einen winzigen Spalt aufging. Auch Emmi Janus war es nicht entgangen. »Hör auf zu lauschen, Mitzi!« befahl sie streng. Mit einem Klacken fiel die Tür wieder ins Schloß.

»Sie haben meinen Mann und seinen Kompagnon angezeigt«, sagte Antonia. »Ich möchte wissen, warum Sie das getan haben.«

Das Gesicht von Emmi Janus blieb ausdruckslos. »Wer hat das behauptet?«

»Das tut nichts zur Sache.« Antonia war nun ganz ruhig. Noch nie hatte sie ein solches Gefühl von Unwirklichkeit erlebt. Es war wie in einem jener beklemmenden Träume, aus denen man erwachte und sich fragte, was das alles eigentlich zu bedeuten hatte. Sie sah sich selbst in diesem halbdunklen Korridor mit dieser undurchsichtigen Frau, die offenkundig ihre Feindin war, obgleich sie sie nicht einmal auf Anhieb erkannt hatte. Wie zwei Duellantinnen standen sie sich gegenüber, beide kalt und beherrscht, nur daß Emmi Janus von etwas angetrieben wurde, das Antonia nicht fassen konnte.

Klarheit wünschte sich Antonia. Ihr ganzes Leben lang war es ihr darum gegangen, alles zu verstehen, was sie oder ihre

Angehörigen betraf. Vielleicht war sie deshalb von dem Gast ihrer Eltern so fasziniert gewesen, dem Arzt aus der Berggasse, dessen scharfer Blick das Innerste seiner Patienten anvisierte. Klarheit schaffen wollte auch er, das Dunkel der Gefühle erleuchten, in dem sich die Männer und Frauen verirrt hatten, die zu ihm kamen, weil sie sich selbst nicht mehr verstanden. Ihr Gegenüber einschätzen zu können, war Antonia immer wünschenswert erschienen. Wer ständig schwankte und immer wieder seine Meinung änderte, war ihr suspekt. Vielleicht hatte sie sich deshalb in einen Mann wie Ferdinand Bellago verliebt, der so bedachtsam war, so zuverlässig und fürsorglich, daß sie sich allein schon geborgen fühlte, wenn er seinen Arm um ihre Schultern legte. Eine Ehe mit ihm würde ohne unliebsame Überraschungen verlaufen. Nie würde er aufhören, sie zu lieben. Er würde ihr treu sein und ihr sein Vertrauen schenken. Vor einem Leben mit ihm brauchte man keine Angst zu haben. Vielleicht würden die ekstatischen Höhepunkte fehlen, aber ebenso auch die furchterregenden Abgründe. Was konnte Emmi Janus gegen einen so geradlinigen Mann aufgebracht haben?

»War es ein Racheakt?« fragte Antonia. »Hat es etwas mit seiner Tätigkeit als Rechtsanwalt zu tun?«

Emmi Janus schwieg. »Ich will, daß Sie auf der Stelle gehen!« sagte sie dann mit einer Stimme, die noch kälter klang als zuvor.

»Ist das Ihr Ernst? Wollen Sie mich einfach fortschicken?«

Emmi Janus schüttelte nicht einmal den Kopf. Ohne jede Bewegung wartete sie darauf, daß der Eindringling wieder aus dem Reich verschwand, das sie sich erobert hatte und nie mehr aufzugeben gedachte.

Antonia begriff, daß es keinen Sinn hatte, auf einer Antwort zu bestehen. Niemals würde diese Frau etwas preisgeben, das sie verschweigen wollte. Vielleicht war es diese Zähigkeit gewesen, die sie auf den Platz gebracht hatte, den sie nun einnahm: Besitzerin mehrerer Geschäfte, die trotz des Krieges Gewinn abwarfen, und eines eleganten Renaissance-Gebäudes, wie Tag und Nacht verschieden von dem Hause, aus dem sie stammte. Eine Bauerntochter sei Emmi Janus gewesen, hatte Fanni erzählt. Aus einer ordentlichen Familie stamme sie, nichts Besonderes. Nun aber stand sie mit einer Perlenkette um den Hals im Korridor eines Stadtpalais, das ihr gehörte, und wies dem Mitglied einer Honoratiorenfamilie die Tür wie einer leidigen Bittstellerin.

Erst jetzt wurde Antonia der Stille gewahr, die hier herrschte. Kein Lachen, keine Geräusche häuslichen Lebens. Nur wenn man bewußt darauf achtete, konnte man manchmal das Klingeln der Straßenbahn hören, die vorbeifuhr. Hin und wieder hupte ein Auto, oder es quietschten Bremsen. Sonst nichts, kein Gemurmel, keine Stimmen. Emmi Janus mochte das nicht als Mangel empfinden. Menschen waren für sie wohl nur Mittel zum Zweck. Welchen Zweck aber, dachte Antonia, verfolgte sie?

Am liebsten hätte Antonia ihre Frage wiederholt. Doch sie sah ein, daß sie auch diesmal keine Antwort erhalten würde. So starrte sie Emmi Janus fest in die Augen und hob dabei langsam, ganz langsam ihren rechten Arm, so hoch und stramm, wie sie es nie zuvor getan hatte. »Heil Hitler, Frau Janus!« sagte sie überdeutlich und ging, ohne sich noch einmal umzudrehen.

Unten auf der Straße lehnte sie sich an die Hauswand und bedeckte ihr Gesicht mit beiden Händen. Niemand beachtete sie. In dieser Zeit gab es viele Menschen, die auf der Straße weinten.

3

Zu Hause empfing man sie aufgeregt und voller Mitgefühl. Man hatte sich Sorgen um sie gemacht, weil sie so lange fortgeblieben war. Franz Josef Bellago war bereits wild entschlossen gewesen, sie zu suchen. Doch niemand wußte genau, wo sich das Lagerhaus befand, in dem angeblich unbegrenzte Mengen von Bohnenkaffee und Schnaps feilgeboten wurden.

»Das ist leider alles«, gestand Antonia bedauernd und zeigte das Tütchen mit dem Kaffee. »Eine kleine Flasche Schnaps hatte ich auch noch, aber die hat mir jemand weggenommen.« Im Mantel hatte sie sich in der Diele auf einen Sessel fallenlassen.

»Sie sind für so etwas eben nicht geeignet, gnä' Frau«, erklärte Fanni teilnahmsvoll, aber nicht ohne Befriedigung darüber, daß sie selbst bei ihren Einkaufstouren bedeutend erfolgreicher gewesen war.

Antonia stand auf. »Ich gehe hinauf und lege mich ein wenig hin«, verkündete sie und ließ sich von Fanni den Mantel abnehmen.

Hella Bellago lächelte. »Soll ich dir einen Kaffee aufbrühen?« fragte sie scherzhaft und zeigte auf Antonias Ausbeute.

Auch Franz Josef Bellago lachte nun. »Mach dir nichts draus«, tröstete er Antonia in ungewohnter Gutmütigkeit. »Das nächste Mal geht eben wieder diese Wildkatze auf Raubzug.« Er zeigte auf Fanni, die er mit diesem versteckten Lob beinahe von der Last ihres Verfolgungstraumas befreite.

Oben im Schlafzimmer legte sich Antonia aufs Bett. Noch immer kreisten ihre Gedanken um die Begegnung mit Emmi Janus. Es bestand kein Zweifel, daß Beate Horbachs Informationen zutrafen. Trotzdem konnte Antonia keine Verbindung zwischen Ferdinand und dieser Frau erkennen. Nur ein berufliches Zusammentreffen ergab, wenn überhaupt, einen Sinn.

Antonia sprang auf. Sie griff nach ihrer Tasche und lief hinüber in Ferdinands Arbeitszimmer. Aus der Schublade seines Schreibtischs holte sie die Schlüssel zu seiner Kanzlei und zu sämtlichen Schränken darin. Mit einem Mal war sie überzeugt, daß sie dort die Erklärung für das Verhalten der Bäckerin finden würde.

Leise stieg sie die Treppe hinunter. Aus dem Salon drang Musik: ›Casta Diva‹. Franz Josef Bellago liebte diese Arie, die für ihn das Schöne, Reine und Vollkommene verkörperte. Nie war ihm bewußt geworden, wie weit dieses Lied entfernt war von Männlichkeit und Durchsetzungskraft – jene Eigenschaften, die er rückhaltlos zu bewundern glaubte. Innig und schmelzend erhob sich die Frauenstimme, lockend und voller Zärtlichkeit und Hingabe. Antonia vermutete, daß ihr Schwiegervater diese Musik liebte, weil sie eine Sehnsucht in ihm anrührte, die er nicht einmal in seiner Jugend zugelassen hatte. Sein Sohn Ferdinand hingegen mochte das Lied nicht leiden. Er dachte nicht weiter darüber nach, aber wenn sein Vater die Schallplatte mehrmals hintereinander abspielte, ging Ferdinand hinaus, als fühlte er sich davon bedroht.

Ohne daß es jemand bemerkte, verließ Antonia die Bellago-Villa. Im Laufschritt eilte sie zur Landstraße, wo sich im ersten Stock eines dreigeschossigen Bürgerhauses, das Franz Josef Bellago gehörte, Ferdinands Anwaltskanzlei befand.

Antonia sperrte auf und trat in den Vorraum mit dem Schreibtisch des Kanzleivorstands, der für den reibungslosen Ablauf der Büroorganisation zu sorgen hatte und die Termine seiner Vorgesetzten koordinierte. Als die Kanzlei geschlossen wurde, hatte auch er seine Arbeit verloren, ebenso wie die beiden weiblichen Schreibkräfte, die ihm unterstanden. Alle drei sollten nun im Dienst des Krieges tätig sein. Der Kanzleivorstand verkaufte an einem Bahnhofsschalter Fahrkarten, während die ältere Schreibkraft in den Hermann-Göring-Werken an einem Fließband saß und Metallgegenstände, deren Funktion sie nicht kannte, in Pappkartons einsortierte. Die jüngere hingegen stand für einen Arbeitseinsatz nicht zur Verfügung; sie war zu ihrer Erleichterung nach dem Fronturlaub ihres Mannes schwanger geworden und durfte demnach »dem Führer ein Kind schenken«, wie man auf dem Amt anerkennend erklärte, als sie ihre baldigen Mutterfreuden mit heimlichem Triumph meldete.

In den Büroräumen war es eiskalt. Antonia öffnete einige Zeit die Fenster, damit wenigstens frische Luft hereinkam. Einen nach dem anderen schloß sie die Aktenschränke auf und suchte nach der Akte Janus. Doch nirgendwo tauchte der Name auf. Erst in Thomas Harlanders Schränken wurde sie fündig. Sie stieß auf eine Akte »Janus gegen Janus«. Ihr Herz klopfte, als sie die Mappe herauszog. Sie wollte das Licht einschalten, um besser sehen zu können, doch dann fiel ihr ein, daß der Strom abgemeldet war, da niemand wissen konnte, wann die Kanzlei wieder eröffnet würde. So rutschte Antonia mit Thomas Harlanders Schreibtischsessel ans Fenster und fing an zu lesen.

Es handelte sich um eine Scheidungssache. Antonia wunderte sich. Sie konnte sich nicht erinnern, daß sich die Kanzlei Bellago jemals mit Scheidungsangelegenheiten befaßt hätte. Beim vorliegenden Fall handelte es sich um eine Scheidungsklage, die Thomas Harlander im Auftrag einer Klientin namens Marie Janus eingebracht hatte. Der Ehemann hieß Franz Janus. Obgleich die beiden laut Akte nicht am Adolf-Hitler-Platz gewohnt hatten, war Antonia überzeugt, daß es sich bei ihnen um den Sohn von Emmi Janus handelte und um seine Ehefrau, die ihm, laut Fanni, davongelaufen war. Erst beim zweiten Lesen wurde Antonia bewußt, daß sich der Wohnsitz der jungen Leute am Stadtrand, in einem der beiden Dörfer befunden hatte, die es inzwischen nicht mehr gab, weil an ihrer Stelle die Hermann-Göring-Werke errichtet worden waren – das großzügige Geschenk des Führers an seine Schulstadt Linz, mit dem er ihren Wohlstand sichern wollte: Arbeitsplätze für tausende Menschen, hohe Steuererträge für die Stadtkasse.

Der Scheidungsgrund war dem Protokoll nicht eindeutig zu entnehmen. Man hatte sich wohl gütlich geeinigt. Erstaunlich schnell hatte sich Thomas Harlander mit dem Ehemann und dessen Eltern verständigt, der jungen Frau anstelle von Alimenten eine einmalige Abfindung zuzuerkennen. Antonia staunte über die Höhe des Betrags. Der Familie Janus mußte sehr daran gelegen sein, die Schwiegertochter loszuwerden. Allerdings könnte es auch sein, überlegte Antonia, daß die

Schwiegertochter gegen ihren Mann oder dessen Eltern etwas in der Hand gehabt hatte. Auf jeden Fall hatte Thomas Harlander das Verfahren geschickt abgekürzt. Innerhalb weniger Wochen war alles entschieden, äußerst diskret noch dazu, was auf eindringliche, vertrauliche Gespräche hindeutete.

Antonia ließ die Mappe sinken. Sie war erleichtert und froh, nun Bescheid zu wissen. Endlich konnte sie sicher sein, daß es sich um einen Racheakt gehandelt hatte, mit dem Emmi Janus in erster Linie den gegnerischen Anwalt Thomas Harlander treffen wollte; in zweiter Linie allerdings auch Ferdinand Bellago als Inhaber der Kanzlei.

Eine Menge Geld hatte Emmi Janus bei dieser Scheidung verloren, und Geld hatte sicher immer eine bedeutende Rolle im Leben dieser Frau gespielt, die es von der kleinen Bauerntochter zur einflußreichen Geschäftsinhaberin gebracht hatte. Bestimmt hatte sie das immer werden wollen: eine vornehme Dame in einem eleganten Stadtpalais, deren Kleidung man ansah, daß jedes einzelne Stück von hoher Qualität war. Die makellose Perlenkette war das äußere Symbol ihres Aufstiegs. Daß diese zumindest optisch zu ihr paßte, bedeutete einen Triumph.

Antonia legte die Mappe zurück in den Schrank und verschloß die Türen. Dann ging sie nach Hause. Während des ganzen Weges überlegte sie, ob sie den Schwiegereltern von ihren Nachforschungen erzählen sollte. Erst als sie ins Haus trat, war ihr Entschluß gefaßt: Sie würde schweigen. Warum sollte sie die beiden beunruhigen, da sie nicht einmal Ferdinand ihre Entdeckungen mitteilen konnte? Ganz plötzlich war ihr zum Weinen zumute, als sie daran dachte, daß jedes Wort, das sie an Ferdinand schrieb, durch fremde Blicke entwertet wurde. Wie ein Schatten lagen diese Blicke über den Briefen, die eigentlich die innere Nähe pflegen sollten zwischen zwei Menschen, die einander liebten und gegen ihren Willen voneinander getrennt worden waren.

Antonia fragte sich, was wohl der Grund gewesen sein

mochte für die Scheidung des Janus-Sohnes und der – laut Fanni – hübschen und sympathischen Marie. Thomas Harlander hätte es sicherlich gewußt, doch er war fern, und niemand konnte sagen, wann er wiederkam.

Ehescheidung, dachte Antonia, noch vor dem Krieg war sie für die meisten Paare undenkbar gewesen. Sie führte zur gesellschaftlichen Ächtung und bedeutete oft den finanziellen Ruin. Inzwischen hörte man aber immer öfter von Scheidungen, weil sich die Partner auseinandergelebt hatten oder weil einer von ihnen – oder beide – die Treue gebrochen hatte. Niemand konnte mit Sicherheit voraussehen, wie in diesen Kriegszeiten sein Leben weitergehen würde, wie lange es überhaupt noch währte. Oft wußte man nicht einmal, ob der Partner überhaupt noch am Leben war. War es ein Wunder, wenn einer der beiden schwach wurde und das vermeintliche Glück ergriff, das sich ihm bot?

Antonia merkte, daß sie sich nun viel gelöster fühlte. Die Erklärung, nach der sie gesucht hatte, war gefunden. Bescheid zu wissen gab ihr die Seelenruhe zurück. Sie schaute auf die Uhr. Es war spät geworden. Gleich würde Hella Bellago mit dem Gong die Familie zum Abendessen rufen. Antonia stand auf und streckte sich. Sie wusch sich die Hände, kämmte ihr Haar und schminkte sich die Lippen. Besorgt prüfte sie ihren Lippenstift. Bald würde er verbraucht sein, und Ersatz war schwer zu finden. Als sie zur Tür ging, spürte sie, daß sie nun wirklich die Sohlen ihrer Schuhe durchgelaufen hatte.

Verschiedene Besucher

I

Als Ferdinand Antonia telefonisch ankündigte, er werde am kommenden Samstag gegen fünfzehn Uhr nach Hause kommen und könne bis zum folgenden Abend bleiben, brach die ganze Familie in Jubel aus. Da das Gespräch nur kurz gewesen war, hatte sie keine Einzelheiten erfahren, doch allein die Aussicht, daß Ferdinand endlich wieder daheim sein würde, reichte aus, dem bevorstehenden Wochenende den Anschein des ersehnt Normalen und wunderbar Alltäglichen zu verleihen. Wie seine Stimme denn geklungen habe? fragten alle. Habe er wirklich sonst nichts gesagt? Und seine Stimmung: Sei er guten Mutes gewesen oder habe er bedrückt geklungen? Und: Habe er wirklich und wahrhaftig sonst nichts gesagt? Keine speziellen Grüße an irgend jemanden? ... Dabei lachten sie alle und freuten sich, als käme Ferdinand nicht nur für einen Tag zurück, sondern für immer.

Die Mädchen faßten sich an den Händen und tanzten im Zimmer herum. Hella Bellago versuchte, sie zu beruhigen, dabei hätte sie am liebsten geweint vor Erleichterung. Ihr Mann legte die Hand auf die Brust, weil er das Maschinchen da drin spürte. Doch heute klopfte es vor Freude, und das konnte ja wohl nicht schaden. Sogar Peter, der sich in letzter Zeit immer mehr abhetzte, lachte entspannt. Antonia war stolz auf ihn, weil er so gut aussah mit dem dichten dunkelblonden Haar, das er von seinem Vater geerbt hatte, und mit seinen braunen Laura-Augen. *Occhi italiani*, dachte Antonia. Sie war sich bewußt, daß sie die gleichen Augen hatte wie ihr Bruder. Mochten die Eltern auch aus der Welt ihrer Kinder verschwunden sein: in ihren Augen spiegelte sich das Erbe wider.

Als wäre bisher alles vernachlässigt worden, entfaltete jeder auf seinem Gebiet größten Eifer und Fleiß. Paula putzte und schrubbte das Haus, polierte das Silber und wusch sogar die Gitterstäbe an der Straße ab. Fanni machte sich mit dem Fahrrad auf den Weg ins Mühlviertel, um ihre Eltern nach Lebensmitteln zu fragen, die es in den Linzer Geschäften nicht mehr zu kaufen gab, die Ferdinand aber bestimmt schmecken würden. Franz Josef Bellago gab ihr dafür außer Geld auch einen schönen schwarzen Anzug von sich mit, den der Familienvater Baumgartner bestimmt für Begräbnisse, Hochzeiten oder sonstige Anlässe gebrauchen konnte. »Ein Freud-und-Leid-Anzug!« rief Fanni entzückt, als Franz Josef Bellago ihr das gute Stück säuberlich zusammengefaltet reichte. »Der wird ihm gefallen! Seiner ist schon ganz abgeschabt. Er ist von seinem Großvater, und sein Vater hatte ihn auch schon.«

Auch Antonia war von morgens bis abends unterwegs, um Seife aufzutreiben und neue Wäsche, die Ferdinand mitnehmen konnte, wohin auch immer man ihn schicken würde. Sie legte die feinsten Tischtücher auf, die es im Hause gab, und holte aus dem Garten Palmkätzchen für die chinesische Bodenvase im Eßzimmer. Sogar Enrica und Lilli bereiteten sich aufgeregt auf den Besuch vor, indem sie mit Buntstiften Familienporträts zeichneten, die sie dem Vater mitgeben wollten. Er selbst war darauf immer doppelt so groß wie alle anderen und hatte Haare wie ein Löwe.

Und dann kam er, eine gute Stunde früher als erwartet. Trotzdem waren alle längst fertig und hingen mit den Augen an der Standuhr im Salon. Peter wartete am Fenster und sah ihn als erster die Straße heraufkommen. »Da ist er!« rief er aufgeregt. Dann verstummte er und murmelte: »Ist er das wirklich?«

Alle stürzten ans Fenster und rissen es auf. »Ja!... Ist er das wirklich?« fragte auch Hella Bellago angesichts der kurzgeschnittenen Haare, die Ferdinand jede Ähnlichkeit mit den Porträts seiner Töchter absprachen. Er hatte seine Kappe abgenommen, wahrscheinlich um seine Kinder nicht durch allzu militärisches Aussehen zu erschrecken. Schon bei seinem Anblick waren alle beruhigt: Mit raschen, energischen Schritten kam er daher. Keine Spur von Traurigkeit oder irgendwelchen körperlichen Beeinträchtigungen. »Papa! Papa!« schrie Lilli und hüpfte die Treppe hinunter. Die anderen folgten ihr im Laufschritt. Peter riß die Eingangstür auf, mußte dann aber noch einmal in die Küche zurück, um den Schlüssel für das Gartentor zu holen. Sie hatten vergessen, daß Ferdinand dort, wo er war, die Schlüssel zu seinem eigenen Haus nicht brauchte.

Alle hatten den Eindruck und versicherten dies ununterbrochen, daß Ferdinand sich nicht verändert habe, so sehr entsprach sein Verhalten dem, was sie sich erhofft hatten. Er war fröhlich und aufgeschlossen, umarmte einen nach dem anderen, stellte die Fragen, die jeder gestellt bekommen wollte, und warf zwischendurch kurze Bemerkungen ein, die sein Leben auf der Militärakademie charakterisierten: ein angenehmes Dasein, wie es sich anhörte, in einem schloßartigen Anwesen, mit luftigen Räumen und einer gesunden, wohlschmeckenden Verpflegung. Die meisten Teilnehmer seien jünger als er, erzählte Ferdinand. Da sie keine Matura besaßen oder gar studiert hatten, hätten sie bisher als einfache Soldaten an der Front gedient, die meisten von ihnen in Rußland. Sie hätten an schweren Kämpfen teilgenommen und sich durch besondere Tapferkeit ausgezeichnet. Einem von ihnen habe man sogar das Deutsche Kreuz in Gold verliehen. Männer mit einem natürlichen Charisma seien unter ihnen gewesen, geborene Führungskräfte, auch wenn ihnen das oft selbst nicht bewußt gewesen sei. Sie hätten es erst gemerkt, als es hart auf hart ging und ihre Kameraden sich plötzlich um sie scharten und von ihnen die Führung erwarteten, die sie von den Offizieren nicht bekamen. Die meisten waren noch ganz junge Männer, keine dreißig Jahre alt, doch Ferdinand und Thomas Harlander waren gut mit ihnen ausgekommen. Als die Ausbilder erfuhren, daß die beiden Fähnriche aus der Ostmark erfahrene Juristen waren, schüttelten sie den Kopf und erklärten, da müsse etwas schiefgelaufen sein. So wurden die beiden schon nach der ersten Woche von den sportlichen Übungen entbunden und übernahmen Büroarbeiten, die den Ausbildern ohnehin nur zur Last fielen.

Antonia schwieg. Sie dachte an die Akte, von der Beate Horbach gesprochen hatte. Es war anzunehmen, daß Ferdinand und Thomas Harlander von diesen Informationen bis hin zum Schreibtisch ihrer Ausbilder begleitet worden waren. Es schien Antonia unwahrscheinlich, daß Ferdinand diesen Gedanken nicht einmal erwog. Dann aber sah sie die Erleichterung in den Augen der Kinder und sogar bei Ferdinands Mutter, und sie beschloß, auch weiterhin nichts über ihren Besuch bei Beate Horbach zu sagen. Wahrscheinlich wollte Ferdinand seine Familie in Sicherheit wiegen. Wenn er schon nicht bei ihr sein konnte, wollte er ihr wenigstens den inneren Frieden erhalten, soweit es in seiner Macht lag.

»Und danach?« Franz Josef Bellago stellte die Frage, die alle am meisten bewegte. »Wohin schicken sie dich danach?«

Ferdinand lächelte und zog Lilli, die vor ihm stand und an seinem Ärmel zupfte, auf den Schoß. »Nach Frankreich«, antwortete er. »Paris.«

»Das bedeutet Verwaltung?« hakte sein Vater nach.

»Ich weiß es nicht. Aber es könnte sein.«

Hella Bellago stieß einen leisen Schrei der Erleichterung aus. »Das ist ja wunderbar!« rief sie. »Ich hatte schon befürchtet, du müßtest in den Osten.«

Ferdinand betrachtete Lillis blonde Zöpfchen. »Thomas geht nach Polen«, sagte er dann.

Es wurde still. Nicht einmal Lilli plapperte, sondern schmiegte sich nur an ihren Vater, mißmutig beobachtet von ihrer Schwester. Ferdinand bemerkte Enricas Blicke und streckte den Arm nach ihr aus. Mit einem wehen Gefühl sah Antonia, wie beglückt sich Enrica in den Arm ihres Vaters flüchtete. Wie gut, dachte Antonia, daß Ferdinand auf die Sehnsüchte seiner Kinder eingeht.

Nach Paris habe man ihn wegen seiner Sprachkenntnisse versetzt, erzählte er dann. Die wenigsten deutschen Offiziere seien in der Lage, sich fließend in der Sprache des »Erbfeindes« zu unterhalten oder gar schriftliche Arbeiten auszuführen. Als der General, der die Kriegsschule leitete, von Ferdinands Kenntnissen erfuhr, empfahl er umgehend, daß man Ferdinand nach Paris beordern solle.

»Ein Traumposten.« Neidvoll hatte es der Oberleutnant gesagt, der Ferdinand schon vor der offiziellen Bestellung unter der Hand informiert hatte. »Nicht nur wegen der Mademoiselles und so. Nein, unsere Leute in Paris leben wirklich wie Gott in Frankreich. Ein früherer Kamerad von mir ist dort. Der schickt seiner Verlobten alle paar Wochen Parfum oder ein neues Kleid oder Spitzenunterwäsche für seinen Fronturlaub.« Ferdinand zwinkerte Antonia zu. Wieder dachte sie, er habe sich verändert oder spiele vielleicht nur eine Rolle.

Danach saßen sie miteinander bei Tisch und ließen sich Fannis Mühlviertler Ausbeute schmecken. Der Freud-und-Leid-Anzug hatte Fannis Körbe gefüllt. Zum ersten Mal hatte sie sich auf der nächtlichen Fahrt zurück nach Linz gefürchtet. Soviel Lebensmittel mit sich zu führen war gefährlich. Wäre sie von der Polizei erwischt worden, hätte man kurzen Prozeß mit ihr gemacht. Aber auch vor den Zivilisten, die ihr begegneten, mußte sie auf der Hut sein. Man konnte niemandem mehr trauen. Hunger hatten die meisten. Sie war froh, daß die Straße fast ständig bergab ging und sie deshalb schnell vorankam. Wenn ihr trotz der späten Stunde jemand begegnete, ließ sie ihr Fahrrad ungebremst den Berg hinuntersausen, bis sie es wegen der Geschwindigkeit mit der Angst zu tun bekam und in Panik abbremste – bis zum nächsten Mal, wenn wieder einer auftauchte, dem sie zutraute, sie aus Habgier oder Hunger erschlagen zu wollen.

»Ging wirklich alles so reibungslos vor sich?« fragte Antonia, als sie schließlich allein waren. Erst jetzt hatte Ferdinand seine Uniform abgelegt und saß nun frisch geduscht und rasiert im Schlafrock auf dem Bettrand. Vorher hatten ihm seine Töchter und die vielen Fragen, mit denen ihn alle bestürmten, keine Zeit gelassen, es sich bequem zu machen. »Es kommt mir vor, als ob du uns nur beruhigen möchtest.«

Er lächelte mit einer ungewohnten, oberflächlichen Bereitwilligkeit, die Antonia schon bald nach seiner Ankunft an ihm aufgefallen war. »Natürlich will ich nicht, daß ihr euch Sorgen macht«, antwortete er. »Aber es war tatsächlich weniger unangenehm, als ich dachte. Thomas und ich hatten vorher lange darüber geredet, wie es für uns werden würde und wie wir uns verhalten sollten.«

»Hattet ihr Angst?«

»Weniger als vor einem Fronteinsatz. Aber wir hatten keine Ahnung, was uns erwartete.«

»Hat man euch schlecht behandelt?«

Er lächelte wieder. »Eigentlich nicht. Wir sind doch auf der militärischen Karriereleiter auf dem Weg nach oben. Keiner der Ausbilder konnte sich vorstellen, daß wir nicht voller Begeisterung waren.« Sein Gesicht wurde ernst. Nicht traurig oder besorgt, nein, einfach nur ernst, wie Ferdinand Bellago eben aussah, wenn er sich mit etwas auseinandersetzte. Erst jetzt erkannte ihn Antonia wahrhaft wieder. Sie setzte sich an seine Seite und lehnte sich an ihn.

»Und nun Paris«, sagte sie leise. Da legte er den Arm um ihre Schultern – *seine* Bewegung, die Antonia wie kaum etwas anderes mit ihm in Verbindung brachte. Genau so hatte er sie schon an ihrem ersten gemeinsamen Abend umarmt, als sie mit ihm auf einer Tanzveranstaltung der Juristischen Fakultät in dem kleinen Park hinter dem Ballsaal spazierengegangen war und plötzlich gefröstelt hatte. »Ist Ihnen kalt?« hatte Ferdinand gefragt und ihr sein Jackett angeboten. Als sie ablehnte, wärmte er sie statt dessen mit seinem Arm. Vielleicht, dachte Antonia, hat er selbst dieses erste Mal schon vergessen, doch seine Geste ist über die Jahre hinweg gleichgeblieben. Fürsorglich. Liebevoll.

»Und nun Paris«, wiederholte er ihre Worte. In diesem Augenblick dachten sie beide das gleiche, obwohl ja nicht einmal die Liebe zwischen zwei Menschen Garant dafür ist, daß ihre Erinnerungen an ein gemeinsames Erlebnis übereinstimmen. Jenes Paris jedenfalls kam ihnen in den Sinn, wohin sie im zweiten Sommer ihrer Ehe gereist waren, nachdem sie ihre erste gemeinsame Reise nach Italien geführt hatte, wo Laura der Verwandtschaft ihren Schwiegersohn präsentieren wollte. In Viareggio hatten sie nur wenig Gelegenheit gehabt, allein zu sein. Von allen Seiten brachte man ihnen Zuneigung und Fröhlichkeit entgegen, daß sie schließlich fast erleichtert waren, als sie nach vierzehn turbulenten Tagen wieder im Zug nach Wien saßen und ihre vom Lächeln verkrampften Mundwinkel entspannen konnten.

Ganz anders war es ein Jahr später gewesen. Drei Wochen hatten sie sich Zeit genommen für Paris, das alle, denen sie von der bevorstehenden Reise erzählten, als »die Stadt der Liebe« bezeichneten. Man erwähnte Chansons, freie Sitten und charmante Menschen, wobei nicht klar wurde, worin dieser Charme bestand, denn natürlich nahm jeder Gesprächspartner genau diese Eigenschaft auch für sich selbst als nationales Charakteristikum in Anspruch.

Paris hatte sie überrascht. Tatsächlich hatten sie Lebenslust erwartet, Eleganz auf den Straßen und in den Hotels, schöne, geschminkte Frauen und Männer, die sie hofierten. Was sie jedoch sahen, waren die gleichen Spuren der Erschöpfung und des ungebremsten Niedergangs, die sie von zu Hause kannten.

Fast vierzehn Jahre war der Weltkrieg damals schon vorbei, doch noch immer hatten die Kriegsteilnehmer keine Ruhe gefunden. Das besiegte Deutschland nicht und ebensowenig das besiegte Österreich. Von Frankreich hatten Antonia und Ferdinand anderes erwartet, doch auch hier herrschte innerer Unfrieden. Resignation und Aufruhr wechselten einander ab, und wie in Wien bettelten auch hier die Arbeitslosen auf den Straßen.

Antonia und Ferdinand waren als Touristen gekommen. Den Reiseführer unter dem Arm, verließen sie jeden Morgen das Hotel. Eine Sehenswürdigkeit nach der anderen hakten sie ab, um sich nur ja nichts entgehen zu lassen. Doch wenn sie dann mit müden Füßen in ein Straßencafé einkehrten, von wo aus sie die Passanten beobachteten, hatten sie manchmal das Gefühl, hier etwas zu sehen, das alltäglich schien und eigentlich unbedeutend, das aber doch das letzte Glied einer langen Kette bildete, die aus der glorreichen, blutigen und letztlich elenden Vergangenheit herausführte in eine ebenso glorreiche, blutige und elende Gegenwart. Parteienkampf, Klassenkampf, Abneigung und Haß – und dann am Abend Champagner im ›Moulin Rouge‹. Eine alte Frau, die sie als *boches* beschimpfte und beschuldigte, ihren Mann getötet zu haben – und dann ein Spaziergang an den Ufern der Seine, wo tatsächlich die Liebespaare flanierten oder auf den Bänken saßen und irgendwo jemand Ziehharmonika spielte und dazu sang.

Die Reise verwirrte sie, wühlte sie auf. Zugleich schenkte sie ihnen aber auch Augenblicke des Friedens und der Sympathie. Sie trafen Menschen, mit denen sie sich in der Sprache unterhielten, die sie in der Schule gelernt und danach nur noch als Romanleser geübt hatten. Die Zeit nach dem Krieg war nicht die Zeit des Reisens und der Begegnungen. Um so aufregender fanden es Antonia und Ferdinand, mit Menschen zusammenzutreffen, die zu Hause noch als Feinde betrachtet wurden, als Blutsauger, die mit ihren Reparationsforderungen die Besiegten in Armut und Unabhängigkeit hielten. Feinde einst und

Feinde noch immer. Jetzt aber saßen sie hier am gleichen Tisch, bestellten das gleiche Essen und tranken den gleichen Wein. Wenn sie redeten, verstand man, was sie sagten, und es war das gleiche, was auch die Menschen daheim bewegte: der Wunsch, nicht einsam zu sein; die Sehnsucht, gesund zu werden oder zu bleiben; die Hoffnung, immer sein Auskommen zu haben; der Anspruch, respektiert zu werden, und der Traum, in Frieden leben zu dürfen.

In gewisser Weise war Paris für Antonia und Ferdinand dann doch zur Stadt der Liebe geworden. In den drei Wochen, in denen sie auf sich allein gestellt waren, lernten sie neue Eigenschaften aneinander kennen und sich vom Einfluß ihrer Familien zu befreien, deren Wünsche und Anliegen sie bisher immer berücksichtigt hatten und die nach ihrer Rückkehr erneut versuchen würden, sie zu vereinnahmen.

Als sie abreisten, nahmen sie sich vor, schon im folgenden Jahr wiederzukommen, und wenn nicht dann, so spätestens im Jahr danach. Doch es hatte sich nicht mehr ergeben, auch wenn sie immer wieder davon sprachen. Als dann die Wehrmacht in Frankreich einmarschierte, gaben sie die Hoffnung auf. Nach dem Krieg, vertrösteten sie einander, wenn die Rede darauf kam, wobei sie wußten, daß das noch lange dauern konnte.

»Und nun Paris.« Paris nicht gemeinsam. Paris nicht als Tourist. Paris nicht als Suchender, Beobachtender, Lernender. Nein: Paris als Sieger! Paris als Eroberer! Paris als Eindringling! Paris als Verhaßter! Paris als Mörder! Paris als Deutscher.

»Ich ertrage das nicht«, sagte Ferdinand leise und starrte vor sich hin. »Erst jetzt begreife ich, was diese Verbrecher aus uns gemacht haben. Hier zu Hause konnte ich mir immer noch vormachen, ich hätte nichts damit zu tun. Jetzt aber bin ich plötzlich mittendrin. Ich trage ihre Uniform und bekenne mich damit zu ihnen. Jeder kann sehen, daß ich zu ihnen gehöre.« Er schwieg lange. »Aber das tue ich nicht!« fuhr er dann fort, hilflos und verzweifelt. »Ich werde mich schämen, durch die Straßen zu gehen, in denen wir glücklich waren. Ich werde den Menschen nicht in die Augen sehen können. Wie komme ich dazu, mich als ihr Herr aufzuspielen? Als Besucher habe ich mich dort wohlgefühlt. Auf mehr habe ich kein Recht.«

Nun war es Antonia, die den Arm um seine Schultern legte. »Ich weiß, was du meinst«, versuchte sie, ihn zu trösten. »Aber du hast doch keine Wahl! Du bist genauso ein Besiegter wie die Menschen in Paris. Man hat dich versklavt. Um zu überleben, mußt du tun, was man dir befiehlt.« Zum ersten Mal hatte Antonia das Gefühl, daß dieser Alptraum nicht mehr lange währen konnte, unrecht wie er war.

»Ist dir aufgefallen, wie erleichtert Mutter war, weil ich nicht an die Front muß?« fragte er.

»Das bin ich auch«, gestand Antonia. »Trotz allem.«

Er schüttelte den Kopf. »Verwaltung. Weißt du, was das bedeutet? Ich helfe, das Unrecht zu verwalten. Ich mache es überschaubar. Ich ordne es. Ich registriere es.« Er wandte sein Gesicht Antonia zu und starrte ihr in die Augen. »Menschen werden aus Frankreich deportiert!« sagte er. »Man holt sie aus ihren Wohnungen und verschleppt sie nach Polen.«

»Das geschieht hier auch.«

»Ja, aber da bin nicht ich es, der Buch darüber führt.«

»Du weißt doch noch gar nicht, ob du etwas mit solchen Dingen zu tun haben wirst. Vielleicht kümmerst du dich um Lebensmittelzuteilungen, oder du organisierst Empfänge für ausländische Besucher.«

Er lachte bitter auf. »Welche ausländischen Besucher? Wir haben doch schon das meiste erobert, und alle anderen sind unsere Feinde.«

Antonia haßte sich dafür, daß sie ihm widersprach, obwohl sie am liebsten das gleiche gesagt hätte wie er. »Warte erst einmal ab, ich bitte dich!« Sie umarmte ihn. Er ließ es geschehen, ohne den Druck ihrer Arme zu erwidern.

Bis zum Morgen redeten sie miteinander. Hinter dem jungen Blätterdach der Kastanien sahen sie den Tag erwachen. Sie hörten, wie Paula draußen die Haustür aufsperrte und in die Küche ging, um das Frühstück zu bereiten. Sie hörten, wie im Zimmer der Eltern jemand das Fenster öffnete und wie Franz Josef Bellago im Bad hustete und etwas zu Boden fallen ließ, das dort noch eine Weile kreiselte, bis er es aufhob. Dann vernahmen sie das Gekicher der Mädchen und Fannis Stimme, die Ordnung in die morgendliche Unruhe brachte. Draußen auf der Straße fuhren die ersten Autos vorbei und dann ein Motorrad. Der Tag hatte begonnen. Der erste Sonntag im April 1943.

»Ich bin müde«, klagte Ferdinand leise.

Trotzdem standen sie auf und zogen sich an. Bis zum Abend durften sie noch beieinander bleiben. Dann würde Ferdinand den Nachtzug besteigen, der ihn fortbrachte in die Stadt der Liebe.

2

An diesem Sonntag gab es noch einen anderen Besucher in der Stadt. Einen, auf den viele gewartet hatten, den viele bewunderten, viele fürchteten und viele haßten. Eigentlich staunte man darüber, daß er Zeit fand, seine Patenstadt aufzusuchen, obwohl die Front an so vielen Stellen bröckelte wie schlampig vermörteltes Mauerwerk. In früheren Jahren hatte man es für selbstverständlich gehalten, daß er von Stadt zu Stadt reise und mit seinen Reden die Herzen seiner Zuhörer so sehr ergriff, daß viele meinten, alles Heil könne nur von ihm kommen. Eine morbide Art von Liebesbeziehung war entstanden zwischen ihm und vielen seiner Anhänger, körperlich fast, daß sich junge Frauen von ihm ein Kind wünschten und die Männer von seiner Kraft zehren wollten.

Seit der Hölle von Stalingrad aber war es anders geworden. Die Verwundeten, die Toten und die Gefangenen ließen die Menschen nun an den überragenden Fähigkeiten des »Größten Führers aller Zeiten« zweifeln. Man erinnerte sich daran, daß noch vor der Belagerung von Stalingrad Mussolinis Schwiegersohn Graf Ciano persönlich den Führer in seiner »Wolfsschanze« aufgesucht hatte, um ihn zu einem Separatfrieden mit der Sowjetunion zu bewegen. Damals hatte man gespottet über die »feigen« Italiener. Jetzt wäre man froh gewesen, wenn man auf sie gehört hätte. Die Größe und Unbesiegbarkeit, die man für sich beansprucht hatte, hatte sich als Selbstbetrug erwiesen. Der »Säufer Churchill«, wie Hitler ihn nannte, schickte seine Bomber in den deutschen Luftraum, bis von den Städten, über denen sie ihre Fracht entluden, nur noch rauchende Trümmer übrigblieben. Zu gleicher Zeit sandte der »jüdische Paralytiker Roosevelt« seine Boys über den Atlantik. Irgendwann, so fürchtete man auf einmal, würden sie zu Tausenden und Abertausenden irgendwo an Europas Küste landen und den deutschen Soldaten die Hölle heiß machen.

Er kam zu Besuch in die Stadt, doch die Leidenschaft von einst war verflogen, und das Vertrauen gab es nicht mehr. Obwohl nicht darüber geredet werden durfte, sprach es sich doch herum, daß drei Wochen zuvor Wehrmachtsoffiziere ein Attentat auf ihn verübt hatten. Auch von den beiden jungen Geschwistern in München erzählte man sich, die gemeinsam mit einem Freund Flugblätter verteilt hatten, in denen sie die Opfer von Stalingrad beklagten und zum Widerstand aufriefen. Man hatte die drei verhaftet und hingerichtet, doch ihre Botschaft pflanzte sich in den Gesprächen von Haus zu Haus fort, und nur die Angst vor Verfolgung verhinderte, daß andere ihrem Beispiel nacheiferten.

So flüchtete man wenigstens in die Ironie, den versteckten Dolch der Machtlosen. Witze machten plötzlich die Runde, deren Ziel nicht mehr nur Hitlers Paladine waren, sondern auf einmal auch er selbst. Sogar Paula hatte eines Morgens ein freches Witzchen mitgebracht und in der Küche zum besten gegeben. Danach hatte sie pflichtschuldig die Hände vor den Mund geschlagen. Doch gesagt war gesagt, und Fanni platzte fast vor Lachen.

»Ein Berliner und ein Mann aus Essen treffen sich«, hatte Paula begonnen und war errötet, weil es sich ja wirklich nicht gehörte, über ernste Dinge zu spotten. »Sagt der Berliner: ›Das letzte Bombardement bei uns war so furchtbar, daß noch fünf Stunden nach dem Angriff die Fensterscheiben aus den Häusern fielen …‹ Darauf zuckt der Mann aus Essen nur die Achseln. ›Das ist ja gar nichts‹, antwortet er. ›Bei uns sind noch zwei Wochen nach dem letzten Angriff die Bilder des Führers aus den Fenstern geflogen.‹«

Antonia hatte mitgehört und dachte, daß eigentlich nun von ihr erwartet wurde, die beiden Frauen zu tadeln. Sie brachte es aber nicht fertig, sondern lief statt dessen in den Salon, um den Witz umgehend an die Schwiegereltern weiterzureichen.

Auch in Berlin wußte man Bescheid über den Vertrauensverlust in der Bevölkerung. Der Propagandaminister persönlich wurde beauftragt, das Volk mit einer Brandrede, die von allen deutschen Sendern übertragen wurde, wieder auf Vordermann zu bringen. Statt der früheren Beschönigungen setzte man nun auf Angst und Schrecken: »Der Ansturm der Steppe gegen unseren ehrwürdigen Kontinent ist in diesem Winter mit einer Wucht losgebrochen, die alle menschlichen und geschichtlichen Vorstellungen in den Schatten stellt. Im Osten tobt ein Krieg ohne Gnade!« rief Goebbels mit seinem rheinischen Zungenschlag den Tausenden von Zuhörern im Berliner Sportpalast entgegen. Dann stellte er der Menge zehn Fragen, die sie zu der Überzeugung führen sollten, daß in der Fortsetzung des Krieges keine Anstrengung zu groß sein dürfe. Und wirklich: Auf die Frage »Wollt ihr den totalen Krieg?« schrie die aufgestachelte Menge wie aus einem Munde ein begeistertes »Ja!« Danach brach tosender Beifall los, den der Rundfunk noch eine halbe Stunde lang übertrug. »Volk, steh auf, und Sturm, brich los!« lautete die Parole, und zumindest in dieser Stunde stand die Volksgemeinschaft wieder hinter ihren Verführern.

Die Sportpalastrede des Propagandaministers hatte zum letzten Mal die Gemüter der Volksgenossen in Aufregung versetzt. Es war, als hätte ein kurzer Windstoß die Segel eines Bootes bis zum Zerreißen gebläht und gleich danach wäre wieder Stille eingekehrt. Flaute, in der die Spannung verschwand und einer beschämten Erschlaffung Platz machte. In dem verbotenen CV-Zirkel, zu dem sich Franz Josef Bellago noch immer einmal im Monat heimlich mit seinen alten Kommilitonen traf, erzählte man sich, sogar Goebbels selbst habe die Wirkung seiner Rede überrascht. »Die Stunde der Idiotie«, habe er angewidert gemurmelt, nachdem er das Podium verlassen hatte. »Hätte ich gesagt, sie sollen aus dem dritten Stock des Columbus-Hauses springen, sie hätten es auch getan.«

Inzwischen waren seine Worte verhallt. Die Erregung war dem Alltag gewichen. Kriegsalltag, grau und ermüdend. Und keine Aussicht auf Besserung. Da konnte es nicht verwundern, daß der Besuch Adolf Hitlers plötzlich wieder Hoffnungen weckte. Wie damals, 1938, als alles begann, würde der Führer wieder auf den Balkon des Rathauses treten, auf dem hundertfünfzig Jahre zuvor sogar schon ein Papst gestanden hatte, um die Linzer zu segnen. Einen solchen Segen wollte man wieder, auch wenn er nun unter einem ganz anderen Kreuz erteilt wurde.

Doch auch Hitler selbst war müde geworden. Auf einen Platz hinunterzublicken, der seinen Namen trug, und auf Tausende von erwartungsvollen Menschen, reizte ihn wohl nicht mehr. Es schien sogar, daß ihn nicht einmal der Krieg mehr inspirierte. Allein das Bauen erregte noch sein Interesse. Sogar während der Belagerung von Stalingrad hatte er an den Plänen seines künftigen Linz getüftelt. In Linz selbst zu sein bedeutete ihm wenig. Der realen Stadt zog er das Künstliche vor, das Erträumte. Der Plan war interessanter als die Menschen, die seine Ausführung bevölkern würden.

Den rechten Arm emporgestreckt, stand er mit starrer Miene in dem Automobil, das ihn über die Landstraße zum Rathaus fuhr. Auf den Gehsteigen warteten Schulklassen und schwangen aufgeregt ihre Papierfähnchen. Auf dem Hauptplatz wimmelte es von Militär. Dazwischen drängten sich die Schaulustigen und die, die immer noch begeistert waren. Nur die vorne Stehenden konnten einen Blick auf den Gast erhaschen. Die übrigen traten von einem Fuß auf den anderen, oder sie hüpften immer wieder hoch, um sich größer zu machen. Bei früheren Besuchen waren auch viele kleine Kinder dabeigewesen, die auf den Schultern ihrer Väter ritten. Die jungen Eltern wollten, daß ihre Kinder mit eigenen Augen den Führer sahen, der sie so sehr liebte. Jetzt aber waren die Väter im Krieg, und die meisten Mütter blieben mit ihren Kleinen lieber zu Hause.

Als Adolf Hitler aus dem Auto stieg, brandete Beifall auf. Blasmusik spielte, und eine Gruppe von Hitlerjungen sang aus voller Brust ein patriotisches Lied, das in dem allgemeinen Lärm jedoch keiner hören konnte. Man sah nur die weit geöffneten Münder und die Anstrengung in den Gesichtern der Knaben. Als sich das Rathaustor geschlossen hatte, warteten alle darauf, daß eine große Rede folgen würde, die die Zukunft erhellte und – wie durch ein Wunder – alles wieder gut werden ließ. Doch nichts geschah. Eine Gruppe von Frauen in Trachtengewändern wiederholte ununterbrochen: »Lieber Führer, sei so nett, komm doch schnell ans Fensterbrett!« Ihre Stimmen gellten schrill und ein wenig peinlich über dem allgemeinen Getöse. Immer noch tat sich nichts auf dem Balkon, nicht einmal dann, als die Frauen ihren Spruch abwandelten: »Wir woll'n noch nicht nach Hause geh'n, wir woll'n erst unsern Führer sehn!«

Wenig später sahen sie ihn dann endlich, doch nicht am Fensterbrett oder auf dem Balkon, sondern am Rathaustor, durch das er wieder heraustrat. Nun sagte er wirklich etwas, sogar ein paar Minuten lang, doch die Lautsprecher waren oben auf dem Balkon installiert, und hier unten gab es nichts, was die begehrte Stimme verstärkt hätte. Da im Hintergrund noch immer gejubelt wurde und die Hitlerjungen nicht aufhörten zu singen, erfuhren nur die Nebenstehenden, was dem Führer am Herzen lag. Dann war auch das vorbei. Ein letztes Mal streckte der Gast seinen Arm der Menge entgegen, dann stieg er wieder in sein Auto. Die wenigen, die einen Blick auf ihn erhaschen konnten, jubelten noch einmal auf, aber ihr »Sieg Heil« blieb ihnen vor Enttäuschung im Halse stecken.

Sollte das wirklich alles gewesen sein? Keine große Ansprache? Keine Ermutigung? Kein Trost? Die Rüstungsbetriebe würde er nun besuchen, das wußte man, und danach das ehemalige Stift St. Florian, das inzwischen sein »Sankt« eingebüßt hatte. Nun hieß es nur noch »Florian« und war für neunundneunzig Jahre an den Reichsrundfunk vermietet. Nach dem Endsieg sollte es im Deutschen Reich fünf große Reichssender geben, darunter einen ausschließlich für symphonische Musik. Dieser Sender sollte seinen Sitz im Florian haben – mit einem Orchester von hundertzwanzig Mann und einem Großchor. Dies alles unter dem Namen des Komponisten Anton Bruckner, der so kindlich treu an seinen Herrgott geglaubt hatte und nicht gewußt hätte, was er mit gewalttätigen germanischen Gottheiten anfangen sollte oder mit Menschen, die nicht »Grüß Gott« sagten, wenn sie einander begegneten, sondern »Heil« und den Namen eines Mannes, den er nicht einmal kannte.

Auch Antonia und Ferdinand standen in der Menge auf dem Hauptplatz. Sie hatten Enrica herbegleitet, die am Straßenrand mit ihrer Schulklasse dem Führer zuwinken sollte. Ein großes Erlebnis für die Mädchen, vor allem aber für ihre Lehrerin, die sogar Fingernägel und Ohren der Kinder noch einmal kontrollierte. Die Lehrerin wußte genau, was der Führer von der weiblichen Jugend erwartete. Adrett sollten sie sein, die deutschen Mädel, kameradschaftlich und einsatzbereit. Lachend sollten sie ihre Pflicht tun, worin auch immer diese bestehen mochte. Disziplin und Sauberkeit waren selbstverständlich. »Straff, aber nicht stramm – herb, aber nicht derb«, das war ihr Leitspruch. Der allzu großen Aneignung von Wissen sollte zugunsten eines gesunden Wachstums Einhalt geboten werden. Nur so würden sie demnächst ihre Erfüllung darin finden, dem Führer ein Kind zu schenken – oder viele Kinder, denn die gewaltigen Ereignisse forderten ihren Tribut. »Sei treu und edel, mit einem Wort: ein deutsches Mädel!«

Es tat Antonia weh, Enrica still und einsam zwischen ihren Mitschülerinnen stehen zu sehen. Sie besuchte nun das Gymnasium und hatte damit ihre Freundin Berti verloren, die trotz ihrer Begabung auf die Bürgerschule ging. In den Augen von Bertis Mutter war das immer noch ein gewagter Schritt, der sie ängstigte, weil sie selbst nur die Volksschule besucht hatte und die nicht einmal bis zum Ende. Ewige Treue hatten die beiden Mädchen einander geschworen, und hin und wieder trafen sie sich auch noch. Dann aber war es jedesmal, als kämen sie aus verschiedenen Welten, die durch eine Mauer voneinander getrennt waren. Sie hatten beide das Gefühl, als winkten sie einander nur zu; dabei hingen sie in ihrem Herzen noch immer aneinander und sehnten sich nach der Vertrautheit von einst.

Nach einer solchen Begegnung war Enrica eines Nachmittags schluchzend nach Hause gekommen. »Ich möchte Berti wiederhaben!« hatte sie Antonia zugeflüstert. Sie konnte es nicht in Worte fassen, aber sie war sicher, daß auch Berti litt. Von ihrer Mutter hatte sie jedoch gelernt, es sei wichtig, niemals seinen Stolz zu vergessen. Sich mit den Reichen einzulassen bedeutete, sich irgendwann einmal ducken zu müssen.

Solange sie die gleiche Schule besucht hatten, waren sie zumindest im Unterricht den gleichen Bedingungen unterworfen gewesen. Nun aber hatte sich Enrica in ihre eigene Welt begeben. Nichts schien sie mehr mit dem Mädchen aus dem Arbeiterviertel zu verbinden. Nichts? Nur ihre Freundschaft. Aber auch die würde bald vergessen sein, dachte Berti und empfand hilflosen Groll, wenn sie Enrica traf. Sie fühlte sich unterlegen, auch wenn sie insgeheim wußte, daß sie selbst nicht weniger begabt war als die Freundin. Es war schwer zu ertragen, daß ein ungerechtes Schicksal ihr den Weg versperrte, der für Enrica selbstverständlich war. Dabei waren sie doch immer wie Schwestern gewesen, und wie Schwestern hätten sie auch die gleichen Chancen haben müssen. Daß es nicht so war, tat weh. Sie waren noch Kinder. Trotzdem verstand Berti, daß Enrica keine Schuld traf. Doch etwas zu verstehen bedeutete nicht, es zu bewältigen. So fanden sie trotz ihrer Trauer keine Worte, die die Mauer zwischen ihnen niedergerissen und ihre Freundschaft gefestigt hätten.

Auch Peter mußte sich irgendwo unter den vielen Menschen befinden, dachte Antonia. Er war nicht mit seiner Schulklasse gekommen, sondern mit seiner Flakhelfergruppe, die sich ohnedies jeden Sonntagvormittag traf – ein wohlgewählter Termin, denn er verhinderte, daß die jungen Burschen auf die Idee kamen, in die Kirche zu gehen, wie es in den früheren, verweichlichten Zeiten üblich gewesen war. Was sich selbst für eine Religion hielt, duldete nicht die Gegenwart einer anderen. Junge Männer sollten nicht beten und sich besinnen, sondern kämpfen und erobern. Längst hatten die Eltern die Macht über ihre Söhne verloren. Nicht einmal ihre Jugend schützte die Knaben vor den Lockungen des scheinbaren Abenteuers Krieg. Seit zwei Jahren durften sich schon Siebzehnjährige freiwillig zur SS melden, und seit neuestem warb ein sogenanntes »Infanterieregiment Großdeutschland« unter den Oberschülern Freiwillige an. Ein Junge aus Peters Klasse hatte sich bereits gemeldet. Viele seiner Mitschüler beneideten ihn und beschuldigten ihre Eltern, sie vom wahren Leben fernzuhalten. Wenn sie Pech hätten, meinten sie, sei der Krieg zu Ende, bevor sie an ihm teilnehmen könnten. Zu Hause wurde man nicht zum Mann. Nur Kinder und Memmen drückten lieber die Schulbank.

Adolf Hitlers Wagen bog rechts auf die Donaulände ab. Einen Moment lang sah Antonia den Kopf des Führers. Dann verschwand er aus ihrem Blickfeld. Die Veranstaltung war vorbei. Die Menschen auf dem Adolf-Hitler-Platz und auf der Landstraße zerstreuten sich. Die meisten gingen nach Hause.

Wer es sich leisten konnte, kehrte in einem der Gasthäuser ein, um sich mit anderen über das Erlebte auszutauschen und vielleicht sogar seine Enttäuschung laut werden zu lassen. So war es immer schon gewesen: am Sonntag setzte man sich zusammen, um miteinander zu reden. Daß man dabei vorsichtig sein mußte, daran hatte man sich inzwischen gewöhnt.

3

In letzter Zeit konnte man sich nicht einmal mehr auf die Straßenbahn verlassen. Besonders in den Abendstunden kam es vor, daß man vergeblich und allein an der Haltestelle wartete. Durch den Besuch des Führers waren an diesem Abend aber immer noch viele Menschen unterwegs, einige von ihnen nicht mehr ganz nüchtern. Dabei fielen manchmal Worte, die man bei klarem Verstand nicht in den Mund genommen hätte. Gut nur, daß die Umstehenden gelernt hatten, wegzuhören.

Antonia wollte Ferdinand zum Nachtzug begleiten. Als sie das Haus verließen, lagen die Kinder schon in ihren Betten. Man hatte beschlossen, mit der Straßenbahn zu fahren, wobei einkalkuliert werden mußte, daß man den Weg notfalls doch zu Fuß zurückzulegen hatte. Auf dem Taubenmarkt stiegen sie ein. Trotz der späten Stunde waren sämtliche Plätze besetzt, die meisten mit Soldaten, die wie Ferdinand einen Nachtzug erreichen mußten.

Als hätte der Besuch des Führers zumindest den Verkehrsbetrieben einen Energieschub versetzt, erreichte die Straßenbahn in Rekordzeit ihr Ziel vor dem Hauptbahnhof. Ein Blick auf die Uhr zeigte Antonia, daß bis zur Abfahrt des Zuges noch über eine Stunde Zeit war. Jetzt schon auf den Bahnsteig zu gehen, würde nichts bringen. Der Zug kam aus Wien und hatte nur einen kurzen Aufenthalt. Sie entschieden, erst noch ein wenig auf und ab zu gehen und sich dann in der berühmt weltläufigen Abfahrtshalle hinzusetzen.

Gemächlich überquerten sie die Gleise der Straßenbahn und wanderten hinüber zu den Schrebergärten hinter dem Vorplatz. Öde und ruhig war es hier. Das Getümmel der Reisenden schien meilenweit entfernt. Sie blieben stehen. Ferdinand nahm Antonias Hände zwischen die seinen. Er küßte ihre Fingerspitzen und versicherte ihr, was alle hofften, die in dieser Nacht in die Ferne aufbrachen: daß man gesund zurückkommen und dann alles wieder so sein würde wie vor dem Krieg.

»Ich muß dir etwas erzählen.« Antonia hatte in den letzten Stunden mehrmals versucht, Ferdinand von ihren Nachforschungen zu berichten. Doch entweder hatte es nicht gepaßt, oder sie waren unterbrochen worden. Nun wußte sie nicht, wie sie anfangen sollte. »Erinnerst du dich noch an Marie Janus?« fragte sie schließlich.

Es war, als hätte sich plötzlich die Welt verändert. Ferdinand ließ Antonias Hände abrupt los und trat einen Schritt zurück, als ginge eine Gefahr von ihr aus. Ganz fremd kam er Antonia auf einmal vor mit seiner Militärkappe und seiner Uniform. Erst jetzt wurde ihr die Dunkelheit bewußt, die sie umgab. Ihr kam wieder in den Sinn, daß ihr nächtliche Bahnhöfe und ihre Umgebung schon als Kind unheimlich gewesen waren. Die vielen Schatten, die metallischen Geräusche, der Geruch nach Rauch und Asche, dazu die übernächtigten Menschen mit ihren müden, blassen Gesichtern, alle gehetzt und unruhig. Als Kind hatte sie immer befürchtet, nie wieder aus dieser Welt herauszukommen, bis an ihr Lebensende von einem Zug in den anderen steigen zu müssen, immer die Hände voller Gepäck, das sie zu Boden zog. Daß es außerhalb dieser Welt eine andere gab, in der die Sonne schien und die Menschen Zeit füreinander hatten, konnte sie sich in solchen Augenblicken kaum vorstellen. Ein Bahnhof des Nachts: das bedeutete Heimatlosigkeit, Ausgesetztsein und Einsamkeit inmitten der Menge.

Hier auf dem Vorplatz erschien ihr nun alles noch viel beängstigender. Die Schrebergärten und ihre Hütten waren verwaist. Erst die warme Jahreszeit würde die Menschen auch am

Abend wieder hierherlocken, würden Blumen blühen und Gemüse wachsen, und die Geräusche vom Bahnhof herüber würden gemildert werden durch Menschenlachen und Hundegebell.

»Wovon sprichst du?« Ferdinands Stimme klang heiser und unsicher. Er wandte sich um in Richtung Bahnhof. Viel schneller als vorher gingen sie den gleichen Weg zurück über die Gleise der Straßenbahn und über die Straße.

»Ich wollte herausfinden, warum man euch so überraschend einberufen hat«, erklärte Antonia. Dann schilderte sie alles der Reihe nach: ihren Besuch bei Beate Horbach, das Gespräch mit Emmi Janus und schließlich, nach einigem Zögern, ihr unbefugtes Eindringen in die Kanzlei. »Es tut mir leid, daß ich mir einfach den Schlüssel genommen habe«, entschuldigte sie sich. »Aber ich wollte Gewißheit. Verstehst du das?« Besorgt blickte sie zu Ferdinand hoch. Sein Gesicht war noch immer unbewegt, doch die Anspannung, die Antonia gerade noch zu spüren geglaubt hatte, war gewichen. »Du bist mir doch nicht böse, oder?«

Da schüttelte er den Kopf und lächelte kurz und nichtssagend wie in den ersten Stunden seines Besuches. Trotzdem wirkte er im Licht der Vortreppe wie immer. Das Dunkel war gewichen, und selbst die Geräusche von den Bahnsteigen her schienen nicht mehr bedrohlich.

Sie stiegen die Treppe zu den Eingangstüren hinauf und traten in die Vorhalle, in der die Reisenden in wirrem Chaos durcheinanderliefen. Nur die Warteschlangen vor den Schaltern, die Sitzbänke und ein paar Reisende mit besonders großem Gepäck, das sie zur Bewegungslosigkeit verurteilte, bildeten Inseln des Stillstands.

»Warum sollte ich dir böse sein?« fragte Ferdinand mit ruhiger Stimme. »Ich habe mir das alles selbst schon gedacht. Eigentlich spielt es jetzt auch keine Rolle mehr.« Sein Gesicht war blaß und müde.

Auch Antonia war erschöpft. »Wir haben in der vergangenen

Nacht gar nicht geschlafen«, stellte sie fest. »Hoffentlich findest du einen Sitzplatz, damit du dich wenigstens im Zug ausruhen kannst.« Er nickte, obwohl er – wie auch Antonia selbst – ahnte, daß wahrscheinlich alle Bänke schon seit Wien besetzt sein würden. In Friedenszeiten, dachte sie, wäre Ferdinand Erster Klasse gereist.

Sie gingen auf den Bahnsteig, der voll war mit Soldaten. Es lag wohl an ihrer Müdigkeit, daß die Zeit erstaunlich schnell verging. Sie waren fast überrascht, als der Sprecher die Einfahrt des Zuges ankündigte. Ferdinand nahm Antonia in die Arme und drückte sie an sich. Dabei murmelte er plötzlich etwas, das sie nicht verstand. Sie fragte nach, und er wiederholte es: »Diese junge Frau Janus, die von Thomas bei ihrer Scheidung vertreten wurde: Sie ist seine Freundin, die du immer kennenlernen wolltest.«

Nun war es Antonia, deren Welt sich plötzlich veränderte. Sie hatte das Gefühl, in ein Geheimnis einzudringen, das sie bedrohte und mit dem sie sich auseinandersetzen mußte, um es zu durchschauen und ihm damit seine zerstörerische Kraft zu nehmen. Fast gewaltsam befreite sie sich aus der Umarmung. »Warum hast du mir nie etwas davon gesagt?« rief sie vorwurfsvoll. »War Thomas Harlander der Scheidungsgrund?«

Ferdinand schüttelte den Kopf. »Er hat sie erst anläßlich der Scheidung kennengelernt«, erklärte er. Er wirkte auf einmal unruhig und verärgert. Als ihn ein Soldat im Vorbeigehen unabsichtlich anrempelte, fuhr ihn Ferdinand mit ungewohnter Gereiztheit an. Der Soldat salutierte und entschuldigte sich.

Erst jetzt wurde Antonia bewußt, daß ihr Mann nun ein Offizier war. Doch sie dachte nicht weiter darüber nach. »Und du?« Ihr Mißtrauen war erwacht und überdeckte sogar den Abschiedsschmerz. »Was hast du mit ihr zu tun?«

Ferdinands Gesicht verschloß sich. »Thomas war ihr Rechtsvertreter, nicht ich«, antwortete er ausweichend. »Ich schwöre es dir: Ich habe nie im Leben ein Wort mit ihr gesprochen!«

Der Zug fuhr ein. Die Soldaten stürzten zu den Türen. Einige kletterten sogar durch die Fenster. Man konnte sicher sein, daß Ferdinand, der noch immer bei Antonia stand, keinen Sitzplatz mehr finden würde. Mit einer heftigen Bewegung umarmte er sie ein letztes Mal. Auch Antonia begriff nun, daß dies ein Abschied für immer sein konnte. Sie wollte Ferdinand auf den Mund küssen, doch da machte er sich schon von ihr los und eilte zum Zug. Als letzter stieg er ein, dann wurden die Türen zugeworfen. Ein schriller Pfiff, und der Zug setzte sich in Bewegung. Antonia lief neben dem Waggon her, um Ferdinand noch einmal zu sehen, wenn er sich vielleicht einen Weg ans Fenster bahnen konnte. Doch da waren nur fremde Gesichter, die ihr zulachten. Einige Soldaten winkten, als gehörte sie zu ihnen. Dann wurde der Zug immer schneller, daß es keinen Sinn mehr hatte, ihn zu verfolgen.

Außer Atem blieb Antonia stehen. Sie ließ sich auf eine Bank fallen und versuchte nachzudenken. Doch dann weinte sie nur, weil sie so viel verloren hatte und sie dabei nicht einmal genau wußte, was es war. Sie sah sich selbst und Ferdinand vor langer Zeit. Festlich gekleidet saßen sie in der Roten Bar des Hotel Sacher. Sie aßen Köstlichkeiten und tranken Wein aus geschliffenen Gläsern, und Antonia war sicher, daß ihr Mann sie liebte. Doch dann erschrak er plötzlich und starrte an ihr vorbei auf eine Frau, die eben eingetreten war. Ihr Begleiter war Thomas Harlander. Als die beiden Ferdinand entdeckten, verließen sie fluchtartig das Lokal. *Ich schwöre es dir: Ich habe nie im Leben ein Wort mit ihr gesprochen!*

»Ist etwas mit Ihnen? Kann ich Ihnen helfen?«

Antonia blickte auf. Eine ältere Frau in der Tracht einer Krankenschwester stand vor ihr und musterte sie besorgt.

Antonia erhob sich. »Nein, danke«, sagte sie leise. »Mir fehlt nichts. Ich habe nur meinen Mann hierherbegleitet.«

Die Schwester nickte. »Es sind traurige Zeiten«, sagte sie müde. »Wir haben alle unser Päckchen zu tragen.«

Drittes Buch

Die dunkle Wolke

I

Es begann mit dem Besuch einer uniformierten Angehörigen der Volkswohlfahrt. Begleitet von einem sommersprossigen jungen Mädchen in BDM-Kluft, stand sie am Gartentor und läutete Sturm. Es war zwei Uhr mittags. Im Hause herrschte Stille mit Rücksicht auf das Schläfchen der alten Bellagos, das sie sich in letzter Zeit angewöhnt hatten, weil es nicht schaden konnte und durch den Wegfall gesellschaftlichen Umgangs in den Kriegsjahren der Tag ohnedies unangenehm lang war.

»Ich mache auf!« rief Fanni und ging mit dem Küchenschlüsselbund hinaus. Es war ein heißer Augusttag. Die Sonne stach durch das Blätterdach der Kastanienbäume hindurch in Fannis Augen. Unwillkürlich legte sie eine Hand vor die Stirn, um sich zu schützen.

»Etwas schneller, wenn ich bitten darf!« Die Stimme der Dame von der Volkswohlfahrt klang hart und befehlsgewohnt. Immer mehr Frauen hörte man in letzter Zeit auf diese Art sprechen, als habe die frisch gewonnene Autorität aus den einstigen Hausfrauen halbe Männer gemacht, die dem Auftreten der Militärs nacheiferten, zumindest wenn sie in amtlicher Eigenschaft unterwegs waren, aus der Menge hervorstechend durch das textile Hoheitszeichen der Uniform.

Fanni sperrte auf. »Sageder von der Volkswohlfahrt«, stellte sich die Uniformierte vor. »Heil Hitler!« Das BDM-Mädchen, dem der Schweiß die Nase entlanglief, wurde nicht erwähnt. Es wechselte eine schmale, schwarze Aktentasche von einer Hand in die andere und fixierte Fanni mit dem Blick, den man sich auf den BDM-Abenden aneignete: furchtlos und offen.

Fanni machte einen Knicks. »Heil Hitler, ich bin die Fanni«, sagte sie, obwohl es eigentlich nicht üblich war, daß sie Gästen ihren Namen nannte. Diese Frau aber kam ihr nicht vor wie ein Gast. Fanni konnte sich nicht vorstellen, daß sie sich mit den Bellagos in den Salon setzte, um Tee zu trinken und sich angenehm zu unterhalten.

»Ist deine Herrschaft zu Hause?«

»Sehr wohl.« Fanni ärgerte sich, daß sie von einer Fremden geduzt wurde. Immerhin war sie Mitte Zwanzig. Daß sie noch nicht verheiratet war, lag nicht an ihr selbst, sondern an der Politik der Nazis, die die Welt ins Schlamassel gestürzt hatten und die gesunden, heiratsfähigen jungen Männer in den Tod schickten. Ohne die Gesinnungsgenossen dieser Frau hätte Fanni – darauf hätte sie schwören können – längst ihren Ehering gehabt und dazu noch ein paar eigene Kinder. Bestimmt wäre sie mehr Frau gewesen als diese Person in der schäbigen Uniform einer Organisation, die keiner je gebraucht hätte, wenn die Gotteslästerer in Berlin ihren Verstand benutzt hätten, anstatt sich mit der ganzen Welt anzulegen.

In der Diele war es schattig und kühl. Die Volkswohlfahrt, wie Fanni die Besucherin insgeheim titulierte, trat ans Fenster und befühlte die seidenen Vorhänge. Sie rieb sie zwischen Daumen und Zeigefinger und schüttelte dann den Kopf.

»In den Salon, bitte!« sagte Fanni. Insgeheim freute sie sich, dieses Wort zu benutzen, das für die Fremde bestimmt ungewohnt war. »Frau Sageder von der Volkswohlfahrt«, kündigte sie sie dann bei Antonia an. Danach wandte sie sich kurz um. »Oder haben Sie einen Titel oder einen Rang, den man sagen muß?« erkundigte sie sich mit versteckter Bosheit.

»Frau Sageder genügt!« Die Stimme klang nun noch ein wenig härter und noch ein wenig gebieterischer.

Antonia gab Fanni mit einem Kopfnicken zu verstehen, daß sie gehen konnte. Dann trat sie auf die Besucherin zu und streckte ihr die Hand entgegen. »Ich bin Antonia Bellago«, sagte sie freundlich. »Was kann ich für Sie tun?«
Es dauerte lange, bis die Volkswohlfahrt den Gruß erwiderte und Antonias Hand ergriff. Sie war es nicht gewohnt, unbefangen empfangen zu werden. Wenn sie erschien, erregte sie Furcht oder zumindest Besorgnis. Das erwartete sie inzwischen, und das verlieh ihr das Selbstbewußtsein, das ihr wohltat und das sie brauchte, um ohne Zögern in fremde Häuser einzudringen und zu verlangen, daß man sie von Raum zu Raum führte und ihr alles zeigte. Auch von Antonia forderte sie es und zog zur Bekräftigung ihrer Befugnis ein Formular aus der Aktentasche, die das BDM-Mädchen hinter ihr hertrug. In dieses Formular notierte die Volkswohlfahrt auf ihrem Weg durch die Bellago-Villa die Zahl der Personen, die im Haushalt lebten, die Zahl der belegten Räume und deren Ausstattung. Sogar die Anzahl der Betten im gesamten Haus wollte sie wissen, und ob für jedes davon auch Bettzeug vorhanden sei.
Antonia gab die verlangten Informationen. Auch ihre Stimme klang nun sachlich und abweisend. Die Aufklärung durch Beate Horbach hatte sie gelehrt, vorsichtig zu sein.
»Noch weitere Räumlichkeiten?« fragte die Volkswohlfahrt, bereit, die Formulare wieder zu verstauen.
Antonia wollte schon verneinen, dann unterbrach sie sich. »Unser Gartenhaus«, gab sie zu. »Vor dem Krieg arbeitete ein junger Mann vom Land tageweise als Gärtner bei uns. Er hatte im Gartenhaus eine kleine Wohnung.«
»Führen Sie mich bitte hin!«
Sie traten hinaus auf den Rasen, dem tagelanger Regen im Juli eine smaragdgrüne Farbe geschenkt hatte. Anstelle von Felix, der in Afrika kämpfte, mähte nun Paula einmal im Monat mit der Sense das dichte Gras. Es war, als kämen sie in ein kleines Paradies, wo die Sträucher und Blumen dufteten und die Vögel sangen. Sogar einen Grünspecht haben wir! hätte Anto-

nia am liebsten triumphierend gesagt. Aber sie schwieg und ging vorneweg zum Gartenhaus, während ihr die beiden Uniformierten mit ständig wachsender Mißbilligung folgten.

Das Gartenhaus erregte das besondere Interesse der Volkswohlfahrt. Sie fertigte sogar eine Skizze der Räumlichkeiten an und hob an der Rückseite des kleinen Gebäudes die Bretter über der Senkgrube hoch. »Ein Plumpsklo«, stellte sie fast liebevoll fest.

»Es gibt hier keine Kanalisation«, erklärte Antonia. »Einmal im Jahr kommt ein Bauer und leert die Grube. Mit der Jauche düngt er seine Felder. In letzter Zeit hat allerdings niemand hier gewohnt.«

Die Volkswohlfahrt nickte. »Das wird sich jetzt ändern«, kündigte sie an. »Sie bekommen eine Einquartierung: drei Personen aus Hamburg. Großmutter, Mutter und deren kleiner Sohn. Ausgebombte. Ich würde Ihnen raten, keinen Einspruch zu erheben, sonst setze ich sie Ihnen in Ihr Wohnhaus.« Sie verstaute die Papiere wieder in ihrer Tasche, die ihr das BDM-Mädchen aufhielt und dann für sie schloß. »Sie werden das Gartenhaus mit allem ausstatten, was man zum Wohnen braucht: Bettwäsche, Geschirr und so weiter. Um das Essen brauchen Sie sich nicht zu kümmern. Ihre Gäste werden von uns versorgt und finanziell unterstützt.«

»Unsere Gäste ...«, murmelte Antonia. »Das kommt alles ein wenig überraschend.«

Der Blick der Volkswohlfahrt wandelte sich von Mißbilligung zu Verachtung. »Allein bei uns in Oberdonau halten sich über achtundfünfzigtausend Flüchtlinge aus anderen Reichsgauen auf«, sagte sie mit anklagendem Unterton. »Bisher haben wir sie vor allem auf dem Land untergebracht. Nun müssen wir aber auch die Stadtkapazitäten nutzen.« Sie blickte hinüber zur Villa. »Es freut mich, daß bei Ihnen noch soviel Platz zur Verfügung steht. Vielleicht hören Sie demnächst wieder von uns.«

»Lieber nicht.« Antonia ging voran zum Haus zurück.

»Übrigens!« Die Stimme hinter ihr klang auf einmal nahezu freundlich. »Diese etwas ältere Frau bei Ihnen in der Küche...«
»Paula?«
»Wie auch immer. Jedenfalls bin ich der Meinung, daß in der heutigen Zeit eine angestellte Köchin für einen Haushalt nicht mehr erforderlich ist. Ich werde anregen, die besagte Person in einem unserer Rüstungsbetriebe zu verpflichten. Die Kollegen vom Arbeitsdienst werden sich der Sache annehmen.«
»Paula ist nicht nur unsere Köchin, sie macht auch die übrigen Hausarbeiten und pflegt den Garten.«
»Und das junge Ding, das mich hereingeführt hat?«
»Fanni kümmert sich um unsere Kinder.« Antonia machte eine Pause. Dann gab sie sich einen Ruck: »Und sie betreut meine bettlägerigen Schwiegereltern.«
»Was haben die denn?«
Antonia blieb stehen. »Sie sind sehr alt und gehbehindert«, erklärte sie mit bekümmertem Stirnrunzeln. Alles, nur Fanni nicht verlieren! »Sie können überhaupt nicht mehr für sich selbst sorgen.«
Zum ersten Mal zeigte die Volkswohlfahrt so etwas wie Mitgefühl. »Das kenne ich«, sagte sie mit plötzlich ganz normal klingender Stimme. »Ich hoffe, sie sind nicht auch noch bösartig. Bei meinem eigenen Vater war es so. Früher war er herzensgut, aber im Alter hat er sich sogar absichtlich selbst beschmutzt, nur um mich zu ärgern!«
Antonia senkte den Kopf. »Ach, wissen Sie, Frau Sageder«, murmelte sie, »leider ist es bei uns auch so, wie Sie sagen.« Sie hoffte, die Schwiegereltern würden ihr das verzeihen.
Die Volkswohlfahrt riß sich zusammen. »Nun gut«, erklärte sie mit ihrer früheren, festen Stimme. »Sei es, wie es sei. Wir beschränken uns vorerst auf das Gartenhaus. Richten Sie sich jedenfalls darauf ein, daß wir in den nächsten Tagen die drei Generationen vorbeibringen.« Sie trieb das BDM-Mädchen mit einer ungeduldigen Handbewegung an und verschwand dann durch das Gartentor hinaus auf die Straße. »Heil Hit-

ler!« grüßte sie mit der zackigen Andeutung eines Saluts. Dann marschierte sie die Allee hinunter zur nächsten Villa. Das BDM-Mädchen konnte ihr kaum folgen. Einmal stolperte es über einen unregelmäßigen Pflasterstein und wurde dafür mit einem bösen Blick und tadelnden Worten bestraft, die Antonia nicht mehr verstehen konnte, deren Tonfall aber eindeutig war.
Gäste! dachte Antonia. In der nachmittäglichen Stille hörte sie trotz der Entfernung, daß die Volkswohlfahrt auch beim Nachbarn Sturm läutete. Anscheinend sollte die gesamte Straße mit Gästen beglückt werden. Drei Generationen! dachte Antonia und fragte sich, was ihre Schwiegereltern von der Bescherung halten würden.

An den folgenden Tagen wurden sie nicht behelligt. Sie meinten schon, dem Schicksal entronnen zu sein, als es am fünften Tag abends auf die bekannte Weise klingelte. Antonia beeilte sich, den Schwiegereltern zuvorzukommen. Sie hatte nicht gewagt, ihnen von dem Teil des Gesprächs zu berichten, der sich mit ihnen befaßt hatte.
Es regnete, und hin und wieder donnerte es sogar. Die Volkswohlfahrt schützte sich mit einem großen, schwarzen Herrenschirm. Das BDM-Mädchen und die übrigen Personen standen hinter ihr im Regen. Das BDM-Mädchen schleppte einen großen Pappkarton vor sich her, unter dem sie fast zusammenbrach.
»Heil Hitler!« grüßte die Volkswohlfahrt, diesmal noch ein wenig ungeduldiger als beim ersten Mal. Wahrscheinlich lag es am Regen. Vielleicht hatte sie aber auch einen anstrengenden Tag hinter sich. »Am besten führen Sie uns gleich zum Gartenhaus!«
Enrica kam gelaufen. Sie brachte die Schlüssel und einen Schirm für Antonia. »Guten Abend«, sagte sie höflich. Niemand antwortete. »Darf ich mit?« Sie hängte sich bei Antonia ein und hüpfte neben ihr her über das nasse Gras.
»Gibt es hier keinen ordentlichen Weg?« fragte eine weibli-

che Stimme mit auffallend nordischem Akzent. »Sie erwarten doch wohl nicht, daß wir uns jedesmal durch die halbe Landschaft quälen?«

Die Volkswohlfahrt blieb stehen. »Einem geschenkten Gaul schaut man nicht ins Maul!« mahnte sie streng. Zum ersten Mal war sie Antonia sympathisch.

Antonia sperrte die Tür des Gartenhauses auf und schaltete das Licht ein. Fanni, in deren Elternhaus ebenfalls Ausgebombte einquartiert waren, hatte sie gewarnt. Man müsse aufpassen, daß man von den sogenannten Gästen nicht zum Dienstboten degradiert wurde, hatte sie gesagt. Die Frauen aus dem Norden hielten alles, was südlich der Mainlinie lebte, für bäurisch und ungebildet und alle Bauern sowieso für Idioten. Auf Grund dieser Warnung nahm sich Antonia vor, erst einmal zurückhaltend und höflich zu sein. Danach konnte man immer noch so etwas wie Freundschaft schließen. Mochten die sogenannten Gäste auch zwangsweise einquartiert worden sein, so durfte man doch nicht vergessen, daß sie ihr Schicksal nicht frei gewählt hatten. Sie waren Opfer dieses Krieges, den sie wahrscheinlich auch nicht gewollt hatten und der ihnen nun ihr Hab und Gut genommen hatte, und vor allem ihre Heimat.

»Sie kommen aus Hamburg, nicht wahr?« erkundigte sich Antonia, während sie die beiden Amtspersonen und die drei Generationen im Haus herumführte, um ihnen alles zu zeigen. Wieder antwortete niemand. Nur der kleine Junge, der wohl vier Jahre alt sein mochte, versteckte das Gesicht an der Hüfte seiner Mutter und gab einen trotzig wimmernden Ton von sich.

»Hier sind ein paar Vorräte«, sagte die Volkswohlfahrt, worauf das BDM-Mädchen den Pappkarton auf den Tisch knallte, froh, ihn endlich los zu sein. »Die Mahlzeiten können Sie vorerst dort einnehmen, wo Sie heute schon gegessen haben. Hier ist die Adresse, damit Sie wieder hinfinden. Wir erwarten, daß Sie nach einer Woche selbst für sich kochen. Dann werden wieder neue Gäste eingetroffen sein.« Die Volkswohlfahrt wandte sich an Antonia. »Was Ihre Köchin betrifft, soll sie sich morgen früh Punkt halb sieben beim Reichsarbeitsdienst auf dem Adolf-Hitler-Platz melden. Wir haben eine Stelle für sie in den Hermann-Göring-Werken. Sagen Sie ihr, sie soll etwas Bequemes anziehen und eine Jause mitnehmen. Sie wird mit den anderen im Bus zur Fabrik gebracht. Der Dienst dauert vierzehn Stunden. Täglich.«

»Kann man dagegen Einspruch erheben?«

»Seien Sie froh, daß wir Ihnen das junge Ding dalassen. Vorläufig zumindest, weil sich Pflegebedürftige im Haus befinden. Sollte allerdings eine Besserung eintreten, müssen Sie es melden. Die Volksgemeinschaft braucht jede Hand. Tachinieren gibt es nicht. Auch die feinen Damen von einst können sich die Finger schmutzig machen, denke ich. Der Krieg ist kein Honiglecken.«

Wieder wimmerte der Junge. Enrica trat zu ihm und streichelte ihm tröstend übers Haar. Da drehte er sich um und schlug ihr mit beiden Händen zugleich ins Gesicht. Dabei traf er sie in die Augen. Sie schrie auf und wich zurück. Mit den Tränen kämpfend, flüchtete sie sich zu Antonia.

»Den Bengel sollten Sie besser erziehen!« tadelte die Volkswohlfahrt und ging aus dem Haus. »Heil Hitler!« Sie hatte Mühe, ihren Schirm aufzuspannen. Dann aber eilte sie im Laufschritt zum Gartentor, das BDM-Mädchen im Gefolge. Bevor sie auf die Straße trat, drehte sie sich noch einmal um. »Die Schachtel brauche ich wieder«, rief sie den beiden Hamburgerinnen zu. »Bringen Sie sie morgen mit!« Damit verschwand sie im Regen.

Antonia legte den Arm um Enrica. »Dann wünsche ich Ihnen eine gute Nacht«, sagte sie zu den beiden Frauen und ging zur Tür. »Die Schlüssel lasse ich Ihnen da.«

Die jüngere der Frauen kontrollierte den kleinen Schlüsselbund. Erst jetzt sah Antonia die beiden aus der Nähe. Sie wirkten gepflegt und waren stark geschminkt. Antonia fand nichts an ihnen, was ihre Sympathie erweckt hätte.

»Und der Schlüssel zum Gartentor?« fragte die junge Frau. Antonia, die sich schon entfernen wollte, hielt inne. »Den habe ich nicht mit«, gestand sie. Erst jetzt wurde ihr bewußt, daß diese fremden Menschen von nun an für unbestimmte Zeit im Lebensbereich der Bellagos wohnen und bei ihnen aus und ein gehen würden. »Unser Gartentor ist immer abgeschlossen«, erklärte sie. »Ich sorge dafür, daß Ihnen Fanni morgen früh aufsperrt. Inzwischen kümmere ich mich um einen Schlüssel für Sie.«

Die junge Frau nickte. »Gut«, murmelte sie. »Aber gefallen tut es uns hier nicht. Ich kann mir vorstellen, daß Sie da vorne ganz anders eingerichtet sind. Nehmen Sie bitte zur Kenntnis, daß auch wir nicht auf der Alster dahergeschwommen sind. Meine Mutter und ich, wir hatten den elegantesten Herrensalon in ganz Hamburg.«

»Herrensalon?«

»Frisiersalon. Die bekanntesten Geschäftsleute ließen sich bei uns die Haare schneiden und die Nägel maniküren.«

»Gehen wir jetzt?« fragte Enrica.

Antonia lächelte zu ihr hinunter und tätschelte ihre Schulter. Dann wandte sie sich noch einmal an die beiden Frauen. »Wir haben uns noch nicht bekanntgemacht«, sagte sie. »Mein Name ist Bellago.«

Die junge Frau schob die Unterlippe vor. »Lüttge«, sagte sie. »So heißen wir alle drei. Mögen Sie darüber denken, was Sie wollen.«

Es ergab sich nicht, daß sie einander die Hände reichten. Eine peinliche Stille entstand. »Und das ist meine Tochter Enrica«, fügte Antonia schließlich hinzu, doch niemand reagierte.

Als Antonia und Enrica an dem kleinen Jungen vorbeigingen, drehte er sich noch einmal um und spuckte in Enricas Richtung. Da er nicht traf, beschloß Antonia, vorerst dazu zu schweigen. Vielleicht blieben die sogenannten Gäste in Zukunft für sich oder reisten sogar bald wieder ab. Wohin allerdings, das konnte sich Antonia nicht vorstellen und ebensowenig, wie es wäre, wenn sie selbst sich in einer solchen Lage befände. »Gute Nacht«, sagte sie mit ruhiger Stimme. Dann ging sie mit Enrica durch den Regen zurück in die Villa, wo Paula eben aufbrechen wollte: zu sich nach Hause, in ihre eigene Wohnung, in die hoffentlich auch bald ihr Mann wieder heimkehren würde.

»Ich muß Ihnen etwas ausrichten, Paula«, sagte Antonia leise.

Paula starrte sie an. Sie verstand sofort, worum es ging. Fast alle Frauen, die sie kannte, hatte man inzwischen zwangsverpflichtet. Die Angst davor begleitete Paula jeden Tag. Es war ein Alptraum für sie, mit hunderten anderen Frauen in einer riesigen Fabrikhalle zu sitzen und an einem Fließband mit Gegenständen zu hantieren, deren Funktion ihr niemand erklären konnte oder durfte. Von morgens bis abends würde sie dort eingesperrt sein, so daß sie in der kalten Jahreszeit nie die Sonne sah. Nur noch ein winziges, bedeutungsloses Rädchen würde sie sein in der Maschinerie dieses Krieges, der ihr schon den Ehemann weggeholt hatte und ihr jetzt auch noch die Freiheit rauben würde.

Paula wandte sich ab und fing an zu weinen. »Wann?« fragte sie kaum hörbar.

»Morgen früh um halb sieben.«

Paula nickte. »Beim Reichsarbeitsdienst auf dem Hauptplatz, nicht wahr?«

Antonia stimmte zu und wollte schon weitersprechen, doch Paula schüttelte den Kopf. »Sie brauchen mir nichts zu erklären, Frau Bellago. Ich weiß Bescheid«, schluchzte sie. »Danke für alles!« Damit lief sie zur Tür hinaus.

Es gab nichts mehr zu bereden. Ab morgen war dieses schöne, vornehme Haus und die angenehme Arbeit, die sie hier verrichtet hatte, Vergangenheit. Ab morgen würde Paula eine Sklavin unter anderen Sklavinnen sein. In einer plötzlichen Eingebung, die ihr das Blut gefrieren ließ, dachte sie, daß auch ihr Mann da unten auf dem Balkan nichts anderes war als ein Sklave. Einer, dessen Aufgabe es war, zu töten. Ihre Aufgabe würde nun sein, das Werkzeug dafür herzustellen.

Früher, als noch Frieden war, war er Schornsteinfeger gewesen. Alle im Viertel kannten ihn. Sie grüßten ihn freundlich und mit Respekt. Am Jahresende berührten sie ihn mit der flachen Hand, weil das angeblich Glück brachte. Bei diesem kupplerischen Anlaß hatte Paula ihn näher kennengelernt, und sie hatten sich zusammengetan. Schnell war es gegangen: Schon nach ein paar Monaten hatten sie geheiratet. Sie wußten beide, daß es höchste Zeit dafür war, denn sie waren nicht mehr die Jüngsten. Trotzdem waren sie damals verliebt gewesen, als wären sie noch keine Zwanzig. Verliebt: wie gut sich Paula noch daran erinnerte…

Das Gartentor fiel zu. Paula schloß es ab. »Den Schlüssel brauchen Sie wahrscheinlich für die da hinten!« rief sie verzweifelt. »Ich lege ihn auf den Briefkasten.«

Antonia lief ihr nach. »Wir reden noch, Paula!« rief sie ihr nach. »Am besten gleich morgen abend, ja?« Doch Paula drehte sich nicht mehr um. Sie rannte so schnell, als wären die Schergen des Reichsarbeitsdienstes schon hinter ihr her. Trotz des Regens hörte Antonia, daß Paula noch immer laut weinte.

2

Ein Tag verging wie der andere. Der Sonnenschein und die sommerliche Wärme verharmlosten den Mangel und die Not. In den Schwimmbädern an der Donau tummelten sich die Kinder und die vom Kriegseinsatz verschont Gebliebenen. Fronturlauber saßen auf ihren Handtüchern im Gras und bräunten ihre blassen Körper, die nicht zu den dunkel gegerbten Gesichtern paßten. Fast friedlich schien die Stadt auf den ersten Blick, wären da nicht die Tausende von Flüchtlingen gewesen, die in überfüllten Zügen aus dem Altreich herbeiströmten und in der ganzen Stadt auf unwillige Gastgeber verteilt wurden, die nicht glauben konnten, was die mißtrauischen, hektischen oder apathischen Ankömmlinge erzählten. Eindringlinge waren sie. Die Alteingesessenen fürchteten ihre Ansprüche, und daß sie durch ihre bloße Anwesenheit den Feind herbeilockten.

Deutschland – das »Altreich«, von der Ostmark aus gesehen – versank in Schutt und Asche. *Moral bombing* nannte sich die neue Strategie, mit der die Royal Air Force dazu überging, nach Industrieanlagen, Häfen, Flugplätzen und Verkehrsknoten nun auch die dicht bewohnten Zentren der großen Städte zu bombardieren.

Ab hunderttausend Einwohnern war jede Stadt ein lohnendes Ziel. Da Hitlers Wehrmacht nicht aufgab, sollte das Deutsche Reich jetzt von innen her aufgerieben werden. Die Menschen sollten in ihren eigenen Häusern getroffen werden, in ihren eigenen Städten verbrennen. Dann, so kalkulierten Churchill und Roosevelt, würde sich die Bevölkerung gegen ihre eigenen Machthaber wenden. Sie würde ihren Führer zur Hölle schicken und die alliierten Truppen willkommen heißen: als Befreier von einem Regime, das die Menschen immer nur verachtet hatte. *Moral bombing:* kein Bombardement, das der Moral verpflichtet war, denn wäre das nicht schon ein Widerspruch in sich gewesen? Nein, die Bomben sollten fallen, um die Kampfmoral der Bevölkerung und ihren selbstzerstörerischen Durchhaltewillen endlich zu brechen. Zwischen rauchenden Trümmern und vor Leichenbergen sollten die in Wahrheit längst Besiegten um Ruhe und Sicherheit flehen. Um Frieden.

Vielleicht auch um Vergebung. *Operation Chastise*, »Züchtigung«, nannte die Royal Air Force den verheerenden Luftangriff, mit dem sie im Mai 1943 in den frühen Morgenstunden die deutschen Talsperren zerstörte. Nur die Sorpetalsperre hielt dem Bombardement stand. Doch die Staumauern von Möhne und Eder fielen. Eine Flutwelle, wie niemand sie je für möglich gehalten hatte, riß Menschen, Dörfer und Brükken mit sich. Hundert Millionen Kubikmeter Wasser stürzten allein aus der Möhnetalsperre über das hilflose Land. Sie schoben eine dichte Nebelwand vor sich her, der die tödliche Flutwelle donnernd folgte. In weiter entfernten Siedlungen glaubte man erst nur an ein Hochwasser, doch noch ehe dieser Gedanke ausgesprochen war, schäumte die Flut schon über die Straßen und Gärten.

Züchtigung. Die Angreifer behielten jedoch nicht recht. Nicht gegen Adolf Hitler wandte sich das gequälte Volk, sondern direkt gegen jene, die das Inferno verursacht hatten. Die geschundenen Menschen wurden nicht friedenswillig, sondern zornig und trotzig. Als ihre Feinde betrachteten sie jene, die ihnen unmittelbar schadeten, nicht die anderen, die dieses Chaos herbeigeführt hatten.

Die Heimat war vernichtet. Rauschend und reißend floß das Wasser durch die Täler, die eben noch frühlingsgrün gewesen waren. Nun versanken sie in einer stinkenden braunen Brühe, in der als Trümmer schwamm, was einst geliebter Besitz gewesen war. Menschen und Tiere ertranken in den Fluten. Holzhäuser trieben wie kleine Boote auf den Wogen und zerschellten. Das Wasser, einst ein Segen, war zur tödlichen Waffe geworden, wie der Krieg alles zu einer tödlichen Waffe werden ließ, die sich gegen die wandte, die sie führten.

Züchtigung. Die Alliierten schlossen sich noch enger zusammen. Bei Tag flogen nun schwere Verbände der US-Luftflotte ihre Präzisionsangriffe auf genau definierte Ziele. In der Nacht machte die Royal Air Force mit ihren Flächenbombardements ganze Stadtteile dem Erdboden gleich. In einer einzigen Juninacht warfen sechshundertdreiundneunzig britische Flugzeuge zweitausend Tonnen Bomben auf Düsseldorf und machten hundertzwanzigtausend Menschen obdachlos. Damit begann eine Kette des Grauens, die eine Stadt nach der anderen in Schutt und Asche legte. Noch immer war Sommer, und die Sonne schien, doch über den Trümmern stand in hohen Säulen weißer, kleinkörniger Staub aus zermahlenen Steinen, verglühtem Zement, Gips und Mörtel. Überall tiefe Trichter, wo die Bomben eingeschlagen waren. Ausgerissene Bäume, das Blattwerk dunkelbraun, als wäre schon Herbst. Allein in Köln wurden einunddreißig Kirchen zerstört, und die Altstadt von Lübeck gab es nicht mehr.

Schlimmer konnte es nicht mehr kommen, dachte man. Man schickte die Kinder aufs Land, um sie in Sicherheit zu bringen, und brach sich selbst und ihnen wegen der unbegrenzten Trennung fast das Herz. Wer kein Dach mehr über dem Kopf hatte, wurde evakuiert. Frauen mit kleinen Kindern, alte Menschen und Versehrte wurden in jene Gaue des Reiches geschickt, in denen das Grauen noch nicht eingekehrt war.

Zur gleichen Zeit setzte in Rußland die Rote Armee zu einem Großangriff auf die geschwächte deutsche Wehrmacht an; alliierte Truppen landeten in Sizilien; und Mussolini reiste nach Salzburg zu Adolf Hitler, um ihn zu einem Sonderfrieden mit Stalin zu bewegen. Erst dann könne man die Truppen aus dem Osten abziehen, um den Süden und den Westen angemessen zu verteidigen.

Hitler lehnte ab. Mussolini kehrte unverrichteter Dinge nach Italien zurück. Bald darauf zwang ihn der König zum Rücktritt. Mussolinis Nachfolger löste die Partei der Faschisten auf. Damit besaß der »Größte Führer aller Zeiten« auf der ganzen Welt nur noch einen einzigen mächtigen Verbündeten: das ferne Japan, das im Pazifik, auf der anderen Seite der Welt, im Kampf gegen die USA inzwischen ebenfalls in Bedrängnis geraten war.

In Linz, wo immer noch angespannte Ruhe herrschte, wollte man von den Ereignissen draußen immer weniger wissen. Das Non-Stop-Kino, das zu Beginn des Krieges seine Besucher kaum fassen konnte, blieb nun fast leer. Nur die Kinos, die heitere Filme zeigten oder solche mit viel Liebe, waren zum Brechen voll. Lange Schlangen standen jeden Abend vor den Schaltern bis auf die Straße hinaus. Alle wollten Hans Albers sehen als Münchhausen oder Heinz Rühmann in dem Lustspiel ›Ich vertraue dir meine Frau an‹, das von der Goebbelsschen Propaganda sogar mit dem Prädikat »Künstlerisch und volkstümlich wertvoll« ausgezeichnet worden war. ›Kohlhiesels Töchter‹ schaute man sich an und ›Romanze in Moll‹ über die Geliebte eines Komponisten, die ihre sündige Leidenschaft mit Selbstmord bezahlte.

Man wollte fliehen aus dieser Welt. Die Bezugsscheine vergessen. Den Hunger vergessen. Die Angst vergessen um die, die an der Front standen. Sich selbst vergessen. Man wollte endlich wieder lachen. Gut essen. Schöne Kleider tragen. Besuche machen bei Freunden. Vielleicht sogar reisen – wenn es irgendwo ein Land gab, in dem Hitlers unfreiwillige Kinder noch erwünscht waren. Lernen wollte man. Einer ganz normalen Arbeit nachgehen. Ein normales Alltagsleben führen. Normalität! Was war das überhaupt? Hatte man sie wirklich einmal am eigenen Leibe erlebt? Und würde sie wiederkehren, irgendwann, wo doch nun alles kaputtging und der Krieg immer näher rückte wie eine dunkle Wolke, die alles bedeckte und alles erstickte?

Antonia erinnerte sich an ein Lied, das sie vor vielen Jahren im Schulchor ihres Gymnasiums gesungen hatte. Ein trauriges Lied aus der traurigen Zeit des Dreißigjährigen Kriegs, der ebenfalls ganze Landstriche entvölkert hatte und der auf seinem blutigen Vormarsch die Menschheit ins Verderben stürzte.

> Es geht ein' dunkle Wolk' herein;
> mich deucht, es wird ein Regen sein,
> ein Regen aus den Wolken,
> wohl in das grüne Gras.

Einen ganzen Abend lang zerbrach sich Antonia den Kopf, wie das Lied weitergegangen war. Erst kurz vor dem Einschlafen fiel es ihr wieder ein.

> Und kommst du, liebe Sonn', nit bald,
> so weset all's im grünen Wald,
> und all die müden Blumen,
> die haben müden Tod.

Es ist höchste Zeit, daß die Sonne endlich wiederkommt, dachte Antonia, während sie in den Schlaf hinüberglitt. Höchste Zeit, damit all die müden Blumen nicht für immer verdorrten.

3

Was im Altreich bisher geschehen war, war noch nicht das Schlimmste gewesen: Es war nur die Vorhölle, zumindest für die, die es überstanden hatten. Bald darauf aber erreichte das Grauen seinen Gipfel. Nie wieder, so sagten die, die es durchlitten hatten, würde es etwas Ähnliches geben. Es kam der Jüngste Tag, an dem alles brannte. Nicht die ganze Welt, aber für die, die dort wohnten, der wichtigste Teil von ihr, der geliebteste: Hamburg, das gepflegte, wohlhabende Hamburg, das immer mit einem Auge über das Wasser nach England geschielt hatte, wurde ein Opfer englischen Feuers. Kein bloßer Flächenangriff wie auf die anderen beklagenswerten Städte. Nein, ein Feuersturm, aus dem es für die kein Entrinnen gab, die das Schicksal oder auch nur der Zufall in seine Nähe geführt hatte.

Auch diesmal hatte die Hölle einen klingenden Namen. »Operation Gomorrha« nannte man sie nach der sündhaften Stadt, die der gestrenge Gott einst grausam bestraft hatte. Es begann in der Nacht des 28. Juli 1943. Um genau ein Uhr zwei stürzte aus viertausend Meter Höhe die erste Bombe aus dem Schacht einer viermotorigen britischen Lancaster hinunter auf Hamburg. Eine halbe Minute würde sie brauchen, bis sie unten ankam.

Es war nicht der erste Angriff auf die Stadt. Schon hunderteinundvierzig Mal war sie in diesem Krieg bombardiert worden. Dennoch hatten sich die Schäden immer in Grenzen gehalten. Manchmal war man sogar nur durch Fehlalarme aufgeschreckt worden. Ohne von ihrer Linie abzuweichen, zogen die Bomber vorbei, und die Stadt meinte, so würde es vielleicht auch beim nächsten Mal sein. Leichtsinn oder Hoffnung auf ein Wunder?

Trotzdem bestimmten die Sirenensignale des Fliegeralarms den Ablauf des täglichen Lebens. Die meisten Bürger gingen abends bereits angezogen zu Bett, das Schutzraumgepäck in Reichweite. Bargeld, Ausweise und Wertpapiere befanden sich darin, Familiendokumente, Verträge und Schmuck. Dazu Unterwäsche, ein Handtuch, ein Stahlhelm, eine Gasmaske und warme Kleidung. Danach griff man, wenn der Fliegeralarm aufheulte. Drei an- und abschwellende Signale, die keiner jemals vergessen würde: Es war höchste Zeit, den Schutzraum aufzusuchen.

An jenem 28. Juli, es war ein Mittwoch, näherte sich ein Bomberstrom von siebenhundertvierzig britischen Maschinen dem deutschen Festland: eine riesige Formation von Flugzeugen, dreihundertfünfundzwanzig Kilometer lang. Nach außen hin schienen sich die Maschinen wie ein geordnetes Ganzes zu bewegen. Innerhalb der Formation aber flogen sie hektisch durcheinander, hin und her, auf und ab. Immer wieder fiel die eine oder andere Maschine aufgrund von Motorschaden zurück. Es kam zu Zusammenstößen und Abstürzen, noch bevor das Ziel überhaupt erreicht war. Doch das große Ganze blieb von den Unfällen unberührt. Die wilde Jagd donnerte durch die Nacht auf ihr Ziel zu, das noch nicht ahnte, was ihm bevorstand.

Die meisten Piloten waren nicht viel älter als zwanzig Jahre. Sie liebten das Fliegen und das Abenteuer, und sie wollten Helden werden für König und Vaterland. Todmüde waren sie von den vielen Angriffen. Sie hielten sich mit *wakey-wakey*-Pillen wach, und mit Benzedrine-Pillen putschten sie sich auf. Irgendwann einmal würde es jeden von ihnen erwischen, damit rechneten sie und waren beinahe stolz darauf. In Wahrheit aber glaubte jeder, daß er – genau er! – die Ausnahme sein würde, die das alles überlebte.

An der Spitze flogen speziell ausgerüstete Maschinen, die Pathfinder. Sie hatten keine Bomben geladen, sondern Leuchtmarkierungen, die sie über dem Ziel abwarfen: durchdringend strahlende Lichtkaskaden, die wie Weihnachtsbäume aussahen und das zu zerstörende Gebiet so grell anstrahlten, daß die nachfolgende Reihe der Pathfinder nun ihre langwirkenden Markierungen absetzen konnte: grüne und gelbe Leuchtkugeln, auf die die Bomber zielen sollten.

Unter diesen Leuchtkugeln und für die Bomberpiloten durch sie verdeckt, lag Hamburg mit seinen Gebäuden, seinen Straßen und Brücken und mit seinen Menschen, die unter dem Geheul der Sirenen in die Bunker und Schutzräume flüchteten, in die Keller, die Kirchengewölbe und die Kanalisation. Noch vertraute man auf die Nachtjäger, die die feindlichen Flieger direkt auf ihrem Weg angreifen würden, und auf die radargestützten Flakstellungen in und um Hamburg, die ebenfalls einen Teil des Angriffs abwehren sollten. Mit riesigen Suchscheinwerfern sandten sie Bündel aus bläulichem Licht bis zu dreizehn Kilometer hoch in den nächtlichen Himmel und tasteten ihn ab. Wehe dem Flugzeug, das von ihrem Strahl erfaßt wurde! Die Scheinwerfer fingen es ein in ein Netz aus blendendem Licht und machten es zur Zielscheibe für die Flugabwehrkanonen, die es mit ihrem Granatenhagel in Stücke rissen. Höchstens ein Sturzflug sofort nach dem ersten Lichtstrahl konnte das feindliche Flugzeug retten.

So war es gewesen. Bisher. Für diese warme Sommernacht – noch dreißig Grad am Abend – hatten sich die Militärs in London jedoch einen Trick einfallen lassen, der alles veränderte. Eine Wunderwaffe, wie von einem Kind ersonnen, so simpel und zugleich genial: Fünfundfünfzig Kilometer vor der deutschen Nordseeküste warfen die britischen Bomberschützen Millionen kleiner Streifen aus Stanniolpapier ab. Wie ein riesiger Schwarm glitzernder Vögel flatterten sie durch die Luft und bildeten spiegelnde Wolken, die unzählige Radarechos erzeugten und die Ortungsgeräte der deutschen Nachtjäger ausschalteten. Verwirrt und orientierungslos torkelten die deutschen Flieger mitten hinein in den Bomberstrom des Feindes, opferten sich wider Willen und rissen die mit in den Tod, die ihnen nicht mehr ausweichen konnten.

Auch unten in Hamburg, in der Radarleitzentrale, herrschte Konfusion. Nach dem, was die Schirme anzeigten, mußten sich mindestens zehntausend Bomber im Anflug befinden. Ein Ding der Unmöglichkeit – aber wem sollte man vertrauen, wenn nicht den technischen Meßgeräten? Verwirrt, verzweifelt und ohne ein reales Ziel zu erkennen, feuerten die Schützen von ihren Flakstationen aus mitten hinein in das leere Dunkel der Nacht.

28. Juli 1943, nach Mitternacht. Die ersten Pathfinder setzten ihre Markierungen. Ein Lichterspiel der Vernichtung begann sich zu entfalten. In weiß glitzernden Kaskaden sanken die Weihnachtsbäume langsam auf die Stadt nieder und tauchten sie in festliches Licht, in das sich bald darauf die grünen und gelben Leuchtkugeln mischten.

Ein Uhr zwei. Zuerst fielen die Sprengbomben, die »Wohnblockknacker«. Grellweiß blitzten sie auf und entfalteten sich dann wie Neonblüten. Dabei rissen sie die Dächer der Häuser auf und legten ohne Barmherzigkeit deren brennbaren Inhalt bloß. Ein Teil der Sprengbomben war mit Zeitzündern ausgerüstet, die erst mehrere Stunden später explodieren sollten, wenn die Feuerwehrleute am Werk sein würden und die Menschen sich wieder aus ihren Schutzräumen hervorwagten: überraschte Opfer eines verzögerten Mordens.

Nun, da die Gebäude ihres Schutzes beraubt waren, folgten die Brandbomben. Kleine, weiße Flämmchen zuckten auf, wenn sie ihr Ziel trafen. Sie vermischten sich mit dem Lichterglanz des Todes, flammten auf und vereinten sich schnell wie ein Gedanke zu einem undurchdringlichen Meer aus Feuer.

Nur dieses Lichterspiel sahen die Piloten von ihren Flugzeugen aus. Wohl wußten sie, daß sich darunter der Feind befand, den es zu vernichten galt. Doch sie wußten es nur mit dem Verstand und nicht mit dem Herzen. Was sie sahen, waren nicht Todesangst und menschliches Leiden, sondern ein verzaubertes Lichtermeer in der Dunkelheit. Eine makabre Ästhetik, über die sie ungerührt hinwegfliegen konnten zurück nach Hause. Ihre Aufgabe war erfüllt. Sie hatten den Angriff überlebt. Die Wirkung der Pillen ließ nach, und sie spürten wieder die nicht enden wollende Müdigkeit der Soldaten. Sonst nichts.

Tief unter dem Lichtermeer, in der todgeweihten Stadt, kauerten die Menschen in den finstern Kellern. Die Notlichter an der Decke waren erloschen. Die Luftpumpen arbeiteten nicht mehr. Heiß wurde es, unerträglich heiß, daß man meinte, die Luft mit Händen fassen zu können. Es roch nach Angst. Jede Bewegung der anderen erregte Überdruß und Ekel. Man meinte, ersticken zu müssen, und merkte nicht, daß man schrie; daß man betete; daß man leise vor sich hinwimmerte.

Wenn draußen die Bomben auftrafen, senkte sich jedesmal der eigene Keller und schwankte hin und her wie ein Schiff im Orkan. Die Kinder schrien. Sie fanden keinen Trost bei ihren Müttern, die selbst nicht mehr aus noch ein wußten. Man hielt sich die Ohren zu und horchte doch zugleich hinein in die Nacht da draußen. In das Getöse, das auf einmal einen neuen Grundton gefunden hatte. Ein seltsames Geräusch, das sich keiner in den Schutzräumen erklären konnte und das deshalb um so beängstigender wahrgenommen wurde, auch wenn es viel leiser war als das Krachen der Bomben. Ein Rauschen vernahm man, deutlich und ununterbrochen. Erst wenn einer die Tür nach draußen öffnete und seine Augäpfel im nächsten Moment in der Hitze erblindeten, begriffen die Unseligen, daß es das Rauschen des Feuersturms war, der über und in der Stadt tobte.

Um ein Uhr zwanzig hatte er eingesetzt, notierte man später. Die einzelnen Flammen hatten einander gefunden. In einer Explosion von nie erlebter Gewalt griffen sie mit einem schrillen Pfeifen ineinander über. In unzähligen Wirbeln, schnell wie ein Orkan, drehten sie sich miteinander, rissen ausgewachsene Bäume aus dem Boden und schleuderten sie empor, bis sie verglüht waren. Sie schmolzen das Glas in den Fenstern und buken den Mörtel in den Fugen der Häuser, daß sie ihren inneren Halt verloren und brennend in sich zusammenstürzten, während die Dächer durch die Luft flogen wie riesige, lodernde Vögel. Tausend Grad Hitze herrschten, hieß es später – von denen, die in diese Hölle hineingeraten waren, würde es keiner je bezeugen können. Wer von einem Wirbel des Feuersturms erfaßt wurde, ging noch im gleichen Augenblick in Flammen auf. In den engen Gassen war die Hitze so groß, daß jeder, den sie packte, spurlos verglühte.

Es gab keinen Platz, an dem man sich verstecken konnte. Die Feuerwirbel fanden die Nischen, in denen sich die Schutzsuchenden aneinanderdrängten. Trotzdem flohen immer mehr Menschen aus den Kellern, um da drinnen nicht zu verbrennen, erschlagen zu werden oder zu ersticken. Manche blieben draußen mit den Füßen knöcheltief im kochenden Asphalt stecken und konnten sich nicht mehr befreien. Hilflos sahen sie die Feuerwalze auf sich zurollen und streckten ihr vergeblich die Arme entgegen, um sie von sich abzuwehren. Andere wurden vom Sturm zu Boden geworfen. Noch bevor sie verbrannten, erstickten sie, weil das Feuer blitzschnell allen Sauerstoff aufgebraucht hatte. Man floh in Kanäle und Fleete, um nicht zu verbrennen. Manche wurden so gerettet, doch andere standen plötzlich in siedendem Wasser.

Um drei Uhr früh erreichte der Feuersturm seinen Höhepunkt. Noch immer waren Menschen unterwegs, die aus den Bunkern geflohen waren, inmitten von weißglühenden Trümmern und brennenden Fassadenskeletten. Wer der Hitze zu nahe kam, dem verbrannten die Augäpfel. Er erblindete und sah nicht mehr, daß überall Leichen lagen, oft zu einer einzigen schwarzen Masse verbacken, die Körper auf die Hälfte ihrer Größe geschrumpft. Und immer noch dieser Sturm, daß man glaubte, dies wäre das Ende von allem. Von einem selbst und allen Menschen – das Ende der ganzen Welt. Nie hatte es eine entsetzlichere Katastrophe gegeben.

Gegen sechs Uhr morgens war das Feuer endlich gesättigt. Es gab nichts mehr zu vernichten. Noch immer brannte es, doch der Sturm hatte sich gelegt. Eigentlich hätte es hell sein müssen zu dieser Stunde, an diesem Sommertag. Doch schwarzer Qualm erfüllte die Luft und verdeckte die Sonne. Wer überlebt hatte, kämpfte um seinen Atem und merkte mit Entsetzen, daß es nicht nur nach Brand roch, sondern auch nach Verwesung. Überall lagen Tote. Zwischen ihnen flehten Schwerverletzte mit den Augen vergeblich um Hilfe.

Immer noch tauchten aus den Kellern Überlebende auf. Erschöpft suchten sie nach ihren Angehörigen und flohen in endlosen Trecks hinaus ins Umland. Manche waren noch in ihrem Nachtgewand, weil sie – vor Stunden, in einer anderen Epoche der Welt – den Fliegeralarm nicht ernst genommen hatten. Manche waren voller Brandwunden. Sie wimmerten vor Schmerzen und schleppten sich dennoch weiter. Nur weg von hier! Weg aus dieser Stadt! Dabei wußten sie nicht, daß der Krieg – oder die, die ihn führten – noch immer nicht genug hatte. Noch achtundsechzig weitere Angriffe flogen die Alliierten auf das, was einmal das stolze Hamburg gewesen war. Insgesamt starben fünfundfünfzigtausend Bewohner der Stadt unter fünfundvierzigtausend Bomben. Für fast jeden Toten seine eigene Bombe. *Moral Bombing:* Es sollte den Krieg beenden, nicht wahr?

Unter den verstörten Flüchtlingen kursierte eine böse, kleine Geschichte. Die sie erzählten, schworen, sie sei wahr: Arthur Harris, der Oberbefehlshaber des britischen Bomber Command, wurde auf einer Landstraße von einem Polizisten wegen Geschwindigkeitsüberschreitung angehalten. »Sie sind viel zu schnell gefahren, Sir!« mahnte der Polizist. »Ist Ihnen bewußt, daß Sie jemanden hätten töten können?« Harris ging nicht weiter auf die Frage ein. Er antwortete nur kurz: »Junger Mann, ich töte Tausende Menschen jede Nacht.«

Die Erzählenden gaben nur den Wortlaut wieder, nicht den Tonfall: ob lakonisch, resigniert, arrogant, amüsiert, traurig, gelangweilt oder einfach nur kühl und sachlich. Für die Opfer kam es nicht darauf an. Nuancen bedeuteten ihnen nichts mehr. Sie weinten um ihre Angehörigen, litten Schmerzen und wußten nicht, wohin. Es war auch keine Hilfe und kein Grund zum Stolz für sie, daß Joseph Goebbels die Toten von Hamburg zu »Luftkriegsgefallenen« erklärte und ihnen posthum einen Orden verlieh. Nicht Opfer seien sie, lobte er mit großer Geste, sondern Helden: »Eisen, das von Schlägen nicht weicher gemacht, sondern gehärtet wird.« Gab es irgendwo einen Ort, an dem die Verbrannten, Erstickten und Erschlagenen dieses Lob erfreut vernehmen konnten?

Zivile Opfer. Wehrlose Opfer. Wie weit – so mochte sich vielleicht doch der eine oder andere Entscheidungsträger fragen – wie weit durfte, selbst in einem Krieg, gegangen werden? Ruchlose Taten auf beiden Seiten. Noch waren sie nicht alle bekannt. Doch die Schuld an sich war nicht an Nationen gebunden, sondern an das Faktum Krieg, das Menschen zu Todsündern pervertierte. Todsünder gegen jedes einzelner aller Gebote, gleich welcher Religion.

»Wollt ihr den totalen Krieg?« hatte Goebbels gefragt. Jetzt war er da. Total, noch totaler, am totalsten. Die Trümmer glühten noch in der einstigen Stadt Hamburg. Die Überlebenden schleppten sich fort. Irgendwohin.

Aus dieser Stadt, diesem Chaos, kamen Flüchtlinge auch in die Ostmark. Auch nach Linz. Auch zu den Bellagos in ihr Gartenhaus. Die Frauen namens Lüttge und der kleine Sohn der jüngeren. Mit dem Zug hatte man sie nach Bayreuth verfrachtet, wo sie sich ein wenig erholen konnten und neu eingekleidet wurden. Von dort verteilte man die Gruppe, der sie sich angeschlossen hatten, auf verschiedene Orte.

Die Lüttges, die drei Generationen, wie Frau Sageder von der Volkswohlfahrt sie genannt hatte, wurden nach Linz verschickt. In ihren Koffern führten sie nur wenige Habseligkeiten mit sich: Kleidung, ein paar Photos, Schminkutensilien und ihr Werkzeug, mit dem sie zu arbeiten gewohnt waren – Haarbürsten, Kämme und Rasierzeug. »Man weiß nie, wozu man etwas brauchen kann«, hatte die ältere der beiden Frauen gesagt, als sie vor dem Feuersturm ihr Notgepäck einräumten, nicht ganz ernsthaft, denn sie hatten geglaubt, in ein paar Stunden wäre der Wirbel wieder vorbei.

Nun war die halbe Stadt verbrannt, und die drei waren Flüchtlinge, die anderen zur Last fielen. Flüchtlinge wie hunderttausende andere und ebenso unwillkommen wie sie. Niemand glaubte ihnen, wenn sie vom Feuersturm erzählten. Natürlich waren Bomben gefallen, da oben im Norden, und natürlich hatte es großen Schaden gegeben. Darüber hinaus aber hielt man jedes ihrer Worte für eine haarsträubende Übertreibung. Es wäre unerträglich gewesen, sich vorzustellen, daß derartiges Unheil Menschen zugestoßen war, die nun auf dem eigenen Grundstück lebten, vielleicht sogar im eigenen Haus. Nichts an ihnen war besonders. Was ihnen geschehen war, hätte man ebensogut selbst erleben können. Doch daran wollte man nicht denken. Man mochte die Fremden nicht mit ihren Beschwerden und ihrem ewigen Gejammer. Und die Fremden mochten die Einheimischen nicht. »Diese Ostmärker haben keine Ahnung«, hieß es unter den Flüchtlingen. »Die sollten endlich selbst erleben, wie es ist.« Genauer brauchten sie nicht zu erklären, was sie damit meinten. Sie hatten es ja erlebt. Gott im Himmel, sie hatten es erlebt!

Eine Tischgesellschaft

I

Die schönste Stunde des Tages war es, wenn sie am Abend alle an einem Tisch beisammensaßen. Sie hatten sich angewöhnt, zu Mittag nur wenig zu essen und das meiste für das Nachtmahl aufzuheben. Auf diese Weise war bei der abendlichen Mahlzeit der Mangel nicht ganz so offenkundig, den nun auch Fannis Radfahrten zu ihrer Familie nicht mehr ausgleichen konnten. Tagsüber war man abgelenkt und konnte die Gedanken an den Hunger verdrängen. Selbst die Kinder hatten gelernt, die Leere in ihrem Magen nicht zu beachten. Sie wußten, am Abend würden sie satt werden, körperlich und seelisch. Eine Stunde lang würde es warm sein um sie herum. Die Schüsseln waren gefüllt mit einfachen Speisen, auf die jedoch der Spruch »mit Liebe gekocht« zutraf.

Jeder im Haus machte sich Gedanken darüber, wie man das wenige aufbessern könnte. Sogar Franz Josef Bellago trug dazu bei, indem er am Sonntag eigenhändig die schönen böhmischen Gläser aus der Vitrine holte und zu jedem Gedeck eines hinstellte. Auch Lilli bekam dann ein paar Tropfen von dem Wein, den ihr Großvater aus einem Kellerversteck holte, das er keinem verriet. »Wenn wir sparsam sind, reicht es vielleicht bis zum Kriegsende«, erklärte er mit undurchschaubarer Miene. »Bis zum Endsieg der Vernunft hoffentlich.« Mehr von seinen Gedanken gab er beim Essen nicht preis. Noch immer fürchtete er, daß man die Kinder in der Schule aushorchen könnte und daß die Diktatur mit ihrer willkürlichen Hand mitten hinein in die Familie faßte, weil sie der eigenen Macht nicht mehr sicher war und jeden Widerspruch fürchtete und erstickte.

Sogar das Eßzimmer selbst trug zum Wohlbehagen bei. Das große Fenster an der Schmalseite wies nach Nordwesten, so daß an den Sommerabenden der Raum zwar im Schatten lag, die letzten Sonnenstrahlen aber doch am Fenster schräg vorbeistrichen wie zärtliche Kinderfinger, die den endenden Tag noch einmal sanft berührten.

Im Sommer war es noch ganz hell, wenn die Familie sich versammelte. Dann glitzerte manchmal der große Kristallüster über dem Tisch und warf seine Spiegelungen an die Wand. Besonders Lilli liebte diesen Anblick. Mit einem entzückten Schrei sprang sie auf, kletterte auf ihren Stuhl und versetzte der Lampe einen vorsichtigen Stoß, der ausreichte, daß die Reflexe für kurze Zeit in allen Farben des Regenbogens über die Wand huschten. Dabei ließen sie hin und wieder sogar das wache Auge im Porträt des Familiengründers aufleuchten: Arthur Bellago, der sich und seine Gemahlin in Öl verewigen ließ und seither gemeinsam mit ihr den Familientisch seiner Nachkommen bewachte. Seine betont ernste Miene verdeckte nur wenig die Abenteuerlust, die ihn beinah ins Unglück gestürzt hätte, wäre da nicht eine noch größere Bodenständigkeit gewesen, die im Antwerpener Haus seines Lehrherrn an Festigkeit gewann. *Labore et constantia*, »durch Arbeit und Ausdauer« stand am unteren Rahmen des Gemäldes geschrieben. Dunkle Lettern auf Gold. Eine gute Grundlage für eine Familie, die es zu etwas gebracht hatte und das Erworbene behalten wollte.

Das Bild seiner Gattin hing daneben, freundlich verschönt von dem Maler, der sein Honorar nicht verlieren wollte. Wenn Lilli mit dem Leuchter spielte, hüpften die bunten Reflexe vor allem über Arthur Bellagos Gesicht und schenkten ihm Leben. Das Antlitz seiner Frau wurde nur selten beleuchtet. Doch hin und wieder trafen die farbigen Kringel auch sie. Dann sah Katharina Bellago geborene Panholzer für einen Augenblick hübsch und lebhaft aus. Daß sie zu Lebzeiten so hausbacken gewesen war wie ihr Mädchenname, war nicht mehr zu erkennen. Der Schein zählte, nicht das, was einst Wahrheit gewesen war.

Zwei Ahnenbilder über der Anrichte. Manchmal vergaß Fanni in der Eile, den Deckel der Suppenterrine aufzulegen. Dann dampfte es hinauf zu den beiden Gemälden und trug zu ihrer Patina bei. Wie die Lebenden von den Umständen geprägt wurden, so veränderten sich allmählich die Gegenstände um sie herum – auch die Porträts von Arthur Bellago und seiner Gemahlin, die nun schon durch so viele wechselhafte Zeiten hindurch Bestand gehabt hatten. Mögen sie auch diesen Krieg überstehen! wünschte sich Franz Josef Bellago, der Nachkomme, den auch schon das Maschinchen in seiner Brust mahnte.

Nach und nach hatte sich eine feste Sitzordnung entwickelt, die der Hierarchie im Hause nur mehr teilweise entsprach. Vor dem Krieg wäre es undenkbar gewesen, daß eine Hausangestellte mit der Herrschaft gemeinsam am Tisch saß. Damals hatte es aber auch noch mehrere Dienstboten hier gegeben, die in der großen Küche eine eigene kleine Gemeinschaft bildeten, eine Art Familie für sich, die sich zum Essen zusammensetzte, sobald die Herrschaft versorgt war.

Jetzt aber war nur noch Fanni übriggeblieben, die es zwar langweilig fand, allein in der Küche zu essen, sich aber trotzdem nicht vorstellen konnte, plötzlich am gleichen Tisch zu sitzen wie der gnädige Herr. Daß Antonia sie dazu aufforderte, kam in Fannis Augen fast einer Revolution gleich. Sie haßte es zu Beginn, und auch mit der Zeit gewöhnte sie sich nicht daran. Sie tröstete sich damit, daß sie sich bei Tisch um Lilli kümmern mußte, die inzwischen aber schon vier Jahre alt war und längst gelernt hatte, mit Messer und Gabel zierlich umzugehen. Der einzige Ausweg aus dem Dilemma der Peinlichkeit war, daß Fanni beim Essen ständig aufsprang und den anderen zu Diensten war. Sie schenkte nach, reichte die Schüsseln herum und war behilflich. Wenn dann der Tisch endlich abgeräumt war und Fanni vor dem Geschirr an der Spüle stand, merkte sie erst, daß sie immer noch hungrig war. Dann nahm sie sich die Reste von den Servierplatten und aß alles hastig auf – nun doch wieder allein in der Küche, aber das war ihr lieber.

Der Tisch war zu groß für die Familie. Sie mußten sich weit auseinander setzen. Trotzdem blieb immer noch ein Platz übrig. Fast gleichzeitig gelangten sie zu dem Schluß, daß dies Ferdinands Platz sein sollte und es sich gehörte, ihn für ihn freizuhalten. Eines Tages, hoffentlich bald, würde er zurückkehren. Dann brauchte man nur ein weiteres Gedeck aufzulegen, und er konnte unverzüglich den Platz einnehmen, der auch während seiner Abwesenheit ständig der seine gewesen war.

So beschloß man, daß Hella Bellago, die bisher an der Schmalseite des Tisches gesessen hatte – ihrem Mann genau gegenüber –, nun ihren Stuhl für den abwesenden Sohn freimachen sollte. Sie setzte sich zur Rechten ihres Mannes, der unangefochten den Vorsitz führte. Den Platz zu seiner Linken nahm Antonia ein. Links neben ihr ihr Bruder Peter und neben ihm Enrica, die darüber nicht glücklicher hätte sein können. Auf der gegenüberliegenden Seite saß neben Hella Bellago ihr Liebling, die kleine Lilli, die mit ihren skurrilen Einfällen alle amüsierte, und neben Lilli Fanni, die jedoch, wie Franz Josef Bellago es ausdrückte, jeden Abend einen neuen Weltrekord im Herumrennen aufstellte.

Hätte Ferdinand nicht gefehlt und wären die Umstände andere gewesen, hätte man sagen können, die Bellagos seien eine glückliche Familie. Auch sie selbst hatten dieses Gefühl und gingen miteinander noch sorgsamer um als früher. Manchmal, wenn alle ihren Hunger stillten und keiner sprach, wurde Antonia die Zusammengehörigkeit dieser Familie ganz besonders bewußt. Für jeden von ihnen, dachte sie dann, hatte sich das Leben in den vergangenen vier Jahren immer mehr erschwert. Nur die kleine Lilli spürte nichts von den Vorgängen in der Welt. Ihr war das Wort »Krieg« ein vertrauter Begriff. Da sie aber nie etwas anderes kennengelernt hatte, ließ es sie unbeeindruckt.

Krieg war etwas ganz Schlimmes, das hatte Lilli verstanden. Alle fürchteten ihn. Alle warteten darauf, daß er zu Ende ging. Ihr eigenes Leben aber, so mochte Lilli denken, wurde durch ihn nicht beeinflußt. Eigentlich war alles gar nicht so furchtbar. Alle liebten sie. Alle spielten mit ihr. Alle versuchten, ihr Freude zu bereiten. Daß die Mahlzeiten immer frugaler wurden, störte sie nicht. Sie hatte den Überfluß nie kennengelernt. Unangenehm waren ihr nur die Schuhe, aus denen sie so schnell hinauswuchs, daß sie schon nach kurzer Zeit drückten. Doch auch damit wurde Lilli fertig. Sie zog sie einfach aus und lief barfuß, auch wenn ihre Großmutter jammerte, sie würde sich erkälten und eine Blasenentzündung bekommen. Lilli wußte nicht, was eine Blasenentzündung war, nahm aber an, etwas Unangenehmes. So ließ sie zu, daß man ihr im Winter im Haus zumindest dicke Socken anzog. Hauptsache, nicht diese engen Schuhe! Die waren nur für draußen, wo man sie schnell vergaß, weil es so vieles zu bestaunen gab.

Für Enrica war es anders, das spürte Antonia, während sie ihre ältere Tochter von der Seite ansah. Elf Jahre war Enrica inzwischen geworden, ein hübsches, schlankes Mädchen, die Größte in ihrer Klasse. Wenn die Schülerinnen vor der Sportstunde im Turnsaal Aufstellung nahmen, wie die Orgelpfeifen eine neben der anderen, stand Enrica unangefochten ganz vorne.

In der Volksschule war gleich nach ihr Berti gekommen, doch nun folgte auf Enrica ein Mädchen mit Namen Erdmute, Tochter eines hohen Gestapooffiziers, deren größter Kummer es war, daß sie dunkles Haar und dunkle Augen hatte, dazu noch eine Nase, die ein wenig nach unten gebogen war. Ein gutaussehendes Mädchen war sie, aber sie glaubte selbst nicht daran, sondern war auf alle und alles böse wegen der Ungerechtigkeit, daß sie dem Schönheitsideal des Führers nicht entsprach. Nie hatte sie Schlimmeres erlebt als an jenem Tag, als in der Klasse ein SS-Arzt und eine Krankenschwester aufmarschierten und die Schüler auf ihre Rassenreinheit untersuchten. Bei Enrica waren sie entzückt gewesen. »Diese dunkelblonden Haare und diese schlanke Gestalt! Ein richtiges deutsches Mädchen!« hatte der Arzt geschwärmt. Erst als ihn die Schwester auf Enricas braune Augen aufmerksam machte, erlosch sein Lächeln. Ohne Übergang verlangte er, die nächste Schülerin zu sehen.

Es war Erdmute, und der Arzt ließ seinen Ärger über den Makel brauner Augen bei einer sonst vollkommenen Schönheit an ihr aus. Nichts an Erdmute war ihm recht. Schließlich brach das Mädchen in Tränen aus. Die Lehrerin, die bisher besorgt dabeigestanden hatte und nicht wußte, wie sie den Arzt warnen sollte, flüsterte ihm nun ins Ohr, wer der Vater dieses undeutschen Wesens war. Der Arzt zuckte zusammen. Er versuchte, sich herauszureden. Plötzlich konnte er nur noch Gutes an Erdmute entdecken. Doch diese ließ sich nicht täuschen. Sie haßte ihn für das, was er zuvor gesagt hatte. Sie haßte die Lehrerin, weil sie es mit angehört hatte. Sie haßte ihren Vater, weil er ihre Mutter geheiratet hatte, von der das Dunkle kam. Nichts Jüdisches, wohlgemerkt, denn dann hätte sich Erdmute lieber umgebracht. Aber immerhin dunkel.

Tröstlich nur, daß sogar der Führer selbst irgendwie dunkel aussah. Erdmute dachte, daß man nordisch vielleicht auch im Geiste sein konnte. Einen arischen Charakter, das konnte es doch geben, dachte sie, und sie ging allen aus dem Weg, die dunkel waren wie sie selbst. Wenn sie das Dunkle mied, hoffte sie, wenn sie es sogar verabscheute, dann hätte sie irgendwie selbst nichts mehr damit zu tun und würde sich auf diese Weise vielleicht dem eigenen Ideal nähern.

Wie der Führer, dachte sie erneut, eigentlich bin ich ein wenig wie der Führer! Damit war sie einen Augenblick lang beruhigt und fast glücklich. Sie fühlte sich nordisch. Arisch. Ein schönes deutsches Mädchen. Wenn der Führer sie sehen könnte, würde er ihre Einzigartigkeit erkennen und sie vielleicht sogar lieben. Nur sie allein, denn er war ein einsamer Mensch bei all seiner Größe und der Liebe zu seinem Volk. Für Frauen war kein Platz in seinem aufopfernden Leben. Sie, Erdmute, würde dafür Verständnis haben. Sie würde nicht versuchen, ihn seinem Volk zu entfremden. Selbstlos würde sie sich im Hintergrund halten. Der Führer aber würde ihre Seelengröße wahrnehmen und sie dafür um so mehr achten und lieben. O wenn es doch nur eine Gelegenheit gäbe, ihm zu begegnen!

Antonia mußte immer wieder zu ihrer Tochter hinübersehen. Es kam vor, daß sie bei Enricas Anblick von einer Welle der Liebe und Rührung erfaßt wurde. Bei aller äußeren Ähnlichkeit glich Enrica ihrem Wesen nach niemandem in der Familie. Sie war die Ruhigste von allen, doch trotzdem wach und aufmerksam. Sie war fürsorglich und liebevoll, verständig und voll Gefühl. Trotzdem würde sie nie ein sentimentaler Mensch werden, dachte Antonia. Dafür war sie zu kritisch, zu beobachtend. Blitzschnell erfaßte sie Situationen und schätzte sie trotz ihrer Jugend richtig ein. Sie haßte es, als Kind beurteilt und deshalb geschont zu werden. Auch damals, als sie ohne Aufhebens das Richtige getan und Antonias Radio verstellt und ausgeschaltet hatte, hatte sie es als eine Selbstverständlichkeit betrachtet, daß Antonia nichts beschönigte, sondern vor ihr, einem Kind, zugab, verbotenerweise einen Feindsender gehört zu haben. Eigentlich, dachte Antonia, war Enrica nie ein richtiges Kind gewesen, zumindest nicht, wenn Kindsein bedeutete, naiv zu sein.

»Was möchtest du einmal werden?« hatte Franz Josef Bellago eines Tages gefragt. Enrica hatte ihm ohne Zögern geantwortet. »Ich möchte Ärztin werden.« Später dann, am Abend, als Antonia an Enricas Bett kam, um ihr gute Nacht zu sagen, hatte Enrica weiter darüber gesprochen und erzählt, daß sie bei Großmutter Laura in Wien einem Arzt begegnet sei, der ihr gefallen habe. »Wie der, so möchte ich auch werden«, murmelte sie, während ihr die Augen schon zufielen. »Er hatte weiße Haare. Ganz ruhig war er und schaute mich lange an. Dann nickte er. Ich glaube, er war mit mir zufrieden.« Damit schlief sie ein. Antonia hätte am liebsten geweint, wenn sie auch nicht wußte, warum. Sie hatte das Gefühl, mit diesem Kind beschenkt worden zu sein.

2

Es war still im Eßzimmer. Nur das Klappern des Bestecks war zu hören. Hin und wieder holte Franz Josef Bellago tief Atem, oder Lilli lachte vergnügt auf. Antonia sah von einem zum anderen.

»Soll ich das Obst servieren?« fragte Fanni mit Blick auf Antonia. Antonia nickte. Als Dessert sollte es Apfelspalten geben, für jeden eine halbe Frucht. Seit dem letzten Herbst war das Obst knapp geworden, und die neue Ernte würde noch ein paar Wochen auf sich warten lassen. Trotzdem lagerte im Keller der Bellago-Villa noch eine schmale Reserve, die bei sparsamem Wirtschaften bis zur nächsten Ernte reichen würde.

Viel gaben die Reste vom Vorjahr nicht mehr her. Die Schalen der Äpfel waren verschrumpelt und hart wie Leder, das Fruchtfleisch gelb und so mürbe, daß man es mit den Fingern zerpflücken konnte. Wenn ein solcher Apfel aufgeschnitten wurde, blieb nicht mehr viel von ihm übrig, denn das schwärzliche Kerngehäuse war ungenießbar. In den ersten Monaten nach der Ernte hatte man es noch mitgegessen, um nichts Nahrhaftes zu verschwenden und für Ballaststoffe zu sorgen. Der Krieg hatte gelehrt, den Wert der Nahrung zu ermessen.

»Streuen Sie auf jede Portion einen halben Teelöffel Zukker«, gebot Antonia. »Es ist doch Sonntag. Morgen werde ich sehen, ob ich nicht unter der Hand noch etwas Süßes auftreiben kann.«

Fanni lächelte erfreut und ging in die Küche. Nach ein paar Minuten kam sie mit dem Dessert zurück. Die Apfelspalten lagen für jeden halbkreisförmig auf Untertassen des Kaffeegeschirrs. Die Dessertteller wären zu groß gewesen für die winzigen Portionen. »Alles ist braun geworden, gleich beim Schneiden«, bedauerte Fanni. »Es wird Zeit, daß der Endsieg kommt.« Bedächtig verzehrten sie ihre Apfelspalten. Lilli lachte und rieb sich den Bauch. »Das schmeckt aber gut!« rief sie und strahlte in die Runde.

Antonia schlug die Augen nieder.

»Soll ich abservieren?« fragte Fanni, als alle fertig waren.

Antonia schüttelte den Kopf. »Warten Sie noch ein wenig«, sagte sie. Es tat gut, noch eine Weile vor den Tellern zu sitzen, als hätte man ein üppiges Mahl hinter sich.

Noch vor wenigen Monaten hatte Fanni ihre Fragen zum Haushalt an Hella Bellago gerichtet. Nun aber wandte sie sich fast nur noch an Antonia, ohne daß es eine ausdrückliche Übereinkunft gegeben hätte. Ganz allmählich hatte sich die Hierarchie der Familie verlagert. Keiner hatte es angestrebt, es gab aber auch keine Einwände. Eigentlich, dachte Antonia, hatte der Wandel begonnen, als Ferdinand einberufen wurde. Obwohl er in den Jahren davor jeden Morgen das Haus ganz früh verlassen hatte, mittags nur auf eine halbe Stunde zum Essen kam und abends spät zurückkehrte, hinterließ sein Fehlen eine unerwartet große Lücke. Ein ruhiger, stiller Mensch, der wenig sprach und auch als Vater immer zurückhaltend gewesen war: dennoch fehlte er allen. Ohne ihn war die Familie nicht die gleiche wie früher.

Manchmal fing Lilli mitten im Spiel zu weinen an und fragte, wann der Papa endlich wieder da sei. Die Antwort war meistens: Wenn der Krieg vorbei ist. Dann wischte sich Lilli die Tränen aus den Augen und nickte. In ihrer Vorstellung erklärte der Krieg alles. Gegen seine Forderungen gab es keinen Widerspruch. Nicht die Menschen waren es, die entschieden, ob er aufhörte oder weiterging oder wie schwer die Opfer waren, die er einforderte. Nein, er selbst, dieser Krieg, bestimmte den Lauf der Welt. Wie sein Anfang gewesen war, darüber wußte Lilli nichts. Für sie war er immer dagewesen, er war nicht die Entscheidung irgendwelcher Männer, deren Namen sie manchmal hörte, sondern ein Zustand an sich. Wenn der Krieg entschied, daß Lillis Papa nicht da sein durfte, um mit seinen Kindern zu spielen, dann mußte man sich damit abfinden. Der Krieg war so allmächtig, wie er allgegenwärtig war. Keine Frage, ob er auch gut war. Er *war* eben – wie die Luft und das Licht und alles andere auf der Welt. Eigentlich, dachte Lilli, war er das Gegenstück zum lieben Gott, nur daß er eben nicht lieb war.

Auch die Eltern Bellago vermißten ihren Sohn. Ständig sorgten sie sich um seine Unversehrtheit und sein Leben. Wenn er dem Krieg zum Opfer fiele, dachten sie, würde damit die Kette der Generationen unterbrochen werden. Seine Töchter waren noch zu jung, um seine Stelle einzunehmen. Es gäbe dann nur noch Antonia. Es zeigte sich, daß sie stark war und man sich auf sie verlassen konnte. Erst jetzt, da der Sohn seine Eltern nicht mehr beschützen konnte, nahmen sie Antonias Vorzüge in vollem Umfang wahr. Sie spürten ihre Kraft, die sich nun erwies, wo sie benötigt wurde, und ohne darüber nachzudenken, überließen sie ihr von Tag zu Tag mehr den eigenen Platz an der Spitze der Familie.

Noch saßen Franz Josef und Hella Bellago an der Stirnseite des Tisches und führten den Vorsitz. Wenn es aber etwas zu entscheiden galt, blickten sie auf Antonia und schwiegen. Kein Machtkampf fand statt, sondern eine allmähliche Übergabe, die für beide Seiten immer selbstverständlicher wurde. »Mein Maschinchen!« seufzte Franz Josef Bellago manchmal unvermittelt, und es tat seiner Seele wohl, daß seine Schwiegertochter dann fragte, ob sie etwas für ihn tun könne. Zwar lehnte er es ab, jedesmal sogar, aber er war froh, daß er nicht mehr für alles zuständig zu sein brauchte und daß diese hübsche Person, die sich sein Sohn klugerweise geschnappt hatte, bereit war, für ihn zu sorgen.

Auch Hella Bellago kämpfte nicht um ihre Position. Es war ihr ohnedies immer schon schwergefallen, sich mit Problemen auseinanderzusetzen. Nur wenige Male im Leben hatte sie weitreichende Entscheidungen fällen müssen. Einmal hatte sie sich davon so überfordert gefühlt, daß sie am liebsten morgens nicht mehr aufgewacht wäre. Trotzdem hatte sie getan, was von ihr erwartet wurde. Da sie sich dabei ihre inneren Kämpfe und ihre Unsicherheit nicht anmerken ließ, galt sie bei vielen als besonders energisch und hart, vielleicht sogar mitleidlos. In Wahrheit aber fühlte sie sich dem Leben nie wirklich gewachsen, sondern immer ein wenig überfordert.

Daß nun Antonia da war und ihr so vieles abnahm, empfand Hella Bellago als Erleichterung. Die Gnade des Alters, dachte sie manchmal. Loslassen dürfen und nicht mehr alles entscheiden müssen... Sie atmete auf, weil die Frau, die nun ihren Platz einnahm, dies mit viel Diskretion tat, fast so, als merkte sie selbst gar nicht, daß sich etwas verändert hatte. Eigentlich, dachte Hella Bellago, hatte sie allen Grund, ihre Schwiegertochter zu lieben – zumindest in dem Maße, wie die Mutter eines Sohnes ihre Schwiegertochter eben lieben konnte. Man sollte es nicht übertreiben. Aber Ferdinand hatte wohl doch eine gute Wahl getroffen, und man brauchte nicht mehr an die Zeit davor zu denken, wo man ihn einmal mit großer Strenge retten mußte, so unerbittlich, daß man sich selbst fast dafür gehaßt hatte und sogar jetzt noch immer wieder daran denken mußte. Dabei hatte man damals doch das Richtige getan. Oder?

So war Antonia schon in jungen Jahren die Herrin des Haushalts geworden, in den sie hineingeheiratet hatte. Sie war es, die sich nun jeden Tag unter Menschen begab, um Lebensmittel für die Familie zu beschaffen – nicht nur das, was man auf Karte bekam, sondern möglichst viel darüber hinaus. Längst hatte sie sich daran gewöhnt, Schlange zu stehen und im Gespräch den anderen Wartenden Informationen zu entlocken, wo außer der Reihe Schnäppchen angeboten wurden. Keiner hätte ihr jetzt mehr etwas einfach aus der Hand nehmen können, und keiner schaffte es mehr, sie zu übervorteilen. Aus der behüteten Tochter allzu liberaler Eltern und dem angeheirateten Mitglied einer erzkonservativen Juristenfamilie war eine junge Frau geworden, die mit wachen Augen durch die Stadt ging und zupackte, wo ihr Vorteil es gebot.

Trotzdem, oder vielleicht gerade deshalb, fühlte sich Antonia einsam. Alle hielten sich an ihr fest und vertrauten auf ihre Stärke. Sie selbst aber hätte lieber ihr früheres Leben zurückgehabt. Sie schrieb lange, liebevolle Briefe nach Paris und war froh, daß Ferdinand nicht an der Front diente. Aber es beunruhigte sie auch, daß er nie etwas über seine Tätigkeit berichtete.

Zwei Wochen war ein Brief unterwegs. Hätten sie die Nachrichten des anderen immer nur beantwortet, wäre bei jedem von ihnen nur einmal im Monat ein Brief angekommen. Es gab jedoch Zeiten, in denen Antonia jeden Tag einen Brief an Ferdinand schickte, und auch er schrieb mindestens zweimal in der Woche.

So kam es, daß ihre Briefe im Grunde nur Monologe waren. Wenn einer eine Frage stellte, kam vielleicht schon am gleichen Tag ein Brief, der sich mit etwas ganz anderem befaßte. Wenn aber dann – nach vier Wochen – die Antwort eintraf, war die Frage oft fast schon vergessen. Antonia dachte manchmal, daß die Briefe eigentlich immer mehr ein Trost für den waren, der sie schrieb. Ein wirklicher Gedankenaustausch konnte nicht entstehen, nur ein Durcheinander von Sehnsuchtsbezeugungen, Fragen nach Lebensumständen oder Schilderungen der gegenwärtigen Lage, die sich beim nächsten Mal schon wieder verändert hatte.

Trotzdem warteten sie jeden Tag voller Ungeduld auf die

Briefträgerin, die meistens erst gegen Mittag kam und oft noch ein zweites Mal am Abend. Die meisten Briefe waren an Antonia gerichtet, aber alle Familienmitglieder wären enttäuscht gewesen, wenn sie nicht wenigstens einen Teil davon laut vorgelesen hätte. Jeder wollte hören, daß auch er selbst erwähnt wurde, und alle schrieben sie ebenfalls Briefe, die Ferdinand gewissenhaft beantwortete. Sogar Lilli bestand darauf, hin und wieder einen eigenen Brief abzusenden. Dafür fertigte sie mit ihren immer kostbarer werdenden Buntstiften Zeichnungen der Familie an und ließ von Enrica einen Satz dazuschreiben, den sie selbst diktierte: »Dem Papa ein Bussi!« Dann unterschrieb sie mit ihrem Namen, denn das konnte sie bereits, und warf ihr Schreiben eigenhändig in den Briefkasten am Adolf-Hitler-Platz. Von dort, meinte sie, würde es schneller gehen.

3

Bei dieser bunt gemischten Familienkorrespondenz stand Peter abseits. Von Anfang an hatte er sich um Ferdinands Zuneigung bemüht. Doch von wenigen Ausnahmen abgesehen, hatte er das Gefühl, daß sich sein Schwager, den er eigentlich als eine Art älteren Bruder betrachtete, nicht besonders für ihn interessierte. Dabei hatte er in Ferdinand immer schon ein Vorbild gesehen. Manchmal träumte er davon, in späteren Jahren bei ihm in die Kanzlei einzutreten und dann auch mit Aktentasche und offenem Mantel zum Gericht zu eilen, um die Angelegenheiten seiner Klienten zu erledigen und bald ein berühmter Anwalt zu werden, von dem die Zeitungen berichteten und den auf der Straße alle erkannten.

Es beunruhigte ihn, daß der Schulunterricht immer mehr ins Hintertreffen geriet. Wie sollte er Anwalt werden, wenn an manchen Tagen nur zwei, drei Stunden Schule gehalten wurde? Ohne Lernen keine Matura, ohne Matura kein Studium und ohne Studium keine schwarze Robe. Manchmal erschrak Peter regelrecht, wenn Franz Josef Bellago von der eigenen Gymnasialzeit berichtete und die umfassende Allgemeinbildung rühmte, mit der man damals ins Leben hinausgeschickt wurde.

Er selbst, Peter Bethany, wußte so wenig! Der Unterricht bei den überforderten Pensionisten brachte nicht viel. Die meisten dieser alten Lehrer bemühten sich zwar redlich, doch in den Klassen saßen an die fünfzig Schüler, die von der Arbeit bei der HJ übermüdet waren und sich auch nur wenig für den Lehrstoff interessierten. Nicht das Lernen faszinierte sie. Nicht das Wissen um die Gesetzmäßigkeiten der Welt. Nein, der Krieg war ihr Ideal. Helden wollten sie sein. Auszeichnen wollten sie sich im Kampf gegen den Feind.

»Ich würde so gerne fallen«, gestand einmal ein Klassenkamerad.

»Aber dann bist du doch tot!« antwortete Peter verständnislos. »Dann hast du doch gar nichts mehr davon!«

Der Junge aber, körperlich der kleinste in der Klasse und von allen immer ein wenig herablassend behandelt, zuckte nur mit den Achseln. »Aber ich wäre ein Held«, antwortete er. »Verstehst du das denn nicht?« Und dann zitierte der zarte, blasse Junge, der beim Wettlauf immer als letzter ins Ziel kam, mit ergriffener Stimme einen Vers der skaldischen ›Edda‹: »Besitz stirbt. Sippen sterben. Du selbst stirbst wie sie. Nur eines weiß ich, das ewig lebt: der Toten Tatenruhm!«

Für Peter bedeutete es nichts, ein Held zu sein. Obwohl er seinen Vater schon vier Jahre nicht gesehen hatte, trug dessen Erziehung nun doch ihre Früchte. Zugleich aber entfernte sie Peter von seinen Mitschülern, für die der Führer, die Volksgemeinschaft und die Reinheit der Rasse die höchsten Güter waren. Sie waren bereit, sich dafür aufzuopfern. Anfangs nur durch ihren unermüdlichen Einsatz für die HJ, später vielleicht durch freiwilligen Kriegsdienst.

Die spannenden Fahrradtouren der frühen Jahre und die

Lieder am Lagerfeuer gehörten längst der Vergangenheit an. Geblieben war die öde Langeweile der Heimabende, auf denen das Vor und Zurück der Front besprochen wurde oder die Biographien führender Nationalsozialisten. Sogar die Vita einer Magda Goebbels mußte verinnerlicht werden, obwohl keiner der Jungen darin auch nur die leiseste Möglichkeit einer Identifikation entdeckte. Dazu kam noch das sture Strammstehen in Reih und Glied an nationalen Feiertagen, stundenlang, oft mit vorgestrecktem rechten Arm, bis man schließlich an nichts anderes mehr denken konnte als daran, ihn endlich wieder fallen zu lassen.

An gewöhnlichen Tagen ersetzten die HJ-Burschen die fehlenden Arbeitskräfte. Sie übten für den Luftschutz, schufteten beim Gesundheitsdienst, hetzten als Kuriere durch die Stadt, verteilten Propagandamaterial, stellten bei den Haushalten die Lebensmittelkarten zu, halfen beim Roten Kreuz und bei verschiedenen Behörden, entluden Kohlenzüge, schippten Schnee, musizierten in Lazaretten oder sammelten für die Winterhilfe.

»Leute, spendet unverdrossen, wer nicht spendet, wird erschossen!« stand auf dem Plakat, das Peter im vergangenen November durch Linz getragen hatte, während die anderen mit Trillerpfeifen und durch das Klappern der Sammelbüchsen die Blicke auf sich lenkten. Meistens gewannen sie damit zwar die Aufmerksamkeit der Passanten, zugleich erreichten sie aber auch, daß sich diese schleunigst aus dem Staub machten. Kaum einer hatte noch etwas zu entbehren, und gesammelt wurde andauernd.

Es wurde verlangt, daß die HJ-Burschen flink waren und ihre Aufgaben im Blitztempo erledigten. Wer mit einer Aufgabe fertig war, bekam gleich die nächste aufgebrummt, und der Tag nahm auch am Abend noch kein Ende. Einige der Jungen hatten den ganzen Sommer lang blutige Füße, weil ihr Anführer von ihnen verlangte, daß sie Schuhwerk sparten und während der warmen Monate nur barfuß liefen. »Memmen!« nannte er sie, als sie es wagten, sich zu beschweren. »Verweichlichte Schweine! Glaubt ihr vielleicht, an der Front werdet ihr in gefütterte Stiefelchen gepackt?«

An der Front. So fern schien sie ihnen nun gar nicht mehr. Einige Klassenkameraden hatten sich bereits freiwillig zum Kriegsdienst gemeldet. Wehrmacht und Waffen-SS machten einander Konkurrenz, um möglichst viele der jungen Burschen in die eigenen Reihen zu locken. Schon ein Jahr zuvor war das »Infanterieregiment Großdeutschland« mit hochdekorierten Soldaten durch die Gymnasien gezogen, um unter den Oberschülern Kriegsfreiwillige anzuwerben. So schmackhaft machten sie den Dienst an der Waffe, daß in jeder Klasse einige spontan ihre Unterschrift dafür gaben.

Wenn die Eltern es wagten, Einspruch zu erheben, wurden sie mit Repressalien bedroht. Den Jungen selbst schilderte man das Schicksal, das sie bei einer Niederlage des Reiches erwartete. Sie würden Arbeitssklaven internationaler Geldmächte und sonstiger Todfeinde des Deutschen Reiches werden. Schlimmer als Tiere würde man sie behandeln, während der Dienst an der Waffe, für den sie sich doch aus freien Stücken gemeldet hatten, ehrenvoll war, bewundert von den Mädchen, die sich alle einen richtigen Mann wünschten und nicht einen Weichling, der sich in Schulbänken herumdrückte, obwohl draußen der Krieg tobte, das wahre Geschäft eines wahren Mannes.

»Führer, befiehl, wir folgen!« rief man bei der HJ jeden Tag im Chor. Da fiel es manchem gar nicht mehr so schwer, sich von den Eltern zu lösen, die kein Verständnis für das Leben eines richtigen Mannes aufbrachten. Fortzuziehen in die Fremde. Für Führer und Vaterland. Ein Soldat, kein dummer kleiner Junge, dem die Mutter die Leviten las, wenn sie ihn beim Rauchen erwischte.

Wer sich in der Schule nicht fassen ließ, den versuchte man in Wehrertüchtigungslager zu locken. Drei Wochen dauerte diese vormilitärische Ausbildung, an der man ab dem sechzehnten Lebensjahr teilnehmen durfte. Man verführte die Jungen damit, daß sie dort je nach Wunsch Motorradfahren lernen durften oder eine Ausbildung im Segelfliegen erhielten. Die Marine-HJ bot eine Grundausbildung der Kriegsmarine an, und bei der Nachrichten-HJ lernte man, wie Fernsprechleitungen zu verlegen waren und Nachrichten über Morsefunk weitergegeben wurden. Außerdem standen militärische Fächer auf dem Ausbildungsplan wie Gelände- und Kartenkunde, Meldewesen, Schießübungen mit Kleinkalibergewehren, Tarnung und Spähtrupptätigkeit.

Geschlafen wurde in Baracken mit jeweils dreißig Mann. Unbedingter Gehorsam war unerläßlich, selbst wenn man kräftemäßig am Ende war. Besonders gefürchtet war der sogenannte »Maskenball«, bei dem sich die Jungen innerhalb von fünf Minuten im Trainingsanzug aufzustellen hatten. Nach weiteren fünf Minuten in Ausgehuniform. Dann nach wieder fünf Minuten im Dienstanzug. Fünf Minuten später war Stubendurchgang, was bedeutete, daß bis dahin alles wieder aufgeräumt sein mußte.

Geländelauf, bis man keine Luft mehr bekam. Robben durch den Schlamm und dann Klamottenreinigung im Schnelldurchgang. Schlafentzug. Vom Aufstehen bis zum Niederlegen wurde man geschliffen, bis man aufhörte zu denken und nur noch das tat, was einem zugebrüllt wurde. Am Ende winkten der »Kriegsausbildungsschein der Hitlerjugend« und das HJ-Leistungsabzeichen in Silber. Wenn man Pech hatte, fiel man danach einem Werber in die Hände und endete frühzeitig an der Front.

4

Auch Franz Josef Bellago machte sich Gedanken über die Gefahren, die einem jungen Menschen wie Peter drohten. An jenem Abend nach dem Essen, als seine Frau und Antonia mit den Kindern spielten und Fanni die Küche aufräumte, gab er ganz unerwartet seine Distanz gegenüber dem Jungen auf. Vier Jahre lang hatte er ihn beobachtet. Zu seinem eigenen Erstaunen wurde ihm nun bewußt, daß er Peter ins Herz geschlossen hatte. Es war wohl an der Zeit, eine Art Neffen oder Enkel in ihm zu sehen und sich für ihn verantwortlich zu fühlen, da sich die eigenen Eltern aus dem Staub gemacht hatten.

Ein gescheiter Bursche war Peter, fand Franz Josef Bellago. Aufgeweckt, energisch und immer ein wenig mißtrauisch. Keine schlechte Mischung in dieser Zeit, die die Jungen auffraß und die Alten verachtete. Ein paar Monate noch, und die braunen Horden des Führers würden nach Peter greifen, um mit ihm und seinen Altersgenossen ihre kriegerischen Verbände aufzufüllen.

»Paß auf dich auf«, mahnte Franz Josef Bellago und wies den Jungen mit einer Handbewegung an, sich zu ihm zu setzen. »Bald wirst du siebzehn, dann schützt dich nichts mehr. Sie werden sich auf dich stürzen wie die Geier. In die Schule werden sie kommen, in eure Klasse, und sie werden euch das Blaue vom Himmel versprechen. Schmeicheln werden sie euch und euer Ehrgefühl kitzeln. Aber glaube mir, ihr seid für sie nur Zahlen in ihrem Erfolgsbericht. Wenn sie am Abend mit ihrer Arbeit fertig sind, denken sie nicht mehr an Vaterland, Ehre und Ruhm, und eure Gesichter haben sie längst vergessen. Sie zählen nur nach, wie viele Unterschriften sie eingetrieben haben und ob ihr Soll erfüllt ist. Daß für euch damit das Elend des Kriegsdienstes beginnt, ist ihnen egal. Sie wissen, daß sie euch in den Tod schicken, aber sie verschwenden keinen Gedanken darauf, verstehst du mich?«

Peter hatte aufmerksam zugehört. Er wunderte sich, daß Franz Josef Bellago auf einmal so offen mit ihm redete, aber er war dankbar dafür, weil der alte Mann genau die Sorgen ansprach, die Peter manchmal nicht einschlafen ließen. Bisher hatte er sich mit niemandem darüber ausgetauscht. Es war gefährlich, offen zu sein, selbst unter Freunden, vor allem, wenn die eigene Meinung nicht mit der des Staates übereinstimmte.

Aus den Nachrichten wußte er, daß auch andere zweifelten oder sich sogar offen widersetzten. Ein junger Bauer aus dem Bezirk, in dem Hitler selbst geboren war, hatte sich geweigert, dem Führer den bedingungslosen Fahneneid zu schwören. Dabei hatte er sich auf sein Gewissen berufen. Ein einfacher Mann, ohne Macht und Einfluß. Man hatte ihn enthauptet. Auch von den jungen Leuten in München hatte Peter gehört, die in Flugblättern den Wahnsinn von Stalingrad angeprangert hatten. Man hatte sie ebenfalls zum Tode verurteilt. Es starb sich schnell im Deutschen Reich, wenn man seinem Gewissen folgte.

Franz Josef Bellago lehnte sich zurück und schloß die Augen. »Unterschreibe nichts!« sagte er. »Hab keine Angst, nein zu sagen, wenn sie dich anwerben wollen. Gib nicht nach, wenn sie dich unter Druck setzen. Überhöre es einfach, wenn sie dich eine feige Sau nennen: So ist nun einmal die Diktion dieser Leute. Was sie wollen, ist dein Leben, vergiß das nicht! Vielleicht bezeichnen sie sich sogar als deine Kameraden. In Wahrheit aber sind sie deine schlimmsten Feinde. Für sie bist du nur Kanonenfutter. Sie selbst sind es zwar auch, doch sie halten sich für etwas Besseres.«

Peter nickte. »Das weiß ich alles, Onkel«, gestand er. »Ich habe mir sogar überlegt, ob ich nicht vielleicht doch zu meinen Eltern nach Italien gehen sollte. Aber so wie sich die Lage dort unten entwickelt hat, ist das wahrscheinlich gar nicht mehr möglich.« Er senkte den Kopf.

Immer wieder hatten seine Eltern versucht, bei den Bellagos anzurufen. Nur ganz selten kam jedoch eine Verbindung zustande. Anfangs war Peters Groll noch zu groß gewesen, als daß er mit den Eltern reden wollte. Inzwischen aber verstand er manches besser. Wenn er nun die Stimme seines Vaters hörte – immer atemlos, sein Asthma war er wohl auch im milden Süden nicht losgeworden – tat Peter buchstäblich das Herz weh, und er sehnte sich danach, Johann Bethany wiederzusehen, ihn zu umarmen und ihn um Rat zu fragen. Sein Vater, der ihm die Stadt gezeigt hatte. Sein Vater, der sich für seine Meinung interessierte. Sein Vater, der gelitten hatte: Das begriff Peter nun, und der Zorn von einst verschwand, ohne Spuren zu hinterlassen, als wäre ein heftiger Windstoß über eine Schrift im Sand hinweggefegt.

Mussolini war entmachtet und verhaftet worden, und sein Nachfolger Badoglio hatte dem einstigen Verbündeten Deutschland den Krieg erklärt. So einfach ließen sich die Ereignisse zusammenfassen, die für Peter bedeuteten, daß seine Eltern für ihn unerreichbar waren, zumindest solange dieser Krieg andauerte.

Franz Josef Bellago öffnete die Augen. »Mach dir keine Hoffnungen, Junge«, murmelte er. »Die Italiener haben alle Deutschen zu unerwünschten Ausländern erklärt. Du hättest keine Chance, ins Land gelassen zu werden. Man muß schon froh sein, wenn sie deine Eltern nicht ausweisen.«

Peter zuckte zusammen. »Aber meine Mutter ist doch Italienerin!« wandte er ein.

Franz Josef Bellago zog die Schultern hoch. »*Geborene* Italienerin«, betonte er. »Dann hat sie aber einen Österreicher geheiratet, den der Lauf der Geschichte zum Deutschen gemacht hat. Sie ist demnach rechtlich gesehen ebenfalls eine Deutsche.«

»Meine Mutter?« Peters Kehle war wie zugeschnürt. »Signora Laura – eine Deutsche?«

»Ja, Frau Bethany ist eine Deutsche! Eine unerwünschte Ausländerin. Wir müssen damit rechnen, daß deine Eltern eines Tages vor der Tür stehen.«

»Wäre das so schlimm?«

Franz Josef Bellago rieb sich den Oberarm, der ihn manchmal schmerzte. »Man darf nicht vergessen, daß sich nach ihrer überstürzten Abreise aus Wien die Behörden hierzulande für sie interessieren könnten. Wenn irgendwie möglich, ist es sicher besser, in Italien zu bleiben.«

Peter war blaß geworden. »Das werden sie auch«, sagte er.

»Man wird sie nicht ausweisen. Mutters Verwandte werden sich für sie einsetzen. Sie sind angesehen und haben großen Einfluß in ihrer Stadt.«

Wieder rieb sich Franz Josef Bellago den Arm. »Hoffentlich hast du recht, mein Junge«, sagte er ungewöhnlich sanft und lächelte sogar, obwohl ihm nicht danach zumute war.

Es war dunkel geworden. Antonia schaltete eine nach der anderen die Stehlampen ein. Die Woche über gingen die Bellagos sparsam mit Strom um und begnügten sich im Salon mit einem einzigen Lämpchen neben dem Sofa. Am Sonntagabend jedoch gönnten sie sich für ein, zwei Stunden das warme Licht der vielen kleinen Lampen, die Antonia so sehr liebte. Vor dem Krieg hatte sie von jeder Reise ein solches Lämpchen mitgebracht und damit die einst so strengen Räume der Bellago-Villa geschmückt wie mit bunten Seidenblüten.

»Ich habe gehört, worüber ihr gesprochen habt«, sagte sie leise. Sie setzte sich auf die Lehne von Peters Sessel und legte den Arm um die Schulter ihres Bruders. »Bald ist dieser Krieg vorbei«, versuchte sie, ihn zu beruhigen. »Dann machen wir eine Reise nach Italien und besuchen unsere Eltern.«

Peter blickte kurz zu ihr auf und senkte gleich wieder den Kopf. »Vielleicht«, antwortete er abweisend. »Vielleicht auch nicht.«

Eine Weile saßen sie schweigend beieinander, während Hella Bellago und Fanni mit den Mädchen ›Mensch ärgere dich nicht‹ spielten, was nicht ohne Schwierigkeiten und Proteste abging, denn Lilli befolgte nur ihre eigenen Regeln.

»Wir dürfen nicht verzweifeln!« sagte Antonia plötzlich mit lauter, ärgerlicher Stimme. »Wir dürfen nicht vergessen, daß wir zueinander gehören. Nur so können wir überleben. Wer weiß, was uns noch bevorsteht.«

Lilli erschrak über Antonias Tonfall und fing an zu weinen. Auch Hella Bellago, die jeden Streit haßte, zuckte zusammen. Hastig schob sie das Spielbrett in die Tischmitte und erklärte, es sei Zeit, zu Bett zu gehen, zumindest für die Kinder.

Damit war der Abend beendet. Franz Josef Bellago gähnte und murmelte, es sei ein langer Tag gewesen. Als Peter hinausging, umarmte ihn Antonia und drückte ihn an sich. »Peter«, sagte sie zärtlich. »Pietro!« Doch Peter antwortete nicht. Da ließ ihn Antonia los und ging hinauf zu ihren Kindern, um Fanni behilflich zu sein.

Trotzdem ist es ein schöner Abend gewesen, dachte sie trotzig, während sie Lillis Haar bürstete. Schön zumindest in dieser unschönen Zeit, in der das Gute ständig durch das Böse getrübt wird.

Sie erzählte Lilli eine Geschichte von pfiffigen kleinen Hasen und einem bösen Fuchs, den sie mühelos austricksten. Danach sprach Lilli noch ihr kurzes Nachtgebet und schlief, wie fast immer, schon beim letzten Wort ein: »Lieber Gott, steh mir bei, daß gesund und lieb ich sei.«

Antonia küßte sie auf die Stirn. Dann trat sie an Enricas Bett und setzte sich. Enrica blickte forschend zu ihr auf, ohne etwas zu sagen. Im matten Lichtstrahl vom Korridor her sah sie fast schon erwachsen aus. »Wie hast du das vorhin gemeint, Mama?« fragte sie mit ihrer schönen, klaren Stimme. »Was steht uns denn noch bevor?«

Antonia erschrak. Doch dann faßte sie sich wieder und streichelte Enricas Haar. »Ich weiß es nicht«, sagte sie. »Ich weiß es wirklich nicht. Unsere Zukunft kann angenehm werden oder hart. Wir müssen sie nehmen, wie sie kommt.« Sie lächelte und küßte Enrica auf die Wange. »Eines verspreche ich dir aber, Eni: Ich werde immer auf euch aufpassen. Du brauchst nie Angst zu haben.« Dabei wünschte sie sich inständig, daß sie immer bei ihren Kindern sein konnte, um ihr Wort auch zu halten.

Enrica war beruhigt. Sie nickte zufrieden und schloß die Augen. Auf einmal sah sie doch wieder aus wie ein Kind.

Vorsichtig stand Antonia auf und ging in ihr Schlafzimmer.

Erst jetzt merkte sie, wie müde sie war. Trotzdem setzte sie sich an das Tischchen vor dem Fenster und verfaßte einen langen Brief an Ferdinand, damit auf diese Weise auch er Anteil an dem Abend hatte. Auch an ihre Eltern hätte sie gern noch geschrieben, doch dafür war sie zu müde, und so verschob sie es auf den nächsten Tag.

Die späten Nebel

I

Die Musik und das Gelächter vom Gartenhaus herüber waren so laut, daß sie durch die geschlossenen Fenster bis ins Innere der Bellago-Villa drangen.

> Wir machen Musik,
> Da geht euch der Hut hoch.
> Wir machen Musik,
> Da geht euch der Bart ab.
> Wir machen Musik,
> Bis jeder beschwingt singt:
> Do – re – mi – fa – sol – la – si – do!

So schrill, so übermütig, daß es keinen Widerspruch dagegen gab! Ein Befehl war es, wie die Kommandos in den Wehrertüchtigungslagern, die jeden Einwand erschlugen. Wir machen Musik! Durch die Fenster des hell erleuchteten Gartenhauses sah man die Schattenrisse von Menschen wie Marionetten herumspringen, begleitet von gellendem Lachen und Geschrei. Schwaden von Tabakrauch hingen um die Lampe herum. Wir machen Musik! Amüsement bis zur Erschöpfung.

Dann wieder und wieder ›Lili Marleen‹:

> Vor der Kaserne,
> Vor dem großen Tor,
> Stand eine Laterne,
> Und steht sie noch davor,
> So wolln wir uns da wiedersehn.
> Bei der Laterne wolln wir stehn,
> Wie einst, Lili Marleen.

»Das Lied mit dem Grabgeruch«, hatte Goebbels den Schlager dieses Krieges genannt, der ihm Sorgen bereitete, weil der deutsche Soldat keine Zweifel haben sollte. Kampfesmutig sollte er sein, stets bereit, auf Befehl zu töten. Selbst den eigenen Tod sollte er nicht fürchten. Aus diesem Grund sollte er auch keine Lieder hören, die ihm das Herz schwermachten und ihn daran erinnerten, wohin sein Mut ihn schließlich führen würde:

> Aus dem stillen Raume,
> Aus der Erde Grund,
> Hebt mich wie im Traume
> Dein verliebter Mund.
> Wenn sich die späten Nebel drehn,
> Werd ich bei der Laterne stehn
> Wie einst, Lili Marleen.

Auf beiden Seiten der Front wurde dieses Lied gespielt, welches der Soldatensender Belgrad 1941 zum ersten Mal bei Sendeschluß ausgestrahlt hatte, und auf beiden Seiten rührte es die gleiche Saite im Herzen der Männer an: Heimweh, Ohnmacht, Ausgeliefertsein und Sehnsucht, so viel Sehnsucht nach etwas, das keinen Namen hatte. Oder vielleicht doch? Diesseits und jenseits der Frontlinie lagerten sie. Es war Nacht, sie waren erschöpft und dennoch bereit, einander am nächsten Morgen auszulöschen. Doch noch war der Morgen fern, und diesseits und jenseits der Frontlinie wollten alle nur noch nach Hause.

Endlich nach Hause. Friede? War das vielleicht das Wort, nach dem sie suchten? Wenn drüben, im Gartenhaus, das Grammophon ›Lili Marleen‹ anstimmte, verstummte der Lärm. Die Gestalten im verschwommenen Lichtschein drängten sich aneinander und hielten sich fest in der Geste des Tanzes, die ebenso eine Geste der Liebe sein konnte, auch wenn an diesem Abend wohl keine Liebe im Spiel war.
Mit Körben voller Leckerbissen und Flaschen voller Wein waren die Gäste ins Gartenhaus gekommen. Offiziere in Uniform, das hatten die Bellagos gesehen, als die Geladenen laut lachend durch den Garten liefen. Ob Wehrmacht, SS oder Gestapo, war im Dunkeln nicht zu erkennen. Jedenfalls waren sie bester Laune und bereit, den letzten Abend dieses Jahres gebührend zu feiern. Auch ein paar Mädchen hatten sie mitgebracht, die mit ihren hohen Absätzen kichernd im winterlichen Gras versanken. Es war warm für die Jahreszeit. Kein Schnee. Man konnte froh darüber sein, denn Holz und Kohlen waren knapp.

Es war der letzte Abend im Jahre des Herrn 1943, der letzte im fünften Jahre des Krieges und der vorletzte Silvesterabend des Tausendjährigen Reiches. Doch das wußten weder die Bellagos noch die beiden Frauen, die den Hamburger Feuersturm überstanden hatten und nun nach dem Leben hungerten, das sie beinahe verloren hätten. Auch ihre Gäste wußten es nicht und ebensowenig, ob sie selbst und das Regime, dem sie anhingen, das neue Jahr überstehen würden. Man mußte zupacken, solange man es noch konnte, genießen, was das Leben bot. Essen, Tabak, Alkohol und die sogenannte Liebe: alles nehmen, alles verschlingen, denn im »stillen Raume, auf der Erde Grund« wartete nur noch das Nichts.

Ein Jahr der Niederlagen neigte sich dem Ende zu. Vor Stalingrad war die 6. Armee untergegangen. Der Afrika-Feldzug hatte mit der Kapitulation geendet. Der U-Bootkrieg im Atlantik war zusammengebrochen. Die Alliierten waren auf Sizilien gelandet und hatten das einst mit Deutschland verbündete Italien an sich gezogen. Und dann die Bomben! Abertausende von Bomben, die auf die deutschen Städte gefallen waren und sie zerstört hatten. Zerstört – hatte man vor 1943 jemals eine Vorstellung davon gehabt, was das bedeutete: zerstört?

Auch die Ostmark hatte inzwischen das Feuer vom Himmel kennengelernt. In einer milden Sommernacht hatten einundsechzig amerikanische Bomber ihre tödliche Fracht über Wiener Neustadt entladen. Hunderteinundachtzig Tote waren zu beklagen gewesen, achthundertfünfzig Verletzte. Damit begann eine Serie von Bombardements, denn in der kleinen Stadt, die einst so romantisch gewesen war, hatte das Deutsche Reich sein größtes Flugzeugwerk errichtet, wo jeden Monat zweihundertachtzig Maschinen verschiedenen Typs hergestellt wurden. Schon ein paar Wochen nach dem Angriff lief die Produktion wieder weiter.

»Das war nur dieses eine Mal«, tröstete man sich im ehemaligen Österreich und grollte weniger den Amerikanern, die die Bomben geworfen hatten, als den Nazis in Berlin, weil sie die gesamte Ostmark mit ihren Rüstungsbetrieben durchsetzt hatten. Gießereien gab es, Walzwerke, Aluminiumraffinerien, Kugellagerfabriken, Ölraffinerien und viele kleine Spezialbetriebe in den abgelegenen Alpentälern. »Die Fabriken sind unser Ruin!« hieß es auf einmal. »Die Fabriken und die Flüchtlinge, die uns das Fleisch von den Knochen fressen.«

Man hörte auf, den deutschen Gruß zu verwenden. »Heil Hitler!« sagte nur noch, wer eine Uniform trug. Kleine Gruppen fanden sich im geheimen und planten die Wiedergeburt Österreichs. Unter der Hand erzählte man sich, daß sogar am Stephansdom in Wien gleich neben dem Haupteingang das geheime Zeichen der Widerstandskämpfer eingeritzt worden war: »05«. Die Null für das O, die 5 für den fünften Buchstaben des Alphabets: E. »OE« gleich »Ö«. Nicht mehr »Alpen- und Donaugaue«. Nicht mehr »Ostmark«. Nein: »Österreich«. Endlich wieder Österreich!

Manche hätten am liebsten sogar den Kaiser wiedergehabt. Die Landbevölkerung, die immer schon konservativ gewesen war, hatte ohnedies nie aufgehört »ihren Otto« als Staatsoberhaupt zu sehen. Als Kaiser eben, wie es sich gehörte. Sie alle waren überzeugt, daß man es eigentlich ihm zu verdanken hatte, daß bisher kein Feuersturm auf ihre Heimat niedergegangen war. Wenn einer von den Ostmärkern in Gefangenschaft geriet, trösteten sie sich, würde man ihn bevorzugt behandeln. Sogar von Armbändern aus Zwirn war die Rede, die den österreichischen Gefangenen in Rußland umgebunden wurden, um sie von den Deutschen zu unterscheiden und nachsichtiger zu behandeln.

Doch welch ein Schreck, als kurz vor Weihnachten amerikanische Bomber von ihren afrikanischen Stützpunkten her anflogen und die Stadt Innsbruck bombardierten. Zweihunderteinundachtzig Tote, über fünfhundert Verletzte! Erst jetzt befestigte man die Keller, trieb den Bau von Bunkern voran und versuchte, die Lücken im Frühwarnsystem zu schließen.

Angst breitete sich aus, die durch eine aufmunternde Rundfunkrede des Führers nur kurz besänftigt wurde. Allzu fremd hörten sich auf einmal seine pathetischen Worte an, die zu Anfang so elektrisierend gewirkt hatten. Alles so schwulstig, dachte man. Alles so bombastisch. Nicht von Arbeitern war die Rede, sondern von »Soldaten der Arbeit«. Aus der Produktion wurde eine »Erzeugungsschlacht«, und Arbeit war nicht einfach nur Arbeit, sondern »Dienst an Führer und Volk«. War es da ein Wunder, daß die Lästermäuler, die sich so lange zurückgehalten hatten, plötzlich ihren Mund wieder weit aufmachten und den Militärgeistlichen als »Höllenabwehrkanone« bezeichneten und das Maschinengewehr als »Schnatterpuste«?

Ein Irrweg war es gewesen, den man 1938 eingeschlagen hatte, gestand sich nun so mancher ein. Trotzdem nahm man das Angebot der Alliierten nicht an, das auf tausenden Flugblättern abgeworfen und durch die »Feindsender« immer wieder erklärt wurde: Österreich sei Opfer der deutschen Herrschaftspolitik, hieß es da. Und es sei der Wunsch der Alliierten, ein freies, geeinigtes und unabhängiges Österreich zu schaffen. Man las, und man hörte es. »Moskauer Erklärung« nannte sich das Manifest, in dem die Retter ihre Hand ausstreckten. Moskauer Erklärung. Ausgerechnet Moskau! dachte man verwirrt. Moskau, vor dem sich jeder fürchtete!

So blieb das Angebot unbeantwortet, und der Krieg ging weiter. Die Stunde der Vergeltung werde folgen, erklärte Goebbels und berichtete von einer Wunderwaffe, die keiner je gesehen hatte, die aber bald zum Endsieg führen werde.

Der letzte Abend im Jahre 1943. Silvester. Die Bellagos standen am Fenster und schauten hinüber zum Gartenhaus, wo sich ihre ungebetenen Gäste amüsierten, ohne wirklich froh zu sein.

2

Tiefe Abneigung herrschte zwischen den Bellagos und den »drei Generationen« drüben im Gartenhaus. Keiner verstand den anderen, und keiner fühlte sich vom anderen respektiert. So nah hockte man aufeinander, daß jeder sehen konnte, wann der andere morgens aufstand, wann er das Haus verließ oder am Abend zu Bett ging. Dazu kam noch, daß der kleine Sohn der jungen Frau von niemandem gebändigt werden konnte. Man wußte nicht einmal, ob er überhaupt verstand, was man zu ihm sagte. Nur in Gegenwart seiner Mutter schien er ein wenig zur Ruhe zu kommen. Er umklammerte sie wie ein Ertrinkender, das Gesicht an ihre Hüfte gepreßt. Dabei gab er immer wieder ein verzweifeltes Wimmern von sich, obwohl niemand ihn bedrohte. Doch nicht nur verzweifelt schien er zu sein, sondern auch voller Zorn auf das Schicksal, dem er nicht vergeben konnte, was ihm angetan worden war.

Sein Name war Moritz. Bei diesem Namen, bemerkte Franz

Josef Bellago, wundere es ihn nicht, daß der Junge so ungebärdig war. Er sagte es halb im Scherz, aber eigentlich fühlte sich die ganze Bellago-Familie von Moritz bedrängt, der nicht ertragen konnte, wenn seine Mutter ihre Aufmerksamkeit von ihm abwandte und sich mit jemand anderem unterhielt. Dann hämmerte er mit Fäusten auf sie ein und stieß dabei zornige Laute aus. Keine Worte, nur wimmernde, drängende Töne. Manchmal, ganz selten, schrie er auch »Mama!«, und das war das einzige Wort, das er in der Lage war zu artikulieren.

Vom ersten Tag an ließen die beiden Frauen die Tür des Gartenhauses unverschlossen. Nur wenn sie in die Stadt gingen, sperrten sie zu. Moritz konnte daher das Haus jederzeit verlassen. Schon früh am Morgen schlenderte er in dem großen, parkähnlichen Garten herum, kletterte auf Bäume oder kauerte sich hinter Büsche. In dieser Haltung verharrte er oft stundenlang, wie ein Tier, das auf seine Beute wartet. Wenn seine Mutter oder seine Großmutter nicht kamen, um ihn zu suchen, trieb ihn wohl der Hunger ins Haus zurück. Dann hörte man ihn wieder schreien und wimmern, als wollte er das Mitleid seiner Mutter erwecken und damit vielleicht auch ihre Liebe.

Seit er da war, fürchteten sich Enrica und Lilli davor, in den Garten zu gehen. Kaum waren sie die Terrassenstufen hinuntergestiegen, stürmte Moritz schon auf sie zu. Er warf sich auf Enrica, um sie niederzustoßen. Dabei schrie und spuckte er und versuchte, sie zu beißen. Obwohl er viel kleiner war als sie, konnte sie sich seiner Wut nicht erwehren. Beim ersten Mal gelang es selbst Fanni kaum, ihm Einhalt zu gebieten. Nach dem zweiten Mal schloß Antonia die Tür zum Garten ab.

Auch Fanni wurde zum Ziel seiner Attacken. Seit Paula in den Hermann-Göring-Werken arbeitete, mähte Fanni an ihrer Stelle einmal im Monat den Rasen vor der Terrasse. Damit erregte sie jedoch die Angriffslust des Jungen, der ihr immer wieder vor die Sense sprang, daß sie nur mit Mühe verhindern konnte, ihn zu verletzen. Dabei sah sie ihn zum ersten Mal lachen. »Du kleiner Teufel!« schrie sie ihn an. »Mach, daß du endlich wegkommst!« Da lachte er noch viel mehr. Wäre seine Großmutter nicht eingeschritten und hätte ihn fortgeschleppt, wäre er wohl auf Fanni losgegangen, als wäre sie ein kleines Kind und er selbst riesengroß.

Nicht einmal die Villa war vor ihm sicher. Ein paarmal huschte er über die Terrasse ins Haus und versteckte sich stundenlang in irgendeinem Winkel. Wenn Enrica dann vorbeiging oder auch nur in der Nähe auftauchte, sprang er hervor und griff sie an. Obwohl Enrica ein mutiges Mädchen war, wurde sie mit diesem Jungen nicht fertig. Sie war es nicht gewohnt, sich körperlich verteidigen zu müssen. Beim ersten Mal war sie von seinem Zorn zu überrascht gewesen, um überhaupt reagieren zu können. Danach wuchs in ihr immer mehr die Angst. Wie ein tollwütiger kleiner Fuchs kam er ihr vor. Sie hatte sogar das Gefühl, von seiner Aggressivität wie von einer Krankheit angesteckt zu werden. Zu gleicher Zeit wagte sie nicht, sich zu wehren, um ihm nicht weh zu tun. Man hatte sie dazu erzogen, niemals auf Schwächere loszugehen. Mit Erstaunen bemerkte sie, daß diese Erziehung sie nun selbst schwach gemacht hatte.

Antonia versuchte mehrere Male, mit der Mutter zu sprechen, doch diese ließ sich auf keine Diskussion ein. »Ein kleiner Junge«, antwortete sie verächtlich. »Ihre beiden Prinzessinnen da drüben werden doch wohl vor ihm keine Angst haben!« Dann wurden ihre Augen schmal. »Ihnen geht es ja bloß darum, uns zu verjagen. Aber so leicht ist das nicht. Sie haben bestimmt kein Interesse daran, Ihre mollige Landpomeranze zu verlieren, die Ihnen den Dreck wegputzt. Ein Wort zu unserer lieben Frau Sageder bezüglich Ihrer Schwiegereltern, die angeblich so pflegebedürftig sind, ein Wort, und Ihre Dikke sitzt am Fließband, wo sie hingehört!«

Damit war das Gespräch beendet, und der Rasen zwischen Villa und Gartenhaus wurde zu einem Niemandsland des Argwohns. Das Gras wurde nicht mehr gemäht, und die Mädchen blieben im Haus. Schon nach ein paar Wochen breitete sich eine Wildnis aus, wo vor dem Krieg Kinder gespielt hatten und elegante Feste gefeiert worden waren. Die warmen Sommerregen trugen dazu bei, daß eine üppige Wiese entstand, durch die man nur noch stapfen konnte. Die Hamburgerinnen beschwerten sich daraufhin bei der Volkswohlfahrt, daß man sie in einem Dschungel ausgesetzt habe. Aus Bosheit! Man habe die Ostmärker inzwischen ja kennengelernt.

Am Anfang des Sommers hatten sich die Bellagos an trockenen Tagen oft stundenlang auf der Terrasse aufgehalten. Seit Moritz im Gartenhaus lebte, setzten sie sich nur noch gemeinsam an den Tisch. Trotzdem geschah es immer wieder, daß er plötzlich aus den Büschen sprang und einen Keks vom Tisch stibitzte oder ein Stück Obst. Dann rannte er wie ein Wiesel mit seiner Beute davon und verschwand im Gartenhaus.

Noch schlimmer fanden es die Bellagos, als eines Tages ihre Terrasse von wildfremden Menschen besetzt war, die sich am Tisch ausbreiteten, an der Balustrade lehnten oder sich auf den Liegestühlen räkelten. Ganz offenkundig hatten die Lüttges ihre Bekannten eingeladen und dachten gar nicht daran, den eroberten Platz wieder zu räumen.

Franz Josef Bellago zitterte vor Zorn. Nur den flehentlichen Überredungskünsten seiner Frau war es zu verdanken, daß er nicht hinausstürmte und die Eindringlinge verjagte wie einst Jesus die Händler aus dem Tempel.

Antonia ging allein hinaus. Sie verschaffte sich in dem allgemeinen Wirbel Gehör, indem sie eine der Bowlenschüsseln, die auf einem Beistelltisch standen, in Augenhöhe hochhob und dann zu Boden schmetterte. »In diesem Haus sind Sie nicht willkommen«, sagte sie dann mit ruhiger Stimme. »Wir kennen Sie nicht und haben Sie nicht eingeladen. Ich gebe Ihnen eine Stunde. Wenn Sie bis dahin unsere Terrasse nicht verlassen haben, rufe ich die Polizei.«

Erst war es ganz still. Dann entbrannte eine heftige Diskussion. Einer der Gäste – ein Kriegsversehrter wohl, denn er hatte nur noch einen Arm – versuchte, Antonia ein Glas mit

Bowle aufzudrängen und ihre Sympathie zu gewinnen. Sie aber schüttelte ihn ab, ging in den Salon zurück und sperrte hinter sich zu. »Es ist eigentlich unerträglich«, sagte sie leise. »Diese Menschen haben alles verloren. Eigentlich müßte man sie aufnehmen und gut zu ihnen sein.« Sie schüttelte den Kopf. »Aber wie kann man das, wenn sie sich so benehmen?«

Erst nach zwei Stunden war die Party zu Ende. Die Lüttges räumten Geschirr und Gläser fort. Die Essensreste und die Scherben ließen sie liegen. Auch um die Tischtücher, die den Bellagos gehörten und nun voller Flecken waren, kümmerten sie sie nicht. Scherzend und lachend zogen die Eindringlinge ab. Das Gartentor zur Straße, das in Friedenszeiten immer abgeschlossen gewesen war, stand weit offen.

Die beiden Hamburgerinnen hatten ihr Leben in die Hand genommen. Als der Sommer zu Ende ging, hing plötzlich ein handgemaltes Schild neben dem Gartentor: »Salon Hamburg – Herren und Damen«.

Diesmal wandte sich Antonia direkt an Frau Sageder, die im ersten Augenblick einen Anflug von Verständnis zeigte. Bei genauerer Überlegung aber fand sie es doch recht sinnvoll, daß die Flüchtlinge selbst zu ihrem Unterhalt beitrugen.

»Wir haben kaum noch Friseure«, sagte sie in besänftigendem Ton. »Mich, zum Beispiel, bedient in der Stadt keiner mehr, seit diese neue Verordnung herausgekommen ist, daß Friseure nur Frauen annehmen dürfen, deren Haare kürzer als fünfzehn Zentimeter sind. Wegen des Shampoos und aus Zeitersparnis, vermute ich, und weil es eben kaum noch Friseure gibt. Unter diesen Umständen finde ich es eigentlich gar nicht schlecht, daß die beiden in dem Bereich arbeiten, den sie gelernt haben und wo Mangel herrscht.« Sie überlegte kurz und strich mit der Hand über ihr gekräuseltes Haar, das sie mit Klammern hochgesteckt trug. »Vielleicht sollte ich mich auch bei den beiden melden.« Sie bemerkte Antonias Mißbilligung und fügte versöhnlich hinzu: »Eigentlich sollten Sie das Beste daraus machen und das Angebot ebenfalls nutzen. Ein Friseur auf dem eigenen Grundstück – das ist doch gar nicht unpraktisch, oder?« Als Antonia immer noch nicht antwortete, hatte Frau Sageder wohl das Gefühl, mit ihrer Leutseligkeit zu weit gegangen zu sein. »Ab durch die Mitte!« fuhr sie das BDM-Mädchen an, das sich mit gedankenverlorenem Blick von einem Fuß auf den anderen hin- und herwiegte. »Heil Hitler!«

Von nun an kamen Tag für Tag mehr Kunden mit wirrem Haar oder Stoppelbart durch das offenstehende Gartentor der Villa Bellago und verließen das Grundstück wohlgekämmt und nach Rasierwasser duftend – woher auch immer sich die beiden Haarkünstlerinnen die Kosmetika beschafft haben mochten.

»Wir sind nicht mehr die Herren im eigenen Haus«, murrte Franz Josef Bellago resigniert. »Früher hätte man sich das nicht gefallen lassen. Aber heutzutage gibt es kein Recht mehr. Nicht einmal das Recht, über den eigenen Besitz zu verfügen.« Er legte eine Handfläche auf sein Herz, das immer häufiger unregelmäßig rumpelte, als wäre es dabei, den eigenen Rhythmus zu verlieren. Dann schaute er seine Frau an und Antonia und die Mädchen und dachte, daß es doch eigentlich die Pflicht eines Mannes sei, seine Familie zu beschützen. Das Alter, dachte er, war dabei, ihm seine Energie zu nehmen und damit seine Identität.

Antonia und Hella spürten, was in ihm vorging, und sie liebten ihn dafür. Hätten die Dinge ihren naturgegebenen Lauf genommen, wäre jetzt sein Sohn zur Stelle gewesen, um für ihn einzutreten. Doch der Krieg kannte keine Generationenfolge, und er kannte auch kein Besitzrecht. Nicht das der Bellagos, nicht das der ausgebombten Flüchtlinge und auch nicht das der überfallenen Nationen, die von einer Armee besetzt wurden, deren oberster Führer ihr jeglichen Gerechtigkeitssinn aus dem Leib herausgeschrien hatte. Unbedingter Gehorsam wurde verlangt. Wer anderer Meinung war und es zugab, wurde getötet. Wann, dachte Antonia, wann wäre noch Zeit gewesen, nein zu sagen?

3

Fast gleichzeitig spürten sie alle den kühlen Luftzug, der durch den Raum strich. Irgendwo mußte ein Fenster oder eine Tür offenstehen. Sie machten sich auf die Suche und entdeckten, daß eines der Küchenfenster einen Spaltbreit geöffnet war. Schon mehrmals war es Fanni aufgefallen, daß ein Riegel, den sie ganz bestimmt geschlossen hatte, zurückgeschoben war und das jeweilige Fenster jederzeit von draußen aufgedrückt werden konnte. Da sich diese Vorfälle häuften und Moritz oft auf ganz unerklärliche Weise ins versperrte Haus gelangte, gab es wohl nur die Erklärung, daß er sich bei jedem seiner ungebetenen Besuche gleich einen neuen Zutrittsweg für das nächste Mal vorbereitete.

Von da an machte Fanni jeden Abend eine Runde durch das ganze Haus und überprüfte sämtliche Schlösser. In der heutigen Silvesternacht hatte sie es zum ersten Mal vergessen, weil sie vor lauter Arbeit nicht mehr wußte, wo ihr der Kopf stand. So war es also nun wieder geschehen, und der kleine Teufel hatte sich irgendwo im Haus versteckt, unberechenbar und beunruhigend, weil man nie wissen konnte, was ihm einfiel.

Sie suchten ihn überall, riefen seinen Namen und sicherten ihm Straffreiheit zu, wenn er sich freiwillig meldete. Doch sie bekamen keine Antwort. Es war Lilli, die ihn schließlich unter der Schabracke eines Lehnsessels entdeckte. »Da ist er ja!« rief sie vergnügt und tanzte im Zimmer herum, den Zeigefinger spitz auf das aufgestöberte Wild gerichtet. »Da ist er ja! Da ist er ja!«

Alle eilten herbei. Doch Moritz dachte gar nicht daran, sich erwischen zu lassen. Wie ein Kugelblitz flitzte er hin und her. Einmal bekam ihn Franz Josef Bellago zu fassen, doch Moritz riß sich los. Erst Fanni wurde schließlich mit ihm fertig. Sie umklammerte seinen kindlichen Arm wie mit einem Schraubstock und ließ nicht mehr locker, so sehr er sich auch wehrte. Dann zerrte sie ihn hinaus in den Garten und weiter zum Gartenhaus, wo das Fest mit unverminderter Lautstärke fortdauerte. Bevor Fanni hineinging, hielt sie kurz inne, um sich zu sammeln. Dann stieß sie die Tür auf, während Moritz ununterbrochen nach ihr schlug und trat, um sich zu befreien.

Das erste, was sie sah, waren dichte Schwaden von Tabakrauch im schwachen Licht einer Messinglampe in der Mitte des Raumes, der normalerweise als Wohnzimmer diente und nun zu einer Art Tanzsaal umfunktioniert war. Sämtliche Möbel standen an den Wänden, so daß es nun viel Platz gab. Das Grammophon spielte in voller Lautstärke, wobei die Nadel in regelmäßigen Abständen eine Rille wechselte, die die Melodie jedesmal mit einem kurzen Knacken unterbrach.

Ein langsames Lied wurde gerade gespielt. Fanni kannte es nicht. Da sie den Text nicht verstand, nahm sie an, daß es sich um einen amerikanischen Schlager handelte. Einen von denen, die sich Peter manchmal anhörte und die von den Nazis als »Negermusik« beschimpft wurden. Einen kurzen Augenblick lang wunderte sich Fanni darüber, daß Offiziere des Führers nach einer solchen Musik tanzten. Dann aber wurde ihre Aufmerksamkeit von den Vorgängen im Raum gefesselt.

Sie unterschied nun einige Pärchen, die so eng aneinandergeschmiegt tanzten, daß sich sogar ihre Wangen berührten. Einer der älteren Offiziere hatte seine Handflächen in voller Breite auf das runde Hinterteil eines besonders jungen Mädchens gepreßt, so daß der Rock des Mädchens bis über die Schenkel hochgerutscht war und den Blick auf eine tief rosarote Spitzenhose freigab. Fanni hatte bisher weder gewußt, daß solche Unterwäsche existierte, geschweige denn, daß es Mädchen gab, die so etwas trugen.

Noch immer hielt sie die Hand des Jungen fest, der plötzlich ganz still geworden war und sich nicht mehr wehrte. Auch er schaute sich im Raum um. Erst als Fanni zu ihm hinunterblickte, erkannte sie, was er beobachtete: Auf einem Schaukelstuhl in der Ecke saß – nein, lag! – seine Mutter mit zurückgeworfenem Kopf und geschlossenen Augen, während ein Mann in Uniform vor ihr kniete und sich an ihrer Kleidung zu schaffen machte.

Keiner der Tanzenden nahm die beiden zur Kenntnis. Jedes Pärchen war mit sich selbst beschäftigt. Fanni mußte plötzlich an ihren Bruder Felix denken, der noch als halbes Kind einen Ausflug ins Bordell unternommen hatte. Alle hatten ihn deshalb beschimpft, auch Fanni, obwohl sie sich eigentlich nicht vorstellen konnte, was genau er dort gesehen und erlebt hatte. Wirklich schlimm und verdammenswert hatte sie es damals aber nicht empfunden, mehr als einen Streich halbwüchsiger Jungen. Als Felix dann in den Krieg zog, hatte Fanni sogar gedacht, es sei gut gewesen, daß er vorher noch einmal seinen Spaß gehabt hatte.

Spaß? dachte sie nun, als sie Moritz' Mutter auf dem Schaukelstuhl hängen sah wie ein Stück Fleisch beim Metzger. Spaß? Hätte sich Felix nicht lieber ein nettes Mädchen aus der Nachbarschaft suchen sollen, das ihm jetzt lange Briefe schreiben würde, wenn er vor Heimweh fast verging?

Seit mehr als einem halben Jahr befand sich Felix nun schon in englischer Gefangenschaft. Mitte Mai hatte die deutsche Heeresgruppe Afrika, in der er diente, bei Tunis vor den Engländern kapituliert. Zu diesem Zeitpunkt war der Urlaubsschein, mit dem Felix zwei Wochen später nach Hause gedurft hätte, schon ausgefüllt. Zwei Wochen entschieden über Freiheit oder Gefangenschaft.

Fanni hatte es kommen sehen. In regelmäßigen Abständen hatte sie damals eine Kartenlegerin aufgesucht. Die hatte ihr gesagt, es sehe für diesen Urlaub schlecht aus. Irgend etwas würde dazwischenkommen. Fanni hätte gerne gewußt, was, und so kehrte sie am folgenden Tag zu der Wahrsagerin zurück, um Angenehmeres zu erfahren. Doch sie traf die Kartenleserin nicht mehr an. Man hatte sie verhaftet und im Schnellverfahren zu einer Zuchthausstrafe verurteilt, weil sie angeblich die Angehörigen von Soldaten wissentlich beunruhigte.

Nun war auch Fanni beunruhigt. Sie wunderte sich nicht einmal mehr, als sich Felix nicht in dem angekündigten Zug befand. Trotzdem gab sie die Hoffnung nicht auf und wartete auf jeden weiteren Zug, in dem ihr Bruder sitzen konnte. Doch er kam nicht. Auch am nächsten Tag nicht und nicht an den folgenden.

Erst fünf bange Wochen später traf ein Brief ein, in dem er ihr schrieb, die Tommies hätten ihn bei Hammamet gefangengenommen. Schön sei es da gewesen, berichtete er erstaunt und verwirrt zugleich, denn er kam aus der Wüste, wo nichts wuchs und nichts blühte. In Hammamet seien die Häuser alle weiß wie Schnee und umgeben von dunkelgrünen Olivenhainen, schrieb er. Haine! Fanni mußte erst Antonia fragen, was das denn sei, ein Hain. Das Meer sei so blau gewesen wie der Himmel, erzählte Felix weiter. War er verrückt geworden? Fanni konnte sich nicht vorstellen, daß er in seiner Lage auf Farben achtete und auf die Schönheit einer Landschaft.

Gefangenschaft. Von Rußland her kannte man das schon. Es bedeutete Demütigung, Hunger, Krankheit und Tod. In Gefangenschaft zu geraten, sagten die, die es wissen mußten, sei schlimmer, als zu fallen. Und nun faselte Felix plötzlich von Olivenhainen und vom blauen Meer! Entweder hatte er wirklich den Verstand verloren, dachte Fanni, oder er wollte sie trösten. Allerdings gab es noch eine dritte Möglichkeit: daß die Engländer ihre Gefangenen wirklich wie Menschen behandelten und Felix nach dem Ende des Krieges – bald! hoffentlich ganz bald! – gesund und ungebrochen heimkehrte. Als der gleiche liebe, verrückte Kerl, der er immer gewesen war.

In den folgenden Monaten trafen noch weitere Briefe von Felix ein. Man hatte ihn inzwischen in ein Lager nach England verlegt. Das Leben dort sei kein Honiglecken, berichtete er, und die Verpflegung sei »bescheiden«. Trotzdem könne man es aushalten. Er habe inzwischen Kartenspielen gelernt, sogar ein so schwieriges Spiel wie Bridge. Er blicke zwar noch nicht ganz durch, aber immerhin sei er schon besser darin als die meisten seiner Kameraden. Alle Tommies seien überzeugt, daß der Krieg bald zu Ende gehen würde. Eigentlich müßte nur noch der Führer sein *allright* dazu geben – was Fanni wieder in höchstem Maße verwirrte, denn sie konnte sich nicht vorstellen, daß ihr kleiner Bruder, der von seinem Dorf nicht weiter als bis nach Linz und ins Bordell von Steyr gekommen war, auf einmal englisch sprach. Trotzdem fiel ihr ein Stein vom Herzen, weil es Felix offenbar nicht allzu schlecht ging, und sie schwor sich, Churchill nie wieder ein Schwein zu nennen.

Noch immer stand Fanni mit Moritz an der Tür des Gartenhauses. Keiner kümmerte sich um sie. Jeder hatte jemanden, der seine Aufmerksamkeit beanspruchte. Plötzlich aber stieß Moritz einen spitzen Schrei aus. Er riß sich von Fanni los und drängte sich zwischen den Tanzenden hindurch zu seiner Mutter, die mit nacktem Oberkörper vor dem Offizier lag, der ebenfalls nur noch zur Hälfte bekleidet war.

Wie wahnsinnig warf sich Moritz dem Mann entgegen und prügelte auf ihn ein. Dabei kreischte er, kratzte und biß, daß der Mann aufschrie und das Kind mit einer einzigen, ausholenden Bewegung von sich schleuderte. Trotz des Lärms hörte man, wie der Kopf des Jungen auf der Holztäfelung aufschlug.

Nun erwachte auch seine Mutter aus ihrer anfänglichen Erstarrung. Sie sprang auf, daß der Schaukelstuhl fast überkippte, und rannte zu Moritz. Sie kniete neben ihm nieder und nahm seinen Kopf zwischen ihre Hände. Entsetzt schrie sie auf, als sie sah, daß er blutete. Doch seine Augen waren klar. Ruhig blickte er zu ihr auf. »Mama!« sagte er. Fanni hörte es nicht, aber sie konnte es von seinen Lippen ablesen.

Die Mutter erhob sich und holte ihre Bluse, die neben dem Schaukelstuhl zu Boden geglitten war. Hastig zog sie sie an. Doch während sie die Knöpfe schloß, sprang Moritz auf und rannte zur Tür. Seine Mutter rief ihm nach, er solle dableiben, alles sei in Ordnung. Aber da war er schon fort, vorbei an Fanni und durch das hohe Gras im Garten.

Fanni verfolgte ihn. Doch er stand bereits draußen auf der Straße. Als sie selbst das Tor erreicht hatte, sah sie ihn noch, schon weit entfernt, mitten auf der Straße davonrennen. Ein winziges Nachtwesen, das im Dunkel verschwand.

Die Silvesterfeier im Gartenhaus war zu Ende. Keiner der Gäste hatte Lust, bei der Suche nach Moritz zu helfen. Als die beiden Hamburgerinnen trotzdem darauf bestanden, packten die Gäste ihre Körbe zusammen und stolperten grölend und schimpfend davon. Sie trösteten sich gegenseitig, daß es irgendwo bestimmt ein anderes Fest geben würde, bei dem sie mit ihrem Schnaps und ihren Leckerbissen hochwillkommen waren. Das hier war jedenfalls eine elende Feier gewesen. Niemals hätte man die Einladung der beiden hysterischen Weiber annehmen dürfen. Schlampen seien sie, alle zwei. Eigentlich habe man es ja gewußt. Kein Wunder, daß der Junge total verrückt war. Wer weiß, wo ihn seine Mutter aufgegabelt hatte.

4

Sie suchten die ganze Nacht. Selbst Peter beteiligte sich daran. Er hatte den Silvesterabend bei seinen Flakhelferkameraden verbracht und kam erst nach Mitternacht heim. Auch er hatte keinen Kontakt zu Moritz gefunden, obwohl er ihn am Anfang manchmal angesprochen hatte. Doch eine Antwort hatte er nie bekommen. Es gab keinen Zugang zur Seele dieses Kindes, das nur Verzweiflung und Haß zu kennen schien.

Sie fanden ihn nicht, und eigentlich rechneten sie auch nicht damit. Er konnte überall sein. In jedem Park, in jedem Hinterhof, in jedem Torbogen. Unten an der Donau konnte er untergeschlüpft sein oder drüben am Fuße des Pöstlingbergs. Auf einem Bahnsteig oder in einer Lagerhalle. Klein und flink wie er war, wurde er leicht übersehen.

Bisher war er von seinen Ausflügen immer selbst zurückgekehrt. Die drei Frauen aber, die wußten, was im Gartenhaus geschehen war – die beiden Lüttges und Fanni –, sie waren fast sicher, daß Moritz diesmal nicht mehr freiwillig heimkommen würde.

Auch Antonia hatte sich auf die Suche gemacht, während ihre Schwiegereltern die beiden Mädchen ins Bett brachten. Lilli war inzwischen so müde geworden, daß sie nicht einmal mehr merkte, daß ihr die Großeltern das Nachthemd anzogen. Enrica hingegen war hellwach. »Der Doktor in Wien, der manchmal bei Oma und Opa Bethany war«, sagte sie leise zu Hella Bellago, »erzählte mir einmal, er heile Kranke, indem er mit ihnen spreche.«

Hella Bellago streichelte ihrer Enkelin über den Kopf. »Schlaf jetzt, Eni«, drängte sie. »Mach dir nicht immer so viele Gedanken.«

Doch Enrica gab nicht auf. »Glaubst du, er hätte Moritz helfen können?« beharrte sie.

Hella Bellago lächelte ein wenig ärgerlich, denn auch sie war todmüde. »Bestimmt nicht«, antwortete sie. »Wie kommst du auf so etwas?« Sie küßte ihre Enkelin auf die Stirn und verließ das Zimmer, wobei ihr fast die Augen zufielen. Erschrocken nahm sie sich zusammen. Ich muß aufpassen, sagte sie sich besorgt. Ich darf nicht stürzen und mir die Knochen brechen ... Sie beeilte sich, zu ihrem Mann zu kommen, um den sie sich in letzter Zeit immer mehr sorgte. Es war nicht zu übersehen, daß er nicht mehr der gleiche war wie früher, und Hella Bellago wollte doch, daß sie und ihr Mann beisammenblieben bis zuletzt.

Am Morgen frühstückten sie alle gemeinsam. Auch die beiden Hamburgerinnen waren dabei. Es war das erste Mal, daß sie die Villa betraten. Früher wären sie neugierig darauf gewesen, wie dieses Wohnhaus einer großbürgerlichen Familie eingerichtet war und wie man sich dort verhielt. Heute aber hatten sie kein Interesse daran. Eine lange Nacht lag hinter ihnen. Nach dem Feuersturm in ihrer Heimatstadt hatten sie gemeint, jene Nacht wäre die schwerste ihres Lebens gewesen. Schlimmer könnte es nicht werden. Nun aber hatten sie Stunden erlebt, die sie noch tiefer trafen. Obwohl bisher kein Tag vergangen war, an dem sie sich nicht über Moritz beklagten und ihn eine Strafe des Himmels nannten, konnten sie jetzt seinen Verlust kaum ertragen.

In den ersten Stunden nach seinem Verschwinden hatten sie noch Hoffnung gehabt. Sie liefen durch die nächtlichen Straßen und riefen seinen Namen. Da es die Neujahrsnacht war, waren immer noch Menschen unterwegs, die meisten übermütig und mehr oder weniger angetrunken. Trotzdem wurden die beiden Frauen immer wieder gefragt, was denn geschehen sei. Immer mehr Hilfsbereite schlossen sich der Suche an. »Moritz!« hörte man es rufen. »Moritz, wo bist du?« So viel Aufmerksamkeit hatte dieses Kind bisher noch nie erfahren.

Bis zum Morgen dauerte die Suche. Dann machten sich die Helfer nach und nach auf den Weg nach Hause. »Es ist kalt«, sagte einer. »Zwar nicht besonders kalt für eine Winternacht. Aber kalt genug, um zu erfrieren.«

Erfrieren. Auch im Eßzimmer der Bellagos dachten alle an dieses Wort, während sie die eigenen klammen Finger aneinander rieben und zuhörten, wie Fanni draußen in der Diele den großen weißen Kachelofen anheizte, der bald seine Wärme nach innen in den Eßraum abgeben würde.

»Vielleicht ist er in irgendein Haus eingestiegen«, versuchte Antonia alle zu beruhigen. »Vielleicht ist er auch schon auf dem Weg hierher, und wir sorgen uns ganz umsonst.«

Niemand antwortete. Die kleinen Scheite im Kamin hatten Feuer gefangen und knackten leise. Man konnte hören, wie Fanni zwei dicke Holzklötze nachlegte, die bald für angenehme Wärme sorgen würden.

»Vielleicht hat ihn jemand aufgenommen«, meinte Hella Bellago nun tröstend. »Ein so kleines Kind läßt man doch nicht einfach auf der Straße stehen.«

Die junge Frau hob den Kopf. »Moritz aufnehmen?« fragte sie fast feindselig. »Glauben Sie im Ernst, daß irgend jemand dieses Kind aufnehmen würde? Und glauben Sie, daß es sich aufnehmen ließe? Moritz Lüttge bleibt nicht auf der Straße stehen und wartet darauf, daß ihn jemand an der Hand nimmt.«

Alle schwiegen betreten. Sie wußten, daß sie recht hatte.

»Wahrscheinlich hat er sich irgendwo auf den Boden gehockt und gewartet, bis er erfroren ist«, sagte Moritz' Großmutter mit ausdrucksloser Stimme. »Vielleicht ist er auch ins Wasser gesprungen. Man kann nie wissen, was ihm einfällt.«

»Ins Wasser?« fragte Franz Josef Bellago verständnislos. »Warum, um Himmels willen, sollte er ins Wasser springen?«

Die junge Frau trank ihre Teetasse leer und griff nach einem Butterbrot. »Als dieser Bombenangriff war, bei uns in Hamburg«, fing sie an zu erzählen, »da waren wir erst lange Zeit in einem Luftschutzkeller eingeschlossen. Moritz verlor in dieser Enge fast den Verstand. Sie können sich nicht vorstellen, was sich da drinnen abspielte. Schon nach kurzer Zeit fiel der Strom aus, und wir hatten kein Licht mehr. Dabei ununterbrochen der Lärm der Explosionen! Der ganze Keller schwankte und schaukelte wie ein Schiff. Alle schwitzten vor Angst. Es roch nach Urin, weil die Toiletten verstopft waren. Man bekam kaum noch Luft. Alle klammerten sich aneinander, als könnte das helfen. Nur Moritz riß sich los und schlug mit der Stirn gegen die Wand. Immer wieder. Ich konnte es sehen im Schein der Taschenlampe, die ich mehrmals einschaltete. Er hätte sich umgebracht, wenn ich ihn nicht weggerissen hätte. Aber ich konnte ihn nicht bändigen. Statt gegen die Wand schlug er nun mit dem Kopf gegen mich.« Sie machte eine Pause. Man hörte nur die kleine Uhr draußen auf dem runden Dielentisch, die mit ihrem zierlichen Klingen die Stunde schlug. Acht Uhr. Acht Uhr morgens am ersten Tag des Jahres

1944. Ob dieses Jahr endlich den Frieden bringen würde? Den Frieden oder den Untergang?
»Schließlich wußte ich mir nicht mehr zu helfen«, erzählte die junge Frau weiter. »In den wenigen Augenblicken, in denen es still war, fielen die anderen über mich her. Ich sollte diesen Teufelsbraten endlich zur Raison bringen, sonst würden sie es tun.« Sie hatte plötzlich Tränen in den Augen. »Dieses Kind hat immer nur Abneigung ausgelöst«, gestand sie. »Niemand hat ihn geliebt.« Sie legte ihr Brot auf den Teller. »Nicht einmal ich. Aber ich habe ihn wenigstens verstanden. Glaube ich zumindest.«
Hella Bellago hielt die Kanne hoch. »Möchten Sie noch Tee?« erkundigte sie sich.
Die junge Frau nickte und ließ sich nachgießen. »Schließlich warfen die anderen uns hinaus«, berichtete sie dann weiter. »Man schob uns die Treppe hinauf, öffnete die Eisentür, stieß uns ins Freie und machte noch im gleichen Augenblick hinter uns wieder zu ... Da standen wir nun, mitten in der Hölle. Überall war Feuer. Es war so heiß, daß wir meinten, unsere Lunge würde verbrennen. Erst da hörte Moritz auf zu toben. Er umarmte mich in der Weise, wie Sie es sicher gesehen haben. Hier um die Hüfte.« Sie machte eine Bewegung, als wäre das Kind auch jetzt noch bei ihr und hielte sich an ihr fest. »Da hob ich ihn hoch. Ich rannte zu einer Brücke und sprang mit ihm ins Wasser. Im hellen Feuerschein sahen wir, daß schon viele Menschen hier standen, untergetaucht bis zum Kinn, um sich vor der Hitze zu schützen. Sogar das Wasser war warm, wie in einer Badewanne. Manchmal fielen glühende Gegenstände auf uns herunter, begleitet von tausend Funken. Einer davon Moritz direkt ins Gesicht. Ich packte ihn noch im selben Moment.« Die junge Frau kämpfte plötzlich mit der Übelkeit. »Es war der Teil eines Menschen«, flüsterte sie kaum hörbar. »Ein Fuß mit einem Schuh daran.«
Hella Bellago schrie entsetzt auf.
»Stundenlang standen wir so«, berichtete die junge Frau

weiter. »Wir hatten kein Zeitgefühl mehr. Erst als die Flugzeuge fort waren, wagten wir uns aus dem Wasser. Alles war zerstört. Alles voller Rauch und glühender Trümmer. Irgend jemand nahm uns zu einer Sammelstelle mit und gab uns zu trinken. Man sagte uns, die Straße, in der wir gewohnt hatten, gebe es nicht mehr. Es hätte gar keinen Sinn, noch einmal hinzugehen, man käme gar nicht mehr so weit heran. Auch die ganze Umgebung sei kaputt.« Sie schüttelte den Kopf. »Er sagte wirklich kaputt!« versicherte sie und hatte plötzlich Tränen in den Augen. »Kaputt wie unser ganzes verdammtes, armes Deutschland!«

Antonia streichelte ihr über die Hand. Doch die junge Frau zog sie weg. »Wir müssen weitersuchen!« entschied sie und stand auf. »Vielleicht hat er es doch überstanden. Vielleicht hockt er irgendwo und wartet darauf, daß wir ihn holen. Er ist nur zu trotzig, nachzugeben und selbst zurückzukommen.«

»War er denn immer so?« fragte Enrica. »Und was sagt sein Vater dazu?«

Die junge Frau blickte sie erst gereizt an, weil ein Kind es wagte, sie auszufragen. Dann wurde ihr Blick milder. »Sein Vater?« fragte sie zurück. »Welcher Vater denn?« Sie lächelte fast mitleidig. »Du naives kleines Bürgerkind. Weißt du, was ein Kriegsvater ist?«

Enrica antwortete nicht.

»Seit dem Feldzug nach Polen haben wir diese Einführung bei uns im Großdeutschen Reich«, sagte die junge Frau bitter. »Wenn ein uneheliches Kind geboren wird, dessen Vater im Krieg gefallen ist, wird anstelle des väterlichen Namens die Bezeichnung ›Kriegsvater‹ ins Standesamtsregister eingetragen. Die unverheiratete Mutter behält zwar ihren Mädchennamen, aber sie wird in Zukunft amtlich mit ›Frau‹ angeredet.« Das Lächeln erlosch. »Einen Vater hat es natürlich gegeben, und um die Wahrheit zu sagen, vielleicht ist er auch gar nicht gefallen. Ich habe nur nie mehr etwas von ihm gehört, und sein Sohn ist ja auch nicht von der Art, daß er den Vater zu uns zurückgelockt hätte.« Sie zog sich den Mantel an, den sie über die Sessellehne gelegt hatte.»Wie auch immer. Ich suche weiter.«

Sie ließ sich nicht zurückhalten. Zusammen mit ihrer Mutter ging sie in die Stadt und rief immer wieder den Namen ihres Kindes. Nur wenige Menschen waren unterwegs. Es war Feiertag, und alle waren noch müde von der Silvesterfeier. Daß da zwei verstörte Frauen durch die Straßen liefen und nach einem Kind suchten, interessierte die wenigsten. So viele Menschen wurden in diesen Tagen vermißt. Was bedeutete da schon ein kleines Kind?

Zwei volle Wochen suchten sie nach ihm. Doch weder das lebende Kind noch sein Leichnam wurden gefunden. Vielleicht war Moritz wirklich ins Wasser gesprungen, weil ihn das Wasser schon einmal gerettet hatte. Vielleicht. Vielleicht auch nicht. Ein ungebärdiges Kind, das allen zur Last gefallen war, war verschwunden. Blieb verschwunden.

Nach zwei Wochen gaben die beiden Frauen von einem Augenblick zum anderen auf. Sie nahmen das Schild vom Zaun, das ihre Friseurdienste anbot, und packten ihre Rucksäcke und Koffer. Dann sperrten sie das Gartenhaus ab und danach das Gartentor. Die Schlüssel warfen sie in den Briefkasten.

Nur Fanni sah sie vom Fenster aus fortgehen. Niemandem sagten sie Adieu, und niemandem teilten sie mit, wohin sie wollten. Wie sie gekommen waren, so verschwanden sie wieder. Wie Moritz, dachte Fanni und sah ihn plötzlich vor sich, wie er in die Nacht hinein verschwand.

Langsam ließ sie die Gardine fallen, die sie hochgehoben hatte, um die beiden Hamburgerinnen besser sehen zu können. Die zwei Generationen, dachte sie. Dann ging sie hinüber ins Gartenhaus. Sie holte die Sense und mähte endlich wieder den Rasen. Danach räumte sie die Unordnung auf, die die ungebetenen Gäste hinterlassen hatten. Als die Bellagos aus der Stadt zurückkamen, war alles wieder, wie es sich gehörte.

Leergebrannt ist die Stätte

I

Es war geschehen. Begleitet von Blitz und Sturm hatte die dunkle Wolke ihr Ziel erreicht. Die deutschen Städte brannten, obwohl man meinen konnte, es sei nichts mehr da, um den Flammen noch zur Nahrung zu dienen. Tausend Jahre menschlicher Kultur waren zu Asche geworden. Tausend Jahre Phantasie, Planen und Gestalten. Tausend Jahre Sehnsucht nach Wissen und Schönheit. Tausend Jahre Wirklichkeit geopfert für eine tausendjährige Irreführung, die nicht einmal zwei Jahrzehnte Bestand hatte, bis sie in Flammen aufging. Selbst wer ihr entkam, blieb nicht unversehrt zurück. Die Seelen, die in die Nähe der Flammenhölle geraten waren, blieben für immer versengt.

Während die Alarmsirenen unaufhörlich heulten und aus den Rundfunkempfängern das Metronom seinen drohenden Takt schlug, gab es im Deutschen Reich nirgendwo mehr einen Menschen, der nicht vom Krieg gezeichnet gewesen wäre. Müde waren sie alle. Erschöpft und voller Angst – selbst jene, die sich noch immer im Recht wähnten. Der Schleier, hinter dem sich die Wahrheit verbarg, lüftete sich nun auch für sie und enthüllte das bleiche Antlitz dahinter. Die anderen, die keinen Anteil an der Macht hatten und vielleicht auch keinen an der Schuld, wagten viel früher, die Augen zu öffnen. Meist nur für wenige Minuten, denn der Anblick der Wahrheit war kaum zu ertragen. Doch sie war da und wartete darauf, ans Licht zu treten. Wenn die B-24-Bomber der Alliierten den kristallklaren Frühlingshimmel über der Stadt sprenkelten wie ein Vogelschwarm auf dem Weg ins Sommerquartier, dann blieben die Menschen in den Straßen von Linz stehen und schauten hinauf, bis sich der Himmel wieder geklärt hatte. Nach Bayern flogen die großen, dunklen Vögel mit ihrer tödlichen Ladung. Ohne sie würden sie zurückkehren, und dort, wo sie gewesen waren, würde nichts mehr so sein wie zuvor. Sie selbst begaben sich zurück in den Süden, zum Stiefelsporn Italiens oder zur Küste Nordafrikas. Dort füllten sie erneut ihre Bäuche, während die Piloten sich für den kommenden Tag ausruhten, wenn sie wieder gegen Ende der Nacht aufbrachen und aus der Finsternis in die graue Helligkeit des Morgens flogen: über die weißen Städte Italiens und die schroffen Zinnen der Alpen hinweg. Immer voll Angst, denn auch sie waren verwundbar und wußten, daß die Geschütze der Flugabwehr schon auf sie warteten.

Ihre Arbeit war ein Tagewerk, nicht wie weiter im Norden die Angriffe der britischen Bomberstaffeln, die nur des Nachts tätig wurden und im Dunklen ihre Tatzen wie Raubtiere in die Weichteile der deutschen Städte schlugen. Die amerikanische Luftwaffe tötete zu Mittag. Wen sie traf, der spürte sie nicht weniger schmerzhaft als der Bruder oder die Schwester im Norden. Und doch hatten die Schäden an den Städten und der Bevölkerung ein milderes Gesicht. Nicht alles verbrannte, nicht alles verschwand. Kein Flächenbrand. Kein Feuersturm. Nur der Tod von oben für die Menschen, die er traf, und die Vernichtung für die Gebäude, auf die die Bomben fielen. Nur. Man lernte, auch dem Schrecklichen seine Schattierungen zuzugestehen.

Gesprengte Häuser, aufgerissene Straßen ... Doch meist blieb wenigstens noch eine Mauer stehen, so daß die entsetzten Überlebenden, wenn sie aus den Luftschutzkellern und Bunkern wieder ans Tageslicht traten, wenigstens noch ihre Landmarken fanden, an denen sie sich orientieren konnten. Ruinen als Erinnerungszeichen, als Finger, der den Weg wies. Die Kirche, hinter der das eigene Haus vielleicht noch stand. Die mächtige Linde, achthundert Jahre alt, am Eingang der Straße, in der man das Krankenhaus wußte. Die Brücke, die – o Wunder! – unversehrt geblieben war, daß man auf direktem Weg nach Hause laufen konnte, wo hoffentlich die Familie wieder unverletzt zusammenfand.

> Er zählt die Häupter seiner Lieben,
> Und sieh, ihm fehlt kein teures Haupt.

Hatte man als Kind in der Schule nicht ein wenig herablassend gelächelt über die allzu oft wiederholten Worte des großen Dichters? Nun erinnerte man sich auf einmal an sie. Erst jetzt begriff man ihren Sinn und ihr Gewicht:

> Leergebrannt
> Ist die Stätte,
> Wilder Stürme rauhes Bette,
> In den öden Fensterhöhlen
> Wohnt das Grauen,
> Und des Himmels Wolken schauen
> Hoch hinein.

Ja, jetzt erst verstand man und wünschte sich die Unwissenheit von einst zurück.

Es war an der Zeit, sich zu schützen. Irgendwann, so erkannte man plötzlich, würden die dunklen Vögel nicht mehr weiterfliegen nach Bayern. Irgendwann würden sie ihre Bombenschächte über der Stadt öffnen, in der man selbst lebte. Anzeichen dafür hatte es längst gegeben. Verirrte Bomben, hatte man sich selbst beruhigt, weil sie nur auf die Bahngleise gefallen waren und auf das Gelände der Hermann-Göring-Werke, die mit so etwas fertig wurden. Selbst nach einem Volltreffer sorgte die Instandhaltungskolonne dafür, daß schon am nächsten Morgen die Arbeit an der größten und modernsten Gesenkschmiede der Welt wieder aufgenommen werden konnte. Viertausend Personen fanden im Bunker des Werksgeländes Platz. Wer hier unterkroch, überlebte wahrscheinlich. Doch wie stand es um die Sicherheit in der Stadt? Von Tag zu Tag wuchs die Angst vor den Angriffen, gegen die man sich nicht gewappnet fühlte. Auf die Sicherung durch die Flugabwehrkanonen allein konnte man sich nicht verlassen, auch wenn es beruhigend wirkte, daß sie wie ein enger Gürtel die Stadt umgaben. Von einer zur anderen könne man springen, übertrieb man erleichtert und wanderte am Sonntag hinaus zu den Flakstellungen zwischen den kleinen Wäldern und Bauernhöfen. Es tat gut, den jungen Flakhelfern zuzusehen, wenn sie bei warmem Wetter in der Badehose zwischen den schräg zum Himmel gerichteten Kanonen Völkerball spielten. Junge Burschen, fast noch Kinder, man wünschte ihnen, daß sie sich nie mit dem Ernstfall befassen mußten. Vor allem aber wünschte man es sich für sich selbst.

Mit jedem Tag wuchs die Angst. Auch im Osten rückte die Front näher. Schritt für Schritt zwang die Rote Armee die Wehrmacht des Führers zum Rückzug. Nichts als verbrannte Erde lasse man zurück, meldete der Rundfunk. Doch was half das, wenn die Kornkammern der Ukraine verlorengegangen waren, von denen der Führer doch behauptet hatte, sie seien unerläßlich für die Ernährung des deutschen Volkes? Was aber half es vor allem, wenn die Gefahr wuchs, daß *der Russe* eines Tages an der Grenze stand und sich nicht aufhalten ließ?

So grub man die Erde auf, baute Splittergräben und legte in aller Eile unter dem Adolf-Hitler-Platz mitten in der Stadt einen Luftschutzstollen an. Schwerstarbeit, wie alle sehen konnten, die sich an den tiefen Schlund der Baugrube wagten, um den Arbeitern zuzusehen: KZ-Häftlinge, erkennbar an ihren gestreiften Anzügen. Aus Mauthausen kamen sie, das wußte man. Sonst aber wurde kaum über sie geredet. Manchmal begegnete man in einer Nebenstraße einem Häftlingszug, bewacht von SS-Männern. Sie trugen Peitschen und Pistolen und sahen aus, als ob sie jederzeit bereit wären, ihre Waffen auch anzuwenden.

»Ich weiß Bescheid«, raunte Fanni Antonia zu, als die beiden aus der Stadt heimgingen und beim Einbiegen in eine andere Straße plötzlich vor einer langen Kolonne Gefangener standen, die an ihnen vorbeizogen. Sie waren auf dem Schwarzmarkt gewesen, um Zigaretten zu besorgen, beide, weil die Ausgabe pro Person begrenzt war. Zigaretten waren inzwischen die neue Währung, wertvoller als die Reichsmark. Manche Händler nahmen für ihre Waren nur noch Zigaretten an. Man tat gut daran, sich diesem Wandel anzupassen.

»Ich weiß Bescheid.« Dabei wandte Fanni keinen Blick von den ausgemergelten Männern, denen man die schwere Arbeit, die von ihnen verlangt wurde, nicht zutraute. »Tod durch Arbeit«, hatte Franz Josef Bellago einmal gesagt, als er von einem seiner verbotenen CV-Treffen nach Hause kam. »Angeblich lassen sie in den KZs die Gefangenen so lange schuften, bis sie zusammenbrechen.« Dann schwieg er verlegen und sprach danach nie wieder über dieses Thema.

»Ich weiß Bescheid«, erklärte Fanni zum dritten Mal, um Antonia endlich zum Nachfragen zu zwingen. Erst als Antonia immer noch nichts sagte, merkte Fanni, daß Antonia Tränen in den Augen standen. Da schwieg auch sie und nahm plötzlich die Geräusche dieses Elendszuges wahr. Die leisen Schritte der Gefangenen: eins, zwei; eins, zwei. Trotz der Menge gedämpft, weil ihre Schuhsohlen so dünn waren. Dazwischen wie Pistolenschüsse die festen Tritte ihrer Bewacher. Unregelmäßig, denn die Männer blieben immer wieder stehen und blickten sich zu den Nachfolgenden um. Stakkatorufe im Befehlston. Ein unterdrücktes Stöhnen. Das Geräusch eines Sturzes. Das Knallen einer Peitsche. Und dazwischen ununterbrochen und gleichförmig die schleppenden Schritte auf der Straße, die Schritte von Menschen, die nicht mehr lange leben würden, weil zutraf, was schon das Soldatenvolk der Römer erkannt hatte: daß der Mensch dem Menschen ein Wolf ist.

»Worüber weißt du Bescheid?« fragte Antonia schließlich doch, als der Zug der Häftlinge an ihnen vorbeigezogen war und nach und nach ihren Blicken entschwand. Einen Schuß hörten sie noch und einen Aufschrei – dann sah die Straße, die ihnen vertraut war, wieder aus wie immer.

»Ich weiß, wie das ist in den Lagern, in die sie die Juden bringen«, sagte Fanni und blickte sich verstohlen um. »Bei meinen Eltern zu Hause, da haben wir nämlich einen Fremdarbeiter. Einen Polen. Karol heißt er. Anfangs konnte er kein Wort deutsch, aber er hat schnell gelernt.« Sie lächelte. »Es hört sich immer noch ein wenig komisch an, wenn er redet. Aber man versteht, was er meint.«

Antonia drängte Fanni, schneller zu gehen. »Was ist mit ihm?« versuchte sie, Fannis Erzählung abzukürzen.

Fanni nickte gehorsam. »Er ist katholisch«, sagte sie, als erkläre sich daraus ein Teil der Achtung, die sich Karol bei den Mühlviertler Bauern erworben hatte. Trotz des Krieges zogen sie seinesgleichen den einquartierten Flüchtlingen vor. Ein katholischer Bauer aus Polen stand ihnen näher als eine protestantische Frau aus einer deutschen Großstadt.

»Der Ort, aus dem er kommt, heißt Sobibór, oder so ähnlich«, erzählte Fanni. »Karols Eltern haben dort einen Bauernhof. Er selbst hat als Feldmesser gearbeitet. Als er noch in Polen war, befand sich in der Nähe ihres Bauernhofs ein großes Konzentrationslager. Riesengroß, sagt Karol. In dieses Lager brachte man die Juden. An manchen Tagen trafen zweitausend oder dreitausend Menschen ein. An manchen angeblich sogar noch viel mehr. Die Bauern aus der Umgebung beobachteten das Lager. Sie sagten, dort sei der Teufel am Werk.«

Antonia erschrak. »Du solltest über solche Dinge nicht laut reden, Fanni!« flüsterte sie, als stände hinter jedem Baum ein Mann vom Sicherheitsdienst, um ihrer Akte einen weiteren Passus hinzuzufügen, bis das Maß voll wäre. Und dann?

»Sie haben die armen Menschen vergast!« rief Fanni plötzlich mit lauter Stimme, daß Antonia sie am Arm packte und ihr den Mund zuhielt. »Sie haben sie umgebracht!« flüsterte Fanni. »Umgebracht und dann verbrannt.«

Antonia lehnte sich an einen Gartenzaun. Zum ersten Mal gestand sie sich ein, daß sie es schon immer gewußt hatte. Nicht mit dem Kopf, denn der wollte von diesen Dingen nichts wissen. Aber mit dem Gespür. Mit dem Instinkt, der den Männern um Hitler alles zutraute. »Endlösung der Judenfrage!« dachte sie. Natürlich hatte Fanni recht. Natürlich hatte Karol recht. Es war wie mit den armen Irren in Hartheim: Sie waren im Weg und mußten verschwinden ... So funktionierte das Denken der Männer, die das Heft des Staates an sich gerissen hatten. Für ihren Antisemitismus brauchten sie nicht einmal mehr Juden. Es gab ja auch kaum noch welche in den Städten des Deutschen Reiches. Gerüchte machten die Runde, daß man sie nun sogar aus dem besetzten Ausland verschleppte. Trotzdem gelang es Joseph Goebbels bei jeder seiner Reden, den Sündenbock neu zu brandmarken. Manchmal nahm er bei den Versammlungen das Wort »Jude« kein einziges Mal in den Mund. Trotzdem verließen die Zuhörer den Raum als Antisemiten. *Wenn Judenblut vom Messer spritzt, geht's uns noch mal so gut!*

»Noch etwas hat Karol erzählt«, fuhr Fanni fort.

Diesmal unterbrach Antonia sie nicht.

»In diesem Lager wurden Gänse gehalten«, gab Fanni Karols Bericht weiter. »Viele Gänse. Karol sagt, manche Bauern behaupteten, über fünfzig. Andere sagten sogar, es seien an die dreihundert gewesen. Jedenfalls machten sie einen Heidenlärm. Manchmal aber war das Geschnatter ganz besonders laut. Bei einer solchen Gelegenheit arbeitete Karol gerade in der Nähe des Lagers. Er schlich sich heran, um zu sehen, warum sich die Gänse so aufregten. Da sah er, daß zwei SS-Männer mitten unter den Gänsen herumliefen und mit Stökken auf sie einschlugen. Lange stand er da. Er schaute zu und begriff nicht, was da vor sich ging. Dann hörte er plötzlich zwischendurch menschliche Schreie. Eigentlich war es ein ganzer Chor von Schreien, sagte er. Erst da verstand er, daß die Gänse mit ihrem Geschnatter den Todeskampf der Opfer übertönen sollten.«

Antonia schlug die Hände vor den Mund.

Auch Fanni war kreidebleich. »So weit kommt es, wenn der Teufel regiert«, flüsterte sie. »Was soll man da nur tun?«

Auf dem gegenüberliegenden Gehsteig kamen ihnen zwei SS-Männer entgegen. Sie waren noch jung, etwa in Fannis Alter. Sie unterhielten sich gutgelaunt und lachten.

Antonia und Fanni blickten zu ihnen hinüber. Die beiden Männer winkten vergnügt und machten Anstalten, zu ihnen herüberzukommen. Da wandten sich Fanni und Antonia ab und gingen schnell weiter. Nach Hause. Die dunkle Wolke war da. Längst war sie da.

2

Zwei neue Ereignisse beschäftigten in jenen Tagen das Denken der Bevölkerung. Das erste war die Landung alliierter Truppen in der Normandie am 6. Juni 1944. Das zweite, ein paar Wochen später, der gescheiterte Versuch einer Gruppe von Offizieren, Hitler zu töten. Beide Vorgänge trugen zur allgemeinen Verwirrung bei und bewirkten für kurze Zeit, daß sich das Volk seiner Regierung plötzlich wieder enger verbunden fühlte.

Auf der ganzen Welt spürte man, daß eine Entscheidung bevorstand, als sich eine Armada von sechstausend Schiffen der französischen Küste zwischen Cherbourg und Caen näherte, englische und US-amerikanische Truppen an Bord, während vierzehntausend Bomber einen dichten Schutzschild über den Himmel spannten.

Hundertfünfzigtausend alliierte Soldaten befanden sich bereits auf französischem Boden. In wenigen Tagen waren die ersten behelfsmäßigen Flugbasen fertiggestellt und künstliche Häfen aufgebaut, über die der Nachschub herangeschafft werden konnte. Ende Juni war die Invasion abgeschlossen. Achthundertfünfzigtausend alliierte Soldaten standen nun in der Normandie, ausgestattet mit hundertfünfzigtausend Fahrzeugen und mehr als einer halben Million Tonnen Material. Eine fünfzigfache Übermacht, der die deutschen Truppen nicht gewachsen sein konnten, zumal das Reich nun an drei Fronten kämpfte.

Die deutsche Führungsspitze wurde von der Aktion überrascht. Zwar hatte man schon lange mit einer Invasion gerechnet, doch Hitler war überzeugt, daß sie an der Küste bei Calais stattfinden würde. Tagelang hielt man deshalb den Aufmarsch in der Normandie für ein bloßes Täuschungsmanöver und weigerte sich, der verzweifelten deutschen Abwehr Verstärkung zu senden. Fehleinschätzungen und Versagen der Führung trieben die deutschen Soldaten ins sichere Verderben. Eine nie dagewesene Materialschlacht entfesselte sich, und schon nach den erbitterten Kämpfen des ersten Tages bezweifelte keiner, der dabei war, daß der endgültige Zusammenbruch des Deutschen Reiches nicht mehr aufzuhalten war.

Die Rundfunksender in der Heimat berichteten jedoch von Erfolgen. Endlich sei die Stunde der Entscheidung gekommen. Deshalb werde man nun auch die stärkste aller Waffen zum Einsatz bringen, die V1, wobei V für »Vergeltungswaffe« stand: eine Art fliegender Bombe, durch Rückstoß angetrieben. Eine Woche nach der Invasion schoß man drei V1 in Richtung London. Zwei schlugen in kleinen Städten der Grafschaft Kent ein, die dritte in einem Vorort von London.

Trotz der geringen Wirkung der Wunderwaffe setzte man

die Angriffe fort. Bis Ende August wurden von deutscher Seite achttausend V1 abgeschossen, von denen ein Viertel gleich nach dem Start durch technische Mängel ausfiel. Ein großer Teil wurde von der britischen Luftabwehr zerstört. Immerhin erreichten jedoch zweitausendvierhundert dieser Bomben London oder Südengland und forderten unter der Zivilbevölkerung viertausend Todesopfer. Viertausend zuviel, doch von einer Vernichtung ganz Großbritanniens, wie Goebbels es beschworen hatte, konnte keine Rede sein.

Trotzdem jubelte der Rundfunk und spielte tagelang nur fröhliche Musik, daß das Volk schon glaubt, der Endsieg sei nun doch nahe.

So zeigten die meisten wenig Verständnis, als am 20. Juli eine Gruppe von Offizieren um den jungen Oberst von Stauffenberg einen Bombenanschlag auf Hitler unternahm, dem ein Putsch folgen sollte. Doch Hitler überlebte, und der Putsch brach schon am gleichen Abend zusammen.

Nur in Wien wäre er fast geglückt. Auf Stauffenbergs telefonischen Befehl hin verhafteten Offiziere die Chefs der Wiener Gestapo, der SS und der NSDAP. Wenige Stunden später wurde der Putsch allerdings durch einen weiteren Telefonanruf aus Berlin beendet. Stauffenbergs Order wurde aufgehoben. Hitler war nach wie vor an der Macht.

Die Verschwörer und ihr politisches Umfeld wurden verhaftet und zum Tode verurteilt. Auch in Wien nützte die Gestapo die Gelegenheit, Hunderte von Regimegegnern festzunehmen.

Es war das fünfte Jahr dieses Krieges, den man zu Recht einen Weltkrieg nannte. Den Zweiten Weltkrieg. Man stellte fest, daß er inzwischen länger dauerte als der Erste und bereits ungleich mehr Opfer gefordert hatte. Vierzig Staaten befanden sich im Kriegszustand mit dem Deutschen Reich, und die drei Weltmächte, die Sowjetunion, die USA und Großbritannien, hatten ihr Ziel fast erreicht: den nationalsozialistischen Staat zur bedingungslosen Kapitulation zu zwingen.

Die Propaganda aber jubelte noch immer. Für jedes Kriegsjahr hatte Goebbels einen eigenen Agitationskurs festgelegt. Erstes Kriegsjahr: Wir haben gesiegt. Zweites Kriegsjahr: Wir werden siegen. Drittes Kriegsjahr: Wir müssen siegen. Viertes Kriegsjahr: Wir können nicht besiegt werden. Nun sollte die letzte Kursänderung stattfinden. Eine defensive Grundhaltung würde die Bevölkerung nur entmutigen. Die Aufgabe der neuen Propaganda würde es daher sein, die Volksgenossen davon zu überzeugen, daß man nicht nur siegen wolle und müsse, sondern daß man es auch könne. Die Lage ließ sich nicht mehr auf einen einfachen Satz reduzieren. Dazu war sie zu kompliziert geworden.

3

Der 25. Juli 1944 war ein ganz normaler Wochentag. Ein Dienstag während der Schulferien. Die älteren Kinder freuten sich schon darauf, am Nachmittag ins Schwimmbad zu gehen. Immer wieder blickten sie besorgt zum Himmel, ob das schöne Wetter auch anhalten würde. Ein Regenguß konnte den ganzen Nachmittag verderben, während bei Sonne im Schwimmbad an der Donau das Leben ablief, wie man es sich wünschte. Man spielte und schwamm, machte seine Scherzchen mit den Burschen oder den Mädchen und ließ sich die Sonne auf den Rücken brennen. Ein kleines Paradies. Eine Insel des Friedens. Glücklich konnte man sein an diesem Ort.
Auch Peter hatte vor, am Nachmittag schwimmen zu gehen. Wie durch ein Wunder waren die Flakübungen abgesagt worden, und er hatte frei. Er hoffte nur, Enrica möge ihn nicht bitten, sie mitzunehmen. Zwar hatte er sie gern und verbrachte zu Hause oft seine Zeit mit ihr. Doch das Schwimmbad wollte er allein besuchen. Es war für ihn ein Ort der Magie. Nirgendwo sonst gab es so viele hübsche Mädchen, vor allem während der Ferien, und nirgendwo sonst merkte er mit solcher Deutlichkeit, daß nicht nur ihm die Mädchen gefielen, sondern daß

auch der Umkehrschluß zutraf. Noch hatte er keine gefunden, die er all den anderen vorzog. Mal gefiel ihm die eine, dann wieder die andere. Er unterhielt sich mit ihnen, und manchmal legte er den Arm um ihre Schultern.

Einmal hatte er sogar eine geküßt: unter der großen Weide hinter den Umkleidekabinen. Sie hieß Gisela und stammte aus Berlin. Nur für eine Woche war sie auf Besuch zu ihrem Vater gekommen, der ein hohes Tier bei der Gauleitung war. Leider mußte sie schon am Tag nach dem Kuß wieder abreisen. Trotz der Kürze der Bekanntschaft kam Peter zum Bahnhof, um ihr nachzuwinken. Auf dem Bahnsteig übernahm sie plötzlich die Initiative und küßte ihn vor den Augen ihres Vaters auf den Mund. Ihre Lippen waren trocken und ein wenig hart. Sie gemahnten ihn an einen anderen Mund zu einer ganz anderen Zeit und weckten eine Erinnerung in ihm, die er fast schon vergessen zu haben glaubte. Ein schwarzer Bubikopf und ein süßer, dunkelroter Mund! Wie sie getanzt hatte, so selbstvergessen und biegsam wie eine Weide im Wind. Lola... Was wollte er hier auf dem Bahnsteig mit diesem sommersprossigen Mädchen, das er nie wiedersehen würde? Trotzdem winkte er ihr zu und lief neben dem Zug her, der langsam anfuhr. Gisela öffnete das Fenster und rief ihm etwas zu. Er verstand es nicht. »Was?« fragte er zurück und beschleunigte seine Schritte. »Ich liebe dich!« wiederholte sie in den Fahrtwind hinein. »Verstehst du? Ich liebe dich!« Mittlerweile war der Zug zu schnell geworden. Peter blieb schnaufend stehen. Gisela beugte sich aus dem Fenster und warf ihm eine Kußhand zu. Das war das letzte, was er von ihr sah. Jemand zog sie ins Abteil zurück, und der Zug fuhr in einer langgezogenen Kurve aus dem Bahnhof. Peter sah, daß Giselas Vater den Bahnsteig bereits verlassen hatte. Er war erleichtert darüber, daß ihm ein womöglich bohrendes Gespräch erspart blieb. Aus und vorbei, dachte er. Aus und vorbei, bevor es begonnen hat. Dann sah er wieder die dunklen, schwarz umschminkten Augen vor sich und hörte die gelangweilte kleine Stimme. Lola. Lola und Johnny. Nie hatte er sich zu jemandem außerhalb der eigenen Familie so hingezogen gefühlt. Wie schön wäre es gewesen, die beiden wiederzusehen, auch wenn der Krieg sie wahrscheinlich verändert hatte. Lola und Johnny.

Am Nachmittag würde er ins Schwimmbad gehen.

Es war kurz nach zehn. Franz Josef Bellago und seine Frau saßen auf der Terrasse und lasen Zeitungen aus den Jahren vor dem Krieg. Fanni hatte sie im Keller gefunden, packenweise mit Kordeln zusammengebunden. Eigentlich wollte sie sie zum Einheizen verwenden. Doch Franz Josef Bellago verlangte, daß sie sie in sein Arbeitszimmer brachte. Dort wurden sie in einer Ecke aufgeschichtet.

Von nun an nahmen Franz Josef Bellago und seine Frau jeden Tag eine oder zwei dieser Zeitungen und studierten sie von der ersten bis zur letzten Seite. Sie genossen diese Lektüre. Manchmal lachten sie so laut, daß man es im ganzen Haus hörte. Dann wieder machten sie einander auf Vorfälle aufmerksam, die sie längst vergessen hatten und von denen sie trotzdem auch nach Jahren wieder berührt wurden.

Der Zeiger der Uhr wanderte weiter. Während die alten Bellagos in der Vergangenheit schwelgten, in der die Angst noch kein Dauerzustand gewesen war, stand Fanni in der Küche und blickte ratlos auf die wenigen Vorräte. Es wurde Zeit, daß sie wieder einmal zu ihren Eltern fuhr.

Doch auch dort gab es keinen Überfluß mehr. Mit Staunen hatte ihr Vater bei ihrem letzten Besuch gestanden, daß er noch nie soviel Bargeld besessen habe wie jetzt und so wenige Lebensmittel. Nicht mehr lange, und das System würde zusammenbrechen. Es sei ja nicht das erste Mal, daß man eine Inflation erlebe. »So wie jetzt war es schon einmal«, fügte er hinzu und dachte dabei an die schöne Wiese, die unmittelbar an seinen eigenen Besitz grenzte. Vor Jahren, er wußte gar nicht mehr, vor wie vielen, hatte er sie kaufen wollen. Das Geld dafür war schon im Haus gewesen. Doch zum Kauf kam es nicht mehr, denn am nächsten Morgen war das Geld weniger wert als das Papier, auf dem es gedruckt war. »So wie jetzt war es schon einmal«, wiederholte er. Doch nach kurzer Überlegung schüttelte er den Kopf und verbesserte sich. »Nein. Falsch«, murmelte er. »So wie jetzt war es noch nie.«

Im Salon saß Antonia am Fenster und nähte die Säume von Bettlaken um. Seit Jahren hatte man keine neuen mehr gekauft. Nach jeder Wäsche fransten sie stärker aus, und in der Mitte wurden sie immer dünner. Wenn man sie gegen das Licht hielt, konnte man fast schon durchsehen. Alles verschlissen. Auch die Manschetten an den Hemden des Schwiegervaters stießen sich immer mehr ab. Er besaß nur noch ein einziges Hemd, das wirklich fast wie neu war. Standhaft weigerte er sich, es anzuziehen. Zum Entsetzen seiner Frau erklärte er, er wolle es für seinen Sarg aufheben, damit er wenigstens im Jenseits ordentlich daherkäme.

Antonia bereute, daß sie sich früher für Hausarbeiten nur wenig interessiert hatte. Jetzt wäre es hilfreich gewesen, nähen zu können. Sie ließ die Arbeit sinken und schaute aus dem Fenster. Das Blätterkleid der Platanen in der Allee war so dicht, daß sie das gegenüberliegende Haus nicht sehen konnte. Ein schöner Sommer, dachte sie, und wie so oft in letzter Zeit kam Angst in ihr auf. Angst vor allem um Ferdinand, von dem sie seit über sechs Wochen nichts mehr gehört hatte. Schwere Kämpfe fänden in Frankreich statt, meldete der Rundfunk. Auch die immer unregelmäßiger erscheinenden Zeitungen berichteten von niedergebrannten Dörfern und ganz am Rande davon, daß die Alliierten nach vierwöchigen, erbitterten Kämpfen die Stadt Caen erobert hatten. Ein unbedeutender Rückschlag für die deutschen Truppen, so Goebbels. Trotzdem dürfe man nicht vergessen, daß man sich derzeit in der ernstesten Phase dieses Krieges befände. »Wir dürfen keine Furcht haben!« hatte er gerufen. »Wir dürfen uns aber auch nicht in

Selbstgefälligkeit wiegen. Der Krieg ist noch in keiner Weise entschieden.«

Und Ferdinand war mittendrin. Mittendrin vielleicht im Kampf Mann gegen Mann. Antonia konnte sich nicht vorstellen, daß er mit einer Waffe an einer Straßenecke lag und feuerte. Er war kein Kämpfer. War es nie gewesen und hatte es auch nie sein wollen. Wie sollte er da einen solchen Krieg überleben?

Halb elf vorbei. Draußen im Garten spielten die beiden Mädchen Schule. Enrica liebte es, Lilli zu unterrichten. Zum Entzücken aller hatte sie ihrer Schwester das Lesen beigebracht. Keiner hatte etwas davon gemerkt, bis sich Lilli eines Abends mit Enricas altem Lesebuch im Eßzimmer vor die Familie stellte und mit einem Messerrücken an ein Glas schlug, wie sie es ihrem Großvater abgeguckt hatte.

Als alle zu reden aufhörten und zu ihr hinsahen, räusperte sie sich mit ernster Miene und fing an, aus dem alten Buch vorzulesen. Eine unbedeutende kleine Geschichte, die sich keiner merkte. Zu groß waren die Überraschung und die Freude über das Kind. Hella Bellago tupfte sich Tränen aus den Augen. Dann kam eine Stelle, wo es hieß: »Oh! rief er.« Lilli, die noch alle Buchstaben einzeln betonte, sagte: »O-H! rief er.« Da brach Hella Bellago in Schluchzen aus. Sie rief das Kind zu sich, umarmte es und schwor, noch nie im Leben eine solche Freude verspürt zu haben.

Enrica stand dabei und schwieg. Antonia beobachtete sie und spürte mit Rührung und Liebe, daß das Mädchen seiner kleinen Schwester die Aufmerksamkeit und den Zuspruch nicht neidete.

Die Zeit verging. Es war 10.48 Uhr, als der Fliegeralarm die ganze Stadt aufschreckte. Ein durchdringender Heulton, auf und ab, in gleichbleibender Lautstärke. Wer ihn vernahm, wußte, daß er noch zehn Minuten Zeit hatte, sich in Sicherheit zu bringen.

10.49 Uhr: Peter sprang auf sein Fahrrad, das jederzeit neben der Haustür bereitstand, und rief, er müsse zu seiner Flakstellung.»Danach komme ich gleich zurück!«

10.50 Uhr: Fanni rief ihm nach, er brauche sich nicht zu beeilen. Sie sei mit dem Kochen ohnedies noch nicht fertig. Peter hörte sie nicht, weil er bereits die Straße erreicht hatte und die Sirenen jeden Laut übertönten.

10.51 Uhr: Die beiden Mädchen liefen zum Gartentor und winkten Peter nach, der sich aber schon zu weit entfernt hatte. In höchster Eile trat er in die Pedale, um sich keinen Tadel wegen Zuspätkommens einzuhandeln.

10.52 Uhr: Franz Josef Bellago kam zu Antonia in den Salon, die Zeitung noch aufgeschlagen in der Hand.»Sollen wir wirklich in den Keller gehen?« fragte er.»Die fliegen ja doch weiter.«

Seine Frau stand nicht einmal auf.»Bleib hier!« rief sie ihm hinterher.»Der Alarm ist doch gleich vorbei.« Das war ihre Strategie, wenn sie vor etwas Angst hatte: so zu tun, als sei gar nichts geschehen.

Drinnen hörte man sie nicht. Zu durchdringend heulten die Sirenen. Es war, als drängten sie sich durch die Ohren und die Haut ins Innere des Körpers, daß es auf einmal anstrengend wurde zu atmen und man sich plötzlich beklommen fühlte, obwohl man aus der Erfahrung der vergangenen Wochen gelernt hatte, daß die Vögel aus dem Süden weiterziehen würden.

10.53 Uhr: Antonia sprang auf.»Gehen wir in den Keller«, entschied sie und eilte hinaus auf die Terrasse, um ihre Schwiegermutter hereinzuholen. Franz Josef Bellago nickte. Der Lärm tat ihm weh. Wie jedesmal beim Alarm spürte er das Maschinchen in seiner Brust. Auch Lärm ist eine Körperverletzung, dachte der Jurist in ihm. Er winkte die Mädchen herbei und nahm sie an der Hand. Auf jeder Seite eines. Dann wandte er sich zur Kellertreppe.

10.54 Uhr: Fanni kam aus der Küche.»Sollen wir nicht lieber doch hinuntergehen?« rief sie. Als sie sah, daß der alte

Herr schon unterwegs war, band sie sich die Schürze ab und warf sie hinter sich in die Küche auf den Tisch. Dann stieg sie neben Hella Bellago die Treppe hinunter, wobei sie die alte Dame am Unterarm faßte, um sie zu stützen.

10.55 Uhr: »Ich komme gleich!« rief Antonia. »Ich schließe nur noch das Fenster.«

10.56 Uhr: Außer Antonia befanden sich nun alle im Keller. Sie setzten sich in die Korbstühle, die Fanni schon im vergangenen Sommer vom Gartenhaus herübergetragen hatte, damit man es sich im Fall der Fälle auch im Keller halbwegs bequem machen konnte. Ein paar Bücher lagen bereit und Spielkarten für die Kinder.

10.57 Uhr: Antonia blickte sich noch einmal prüfend um. Dann ging sie zur Haustür, um kurz hinauszuschauen. Sie öffnete sie, ohne ins Freie zu treten. Immer noch dieser durchdringende Heulton, draußen noch viel schwerer zu ertragen als im Schutz des Hauses.

10.58 Uhr: Die Sirenen der Stadt wurden leiser und verstummten. Antonia erwartete, daß es nun still sein würde. Ganz still, wie bisher immer nach dem Alarm. So still, daß man Angst bekam. Kein Verkehrslärm mehr, keine Menschenstimmen, kein Hundegebell und kein Singen der Vögel. Nichts, als hätten die Sirenen die ganze Welt zum Schweigen gebracht.

Immer noch 10.58 Uhr: Eine Minute, lang wie eine Ewigkeit. Keine Stille. Aber auch kein Verkehrslärm und keine Geräusche lebender Wesen. Nein. Was Antonia nun hörte, war das Dröhnen der Bomber, die diesmal nicht an der Stadt vorbeizogen, sondern näher kamen. Eigentlich waren sie schon nahe. Ganz nah!

Antonia blickte nach oben. Blickte nach oben und sah sie. Die dunklen Vögel aus dem Süden. Am Himmel über ihr. Ein ganzer Schwarm. Mehrere Hundert mußten es sein. Sie flogen nicht nur nebeneinander, sondern in mehreren Schichten übereinander. Manchmal blitzte eines auf, wenn das Licht der Mittagssonne auf dem metallenen Körper reflektierte. Antonia wurde klar, daß sie sich schnellstens in Sicherheit bringen mußte.

10.58 Uhr: Noch immer war nichts geschehen, außer daß die Vögel in ihrem riesigen Schwarm auf die Stadt zugeflogen waren und die ersten sich nun über ihr befanden. Noch hatten sie keinen Schaden angerichtet. Vielleicht flogen sie doch noch weiter.

Dann sah sie es. Im ersten Augenblick erschien es ihr fast harmlos: Aus den Flugzeugen fielen mehrere Gegenstände. Aus der Ferne wären sie undefinierbar gewesen, hätte man nicht gewußt, was sie bedeuteten. Während sie auf die Stadt heruntertrudelten, schien es, als hätten sie keine Eile.

10.58 Uhr: Sie erreichten den Boden. Mit dem Aufprall zerrissen sie, was sie getroffen hatten.

10.58 Uhr. 10.58 Uhr... Die Stadt lag in der Sonne und wurde zerrissen. Aufgerissen, eingerissen, umgerissen. Der Krieg war da! Mit seiner ganzen tödlichen Wucht war er nun doch angekommen.

Vom Keller herauf drangen Lillis Entsetzensschreie.

10.59 Uhr: Antonia wollte die Tür schließen und dann zu ihren Kindern eilen und zu den beiden alten Menschen, die nun die Fürsorge der Jüngeren brauchten. Doch genau in diesem Augenblick schlug eine Bombe in das Haus auf der gegenüberliegenden Straßenseite ein. So gewaltig war die Explosion, daß Antonia meinte, ihr Trommelfell müßte zerreißen. Zugleich wurde sie von einer Druckwelle erfaßt und in die Diele geschleudert. Sie beobachtete – als geschähe das alles ganz langsam und nicht in einem einzigen, furchtbaren Augenblick –, wie die Fensterscheiben in tausend Stücke zersprangen, als regnete es plötzlich Glas. Sie spürte noch, wie ihr Kopf an dem runden Tisch in der Diele aufschlug. Dann wußte sie nichts mehr.

11.00 Uhr: Das Haus auf der anderen Straßenseite war zur Hälfte verschwunden. Die andere Hälfte stand in Flammen.

Doch in der strahlenden Sommersonne sah man das Feuer kaum. Wie schmutzige, gelbrote Fahnen erhoben sich die Flammen zum Himmel und gingen über in schwarzen und grauen Rauch.

Als Antonia wieder zu sich kam, brannten auch schon die Zweige der Platanen. Die ganze Straße war nun voller Staub und Rauch. Antonia warf die Haustür zu, aber durch die zerbrochenen Fenster drangen die beißenden Rauchschwaden auch ins Innere des Hauses. Man muß die Feuerwehr rufen, dachte Antonia, doch sie wußte, daß keine Feuerwehr kommen würde, zumindest jetzt nicht.

Immer wieder schlugen Bomben in der Stadt ein und erschütterten den Boden und die Luft. Ein Getöse, wie Antonia es noch nie gehört hatte. Und auch die Angst, von der sie erfaßt wurde, war größer als jede andere, die sie bisher kennengelernt hatte.

Sie dachte an alles zugleich. Daß sie schnell in den Keller mußte, um ihre Kinder zu beruhigen und sich selbst zu schützen. Daß Peter da draußen war und mit seiner Kanone auf die Bomber zielte, die ihn als *ihr* Ziel betrachteten. Peter, ihr kleiner Bruder: Mochte Gott helfen, daß ihm nichts geschah! ... Und Ferdinand. Wie mochte es ihm in diesem Augenblick ergehen? Wahrscheinlich war er drüben in Frankreich jeden Tag solchen Schrecken ausgesetzt. Ferdinand, der immer so liebevoll und sanft gewesen war und manchmal auf seltsame Weise ganz weit weg von ihr ... Und die Eltern. Ob sie sich in Sicherheit befanden? Ob Johann Bethany genug Luft bekam zum Atmen?

»Mama!« Antonia spürte, daß jemand an ihrer Bluse zupfte. Sie drehte sich um, in diesem Rauch und diesem Dröhnen und diesem Beben.

Hinter ihr stand Enrica und starrte mit entsetzten Augen zu ihr auf.

»Komm!« las Antonia von ihren Lippen ab. »Komm bitte, Mama!«

Da packte sie das Kind, riß es hoch und lief mit ihm die Kellertreppe hinunter in den kleinen Raum, in den der Rauch noch nicht eingedrungen war und in dem – Gott sei Dank! – das Licht noch brannte.

4

In sechs Wellen donnerten die Bomber über die Stadt hinweg. Wenn sie sich entfernt hatten und Stille einkehrte, hofften die Eingeschlossenen in ihren Kellern und Bunkern jedesmal, der Angriff wäre endlich vorbei und die wilde Jagd hätte sich ausgetobt. Doch sie drehten nur eine Schleife und kehrten dann zurück. Das Dröhnen der Motoren kündigte sie an. Näher und näher kamen sie. Man glaubte zu spüren, wie die Bomben aus den Bäuchen der Flieger wie Spielzeug auf ihr Ziel herunterfielen. Ein paar Meter nach der einen oder der anderen Seite: sie entschieden, ob man weiterleben durfte oder ob es aus war. Ein paar Meter weiter – und das Haus auf der gegenüberliegenden Straßenseite stünde noch unversehrt in der Sommersonne, bedeckt vom weißen Staub der Bellago-Villa.

Zitternd vor Angst saßen sie auf ihren fragilen Gartenmöbeln. Sie merkten nicht einmal, daß ihre Haare und ihre Gesichter weiß waren vom Staub, der jedesmal von den Wänden rieselte, wenn in der Nähe eine Bombe fiel. Dann schwankte der ganze Raum, als befände man sich im Rumpf eines kleinen Schiffes, das von einem Orkan gepackt und geschüttelt wurde.

Erst jetzt begriffen sie, wie wenig Sicherheit ihr Keller bot. Hätte tatsächlich eine Bombe das Haus getroffen, so hätte sie es von oben bis unten durchschlagen und die sechs Menschen entweder zerrissen oder verschüttet. Verschüttet. Was hatte man nicht alles gehört von Unglücklichen, die aufrecht im Schutt ihrer Wohnhäuser standen, zerdrückt vom Gewicht der Steine oder erstickt. Von Geretteten wurde erzählt, deren Haar innerhalb weniger Stunden schlohweiß geworden war, und von solchen, die für immer die Sprache verloren.

Antonia saß in der Mitte der kleinen Gartenbank, zu ihrer Linken Lilli, zu ihrer Rechten Enrica. Die beiden Mädchen klammerten sich an sie und verbargen das Gesicht an ihren Schultern. Antonia hielt die beiden fest und murmelte immer wieder tröstende Worte. Wenn das Dröhnen und Toben und Bersten draußen für ein, zwei Sekunden aufhörte, vernahmen die Mädchen die Stimme ihrer Mutter und atmeten auf.

Antonia blickte auf die beiden hinunter, voller Gram, daß sie dies alles erleben mußten. Dann dachte sie plötzlich an Moritz, der in der gleichen Haltung an seiner Mutter gehangen hatte. Tage und Nächte hätten sie im Luftschutzraum verbracht, hatte seine Mutter erzählt. Antonia fragte sich, was ohne diese entsetzliche Erfahrung aus Moritz geworden wäre. Ein Opfer des Krieges war er. Eines der ganz kleinen, ganz schwachen. Jetzt war er wohl tot. Doch was war schon gewiß in diesen Tagen, in denen so viele Menschen ihre Heimat verloren und über das Land irrten, ohne zu wissen, ob sie jemals irgendwo ankommen würden?

Fanni hatte die gefalteten Hände vors Gesicht geschlagen und sagte mit der lauten Stimme einer Vorbeterin das ›Vaterunser‹ und das ›Gegrüßet seist du, Maria‹ her. Es hörte sich an, als wollte sie die Geräusche des Krieges mit den Worten niederschreien, die ihr heilig waren.

Keiner stimmte in ihre Gebete ein. Auch nicht Franz Josef Bellago, den seine Konkurrenten nicht nur als erzkonservativ bezeichnet hatten, sondern auch als erzkatholisch. In dieser hilflosen Lage aber versagten die Gebete ihm den Dienst. Er sah sich selbst plötzlich ganz klar als einen Menschen, der mit der Religion nur die Werte der Tradition geachtet hatte. Der innere Gehalt des Glaubens war ihm verborgen geblieben, und er hatte ihn auch nie gesucht. Nicht einmal jetzt, da jeder Augenblick der letzte sein konnte. Mit dem Alter kommt der Psalter, dachte er in ungewohnter Ironie und begriff, daß er nun in der Gefahr nur Ernüchterung empfand und Einsamkeit. Das religiöse Bekenntnis seines ganzen Lebens brachte ihm in der Stunde der Not keine Erlösung.

Wenn das Maschinchen da drinnen jetzt aufhörte, seinen Dienst zu tun, dachte er, dann würde für ihn wohl alles zu Ende sein. Wie in tiefem Schlaf befände er sich außerhalb seines Bewußtseins. Der einzige Unterschied zwischen Schlaf und Tod läge darin, daß der Tod kein Erwachen mehr erlaubte. Ewiges Leben, dachte Franz Josef Bellago weiter und faßte sich an die Brust, weil eine neuerliche Explosion seine Welt erschütterte. Ewiges Leben? Er haßte diesen Hitler und seine Spießgesellen, weil sie ihm die sanfte Wohligkeit seines geerbten Glaubens zerstört hatten.

Seine Frau weinte leise vor sich hin. Die Tränen zeichneten Spuren in den Staub auf ihrem Gesicht. »Wie soll das enden?« jammerte sie leise. Dann stimmte sie in einer Anwandlung von Tapferkeit in Fannis Gebete ein, um etwas der Macht der Hölle entgegenzusetzen, die auf sie und ihre Liebsten einstürmte. Ihr Leben lang hatte sie, wann immer es nur ging, das Böse geleugnet und über das Schwierige hinweggesehen. Nun aber, da der plötzliche Tod zur drohenden Möglichkeit wurde, richtete sich Hella Bellago auf ihrem Gartenstuhl auf, faltete die Hände und betete gemeinsam mit Fanni den Schrecken des Krieges entgegen.

Um 11.58 Uhr war alles vorbei. Roosevelts Bomberflotte drehte ab, erleichtert um die zerstörerische Fracht, deren Auswirkungen andere zu tragen hatten. Wie flüchtige Diebe entfernten sie sich, froh, selbst davongekommen zu sein.

Doch auch sie hatten ihre Verluste. Allein bei diesem Einsatz über der Stadt Linz hatte die deutsche Flugabwehr sechzehn amerikanische Bomber und drei Jagdflugzeuge abgeschossen. Ein Flugzeug war unmittelbar über der Stadt abgestürzt. Nun lag es zerschmettert auf dem Gelände der Hermann-Göring-Werke. Der Pilot und seine beiden Begleiter waren vielleicht tot. Die überlebenden Kameraden konnten es jedoch nicht mit Sicherheit sagen, als sie am Abend an ihrem Stützpunkt derer gedachten, die nicht zurückgekommen waren. Noch bestand Hoffnung für sie. Immer wieder kam es vor, daß abgeschossene Piloten den Absturz überlebten. Man dachte besser nicht daran, daß einige von ihnen von der wütenden Bevölkerung gelyncht worden waren.

5

Langsam stiegen sie die Kellertreppe nach oben. Hella Bellago schrie entsetzt auf, als sie in die Diele kam, die immer noch voller Rauch war. Der Marmorboden und der dicke, aprikosenfarbene Teppich in der Mitte, auf dem der runde Tisch stand, waren mit Glassplittern übersät. Sogar in den Gardinenspitzen hingen sie und blitzten in der Sonne wie Kristalle.

Die kleine Standuhr mit der Jakobsleiter war umgefallen, doch die beiden Heiligen waren unversehrt. Als Franz Josef Bellago die Uhr wieder in der Tischmitte aufstellte und das kleine Pendel anstieß, nahm das Werk seinen Gang unverzüglich wieder auf. Franz Josef Bellago drehte den Minutenzeiger an die richtige Stelle, während das zarte Glöckchen die verlorene Zeit nachholte: elf Schläge für die volle Stunde und drei für die vergangenen Viertelstunden. Danach verfloß die Zeit für das Ührchen wie bisher. Mit einer einzigen Handbewegung war die Schreckensstunde weggewischt, und Petrus und Ursula warteten wieder darauf, Sterbenden den letzten Liebesdienst zu erweisen.

Die Glasscherben knirschten unter ihren Schuhen, als sie zur Haustür gingen, um nach draußen zu sehen. Die Sonne brannte vom Himmel herab. Staub und ein beißender Brandgeruch hingen in der Luft. Trotzdem schien es ihnen wie ein Wunder, daß die Sirene verstummt war. Dafür stürmte ein Gewirr geschäftiger Laute auf sie ein. Autos, die hupend vorbeifuhren.

Rufe von Menschen, die irgend jemanden suchten oder Anweisungen erteilten. Hundegebell. Kindergeschrei. Dazwischen immer wieder eine Explosion: Zeitzünderbomben, die nun auch unter den Helfern ihre blutige Ernte halten sollten.

Und dann das seltsamste Geräusch zu dieser Stunde: von irgendwoher ein fröhliches Lachen, das die Erinnerung an das Dröhnen der Bomber und an den Haß, der daraus sprach, ad absurdum führte. Der Tod war vorbeigezogen. Wer jetzt noch auf seinen zwei Beinen stehen konnte, hatte ihm ein Schnippchen geschlagen. Zumindest bis zum nächsten Mal – doch was zählte schon das Morgen?

Vor nur einer Stunde hatten die Blätter der Platanen das Haus gegenüber zur Gänze verdeckt. Das Feuer hatte das gesamte Blattwerk und die zarten Zweige verbrannt. Nur die kräftigen Äste waren übriggeblieben und reckten sich nun wie schwarze Skelette nach oben. Die einst so schattige Allee war nun dem grellen Sonnenlicht preisgegeben, und als sich die Schwaden langsam verzogen, sah man, daß mehrere Villen getroffen worden waren.

»Hier sieht es aus wie...« Fanni fand keine Worte dafür und dachte voller Wehmut an die schöne, über etliche Jahrzehnte gewachsene Platanenallee mit ihren herrschaftlichen Villen und den verwunschenen kleinen Parks dahinter.

Antonia schwieg nachdenklich. Dann beendete sie Fannis Satz. »Es sieht aus wie nach einem Bombenangriff.«

Man suchte nach Verschütteten. Man fand sie verletzt oder tot. Von Straße zu Straße flogen Neuigkeiten über das Schicksal von Menschen, die man kannte oder von denen man zumindest gehört hatte.

Auch die Villa Horbach sei getroffen worden, erzählte einer, der vorbeikam. Der Herr Notar und das Personal hätten sich im Keller befunden. Die gnädige Frau allerdings sei seelenruhig im Bücherzimmer geblieben und habe versucht, mit ihrer Tochter in Berlin zu telefonieren. Als der Lärm zu groß wurde, mußte sie aufhören. Trotzdem ging sie nicht in den Keller. Alles sei vorbestimmt, habe sie später mit einem Achselzucken erklärt. Warum also irgend etwas erzwingen?

Die ganze Rückwand der Horbach-Villa sei zerstört, berichtete der Zeuge weiter. Von vorne allerdings sehe das Haus fast unversehrt aus. Trotzdem würden die Horbachs aufpassen müssen, daß sich nicht Plünderer einschlichen. Zwar drohte für Plündern die Todesstrafe, doch bei der allgemeinen Verarmung riskierte so mancher sein Leben, selbst wenn er bisher nicht mit dem Gesetz in Konflikt geraten war.

Innerhalb kurzer Zeit erfuhren die Bellagos von sämtlichen Bombenschäden in der Stadt, ohne die eigene Straße zu verlassen. Immer wieder kamen Menschen vorbei, die so aufgewühlt waren, daß schweigen für sie unerträglich gewesen wäre. Aufgeregt erzählten sie, was sie wußten, und eilten dann weiter zur nächsten Menschengruppe, um erneut den Unglücksboten zu spielen, bis sie sich vielleicht irgendwann die Last von der Seele geredet hatten und erschöpft und leer nach Hause gehen konnten, befreit vom Trauma des Miterlebens.

Schlimme Schäden habe es in der Altstadt gegeben, berichteten sie. Vor allem der Alte Markt sei schwer getroffen. Nur das Kremsmünster-Haus sei stehengeblieben. Doch die Aufräumarbeiten seien bereits im Gange. Man komme an den Baggern schon gar nicht mehr vorbei. Auch die Bahnhofsstraße habe es erwischt. Das Gebäude der Tauschstelle sei demoliert.»Die Chance« hatte es im Volksmund geheißen, und jedes Kind in der Stadt kannte es.

Immer neue Namen machten die Runde, von Straßen, die gelitten hatten: Rudigierstraße, Stockhofstraße, Figulystraße, Handel-Mazettistraße ... Die fünfhundert Bomber der Vereinigten Staaten hatten ganze Arbeit geleistet.

Trotzdem ging das Leben weiter. Die Feuerwehren löschten die letzten Brände. Die HJ-Burschen fuhren auf ihren Rädern von Haus zu Haus und leisteten Hilfe. Verletzte wurden versorgt, die Toten in Holzsärge gelegt und zu Sammelplätzen transportiert. Für die Lebenden gab es kein Innehalten. Sie schaufelten den Schutt beiseite, wenn auch unter Tränen, und richteten sich in den Ruinen behelfsmäßig ein. Noch war Sommer, und es regnete nicht. Doch jeden Tag konnte das Wetter umschlagen. Dagegen mußte man vorsorgen. Es war Krieg. Vor allem mußte man lernen, sich selbst zu helfen.

Die Bellagos kehrten ins Haus zurück und setzten sich in den Salon. Dabei bildeten sie nicht wie sonst eine Familienrunde, sondern saßen irgendwie vereinzelt, als wäre dies die Wartehalle eines Bahnhofs und der Zug, der sie fortbringen sollte, könnte jeden Augenblick eintreffen.

Fanni ging in die Küche und schmierte Schmalzbrote, die sie erst zögernd, dann mit fast gierigem Appetit aufaßen. Nach und nach kamen sie zur Ruhe, während draußen der Lärm immer größer wurde. Die gemarterte Stadt suchte nach ihrer gewohnten Ordnung.

»Peter ist noch nicht da«, sagte Enrica plötzlich, und alle zuckten zusammen. Die ganze Zeit über hatten sie schon daran gedacht, ohne es sich einzugestehen. Nun aber war es ausgesprochen, und sie fröstelten.

»Meint ihr, ich soll nach ihm suchen?« fragte Antonia.

Franz Josef Bellago legte seine Hand auf ihren Arm. »Du kannst deinen Bruder nicht mehr beschützen, Antonia«, sagte er leise. »Wir haben Krieg, und er ist ein junger Mann. Er gehört uns nicht mehr. Er gehört nicht einmal mehr sich selbst. Wir können nur hoffen, daß er alles gesund übersteht.«

Erst am Abend kam Peter zurück. Sie hörten, wie er das Gartentor zuwarf und das Fahrrad an die Hauswand lehnte. Da liefen sie ihm entgegen und umarmten ihn, glücklich, weil er noch lebte und unverletzt war. Unversehrt zu überleben: das war das Wichtigste in diesen Tagen. Daß die Fensterscheiben zerbrochen waren, ging keinem mehr nahe, obwohl Hella Bellago bisher über jeden Fleck außer sich geraten war und man nicht wußte, woher man neues Glas nehmen sollte.

»Wie geht es dir?« fragte Antonia ihren Bruder voller Zärtlichkeit. Sein Gesicht war schwarz von Ruß, und das Weiße in seinen Augen rot entzündet. »Sie haben direkt auf uns gezielt«, antwortete er leise. »Und wir auf sie.« Er senkte den Kopf. »So muß es wohl sein.« In seiner Stimme schwang der Gram über die Wahrheit, die er hinter dem Schleier erblickt hatte, und das Selbstbewußtsein, das ihm das Überleben geschenkt hatte.
»Wirst du diesen Krieg durchstehen?« fragte Antonia leise. Er sah sie nicht an. »Das werde ich wohl müssen«, antwortete er. »Das werden wir wohl alle müssen.« Dann ging er hinauf, um sich zu waschen und umzuziehen. Danach würde er etwas essen und sich schlafen legen. Wer weiß, wann er wieder hinaufmußte auf den Hügel zu der Kanone, die den Tod aussandte und ihn gleichzeitig anzog. Peter Bethany, der gerne Anwalt werden wollte wie sein Schwager: Er war noch nicht einmal siebzehn Jahre alt, doch im Krieg war das alt genug, um zu sterben.

»Ihr müßt fort«, sagte Franz Josef Bellago zu Antonia, als sie am Abend ihr kärgliches Mahl einnahmen. »Du und die Mädchen: ihr könnt nicht länger in der Stadt bleiben. Die meisten Frauen sind mit ihren Kindern längst aufs Land geflüchtet. Wer weiß, vielleicht dauert dieser Krieg nur noch ein paar Tage oder Wochen. Wozu also etwas riskieren? Es eilt. Der nächste Angriff kann schon morgen stattfinden. Ferdinand würde es mir nie verzeihen, wenn euch etwas zustieße.«
Eine heftige Diskussion erhob sich. Antonia erklärte, sie würde auf keinen Fall ohne ihren Bruder gehen. Doch dieser sagte, er müsse bleiben, er sei ein Teil der Heimatfront, und Deserteure würden an die Wand gestellt. »Vielleicht mit Recht«, murmelte er und errötete plötzlich. »Wie auch immer...«, relativierte er sich dann selbst. »Auf jeden Fall muß ich hierbleiben.«

Antonia schwieg. »Wir wissen doch gar nicht, wohin wir sollen«, wandte sie ein.

Da erhob sich Franz Josef Bellago, als wollte er ein Plädoyer halten. Während seiner ganzen Praxisjahre hatte er immer am liebsten im Stehen geredet. Auch jetzt stand er noch auf, wenn er etwas Wichtiges mitteilen wollte. »Hör zu, Antonia!« sagte er und blickte dabei zugleich zu seiner Frau, die zustimmend nickte, als wüßte sie genau, was er sagen wollte. »Wir besitzen ein Haus auf dem Land«, erläuterte er. »Ein schönes, großes Jagdhaus, das meine liebe Hella von ihren Eltern geerbt hat. Wir haben viele gute Tage dort verbracht.« Er räusperte sich und blickte zu Boden, als müßte er einen unangenehmen Gedanken vertreiben und sich erneut sammeln. »In den letzten Jahren waren wir allerdings nicht mehr dort«, sprach er weiter. »Das Haus wurde aber regelmäßig gepflegt. Sogar den Strom haben wir weiterbezahlt. Ihr könnt also jederzeit dort einziehen, du und die Mädchen. Und wenn die Gefahr vorbei ist, kommt ihr zurück.«

»Und ihr?« Auf ungewohnte Weise fühlte sie sich verletzt und ausgeschlossen, weil da auf einmal von einem Haus die Rede war, das man ihr bisher verschwiegen hatte.

»Wir passen auf, daß unser Haus hier nicht ausgeraubt wird und dein Bruder versorgt ist.«

Fanni fröstelte. »Und ich?« fragte sie. »Welche Rolle kommt mir zu in diesem Plan?«

»Sie bleiben bei uns. Wir sind zu alt, um dieses große Haus allein zu bewirtschaften und, ehrlich gesagt, haben wir auch nie gelernt, uns in einer Schlange um Lebensmittel anzustellen, geschweige denn, uns mit Schwarzmarkthändlern herumzuschlagen.«

Fanni nickte erleichtert. »Es könnte ja auch jemand krank werden«, stimmte sie zu. »Und bis zu meinen Eltern habe ich von hier aus auch nicht allzuweit.«

»Das Jagdhaus befindet sich auf der Hochebene südlich von Wels«, fuhr Franz Josef Bellago fort. »Ich werde dir eine genaue Wegbeschreibung anfertigen, Antonia. Ich habe alles bedacht. Peter wird mir morgen früh helfen, unseren Wagen wieder flottzumachen. Die Fahrgenehmigung hast du ja von deiner einflußreichen Freundin bekommen. Der Tank ist noch voll. Das wird reichen, daß ihr hin- und zurückfahren könnt. Mehr braucht ihr nicht.«

Durch Antonias Kopf schossen hundert Einwände. Trotzdem widersprach sie nicht. Wahrscheinlich hatten die Schwiegereltern recht, auch wenn es ihr auf einmal so vorkam, als stünde sie mit ihren Kindern allein mitten in der Wüste. Das war das Schlimmste am Krieg, dachte sie, daß er die Menschen auseinanderriß und trennte, was zusammengehörte. Erst die Männer von ihren Frauen und nun die Jungen von den Alten.

Sie merkte plötzlich, wie klein und alt ihre Schwiegereltern unter der Last der Kriegsjahre geworden waren. Wie schwach sie waren und wie allein. Dann aber dachte sie wieder an Enrica und an Lilli, und wie sie sich im Keller an sie geklammert hatten. Die beiden hatten alles Recht der Welt, daß ihre Mutter sie in Sicherheit brachte. Franz Josef Bellago und seine Frau hatten ihr Leben gelebt. Die Jahre, die jetzt noch kamen, waren ein Geschenk. Doch Enrica und Lilli hatten ihren Anteil noch nicht gehabt. Sie waren kleine Mädchen, und sie sollten Frauen werden können, vielleicht auch Mütter. Sie mußten leben dürfen. Hier, wo nun die Bomben fielen, war dieses Recht in Gefahr. Schon morgen konnte der Tod sie ereilen. Der Tod der Jungen: das größte Unrecht dieses Krieges, der von Anfang an rechtlos gewesen war.

»Sagt mir, was ich tun muß«, Antonia lächelte ihren Schwiegervater an. Ein trauriges Lächeln, denn jedes Wort, das nun gesprochen wurde, konnte einen Abschied für immer bedeuten.

Viertes Buch

Das Jagdhaus

I

Es war eine lange Fahrt, viel länger, als sie es vorher eingeschätzt hatten. »Es sind ungefähr vierzig Kilometer«, hatte Franz Josef Bellago Antonia beruhigt. »Wenn man berücksichtigt, daß die Straße ziemlich voll sein wird, werdet ihr wahrscheinlich in zwei Stunden dort sein.« Er kalkulierte, daß die Amerikaner möglicherweise schon am Donnerstag einen weiteren Angriff durchführen würden. Allgemein galt die Einschätzung, daß sie es nicht bei einem einzigen Mal bewenden ließen, wenn sie sich einmal auf ein Ziel eingeschossen hatten. Es hieß, daß alle Einsätze von den Flugzeugen aus gefilmt und danach ausgewertet wurden. So konnte genau ermittelt werden, wo Nachholbedarf bestand. Da das Wetter immer noch klare Sicht versprach, würde Linz mit ziemlicher Wahrscheinlichkeit in den nächsten Tagen erneut bombardiert werden. Nur Effizienz zählte, was bedeutete, daß ein möglichst großer Teil der Verkehrswege zerstört werden sollte und – als Hauptziel – der Rüstungsbetrieb der Hermann-Göring-Werke. Wenn man die Entfernung bedachte zwischen dem süditalienischen Stützpunkt der amerikanischen Bomber und dem Ziel, war es wahrscheinlich, daß die Geschwader wieder gegen Mittag eintrafen. Antonia sollte deshalb möglichst früh aufbrechen.

Franz Josef Bellago befand sich in Hochform. Sogar seine Diktion veränderte sich, als er Antonia seine Planung erläuterte. Schon während seiner aktiven Zeit hatte er immer am besten unter Druck gearbeitet und deshalb auch dafür gesorgt, daß möglichst ständig Druck herrschte. Keiner seiner Kollegen betreute gleichzeitig so viele Fälle wie er, und keiner setzte sich so vehement ein. Den jeweiligen Prozeß zu gewinnen, war das Wichtigste für ihn. Das milde Lächeln und das bedauernde Achselzucken anderer Anwälte, die bei Schwierigkeiten nachgaben, verachtete er zutiefst.

»Kindische Spielerei« nannte er es, wenn ein Kläger es »wenigstens versuchen« wollte. Vielleicht hatte er auch deshalb den Nazis von Anfang an die kalte Schulter gezeigt, weil sie immer meinten, bereits am Ziel zu sein, wenn sie etwas erst angefangen hatten, und dachten, sie hätten schon die ganze Welt erobert, wenn sie in Wirklichkeit nur einen schwächeren Gegner durch einen Blitzangriff zu Boden geworfen hatten. Franz Josef Bellago hingegen hielt sich an das römische Sprichwort, daß man bei allen Aktionen stets das Ende bedenken solle. Deshalb kämpfte er auch nur, wenn er wußte, daß sein Atem bis zum Schluß reichen würde. Mit dieser eindeutigen Haltung hatte er sich den Ruf eines Gewinners erworben. Wen er vertrat, der fühlte sich bei ihm in Sicherheit.

Schon am Mittwoch, dem Tag nach dem ersten Großangriff, legte er Antonia gleich am Morgen eine Liste dessen vor, was sie unbedingt mitzunehmen hatte. Auf einer zweiten Liste stand verzeichnet, wie es eingepackt werden sollte. Auch die Informationen, die Antonia brauchte, um das abgelegene Haus überhaupt zu finden, hatte er zusammengestellt. Ferner einen Plan des Hauses mit seinen Installationen, eine Zeichnung all dessen, was zum Landbesitz der Bellagos gehörte, und eine Liste der Dorfbewohner, die Antonia um Unterstützung bitten konnte.

»Die unmittelbaren Nachbarn kommen nicht in Frage«, erklärte er mit ausdrucksloser Miene. »Sie heißen Zweisam. Der Mann hatte seinerzeit Ambitionen, Bürgermeister zu werden. Ich nehme an, durch die Nazis hat er sein Ziel nicht erreicht.

Die Leute vom Land haben mit den Braunen nichts im Sinn, und umgekehrt auch nicht.«

Als Antonia nachfragte, was gegen die Nachbarn einzuwenden sei, bekam sie jedoch keine befriedigende Antwort.

»Eine alte Geschichte«, murmelte Franz Josef Bellago ungewohnt ausweichend. »Ich möchte dich bitten, auf mich zu hören und mit diesen Leuten keinen Kontakt aufzunehmen. Sie werden auch nicht versuchen, mit dir zu sprechen.«

Damit war das Thema für ihn abgeschlossen, und er führte Antonia hinaus in die Garage, wo das Familienauto seit Jahren ungenutzt stand. Ein Mercedes 260 D, pechschwarz und mit edler, silbergrauer Lederpolsterung. Peter, der sich mit Autos ein wenig auskannte, würde die Reifen montieren und aufpumpen. »Eine Füllung Diesel, mehr steht dir nicht zur Verfügung«, erklärte Franz Josef Bellago. »Das reicht für die Hin- und Rückfahrt. An Ort und Stelle mußt du zu Fuß gehen oder mit dem Rad fahren. Dabei kannst du sogar die Kinder mitnehmen, Enrica hinten auf dem Gepäckträger und Lilli vorne im Körbchen.« Er zuckte die Achseln. »Nicht gerade komfortabel, ich weiß.«

Antonia war früher oft mit dem kleinen Auto ihres Vaters gefahren. Doch auch damit hätte sie nach der langen Zeit erst einmal Schwierigkeiten gehabt. Diese große Kutsche zu lenken, erschreckte sie. Vorglühen, Zwischengas … Allein schon der Gedanke an die ungewohnten Handgriffe machte ihr angst. Sie wußte ja nicht einmal mehr, wie die Gänge eingelegt wurden und wo man die Scheinwerfer einschaltete.

»Wir haben nicht genug Zeit, zu überprüfen, ob alles reibungslos funktioniert«, fuhr Franz Josef Bellago fort. Sein Blick wurde auf einmal milde. »Du mußt da einfach durch, Schwiegertochter. Denk daran, du tust es für deine Kinder, und dein Mann hat es bestimmt noch viel schwerer.«

Die halbe Nacht lang packten sie ein, was Franz Josef Bellago für unerläßlich hielt: außer dem Üblichen wie ein paar Lebensmittel, Kleidung, Lesestoff und Schreibutensilien, bestand er auch darauf, daß Antonia die Dokumente ihrer kleinen Familie und ihren Schmuck mitnahm. »Vielleicht bleibt von diesem Haus nichts mehr übrig«, sagte er in sachlichem Tonfall. »Im Krieg gibt es keinen Platz, der Sicherheit verspricht. Nur du selbst kannst auf deinen Besitz aufpassen.« Dann holte er eigenhändig Antonias kleinen Volksempfänger und steckte ihn zwischen zwei Taschen. »Du mußt dich informieren«, sagte er eindringlich. »Mit den Zeitungen klappt es jetzt schon nicht mehr richtig. Wer weiß, wie es weitergeht.« Er tippte mit dem Zeigefinger auf das Radio. »Sei vorsichtig, aber nimm jede Möglichkeit wahr, alles zu erfahren. Du verstehst, was ich meine, nicht wahr?«

Antonia nickte. Sie erschrak, als er sich plötzlich an die Brust griff.

Doch er winkte ab. Er atmete mehrmals tief durch, um sich zu fassen. »Für den Fall, daß wir uns nicht wiedersehen sollten«, sagte er dann, »mußt du wissen, daß ich dich immer geschätzt habe. Sehr sogar. Genauer gesagt, ich hätte mir keine bessere Schwiegertochter wünschen können.«

Antonia wollte antworten, doch er hob abwehrend die Hände. Sie vereinbarten noch, daß Antonia an jedem Donnerstag gegen zehn Uhr vom Welser Postamt aus anrufen sollte. Sollte sie verhindert sein, bestand eine weitere Möglichkeit am Samstag. »Wir melden dich hier ab, und du wirst sofort auf dem Thalheimer Gemeindeamt vorstellig«, bestimmte Franz Josef Bellago als letztes. »Dann wird es keine Schwierigkeiten mit den Bezugsscheinen geben. Selbst auf dem Land ist es jetzt wahrscheinlich nicht mehr einfach, an Lebensmittel zu kommen.«

Antonia schüttelte den Kopf. »So viele Menschen sind auf der Flucht«, wandte sie ein. »Die können nicht alles durchorganisieren!«

Franz Josef Bellago ließ sich jedoch auf keine Diskussionen ein. »Wenn sie es nicht können, bedeutet das nicht, daß du es auch nicht kannst«, erwiderte er und blickte hinauf zum Porträt seines Vorfahren Arthur Bellago, den die Erfahrungen aus einem leichtsinnigen Lebensanfang gelehrt hatten, daß der am besten fuhr, der alles bedachte.

2

Es war ein sonniger Sommermorgen, als Antonia mit krachendem Getriebe rückwärts aus der Garage fuhr. Enrica und Lilli schlugen die Hände vor den Mund und wußten nicht, ob sie lachen sollten oder sich fürchten.

Franz Josef Bellago hatte darauf bestanden, daß sie sich schon im Haus verabschiedeten, und er trieb sie alle ungeduldig an, daß es schnell gehen sollte. Keine Tränen. Keine Sentimentalitäten. Es würde nicht lange dauern, und man sah sich wieder. »Nehmt es als einen Wochenendausflug, Kinder«, sagte er zu den Mädchen. »In einem so schönen Auto würde jeder gerne fahren.«

Auch Peter hielt sich zurück. Nur ganz hastig umarmte er Antonia und ließ sie gleich wieder los. »Von uns allen bist du am meisten gefährdet«, flüsterte sie ihm zu. »Bitte, paß auf dich auf und spiele nie den Helden!«

Damit war der Abschied vorbei. Ruckend fuhren sie durch das Gartentor, das Fanni aufhielt. Sie war als einzige in Tränen aufgelöst. »Ich bete für euch!« rief sie den Mädchen zu. »Kommt gesund wieder!«

Das war das letzte, was sie vor der Fahrt hörten. Kommt gesund wieder. Der tiefste Wunsch überall auf der Welt: daß die, die man liebte, wieder heimkämen und daß es ihnen in der Zwischenzeit gutginge.

»Müssen wir wirklich fort?« fragte Enrica leise.

»Ich glaube schon«, antwortete Antonia.

Durch Nebenstraßen fuhren sie aus der Stadt hinaus, vorbei an Ruinen, wo zwei Tage zuvor noch schmucke Häuser gestanden hatten. Immer wieder mußten sie umkehren, weil eine Straße aufgerissen war. Tiefe Bombentrichter mitten im Asphalt. Erst jetzt erfaßten sie das Ausmaß der Zerstörung.

Als seinen Alterssitz hatte Hitler diese Stadt ausersehen. Jetzt bezahlte sie für seine Zuneigung, um die nicht alle gebeten hatten. Hatte er wirklich noch nicht begriffen, daß sein Krieg verloren war? War es nicht endlich an der Zeit, die Arme zu heben und sich zu ergeben? Jeden Tag flogen die Bomberstaffeln der Amerikaner und Engländer über die deutschen Städte hinweg und säten Tod und Verwüstung. Ein einziges Wort aus Berlin würde genügen, daß sie heimkehrten und nicht auch noch den letzten Rest des geschundenen Deutschlands vernichteten. Deutschland: ja, *Deutschland* sollte es wieder heißen, dachte Antonia. Deutschland – nicht das »Deutsche Reich« und schon gar nicht das »Tausendjährige«! Deutschland ... und Österreich – nicht »Ostmark« oder gar die »Alpen- und Donaugaue«. Nein: Österreich. Kehrt, Marsch, alles zurück zum Anfang! Diesen Krieg hätte man sich ersparen müssen.

Während der ganzen Fahrt durch die Stadt hatte Antonia Angst davor, einer Streife zu begegnen. Erst am Abend hatte Franz Josef Bellago das Datum in die Sondergenehmigung eingetragen, die Beate Horbach vor langer Zeit geschickt hatte. Damals hätte nicht viel gefehlt, und Antonia hätte das unverlangte Papier zerrissen und weggeworfen.

Jetzt war sie froh, nicht mit der Eisenbahn fahren zu müssen. Nur noch unregelmäßig verkehrten die Züge, und sie waren so überfüllt, daß man Angst haben mußte, erdrückt zu werden. Auch wäre es im Zug nicht möglich gewesen, all das Gepäck mitzunehmen, das im Auto Platz fand und das man wohl auch brauchen würde. Noch während sie dies dachte, kamen Antonia all die Hunderttausende in den Sinn, die ihre Flucht mit einem einzigen Rucksack angetreten hatten oder mit einem Kinderwagen, in den sie packten, was nie ausreichen würde. Der Krieg, dachte sie, hatte alles relativiert. Was selbstverständlich gewesen war, wurde zur Ausnahme, und die einstige Ausnahme war auf einmal selbstverständlich.

Antonia atmete auf, als sie die Überlandstraße erreichten, die auf geradem Weg nach Wels führte. Vor dem Krieg war sie diese Strecke oft mit Ferdinand gefahren. Die Namen der Ortschaften, durch die die Straße führte, waren ihr ein Begriff. Ohne viel nachzudenken, wußte sie schon bei der ersten, wie die nächste heißen würde. Leonding, dachte sie. Hier waren Hitlers Eltern begraben. Gab es irgendeinen Platz auf dieser Welt, der nichts mit diesem Mann zu tun hatte? Pasching. Hörsching. Oftering. Marchtrenk. Das nächste Schild würde die Stadt Wels anzeigen. Dann hatten sie die längste Strecke hinter sich.

Aber noch war es nicht soweit. Manchmal kam das Auto nur im Schrittempo weiter. Pferdefuhrwerke hielten es auf. Menschengruppen, zu Fuß unterwegs. Einmal sogar eine Häftlingskolonne. Als Antonia sie aus der Ferne wahrnahm, fuhr sie in einen Feldweg und wartete, bis der Trupp vorbeigezogen war. Sie wollte nicht, daß die Kinder sahen, was Menschen anderen Menschen antaten.

Doch Enrica hatte es bemerkt. »Das sind Gefangene«, erklärte sie ihrer kleinen Schwester. »Unsere Lehrerin hat gesagt, das sind lauter wertlose Menschen. Aber Oma sagt, sie tun ihr leid, und sie muß immer weinen, wenn sie ein solches Unrecht sieht.«

Da reckte Lilli den Kopf, um die Gefangenen ebenfalls zu sehen. Sie war enttäuscht, daß sie von ihrem Platz aus nichts erkennen konnte.

Immer wieder trafen sie auf Spuren des Krieges. Am Straßenrand lagen umgestürzte Fahrzeuge, einmal sogar ein zerschossener Militär-Lkw. Auch die Dörfer hatten ihr Teil abbekommen. An einem Haus war mitten im Dach ein großes Loch. Die Wände standen noch, doch die Glasscheiben waren zerborsten, und über den leeren Fensterrahmen zeichnete der Ruß seine Spuren.

Und überall waren Menschen. Sie fuhren auf der Straße oder wanderten neben ihr entlang. Es war nicht ersichtlich, wohin sie wollten, doch alle schienen es eilig zu haben. Blaß und kränklich sahen sie aus. Mangelhaft ernährt und armselig gekleidet. In ihren Gesichtern war keine Freude. Hier auf dem Land schien alles sogar noch trostloser zu sein als in der Stadt. Vielleicht lag es auch an dieser Straße, dieser wichtigen Verkehrsader, neben der fast parallel die Gleise der Bahn verliefen – ein Lieblingsziel der feindlichen Bomber.

Sie kamen gegen Mittag. Durch das Motorengeräusch des Autos hörte man sie erst, als die Vorhut schon am Horizont aufgetaucht war. Ein großes Geschwader hoch oben am Himmel. Höher als zwei Tage zuvor in Linz. Aber das war ja auch schon mitten im Angriff gewesen. Jetzt waren sie noch unterwegs. Von vorne links tauchten sie auf, schnell wie der Wind.

Antonia sah sich um, ob es in der Nähe irgendeinen Unterstand gebe, zu dem sie sich flüchten konnten. Ein Wäldchen vielleicht. Doch links und rechts der Straße standen nur ein paar kleine, dünnstämmige Obstbäume. Dahinter breiteten sich in der weiten Ebene der Welser Heide riesige Kartoffelfelder aus. Zur Linken, weit weg, ein Hügelzug, von dem Antonia wußte, daß sie dort hochfahren mußte. Oben würde eine liebliche Ebene auf sie warten, ganz leicht gewellt nur, mit reichen Weizenfeldern, üppigen Wiesen, Obstbäumen und sattgrünen Mischwäldern. Ein schönes, sanftes Land, in dem man vergessen konnte, daß die Menschheit dabei war, sich auszulöschen.

Die Flugzeuge kamen rasch näher. Obwohl sie so hoch flogen, übertönten sie jedes andere Geräusch. Der Verkehr auf der Straße gelangte zum Stillstand. Alles starrte ängstlich nach oben.

»Die fliegen nach Bayern«, erklärte Lilli, wie sie es zu Hause oft gehört hatte.

Vielleicht auch nicht, dachte Antonia. Keinen Augenblick lang zweifelte sie daran, daß auch heute die Stadt Linz das Angriffsziel sein würde. Als geschehe es im selben Moment, sah

sie vor sich, wie die Bomben aus den Flugzeugen herausgefallen waren. Wie Spielzeug. Doch es war kein Spiel gewesen.
Dann hörten sie die ersten Explosionen. Rauch stieg auf. In der Ferne wurde der Himmel hinter ihnen nicht hell vom Feuer, sondern dunkel vom Qualm. »Ist das in Linz?« fragte Enrica.
Antonia nickte. »Ich fürchte, schon«, antwortete sie. Mochte der Himmel ihre Familie schützen!
»Ist Peter wieder bei der Flak?« erkundigte sich Enrica weiter.
Antonia vermochte ihr nicht zu antworten.
Es dauerte lange, bis es ruhiger wurde. Dann kehrten die ersten Flieger vom Angriff zurück. Andere schlossen auf. Als sie über Antonia und die Mädchen hinwegdonnerten, hatten sie ihre Ordnung wiedergefunden. Sie flogen nach Süden. Der Krieg hatte die Welt klein werden lassen. Klein und bedrohlich.

Die Schlange von Menschen und Fahrzeugen setzte sich erneut in Bewegung. Immer wieder wurde sie aufgehalten. Manchmal klopfte jemand an die Scheiben und bat Antonia, ihn mitzunehmen. Dann aber sah er, daß das Auto bis obenhin vollgepackt war und sich nicht einmal die Mädchen mehr rühren konnten.
Auch die Hitze machte ihnen zu schaffen. Lilli weinte und schlief dabei ein. Dann wachte sie wieder auf und fragte nach einer Toilette. Sie schämte sich, ihr Bedürfnis am Straßenrand zu verrichten, wo alle sie sehen konnten, und verlangte, daß sich Antonia und Enrica schützend vor sie stellten.
Schon seit Stunden waren sie unterwegs. Nach Franz Josef Bellagos Plan hätten sie längst angekommen sein müssen. Antonia fuhr an den Straßenrand und packte die Brote aus, die Fanni für das Abendessen vorbereitet hatte. Aus einer Wärmflasche, die ihnen Peter gefüllt hatte, tranken sie kaltes Wasser.
Antonia hätte am liebsten geweint. Immer deutlicher wurde

ihr bewußt, daß es noch lange, sehr lange dauern konnte, bis sie nach Linz zurückkonnten. In der Zwischenzeit stand Peter womöglich Tag für Tag hinter seiner Kanone und beschoß die Flugzeuge, in denen junge Burschen saßen, die nicht viel älter waren als er selbst und den Auftrag hatten, ihn und alles zu töten, was sich in seinem Umkreis befand.

Auch die Stadt Wels hatte unter den Angriffen schwer gelitten. Die ausgedehnten Gleisanlagen, an denen Antonia und die Kinder vorbeifuhren, waren an vielen Stellen zerstört. Vor der Brücke über die Traun befand sich ein tiefer Bombentrichter, den sie umfahren mußten. Er war nicht gesichert. Mit Schaudern dachte Antonia, daß sie ihn ein paar Stunden später im Dunkeln wahrscheinlich übersehen hätte.

Sie überquerten die Brücke und fuhren nach einer Linkskurve den Berg hinauf. »Aigner Berg« hatte Franz Josef Bellago auf dem Plan notiert, den Enrica in der Hand hielt und für Antonia interpretierte. Rechts über ihnen war an einem steilen Abhang ein romanisches Kirchlein zu sehen. Als sie vorbeifuhren, läuteten eben die Glocken. Mehrere alte Frauen überquerten ungerührt die Straße, um zur Kirche zu gelangen. Der Abendgottesdienst, dachte Antonia. Gab es wirklich noch Menschen, die in diesem Wirrwarr ihren Gewohnheiten nachgingen und darin ihren ganz persönlichen Frieden fanden?

Sie durchquerten die kleine Ortschaft, passierten zwei massige Schlösser und ein Gebäude, das sich Antonia einprägen wollte. »Gemeindeamt« stand über dem halbgeöffneten Eingangstor. Hier würde sie sich gleich morgen anmelden, um die Bezugsscheine und Sondervergünstigungen zugestanden zu bekommen. Doch die gab es nur zu Weihnachten, und so lange würden sie ja hoffentlich nicht im Jagdhaus ausharren müssen.

An einer kubusförmigen Schule, einem Friedhof und einer weiteren, diesmal neugotischen, Kirche vorbei fuhren sie mitten ins Bauernland hinein. Links und rechts Wiesen oder frisch abgeerntete Felder. Seit der letzten Kreuzung, knapp hinter dem Scheitelpunkt des Berges, war die Straße nicht mehr asphaltiert. Sie war steinig und holperig, mit tiefen Fahrrillen. Auf dem erhöhten Mittelstreifen wuchsen Gras und Gänseblümchen. Antonia wurde heiß und kalt bei dem Gedanken, sie könnte mit der Wagenachse darauf aufsitzen.

In der Ferne entdeckten sie ein paar mächtige Vierkanthöfe. Reiche Bauern wohnten hier. Reich zumindest unter ihresgleichen. »Körndlbauern« hatte Fanni gemurmelt und damit auf das Getreide angespielt, das den Wohlstand dieser Landwirte ausmachte. Die Mühlviertler Bauern, von denen sie selbst abstammte, waren arme Schlucker dagegen, auf ihren kargen Granitbergen, über die drei Viertel des Jahres der frostige böhmische Wind strich.

Immer schmaler wurde die Straße, nur noch eine einzige Spur. Es war, als ob es keine Menschen mehr gebe, die hier entlangfuhren. Antonia und die Mädchen waren fast erleichtert, als dicht neben der Straße ein behäbiges Bauernhaus auftauchte, vor dem eine Schar Gänse schnatterte und sich ein Truthahn in Angriffsposition stellte. Zwei barfüßige Knaben liefen an den Straßenrand und winkten. Enrica und Lilli freuten sich und baten Antonia, anzuhalten. Doch sie mußten weiter.

Das Bauernhaus entschwand ihren Blicken. Auch zu beiden Seiten der Straße konnten sie nun nichts mehr sehen. Sie befanden sich tief in einem Hohlweg, der leicht anstieg.

Als sie oben angelangt waren, breitete sich in der untergehenden Sonne die weite Hochebene vor ihnen aus. Fern am Horizont die Kämme der Alpen. Eine weite, friedliche Welt. Viel Luft zum Atmen. Hier hätte Johann Bethany vielleicht genesen können.

Undenkbar, dachte Antonia, daß hier ein Josef Goebbels die Faust hochgerissen hätte, um einer unübersehbaren Menschenmenge den totalen Krieg abzuverlangen. Auch die Mär vom »Volk ohne Raum« hätte hier nicht gezündet, wo durch die Fenster der Geruch der Felder drang und die wenigen weißen Wolken am Himmel einen weiteren sonnigen Tag versprachen.

Von »Blut und Boden« hatten Hitler und seine Gesellen zu Beginn ihrer zerstörerischen Karriere geschwärmt. Den wahren Boden, den friedlichen, fordernden hatten sie nie kennengelernt. Immer nur eine Idee davon gehabt, die sie sich zurechtgelegt hatten – wie ihr ganzes Weltbild nur auf einer künstlichen Idee beruhte, auf einem Gedanken von etwas, das es nicht gab und besser auch nicht geben sollte, weil weder die Welt dafür geschaffen war noch die Menschen. Verbrannte Erde hatten sie denen hinterlassen, deren Land sie überfallen hatten. Und verbrannte Erde sahen sie nun auch in der eigenen Heimat. Wie kam es, daß sie den Boden, den sie angeblich so liebten, nicht retteten, indem sie sich endlich den Siegern beugten? Ihre Idee war gestorben. Hatten sie vor, nun auch die Überlebenden in ihren Untergang mitzureißen? In einem Kalender hatte Antonia einen Leitspruch der Gebirgsjäger gelesen: »Was fällt, das mußt du halten!« Wem half es, dachte sie, wenn der, der hielt, zuletzt auch noch in den Abgrund stürzte?

»Ich glaube, wir sind da«, sagte Antonia und wies mit dem Zeigefinger nach vorne. Weit vor ihnen erkannten sie eine lose Häusergruppe: einen großen Bauernhof mit einem bescheidenen Wohnhaus daneben und, in einiger Entfernung, ein geräumiges Haus, von Efeu bewachsen. »Das Jagdhaus«, sagte Antonia, und die Mädchen drängten sich nach vorne, um das Ziel der langen Fahrt zu sehen.

3

Mit einem letzten, kräftigen Ruck blieb die elegante Familienkarosse der Bellagos auf dem weitläufigen, kiesbedeckten Vorplatz des Jagdhauses stehen. Die beiden Mädchen sprangen aufgeregt heraus und blickten auf das ehrfurchtgebietende Gebäude, das mit Efeu fast zugewachsen war. Ein Ehepaar aus dem Dorf sei für die Pflege des Hauses verantwortlich, hatte Franz Josef Bellago behauptet. Man schicke regelmäßig gutes

Geld dafür. Das Geld mochte eingetroffen sein, dachte Antonia, doch die Pflege ließ zu wünschen übrig. Wahrscheinlich hatte niemand mehr damit gerechnet, daß die reichen Leute aus der Stadt wiederkamen.

Das Haus schüchterte sie ein: ein zweigeschossiger Bau, dreimal so breit wie hoch. Hella Bellago hatte erzählt, daß zu Lebzeiten ihres Vaters während der Jagdsaison fast alle Räume mit Gästen belegt waren. Zu deren Abschluß hatte jedes Jahr ein großes Fest stattgefunden, zu dem auch die Bauern aus der Umgebung eingeladen waren. Laut und lustig war es da zugegangen, daß man es angeblich bis hinunter ins Dorf gehört hatte.

Antonia holte den großen schwarzen Schlüsselbund aus dem Handschuhfach. Franz Josef Bellago hatte darauf bestanden, daß sie ihn dort aufbewahrte, um bei der Ankunft nicht danach suchen zu müssen. Sie war erleichtert, daß der Schlüssel ohne Widerstand seinen Dienst tat. Danach entfernte sie das Vorhängeschloß, öffnete die dunkelgrün gestrichene Haustür und trat mit den Kindern ein.

In dem Dämmerlicht, das sie empfing, konnten sie erst nur Umrisse erkennen: eine geräumige Diele mit einer Truhe an der linken Wand, mehreren Kleiderständern zur Rechten und, ganz hinten, einer gemütlichen Sitzecke, bestehend aus einem schweren Eichentisch mit einer Eckbank und mehreren Stühlen, auf denen grüne Sesselpolster lagen. Hinter der Eingangstür war eine riesige Gummimatte ausgebreitet, auf der die heimkehrenden Jäger wahrscheinlich ihre schmutzigen Stiefel stellten, denn gleich daneben standen mehrere Stühle in Reih und Glied, auf die man sich beim Ausziehen wohl setzte, und ein offener, mannshoher Schrank mit einer Ansammlung von Hausschuhen jeder Größe.

Die Mädchen hielten den Atem an, als sie das riesige Hirschgeweih über der Truhe bemerkten. »Wie viele Enden der wohl hat?« fragte Enrica. Doch das Großstadtkind Antonia hatte keine Ahnung, wie man die Enden eines Hirschgeweihs zählte.

Auch an der rechten Wand hingen hinter den Kleiderständern in mehreren Reihen Geweihe, kleinere nun, und unter jedem standen genaue Angaben mit Datum und Abschußort. Hella Bellagos Vorfahren mußten einen beträchtlichen Teil ihres Lebens mit dem Gewehr in der Hand verbracht haben.

Die Luft war schwer und trocken, doch es war kühler als draußen. Antonia ging von Tür zu Tür und schaute in die dahinterliegenden Räume. Die Mädchen folgten ihr. Ein Gefühl von Unwirklichkeit ergriff Besitz von ihnen. Es war, als hätten sie eine fremde, verwunschene Welt betreten, die eigenen Gesetzen gehorchte.

Alles hier bezog sich auf die Jagd. Auch die beiden Zimmer links und rechts vom Eingang, in denen sich die Jäger wahrscheinlich umgezogen hatten. Noch jetzt hingen überall grüne Lodenmäntel und -jacken, und auf einem Brett, das sich über die ganze Breite des Raumes hinzog, lagen Filzhüte aufgereiht, einige von ihnen sogar mit Gamsbart.

Die linke Tür ganz hinten führte in die Küche, so groß, wie Antonia noch nie eine gesehen hatte. In der Mitte stand wie ein Monolith ein mächtiger Herd mit einem Rauchabzug. Antonia erschrak, doch dann bemerkte sie zum Glück in der Ecke einen viel kleineren Elektroherd. An einem Eßtisch mit zwölf Stühlen hatte sicher so manche fröhliche Gesellschaft einen Umtrunk gehalten. An der Wand hing blankpoliertes Kupfergeschirr, und in einem geschnitzten Regal, das fast bis zur Decke reichte, war Eßgeschirr mit Meißener Zwiebelmuster aufgereiht. Zwei Türen am Ende des Raums ließen Antonia und die Mädchen vorläufig noch unbeachtet. »Wahrscheinlich die Speisekammer«, entschied Enrica sachverständig. »Und die Tür hinunter in den Keller.« Doch dorthin wagten sie sich noch nicht. Allein schon die Küche, in der jeder Winkel vollgeräumt war, überforderte ihren Entdeckergeist. Der Wohlstand, in dem Hellas Familie gelebt hatte, war offenkundig.

Der gegenüberliegende Raum erschreckte die Mädchen. Eine große Wanne befand sich darin und mehrere Tische. Erst nach einiger Überlegung begriffen sie, daß hier die Jagdbeute zerlegt worden war.

Staunend und beklommen gingen sie weiter und traten in den saalartigen Wohnraum. Mehrere niedrige, runde Tische mit bequemen Lederfauteuils standen hier in ungezwungener Anordnung, als hätte eine sorglose Hand sie in der Gewißheit verteilt, daß die Gäste, die hier zusammenkamen, alles nach ihren spontanen Bedürfnissen umstellen würden. Die Stirnwand des Wohnzimmers wurde von einem Kamin dominiert, in dem man aufrecht stehen konnte. An der Wand rechts daneben türmten sich neben einem schmalen Klavier die Behältnisse verschiedener Musikinstrumente. Eine Ziehharmonika gab es da, eine Zither und eine Gitarre. An der Wand darüber hingen wie Ausstellungsstücke mehrere Jagdhörner. Ein Bücherschrank mit grünen Buchrücken fehlte ebensowenig wie ein großer verschlossener Schrank, in dem sicher die Gewehre aufbewahrt wurden.

Erst jetzt merkten sie, wie müde sie waren. Um Lillis Mund zuckte ein unterdrücktes Weinen.

»Wir schauen uns das übrige morgen an«, entschied Antonia, während Enrica noch rasch die Tür zum Eßzimmer öffnete und einen Blick hineinwarf. »Schon wieder Geweihe«, murmelte sie. »Man muß sich einmal vorstellen, daß diese Tiere alle wieder zum Leben erweckt würden und plötzlich vor dem Haus stünden...«

Antonia blieb das Lachen im Halse stecken. Unwillkürlich dachte sie, wie es wohl wäre, wenn sich alle Toten dieses Krieges erhöben und vor dem Führer aufmarschierten.

Es dauerte lange, bis sie endlich im Bett lagen. Erst in den Schlafzimmern und dem Badezimmer zeigte sich wirklich, wie wenig dieses Haus auf sie gewartet hatte. Die Betten waren nicht bezogen, sondern zum Schutz vor Staub mit alten Laken bedeckt, und die Wasserpumpe war nicht eingeschaltet. Als es Antonia endlich gelungen war, sie in Gang zu setzen, entströmte den Hähnen eine rotbraune Flüssigkeit, von der Lilli steif und fest behauptete, es sei Blut. So wuschen sie sich vor dem Schlafengehen draußen am Brunnen, was den Mädchen durchaus gefiel, denn in der sommerlichen Hitze fühlten sie sich vom kalten Wasser erfrischt. Am nächsten Tag würde Antonia das Wasser mehrere Stunden in die Becken laufenlassen, bis endlich alle Rohre durchspült und gereinigt waren.

Sie lagen in angrenzenden Zimmern und ließen die Türen offen. Auch die Fenster hatten sie aufgemacht, obwohl Lilli Angst vor Einbrechern hatte. Sogar Antonia hätte am liebsten alles fest verschlossen, doch die Luft im Haus war zu drückend.

So lagen sie nun in diesem großen Haus, weit weg von allem, was ihnen vertraut war, und horchten auf die Geräusche der Nacht, die so verschieden waren von denen, die sie von der Stadt her kannten. Kein Auto fuhr hier zu später Stunde vorbei, das den Ruhenden die wohlige Gewißheit des eigenen Geborgenseins vermittelt hätte. Keine Nachtschwärmer schlenderten auf der Straße nach Hause. Dafür zirpten die Grillen so durchdringend, daß Lilli behauptete, da schrien irgendwelche Tiere in höchster Not. Dazwischen quakten Frösche, wahrscheinlich vom Teich des Bauernhauses her, und nächtliche Vögel, die keiner der drei benennen konnte, klagten zum Gotterbarmen. Als am Morgen endlich Ruhe einzukehren schien, fing plötzlich ein Hahn an zu krähen und hörte nicht mehr auf. Kühe muhten, und ein großer Leiterwagen mit einem Ochsen davor rumpelte hinaus aufs Feld.

Alle drei hatten das Gefühl, daß sie diese Nacht wohl nie vergessen würden. Fanni hatte den Mädchen eingeschärft, sie sollten sich ihre Träume merken, denn was man in einem fremden Bett zum ersten Mal träumte, ginge in Erfüllung. Am nächsten Morgen sprachen aber weder Enrica noch Lilli von irgendwelchen Träumen, und auch Antonia hütete sich, ihren eigenen Alptraum zu erwähnen, in dem man von ihr verlangt hatte, ihre Mathematik-Matura zu wiederholen. Die Ergebnisse der ursprünglichen Prüfung waren verlorengegangen, und sie hatte nur einen einzigen Tag zur Verfügung, um den gesamten Lehrstoff zu wiederholen. Als Antonia in ihrem Traum das Klassenzimmer betrat, wo sie die Prüfung ablegen sollte, war sie überzeugt, daß sie versagen würde. Eine blasse Lehrerhand reichte ihr das Blatt mit den Aufgaben. Schon auf den ersten Blick erkannte Antonia, daß sie keine einzige lösen konnte. Im gleichen Moment wachte sie auf. Ihr Herz hämmerte, und sie überkam das Gefühl, mit keinem der unzähligen Probleme fertigzuwerden, die in diesem Haus auf sie warteten. Irgendwie hat Fanni recht gehabt, dachte sie, mein erster Traum im fremden Bett geht auf seine Weise in Erfüllung.

Eine alte Geschichte

I

Es kostete sie etliche Mühe, sich in dem neuen, ungewohnten Alltag zurechtzufinden. Von früh bis spät war Antonia auf den Beinen, und die Mädchen liefen ständig hinter ihr her. Es stellte sich heraus, daß das Fahrrad – entgegen der Beurteilung Franz Josef Bellagos – nur bedingt als Transportmittel in Betracht kam. Dafür war die Straße ins Dorf viel zu steinig und holprig. Trotzdem schob Antonia es immer neben sich her, um außer den Einkäufen auch Lilli zu befördern, für die der weite Hin- und Rückweg noch zu anstrengend war.

Im Dorf beobachtete man sie mit Neugier, doch man kam ihr nicht entgegen. Schon bei der Anmeldung auf dem Gemeindeamt empfahl ihr die Schreibkraft, sich mit den »Damen aus dem Altreich« in Verbindung zu setzen, von denen einige auf verschiedenen Bauernhöfen Unterschlupf gefunden hätten. Antonia dankte, unternahm aber, in Erinnerung an die »Drei Generationen«, nichts. Im Dorf fand sie allerdings auch keinen Anschluß. Hin und wieder glaubte sie sogar, ein gewisses Befremden darüber zu spüren, daß sie hier aufgetaucht war. »Ich hätte nicht gedacht, daß jemand von Ihrer Familie ...« Oder: »Einfach wird es hier nicht für Sie sein.« Oder auch: »Ihre Nachbarn, die Zweisams, was sagen denn die dazu, daß Sie hier sind?«

Aus den Zweisams wurde sie tatsächlich nicht schlau. Kaum

trat sie vor die Tür, verschwand auf dem Bauernhof jeder ins Haus. Zwei kleine Jungen, die sich als Zwillinge entpuppten, schlichen manchmal neugierig und ein wenig ängstlich näher, um die Fremden zu beobachten. Als Enrica sie einmal ansprach, liefen sie davon. Beim zweiten Mal waren sie jedoch mutiger und nannten sogar ihre Namen: Peter und Paul.

»Ich habe auch einen Bruder, der Peter heißt«, antwortete Antonia und lächelte. »Habt ihr nicht Lust, uns zu besuchen und mit den Mädchen zu spielen?«

»Das dürfen wir nicht«, erklärte der eine, der sich als Peter vorgestellt hatte.

In diesem Augenblick ertönte vom Bauernhof her ein durchdringender Pfiff. Vor der Tür stand der Bauer, Daumen und Zeigefinger zum Ring geformt noch im Mund. »Kommt auf der Stelle nach Hause!« brüllte er. Seine Frau kam gelaufen und gestikulierte heftig. Sie schickte ein seltsames Wesen vor, das Antonia auf den ersten Blick für ein Kind hielt. Beim Näherkommen sah sie jedoch, daß es eine kleinwüchsige junge Frau war, die mit hochrotem Kopf die beiden Jungen an sich riß und fortzerrte.

Auch zu der Bewohnerin des Häuschens neben dem Hof fand Antonia keinen Kontakt. Sie nahm an, daß das Gebäude für den Altbauern errichtet worden war. Ein Auszugshaus, wie man es nannte. Doch es wohnten keine alten Leute darin, sondern eine junge Frau, jünger als Antonia selbst. Wahrscheinlich war sie ebenfalls auf der Flucht vor den Bomben hierhergezogen, denn ihr ganzes Verhalten und ihre Kleidung waren städtisch. Antonia hätte sie gern kennengelernt und grüßte freundlich, wenn sie vorbeiging. Anders als die Bauern erwiderte die junge Frau den Gruß, blieb jedoch kurz angebunden. Dann drehte auch sie sich um und verschwand im Haus.

Mit einem Fernglas, das sie in einer Schreibtischschublade gefunden hatte, schaute Antonia manchmal zu der Nachbarin hinüber. Es war offensichtlich, daß sie in Verbindung zu den Zweisams stand. Vielleicht war sie sogar eine Verwandte.

Trotzdem führte sie ihr eigenes Leben und nahm an den Mahlzeiten der Bauersleute nicht teil.

Als Vermittler zwischen den beiden Häusern fungierte ein alter Mann, allem Anschein nach ein einfacher Knecht, der auf dem Hof arbeitete, dazwischen aber immer wieder die junge Frau aufsuchte und ihr zur Hand ging. Aus den Gebärden der beiden glaubte Antonia zu erkennen, daß der Mann stumm war. Er schien jedoch zu hören, was die junge Frau ihm sagte, und sie hatte, wie es aussah, keine Mühe, seine Handzeichen und sein Mienenspiel zu verstehen.

Auch der Stumme ging Antonia aus dem Weg. Bei ihm glaubte sie sogar eine ganz besondere Ablehnung zu erkennen. Wenn er ihr begegnete, verschloß sich seine Miene. Er preßte die Lippen aufeinander und runzelte die Stirn. Keinen Blick war ihm Antonia wert, und er beeilte sich stets, ihr zu entkommen.

Ein einsames Leben würde das hier werden, dachte Antonia. Sie konnte es kaum erwarten, daß die Woche verstrich und sie mit den Schwiegereltern und Peter telefonieren konnte. Wenn es so weiterging, würde es vielleicht sogar besser sein, nach Linz zurückzukehren. Mehrere Bunker waren von der Villa aus gut zu erreichen. Wenn sie sich dort vor den Fliegerangriffen in Sicherheit brachten, ließ es sich auch in Linz überleben.

Dann schaute sie wieder hinaus aus dem Fenster, hinüber zu dem kleinen Auszugshaus. Eben trat die junge Frau vor die Tür. Sie trug einen hübschen geblümten Sommerrock, eine weiße Bluse und an den Füßen Tennisschuhe. Erst jetzt bemerkte Antonia den Tennisschläger und die Bälle in der Hand der Nachbarin. Gespannt beobachtete sie, wie die junge Frau weit ausholte, einen Ball gekonnt gegen die Giebelwand schmetterte und gleichsam ein Match gegen sich selbst bestritt. Auf der Jagd nach dem Ball lief sie hin und her, sprang hoch und bückte sich. Keine Anstrengung schien ihr zuviel zu sein. Fast eine Stunde lang übte sie. Zweifellos war sie eine tüchtige Tennisspielerin, dabei anmutig und gelöst, daß es eine Freude war, ihr

Spiel zu verfolgen. Auch Enrica und Lilli schauten zu und lachten, wenn die Nachbarin den Ball doch einmal verfehlte.

Wie gern hätte sich Antonia an dem Spiel beteiligt. Sie selbst hatte immer Freude am Tennis gehabt, und auch Enrica hatte bei ihren ersten Versuchen Talent gezeigt. Antonia hatte sogar das Gefühl, daß sich ihre ältere Tochter ähnlich graziös bewegte wie die junge Frau. Wie schön wäre es, das Kind auf einem richtigen Tennisplatz zu sehen, gemeinsam mit sorglosen Freunden und unter einem Himmel, der sich nicht zu verdunkeln drohte.

Am Abend, wenn die Mädchen schliefen, stieg Antonia leise die Treppe hinunter und setzte sich in der Küche an den Tisch. Sie zog den kleinen Volksempfänger zu sich heran, so nahe, daß sie das Ohr dranhalten konnte, und schaltete ihn ein. Meistens hörte sie sich erst die deutschen Nachrichten an, bei denen sie das Gefühl nicht loswurde, belogen zu werden. Trotz zusammenbrechender Fronten wurden weiterhin nur die Erfolge der Wehrmacht gemeldet und Niederlagen als vorübergehende Schwierigkeiten abgetan.

Antonia hatte inzwischen ein empfindliches Ohr für falsche Töne entwickelt. So suchte sie weiter nach der Wahrheit, wenn es sie denn geben sollte. Ganz langsam und vorsichtig drehte sie den Knopf. Manche Sender waren schwer zu empfangen. Einen Millimeter zu weit, und man hatte sie verloren.

Als Antonia zum ersten Mal im Jagdhaus das Radio einschaltete, fürchtete sie, der Empfang hier oben könnte gestört sein. Sie war erleichtert, als sie merkte, daß das Gegenteil der Fall war und sie sogar mehr Sender empfangen konnte als in Linz. Auch die Wiedergabe war hier besser. Vor allem aber brauchte sie keine Angst zu haben, erwischt und bestraft zu werden.

Tagsüber hatte sie das Gefühl, auf einer Insel zu leben. Die meiste Zeit waren die Kinder ihre einzigen Gesprächspartner. Eine Zeitung gab es nicht mehr. Die ›Oberdonau-Zeitung‹ erschien nur noch unregelmäßig, war aber längst vergriffen, wenn Antonia ins Dorf kam. Höchstens der ›Stürmer‹ und der ›Völkische Beobachter‹ lagen noch in den Regalen. Doch an diesen Blättern war Antonia nicht interessiert. So suchte sie weiter, jeden Abend. Radio Beromünster aus der Schweiz. Radio Moskau. Die Londoner BBC. Sie alle sendeten Nachrichten in deutscher Sprache und forderten die Bevölkerung auf, sich gegen das Regime zu erheben. Auch hier waren die Nachrichten je nach Interessenlage des Senders und seines Landes verschieden gefärbt. Trotzdem ließen sich Hauptereignisse erkennen, die von allen Sendern gemeldet wurden, während der Rundfunk des Deutschen Reiches sie oft nicht einmal erwähnte.

Von deutschen Kriegsgefangenen war die Rede, achtundfünfzigtausend an der Zahl, die in einem drei Kilometer langen Zug durch Moskau getrieben worden waren, vorbei an Tausenden Sowjetbürgern, die vom Straßenrand aus triumphierend die Niederlage des einstigen Gegners beklatschten. Für die erschöpften Soldaten war es ein trauriger, schmachvoller Gang, der sie in die Gefangenenlager Sibiriens führte – die Hölle auf Erden, wie die berichteten, die sie überlebten.

Nicht von Radio Moskau hörte Antonia diese Nachricht, sondern von der BBC. Der deutsche Rundfunk ging darüber hinweg. Er berichtete noch immer über den gescheiterten Staatsstreich der Offiziere um Stauffenberg und über die Rache des NS-Regimes. Auch von den erbitterten Auseinandersetzungen in Frankreich nach der Landung der Alliierten wurde nur wenig gemeldet. Dabei hungerte Antonia nach Einzelheiten. Die Vorstellung, daß Ferdinand in die Kämpfe verwickelt sein könnte, erfüllte sie mit Angst. Trotzdem versuchte sie, sich zu beruhigen. Vielleicht würden ihr die Schwiegereltern schon am Donnerstag erzählen, daß ein Brief gekommen sei und es Ferdinand gutgehe. Er sei auf seinem Posten in Paris, in das die Alliierten noch nicht eingedrungen waren.

2

Einen kleinen Erfolg konnte Antonia dann doch verzeichnen. Da sie im Dorf keine Milch bekam und von den Zweisams nichts zu erwarten war, versuchte sie es auf dem großen Bauernhof, an dem sie auf dem Weg ins Dorf vorbeikam. Sie lehnte das Fahrrad an die Hauswand und betrat mit den Mädchen das geräumige Vorhaus, das zum Innenhof hinausführte.

Aus der Stube zur Linken drangen Stimmen und Gelächter. Antonia klopfte und stieß dann die Tür auf, die nur angelehnt war. Ihr Herz pochte laut. Sie dachte daran, daß sie noch nirgends freundlich empfangen worden waren, seit sie im Jagdhaus waren.

Hier aber war es anders. Die Leute am Tisch blickten ihnen entgegen, ohne daß das Lachen aus ihren Gesichtern verschwand. Ein alter Mann saß da, drei Knaben wie die Orgelpfeifen und eine zierliche, rotbackige Frau, wohl die Mutter der Kinder. Aus der Küche kam eben eine alte Frau mit einer dampfenden Schüssel herein, die sie hastig auf dem Eßtisch abstellte, um sich die Finger nicht zu verbrennen.

»Frau Bellago, nicht wahr?« fragte die junge Frau. »Oder soll ich Frau Doktor sagen?«

Antonia lachte und schüttelte den Kopf. Ihr war, als ob die Sonne aufginge. »Ich bin keine Frau Doktor«, sagte sie sanft. »Frau Bellago reicht vollkommen. Und das hier sind meine beiden Töchter: Enrica und Lilli.«

Die Bauernkinder leckten an ihren Löffeln und blickten neugierig und ein wenig verlegen zu ihnen auf.

»Ich weiß nicht einmal Ihren Namen«, gestand Antonia. »Wir sind gerade vorbeigekommen, und ich dachte, ich schaue mal herein, weil wir doch fast Nachbarn sind.«

Die Bäuerin nickte. »Das war vollkommen richtig«, antwortete sie. »Ich bin die Frau Straßmaier, und das sind meine Eltern. Sie heißen Achleitner. Und das«, sie wies auf die Kinder, »sind der Rudi, der Karli und der Pepi.«

Die beiden jüngeren Knaben erröteten und stießen sich gegenseitig mit den Ellbogen an. Der ältere, er mochte an die fünfzehn sein, musterte Enrica von oben bis unten. Die Bäuerin lächelte verständnisvoll. Dann lud sie Antonia ein, an den Tisch zu kommen und mitzuessen. Antonia zögerte erst, doch dann stieg ihr der köstliche Geruch in die Nase, und sie setzte sich mit den Mädchen auf die Bank zur Altbäuerin, die bereitwillig zur Seite rückte.

Das Essen reichte für alle. Zum ersten Mal seit langem fühlten sie sich geborgen und wurden wirklich satt. Seit Jahren schon wurde die deutsche Bevölkerung mit der Zuteilung von Fett kurzgehalten. Nur Fannis Pakete von ihren Eltern hatten die Bellagos vor dem allgemeinen Hunger bewahrt. An diesem Tisch aber herrschte kein Mangel. Antonia fürchtete fast, den Kindern und ihr würde von der dicken Soße übel werden, die die Bäuerin über die Knödel goß. Enrica und Lilli bekamen vom vielen Essen jedoch nur ganz rote Backen, und die beiden kleinen Bauernbuben kicherten verstohlen, weil die dürren Mädchen aus der Stadt so tüchtig zulangten.

Es stellte sich heraus, daß der alte Achleitner in jungen Jahren Treiber bei Hella Bellagos Vater gewesen war und später als Jäger an Franz Josef Bellagos Jagdeinladungen teilgenommen hatte. »Nur das Beste kann ich über den Herrn Doktor sagen«, versicherte er. »Nur das Beste. Sollen die Leute reden, was sie wollen.« Dann berichtete er von einer komplizierten Grenzstreitigkeit, bei der er »von Ihrem Herrn Schwiegervater« so kompetent beraten worden sei, daß er am Schluß das von ihm beanspruchte Grundstück bekam und trotzdem auch der Gegner befriedigt aus der Sache hervorging. »Salomonisch, der Herr Schwiegervater«, lobte der alte Bauer. »Und er hat keinen einzigen Schilling dafür verlangt.«

Nach dem Essen brachte Antonia vorsichtig das Gespräch auf die Milch, deretwegen sie hergekommen war. Die Bäuerin verstand sofort, worauf sie hinauswollte. Ungefragt bot sie Antonia an, jeden zweiten Tag einen Liter Milch zu holen. »Es ist leider nicht viel, aber wir sind verpflichtet, ein festes Kontingent ins Dorf zu liefern«, erklärte sie bedauernd.

Antonia strahlte. »Das ist mehr, als ich erwartet habe«, gestand sie. Sie zögerte. »Sie wissen gar nicht, wieviel mir Ihre Freundlichkeit bedeutet. Wir haben noch nicht viel Gutes erfahren, seit wir hier sind.«

Die Bäuerin nickte. »Ich verstehe«, sagte sie. »Das war schon eine schlimme Sache damals.«

Antonia fröstelte auf einmal. Wegen der Kinder fragte sie trotzdem nicht weiter nach. »Eine alte Geschichte, hat mein Schwiegervater gesagt«, erklärte sie dann ausweichend.

»Sonst hat er nichts erzählt?« Die Miene der Bäuerin kam Antonia fast mitleidig vor.

»Nein«, antwortete sie. »Aber ich werde ihn bei unserem nächsten Telefongespräch danach fragen.« Dann schüttelte sie die Beklommenheit, die sie plötzlich erfaßt hatte, wieder von sich ab. Sie lud die Bauernbuben ein, doch hin und wieder beim Jagdhaus vorbeizukommen, und ließ sich von der Bäuerin eine Kanne Milch geben, die sie nicht einmal bezahlen durfte, weil es das erste Mal sei. Die Kanne brauche man allerdings wieder. »Man kriegt ja leider nichts mehr, heutzutage.«

Als sie zum Jagdhaus zurückgingen, liefen Karli und Pepi noch eine Weile neben ihnen her. Sie redeten nicht viel, aber wenn man sie ansah, lachten sie, und ihre Backen wurden noch röter. Rudi war zu Hause geblieben, doch beim Weggehen hatte er Enrica verstohlen nachgeschaut.

»Eigentlich ist es doch nicht so schlimm hier«, sagte Enrica leise, als sie vor dem Jagdhaus ankamen, und Lilli legte sich die Hand auf den Leib und versicherte, ihr Bauch sei jetzt »sooo dick«.

Am Abend, als die Kinder schon schliefen, stieg Antonia wieder hinunter in die Küche, um Radio zu hören. Doch als es vor ihr stand, hatte sie auf einmal keine Lust mehr. Seit dem Besuch auf dem Bauernhof fühlte sie sich ruhig und ausgeglichen.

Endlich hatten sie doch etwas erlebt, das gut war. Keine versteckten Anspielungen, keine Abweisung. Nur Einfachheit und Freundlichkeit.

Sie stellte den Volksempfänger in sein Regal zurück und trat hinaus auf den Vorplatz. Es war schon dunkle Nacht. Antonia konnte sich nicht daran erinnern, wann sie zum letzten Mal nachts allein im Freien gewesen war und zum Himmel aufgeblickt hatte. Sie setzte sich auf die Bank vor dem Haus, lehnte den Kopf an die Wand, die noch warm von der Sonne war, und schaute nach oben. Unzählige Sterne blinkten über ihr. Sie erinnerte sich, daß sie in den ersten Tagen ihrer Verliebtheit mit Ferdinand vereinbart hatte, jeden Tag zu einer bestimmten Uhrzeit zum Abendhimmel hinaufzuschauen. Dann würden sie aneinander denken und sich verbunden fühlen.

Auch jetzt dachte sie an ihn. Sein Gesicht stand deutlich vor ihren Augen. Sogar seine Stimme glaubte sie zu hören, und sie war auf einmal ganz sicher, daß er aus dem Krieg zurückkommen würde und noch viele gemeinsame Jahre vor ihnen lägen.

Auch die Bäuerin kam ihr plötzlich in den Sinn, die mit ihren Kindern und den alten Leuten ebenfalls allein lebte. Ganz gewiß befand sich auch ihr Mann irgendwo an der Front, so wie die meisten Familienväter, die eigentlich nach Hause gehört hätten. Antonia konnte sich nicht vorstellen, daß sich diese Frau am Abend an ein Rundfunkgerät klammern würde, um Einzelheiten über den Zustand der Welt zu erfahren. Wahrscheinlich ließ sie ihr Schicksal einfach auf sich zukommen, nahm es, wie es ihr gegeben wurde, und lebte für die Ihren und für den nächsten Tag ... Antonia fragte sich, ob dieser Weg nicht vielleicht der bessere war. Besser, als ständig alles zu hinterfragen. Dann aber sagte sie sich, daß sie selbst eben anders war als diese Frau und niemals auf deren Weise Ruhe finden würde.

Antonia schloß die Augen. Sie war nahe daran, einzuschlafen. Doch eine sanfte Berührung schreckte sie auf. Als sie die Augen öffnete, sah sie Enrica und Lilli in ihren langen Nachthemden und mit geöffnetem Haar vor sich stehen. Da lachte sie leise und legte die Arme ausgebreitet auf die Lehne der Bank. Nun lächelten auch die Mädchen erfreut und kuschelten sich an sie, an jede Seite eine, daß keine zu kurz kam, und Antonia umfing ihre Schultern, wie Ferdinand es so oft bei ihr getan hatte. Dann schauten sie gemeinsam zu dem Lichtermeer empor, und Lilli flüsterte: »Schade, daß der Papa nicht sehen kann, wie gut es uns geht.«

3

Als am Nachmittag der endlose Schwarm der amerikanischen Bomber am südlichen Horizont verschwunden war, machte sich Antonia mit den Mädchen auf den Weg nach Wels. Sie nahmen ausreichend Geld mit, ihre Bezugsscheine und eine große Tasche. Sollte sich irgendwo eine Gelegenheit zum günstigen Einkauf ergeben, mußte man zugreifen. Trotzdem stellte das Telefonat mit den Bellagos den Hauptgrund dar, daß sie sich auf den weiten Weg machten. Eineinhalb Stunden würden sie zu Fuß bis zum Welser Postamt schon brauchen, hatte die junge Bäuerin sie gewarnt. Eineinhalb Stunden hin und das gleiche für zurück. Zurück vielleicht sogar noch mehr, denn da ginge es oft bergauf.

Noch immer war es sommerlich heiß, doch die Schönwetterperiode neigte sich ihrem Ende entgegen. Tagsüber wurde es zunehmend schwüler, und die Nacht brachte keine Erleichterung. Das klare, durchsichtige Blau des Himmels über der Hochebene nahm einen anthrazitfarbenen Grundton an, und die Sonne stach in die Augen. Sogar die Schwalben, die auf der Rückseite des Jagdhauses unter dem Dachvorsprung nisteten, flogen nun viel tiefer als sonst.

Je näher sie der Stadt kamen, um so mehr Menschen begegneten ihnen. Die eine Woche in der Abgeschiedenheit der bäuerlichen Umgebung hatte genügt, sie der Stadt zu entwöhnen.

Sie genossen es fast, das Treiben um sich herum zu beobachten und sich in der Menge zu verlieren.

Sie überquerten die Traunbrücke und stellten fest, daß der Bombentrichter, den sie auf der Hinfahrt beinahe übersehen hätten, inzwischen aufgefüllt und sogar asphaltiert war. Straßen sind wichtig in einem kriegführenden Land, dachte Antonia. Mit den beschädigten Häusern hatte sich außer den betroffenen Bewohnern bisher noch niemand Mühe gegeben.

Die Stadt Wels gruppiere sich um drei parallele Straßen, hatte Franz Josef Bellago Antonia erklärt. Er war überzeugt, daß man sich in einer fremden Umgebung nur zurechtfinden konnte, wenn man ihre Struktur durchschaute. Orientierungslos von einem Punkt zum nächsten zu irren – »erst rechts, dann zweimal nach links, dann geradeaus« – hielt er für infantil und unproduktiv. Als er noch selbst Auto gefahren war, hatte es ihm in einer unbekannten Stadt genügt, die Richtung zu wissen, in der er sich bewegen mußte, um an sein Ziel zu gelangen. Einbahnstraßen oder Umleitungen brachten ihn dabei nicht aus dem Konzept. Von Antonia erwartete er nun, daß auch sie nach seiner Methode vorging. Jedenfalls sollte sie das westliche Ende der mittleren der drei parallelen Straßen ansteuern. Ringstraße heiße sie, soweit er sich erinnerte. Dort würde sie das Postamt finden.

Zu Antonias Überraschung erreichten sie ihr Ziel tatsächlich ohne Umwege und ohne jemanden um Auskunft bitten zu müssen. Antonia hob Lilli, die inzwischen zu müde zum Laufen war, aus dem Korb an der Lenkstange. Dann lehnte sie das Fahrrad an einen Alleebaum und sperrte es ab. Über ein paar niedrige Stufen traten sie in das Halbdunkel des Postamts mit seinen vielen Schaltern und dem großen Tresen für die Gepäckaufgabe.

An den Schaltern arbeiteten nur Frauen. Im Zwielicht des Raumes wirkten sie verhärmt. Wahrscheinlich waren sie müde und erschöpft. Ihre schwarzen Ärmelschoner aus Cloth kamen Antonia wie Symbole dieses Lebens im Dämmerlicht vor.

Das Postamt war voller Menschen. Vor allen Schaltern stauten sich lange Schlangen, die sich nur langsam vorwärtsbewegten. Enrica entdeckte als erste die drei Telefonzellen im Hintergrund. Sie waren alle besetzt. Auch hier mußte man in einer Schlange vor dem Schalter warten. Die Kunden reichten einen Zettel mit der gewünschten Telefonnummer durch eine runde Öffnung in der Glasscheibe, die das Volk von der Obrigkeit trennte. Dann stellte die Beamtin die Verbindung her. Meistens dauerte es lange, bis das Gespräch endlich beendet war. So kam es, daß Lilli fast schlafend an Antonia lehnte und Enrica von der dumpfen Luft schon ganz blaß geworden war, als nach geraumer Zeit endlich die Reihe an ihnen war. Antonia hob ab. »Hallo! Hallo!« hörte sie die ungeduldige Stimme ihres Schwiegervaters am anderen Ende der Leitung. Sie meldete sich und hoffte, daß er sie durch das Rauschen und Knacken hindurch verstehen konnte. Franz Josef Bellago schien erleichtert, als er sie hörte. Sofort überschwemmte er sie mit einer Flut von Fragen.

»Es geht uns gut, Vater«, rief Antonia mit lauter Stimme. Sie fürchtete, er würde sie sonst nicht verstehen.

»Schrei nicht so!« wies er sie zurecht. »Ich bin nicht taub.« Dann fragte er weiter, ohne ihr Zeit für eine Antwort zu geben.

»Die Fahrt war einigermaßen erträglich«, erklärte Antonia, als er endlich eine Pause einlegte.

»Und das Haus?«

»Wir kommen zurecht.« Dann erkundigte sie sich, ob es wieder Fliegerangriffe gegeben habe. »Die Bomber sind direkt über uns hinweggedonnert, und wir haben Rauch gesehen.«

Damit entfesselte sie einen endlosen Bericht. In der Überzeugung alter Menschen, die jüngeren würden mit allen Problemen leichter fertig als sie selbst, fragte Franz Josef Bellago nun nicht länger nach dem Befinden Antonias und der Kinder, sondern schilderte ausführlich und mit einer versteckten Klage in der Stimme die Zerstörungen, die die Bomben an ihrem Reisetag angerichtet hatten. Nur durch Zufall habe es die Villa Bellago nicht erwischt. Einige andere Häuser in der Straße seien aber stark beschädigt worden.»Dabei sind wir doch weit weg vom Bahnhof und vom Stahlwerk. Anscheinend machen sie sich einen Spaß daraus, auch auf die Wohngebiete zu zielen.« Einmal habe Fanni ihn und seine Frau sogar in den Bunker geschleppt. Dort wollte man sie erst gar nicht einlassen, weil alles schon voll war.»Einige hatten Berechtigungsscheine und spielten sich als die großen Herren auf. Ich schwöre dir, Schwiegertochter, lieber verrecke ich im eigenen Keller, als daß ich nochmals dahin gehe!«

Bevor Antonia antworten konnte, hörte sie die Geräusche eines unterdrückten Streits und eines Gerangels um den Telefonhörer. Dann war plötzlich Hella Bellago in der Leitung und rief, daß »etwas ganz Schreckliches« geschehen sei.

Antonia meinte schon, Ferdinand wäre etwas zugestoßen. Doch Hella Bellago beruhigte sie.»Das denn doch nicht, dem Himmel sei Dank! Nein, es geht um Fanni. Stell dir vor, man hat sie uns weggenommen! Sie arbeitet jetzt in den Hermann-Göring-Werken. Sie wohnt sogar dort. Direkt auf dem Werksgelände, in einem Schlafsaal für vierundzwanzig Frauen. Mit Stockbetten und so weiter, du weißt schon. Diese unmögliche Person von der Volkswohlfahrt hat sie denunziert. Sie sagte, daß Fanni im Werk übernachten könne, sei ein besonderes Entgegenkommen, weil ihr dadurch der lange Weg zur Arbeit erspart bleibe.« Hella Bellago schluchzte leise.»Denk dir nur, Antonia, wir sind jetzt ganz auf uns allein gestellt. Peter kann uns ja auch nicht helfen. Er ist den ganzen Tag bei der Flak und bei der HJ. Du solltest ihn sehen: Sein Gesicht ist ganz hager geworden, und er hat ständig Ringe unter den Augen. Manchmal kommt er erst nach Mitternacht heim, und am Morgen muß er schon ganz früh wieder fort.«

Antonia erschrak.»Meinst du, wir sollen zurückkommen, Mutter?« fragte sie beklommen.

Nun war es wieder Franz Josef Bellago, der antwortete. »Auf keinen Fall!« rief er eindringlich.»Wir sind froh, daß we-

nigstens ihr in Sicherheit seid. Außerdem hilft uns ja diese Kleine. Zumindest beim Einkaufen.«
»Welche Kleine?«
Hella Bellago hatte den Hörer zurückerobert. »Die Berti«, erklärte sie. »Die Freundin von Enrica. Das Arbeiterkind. Sie macht die Einkäufe und hilft uns im Haushalt. Ein tüchtiges kleines Ding, das muß man ihr lassen.«
»Aber sie ist doch noch ein Kind!« wandte Antonia ein und blickte zu Enrica hinunter, die nicht verstanden hatte, worum es ging. »Sie ist nicht älter als Enrica.«
Hella Bellago zögerte. »Na und?« sagte sie dann. Ihre Stimme klang auf einmal kalt und sachlich. »Was spielt das für eine Rolle – jetzt, im Krieg?«
Eine beleibte Frau hämmerte mit einem großen schwarzen Regenschirm an die Scheiben der Telefonzelle und zeigte drohend ihre Faust. Dann lief sie zum Schalter, um sich zu beschweren. Auch die Beamtin machte nun Zeichen, Antonia solle sich beeilen.
»Ich möchte auch noch mit Oma und Opa reden!« bettelte Enrica und sprang vor Ungeduld auf und ab. Doch da knackte es in der Leitung. Noch ehe sich Antonia verabschieden konnte, war die Verbindung unterbrochen.
Enttäuscht verließen sie die Zelle. Antonia entrichtete ihre Gebühr und wurde wegen ihrer Rücksichtslosigkeit barsch zurechtgewiesen. Dann machten sie sich auf den Weg zurück zum Jagdhaus. Nicht einmal vierzig Kilometer bis nach Linz, dachte Antonia. Vor dem Krieg war das keine Entfernung. Jetzt kämpfen unsere Männer tausende Kilometer von uns entfernt, aber ein ordentliches Telefongespräch von einer Stadt zur anderen ist nicht möglich.
Als sie den Stadtrand erreichten, donnerte es schon. Lilli war im Fahrradkorb eingeschlafen. »Wir müssen uns beeilen«, sagte Antonia. »Komm, Enrica, steig auf!«
»Ist das nicht zu schwer für dich, Mama?« Besorgt zum Himmel blickend setzte sich Enrica rittlings auf den Gepäck-

träger und hielt sich mit beiden Armen an Antonia fest, die mühsam über die Brücke radelte. Auf der Straße hinauf nach Thalheim stiegen sie ab. Enrica schob von hinten, um Antonia zu entlasten. So ging es den ganzen Weg lang: In der Ebene trat Antonia in die Pedale und wunderte sich, wie schwer ihre Kinder waren, und bei den Steigungen half Enrica mit. »Soll ich fahren?« fragte sie sogar einmal. Da mußte Antonia an Berti denken, die auch schon die Arbeit einer Erwachsenen verrichtete. »Später vielleicht«, antwortete sie, und das Herz tat ihr weh. »Jetzt kann ich gerade noch.«

Es fing an zu regnen. Einzelne schwere Tropfen, die immer dichter fielen. Lilli erwachte. Erst lachte sie und rieb sich schlaftrunken die Augen. Doch als sie das angestrengte, erhitzte Gesicht ihrer Mutter sah, brach sie in Tränen aus.

Als sie endlich beim Jagdhaus ankamen, waren sie bis auf die Haut durchnäßt. Ohne auf das Leder Rücksicht zu nehmen, ließen sie sich auf die Sofas im Wohnzimmer fallen. Sie hatten nicht einmal mehr Lust zu sprechen.

Draußen tobte das Gewitter. Es wurde stockdunkel. Immer wieder blitzte es. Der Donner ließ sie zusammenzucken. Sie fürchteten sich. Trotzdem standen sie nicht auf. Am liebsten wären sie bis zum nächsten Tag sitzen geblieben. Erst als sie anfingen zu frösteln, zogen sie sich um, tranken warme Milch von den Straßmaier-Kühen und aßen jede ein halbes gekochtes Ei und ein Stück Brot.

Tee und gute Worte

I

Radio Beromünster spielte ›La vie en rose‹ – so zärtlich, so schmachtend! Je grausamer die Zeiten werden, dachte Antonia, um so liebevoller und sehnsüchtiger klagen die Lieder für die Soldaten und ihre Angehörigen. Doch Antonia ging es nicht um Musik. Jeden Abend verbrachte sie in der Küche und drehte an den Knöpfen ihres kleinen Radios, um irgendwo, auf irgendeiner Welle des Äthers eine Nachricht zu entdecken, die ihre Sorge um Ferdinand zum Schweigen brachte.

Seit Wochen hatte sie nichts von ihm gehört. Kein Brief, in dem er sie beruhigte, aber glücklicherweise auch kein Beileidsschreiben eines Vorgesetzten, der sie von seinem Tode benachrichtigt hätte. Viele Frauen erhielten in diesen Tagen solche Mitteilungen, und täglich wurden es mehr. Als Held sei der Ehemann gestorben, hieß es da. Es sei schnell gegangen. Er habe nicht leiden müssen ... Immer das gleiche, dachte Antonia. Wer mochte da noch ein einziges Wort glauben? Und doch: Wen es betraf, der wollte es so hören. So und nicht anders.

Wenn Enrica und Lilli nach ihrem Vater fragten, sagte Antonia, er sei doch im Krieg, da wisse man nie etwas Genaues. Bestimmt gehe es ihm aber gut. Der liebe Gott passe auf ihn auf, »wie auf uns alle«. Von solchen Worten ließ sich Lilli meistens beruhigen. Was Enrica allerdings darüber dachte, durchschaute Antonia nicht mehr.

Das zärtliche Lied verklang. Ein Rundfunksprecher mit einer ruhigen, sympathischen Stimme berichtete fast mitfühlend, daß die alliierten Truppen immer näher an Paris heranrückten. In der Normandie, bei Falaise, seien über fünfzigtausend deutsche Soldaten eingekesselt und danach gefangengenommen worden. Nach einem langen Auflösungsprozeß sei inzwischen auch das von Hitler eingesetzte Vichy-Regime zusammengebrochen. Nur die Hauptstadt Paris stehe noch unter deutscher Herrschaft.

Jeder Satz eine eigene Schreckensnachricht, dachte Antonia und schaltete aus. Wenn man dem Sprecher zuhörte, konnte man glauben, er berichtete nur von einer einzigen Sache. Und eigentlich war es auch so. Das Deutsche Reich hatte nichts mehr zu erwarten. Es gab keine Hoffnung mehr für das Ganze, nur noch für den Einzelnen.

Antonia erinnerte sich plötzlich an ihren Wochenschaubesuch mit Peter. Zu jener Zeit hatte sich Hitler der Weltherrschaft nahe gefühlt. Sein Blick von damals war Antonia unvergeßlich: stechend und direkt in die Kamera, daß sich die Zuschauer im Kinosaal unwillkürlich duckten, weil der geliebte Führer so starr dreinsah, so erbarmungslos. Der große Sieger, der Eroberer Frankreichs. Und doch: fast ein Symbol schien es nun, daß er einen Triumphzug durch die Stadt vermieden hatte und das besiegte Paris unter Ausschluß der Öffentlichkeit in Augenschein nahm. Vielleicht hatte ihn das Ausmaß der Metropole und ihre grandiose Vergangenheit eingeschüchtert, ihn, den gehemmten Kleinstädter, der von Größe träumte, obwohl er vielleicht in seinem Inneren befürchtete, ihr nicht gewachsen zu sein. Wollte er sich gegen diesen Selbstzweifel auflehnen und das Schicksal versuchen – um jeden Preis?

Die Tage vergingen. Vom frühen Morgen bis die Kinder schliefen, erfüllte Antonia die Anforderungen ihres eng und einsam gewordenen Lebens. Sie wußte genau, daß ihre abendliche Suche nach Informationen in Wahrheit nur der Suche nach ihrem Ehemann und dem Vater ihrer Kinder diente.

Paris – seine stolzen Menschen, die sich nie mit der Unfreiheit abgefunden hatten –, Paris erhob sich, als feststand, daß es nur noch ein paar Tage dauern würde, bis die alliierten Truppen die Stadt erreicht hatten und hinter General de Gaulle, dem Führer der »Provisorischen Regierung der französischen Republik« in die Stadt einmarschieren würden.

Paris erhob sich: Wehrmachtsoldaten wurden ermordet, Militärfahrzeuge in Brand gesteckt und Verwaltungsgebäude durch Aufständische besetzt. Das Volk nahm sogar die Polizeipräfektur ein, ohne daß der deutsche Stadtkommandant von Groß-Paris, General von Choltitz, zu Repressalien griff. Er wußte, daß das Deutsche Reich besiegt war.

Aus Berlin telegraphierte Hitler, Choltitz solle mit schärfsten Mitteln gegen den Aufruhr vorgehen. Ganze Häuserblocks solle er zur Vergeltung sprengen lassen, ebenso die Seine-Brücken. Die Rädelsführer seien zu exekutieren. Wenn das Volk dann immer noch revoltieren wolle, solle man die ganze Stadt zerstören.

In dieser Stadt im Ausnahmezustand befindet sich Ferdinand, dachte Antonia und suchte einen Sender nach dem anderen. In dieser Stadt, die darauf wartete, sich an den Besatzern zu rächen, hielt er sich auf. Auch er selbst gehörte zu den Verhaßten. Keiner, der Ferdinand den Tod wünschte, konnte wissen, daß er in dieser Stadt mit seiner jungen Frau die glücklichsten Tage seines Lebens verbracht hatte. Keiner wußte, daß er es von Anfang an kaum ertragen konnte, als Soldat nach Paris zurückzukehren. Und vor allem: daß er sich dafür schämte, wie so viele sich schämten, die im Dienste des Führers als Landsknechte verschickt worden waren.

Jeden Tag rückten die Alliierten näher, hörte Antonia. Ihre Vorhut war von den Aussichtspunkten der Seine-Stadt bereits zu sehen. Von Berlin aus befahl Hitler nun die totale Vernichtung von Paris. Die Stadt dürfe nicht oder nur zerstört in die

Hand des Feindes fallen. »Halten oder in Trümmer legen!« lautete der genaue Wortlaut des Befehls.

Doch General Choltitz widersetzte sich. Entgegen der strikten Anweisung seines Führers bewahrte er Paris vor dem Untergang. Er unterzeichnete die Kapitulationsurkunde und befahl seinen Truppen, die Waffen niederzulegen und sich in Gefangenschaft zu begeben.

Die Glocken von ganz Paris läuteten, als die Befreier unter dem Jubel der Bevölkerung durch den Arc de Triomphe und über die Champs-Élysées fuhren. Am 25. August 1944 um 12.30 Uhr flatterte die Trikolore auf dem Eiffelturm als Zeichen der Befreiung.

Das Recht ist wiederhergestellt, dachte Antonia. Danach weinte sie die ganze Nacht fast bis zum Morgen.

2

Antonia hatte es aufgegeben, sich den Zweisams zu nähern. Nach mehreren vergeblichen Versuchen zu grüßen und ein Gespräch zu beginnen, blickte auch sie nun zu Boden, wenn sie einem »von drüben« begegnete. Stumm ging sie weiter und drehte sich nicht um, ebensowenig wie die anderen. Sogar die Zwillinge Peter und Paul, die sich offensichtlich nach Spielgefährten sehnten, hatten gelernt wegzuschauen, und weder Antonia noch die Mädchen führten sie in Versuchung, antworten zu müssen.

Die junge Frau aus dem Auszugshaus war die einzige, die Antonias Gruß erwiderte. Zu einem Gespräch reichte es aber auch bei ihr nicht. Von den Straßmaiers erfuhr Antonia, daß sie Marie Zweisam hieß und eine Nichte des Bauern war. Sie lebe ihn Wien, erzählte die junge Bäuerin. Sie sei Studentin und habe einen Freund, der aber noch nie hier gewesen sei. Natürlich sei er Soldat. Welcher gesunde Mann wäre das nicht gewesen in diesen Zeiten?

Mehr Informationen hatte Antonia nie bekommen. Sie fragte auch nicht weiter nach, weil sie den Eindruck hatte, daß die junge Bäuerin nicht gern über andere redete. »Es wird so viel getratscht«, sagte sie einmal seufzend. »Vor allem im Dorf. Ich mag das nicht. Ich kümmere mich lieber um meine eigenen Angelegenheiten.« Sie lächelte. »Und um die meiner Freunde.« Da lächelte auch Antonia. Sie war dankbar, daß sie jeden zweiten Tag auf den Straßmaierhof kommen durfte, um Milch zu holen und manchmal auch zwei Eier, die fast schon für das Abendessen zu Dritt reichten.

Manchmal tauchte der ältere Straßmaier-Sohn plötzlich vor dem Jagdhaus auf und brachte ein paar Birnen oder eine kleine Flasche Apfelsaft. Es gab keinen Zweifel, daß er wegen Enrica kam, die ebenfalls strahlte, wenn sie ihn sah. Fünfzehn Jahre mochte der Junge alt sein, überlegte Antonia, und Enrica sogar noch drei Jahre jünger. Ob auch Kinder sich verlieben konnten? Noch während sie es dachte, wurde ihr bewußt, daß die beiden schon bald keine Kinder mehr sein würden. Der Krieg ließ die jungen Menschen nachdenklich werden und frühzeitig erwachsen. Sie spürten, daß ihr Leben vielleicht nur kurz sein würde und daß sie sich beeilen mußten, wenn sie nichts versäumen wollten. In der Stadt hätte man Rudi längst schon wie Peter zur Flak beordert. Er hätte Tote gesehen und Schwerverwundete. Hier auf dem Land war ihm das alles erspart geblieben. Bisher, dachte Antonia, und sie haßte sich selbst für diesen Gedanken. Bisher.

Bevor sie noch wußte, wer er war, hatte Antonia den Lehrer bereits mehrere Male von fern gesehen. Er kam nicht wie alle anderen durch den Hohlweg auf die Hochebene herauf, sondern über die Felder, genau dort, wo zwei Grundstücke zusammentrafen und durch einen schmalen Wiesenstreifen voneinander getrennt waren. Dort schlenderte er gemächlich entlang; manchmal blieb er stehen, vielleicht um ein Tier zu beobachten, oder er bückte sich, hob etwas auf und steckte es in eine

Aktentasche, die er mit sich trug. Ein wenig sonderbar wirkte er, besonders durch diese Tasche, die nicht in die Umgebung paßte, ohne die er aber anscheinend nicht aus dem Haus ging. Auch seine Kleidung wirkte altväterlich, selbst in dieser Zeit, wo jeder froh war, wenn er überhaupt noch etwas Ordentliches zum Anziehen besaß.

Einmal hatte ihn eine Frau begleitet, die etwas größer war als er. Selbst aus der Ferne konnte man sehen, wer von den beiden das Sagen hatte. Mit energischen Schritten eilte sie vorneweg, den Rücken gerade, wie mit einem Lineal gezogen. So schnell ging sie, daß sie auf dem unebenen Wiesengrund ins Stolpern geriet und fast in den weichen Ackerboden gestürzt wäre. Der Lehrer konnte sie gerade noch davor bewahren, indem er ihren Oberarm mit beiden Händen umschloß und festhielt. Allerdings wußte ihm die Frau seinen Dienst nicht zu danken. Mit einer unwilligen Bewegung schüttelte sie ihn ab und eilte unverzüglich weiter. Soweit Antonia es aus der Entfernung beurteilen konnte, fand zwischen den beiden kein Gespräch statt. Sie eilten nur den Pfad entlang und verschwanden schließlich in einem Wäldchen, das zum üblichen Spazierweg des Lehrers gehörte.

Ein weiteres Mal beobachtete ihn Antonia, als er an einem besonders milden Spätnachmittag von seinem Weg abzweigte und zum Auszugshaus ging, wo Marie Zweisam in einem Buch lesend in der Sonne saß. Sie bemerkte den Lehrer erst, als er schon vor ihr stand. Man konnte sehen, daß sie ihn einlud, sich zu ihr zu setzen. Er zögerte lange, dann holte er sich von dem kleinen Tisch unter dem Hausbaum einen Stuhl. Ein langes Gespräch folgte, bis der Lehrer plötzlich auf die Uhr schaute und aufsprang. Die beiden reichten einander noch rasch die Hände, dann rannte der Lehrer in wilder Hast davon auf seinem üblichen Pfad zwischen den Feldern, über den er hinwegstolperte, als hätte er ihn noch nie zuvor benutzt.

Noch immer wußte Antonia nicht, wer er war, bis er eines Tages wieder auf die Häusergruppe zuging. Antonia meinte schon, er wollte erneut die Nachbarin besuchen, doch diesmal kam er auf das Jagdhaus zu. Energisch betätigte er den Türklopfer. Antonia machte ihm auf. Zum ersten Mal sah sie ihn aus der Nähe. Sie erschrak. Von fern hatte er jung ausgesehen, fast noch wie ein Student. Als er nun vor ihr stand, erschien er ihr wie ein alt gewordenes Kind. Noch immer waren seine Züge jugendlich, fast hübsch. Doch in die glatte Haut hatten sich einige tiefe Furchen eingegraben: von der Nase hinunter zu den Mundwinkeln, in der Mitte der Wangen und drei lange Querfalten auf der Stirn, so tief und dunkel, daß man meinen konnte, sie wären aufgemalt.

Er stellte sich vor und nannte sofort auch den Grund seines Besuches. »Ich habe erfahren, daß Sie zwei Töchter haben. Ich möchte Sie bitten, die beiden zur Schule zu schicken. Was die Kinder heutzutage brauchen, ist Normalität. Nächste Woche fangen wir wieder mit dem Unterricht an.« Er fischte ein Formular aus seiner Aktentasche. »Sie können Ihre Töchter direkt bei mir anmelden, dann ersparen Sie sich den Weg.«

Antonia führte ihn in das große Wohnzimmer, das nach dem warmen Licht draußen finster und ungemütlich wirkte. »Meine jüngere Tochter wird erst nächstes Jahr schulpflichtig«, erklärte sie ihm, während sie sich setzten. »Und mit meiner älteren übe ich selbst. Sie geht schon ins Gymnasium.«

Der Lehrer meinte, das habe nichts zu bedeuten. Er sei zwar nur ein Volksschullehrer, doch der Lehrstoff eines Gymnasiums sei ihm durchaus geläufig. Gern wäre er bereit, Enricas Pensum mit ihr in der Klasse durchzunehmen. »Auch die anderen Schüler könnten davon profitieren.« Er zuckte bedauernd die Achseln. »Bei Latein oder Mathematik muß ich allerdings passen, zumindest in der regulären Unterrichtszeit. Wenn nötig, könnte ich natürlich mit Ihrer Tochter hin und wieder am Nachmittag üben.« Er lächelte schüchtern. »Ohne Entgelt, selbstverständlich.«

Antonia lehnte dankend ab. Trotzdem blieb der Lehrer noch eine Weile sitzen. Sie redeten über die Bombenangriffe auf

Linz, über Paris, über den Mangel an guter Literatur und wie schade es sei, daß man keine ausländischen Filme mehr zu sehen bekam. Obwohl Antonia nichts hatte, was sie ihm anbieten konnte, schien er sich wohl zu fühlen. Er wartete darauf, die Kinder kennenzulernen, doch die waren auf dem Straßmaier-Hof zu Besuch und hatten sich verspätet.

»Wie schnell Sie sich hier eingefügt haben«, sagte der Lehrer bewundernd. »Haben Sie denn schon Kontakte geschlossen?« Antonia verneinte. »Unsere Nachbarn sind nicht interessiert, fürchte ich.« Dann faßte sie sich plötzlich ein Herz. »Hier ist dauernd die Rede von einer alten Geschichte«, sagte sie. »Irgendwie kommt es mir vor, als wäre meine Familie darin verwickelt. Sogar im Dorf hat man Andeutungen gemacht. Aber niemand sagt mir etwas Klares darüber.«

Der Lehrer fingerte unruhig am Verschluß seiner Tasche. »Haben Sie Ihre Familie gefragt?« erkundigte er sich.

Antonia nickte. »Und ob!« versicherte sie. »Doch ich höre immer nur, das alles sei schon endlos lange her. Eine alte Geschichte eben.«

Der Lehrer senkte den Kopf. »So alt nun auch wieder nicht«, murmelte er. Er schwieg, als wollte er überhaupt nicht mehr weiterreden. »Verzeihen Sie mir, Frau Bellago«, sagte er dann. »Aber ich glaube, es ist nicht meine Sache, darüber zu sprechen. Fragen Sie bitte jemand anderen.« Er stand auf und ging zur Tür. »Ach ja!« rief er dann plötzlich. »Beinahe hätte ich es vergessen: Ich habe etwas mitgebracht.« Er öffnete seine Tasche und holte eine zerknitterte, braune Papiertüte heraus. Er reichte sie Antonia. »Für die Mädchen«, sagte er und lächelte. Einen Augenblick lang sah er auch aus der Nähe so jung aus wie von fern.

Antonia nahm die Tüte und bedankte sich. Sie bedauerte auf einmal, daß er schon ging. Es hätte gutgetan, ein wenig länger mit einem gebildeten Erwachsenen zu reden, mochte er auch ein Sonderling sein. Sie schaute in die Tüte. Ein paar Kekse befanden sich darin.

»Linzer Augen«, erklärte der Lehrer. »Meine Mutter hat sie

gebacken. Sie macht sie oft. Es ist ihr Lieblingsgebäck.« Aus der Bemerkung ging nicht hervor, ob es auch das seine war.

Antonia sah ihm nach, wie er in den Feldweg einbog in Richtung der Schule, die man von hier aus nicht sehen konnte. Wahrscheinlich ist er nicht gesund, dachte Antonia. Sonst hätte man ihn schon längst zum Militär geholt. Vielleicht aber war er hier als Lehrer wirklich unabkömmlich. Jedenfalls kam er ihr auf einmal vor wie der einsamste Mensch, den sie je getroffen hatte. Wer auch immer die Frau gewesen war, die ihn begleitet hatte: von seiner Vereinsamung hatte sie ihn nicht befreien können.

3

Marie Zweisam saß auf der Bank vor ihrem Haus. Ihre Beine hatte sie vor sich auf einen Stuhl gelegt. Mit einem Bleistift machte sie sich Notizen in eine dicke Mappe auf ihrem Schoß. Antonia, die vorbeiging, fiel auf, daß der Stift in einem hölzernen Verlängerer steckte. Schon seit Wochen hatte Antonia im Gemischtwarenladen immer wieder vergeblich nach einem solchen Hilfsmittel gefragt, mit dem sich die rar gewordenen Blei- und Buntstifte fast bis zum Ende der Mine aufbrauchen ließen.

Marie Zweisam ließ sich nicht stören. Obwohl sie Antonias Schritte gehört haben mußte, schaute sie erst auf, als Antonia grüßte. Kurz angebunden erwiderte sie den Gruß, wandte sich dann aber gleich wieder ihrer Arbeit zu.

Antonia blieb stehen. »Frau Straßmaier hat mir gesagt, daß Sie Marie Zweisam heißen«, sagte sie in verbindlichem Ton. »Ich hatte noch keine Gelegenheit, mich vorzustellen: Antonia Bellago.«

Marie Zweisam blickte hoch. »Das weiß ich«, antwortete sie ruhig. Dann schwieg sie wieder, ohne jedoch den Blick von Antonia zu wenden.

»Es tut mir leid, daß die Atmosphäre zwischen uns so vergiftet ist«, fuhr Antonia fort.»Dabei weiß ich nicht einmal, worum es geht.«

In diesem Augenblick pfiff drinnen im Haus ein Wasserkessel. Fast erleichtert schwang Marie Zweisam ihre Beine auf den Boden und legte ihre Mappe auf den Stuhl.»Entschuldigen Sie mich«, murmelte sie und lief ins Haus.

Antonia überlegte kurz, dann gab sie sich einen Ruck und folgte der jungen Frau. Sie kam in ein kleines Vorhaus, ganz im üblichen Stil der Bauernhöfe in der Gegend. Wahrscheinlich hatte sich der Auszugsbauer seinen letzten Wohnsitz gar nicht anders vorstellen können. Links vom Eingang befand sich hinter der zweiten Tür die kleine Küche. Antonia trat näher.

Marie Zweisam hatte den Teekessel von einem Elektrokocher gehoben, der auf dem Herd stand, und war dabei, sich Tee aufzubrühen. Als sie Antonia bemerkte, erschrak sie.»Sie schon wieder«, murmelte sie unwillig.»Ich erinnere mich nicht, Sie hereingebeten zu haben.«

Antonia schluckte.»Es tut mir leid«, sagte sie.»Ich kann mich nur so schwer mit einer Feindschaft abfinden, die ich nicht verstehe.«

Marie Zweisam zögerte.»Möchten Sie auch eine Schale Tee?« fragte sie dann.

Antonia lächelte erleichtert.»Sehr gern!«

Marie Zweisam holte eine zweite Tasse, hoch und zylinderförmig mit bunten Blumensträußen darauf. Die Straßmaiers hatten das gleiche Service, erinnerte sich Antonia. Marie Zweisam stellte die beiden Schalen ohne Untertassen auf ein Tablett. Dazu noch ein Glasschüsselchen mit Würfelzucker, das sie aus der Kredenz holte. Es stand ganz weit hinten. Offensichtlich fand es selten Verwendung.

»Keinen Zucker, bitte«, sagte Antonia. Auch als Marie Zweisam mit fragender Gebärde auf eine kleine Karaffe mit Rum wies, lehnte sie ab.

Sie gingen in die Stube und setzten sich an den Tisch. In einer Keramikvase standen frische Wiesenblumen.

»Nett haben Sie es hier«, lobte Antonia. »So hell und freundlich.«

»Ja.« Marie Zweisam goß den Tee ein. Er war noch zu heiß zum Trinken.

Antonia blickte sich um. Auf einem runden Tischchen standen neben einem kleinen Radio mehrere Photos. Eines davon stach Antonia besonders ins Auge. Es zeigte ihre Gastgeberin mit einem jungen Mann. Das Photo war im Freien aufgenommen. Im Hintergrund sah man hohe Berge. Ein fröhliches Bild, dachte Antonia. Ein verliebtes Paar ... Der Wind wehte ihnen die Haare ums Gesicht, und die Sonne blitzte in ihren Augen. Beide lachten.

Marie Zweisam bemerkte Antonias Blick, schwieg aber.

Plötzlich stutzte Antonia. Sie stand auf, um die Photographie näher zu betrachten. »Das ist ja Thomas Harlander!« rief sie überrascht. Sie wandte sich zu Marie Zweisam um. »Jetzt verstehe ich gar nichts mehr. Sind Sie die Freundin, die er ständig vor uns versteckt?«

Antonia erinnerte sich wieder an den Abend im Hotel Sacher. Damals war die junge Frau halb verschleiert gewesen: ein koketter hellgrauer Tüllstreifen, der nur den Mund freiließ. Und doch mußte es die gleiche Person sein, die ihr nun schweigend gegenübersaß! Fluchtartig hatte sie damals den Roten Salon verlassen, als sie bemerkte, daß Antonia und Ferdinand dort zu Abend aßen. Oder war es nur Ferdinand gewesen, dessen Gegenwart sie erschreckte? Antonia erinnerte sich wieder an ihr eigenes Gefühl des Mißtrauens und an Ferdinands Verlegenheit. Wirklich eine alte Geschichte? dachte sie gegen ihren eigenen Willen.

Sie setzte sich wieder ihrer Gastgeberin gegenüber. Marie Zweisam schwieg noch immer. Antonia forschte in ihrem Gesicht. Sie hatte das Gefühl, die junge Frau zu kennen. Andererseits war das aber auch kein Wunder, da sie sie in letzter Zeit fast jeden Tag gesehen hatte. Allerdings niemals aus der Nähe.

Eine schöne junge Frau war Marie Zweisam, dachte Antonia. Ein Stadtmensch, ohne Zweifel. Daß sie mit dem klobigen Bauern von nebenan verwandt war, konnte man fast nicht glauben. Wie alt sie wohl sein mochte? Mitte Zwanzig, wahrscheinlich.

»Ich habe Thomas kennengelernt, als er mich verteidigte«, erklärte Marie Zweisam. Obwohl es warm war, legte sie die Hände um ihre Tasse. »Er war mein Rechtsbeistand und hat mir sehr geholfen. Wir haben uns angefreundet und uns auch später noch getroffen. Als ich zu studieren anfing, hat mir seine Mutter angeboten, bei ihr zu wohnen. Seither lebe ich dort.«

Antonia nickte. »Das weiß ich. Mein Bruder Peter hat mir von Ihnen erzählt. Er hat Sie in Wien kennengelernt.«

Zum ersten Mal lächelte Marie Zweisam. »Ich erinnere mich. Er sagte zu mir, wenn er älter wäre, würde er sich sofort in mich verlieben.«

Nun lächelte auch Antonia. »Das ist typisch Peter!« rief sie. »Ich kann ihn direkt hören.«

»Wie geht es ihm?«

»Er ist bei meinen Schwiegereltern in Linz. Eigentlich müßte er zur Schule gehen, aber inzwischen verbringt er seine ganze Zeit bei der Flak und bei sonstigen Diensten für die Volksgemeinschaft.« Antonia merkte, daß ihr die Tränen in die Augen stiegen. »Und das in einem Alter, wo er fürs Leben lernen sollte. Bücher lesen, Musik hören, Reisen, Sport. Er sollte sich mit Freunden treffen und Mädchen kennenlernen.« Gegen ihren Willen schluchzte Antonia plötzlich auf, zugleich aber rührte sie die Erinnerung an den Charme ihres Bruders, und sie mußte lächeln. »Sie haben ja gemerkt, daß er da einiges zu bieten hätte.«

Marie Zweisams Gesicht war voller Mitgefühl. »Es tut mir leid, Frau Bellago.« Sie stand auf, öffnete ein Schränkchen und holte eine kleine Tafel Schokolade hervor. Dann setzte sie sich wieder zu Antonia und wickelte die Schokolade aus. »Nehmen Sie!« sagte sie und reichte Antonia die Hälfte. »Das tröstet Sie vielleicht ein wenig.«

Ungläubig nahm Antonia die Schokolade entgegen und

brach sich ein Stück ab. Den Rest legte sie ehrfürchtig auf den Tisch. »Wo haben Sie das denn her?« fragte sie.
»Es ist noch von Thomas«, gestand Marie Zweisam. »Ich habe es aufgehoben. Er fände es bestimmt nett, daß ich es mit Ihnen teile. Er hält sehr viel von Ihnen, müssen Sie wissen.« Antonia steckte das kleine Schokoladenstück in den Mund. »Das ist mir nie aufgefallen«, murmelte sie. Die Begegnung mit ihrem wahren Leben tat ihr wohl. Ihr war auf einmal, als hätte sie Marie Zweisam schon immer gekannt. »Was war das für ein Prozeß?« erkundigte sie sich. »Es kommt selten vor, daß unsere Kanzlei in Wien Prozesse führt. Eigentlich sollte ich davon gehört haben.«

Marie Zweisam senkte den Blick. Automatisch knüllte sie das Silberpapier zu einer kleinen Kugel zusammen und löste es dann vorsichtig wieder auseinander. »Die Verhandlung fand in Linz statt«, begann sie mit leiser Stimme. »Ein Scheidungsprozeß. Ich war verheiratet. Meine Schwiegermutter hat mich denunziert, weil ich mich in der Öffentlichkeit abfällig über den Führer geäußert hatte.« Sie legte das Kügelchen auf den Tisch und rieb sich die Schläfen. »Es hätte mich das Leben kosten können«, sagte sie. »Ich war wirklich in Gefahr und wußte es nicht einmal.« Sie richtete sich auf. »Thomas hat die Sache für mich in Ordnung gebracht und die Scheidung im Eilverfahren durchgezogen. Außerdem hat er dafür gesorgt, daß ich eine angemessene Abfindung bekam, von der ich bis zum Ende meines Studiums leben kann. Das ist nur gerecht, denn ich habe jahrelang für das Geschäft meiner Schwiegereltern geschuftet, ohne jemals etwas dafür zu bekommen.«

»Und das war in Linz?«

Marie Zweisam nickte. Die Erinnerung machte ihr immer noch zu schaffen. »Kennen Sie die Bäckerei Janus auf dem Hauptplatz?« fragte sie.

Antonia starrte sie an. »Dann sind Sie die Schwiegertochter, die plötzlich verschwunden ist?« rief sie erstaunt. »Es gab damals viel Gerede. Ich kann mich sogar noch an Sie erinnern. Sie fuhren jeden Tag mit einem Lieferwagen durch die Stadt und trugen immer einen silbergrauen Rock und eine weiße Bluse.«

Antonia hatte die junge Frau Janus nie aus der Nähe gesehen. Es fiel ihr schwer, eine Verbindung zwischen ihr und Marie Zweisam herzustellen. »Wie seltsam das ist«, sagte sie. »Sie sind meine neue Nachbarin, die mir aus dem Weg geht. Dann erfahre ich, daß Sie die Freundin von Thomas Harlander sind, und nun haben Sie auf einmal eine dritte Identität: die junge Frau Janus, die immer so sportlich durch die Stadt kurvte!«

Marie Zweisam schwieg. Ihre Hälfte der Schokolade lag noch immer unberührt auf dem Tisch.

Antonia lehnte sich zurück. »Jetzt verstehe ich manches besser«, stellte sie fest.

Marie Zweisam hob den Kopf und starrte sie an. Fast ängstlich kam sie Antonia auf einmal vor. »Wie meinen Sie das?« fragte Marie Zweisam.

Nun war es an Antonia, etwas aufzuklären. Sie erzählte Marie Zweisam, daß Frau Janus, ihre frühere Schwiegermutter, Thomas Harlander bei der Gestapo denunziert hatte. »Und nicht nur ihn«, fügte sie hinzu. »Auch meinen Mann, der mit der ganzen Sache doch gar nichts zu tun hatte. In seinem ganzen Leben hat er keinen einzigen Scheidungsprozeß geführt.« Sie stutzte. »Wie sind Sie überhaupt auf Thomas Harlander gekommen?«

Marie Zweisam schwieg. »Das sieht meiner Schwiegermutter ähnlich«, sagte sie dann, als hätte sie Antonias Frage gar nicht gehört. »Was ist jetzt mit ihr?«

»Ich habe sie einmal aufgesucht«, berichtete Antonia. »Ich wollte sie zur Rede stellen. Aber eigentlich hatte ich keine Handhabe. Sowohl mein Mann als auch Thomas Harlander sind in einem Alter, in dem man heutzutage eben eingezogen wird. Genaugenommen waren sie nur deshalb verschont geblieben, weil sich ein Freund dafür eingesetzt hatte, daß sie unabkömmlich gestellt wurden.« Antonia zögerte. »Na ja, Freund ist vielleicht zuviel gesagt. Ein Bekannter.«

»Und wer war das?«

»Wahrscheinlich kennen Sie ihn nicht. Der Notar Horbach. Seine Frau hat irgendwie einen Narren an uns gefressen. Ich habe allerdings den Verdacht, daß sie nicht mehr an den Endsieg glaubt und sich Fürsprecher für die Zeit nach dem Krieg sucht. Jedenfalls legte ihr Mann immer wieder ein gutes Wort für uns ein, und so blieben mein Mann und Ihr Thomas ziemlich lange unbehelligt.«

Marie Zweisam schien erschüttert, daß ihr eigenes Leben in dieser Weise auch das Leben der beiden Männer beeinflußt hatte. »Sie sagten, Sie hätten mit meiner Schwiegermutter gesprochen?« erkundigte sie sich dann.

Antonia nickte. »Ich ging ihr nach. Sie wohnt jetzt im ehemaligen Ohnesorg-Palais. Wenn man sie in der Bäckerei sieht, würde man meinen, sie passe nicht in das elegante Haus. Wenn man sie aber in den Räumen der Ohnesorgs erlebt, fällt sie gar nicht aus dem Rahmen. Sie kleidet sich sogar schon so wie früher Frau Ohnesorg.«

Marie Zweisam sprang auf und trat ans Fenster. »Sie haben also die Ohnesorgs gekannt?« fragte sie mit erstickter Stimme.

»Aber ja!« antwortete Antonia. »Das war sogar der Hauptgrund dafür, daß unsere Männer bei der Gestapo in Ungnade fielen. Ihre Namen standen im Gästebuch der Ohnesorgs. Wir waren zu Besuch dort gewesen. Weil der Abend so schön war, schrieben mein Mann und Ihr Thomas besonders herzliche Worte ins Gästebuch. Die Bäckerin Janus, die das Ohnesorg-Palais übernommen hat, fand das Buch und brachte es zur Gestapo. Dort legte man uns die Eintragung als besondere Sympathie für Juden aus und ließ uns die Folgen spüren. Daß die Aktion der Bäckerin ein Rachefeldzug wegen der Scheidung ihres Sohnes war, fand ich erst später heraus. Und daß Sie als jetzige Freundin von Thomas damit zu tun hatten, konnte ich natürlich auch nicht wissen.«

Marie Zweisam schwieg. Als sie sich wieder umdrehte, standen ihre Augen voller Tränen. »Verzeihen Sie, Frau Bellago«, sagte sie leise und suchte in ihrem Rock nach einem Taschentuch.

Antonia betrachtete sie mitleidig. »Ich dachte nicht, daß Sie das so mitnehmen würde«, gestand sie. »Thomas hat wirklich Glück, daß er so geliebt wird.« Sie zeigte auf die Schokolade. »Vielleicht sollten jetzt Sie sich ein wenig trösten.«

In diesem Augenblick hörten sie draußen auf dem Kies energische Schritte. Sie erschraken beide, als wäre es ein Unrecht, daß sie gemeinsam hier saßen. Die Tür wurde aufgestoßen, und die Bäuerin von nebenan, Marie Zweisams Tante, kam herein, einen Suppentopf in den Händen. Als sie Antonia erblickte, erstarrte sie.

»Was will die denn hier?« fragte sie mit kalter Stimme.

Antonia stand auf. »Ich glaube, ich verabschiede mich jetzt besser«, sagte sie zu Marie Zweisam, über deren Wange noch eine Träne lief. Dann ging sie an der Bäuerin vorbei aus der Stube ins Vorhaus und hinaus auf den Kiesweg, der zum Jagdhaus führte.

Eisiges Schweigen folgte ihr. Erst nach ein paar Schritten hörte sie die Stimme der Bäuerin. »Was fällt dir ein, Marie?« rief sie außer sich. »Hast du den Verstand verloren, dich mit der abzugeben? Hast du vergessen, was die euch angetan haben?«

Marie Zweisam schien nicht zu antworten. Dann hörte man wieder die Bäuerin: »Und dann noch Schokolade! Du hast der doch wohl nicht auch noch Schokolade angeboten? Oder hat sie sie mitgebracht? Dann wirfst du sie am besten gleich auf den Misthaufen. Von diesen Leuten nehmen wir nichts. Wenn ich diese Person nur sehe, wird mir schon schlecht!«

Antonia stolperte. Der kurze Weg zum Jagdhaus kam ihr endlos vor. So viel Haß! dachte sie. So viel Unversöhnlichkeit... Es kam ihr vor, als ob überall Krieg wäre, wohin sie auch blickte. Krieg in der Welt und Krieg auch hier an diesem abgelegenen Ort unter diesen Menschen, die, hätte man sie gefragt, beschworen hätten, daß sie den Frieden liebten und sich nach nichts mehr sehnten als nach ihm.

Volkssturm

1

Als Antonia am 19. Oktober 1944 mit dem Fahrrad vom Welser Postamt zum Jagdhaus zurückfuhr, war die Stadt mit Plakaten bepflastert. Sie klebten an Bäumen, Hauswänden, Ruinen und Zäunen, sogar am Geländer der Traunbrücke und auf dem Gittertor zur kleinen Kirche auf dem Aigner Berg. Antonia war froh, daß die Kinder wegen der kühlen Witterung nicht mitgekommen, sondern auf dem Straßmaier-Hof geblieben waren. Die Zustände auf dem Postamt wurden immer chaotischer.

Erst nach zwei Stunden war Antonia an die Reihe gekommen. Dann mußte sie nochmals warten, weil die Verbindung nicht zustande kam. Als sie endlich die vertraute Stimme ihres Schwiegervaters vernahm, wußte sie sofort, daß etwas geschehen war.

»Fassen Sie sich kurz!« rief die Postbeamtin. Sie ging von einer Telefonzelle zur anderen, öffnete die Tür, trieb den Sprechenden an und warf die Tür dann wieder zu.

Franz Josef Bellago hatte die Mahnung am anderen Ende der Leitung gehört. Er kam direkt zur Sache. »Sie haben Peter zum Volkssturm eingezogen!« rief er so aufgeregt, wie Antonia ihn noch nie erlebt hatte. »Gestern abend. Er sollte sich nur melden, aber dann kam er gar nicht mehr zurück. Ein Freund, der noch zu jung ist, erzählte uns, sie hätten Peter eine Panzerfaust in die Hand gedrückt und ein Soldbuch. Außerdem bekam er eine gelbe Armbinde mit der Aufschrift ›Volkssturm – Wehrmacht‹. Dann schoben sie ihn mit den anderen auf einen Lastwagen und brachten ihn fort.« Franz Josef Bellagos Stimme brach. Trotz der ständigen Nebengeräusche konnte Antonia hören, daß er weinte. »Verzeih uns, Schwiegertochter, daß wir auf deinen Bruder nicht besser aufpassen konnten.«

Antonia fing ebenfalls an zu weinen. »Wohin hat man ihn denn gebracht?« rief sie außer sich.

Eine lange Pause entstand, daß Antonia schon meinte, man hätte das Gespräch unterbrochen. »An die Front wahrscheinlich«, hörte sie dann wieder die Stimme ihres Schwiegervaters, der sich um Fassung bemühte. Doch Antonia spürte seine Verzweiflung und seine Resignation.

»Aber an welche?« fragte sie. »Es gibt doch schon so viele!«
»Eben.«

Antonia hörte ihre Schwiegermutter, die im Hintergrund ihren Mann anflehte, sich nicht so aufzuregen, sonst werde es ihn noch umbringen. Dann knackte es in der Leitung, und der nächste Telefonkunde wollte endlich an die Reihe kommen.

Als Antonia zurückfuhr und das Telefonat rekapitulierte, kam es ihr vor, als hätte Hella Bellago gesagt, er solle sich nicht aufregen, sonst werde das auch ihn noch umbringen.

Wie in einem Alptraum fuhr Antonia durch das Meer der Plakate, das sie an die Zeit erinnerte, als die Nationalsozialisten zur Volksabstimmung aufgerufen hatten. Damals – sechs Jahre war es schon her! – war die ganze Stadt voller Fahnen gewesen. Alles rot und weiß und schwarz. Auch damals überall Plakate. Eine wunderbare Zukunft hatte man versprochen. Und das Volk hatte gewählt. Hatte sich entschieden, dem Führer zu folgen, der die Volksgemeinschaft liebte und bereit war, sich für sie aufzuopfern. Und wer opferte sich nun?

»Es ist in den Gauen des Großdeutschen Reiches aus allen waffenfähigen Männern im Alter von 16 bis 60 Jahren der deutsche Volkssturm zu bilden. Er wird den Heimatboden mit allen Waffen und Mitteln verteidigen«, stand in gotischen Lettern auf den Plakaten. »Dem uns bekannten totalen Vernichtungswillen unserer jüdisch-internationalen Feinde setzen wir den totalen Einsatz aller deutschen Menschen entgegen.«

Antonia mußte ihr Rad schieben, weil ein Gefangenentransport den Straßenverkehr zum Erliegen gebracht hatte. Deshalb mußte sie mehrere Male ein paar Minuten warten. An der Wand der Schloßmauer, vor der sie gerade stand, klebte außer den offiziellen Plakaten auch ein handgeschriebener Zettel. War eine Katze entlaufen, oder hatte jemand trotz der schlechten Zeiten noch etwas zum Verkauf anzubieten?

Antonia trat näher heran und fing an, den Zettel zu lesen. Sie kam nicht bis zum Ende, weil sich der Verkehr wieder in Bewegung setzte und die Autos hinter ihr zu hupen begannen. Ohne lange zu überlegen, riß sie den Zettel ab und steckte ihn in die Manteltasche. Noch während sie es tat, kam ihr der Gedanke, daß es gefährlich sein konnte, eine solche Schrift mit sich zu tragen. Wenn irgend jemand sie aufhielt und ihre Taschen durchsuchte, würde er den Zettel entdecken, und sie müßte dafür büßen. Trotzdem warf sie ihn nicht weg. Als abends die Kinder schliefen, holte sie ihn hervor und las ihn am Küchentisch.

> So wollen wir den Feind erwarten,
> des Führers letztes Aufgebot,
> durch Panzerschreck im Schrebergarten
> zum Reichsfamilienheldentod.
> Wir hissen die zerfetzten Segel
> und wandern froh an Hitlers Stab,
> mit Mann und Maus und Kind und Kegel
> ins Massengrab, ins Massengrab.

Sie sah Peter vor sich mit seiner Panzerfaust und seiner Armbinde. Peter, der so liebenswürdig war und manchmal so traurig. Ihr Bruder, der die letzten Jahre ohne seine Eltern wahrscheinlich noch immer nicht verkraftet hatte. Peter, dessen Gesicht ganz hager geworden war, wie Hella Bellago erzählte. Peter, der Swingmusik liebte und der den Mädchen gefiel.

Ins Massengrab, ins Massengrab ... Antonia saß am Küchentisch und legte das Gesicht auf ihre Arme. Dabei schlief sie ein.

In einem kurzen Traum sah sie einen wunderschönen Sandstrand. Das Meer glitzerte in der Sonne, und weit draußen trieben Segelboote. Der Strand selbst aber war leer und verlassen. Nur zwei Menschen standen da, in weißer, eleganter Kleidung, wie man sie lange vor dem Krieg an vornehmen Stränden getragen hatte. Eine Dame und ein Herr, beide mittleren Alters und sportlich schlank. Antonia konnte sie nur von hinten sehen, aber irgendwie kamen sie ihr bekannt vor. Sie sprachen nicht miteinander und bewegten sich auch nicht. Von irgendwoher erklang eine Melodie. Es war ›La vie en rose‹. Wie verzaubert hörte Antonia zu, bis es sie nach einer Weile wie ein Blitz traf. Die beiden, das mußten ihre Eltern sein! Ja, ohne Zweifel: sie waren es. Laura und Johann Bethany an ihrem sonnigen Strand in Viareggio.

»Mama! Papa!« wollte Antonia rufen. Doch kein Laut drang aus ihrer Kehle.

Trotzdem hatten die beiden den stummen Ruf vernommen. Langsam, ganz langsam wandten sie sich um und schauten ihre Tochter an. Zur gleichen Zeit verstummte die Musik. Wie abgeschnitten hing der letzte Ton in der Luft.

Antonia schrie auf, als sie ihre Gesichter sah, die nicht zu den jugendlich straffen Gestalten paßten. Zwei alte Gesichter. Grau und müde und voller Gram. Uralte Augen, vom Krieg gezeichnet, von Krankheit und Sorge.

»Peter!« rief Antonia im Traum, als könnte ihr der Bruder helfen, diesen Anblick zu ertragen. »Peter!«

Da wachte sie auf. Fuhr hoch. Ihr Herz klopfte, als trüge nun sie Franz Josef Bellagos lädiertes Maschinchen in der Brust.

Sie blickte sich um, als sähe sie diese fremde Küche in diesem fremden Haus zum erstenmal. Die Worte »Wir hissen die zerfetzten Segel!« kamen ihr wieder in den Sinn. Sie mußte erst nachdenken, wann sie sie gehört oder gelesen hatte und wo. Was ist aus uns geworden? fragte sie sich. Aus den Eltern, aus Peter – und was aus mir? ... Es kam ihr vor, als wären sie alle auf einer langen, gefahrenvollen Reise verlorengegangen und wüßten nicht mehr, wer sie waren. Und irgendwie war ihr immer noch, als stünde sie am Strand von Viareggio und der Schleier vor der Wahrheit wehte zur Seite.

2

Antonia zuckte zusammen, als sie das Knattern eines Motorrads hörte, das aus dem Hohlweg heraufkam. In der Weite der unverbauten Landschaft war es schon zu vernehmen, lange bevor die Scheinwerfer auftauchten und ihre Strahlen auf die gefurchte Straße warfen. Sie zuckten und schwankten. Der Fahrer hatte Mühe, auf dem unebenen Boden ohne Sturz voranzukommen. Das Motorengeräusch paßte nicht in die Stille dieser Nacht und nicht zu dieser Stunde in einer Gegend, wo man früh zu Bett ging, um noch vor Sonnenaufgang ausgeruht aufstehen zu können.

Antonia war überzeugt, daß der Unbekannte vorbeifahren würde, irgendwohin ins Land hinein, bis sich die Hochebene wieder senkte, hinunter zu den Seen des Salzkammerguts, um die sich die grauen Felshänge der Alpen türmten. Wahrscheinlich kam er von weit her und hatte noch einen langen Weg vor sich. Ein Einsamer, wie jeder einsam sein mußte, der allein des Nachts hier unterwegs war.

Doch das Motorengeräusch wurde lauter. In einem kurzen Bogen schwenkten die Lichter von der Straße ab und bewegten sich auf die Häusergruppe zu. Für den Bruchteil einer Sekunde trafen sie direkt Antonias Augen und blendeten sie. Dann änderte der Strahl seine Richtung. Das Motorrad fuhr auf den Eingang des Zweisam-Hofes zu. Der Kies knirschte, als es mit einer halben Drehung stehenblieb. Die Scheinwerfer erloschen. Fast gleichzeitig öffnete sich die Haustür. Nun wurde der Vorplatz von innen her von einem Streifen warmen, gelblichen Lichtes erhellt.

Der Bauer Zweisam trat heraus und begrüßte den Ankömmling. Anscheinend waren sie gut miteinander bekannt. Antonia sah nun, daß der Fremde eine SS-Uniform trug. Aus den Gesten der beiden Männer entnahm sie, daß der Bauer den anderen zum Eintreten einlud. Dieser aber schüttelte den Kopf und wies mit dem Kinn in Richtung der Straße. Er müsse gleich weiter, hieß das wohl.

Jetzt tauchte auch die Bäuerin auf und hinter ihr die kleinwüchsige Magd. Antonia hörte, wie die Bäuerin lachte. Auch sie wollte den nächtlichen Besucher dazu bewegen, auf einen Sprung hereinzukommen. Wieder schüttelte er den Kopf.

Nach diesen freundlichen Präliminarien veränderte sich jedoch die Stimmung. Der Besucher teilte etwas mit, das die anderen zu erschrecken schien. Sie fragten nach, und er wiederholte seine Information. Es war, dachte Antonia, als entstünde rund um die Menschengruppe mit einem Mal ein Feuerring, der sich aus kaum merklichen Flämmchen speiste und immer stärker um sich griff. Irgendwann, so kam es Antonia vor, würden sie alle lichterloh brennen.

Die Stimmen wurden lauter. Auf einmal konnte man sie bis zum Jagdhaus hören, wenn auch nicht genau verstehen. Der Bauer beschimpfte den SS-Mann, was jener mit gereizter Stimme von sich wies. Auch die Bäuerin fing plötzlich an zu zetern, während sich die Zwergin in stummem Entsetzen den Mund zuhielt.

Der SS-Mann schien von der Wirkung seiner Mitteilung enttäuscht zu sein. Ärgerlich flüchtete er sich in einen Kasernenhofton, so daß Antonia nun sogar ein paar Wortfetzen verstehen konnte. Von Undankbarkeit war die Rede; davon, daß man nur gefällig sein wollte und aus nachbarschaftlicher Verbundenheit mehr getan habe als seine Pflicht.

Damit drehte sich der SS-Mann um und stieg wieder auf sein Motorrad, das jedoch nicht sofort ansprang. Die Bäuerin nutzte die Verzögerung zu weiteren Beschimpfungen. Als der Besucher endlich losfuhr, vergaß er, die Scheinwerfer einzuschalten. Der Motor jaulte auf, als der Fahrer in die Straße einbog und erst jetzt Licht machte.

Die Bäuerin schrie ihm noch immer nach. Dann bückte sie sich, hob eine Handvoll Steine auf und warf sie in ohnmächtiger Wut hinter dem Motorrad her, das sich in die Nacht hinein entfernte. Nach einer Weile drehte es allerdings wieder um. Es kam zurück, fuhr dann jedoch am Hof vorbei, als hätte der Fahrer es sich wieder anders überlegt.

Die drei auf dem Hof starrten ihm nach. Dann wandte sich die Bäuerin ihrem Mann zu und redete aufgeregt auf ihn ein, während er nur wie gelähmt dastand und die Magd hinüber zum Auszugshaus lief.

Marie Zweisam öffnete von innen. Sie trug einen Morgenmantel, der nicht in diese Umgebung paßte. Heftig gestikulierend erklärte ihr die Magd, was vorgefallen war. Auch Marie Zweisam schien nun zu erschrecken. Mit lauter Stimme rief sie ins Haus hinein, woraufhin der stumme Knecht auftauchte. Auch ihm wurde nun alles erklärt. Die Art, wie er es aufnahm, erinnerte Antonia an das Verhalten des Bauern kurz zuvor: Ungläubigkeit, Verwirrung, Erstarrung.

Dann gingen die drei hinüber zum Bauernhof, wo die Bäuerin inzwischen in hemmungsloses Schluchzen ausgebrochen war, ihren Mann umarmte, ihn wieder von sich stieß und ihn von neuem umarmte. Dann verschwanden alle im Haus. Durch die erleuchteten Fenster konnte Antonia sehen, daß drinnen hin- und hergelaufen wurde, und alle dabei redeten und wild gestikulierten wie in einem Schattenspiel. Antonia wartete, was geschehen würde, doch es passierte nichts weiter.

Da ging Antonia hinauf in ihr Zimmer und legte sich nieder. Kurz vor dem Einschlafen kam es ihr vor, als ginge jemand über den Kies. Wahrscheinlich Marie Zweisam und der Stumme, dachte Antonia noch, ohne richtig aufzuwachen. Dann schlief sie ein.

Am folgenden Morgen erwachte Antonia früher als sonst. Vor dem Nachbarhaus hörte sie Schritte und unterdrückte Stimmen. Es war noch ganz dunkel. Sie stand auf und wusch sich. Was da draußen ablief, war nicht ihre Sache. Trotzdem faszinierte sie das Geschehen und machte ihr gleichzeitig angst, obwohl sie von denen, die es betraf, immer nur Ablehnung erfahren hatte. Etwas spielte sich hier ab, das die Existenz der Zweisam-Familie erschütterte. Hier ging es nicht um die übliche Hysterie der Bäuerin, die Antonia schon oft mit angesehen und vor allem mit angehört hatte. Das Schluchzen der Frau, als sie begriff, was der SS-Mann ihr sagte, war aus tiefem Herzen gekommen, und der Zorn, mit dem sie ihm die Steine nachwarf, war keine ihrer Manien gewesen, mit denen sie sonst ihre Familie unter Druck setzte.

Als Antonia fertig angezogen war, trat sie ans Fenster. Draußen dämmerte langsam der Morgen. Ein kalter, grauer Herbsttag kündigte sich an. Während der Nacht mußte es geregnet haben. Von den Bäumen fielen immer noch einzelne schwere Tropfen.

Wie schon am Abend zuvor stand die Tür des Zweisam-Hofes weit offen. Gerade trat der Bauer heraus und schaute sich um, als erwarte er irgend jemanden. Gegen seine sonstige Gewohnheit trug er einen warmen Wintermantel, einen Hut und sogar einen Rucksack, der prall gefüllt war.

Im selben Augenblick kamen aus dem Auszugshaus Marie Zweisam und der Stumme. Er war ebenfalls warm angezogen, ganz anders als sonst, mit einem weiten Umhang und einem großen Hut, den Antonia noch nie an ihm gesehen hatte. Wie der Bauer trug auch der Stumme einen Rucksack.

Als die beiden auf den Hof zugingen, schaute die Bäuerin aus der Tür und brach bei Marie Zweisams Anblick sofort wieder in Tränen aus. Dann standen sie alle beieinander, traten von einem Fuß auf den anderen und schüttelten immer wieder fassungslos den Kopf.

Erst jetzt bemerkte Antonia, daß neben der Tür ein Gewehr lehnte. Noch ehe sie sich darüber Gedanken machen konnte, vernahm sie Motorengeräusche. Unwillkürlich dachte sie, daß der SS-Mann zurückkehren würde. Es war jedoch ein offener Militärlastwagen, der auf den Vorplatz einbog und stehenblieb. Im Grau des Morgens sah Antonia, daß auf dem Verdeck mehrere Männer saßen. Da sie sich nicht bewegten, kamen sie ihr vor wie Wachsfiguren, unecht und unwirklich.

Dann aber zuckte sie zusammen. Mitten unter den Männern in ihren bäuerlichen Gewändern saß der älteste Sohn der Straßmaier-Bäuerin! Rudi, der Enrica so gern sah! Er hielt den Kopf gesenkt und starrte vor sich hin.

Antonia wollte erst nur das Fenster aufreißen und hinunterrufen, was er denn auf diesem Wagen zu suchen habe. Seiner Mutter wäre es bestimmt nicht recht, wenn ... Doch da fing sie an, zu begreifen. Sie rannte die Treppe hinunter und lief hinaus zu dem Lastwagen. »Rudi!« rief sie. »Was machst du da oben?«

Der Junge hob den Kopf und schaute sie stumm an. Sie sah, daß er geweint hatte.

»Aber du bist doch erst fünfzehn!« flüsterte sie. Sie wandte sich an den Fahrer des Lastwagens, der inzwischen ausgestiegen war und sich an einer Plane zu schaffen machte. »Er ist erst fünfzehn!« wiederholte sie.

Der Fahrer, der eine Wehrmachtsuniform trug, würdigte sie keines Blickes. »In einer Woche hat er Geburtstag«, antwortete er gleichmütig. »Bis es ans Sterben geht, hat er das richtige Alter erreicht.«

Erst jetzt begriff Antonia, was dies alles letzten Endes bedeutete. »Können Sie ihn nicht dalassen?« flehte sie den Fahrer an. »Er ist doch noch ein Kind!« Dann sah sie auch die anderen. Alte Männer die meisten, gezeichnet von der schweren Arbeit auf ihren Feldern. Dazwischen ein paar Burschen, bestimmt nicht viel älter als Rudi.

Ganz hinten saß mit gesenktem Kopf ein Mann, der nicht zu den anderen paßte. Erst jetzt sah Antonia, daß es der Lehrer war, der ihrem Blick auswich. Als einziger der Erwachsenen trug er keine Waffe bei sich. Statt dessen lag auf seinen Knien seine Aktentasche.

Antonia ging um den Wagen herum. »Sie haben kein Gewehr«, sagte sie leise.

»Ich brauche keines.«

Da blickte der Fahrer kurz von seiner Beschäftigung hoch. »Man wird ihm eine Panzerfaust geben. Vielleicht findet sich auch irgendwo noch eine Beutewaffe für ihn.«

Der Lehrer hielt noch immer den Kopf gesenkt. »Ich kann nicht schießen«, murmelte er.

»Das werden sie dir schon beibringen.«

»Ich will nicht schießen.«

»Wenn du erst mitten im Feuer stehst, wirst du es schon wollen.«

Antonia überlegte kurz. Dann lief sie ins Haus. Aus der Küche holte sie eine große Schere. Sie eilte damit ins Wohnzimmer und stemmte mit aller Gewalt den Waffenschrank auf. Es ging leichter, als sie gedacht hatte. Fein säuberlich aufgereiht präsentierten sich die kostbaren Waffen, die wahrscheinlich Hella Bellagos Vater gehört hatten, vielleicht auch Franz Josef Bellago.

Antonia griff nach dem Korb, der für Kleinholz neben dem Kamin stand. Sie füllte ihn mit der Munition aus den Fächern des Waffenschrankes. Dann nahm sie so viele Gewehre, wie sie schleppen konnte, und rannte hinaus. Als trage sie ein kleines Kind auf den Armen, so stand sie mit den Gewehren vor dem Laster, auf den eben der Stumme kletterte. Auch er besaß offensichtlich keine eigene Waffe.

»Nehmen Sie!« forderte sie ihn mit fast flehender Stimme auf.

Der Stumme drehte sich um und schaute fragend zu Marie Zweisam hinunter, die ihm zunickte. »Darf ich?« fragte sie und wählte eines der Gewehre und ein paar Schachteln Munition. Das alles reichte sie dem Stummen hinauf, der es ohne ein Zeichen des Dankes entgegennahm.

»Das sind erstklassige Gewehre«, rief die Bäuerin mit schriller Stimme ihrem Mann zu. »Etwas anderes als dein alter Schießprügel.« Damit riß sie eine der Waffen an sich und reichte sie ihrem Mann, der sich herunterbeugte.

Der Fahrer schaute zu, die Hände in die Hüften gestemmt. »So etwas sieht man gern«, murrte er. »Wissen Sie nicht, daß Sie die Knarren längst hätten abgeben müssen? Keine einzige hätten Sie unterschlagen dürfen.« Er runzelte die Stirn. »Bei Todesstrafe!«

»Ich bin noch nicht lange hier«, antwortete Antonia gleichmütig. »Und ich gebe sie ja jetzt ab.«

»Eigentlich müßte ich Sie melden.«

Antonia merkte, daß Zorn in ihr hochstieg. »Dann melden Sie mich doch!« schrie sie den Soldaten an. »Gehen Sie hin und melden Sie uns alle! Es sind ja noch nicht genug gestorben. Am liebsten würdet ihr doch die ganze Menschheit ausrotten!«

Der Fahrer wich betroffen zurück. »Ich nicht«, sagte er dann leise. »Ich will überhaupt nichts ausrotten. Wenn es nach mir ginge, könnten alle hier bei ihren Frauen bleiben.« Sein Blick fiel auf Rudi. Er zögerte. »Und bei ihren Müttern.« Er wies auf die beiden Gewehre, die Antonia noch immer auf ihren Armen trug. »Vielleicht kann noch einer Ihre Flinten brauchen«, sagte er. Er nahm eine der Waffen und warf sie Rudi zu, der sie geschickt auffing. Das letzte Gewehr warf er mit der gleichen Bewegung zum Lehrer hinauf. Doch der hob nicht einmal die Arme. Das Gewehr prallte an ihm ab und fiel klappernd zu Boden. Der Lehrer klammerte sich noch fester an seine Aktentasche.

Der Soldat schüttelte den Kopf. »Und so etwas soll uns den Endsieg erkämpfen«, murmelte er. Dann fragte er, ob auch alle ihr Soldbuch bei sich trügen und vor allem die Armbinde. »Auch ohne Uniform kennzeichnet sie euch als reguläre Soldaten«, erklärte er mit einer Stimme, die gewohnt war, sich Gehör zu verschaffen. »Ohne Armbinde geltet ihr als Partisanen, und man erschießt euch. Die Russen werden es zwar so oder so tun, aber die Amis nehmen Rücksicht auf die Konvention. Achtet also darauf, daß ihr immer eure Armbinde tragt!« Damit tippte er sich an die Stirn, um sich von den Angehörigen zu verabschieden, sprang ins Führerhaus und zog die Tür zu.

Die Bäuerin schluchzte auf und streckte die Arme nach ihrem Mann aus. Auch die Magd weinte laut vor sich hin. Marie Zweisam trat an den Wagen und nahm einen kurzen Moment lang die Hände des Stummen zwischen die ihren. Dann nickte sie ihm zu und versuchte, ihn mit einem traurigen Lächeln zu trösten.

Der Kies spritzte auf, als der LKW davonfuhr mit seiner Fracht aus alten Männern und Kindern, denen man ein paar Stunden lang beibringen würde, wie man kämpfte. Dann würde man sie in den Krieg schicken. Sie würden Ortschaften verteidigen, Panzersperren bauen, Nachschub schleppen, kriegswichtige Objekte bewachen oder beim Sprengkommando ihr Leben aufs Spiel setzen. Die meisten aber würde man direkt an die Front schicken. In die Schützengräben, vor die Kanonen des Feindes.

> Wir hissen die zerfetzten Segel
> und wandern froh an Hitlers Stab,
> mit Mann und Maus und Kind und Kegel
> ins Massengrab, ins Massengrab.

Als das Armeefahrzeug in den Hohlweg einbog, sah Antonia, daß Enrica oben am Fenster stand. Ihr kleines Gesicht war schneeweiß und ihre dunklen Laura-Augen riesengroß. Und doch weinte sie nicht.

Mirandas Tochter

I

Die ganze Woche lang hatte es geschneit, und noch immer hörte es nicht auf. Weicher, flockiger Schnee bedeckte die Hochebene und sammelte sich in tiefen Haufen im Hohlweg. Nicht mehr lange, und er würde eingeebnet sein, gefüllt mit weißem Schnee, sauber und rein, ohne ein Körnchen einer anderen Farbe, so daß er Antonia auf einmal nicht mehr schön erschien, sondern bedrohlich in seiner Einförmigkeit und Ausschließlichkeit.

Sie kam vom Straßmaierhof und trug die Milchkanne mit sich. Enrica und Lilli waren dortgeblieben, um mit den Bauernbuben Schlitten zu fahren. Obwohl noch keine halbe Stunde verstrichen war, konnte Antonia die Spuren des Hinwegs kaum noch erkennen: ihre eigenen Fußstapfen, fast gleich groß Enricas Abdrücke und dann, viel kleiner, Lillis Tritte zwischen der Fährte, die Lillis Schlitten hinterlassen hatte. Zwei parallele Linien, die immer wieder ein ganzes Stück geradeaus verliefen und dann einen abrupten Schlenker machten, wenn Lilli in den Hohlweg abgedriftet war und Antonia sie zu sich heraufgezogen hatte. Im Hohlweg wäre man versunken. Man mußte am oberen Rand entlanggehen, doch auch hier wurde es bereits bei jedem Schritt schwerer. Antonia überlegte, ob sie nicht zum Straßmaierhof zurückstapfen und die Kinder mitnehmen sollte. Wer weiß, wieviel Schnee in den nächsten Stunden noch fallen würde. Schon jetzt sank man bei jedem Schritt tiefer ein. Bald würde es vor allem für Lilli schwierig werden, in den weichen Massen vorwärtszukommen.

Antonia blieb stehen, um Atem zu schöpfen. Ihr Lodenmantel war schwer, als steckten Steine in den Taschen. Antonia dachte an ihre weichen, federleichten Wintermäntel, die in Linz in den Schränken hingen. Als sie die Stadt verließ, hatte sie nicht damit gerechnet, so lange fortzubleiben. Nur Sommerkleidung hatte sie eingepackt und ein paar Sachen für die Übergangszeit. Das aber schon nicht mehr mit vollem Ernst. In ein paar Wochen würde der Krieg zu Ende sein, hatte sie geglaubt.

Inzwischen waren fast fünf Monate vergangen. Ein Glück nur, daß die Schränke des Jagdhauses voller warmer Kleidung waren, gedacht wohl für die Gäste, die sich nicht auf kühles Jagdwetter eingerichtet hatten. Lodenmäntel, Pelzstiefel, dicke Socken und Mützen. Sogar wollene Unterwäsche war vorhanden. Antonia und die Kinder konnten alles gebrauchen. Alles in Grün und Braun. Wie kleine Jäger kamen Enrica und Lilli daher. Sie waren nicht mehr die hübschen, kapriziösen Stadtmädchen, sondern handfeste Landkinder. Durch den Umgang mit den Straßmaierjungen hatten sie sogar einen leichten Dialekt angenommen, vor allem Lilli, was Antonia erst amüsiert hatte und inzwischen bekümmerte.

Der Krieg nahm kein Ende, obwohl sich die Schlinge um das Deutsche Reich immer enger zusammenzog. Längst hatte sich die Wehrmacht aus dem Balkan zurückgezogen, und schon seit Oktober bewegte sich der große Flüchtlingsstrom von Ostpreußen nach dem Westen. Entgegen aller Prophezeiungen des unmittelbar bevorstehenden Endsieges waren sowjetische Verbände zwischen Memel und Suwalki auf deutsches Gebiet vorgedrungen. Ein Großteil der russischen Soldaten hatte durch die nationalsozialistische Ausrottungspolitik Familienangehörige verloren. Jeder Deutsche war für sie ein hassenswerter faschistischer Mörder, dem sie das Unrecht mit Plünderungen, Vergewaltigungen und Mord heimzahlten.

Der Bevölkerung blieb als Ausweg nur noch die Flucht. So schwoll der Strom der Flüchtlinge, die vor der Front hergetrieben wurden, immer mehr an. Zu Fuß waren sie unterwegs, mit Karren oder Pferdewagen. Manche harrten in ihren Heimatorten viel zu lange aus. Erst als der Kanonendonner näher kam, flohen sie – bei Schnee und Kälte. Wenn sie dann dem Feind in die Hände fielen, überlebten sie es nicht. Grausamkeiten ereigneten sich, für die es nicht einmal mehr Namen gab. Wer es überstand, vergaß es nie und blieb für immer gezeichnet.

Auch im Westen ging es zu Ende. Amerikanische Truppen zogen in das zerstörte Aachen ein, eine Geisterstadt, wie ein Korrespondent schilderte, dessen Bericht Antonia im Rundfunk hörte. Mehr Hunde und Katzen habe es zwischen den Trümmern gegeben als Menschen.

Zur gleichen Zeit zerstörten die Bomben der Alliierten das Ruhrgebiet. Ein großer Teil der Bevölkerung verließ die Ruinen der einst blühenden Städte. Deutschlands Menschen waren unterwegs. Heimatlos. Auf der Flucht...»Betet aber, daß eure Flucht nicht im Winter geschehe«, las der Pfarrer aus der Bibel vor, in der kleinen Kirche von Thalheim, in der Antonia im Herbst mit den Kindern die Messe besucht hatte. Nun aber, dachte sie, während sie durch den Schnee zum Jagdhaus zurückstapfte, nun aber war es doch geschehen, und Hunderttausende schleppten sich mit den Überresten ihrer Habe über das gefrorene Land. Kinder starben in den Armen ihrer erschöpften Mütter. Frauen überlebten nicht, was ihnen angetan wurde.»Herr, warum stehst du so fern, verbirgst dich zur Zeit der Not?« hatte der Pfarrer am Ende der Predigt gerufen. Noch immer war die Kirche halbvoll gewesen, *halb*voll, denn nur noch Frauen waren da, Kinder, Invaliden und alte Männer. Die anderen waren fort, und niemand konnte wissen, ob sie je zurückkehren würden.

Sogar Adolf Hitler hatte seinen Unterstand verloren. Ende

November mußte er seine Wolfsschanze in Ostpreußen räumen. Zu nah waren Stalins Truppen seiner Unterkunft inzwischen gekommen, in der er, mit Unterbrechungen, fast dreieinhalb Jahre verbracht hatte. Nun mußte er nach Berlin umsiedeln, in den Führerbunker im Garten der Reichskanzlei, von dem aus er in einer letzten Anstrengung die britischen und US-amerikanischen Kräfte in den Ardennen zurückschlagen wollte.

Krank sei der Führer, meldeten die Feindsender. Ein Schatten seiner selbst. Doch aufgeben wollte er nicht. Antonia erinnerte sich daran, daß Beate Horbach gesagt hatte, nach all den Verbrechen, die sie begangen hätten, könnten Hitler und seine Leute doch gar nicht mehr nachgeben. Zu groß mußte ihre Furcht sein vor Rache und Strafe... Lang war das her, und vieles war seit damals geschehen. Das Land, schon damals voller Furcht, taumelte nicht mehr dem Abgrund entgegen, sondern hatte ihn bereits erreicht.

Die Ardennenoffensive, Hitlers letzter Großangriff, war vor wenigen Tagen gescheitert. Noch einmal starben fünfzigtausend Menschen – die Opfer beider Seiten zusammengezählt, denn im Tod waren alle gleich. Sie starben durch den Befehl eines Mannes, der das Volk, das ihm gefolgt war, lieber tot sehen wollte als besiegt.

Unzählige Fratzen hatte der Krieg an seinem Ende, und eine war grausamer als die andere. Ein Vergleich verbot sich von selbst. Sollte man das Leid der Flüchtlinge aufwiegen gegen das Grauen, das die Gefangenen der Konzentrationslager erduldet hatten und das erst nach und nach bekannt wurde? Gegen die Vernichtung der Städte, durch die der Feuersturm gefegt war? Gegen die Mühsal und den Tod der Soldaten an der Front? Gegen den Schmerz der Verstümmelten und den Kummer der Hinterbliebenen?

Krieg, dachte Antonia, während Schnee sacht auf Schnee rieselte. Krieg. Fast jeden Tag wurde die Stadt Linz bombardiert. Fünfunddreißig Mädchen waren gestorben, als der Luftschutzraum ihrer Schule einstürzte. Nur fünfunddreißig? Fünfunddreißig Mädchen waren es, die gern noch gelebt hätten. Fünfunddreißig Mädchen, verschüttet und voller Angst. Fünfunddreißig Mädchen, erschlagen und erstickt. Fünfunddreißig Mädchen nur. Fünfunddreißig zuviel, allein schon an diesem Ort.

Antonia entschloß sich, umzukehren und ihre Töchter abzuholen, bevor der Weg womöglich nicht mehr begangen werden konnte. Sie überlegte, ob sie die Milchkanne erst noch zu Hause abstellen oder lieber gleich zurückgehen sollte. Doch noch während sie nachdachte, hörte sie es. Ein Grollen in der Ferne, als wäre es Sommer und ein Gewitter kündigte sich an. Mittagszeit, dachte sie. Die Zeit der Bomber. Erst vor ein paar Tagen hatten sie die Stadt Wels angegriffen. Bis zum Jagdhaus hatte man es gehört, und die Mädchen hatten ihre Gesichter am Körper der Mutter verborgen wie einst der kleine Junge aus Hamburg, den keiner ertragen mochte, weil sich bei ihm zeigte, was Angst aus einem Kind machen konnte.

Eine halbe Stunde hatte es gedauert. Bisher war Antonia noch nicht in der Stadt gewesen, um die Schäden zu sehen. Morgen wollte sie zu Fuß zum Postamt gehen und die Schwiegereltern anrufen. Man konnte nicht mehr sicher sein, daß die Verbindung zustande kommen würde. Immer wieder brachen die Telefonleitungen zusammen, ebenso wie die Stromversorgung. Die Lebensadern der Städte funktionierten nicht richtig oder gar nicht mehr.

Manchmal kam es Antonia vor, als ob die Schwiegereltern nicht mehr auf ihre Anrufe warteten. Zu weit war ihrer beider Alltag auseinandergedriftet. Jeder war mit sich selbst beschäftigt, damit, den Tag zu überstehen und auch noch den nächsten. Hin und wieder schlug Antonia vor, mit den Kindern nach Linz zurückzukommen, um den Eltern zur Seite zu stehen. Doch insgeheim war sie froh, daß Franz Josef Bellago es ihr verbot.

Das Grollen kam näher. Als hätte das riesige Geschwader die Wolken vertrieben, wurde es plötzlich hell, und die Sonne trat hervor. Der Schnee glitzerte, als wäre dies eine Feststunde. Antonia blickte sich um nach einem Unterstand, der ihr Schutz bieten konnte.

Ein paar kleine Birnbäume standen in der Nähe. Doch der Schnee war so tief, daß sie nicht weiterkam. Bis über die Knie sank sie ein, während die Bomber nun schon über ihr waren. Ein unerträglicher Lärm stürzte vom Himmel auf die Erde, daß die Luft zitterte und der Schnee von den Ästen rieselte. Antonia hatte das Gefühl, auf einmal der einzige Mensch auf der ganzen Welt zu sein. Nur sie gab es noch und den Tod da oben, den lärmenden, der sich in den Äther hineinbohrte.

Endlos kam es ihr vor und zugleich ganz schnell. Dann waren sie vorbeigezogen. Immer ferner schallte ihr Donner ... Die fliegen nach Bayern! dachte sie, um sich zu beruhigen. Die fliegen nach Bayern.

Doch noch immer war es nicht still. Noch immer hörte Antonia Motorengeräusche. Viel leiser als der Lärm in der Ferne. Aber näher. Bedrohlicher. Wie ein Insekt, das durch die Luft schwirrte und auf den Augenblick wartete, in dem es zustechen würde.

Antonia hob den Blick. Da sah sie es. Ein kleines Flugzeug, kleiner jedenfalls als die Bomber. Doch klein bedeutete nicht ungefährlich. Das spürte Antonia sofort. Tief unten, als bewegte es sich fast in Augenhöhe mit Antonia, tief unten schoß es auf sie zu. Kam näher. Immer näher ... Die Obstbäume, nach denen sich Antonia hilfesuchend umsah, waren viel zu weit weg. Das kleine Flugzeug kam auf sie zu, und im gleichen Augenblick war es schon schräg über ihr.

Ohne sich niederzuwerfen oder sonst etwas zum eigenen Schutz zu unternehmen, starrte Antonia hinauf und erblickte das Gesicht des Piloten, der zu ihr herunterlachte. Sie starrte ihn an und zugleich hörte sie die Salve der Schüsse, die neben ihr in den Schnee trafen. In einer geraden Linie, ähnlich der

Spur von Lillis Schlitten, tauchten sie in den Schnee, der hochspritzte. Tak-tak-tak-tak-tak!

Das ist das Ende! dachte sie und überlegte, wer sich jetzt um die Kinder kümmern würde. Tak-tak-tak-tak-tak. Doch sie war nicht tot, und das Flugzeug flog weiter.

Schon wollte Antonia aufatmen, doch da kehrte der Flieger in einem weiten Bogen zurück und näherte sich ihr von der Seite her. Nun würde es wirklich das Ende sein, dachte sie. Beim ersten Mal hatte er sie wohl noch verfehlt, oder es war ein Spielchen für ihn gewesen. Beim zweiten Mal würde er geschickter sein und grausamer.

Dann war er da, ganz knapp über ihr, daß der Luftdruck sie fast zu Boden warf. So nahe über ihr, daß sie diesmal das Gesicht des Piloten nicht sehen konnte. Wahrscheinlich lachte er wieder. Amüsierte sich, daß er die Nazifrau da unten so erschreckt hatte. Amüsierte sich, während sein Begleiter zielte.

Tak-tak-tak-tak-tak! Weit genug von ihr entfernt, daß es sie nicht mehr gefährdete. Tak-tak-tak-tak-tak! Wieder in den Schnee, daß er in weißen Fetzen hochwehte, während das Flugzeug hochzog und beschleunigte, um sein Geschwader wieder zu erreichen.

Wie in Trance stand Antonia auf und schaute ihm nach, bis es sich in der Luft aufgelöst hatte. Dann brach sie zusammen.

2

Als Antonia erwachte, lag sie auf einem fremden Bett in einem Zimmer, das sie nicht kannte. Ein einfacher Raum mit bemalten Wänden: gelbe Blumen auf weißem Grund. In den meisten Bauernhäusern hatten die Zimmer solche Wände. Ein paar Muster, die der Maler über die Grundierung rollte, wiederholten sich immer wieder, vertraut wie die bunten Aussteuertruhen und die weißen Leinenkissen mit dem dunkelroten Kreuzstichmuster.

Obwohl sie bis zum Kinn zugedeckt war, fror Antonia so sehr, daß ihre Zähne aufeinanderschlugen. In ihren Fingerspitzen pulsierte das Blut.

»Sie sind also aufgewacht.« An der Tür stand Marie Zweisam in einem weißen Rollkragenpullover und einer schwarzweiß karierten Hose. In der Hand hielt sie eine geblümte Tasse, die Antonia bekannt vorkam. »Ich habe Tee für Sie gemacht.« Marie Zweisam lächelte. »Mit Zucker und viel Rum, damit Ihnen wieder warm wird.« Sie stellte die Tasse auf das Nachtkästchen neben dem Bett.

Antonia setzte sich auf.

»Vorsicht, heiß!« warnte Marie Zweisam, doch da hatte sich Antonia schon die Finger verbrannt. Als Marie Zweisam lachte, wollte Antonia ebenfalls lachen, so wie sie normalerweise reagiert hätte. Doch diesmal lachte sie nicht. Konnte es nicht, als ob irgend etwas in ihrem Inneren sie daran hinderte. Sie starrte die Tasse an und merkte, daß ihr Tränen in die Augen stiegen.

»Was ist mit mir?« flüsterte sie. »Wie komme ich überhaupt hierher?«

Marie zog einen Sessel heran und setzte sich neben das Bett, als wäre sie zu Besuch in einem Krankenhaus. »Ich habe Sie auf meinem Kinderschlitten hergebracht«, sagte sie. »Sie lagen im Schnee, draußen vor dem Hohlweg. Sie waren ohne Bewußtsein.«

Jetzt erinnerte sich Antonia wieder. An alles. Alles! Das Bombengeschwader. Der einzelne Tiefflieger. Die beiden Salven, die direkt auf sie gezielt schienen, dazu bestimmt, sie zu töten. Tak-tak-tak-tak-tak! Sie hörte es wieder. Spürte es beinahe körperlich. Und dann stellte sie die Frage, mit der Marie Zweisam am wenigsten gerechnet hatte und an die sich auch Antonia selbst später mit Verwunderung erinnerte: »Haben Sie meine Milchkanne gefunden?«

Marie Zweisam nickte. »Sie steht draußen«, antwortete sie. »Aber die Milch ist ausgeflossen.« Dann nahm sie die Tasse und reichte sie Antonia. »Ich glaube, jetzt können Sie trinken. Diese Keramiktassen kühlen schnell aus. Der Henkel ist gar nicht mehr heiß.«

In kleinen Schlucken trank Antonia den Tee. Der Alkohol wärmte sie auf. Ihre Zähne klapperten nicht mehr. Eine wohlige Wärme durchströmte sie. »Sie haben mir das Leben gerettet!« sagte sie leise. Erst in dem Augenblick, in dem sie es aussprach, wurde es ihr selbst bewußt.

Marie Zweisam lächelte. »Kann schon sein«, meinte sie.

»Dann muß ich mich wohl bedanken.«

»Das ist nicht nötig.«

Sie schwiegen eine Weile. Antonia machte Anstalten, aufzustehen. »Ich halte Sie auf«, sagte sie. »Ich werde jetzt gehen.«

Doch Marie Zweisam drückte sie sanft auf das Kissen zurück. »Warten Sie, Frau Bellago«, sagte sie. »Ich möchte mit Ihnen über etwas sprechen.« Sie stand auf, öffnete die Lade eines Tischchens, das vor dem Fenster stand, und holte eine kleine Holzschatulle heraus, in deren Deckel die Initialen M. Z. eingelegt waren. Danach setzte sie sich wieder neben das Bett, die Schatulle auf den Knien. »Sie haben einmal gefragt, was der Grund für die Feindschaft ist, die Ihnen hier entgegenschlägt«, sagte sie mit ruhiger Stimme. »Ich habe Ihnen ein paar Einzelheiten erzählt, und Sie haben sich damit zufriedengegeben. Aber es waren nur Fragmente, die vielleicht interessant für Sie sein mochten und Sie manches besser verstehen ließen. Einen Grund für die Feindschaft konnten sie aber alle nicht liefern. Ich habe mich gewundert, daß Sie nicht weiterfragten.«

Antonia erschrak. Zugleich wurde sie aber auch von einen Gefühl der Ruhe und des Friedens erfaßt, als stünde sie endlich an der Schwelle der Wahrheit, und diese Wahrheit war nicht quälend und böse, sondern vielleicht sogar tröstlich.

»Sprechen Sie!« bat sie leise.

»Sie wollen es wirklich hören?«

Antonia nickte.

»Gut. Aber lassen Sie mir Zeit. Lassen Sie mich ganz vorne anfangen.« Marie Zweisam öffnete die Schatulle, nahm ein paar Photos heraus und reichte das erste Antonia. Eine alte Photographie, braunstichig und verblichen. Sie zeigte ein sehr junges Mädchen, ein Bauernkind mit blonden Zöpfen. Aus dem Haaransatz ringelten sich widerspenstige kleine Locken wie bei Marie Zweisam.

»Das ist meine Mutter«, erklärte Marie Zweisam. »Sie hieß Mira. Das Bild entstand, bevor ihre Eltern starben: an der Spanischen Grippe gleich nach dem Weltkrieg.« Sie beugte sich vor, um auch selbst nochmals einen Blick auf das Photo zu werfen. »Damals, als die Photographie entstand, war meine Mutter ein glückliches junges Mädchen. Sie wurde geliebt und bewundert. Eine kleine Elfe, zart und graziös. Mein Onkel hat erzählt, daß ihr gemeinsamer Vater sie seinen Sonnenschein nannte.«

»So sieht sie wirklich aus«, pflichtete Antonia bei. Sie hätte gern gefragt, was dieses Mädchen mit der Feindschaft zu tun hatte, um die es doch wohl gehen sollte. Doch sie schwieg, als sie sah, mit wieviel Liebe Marie Zweisam das Bild ihrer Mutter betrachtete.

Marie Zweisam nahm das Bild zurück. »Zu dieser Zeit kamen Ihre Schwiegereltern im Sommer immer hierher«, erzählte sie weiter. »Im Sommer und auch im Herbst. Sogar während des Krieges waren sie da, und meine Mutter, die damals noch ein Kind war, spielte mit dem Jungen aus dem Jagdhaus.«

Marie Zweisam reichte Antonia das zweite Bild, das zwei halbwüchsige Kinder zeigte, die sich nebeneinander lachend über ein Geländer beugten. Antonia betrachtete das Bild, verstand aber nicht den Zusammenhang.

»Erkennen Sie den Jungen?«

Antonia starrte auf die Photographie. »Ist das Ferdinand?« fragte sie. In der Bellago-Villa gab es viele Alben, und sie hatte manchmal darin geblättert. Auch Ferdinand als Kind war darin zu sehen gewesen. Ein hübscher, ernster Junge. Erst jetzt fiel

Antonia auf, daß ihr nie ein Bild aus dieser Zeit begegnet war, auf dem er lachte. Neben diesem strahlenden Mädchen aber lachte er so glücklich, wie Antonia ihn nur wenige Male erlebt hatte. In Paris vielleicht oder als seine Töchter geboren wurden.
»Das war noch davor«, erklärte Marie Zweisam.
»Vor was?«
»Vor dem Unglück. Vor allem.« Marie Zweisam nahm das Photo wieder an sich. Sie schwieg, als bereitete ihr der Gedanke an die Mutter noch immer Schmerz. »Im Sommer darauf verliebte sich meine Mutter in den Jungen aus dem Jagdhaus. Ich möchte daran glauben, daß diese Liebe erwidert wurde; sicher bin ich dessen aber nicht.« Sie räusperte, um sich zu fassen. »Wie Sie jetzt wissen, hieß der Junge auf dem Photo Ferdinand, und meine Mutter Mira. Damals las Ferdinand zufällig ein Theaterstück von Shakespeare. ›Der Sturm‹. Das Liebespaar darin heißt Ferdinand und Miranda.« Marie Zweisam lächelte traurig. »So wurde aus Mira eine Miranda. Ferdinands Miranda.« Sie schloß die Schatulle und stellte sie weg. »Die anderen Bilder brauchen Sie nicht zu sehen. Sie haben nichts mit Ihnen zu tun.«

Antonia wußte nicht, was sie antworten sollte. »Die meisten Menschen haben eine erste Liebe«, sagte sie ausweichend. Dann erschrak sie, als sie zum ersten Mal Zorn in Marie Zweisams Blick entdeckte.

»Verstehen Sie nicht? Haben Sie noch immer nicht begriffen, wer ich bin?«

Antonia merkte, daß ihre Hände zu zittern anfingen.

»Ihr Mann war damals noch ein Gymnasiast. Seine Eltern waren Großbürger aus der Stadt. Reiche Leute. Meine Mutter aber war nur das Kind einfacher Bauern!« rief Marie Zweisam. »Können Sie sich vorstellen, was es bedeutet, wenn ein solches Mädchen in einer Gesellschaft wie dieser schwanger wird?«

Antonia schlug die Hände vor den Mund.

»Mein Großvater ging zu Ihren heutigen Schwiegereltern und teilte es ihnen mit. Sie hatten Mira schon als kleines Mädchen gekannt, und sie schienen sie zu mögen. Nun aber war sie zur Bedrohung für sie geworden. Ihre Schwiegermutter, von der Sie mit soviel Wärme sprechen, erklärte, dieses Kind dürfe nicht geboren werden. Sie bot meinem Großvater Geld an. Geld für einen Doktor und Geld als Abfindung. Meine Mutter lehnte beides ab. Noch bevor ich geboren wurde, starben meine Großeltern. Meine Mutter war ganz allein. Von ihrem Bruder, den Sie sicher schon gesehen haben, und seiner Frau bekam sie nur Vorwürfe zu hören. Aber das erfuhren die Bellagos schon gar nicht mehr. Ihre Schwiegermutter ließ sich nie mehr im Jagdhaus sehen. Ihr Schwiegervater gab in den folgenden Jahren noch ein paar Jagdeinladungen, aber um meine Mutter oder um mich hat er sich nie gekümmert. Als Kind schlich ich einmal hin, um mir die fröhliche Gesellschaft anzusehen, mit der ich selbst ja auch irgendwie zu tun hatte. Das war das einzige Mal, daß meine Mutter zornig wurde auf mich.«

Antonia wagte kaum zu sprechen. »Wußten Sie denn, wer Ihr Vater war?«

Marie Zweisam lachte bitter. »Dafür sorgten schon die Nachbarn«, antwortete sie. »Bellago, sagten sie, heißt das nicht schöner See oder etwas Ähnliches? Wenn du älter bist, wirst du auch Lust haben, in einem schönen See zu baden. Oder hast du es etwa schon getan?«

»Und die Bellagos haben sich nie um Sie gekümmert?«

»Sie sorgten nur dafür, daß ihr kostbarer Sohn nicht in Schwierigkeiten kam.«

»Das war er doch längst!«

»Meine Mutter hat nie über ihn gesprochen. Jahrelang. Erst vor ihrem Tod hat sie mir alles genau erzählt. Sie hatte Verständnis für ihn. Er sei doch auch noch fast ein Kind gewesen, damals. Wie hätte er sich gegen seine Eltern wehren sollen?«

Antonia schüttelte den Kopf. »Das also war es«, murmelte sie. »Darum sind alle hier gegen mich.«

Marie Zweisam lächelte bitter. »Erst seit meine Mutter tot ist, sind alle auf unserer Seite«, sagte sie. »Davor aber ließen sie uns die Schande fühlen. Meine Mutter war immer nur allein.« Sie machte eine Pause und fuhr dann mit veränderter, sachlicher Stimme fort. »Als ich vierzehn war, vermittelte mir der Lehrer eine Arbeitsstelle in einem Haushalt. Sie kennen die Leute: Familie Horbach.« Marie Zweisam stand auf, als könnte sie Antonias Nähe nicht mehr ertragen. »Sie haben einmal gesagt, ich wäre Ihnen in verschiedenen Rollen begegnet. Nun gut, ich kann noch eine weitere hinzufügen: Ich war das junge Mädchen, das Ihnen bei Ihrem ersten Besuch im Hause Horbach das Essen servierte. Sie können sich bestimmt nicht an mich erinnern, aber ich mich sehr wohl an Sie. Sie waren guter Hoffnung und sehr freundlich. Als Sie bei Tisch über Wien plauderten, konnte ich den Blick nicht von Ihnen wenden. Ich dachte ununterbrochen, daß eigentlich meine Mutter Ihren Platz einnehmen müßte, und zugleich verstand ich plötzlich die Härte Ihrer Schwiegereltern. Niemals, das wurde mir damals klar, hätte meine Mutter in dieses Leben gepaßt. Sie war wunderschön, sie war aufgeweckt, lebensfroh und stolz. Aber sie war keine Dame, und das war für die Bellagos Bedingung.«

Antonia hätte am liebsten geweint. »Ich kann mich noch an Sie erinnern«, flüsterte sie. »Sie fielen mir auf, weil Sie nicht zu der Arbeit paßten, die Sie verrichteten. Es war, als hätte sich die Tochter des Hauses verkleidet, um das Dienstmädchen zu spielen.« Antonia konnte kaum weitersprechen. »Und so war es ja auch irgendwie!« murmelte sie dann. Danach erinnerte sie sich noch an etwas. »Ich weiß noch, daß Sie zitterten, als Sie das Essen auftrugen.«

Marie Zweisam nickte. »Die Hände meines Vaters fielen mir auf«, gestand sie. »Sie sahen genau so aus wie meine. Ich dachte, er müßte es ebenfalls bemerken. Deshalb habe ich gezittert.« Sie trat ans Fenster und zog den Vorhang zur Seite. Der Schneefall hatte aufgehört. Es war so hell draußen, daß es blendete. »Als Sie die Villa Horbach verließen, legte mein Vater den Arm um Ihre Schultern«, fuhr Marie Zweisam fort. »Ich sah, daß er Sie liebte, und trotzdem dachte ich, daß er eigentlich meine Mutter lieben müßte.« Marie Zweisam drehte sich um und setzte sich wieder neben Antonia ans Bett. »Bevor meine Mutter starb, erzählte sie mir, wie glücklich sie mit Ferdinand gewesen war. Sie kannte keinen Groll.« Marie Zweisam seufzte, doch sie weinte nicht. »Danach hatte ich niemanden mehr als den stummen Reitinger. Sein Leben lang hatte er sich schon um meine Mutter gekümmert. Es gibt keinen besseren Menschen als ihn. Doch ich war einsam. Als Franz Janus kam, den ich in Linz kennengelernt hatte, und mich bat, ihn zu heiraten, sagte ich ja. Es war ein Irrtum. Schon nach ein paar guten Monaten merkten wir es. Dann erfuhr meine Schwiegermutter, daß ich ein uneheliches Kind war und als Hausmädchen gearbeitet hatte, und ließ es mich fortan spüren. Schließlich zeigte sie mich bei der Gestapo an, weil ich mich abfällig über ihren geliebten Führer geäußert hatte. Man nahm mich fest, ohne daß ich zu Anfang begriff, wie ernst meine Lage war. Der Gendarm, der mich bewachte, machte es mir klar und drängte mich, jemand Einflußreichen um Hilfe zu bitten. Der einzige, der mir einfiel, war mein Vater. Ich wußte nicht, ob er je erfahren hatte, daß es mich gab. So ließ ich ihm ausrichten, Mirandas Tochter brauche seine Hilfe.«

»Und das verstand er?«

»Ja.«

Nichts hätte Antonia tiefer erschüttern können. Mirandas Tochter! dachte sie. Jahrelang hatte sie, Antonia, mit ihrem Mann zusammengelebt und ihm zwei Kinder geboren. Und während der ganzen Zeit hatte er die Erinnerung an ein junges Mädchen mit sich getragen, das er Miranda genannt hatte. Der Name allein hatte genügt, ihn herbeizurufen.

»Irgendeine hochgestellte Persönlichkeit rief im Gefängnis an und befahl, mich freizulassen. Dann sagte man mir, ich solle warten.« Marie Zweisams Stimme zitterte. »Ich dachte, jetzt würde mein Vater kommen.« Sie senkte den Kopf. »Aber das war wohl zuviel verlangt. Er schickte Thomas.«

Antonia konnte sich auf einmal wieder erinnern. »Wir hatten die Horbachs zu Gast«, sagte sie. »Ein Anruf kam, den Ferdinand erst zurückwies. Dann wurde er aber plötzlich unruhig. Er telefonierte im Nebenzimmer weiter. Ich war nicht erstaunt darüber. Ich dachte, es wäre jemand aus der Kanzlei. Jedenfalls bat er den Notar Horbach, zu ihm zu kommen. Die beiden blieben lange draußen. Am Klicken des Apparats im Eßzimmer hörte ich, daß nebenan die ganze Zeit telefoniert wurde. Einmal öffnete ich die Tür. Da sprach der Notar ganz offenkundig mit dem Gauleiter.«

»Und der hat für mich angerufen«, ergänzte Marie Zweisam. »Sehen Sie, Frau Bellago, das wußte *ich* nun wieder nicht.« Sie lächelte wehmütig. »Gemeinsam bekommen wir anscheinend diese ganze traurige Geschichte zusammen. Wie ein Puzzle.« Sie machte eine Pause. Dann fuhr sie fort. »Thomas vertrat mich bei der Scheidung, und danach ging ich nach Wien. Aber das wissen Sie ja.«

Antonia schob die Decke zur Seite und setzte sich auf. »Ich habe meinen Mann also nie wirklich verstanden«, erklärte sie. »Wenn ich vor dem Krieg Ihre Geschichte erfahren hätte, hätte ich ihm die Schuld gegeben. Aber nach allem, was wir erlebt haben und was er vielleicht gerade in diesem Augenblick ertragen muß, weiß ich nicht mehr, was ich denken soll.« Sie legte eine Hand auf Marie Zweisams Schulter. »Ich danke Ihnen für Ihre Offenheit, Marie!« sagte sie. »Ich darf Sie doch beim Vornamen nennen, oder?«

Marie zuckte die Achseln. »Aber ansonsten sollten wir beim ›Sie‹ bleiben.« Es klang nicht abweisend, sondern sanft, fast traurig.

»Meinen Sie, daß Sie jemals mit Ihrem Vater zusammentreffen möchten?« Antonia dachte an die Hast, mit der Marie aus dem Sacher geflohen war.

Marie schüttelte den Kopf. »Ich will nicht mit ihm spre-

chen«, sagte sie ruhig. »Mit ihm nicht und auch nicht mit seinen Eltern. Thomas hat mir versprochen, daß er nach dem Krieg nicht mehr in die Kanzlei Ihres Mannes zurückkehren wird. Wir bleiben in Wien. Das erspart mir eine Begegnung.«
»So tief sitzt Ihr Haß?«
»Es ist kein Haß!« widersprach Marie. »Ich weiß nicht, was es ist.«
Antonia zog den Mantel an und die Fäustlinge. Sie setzte sich die Mütze auf und nahm die leere Milchkanne. »Vielen Dank, Marie«, sagte sie leise. »Für alles. Es ist ja inzwischen eine ganze Menge.«
Marie nickte, ohne sich nach Antonia umzudrehen.
Antonia ging durch den tiefen Schnee hinüber zum Jagdhaus. Bevor sie eintrat, schaute sie zurück. Im Schnee sah sie die Spur ihrer Schritte.
Am nächsten Tag war Weihnachten.

3

Sie waren eingeschneit. Es war unmöglich, in die Stadt zu gehen, um mit den Schwiegereltern zu telefonieren. Antonia tröstete sich damit, daß die beiden es verstehen würden. Trotzdem würden sie sich insgeheim im Stich gelassen fühlen. Verlassen in ihrem großen Haus, das einst voller Leben gewesen war. Gerade zu Weihnachten fiel es schwer, auf die Gegenwart derer zu verzichten, die zu einem gehörten.
Bei ihrem letzten Gang ins Dorf hatte Antonia die ›Oberdonau-Zeitung‹ gekauft, in der ein langer, rührseliger Artikel über Weihnachten stand. Weihnachten an der Front wurde geschildert – mit kerzengeschmückten Tannenbäumen und Geschenken aus der Heimat. Weihnachten in Ostpreußen, Weihnachten in den Ardennen, wo genau am Heiligen Abend ein Brief der fernen Braut eintraf oder ein Päckchen der Ehefrau mit selbstgestrickten Socken und einer Photographie der Kin-

der. Weihnachten in den Lazaretten. Lieder aus der Kindheit... Doch die Kameradschaft, das wußte die ›Oberdonau-Zeitung‹ ganz genau, tröstete über das Heimweh hinweg, und der Endsieg war nicht mehr fern.

In diesem Jahr gab es zum ersten Mal keine Geschenke für Enrica und Lilli. Zwar hatte man als Sonderzuteilung zum Fest jedem Erwachsenen zwei zusätzliche Eier versprochen und jedem Kind hundertfünfundzwanzig Gramm Süßwaren, doch wegen des Schnees konnte Antonia nicht ins Dorf, um das Geschenk des Führers abzuholen. So saßen sie zu dritt in der Küche und aßen zum Tee ein paar Kekse, die ihnen die Straßmaierin geschenkt hatte.

»Nächstes Jahr komme ich in die Schule«, sagte Lilli. »Da wünsche ich mir eine große Schultasche, eine Schiefertafel mit einem Schwamm und eine Federschachtel aus Holz. Glaubst du, daß das gehen wird?«

Antonia nickte. »Ganz bestimmt, Lilli!« versprach sie. Sie erinnerte sich auf einmal an den Tag von Lillis Taufe, als der Pfarrer sagte, dieses Mädchen sei so alt wie der Krieg. Nun würde Lillis frühe Kindheit bald zu Ende sein. Ein neuer Abschnitt begann. Doch Krieg war noch immer. »Ich wünsche mir so sehr, daß wir bis dahin Frieden haben«, sagte Antonia leise.

Lilli hob den Kopf. »Wünschst du es dir, oder weißt du es?« fragte sie mißtrauisch.

Antonia schaute sie lange an. Dann zuckte sie die Achseln.

Lilli fragte nicht weiter, und Enrica blickte zu Boden.

Trotz allem war es ein schöner Abend. Unter den Schallplatten auf dem Grammophonschrank im Wohnzimmer fanden sie eine Platte mit Weihnachtsliedern. Sie mußten sich Mäntel anziehen, um sie anzuhören. Danach gingen sie schnell wieder in die warme Küche zurück. Dennoch erfüllte die Musik ihre Seele. Antonia dachte, wie nahe die Sehnsucht nach einer friedlichen Weihnacht den Gefühlen kam, mit denen die Propaganda spielte: ein Weihnachtsbaum an der Front, Briefe und Päckchen von zu Hause, Weihnachtslieder im Lazarett... Natürlich wünschten sich die Daheimgebliebenen, daß es für die Männer im Krieg genauso sei. Wie aber paßte diese Vorstellung zu den Nachrichten über die gequälten Flüchtlinge im Osten, über die verstümmelten Soldaten in den Lazaretten und dazu, daß Antonia selbst nicht einmal wußte, wo sich ihr Mann und ihr Bruder aufhielten und ob sie überhaupt noch lebten? Kein Brief für Ferdinand Bellago, keine Photographie seiner Kinder; kein Päckchen für Peter Bethany, den Jungen mit der Armbinde eines Volkssturmmannes.

Die Kinder waren bald müde und wollten ins Bett. Antonia blieb noch lange bei ihnen sitzen. Sie redeten über Ferdinand, Peter und die Großeltern, auch die Bethany-Großeltern in Italien, an die sich Enrica noch erinnern konnte. Vor allem Oma Laura war ihr ein Begriff, weil sie selbst so oft zu hören bekam, sie hätte deren Augen geerbt.

Die Kinder liebten es, dazuzugehören. In der Einsamkeit des Jagdhauses tat ihnen der Gedanke wohl, daß es da noch eine Reihe anderer Menschen gab, mit denen sie durch ein Band vereint waren, das nicht erklärt werden mußte. Irgendwann, daran zweifelten sie nie, würden alle wieder zusammenkommen und fröhlich um den großen Tisch im Eßzimmer der Bellago-Villa sitzen. Dann würden sie nicht einfach nur essen, sondern richtig schmausen, und die Erwachsenen würden Wein trinken und den Kindern erlauben, einen winzigen Schluck davon zu probieren.

»Ich kann mich noch erinnern, wie Wein schmeckt«, murmelte Enrica, schon halb im Schlaf, und Antonia wußte genau, auf welch verschlungenen Gedankenpfaden diese Bemerkung zustande gekommen war.

Dann schliefen die Mädchen ein, zugedeckt bis über die Ohren, denn im Zimmer war es kalt. So kalt, daß jeden Morgen oben an der Decke die Eiskristalle glitzerten, zu denen die Atemluft gefroren war. Ein Glück, dachte Antonia, daß trotz der Kälte bisher keiner von ihnen krank geworden war.

Sie streichelte noch einmal über die Köpfe der Kinder. Dann ging sie hinaus, schloß die Tür und stieg die hölzerne Treppe hinab, die unter ihren Schritten so erbärmlich knarrte, daß es ein Wunder war, daß die Mädchen davon nicht erwachten. Unten warf Antonia sich den Mantel über und trat ins Freie.

Der Himmel war bedeckt. Kein sternenübersäter Weihnachtshimmel wie in der Propaganda. Nicht einmal den Mond konnte man richtig erkennen; nur ein vages Licht zwischen den Wolken ließ ihn erahnen. Trotzdem brachte der Schnee eine gewisse Helligkeit, in der die Konturen verschwammen. Der Zweisamhof und das Auszugshaus: wie Schemen standen sie da. Das Auszugshaus lag im Dunklen, doch im Bauernhof brannte noch Licht. Zwei Fenster nur. Auch hier wurden nicht alle Wohnräume beheizt.

Antonia fröstelte und wollte gerade ins Haus zurückkehren. Da öffnete sich drüben beim Bauern die Tür, und Marie Zweisam kam heraus. Sie verabschiedete sich wohl noch kurz von ihrer Tante und vielleicht auch von den Zwillingen oder der kleinwüchsigen Magd, doch diese konnte Antonia von ihrer Tür aus nicht sehen. Nur Marie Zweisam, die mit ihren raschen, leichten Schritten durch den knirschenden Schnee ging, hinüber zu dem kleinen Haus, in dem schon ihre Mutter gelebt hatte.

Miranda, dachte Antonia. Und dies hier war Mirandas Tochter. Ferdinands Kind, so wie Enrica und Lilli. Ein Teil von ihm aus einem anderen Leben. Einem, das er mit einem Schlag unterbrochen hatte.

Manchmal hatte ihn Antonia geneckt, weil er so spät geheiratet hatte. Erst jetzt begriff sie, warum er nie auf diese Späßchen eingegangen war. Als Antonia nun Marie über den schneebedeckten Platz gehen sah, kam ihr der Gedanke, daß sich Ferdinand vielleicht längst zuvor gebunden fühlte, auch wenn er am Leben seines ersten Kindes und dem der Mutter keinen Anteil hatte.

Welche Rolle spiele ich in dieser Geschichte? dachte Antonia. Und was ist mit Enrica und Lilli?

Marie hatte jetzt ihr Haus erreicht. Ohne aufzusperren trat sie ein. Niemand verschloß hier seine Haustür, nicht einmal in der Nacht. In der Küche ging das Licht an und dann in dem Zimmer, in dem Antonia gelegen hatte.

Nun kehrte auch Antonia ins Haus zurück. In der Küche war es kühl geworden. Der Herd hatte die Wärme nicht gehalten. Antonia legte noch ein paar Scheite nach und rieb die Hände über der Herdplatte. Dann ging sie hinüber in das eiskalte Wohnzimmer, wo sie in der Schreibtischschublade Briefpapier entdeckt hatte. Sie nahm mehrere Bögen und zwei Kuverts heraus. Die Tinte war eingetrocknet, aber es gab noch eine ganze Schachtel mit Bleistiften. Antonia bediente sich und trug alles hinüber in die Küche. Sie setzte sich an den Tisch und fing an zu schreiben.

Zwei Briefe verfaßte sie. Lange Briefe, daß der Morgen schon graute, als sie endlich damit fertig war. Der eine an Ferdinand, der andere an die Schwiegereltern. Sie schrieb alles auf, was ihr Marie erzählt hatte, und fügte ihre eigenen Gedanken, ihre Scham, ihre Befürchtungen und ihre Hoffnung hinzu.

Sobald die Straßen wieder begehbar waren, wollte sie den Brief an die Schwiegereltern absenden. Vielleicht hatte sie Glück, und er erreichte sein Ziel. Dann würden Franz Josef Bellago und seine Frau über alles Bescheid wissen, wenn der Krieg zu Ende war und Antonia nach Linz zurückkam. Sie würden darüber gesprochen und sich eine Meinung gebildet haben. Man würde nicht mehr darüber diskutieren müssen. Alles würde klar und durchschaubar sein. Keine Lügen mehr. Keine Geheimnisse. Keine ungeweinten Tränen mehr, über die Hella Bellago geklagt hatte.

Auch Ferdinand würde sie seinen Brief zu lesen geben, sobald er wieder zu Hause war. Es war nicht nötig, daß er ihr Rede und Antwort stand. Es genügte, daß er wußte, seine Frau liebte ihn und verstand den Kummer, den er getragen hatte und vielleicht noch immer trug.

So viel Schuld hatte es schon gegeben in diesem schrecklichen Jahrhundert, das der Menschheit zwei große Kriege aufgebürdet hatte. So viel Schuld im Großen, Schuld aber auch im ganz Kleinen. Im Persönlichen. In den einfachsten, direktesten Beziehungen. Ein hübsches, liebenswertes Bauernmädchen gefährdete mit seiner leichtsinnigen Liebe den Lebensplan eines Bürgersohnes. Was sonst war es gewesen? Und doch hatte man zugelassen, daß das Mädchen verstoßen wurde und daß sie starb, noch bevor sie die Mitte ihres Lebens erreicht hatte. Schuld, dachte Antonia. Schuld am einzelnen, hilflosen Menschen. Das war es, was so weh tat. Hier waren die Tränen, die geweinten und die ungeweinten.

Antonia faltete die knisternden Bögen aus feinem Papier zusammen und schob sie in die Umschläge. Auf den einen schrieb sie nur »Ferdinand«, auf den anderen die Namen ihrer Schwiegereltern mit der gesamten Adresse. Dann löschte sie das Licht in der Küche und stieg durch das dunkle Treppenhaus hinauf in ihr Zimmer mit dem großen Bett, das für zwei gedacht war. Im Schein der Nachttischlampe versteckte sie die Briefe hinter ihrer Wäsche im Schrank, dort, wo sie auch ihren Schmuck und die Dokumente aufhob.

Bevor sie zu Bett ging, löschte sie das Licht und schaute noch einmal aus dem Fenster. Auf dem Bauernhof und bei Marie war es dunkel. Wenn jetzt ein Flugzeug darübergeflogen wäre, hätte der Pilot nur drei dunkle Flecken mitten in der Schneewüste gesehen.

Weihnachten, dachte Antonia, das Fest des Friedens ... Sie dachte es ohne Trauer und ohne Ironie, eigentlich nur mit einem sanften Gefühl der Erinnerung an frühere Weihnachten, die so ganz anders gewesen waren. Mögen sie wiederkehren, dachte Antonia, während sie in der Gewißheit einschlief, mit ihren Briefen den ersten Schritt gemacht zu haben, der vielleicht die Versöhnung und den Frieden wenigstens einiger Menschen begründen würde.

Fünftes Buch

Die Büchse der Pandora

1

Durch den Rundfunk erfuhr Antonia am 30. April 1945 von Hitlers Tod. Erst wenige Wochen vorher hatte sie einen Sender entdeckt, der ihr neu war. Sie wußte nicht, ob sie ihn bisher überhört hatte oder ob er eben erst eingerichtet worden war. Er nannte sich ›Stimme aus Amerika‹ und brachte zu jeder vollen Stunde in deutscher Sprache die neuesten Nachrichten von der Front und über die Entwicklung der politischen Situation. Antonia hatte das Gefühl, Nachrichten über ein fremdes Universum zu empfangen, in dem die Oberbefehlshaber der mächtigsten feindlichen Staaten zusammentrafen, um die Ordnung zu besprechen, in der die Welt nach Beendigung der Kriegshandlungen gestaltet werden sollte.

Allein schon das Wort »Kriegshandlungen« befremdete Antonia. Geradezu ungehörig erschien es ihr aber, sich vorzustellen, wie die alten Männer an einem Tisch beisammensaßen und die Beute verteilten, während diese zur gleichen Zeit den Endsieg noch für möglich hielt. Politisch mochte es erforderlich sein, und doch tat es weh. Lächerlich klein kam man sich da vor als einzelner Mensch. Ein winziges Steinchen auf dem riesigen Spielbrett dieser drei Männer, die von dem Sender aus Amerika mit schmückenden Beiworten charakterisiert wurden. Der britische Premierminister Churchill sei der Realist in dieser Runde, hieß es, der sowjetische Partei- und Regierungschef Stalin der Taktiker und der US-amerikanische Präsident Roosevelt der Mittler. Jeden Tag berichtete der Sender über Roosevelt, der schon als schwerkranker Mann zur Konferenz gefahren war. Mitte April starb er an einer Gehirnblutung, und Antonia fragte sich, wie Adolf Hitler diesen nun doch plötzlichen Tod aufgenommen hatte. Den »jüdischen Paralytiker« hatte er Roosevelt beleidigend genannt, wie es von Anfang an Stil der Nationalsozialisten gewesen war. Ob Hitler damit gerechnet hatte, den Gegner nur um zwei Wochen zu überleben?

Antonia wunderte sich, daß die Nachricht von Hitlers Tod sie kaum bewegte. Wohl hätte es sie interessiert, wie er gestorben war. Die ›Stimme aus Amerika‹ hatte darüber nichts verlauten lassen. Sicher würde man aber bald Genaueres erfahren. Immerhin war es der Führer des deutschen Volkes, der ums Leben gekommen war, auf welche Weise auch immer. Ob durch das Attentat eines Offiziers, der Zugang zum Bunker der Reichskanzlei hatte, durch eine Bombe oder durch Geschütze der Roten Armee, die längst in Berlin eingedrungen war: alles war möglich. Vielleicht hatte er sich sogar selbst getötet, weil er einsah, daß er verloren hatte. Gefangen wie eine Maus in ihrem Loch hockte er mit den letzten Getreuen in seinem Bunker und wartete auf den Einsatz einer Befreiungsarmee, von der in Wahrheit nur noch ein kläglicher, halbbewaffneter Rest übriggeblieben war.

Erst zehn Tage zuvor hatte Hitler seinen sechsundfünfzigsten Geburtstag gefeiert, wozu die Bonzen der Partei noch ein letztes Mal angereist waren. Nach außen hin entspannt und jovial, applaudierten sie den Lobeshymnen, die Goebbels in der halbzerstörten Reichskanzlei auf seinen Führer hielt: »Ein Mann von wahrhaft säkularer Größe, einer Standhaftigkeit, die die Herzen erhebt.« Ob den Anwesenden der Doppelsinn der Laudatio bewußt wurde? Als die Feier vorbei war, verließen sie Hals über Kopf im Autokonvoi die bedrängte Stadt.

Nur ein paar von ihnen blieben zurück, ihrem Führer ergeben bis zum Ende. Auch Goebbels mußte als Gauleiter von Berlin wohl oder übel gemeinsam mit seiner Familie dort ausharren.

Über die BBC hatte Antonia schon im März erfahren, daß Hitler einen Befehl ausgegeben hatte, den der Sender als »Nero-Befehl« bezeichnete. »Wenn der Krieg verlorengeht«, hatte Hitler erklärt, »wird auch das Volk verloren sein. Es ist nicht notwendig, auf die Grundlagen, die das deutsche Volk zu seinem primitivsten Weiterleben braucht, Rücksicht zu nehmen. Es ist im Gegenteil besser, selbst diese Dinge zu zerstören. Denn das Volk hat sich als das schwächere erwiesen, und dem stärkeren Ostvolk gehört ausschließlich die Zukunft. Was nach diesem Kampf übrigbleibt, sind ohnehin nur die Minderwertigen, denn die Guten sind gefallen.« Aus diesem Grund sei alles zu zerstören, was sich der Feind in absehbarer Zeit nutzbar machen könnte. Daß damit der deutschen Bevölkerung sämtliche Lebensgrundlagen entzogen wurden, kümmerte den geliebten Führer wenig. Man müsse hoffen, hieß es im Funk des britischen Feindes, daß dem Befehl dieses Mannes, der am Ende von allem stand, nicht mehr Folge geleistet werde.

Längst hatte der Mann im Bunker den Kontakt zum Volk verloren. Der Großdeutsche Rundfunk meldete zwar, der Führer habe Berliner Lazarette besucht und sich mit den Ärzten und den Verwundeten mitfühlend unterhalten. Doch wem half es noch, wenn er mit bebenden Händen an den erbärmlichen Pritschen vorbeischlich, geduckt, wie man ihn in den Wochenschauen der vergangenen Monate erlebt hatte? Nur eine Kapitulation hätte noch Menschenleben retten können. Doch dazu war er nicht bereit.

Ob er sich vorstellen konnte, dachte Antonia, wie die Flüchtlinge aus Ostpreußen bei zwanzig Grad Kälte vor den Russen flohen, die ihnen schließlich den direkten Fluchtweg nach Westen abschnitten, so daß nur noch der Ausweg nach Norden blieb, über das zugefrorene Frische Haff auf die Nehrung und dann über Danzig nach Westen? An manchen Stellen war die

Eisdecke nicht stark genug, und die Trecks brachen ein. Gleichzeitig griffen von oben her Flieger an. Die Bomben trafen die Trecks und schlugen Löcher ins Eis. Wer in der Nähe stand, ging unter ... Für die Überlebenden ging die Flucht weiter auf überfüllten Schiffen, Zielscheibe sowjetischer U-Boote und Tiefflieger. Wer schließlich lebend den Hafen erreichte, fand ein zerstörtes Land vor mit Bewohnern, so hungrig und erschöpft, daß jeder hinzukommende Esser eine Last darstellte und eine Konkurrenz bei der Erhaltung des eigenen Lebens.

Auch im weit entfernten Wels sprach man häufig über diese Tragödien. Jeder wußte davon. Im ganzen Deutschen Reich wurden die Flüchtlinge verteilt, und die Einzelheiten der Schrecknisse drangen wie Rauch in jeden Winkel des einst allzu stolzen Landes.

Ob sich Hitler vorstellen konnte, wie es war, als die Rote Armee das Vernichtungslager Auschwitz erreichte mit über siebentausend lebenden Toten und ganzen Haufen unbestatteter Leichen? Er mußte davon erfahren haben. Bezog er die Schuld auf sich oder glaubte er immer noch, auf seinem Weg zu einem germanischen Weltstaat sei jedes Mittel recht?

Konnte er sich das vernichtete Dresden vorstellen, das einstige Elbflorenz, auf das über siebenhundert Lancaster-Flugzeuge der Royal Air Force ihre Fracht von zweitausendsiebenhundert Bomben abluden? Ein paar Stunden später folgte ein Großangriff von mehr als dreihundert US-amerikanischen Bombern. Rund zwanzig Quadratkilometer der einstigen Siebenhunderttausend-Einwohner-Stadt waren verwüstet. Und als wäre der Schrecken noch immer nicht groß genug, erfolgte am nächsten Tag ein weiterer Angriff auf Trümmer, Ruinen und Leichen. Wie viele Menschen in dieser Hölle ihr Leben verloren hatten, hatte kein Sender, den Antonia hörte, gemeldet.

»Die wollten noch ihre Bomben loswerden, so kurz vor Kriegsende«, hatte der Vater der Straßmaierin gebrummt. »Der Herr wird sie strafen allesamt.«

Die Büchse mit dem Bösen war weit geöffnet. Seit sechs Jahren erfüllte es die Welt. Selbst was anfangs gut gemeint sein mochte – auf welcher Seite auch immer, geriet im Laufe des Krieges zur Schuld. Auch im eigenen Lande, vor der eigenen Haustür, breitete sich das Böse aus, die Unbarmherzigkeit, wenn auch vielleicht nur aus Angst um das eigene Leben. Ob Hitler wußte, daß sein Krieg dazu geführt hatte, daß einfache, wohlmeinende Menschen in seinem Reich der Unterdrückung alles vergaßen, was sie an Gutem gelernt hatten?

Im Februar waren fünfhundert Häftlinge – überwiegend Sowjetoffiziere, die im Todesblock untergebracht waren – aus dem Konzentrationslager Mauthausen geflohen. Sie hofften, bei der Bevölkerung Schutz zu finden, und schwärmten auseinander in die unerbittliche Eislandschaft. Sie klopften an die Türen der Bauernhäuser. Vergeblich. Niemand nahm sie auf. Man hatte Angst: vor den Häftlingen selbst und vor der Strafe, die man zu erwarten hatte, wenn man ihnen half. SS, Hitlerjugend und Volkssturm machten sich auf die Suche nach ihnen. Wer gefunden wurde, wurde erstochen oder erschossen. Die »Mühlviertler Hasenjagd« nannten es die Verfolger, und sie waren stolz auf ihre Effizienz. Nicht alle Häftlinge wurden entdeckt. Einige entkamen nach Norden, und von einigen hieß es, es hätten sich doch barmherzige Seelen gefunden, die ihnen bis zum voraussehbaren Kriegsende Unterschlupf gewährten.

Alle diese Übel hatte er hervorgelockt, der Mann im Bunker. Diese und tausende andere. Doch noch immer gab er nicht auf. Dabei mußte ihm bekannt sein, was sich in der Woche vor seinem Tod in ganz Europa ereignet hatte. Er mußte begriffen haben, daß ihm das Heft längst aus der Hand geglitten war.

Bestimmt wußte er, daß am 25. April die Westalliierten bei Torgau auf die Sowjettruppen getroffen waren und daß die beiden Armeen nun das Deutsche Reich von Westen nach Osten umzingelt hatten. Bestimmt wußte er, daß sein einstiger Mitkämpfer Mussolini von Partisanen erschossen und mit seiner Geliebten kopfunter an einer Tankstelle aufgehängt worden war. Und bestimmt wußte er auch, daß die Stadt Wien, die er so gut gekannt, aber nie geliebt hatte, am 13. April von sowjetischen Truppen erobert worden war und zwei Wochen später die erste österreichische Nachkriegsregierung gebildet wurde, obwohl der Führer, der Herr des Großdeutschen Reiches, angeblich in Berlin heldenmütig dem Feind entgegentrat.

Es war, dachte Antonia, als ob der Krieg ein Organismus wäre, mit einem Herzen, zu stark, um endlich zu sterben. Vielleicht leitete aber dieser Tod in Berlin nun das Ende der Kämpfe ein. Vielleicht war dies ein barmherziger Tag – ihn glücklich zu nennen oder gut, hätte seine Bedeutung verfälscht. Die Hoffnung auf eine Beendigung des Bösen war jedenfalls größer geworden mit dem Ableben dieses Mannes, der in seiner Hybris die Büchse der Pandora geöffnet hatte.

2

Noch nie in ihrem Leben war Antonia so rastlos und unruhig gewesen. Jeden Morgen, wenn sie aufwachte, dachte sie als erstes, daß sie etwas tun mußte, um ihre Situation und die ihrer Kinder zu verändern. Obwohl das Jagdhaus von freien Feldern umgeben war und ihr Blick weit reichte, fühlte sie sich gefangen. Die meiste Zeit des Tages war sie mit Enrica und Lilli allein. Sie lernte mit ihnen für die Schule, verrichtete die Hausarbeit, und ab und zu ging sie ins Dorf oder zum Straßmaierhof, um die Milch zu holen. Die flüchtigen Gespräche in den Dorfläden und mit der Bäuerin waren Antonias einziger Kontakt mit der Außenwelt.

Doch auch die Straßmaierin konnte den alltäglichen Umgang, den Antonia vermißte, nicht ersetzen. Seit Rudi zum Volkssturm eingezogen worden war, hatte sich die Familie verändert. Bedrückt und traurig waren sie, wie ein Mensch, der einen Arm verloren hat und nicht mehr zupacken kann. Nur noch selten kam Fröhlichkeit auf. Dann lachten sie zwar, brachen aber gleich wieder ab, als wäre es eine Sünde, sich zu freuen, wenn der älteste Sohn im Krieg war und damit in ständiger Lebensgefahr.

In den letzten Tagen hatte sich die Stimmung auf dem Straßmaierhof ein wenig entspannt. Jemand, den die Straßmaierin nicht kannte, hatte im Dorf erzählt, er habe Rudi an der ungarischen Grenze getroffen. Es gehe ihm gut, und er freue sich schon, seine Familie bald wiederzusehen.

Als die Straßmaierin davon erfuhr, war sie trunken vor Glück. Sie wartete darauf, daß der Bote zu ihr auf den Hof kam, um seine frohe Nachricht zu überbringen. Doch er erschien nicht, obwohl sie ein Geschenk für ihn bereitgelegt hatte: guten, fetten Speck, das beste, was man sich wünschen konnte. Als nach ein paar Tagen sicher war, daß er nicht mehr auftauchen würde, verlor sich die Straßmaierin wieder in Sorge. War der Mann ferngeblieben, weil ihm der Weg zum Hof zu weit war? Oder hatte er nur so dahergeredet, um sich interessant zu machen?

»Weißt du, Frau Bellago«, sagte sie zu Antonia, »ohne den Buben wäre mein Leben nichts mehr wert.«

Antonia versuchte, sie zu beruhigen. Sie wußte genau, wie sich die Straßmaierin fühlte, aber im Vergleich zur Angst der Mutter schien ihr jeder Trost nur wie ein leeres Klischee.

»Haben Sie noch ein wenig Geduld, Kathi!« sagte sie leise. »In ein paar Tagen ist der ganze Spuk vielleicht schon vorbei.«

Das war ihre Art, sich gegenseitig anzureden: Die Straßmaierin verwendete das ihr vertraute Du, weigerte sich aber, Antonia beim Vornamen zu nennen. »Eine Frau Bellago kann ich doch nicht mit dem Vornamen anreden!« antwortete sie entsetzt auf Antonias Vorschlag. Antonia hingegen hatte Schwierigkeiten mit dem Du. Dafür ging ihr der Vorname mühelos von den Lippen. Dies waren wohl nicht nur die Unterschiede zwischen Hochsprache und Dialekt, sondern auch zwischen Stadt und Land. Doch sie hatten sich beide bald daran gewöhnt und merkten es schon nicht mehr.

Zu Cäcilia Zweisam hatte Antonia nach wie vor keinen Kontakt. Doch seit der Sache mit dem Gewehr grüßte Cäcilia wenigstens, und manchmal ließ sie zu, daß ihre Zwillinge mit Enrica und Lilli spielten. Kein einziges Mal forderte sie aber die Mädchen auf, auf Besuch zu ihnen zu kommen. Antonia war froh, daß sich die beiden darüber nicht wunderten und keine Fragen stellten. Sie hatten es von Anfang an nicht anders gekannt und glaubten wohl, daß die meisten Menschen auf dem Land eben so wären.

Auch mit Marie war Antonia seit ihrem langen Gespräch nicht mehr zusammengetroffen. Zwar grüßten sie einander und blieben manchmal auf ein paar unverfängliche Worte beieinander stehen. Doch mehr ergab sich nicht, obwohl Antonia fühlte, daß auch Marie einsam war. Ein einziges Mal nahm Antonia ihren Mut zusammen und erzählte Marie, daß sie den Schwiegereltern in einem Brief von der gemeinsamen Aussprache berichtet habe und hoffe, der Brief sei angekommen. Immerhin habe sie ihn eine Woche vor der überlokalen Posteinstellung abgeschickt.

Marie schwieg erst lange. Dann nickte sie und fragte, ob Antonia sonst noch Nachrichten erhalten habe. Antonia wußte, wen sie meinte.

»Leider nicht«, antwortete sie. »Und Sie? Haben Sie etwas über Thomas erfahren?«

Marie verneinte ebenfalls. Dann hatten sie einander nichts mehr zu sagen, obwohl da so vieles gewesen wäre, das ihnen zu denken gab. Sie verabschiedeten sich verlegen und gingen ihrer Wege. Antonia fragte sich, ob auch Marie enttäuscht war, und drehte sich um, um Marie nachzusehen. Als sich Marie jedoch ebenfalls umwandte, eilten sie beide weiter, als wären sie bei einer Indiskretion ertappt worden.

Oberdonau, das vielleicht bald wieder Oberösterreich heißen würde, befand sich inzwischen fast zur Gänze in der Hand der feindlichen Truppen. Die Sowjetarmee drang von Osten her nach Linz vor, die Amerikaner von Westen. Mit jeder Nachricht neuer Eroberungen wuchs Antonias Beunruhigung. Sie hatte

Angst, die Truppen könnten vor ihr nach Linz kommen und ihr damit den Weg abschneiden. Wer weiß, wie lange es dann dauern würde, bis man sich wieder frei bewegen konnte. Womöglich waren Ferdinand und Peter bereits aus dem Krieg zurückgekehrt, während sie selbst noch immer auf dem Land festsaß.

Am 2. Mai meldete der Rundfunk, daß US-Pioniere in Hitlers Geburtsstadt Braunau einmarschiert waren. Eine schwache deutsche Kompanie stellte sich ihnen entgegen. Auf beiden Seiten gab es Verluste, doch dann zog das 20. US-Armeekorps weiter in Richtung Ried.

Antonia geriet in Panik. Am nächsten Tag würden die amerikanischen Truppen weiter vorrücken. Vöcklabruck, Attnang und Schwanenstadt würden ihre Etappenziele sein. Danach bestimmt Wels. Damit aber würde ihnen der Weg nach Linz offenstehen, und die Straße, auf der Antonia zurückkehren wollte, befände sich in der Hand der Amerikaner.

Im Dorf flüsterte man sich zu, die umliegenden Orte hätten nicht vor, Widerstand zu leisten. Die weißen Fahnen lägen längst bereit, auch wenn es der Gauleiter in Linz nicht wahrhaben wollte. Noch zwei Tage zuvor hatte er einen Magistratsbediensteten standrechtlich verurteilen und hinrichten lassen, weil dieser erklärt hatte, der Waffenstillstand stehe unmittelbar bevor, innerhalb von vierundzwanzig Stunden werde es eine neue Regierung geben und ein freies Österreich. Antonia dachte, daß der Mann wohl die gleichen Sender abgehört hatte wie sie selbst und daß es immer noch lebensbedrohlich war, sein Wissen zu offenbaren.

Inzwischen hatte sich herumgesprochen, daß der Führer nicht im heldenhaften Kampf gefallen war, sondern sich zusammen mit seiner langjährigen Gefährtin Eva Braun, die er vor seinem Tod noch ehelichte, im Bunker selbst getötet hatte. Antonia dachte, daß auch der Gauleiter diese Wahrheit erfahren haben mußte. Wie seltsam war es da, daß er sogar noch nach dem Tod seines Idols dessen mißlungenem Beispiel folgte und an der verlorenen Sache wider jede Vernunft festhielt.

Dann wußte sie auf einmal, was zu tun war. »Wir brechen auf!« sagte sie in einem raschen Entschluß, der in Wahrheit aber schon lange in ihr gereift war. »Los, wir fahren nach Hause!« Da jubelten die Mädchen auf, und ihre Augen leuchteten.

Betroffen dachte Antonia, daß sie nie gemerkt hatte, wie sehr Enrica und Lilli ihre Heimatstadt vermißten – oder vielleicht auch nur das Haus, in das sie gehörten, und die Menschen, die darin lebten – oder das Leben, das sie dort geführt hatten. Ihre Kindheit, die trotz allem sorglos gewesen war. Es fragte sich, ob sie bei ihrer Rückkehr dieses Paradies noch vorfinden würden.

Sie räumten das Jagdhaus auf, packten das Auto voll und liefen noch schnell zu den Straßmaiers, um sich zu verabschieden. Auch bei Marie versuchten sie es, doch sie war nicht zu Hause.

Am nächsten Morgen sperrte Antonia mit dem großen schwarzen Schlüssel die Tür des Jagdhauses zu und sicherte sie noch zusätzlich mit dem mächtigen Vorhängeschloß. Ein Rückzugsort war dieses Haus für sie und ihre Kinder gewesen, eine Art Schutzzone, in der sie sich vor den Bomben versteckt hatten. Sie hatten hier Sicherheit gefunden. Doch heimisch waren sie nicht geworden.

Für die übrige Bellago-Familie mochte dieses Haus eine ganz andere Bedeutung haben: eine Stätte früherer Begegnungen, ein Platz des unbeschwerten Vergnügens und der Freundschaft. Zuletzt aber ein Ort der Schuld, wie auch das ganze Land und das ganze Volk sich beladen hatten mit der Schuld des Tuns oder Unterlassens.

3

Unsicher lenkte Antonia den Wagen über den Zufahrtsweg zur Straße. Bevor sie einbog, hielt sie noch einmal an, ohne den Motor auszuschalten. Sie blickten zurück in der Hoffnung, irgend jemanden zu sehen, der ihnen zum Abschied winkte, damit die Zeit, die sie hier verbracht hatten, doch noch mit einem Anflug menschlicher Zuwendung abgesegnet würde.

Doch es war noch zu früh am Morgen. Vielleicht war ihre Abfahrt deshalb unbemerkt geblieben. Vielleicht aber stand Cäcilia Zweisam hinter den Gardinen ihres Schlafzimmers und schaute ihnen nach, oder Marie tat das gleiche, wenn auch mit anderen Gefühlen.

Erstaunt gestand sich Antonia ein, daß sie die junge Frau auf eine schüchterne, ängstliche Weise ins Herz geschlossen hatte. Während sie zurückblickte und nur die beiden Häuser sah, aber nicht deren Bewohner, wurde ihr bewußt, was sie die ganze Zeit bemerkt hatte, ohne daß es an die Oberfläche ihrer Gedanken gelangt wäre: wie ähnlich Marie ihrem Vater war und wie ähnlich auch den beiden Mädchen, vor allem Enrica. Die gleiche schlanke, hochgewachsene Gestalt, die gleichen schmalen Hände, das gleiche volle, wellige Haar.

Es gab sogar Ähnlichkeiten, dachte Antonia, die über Ferdinands Person hinausgingen und auf irgendeinen längst vergessenen Vorfahren hinwiesen. Der leichte, rasche Gang vor allem, die geschickten Bewegungen, so anmutig und unbefangen: darin glichen sich Marie und Enrica, wohingegen Ferdinands Gestus manchmal zögernd wirkte, fast ein wenig linkisch. Halbgeschwister waren sie, Marie und die beiden Mädchen. Doch die Kinder hatten es nicht erfahren, und Marie war ihnen nicht entgegengekommen.

Noch immer wog die Schuld der Eltern schwer. Hieß es nicht in der Bibel, sie bleibe bestehen bis ins dritte oder vierte Glied? Wie lange, dachte Antonia, würde dann erst das deutsche Volk an seiner Schuld zu tragen haben? Etwa, bis es niemanden mehr gab, der an ihr gelitten hatte, und niemanden, der sich dafür verantwortlich fühlte? Sollte vergessen werden oder gebüßt? Was war das eigentlich: Sühne?

Sie fuhren durch den Hohlweg und vorbei am Straßmaierhof, wo sich der Truthahn in morgendlicher Frische aufplusterte und die Gänse ihnen selbstbewußt den Weg versperrten.

Dann weiter an Kirche, Schule und Friedhof vorbei, vorbei auch an den beiden Schlössern und dann den Aigner Berg hinunter bis zur Brücke. Wie oft sie diesen Weg gegangen oder mit dem Rad gefahren waren. Immer mit dem Gefühl, nur provisorisch, nur für eine kurze Zeit hier zu sein, bis endlich die Männer aus dem Krieg zurückkamen und die Familien wieder vollständig waren.

In der Stadt herrschte Chaos. Alles wartete darauf, daß die ersten amerikanischen Panzer am westlichen Stadtrand auftauchten. Dann würde man die Fenster öffnen und die weißen Laken hinaushängen zum Zeichen, daß man aufgegeben hatte und um Nachsicht bat. Um Gnade, Humanität und Barmherzigkeit. Genau genommen: um Frieden.

Frieden: nichts anderes wollte man. Nach nichts anderem sehnte man sich. Frieden, endlich Frieden! Daß alle wieder beisammen waren, die zusammengehörten. Daß die Tage begannen, ohne daß man fürchten mußte, den Abend nicht mehr zu erleben. Daß man für die Zukunft planen und etwas aufbauen konnte, das stehenblieb und wachsen durfte, ohne daß feindliche Waffen es zerstörten oder man selbst von seinem Werk vertrieben wurde. Frieden wollte man haben. Eine Heimat. Ein Dach über dem Kopf. Später dann Arbeit. Ein tägliches Auskommen. Und Sicherheit. Ja, Sicherheit: die vermißte man am meisten. Ohne sie schlich sich die Angst ein. Die Sorge. Man fühlte sich krank, wenn die Sicherheit fehlte. Der Körper folgte der Seele. Wenn sie nicht bei sich war, kam auch er aus dem Tritt. Friede: mit weißen Fahnen an den Häusern fing er an. Mochten die Soldaten in ihren Panzern, Jeeps und Lastwagen begreifen, daß keine wilden Tiere aus den Fenstern auf sie herunterstarrten, sondern Menschen, die um Hilfe baten.

Niemand hielt sie auf. In ihrem Schuh trug Antonia die Fahrgenehmigung mit sich, die ihr Beate Horbach verschafft hatte. Antonia wagte nicht, den Zettel offen hinzulegen, war sie sich

doch nicht sicher, daß die Unterzeichner des Scheins überhaupt noch das Sagen hatten.
Nichts war mehr eindeutig. Vielleicht war es ein Irrtum zu glauben, die Amerikaner kämen nur von Westen. Vielleicht tauchten sie auf einmal aus einer nördlichen Nebenstraße auf und stoppten das elegante Automobil, das nicht mehr in diese Welt paßte und nicht zu denen, mit denen es sich die Straße teilte: Pferdefuhrwerke, Fahrräder, Motorräder, Flüchtlinge zu Fuß mit Schubkarren oder Kinderwagen, in die man die Überbleibsel eines ganzen Lebens gestopft hatte; Elendszüge aus den Lagern: ganz schnell noch wollte man die lästigen Zeugen vor den Augen der Eroberer verstecken, da es nun nicht mehr möglich war, sie einfach zu verbrennen oder zu verscharren. Was der Krieg übriggelassen hatte, wälzte sich über die lange Straße, die das ganze Land von Westen nach Osten durchzog. Würden alle, die hier unterwegs waren, irgendwann ankommen, wohin auch immer sie wollten?

Sie wußten nicht, wie viele Stunden es gedauert hatte, bis sie sich der Stadt Linz näherten. Zerstörte Häuser, ausgebrannte Dachstühle. Die Straße voller Risse und Löcher. Halbe Kirchtürme, entlaubte Bäume, schwarz vom Ruß ... Als Antonia in die Stadt hineinfuhr, blickte sie hinüber zu den Hängen des Mühlviertels am anderen Donauufer. Die Sieger würden die Stadt teilen, hatte der Rundfunk gemeldet. Südlich der Donau wollten die Amerikaner das Regiment übernehmen, im Norden – in Urfahr und darüber hinaus – die Russen.
Zum ersten Mal in ihrem Leben spürte Antonia, daß sie diese Stadt liebte. Im Laufe der Jahre war sie ihr zur Heimat geworden, nachdem sie sich zu Anfang immer noch als Großstädterin gefühlt hatte. Als eine junge Frau, die aus dem eleganten Wien aufs Land geheiratet hatte, in die enge Provinz. Nun, da die Stadt so verletzt und verletzbar vor ihr lag, war Antonia voller Kummer wie um ein lebendiges Wesen, das zu

leiden hatte. Linz, dachte sie, so anmutig an der Donau gelegen, so arglos – vom falschen Liebhaber auserwählt.

Auf ihrem Weg sah sie ein Plakat, in Eile gemalt und beschriftet: »Oberdonau wird gehalten!« stand da mit der Unterschrift des Gauleiters. Oberdonau wird gehalten, wiederholte Antonia, innerlich voller Zorn. Wie wollt ihr es denn noch halten, wenn die Amerikaner schon morgen hier einmarschieren werden mit der ganzen Wucht ihrer unerschöpflichen Armee und ihrer Waffen. »In Oberdonau wird gestanden und gekämpft!« schrie es an der nächsten Kreuzung, wo Panzer eine breite Sperre errichtet hatten, hinter der eilige SS-Männer Säcke hin- und herschleppten.

Antonia erschrak. Der Befehl des Führers fiel ihr ein, den er wie ein tödliches Vermächtnis ausgegeben hatte, kurz bevor er sich das Leben nahm. Der Nero-Befehl. *Wenn der Krieg verloren geht, wird auch das Volk verloren sein. Es ist nicht notwendig, auf die Grundlagen, die das deutsche Volk zu seinem primitiven Weiterleben braucht, Rücksicht zu nehmen. Im Gegenteil ist es besser, selbst diese Dinge zu zerstören.*

»Was machen die Männer da?« fragte Enrica erstaunt. »Bauen die da ein neues Haus?«

Antonia antwortete nicht. Nein! schrie es in ihr. Nein, die zerstören das alte; die zerstören alles, was wir benötigen. Wahrscheinlich sind sie schon dabei, Sprengsätze an den Pfeilern der Donaubrücken anzubringen. An unseren wichtigsten Gebäuden. An unseren Kraftwerken und Bahnhöfen.

Wer waren denn nun die wahren Feinde des Volkes? Die Soldaten in den fremden Uniformen, die Unterwerfung verlangten, oder die Männer aus den eigenen Reihen, die einem Befehl aus dem Totenreich gehorchten? Wer hilft uns noch, dachte Antonia, da wir uns nicht einmal mehr selbst helfen können?

Sie bogen in die Allee ein, das Ziel ihrer kurzen, beschwerlichen Reise. Inzwischen war es fast Mittag geworden. Die Sonne schien warm und angenehm. Auch die Straße selbst kam ihnen auf den ersten Blick fast unversehrt vor. Der neue Frühling hatte die Bäume wieder belaubt, so daß sie mit ihrem sattgrünen Blätterdach die Wundmale des Krieges verdeckten.

Antonia merkte, daß auch die Mädchen voller Unruhe waren. Was würde sie erwarten an dem kleinen Punkt der Welt, den sie als Heimat betrachteten? So winzig im Vergleich zum Ganzen und doch riesengroß in seiner Bedeutung für sie selbst.

Sie steuerte auf die Villa zu. Von fern sah alles aus wie immer. Auch als sie näher kamen und Antonia immer langsamer fuhr, weil sie so sehr zitterte, schien sich seit ihrer Abreise kaum etwas verändert zu haben.

»Alles ist heil!« schrie Lilli plötzlich außer sich vor Begeisterung, und Antonia und Enrica mußten laut lachen, weil auch sie so erleichtert waren und weil sie zum ersten Mal seit Jahren das Wort »heil« mit Entzücken vernahmen.

»Alles steht noch!« jubelte auch Enrica und reckte sich aus dem geöffneten Fenster.

Erst jetzt merkte Antonia, daß ihre Kinder das gleiche befürchtet hatten wie sie selbst. Mit einem Ruck hielt sie an und sperrte das Gartentor auf, um zur Garage zu fahren. Als sie das Garagentor öffnete, hielt sie erschrocken inne. Der ganze Garagenraum, mit Platz für zwei große Limousinen, war von oben bis unten vollgestopft mit Möbeln, Haushaltsgegenständen und Kisten. Die Reste eines fremden Haushalts, denn nichts davon kam Antonia bekannt vor. Irgendwann einmal war dieser Haushalt vielleicht gepflegt gewesen. Hier aber wirkte alles nur wie Gerümpel.

Ernüchtert machte Antonia die Tür wieder zu. »Gehen wir ins Haus«, sagte sie leise. Seit Monaten hatte sie nichts von den Schwiegereltern gehört. Alles konnte mit ihnen geschehen sein. Alles.

HAUPTPLATZ

I

Sie hatten sich verändert. Antonia kam es vor, als wären ihre Schwiegereltern um einen ganzen Kopf kleiner geworden. In früheren Zeiten hatten sie in ihrer Stadt eine wichtige Rolle gespielt. Man hatte zu ihnen aufgeblickt und auf sie gehört. Dann war Hitler gekommen mit seinen prahlerischen Landsknechten, und die Bellagos und ihresgleichen hatten sich zurückgezogen, weil sie erkannten, daß ihre Energie und ihr Einfluß nicht ausreichen würden, die braune Flut einzudämmen.

Nun hatte ihnen der Krieg den Rest gegeben. Die Kraft von einst hatte sich verzehrt: an den Bombentagen, durch den Hunger, die Angst und die Resignation. Franz Josef Bellago, dessen mächtige Stimme vormals meineidige Zeugen entlarvt und ehrliche eingeschüchtert hatte, war leise geworden, vorsichtig und traurig. Es muß hart für ihn sein, dachte Antonia, als er so müde vor ihr stand, es muß hart sein, sich gegen Ende eines einst so erfolgreichen Lebens einzugestehen, daß man zum Schluß doch verloren hat.

»Warum seid ihr zurückgekommen?« fragte er und konnte dabei seine Augen nicht von seinen Enkeltöchtern wenden. Wie groß Enrica geworden war! Fast schon ein erwachsenes Mädchen. Dabei war es doch erst gestern gewesen, daß sie den eitlen Pfarrer, der sich in diesen letzten Kriegstagen in kaum erklärbarer Weise zu einem selbstlosen Helden wandelte, für den lieben Gott gehalten hatte. »Warum seid ihr nicht im Jagdhaus geblieben? Gerade jetzt, wo alles zusammenbricht!«

Antonia legte ihre Hand auf seinen Arm. »Es ist schon zusammengebrochen, Vater«, erwiderte sie. »In Wien gibt es eine neue Regierung. Versteh doch: Die Nazis sind besiegt.«

Franz Josef Bellago schüttelte den Kopf. »Nicht in dieser Stadt«, widersprach er. »Der Gauleiter ist entschlossen, bis auf den letzten Mann zu kämpfen. Nach seinem Wunsch soll diese Stadt eine Festung sein. Die letzte vielleicht, die das Vermächtnis seines Führers erfüllt.«

»Aber Hitler hat doch selbst aufgegeben! Empfangt ihr denn keine Nachrichten? Linz liegt nicht auf einer Insel. Bestimmt hat sich Wels inzwischen ergeben, und die Amerikaner marschieren auf unsere Stadt zu. Eine einzige Geste des Nachgebens genügt, und wir können von vorne beginnen.«

Hella Bellago lächelte bitter. »Von vorne?« fragte sie. »Mit über siebzig Jahren?«

Antonia sah zu, wie Lilli die Großmutter umfing. Ganz sicher verstand sie nicht, worum es ging. Sie fühlte nur die Trauer der geliebten Oma, die nie ein hartes Wort für sie gehabt hatte. »Warum nicht?« fragte Antonia. »Wir müssen es sogar: neu anfangen. Wo doch alles zu Ende ist.«

Sie setzten sich in den Salon. Paula brachte Tee. Ihr aufgezwungener Arbeitsplatz in den Hermann-Göring-Werken war von den Bomben zerstört worden. Da war Paula einfach heimgegangen und hatte sich wieder bei den Bellagos gemeldet. Vielleicht würde bald auch ihr Mann zurückkommen, da man die Deutschen vom Balkan vertrieben hatte. Vielleicht wurde alles wieder gut.

»Was sind das für Sachen in unserer Garage?« erkundigte sich Antonia.

»Sie gehören einem alten Professor aus dem Gymnasium, einem Dr. Wieland«, sagte Hella Bellago. Er sei ausgebombt worden, und man habe ihn und seine Frau im Gartenhaus untergebracht. »Eine kluge Lösung«, meinte sie. »So haben wir vermieden, daß man uns Flüchtlinge ins Haus setzt.« Sie schwieg eine Weile. Alle dachten wohl an die beiden Hamburgerinnen, von denen niemand mehr etwas gehört hatte.

»Die Stadt ist voll mit Flüchtlingen«, fügte Franz Josef Bellago hinzu. »Sie sind überall. Nachts schlafen sie sogar im Volksgarten. Sie sind alle bettelarm. Haben alles verloren. Wie soll unsere Stadt eine solche Belastung verkraften?«

Dann fingen sie an, zu erzählen. Die Bellagos berichteten von den Bombenangriffen der Amerikaner, von der täglichen Angst, die sie zermürbt hatte, vom Hunger und der ständigen Jagd nach Lebensmitteln. »Wie Steinzeitmenschen«, murmelte Franz Josef Bellago und ballte die Faust, als gelte es, einem wilden Tier entgegenzutreten. Dann ärgerte er sich über den eigenen Scherz und verfiel in Schweigen. Seine Frau legte die Hand auf seinen Arm, als wollte sie ihn beruhigen.

Antonia sah es mit Staunen. In früheren Zeiten hätten sich ihre Schwiegereltern niemals zu Gesten der Zärtlichkeit hinreißen lassen. Wahrscheinlich hätten sie sich sogar dafür geschämt, als gäben sie damit ihre Souveränität preis, in ihren Augen eines der höchsten Güter eines bürgerlichen Menschen.

Nun ergriff Antonia das Wort. Vorsichtig berichtete sie von ihrem Alltagsleben im Jagdhaus. Sie wollte die Schwiegereltern nicht gleich zu Beginn mit dem Thema überfallen, das gewiß immer noch schmerzlich für sie war. Doch die Kinder unterbrachen sie lebhaft und erzählten von den Straßmaiers und dann auch von Marie.

Antonia hatte das Gefühl, als würden ihre Schwiegereltern nun noch ein wenig kleiner. Noch ein wenig vorsichtiger und ängstlicher. Dann aber richtete sich Hella Bellago auf. Entschlossen faltete sie die Hände vor sich auf dem Schoß, wie um zu sich selbst nicht den Kontakt zu verlieren. »Wir haben deinen Brief gelesen, Antonia«, sagte sie leise, doch mit fester Stimme. »Wir haben lange darüber nachgedacht und alles erwogen.« Sie hob den Kopf. »Es war ein guter Brief, und wir danken dir dafür. Du hast damit eine alte Last, die wir immer

mit uns getragen haben, ein wenig leichter gemacht.« Sie schaute ihren Mann an, als wollte sie ihm Gelegenheit geben, sich ebenfalls dazu zu äußern. Als er beharrlich schwieg, fuhr sie fort: »Wir wollen mit Ferdinand darüber reden, wenn er wieder da ist. Aber ich möchte in meinem Testament verfügen, daß diese junge Frau nach meinem Tod das Jagdhaus erben soll.«
»Marie Zweisam?«
Hella Bellago nickte. »Ja«, antwortete sie. Dann sprach sie zum ersten Mal den Namen des Menschen aus, dem sie einst die Existenzberechtigung versagen wollte. »Ja«, wiederholte sie. »Ich spreche von Marie Zweisam.«
»Ferdinand ist bestimmt damit einverstanden«, sagte Antonia. »Marie selbst wird anfangs vielleicht Bedenken haben. Aber dann wird sie es begreifen. Sie ist ein ungewöhnlicher Mensch, müßt ihr wissen.«
Franz Josef Bellago nickte bedächtig. »So haben wir das nach deinem Brief auch verstanden«, stimmte er zu.
Es war still im Haus. Die Mädchen schmiegten sich an die Großeltern, als wollten sie sich nie mehr von ihnen trennen.

»Da ist noch etwas«, sagte Hella Bellago plötzlich.
Antonia hielt den Atem an. »Ferdinand?« fragte sie und wurde so blaß, daß Lilli aus ihrer Geborgenheit aufschreckte.
Franz Josef Bellago schüttelte den Kopf. »Peter«, sagte er. »Er ist hier. Er ist oben.«
Antonia sprang auf. Schon lange war sie nicht mehr von einer solchen Woge der Freude überflutet worden. »Das sagt ihr mir erst jetzt?« rief sie und wollte zu ihrem Bruder eilen. »Das ist doch eine wunderbare Nachricht!«
Hella Bellago erhob sich ebenfalls. »Warte, Antonia!« sagte sie leise. »Du mußt vorher noch etwas wissen.«
Antonia erschrak. »Ist er verletzt?« fragte sie mit zitternder Stimme. »Invalide? Blind?«
Hella Bellago verneinte. »Er hat keine Verwundung. Keine des Körpers. Er ist nur sehr …«, sie zögerte, »sehr niederge-

schlagen. Das alles war wohl zuviel für ihn. Er muß sich erst erholen.«
»Ist er deshalb nicht heruntergekommen? Er muß uns doch gehört haben!«
Hella Bellago hob bedauernd die Hände. »Vielleicht auch nicht«, murmelte sie. »Er kümmert sich nicht um seine Umgebung. Aber er ist ja auch erst seit zwei Tagen wieder hier.«
Antonia ließ sich nicht mehr aufhalten. Sie lief die Treppe hinauf und stürmte, ohne anzuklopfen, in Peters Zimmer.
Sie sah ihn sofort. Er saß an seinem großen Rechtsanwaltsschreibtisch, den ihm Franz Josef Bellago für seine Hausaufgaben zur Verfügung gestellt hatte. Der Tisch stand in einiger Entfernung vor dem Fenster. Peter saß davor, mit dem Rücken zur Tür. Er bewegte sich nicht, als Antonia eintrat. Das erste, was ihr auffiel, waren seine kurzgeschnittenen Haare und daß er trotz der Wärme einen Soldatenmantel trug.
»Peter!« rief sie. Als er sich nicht umdrehte, ging sie zu ihm und wollte ihn umarmen. Doch er schreckte zurück und wandte sich ab. Da küßte sie ihn nur auf die Wange und setzte sich ihm gegenüber.
»Dir geht es aber gar nicht gut«, stellte sie bekümmert fest.
Er sah sie nicht an, sondern starrte vor sich hin auf die Tischplatte.
»Was ist passiert?« fragte sie liebevoll. »Was haben sie dir angetan?« Rudi Straßmaier fiel ihr ein, den man wie Peter einfach weggeholt hatte. Ob auch er eines Tages in der Bauernstube sitzen würde, ohne den Zugang zu den Seinen wiederzufinden?
Peter hob den Blick. »Mir fehlt nichts«, sagte er leise. »Ich bin nur ein wenig müde.« Seine Hände lagen ausgestreckt vor ihm auf dem Tisch. Als Antonia sie ergreifen wollte, zog er sie zurück.
»Bist du desertiert?« fragte Antonia. »Mach dir keine Sorgen deswegen. In Wien gibt es bereits eine neue Regierung. Eine österreichische! Niemand kann dir etwas anhaben.«

Er zuckte die Achseln.

»Hast du böse Dinge erlebt?« fragte Antonia weiter. »Etwas, das du nicht vergessen kannst?«

Er antwortete noch immer nicht. Antonia hätte ihn am liebsten gepackt und geschüttelt. »Peter!« rief sie. »Der Krieg ist vorbei! Auch diese Stadt wird sich bald ergeben. Dann haben wir Frieden. Wir fangen ein neues Leben an. Bauen alles wieder auf. Es wird nicht leicht sein, und es wird wahrscheinlich lange dauern. Aber wir werden es schaffen. Vielleicht können wir schon im nächsten Sommer zu den Eltern nach Italien fahren. Sie werden sich so freuen, wenn wir sie besuchen!«

Eine flüchtige Röte schoß über Peters Wangen. Dann war er wieder so blaß wie zuvor. Antonia merkte, daß sie im Augenblick nicht an ihren Bruder herankommen würde. Obwohl er ihr gegenübersaß, war er doch auf eine beklemmende Weise weit fort. Unerreichbar, und er wollte auch gar nicht erreicht werden. Es war wohl das Beste, ihm Zeit zu geben.

»Ruh dich aus«, sagte Antonia zärtlich. »Denk ruhig nach über das, was du erlebt hast. Aber grüble nicht zu lange. Du bist noch so jung! Laß nicht zu, daß es dich lähmt.« Sie trat zu ihm und legte ihm eine Hand auf die Schultern. »Und zieh bitte diesen Mantel aus. Das ist Kriegskleidung. Die brauchst du nicht mehr.«

Er schüttelte ihre Hand ab. »Laß mich!« sagte er. »Und geh jetzt, bitte!«

In diesem Augenblick hörten sie Schüsse, noch weit entfernt. Es klang wie im Jagdhaus, wenn die Stadt Wels bombardiert wurde. Doch hier gab es keine Flugzeuge mehr.

»Was ist das?« fragte Antonia erschrocken.

Er blickte auf. »Artillerie«, erklärte er. »Wahrscheinlich greifen sie die Stadt an. Das ist dein Frieden!«

Antonia kam sich auf einmal naiv und töricht vor. Wie hatte sie die Nachrichten aus den Feindsendern ungeprüft glauben können? Wie hatte sie ihre Kinder dieser Gefahr aussetzen können, da es doch nicht notwendig gewesen wäre, so

schnell zurückzukommen?«Was sollen wir tun?« fragte sie kleinlaut.
 Peter stand auf. »Geht in den Keller«, sagte er nüchtern. »Wartet dort, bis es vorbei ist. Mehr kann man nicht machen.«
 »Aber du kommst mit!«
 Er schüttelte den Kopf und setzte sich wieder.
 Antonia ging zur Tür. »Ich muß mich um die Mädchen kümmern«, erklärte sie. »Aber eigentlich fühle ich mich auch für dich verantwortlich.« Sie spürte, daß sie gleich weinen würde. »Ich bin deine Schwester. Hast du das vergessen?«
 Da wandte er sich kurz zu ihr um. »Es wird schon wieder«, sagte er und lächelte. Es sah aus, dachte Antonia, als ob für einen kurzen Moment ein Sonnenstrahl durch ein schattiges Zimmer gehuscht wäre.

2

Schon seit Stunden saßen sie im Keller, die meiste Zeit ohne Licht. Sie hatten ein Radio bei sich und ließen es eingeschaltet. Von Zeit zu Zeit gab es wieder Strom. Dann wurde es plötzlich hell, und aus dem Radio drangen die neuesten Meldungen. Der Gauleiter rief auf, »mit jedem Mittel das Ausstecken weißer Fahnen zu verhindern«. Gleichzeitig beruhigte er die Bevölkerung: Es gebe das Gerücht, ganz Linz solle in die Luft gesprengt werden. Das sei eine infame Lüge. Es gehe der Wehrmacht nur darum, die militärischen Anlagen »zu lähmen und zu zerstören«, damit sie nicht vom Feind genutzt werden konnten.
 Dann fiel wieder der Strom aus. Es wurde dunkel. Nach und nach verloren sie das Zeitgefühl. Sie hörten das Donnern von Kanonen und das Knattern der Flak. Als das Radio erneut in Gang kam, wurde erbitterter Widerstand gemeldet. Deutsche Jäger seien vom Feldflughafen Raffelding aufgestiegen, um die Amerikaner im Raum Eferding anzugreifen. »Wir halten durch. Wir geben nicht auf.«

Paula erhob sich mit schmerzendem Rücken und ging hinauf in die Küche, um etwas zum Essen zu holen. Antonia folgte ihr. Hier oben in der Diele schallte der Kriegslärm noch viel lauter als im Keller. Antonia blieb stehen. Nach kurzer Überlegung begab sie sich nicht in die Küche, sondern stieg zu Peters Zimmer hinauf. Sie hoffte, ihren Bruder schlafend vorzufinden. Viel Ruhe würde helfen, seine Seele zu heilen.
Doch er saß immer noch am Tisch. Ganz dunkel war es im Zimmer, nur das kriegerische Gewitterleuchten erhellte für kurze Augenblicke den Raum.
»Schläfst du?« flüsterte Antonia.
Sie bekam keine Antwort, doch sie war sicher, daß Peter wach war.
Das Geschützfeuer draußen verstärkte sich.
»Erzähl es mir!« bat Antonia. Sie zog den Sessel zu sich heran und setzte sich neben ihren Bruder. Als sie sein Gesicht im Blitzschein der Explosionen aufzucken sah, dachte sie entmutigt, daß er ja doch nicht sprechen würde. Nie mehr vielleicht, wie es auch für den kleinen Moritz keine Heilung gegeben hatte. Der Krieg zerstörte nicht nur die Körper der Menschen, sondern auch ihre Seelen. Wer konnte wissen, wie diese Generation weiterleben würde, die in ihren empfänglichsten Jahren durchs Feuer gegangen war?
Da fing Peter plötzlich doch an zu reden. Ganz leise, wie zu sich selbst, und mit langen Unterbrechungen, als dächte er über das Gesagte nach oder versuchte, es sich erst richtig in Erinnerung zu rufen.
»Immer wieder wurden wir zu Exekutionen eingeteilt«, berichtete er in fast sachlichem Ton. »Es gab unheimlich viele, weil so viele Kameraden desertierten. Vor allem die ganz jungen. Ich selbst hatte lange Zeit Glück und wurde nicht zum Erschießungskommando berufen.« Er schwieg. Antonia ergriff seine Hand und küßte die Fingerspitzen. Peter ließ es geschehen. »Dann war es aber eines Tages doch soweit«, fuhr er fort. »Ich hatte schon oft darüber nachgedacht, was ich in einem

solchen Fall tun würde. Ich nahm mir vor, einfach danebenzuschießen. Aber diese Idee hatten auch schon andere gehabt.« Er wandte Antonia das Gesicht zu. »Man kann das kontrollieren, weißt du.«

Von unten her fragte Paula, ob alles in Ordnung sei. Antonia ging zur Tür und antwortete, Paula solle ruhig in den Keller gehen. »Ich komme bald nach.«

Dann setzte sie sich wieder zu Peter. Er redete weiter, als hätte er die Unterbrechung gar nicht bemerkt.

»Man sagte mir, daß man mich für den nächsten Morgen eingeteilt hätte. Ich war wie vor den Kopf geschlagen, aber ich wußte nicht, wie ich dem Ganzen entkommen konnte. Dann erfuhr ich, daß einer meiner engsten Kameraden unter den Delinquenten war. Vom ersten Tag im Volkssturm an kannte ich ihn. Ein Bauernbursche, so alt wie ich. Auch die beiden anderen waren mir bekannt.« Er senkte den Kopf. »Verstehst du, Antonia? Da war diese Mauer, vor der die drei mit verbundenen Augen stehen würden. Da waren die drei Männer, die ich kannte. Und ihnen gegenüber würde dann ich stehen, mit noch zwei anderen. Unsere Aufgabe würde es sein, auf die drei Kameraden an der Mauer zu zielen und abzudrücken. Und das, obwohl sie nur getan hatten, was wir selbst auch gern getan hätten!«

Er schwieg lange. Das Licht hinter der angelehnten Tür zum Korridor leuchtete eine Weile auf, als der Strom wiederkam, und zwischen den Schüssen draußen hörte man ein Radio im Zimmer der alten Bellagos. Dann wurde es wieder finster, und das Radio verstummte.

»Wir nächtigten im Freien, in einer Art Schloßgarten«, fuhr Peter fort. »Ich hatte das Gefühl, daß ich der einzige war, der nicht schlief. Nur die Wache ging ständig auf und ab. Ich konnte nicht aufhören, an den kommenden Morgen zu denken. Zur Abschreckung sollte unsere ganze Abteilung dabeisein, wenn die drei exekutiert würden.« Seine Stimme wurde noch leiser. Eigentlich flüsterte er nur noch, hastig und außer Atem. »Da dachte ich mir: Das mache ich nicht mit. Mit so etwas auf dem Gewissen kann ich nicht leben. Ich bin der Sohn meines Vaters, der oft sagte, er wisse zwar nicht immer ganz genau, was richtig sei und was falsch, er wisse aber sehr wohl, was er sich unter keinen Umständen auf die Seele laden wolle... Da wurde ich ganz ruhig. Ich dachte, ich überlasse die Entscheidung einfach dem Schicksal. So stand ich auf, ergriff meine Sachen und schlich zur Mauer. Schon bei Tag hatte ich gesehen, daß es dort ein Spalier gab, wahrscheinlich für Wein. Ich fing an, hochzuklettern. Die Wache war noch immer unterwegs. Ich hörte, wie sie hinter mir näher kam. Trotzdem kletterte ich weiter. Die ganze Zeit war ich überzeugt, gleich würde man mich anschreien oder mir vielleicht sogar ohne Warnung in den Rücken schießen. Doch nichts geschah. Als ich oben angelangt war, setzte ich mich auf die Mauer und schaute hinunter.« Peters Stimme zitterte. »Ich sah den Kameraden, der die Wache hielt, schräg unter mir stehen. Er schaute mir direkt ins Gesicht. Es war, als sprächen seine Augen mit den meinen. Schieß doch! wollte ich rufen. Mach's kurz!... Doch er drehte sich um und setzte seine Runde fort, als hätte er mich nicht bemerkt. Da sprang ich die Mauer draußen hinunter und lief davon, bis ich Deckung gefunden hatte. Dann machte ich mich auf den Weg nach Hause. Es dauerte lange, aber es war nicht schwierig. Nur der Hunger machte mir zu schaffen. Einmal wollte ich schon aufgeben, aber da stand ich plötzlich an der Donau! Ich brauchte nur noch am Ufer entlangzugehen und mich in Linz durch abgelegene Straßen nach Hause zu schleichen.«

Antonia ließ seine Hand los. »Ich bin so froh, daß du hier bist!« flüsterte sie. »Du hast das Richtige getan.«

Peter schwieg. »Möglicherweise«, sagte er dann. »Aber inzwischen sind sie tot, weißt du.«

Antonia merkte, wie sich ihr Bruder wieder verschloß. »Du hättest es nicht verhindern können!« rief sie beschwörend. »Du hast keine Schuld.«

»Vielleicht nicht«, murmelte er, wie zu sich selbst. »Aber ich lebe, und sie nicht. Ist das nicht Schuld genug?«

3

Generaloberst Rendulic, dessen Namen anscheinend jedes Kind in der Stadt kannte, von dem Antonia aber noch nie gehört hatte, lehnte es ab, die Stadt kampflos zu übergeben. Er verlangte vom Stadtkommandanten, er solle Haus für Haus in Straßenkämpfen verteidigen lassen.

Sie hörten es im Radio. Die ganze Nacht hatten sie im Keller verbracht. Inzwischen war auch der Gast aus dem Gartenhaus mit seiner Frau dazugekommen. Die beiden waren erst im Bunker gewesen, doch dann konnte die Frau des Professors dort nicht mehr atmen. So waren sie während einer kurzen Feuerpause zur Villa Bellago zurückgelaufen.

Aus Richtung Grammastetten, berichteten sie, sei starkes Artilleriefeuer gekommen. Ein Krankenpfleger, der ihnen unterwegs begegnete, habe ihnen gesagt, es habe durch die Angriffe viele Tote gegeben. Doch auch die schon vorher Verwundeten könne man nur schwer versorgen. Die Lage in den Krankenhäusern und Lazaretten sei katastrophal. Bisher seien Zwangsarbeiter für die Leichentransporte und die Beerdigungen zuständig gewesen. Nun habe man den Helfern aber erzählt, das Regime sei entmachtet. Da seien sie einfach stiften gegangen, und nun lägen die Leichen auf den Gängen herum, und niemand wisse, wie es weitergehen solle.

Als der Morgen dämmerte, waren sie noch immer im Keller. Die Mädchen schliefen zusammengerollt auf einer Gartenliege, die Fanni ein Jahr zuvor heruntergetragen hatte. Sie wachten nicht einmal auf, als eine riesige Detonation das ganze Haus erschütterte, und die Erwachsenen alle aufschrien und sich aneinander klammerten. War das nun wirklich das Ende? Hatten die Nazis wahrgemacht, was sie angekündigt

hatten, und würden nun die ganze Stadt in die Luft sprengen?
Doch nichts dergleichen geschah. Es war auf einmal sogar so still, daß die gemarterten Ohren ein Pfeifen zu vernehmen glaubten, das in Wirklichkeit gar nicht existierte.

»Wahrscheinlich haben sie ein Waffenlager gesprengt«, sagte Professor Wieland und putzte sich den Staub von der Brille.

»Der Mann, den wir getroffen haben, sprach davon. Ich glaube, er sagte, in Lichtenberg sei so etwas geplant.«

Seine Frau nickte. »Es ist unvorstellbar, welchen Einblick diese einfachen Leute haben, die mitten im Leben stehen«, sagte sie. Es klang, als wäre sie auf einer Jubiläumsfeier der Schule ihres Mannes und machte Konversation mit einem Vorgesetzten vom Ministerium.

Sie öffneten die Tür und horchten nach oben. In der Diele schlug die kleine Uhr die fünfte Morgenstunde. Im gleichen Augenblick ging das Licht wieder an, und im Radio knackte es. Nach einer kurzen Verzögerung meldete sich der Gauleiter mit ein paar hochtrabenden Bemerkungen in Goebbelsschem Stil, die alles Mögliche bedeuten konnten. Erst im letzten Satz enthüllte sich die Realität: »Die Stadt geht nach tapferer Gegenwehr verloren.« Dann knackte es wieder. Das Radio schwieg, doch das Licht blieb an.

Sie warteten noch eine Weile. Sie wußten, daß die Entscheidung nun gefallen war. Zugleich hatten sie Angst vor dem, was die neue Lage bringen würde. So schwiegen sie, jeder in seine eigenen Gedanken versunken. Sie schreckten erst auf, als die beiden Mädchen fast gleichzeitig erwachten, sich verschlafen streckten, gähnten und erklärten, sie hätten Hunger.

Alle atmeten erleichtert auf, als wäre hiermit das wahre Leben zurückgekehrt. Auch Franz Josef Bellago lächelte und schob alle trüben Überlegungen beiseite. »Ihr seid hungrig? Dann werden wir hinaufgehen und etwas essen«, sagte er in unternehmungslustigem Ton, als wäre Essen das Selbstverständlichste der Welt.

Stundenlang blieben sie am Tisch sitzen, obwohl es nur wenig zu verzehren gab, weil es guttat, nicht allein zu sein und sich in der Gegenwart der anderen zu verlieren. Die Zeit verging, ohne daß der Rundfunk eine weitere Meldung brachte. Seit dem frühen Morgen hatte man keine Schüsse mehr gehört. Trotzdem hatten alle das Gefühl, daß draußen etwas im Gange war und eine endgültige Entscheidung bevorstand. Wenn die Stadt, wie der Gauleiter gesagt hatte, verloren war, mußte das doch auch bedeuten, daß sie daraufhin übernommen wurde.

Und dann war es soweit. Durch die Meldungen des Rundfunks hatten sie Anteil daran, als wären sie selbst im Zentrum des Geschehens: Um elf Uhr mittags rasselten amerikanische Panzer der 11. US-Panzerdivision auf den Adolf-Hitler-Platz und besetzten ihn. Fast gleichzeitig wurde die Einnahme im ganzen Land gemeldet. Er hieß jedoch nicht mehr »Adolf-Hitler-Platz«, sondern »Hauptplatz« – wie früher.

Ein amerikanischer Befehlshaber wurde eingesetzt, der sofort ein Ausgehverbot verkünden ließ. Nur zwei Stunden am Morgen und zwei Stunden am Abend dürfe man das Haus verlassen. »Wer sich nach diesem Zeitpunkt auf der Straße befindet, wird erschossen«, hieß es weiter. Und: »Wenn aus einem Haus geschossen wird, werden fünf Häuser dem Erdboden gleichgemacht.« Der sanfte Friede mußte wohl erst mit harter Hand organisiert werden.

Dann hörten sie weiter, daß Zwangsarbeiter bei ihrem Auszug aus der Stadt Geschäfte, Lager und Wohnungen geplündert hatten und Tausende Häftlinge aus dem KZ Mauthausen befreit worden waren. Viele lagerten im Freien und waren zu schwach, um für sich selbst zu sorgen. Die Kräftigeren hatten selbständig den Weg in die Freiheit angetreten. Ein riesiger Strom ausgemergelter Menschen bewege sich nach Westen, hieß es, um in den überfüllten Krankenhäusern um Hilfe zu bitten.

»Das Sterben geht weiter«, sagte Franz Josef Bellago düster. »In den Krankenhäusern sterben die Verwundeten, in den Lagern die Kriegsgefangenen... und ich frage mich, wie viele sich noch selbst umbringen werden, weil sie keinen Ausweg mehr sehen. Deine Friedenszeit, Antonia, ist noch weit entfernt.«

Doch Antonia hörte ihm nicht zu. Sie dachte an Ferdinand, dem der bevorstehende Friedensschluß schon bald das Tor zur Freiheit öffnen konnte. Ferdinand würde heimkommen, dessen war sie sicher. Sie hoffte nur, daß es nicht mehr lange dauerte.

»Kommt Papa jetzt nach Hause?« fragte Enrica, als hätte sie Antonias Gedanken gelesen.

Antonia lächelte und küßte sie auf die Stirn. »Ja, Eni«, antwortete sie voller Zuversicht. »Ganz bald schon.«

Heimkehr

I

Die Beendigung des Krieges bedeutete noch nicht, daß Frieden war. Neunundsiebzig Monate lang war der Krieg vorbereitet worden, gedauert hatte er achtundsechzig Monate: Europa blieb als ein verwüsteter Kontinent zurück. Das Deutsche Reich, das sechs Jahre zuvor den Angriffskrieg begonnen hatte, mußte sich seinen Gegnern bedingungslos ergeben. Auch das Japanische Großreich kapitulierte nach den verheerenden Folgen der amerikanischen Atombombenangriffe. Mehr als sechzig Millionen Menschen hatten in diesem Krieg ihr Leben verloren; noch viele mehr ihre Heimat und die Gesundheit des Körpers und der Seele. Die Schuldigen suchten zu entkommen: durch Selbstmord, Lüge oder Flucht. Einundzwanzig Hauptkriegsverbrecher stellte man vor Gericht und urteilte sie ab. Ob sie sich ihre Schuld eingestanden hatten?

Die Ostmark gab es nicht mehr. Sie hieß nun wieder Österreich, und aus Oberdonau war wieder Oberösterreich geworden. Trotzdem war nichts mehr wie vor dem Krieg. Das Land wurde aufgeteilt in zwei Besatzungszonen, eine russische im Norden und eine amerikanische im Süden. Die Demarkationslinie teilte die Stadt und sogar die Donau. Urfahr und das Mühlviertel waren fortan russisch, die Stadt Linz selbst amerikanisch. Es war nicht mehr möglich, wie einst die Brücke einfach von einer Seite zur anderen zu überqueren. Die russischen

Soldaten kontrollierten jeden einzelnen Stempel im Ausweis und drohten hin und wieder mit Verhaftung. Ob scherzhaft oder im Ernst, war nicht immer zu erkennen. Ihre amerikanischen Kollegen interessierten sich weniger für die Ausweise, dafür sprühten sie jeden Passierenden mit einer Wolke von Insektenvertilgungsmittel ein. »Wir haben die längste Brücke der Welt«, stellte der neue oberösterreichische Landeshauptmann resigniert fest. »Sie beginnt in Washington und endet in Sibirien.«

Ein einziges Mal hatte Fanni versucht, mit ein wenig Fleisch, Eiern und Sauerkraut die Brücke zu überqueren, um die Bellagos zu besuchen. Noch immer voller Zorn kam sie mit leerem Korb in der Villa an. »Erst haben sie mir schöne Augen gemacht«, erzählte sie empört. »Dann haben sie meinen Korb ausgeleert, und als ich mich beschwere, haben sie gedroht, mich nach Sibirien zu schicken.« Sie senkte den Kopf. »Hoffentlich begegne ich nicht wieder den gleichen Kerlen, wenn ich zurückfahre.«

Sie könne nicht mehr für die Bellagos arbeiten, erklärte sie jedoch, als Antonia sie darum bat. Sie habe endlich einen Mann gefunden, den sie heiraten wolle. »Schon bald, gleich nach dem Erntedankfest.« Sie lud die Bellagos ein, mit ihr zu feiern. »Irgendwie sind Sie doch auch meine Familie«, meinte sie. »Ich möchte, daß das Band zwischen uns nicht abreißt. Und meinen Bräutigam möchte ich Ihnen auch vorstellen. Er sieht gut aus und ist nicht dumm. Ich hätte es schlechter treffen können.«

Mit Freude erkannte Antonia, daß Fanni verliebt war. »Er erbt den Hof seiner Eltern«, erklärte sie. »Eigentlich sind wir Nachbarn. Unsere Höfe sind nur eine halbe Stunde Fußweg voneinander entfernt. Wir kannten uns schon immer, aber irgendwie haben wir uns nie richtig wahrgenommen. Ohne den Krieg wäre bestimmt nichts aus uns geworden. Das ist aber auch schon das einzig Gute an dem Schlamassel.«

Sie war noch immer so hübsch und rundlich wie früher. Die

Kriegsjahre und die Akkordarbeit hatten ihre Züge nicht verhärtet. Es tat fast weh, sie gegen Abend wieder gehen zu lassen.

»Kommen Sie bald wieder, Fanni!« sagte Hella Bellago in ungewohnt herzlichem Ton. Dann bat sie Fanni, noch kurz zu warten. Sie ging hinauf in ihr Zimmer und kam mit einer Halskette zurück, an der ein Kreuz mit einem roten Stein hing. »Mein Verlobungsgeschenk«, erklärte sie. »Aber verstecken Sie es in Ihrem Kleid, sonst nehmen es Ihnen die Russen womöglich noch weg.«

Antonia schaute ihre Schwiegermutter nachdenklich an. Wie freigebig Hella Bellago auf einmal Geschenke verteilte! War dies ihre Art, Abschied zu nehmen, weil sie das Alter spürte und vielleicht meinte, bald keine Gelegenheit mehr zu haben, anderen etwas zu schenken?

Sie begleiteten Fanni zum Gartentor und winkten ihr nach. »Wir werden alle zu Ihrer Hochzeit kommen«, versprach Antonia. »Vielleicht ist sogar mein Mann bis dahin zurück.«

Fanni nickte. »Das wäre schön«, sagte sie. »Er ist ein so feiner Mensch.« Dann stieg sie auf ihr Rad und fuhr davon in ihren Teil des Landes, der auf einmal so fern zu liegen schien.

Es war nicht einfach, in der Stadt zu leben. Noch immer funktionierte die Stromversorgung nur unzureichend. Und auch an allem anderen fehlte es. Je nach Art der geleisteten Arbeit stand dem einzelnen eine bestimmte Lebensmittelration pro Tag zur Verfügung, die jedoch den meisten nicht genügte. Vor allem Mehl, Kartoffeln und Fett waren knapp. So fuhr man – wie schon die Großeltern nach dem Ersten Weltkrieg – aufs Land und tauschte bei den Bauern die wenigen Wertgegenstände, die einem der Krieg noch gelassen hatte, gegen alles, was man essen konnte. Die Kinder durchsuchten die Abfalltonnen der Besatzungstruppen nach verwertbaren Essensresten und bettelten bei den Soldaten um Kaugummi und Schokolade. Daß die älteren Mädchen für Nylonstrümpfe zu allerlei Zugeständnissen bereit waren, verursachte mancher Familie Kummer und Scham.

Man sehnte sich nach dem guten Leben. Man sehnte sich nach Glück. Man sehnte sich nach Menschen: nach denen, die man aus den Augen verloren hatte, oder nach solchen, mit denen man neu beginnen konnte. So einsam waren viele durch den Krieg geworden! Verlassen und ohne Bindung. Noch immer gab es in der Nacht mehr Tränen als Gelächter.

Wie geht es dem? Was ist aus jenem geworden? Nach allen fragte man, die man einmal gekannt hatte. Je mehr man erfuhr, um so vollständiger wuchs das Bild der einstigen Welt wieder zusammen. Der eigenen Welt, die einmal überschaubar gewesen war und eigentlich schön.

Auch Antonia stellte solche Fragen, und ihre Schwiegereltern antworteten ihr, so gut sie konnten. Beate Horbach gehe es gut, erzählten sie. Ihre Haut sei wieder makellos, und sie verbringe die meiste Zeit mit ihrer Tochter, die von einem Berliner Nazi geschieden sei. Ihr Vater habe die Scheidung noch kurz vor dem Zusammenbruch durchgeboxt und seine Tochter nach Linz zurückgeholt. Paula wußte sogar, daß der Notar inzwischen für die Amerikaner tätig war. Zwar habe man ihn beschuldigt, mit den Nazis paktiert zu haben. Doch er konnte beweisen, daß er nicht einmal Parteimitglied gewesen war. Außerdem bescheinigten ihm mehrere Linzer Bürgerfamilien, die über jeden Zweifel erhaben waren, daß er sie häufig gegen die Interessen der Nazis unterstützt hatte.

Die Amerikaner glaubten es gern. Ein Weltmann wie Horbach mit derartigen Sprachkenntnissen! Sogar seine Frau und seine Tochter parlierten fließend Englisch. Welch ein Gewinn für die wenigen Damen der amerikanischen Kolonie, so einsam und ausgesetzt in diesem barbarischen Land!

Auch über Emmi Janus wurde geredet, deren Geschäfte den schlechten Zeiten trotzten: Sie äußerte sich nun abfällig über die Braunen, die ihr zum Schluß doch noch den einzigen Sohn aus der Backstube geholt und zum Volkssturm geschickt hatten. Niemand wußte, wohin er geschickt worden war. Er galt als vermißt, was sich für manche fast so schlimm anhörte wie »gefallen«. Doch Emmi Janus ließ sich nicht unterkriegen. Nicht, solange es keine Gewißheit gab, daß ihrem Sohn und Erben wirklich etwas zugestoßen war. Ihr Mann war weniger hoffnungsvoll. Man erzählte sich, er säße manchmal in der aufgeräumten Backstube und weine wie ein Kind. Ein guter Mensch sei er, sagten alle. Ein nachsichtiger Vater und ein dämlicher Ehemann. Aber so war es wohl, wenn ein zögerlicher Mensch eine so tüchtige Frau heiratete. Wie Emmi Janus allerdings zu ihren beiden Prachtbauten auf dem Hauptplatz gekommen war, darüber sollte noch geredet werden!

2

Auch Antonia wartete, wartete wie ihre ganze Familie und mit jedem Tag ungeduldiger. Seit der Befreiung von Paris war sie überzeugt, daß sich Ferdinand in englischer Kriegsgefangenschaft befand. Inzwischen hatten der Rundfunk und die seit Juni erscheinenden ›Oberösterreichischen Nachrichten‹ berichtet, daß mehr als dreieinhalb Millionen deutscher Soldaten in englische Gefangenschaft geraten waren. Man war dabei, diese Belastung abzubauen. Seit Juni wurden jeden Tag dreizehntausend Angehörige der ehemaligen Wehrmacht entlassen und nach Hause geschickt.

In den Wochenschauen des Non-Stop-Kinos, das wieder eröffnet worden war, wurde gezeigt, wie Frauen auf den Bahnsteigen auf ihre Männer zuliefen, wenn sie aus dem Zug stiegen. Antonia kämpfte jedesmal mit den Tränen, wenn sie diese Szenen sah. Sie fragte sich, wie die Frauen wissen konnten, daß ihre Männer mit genau diesem Zug ankommen würden. Hatte man sie benachrichtigt? Oder standen sie womöglich den ganzen Tag am Bahnhof und warteten?

Antonia selbst hatte bisher noch keine Mitteilung bekommen, daß Ferdinand zurückkehren würde. Auch hatte sie noch nie von jemandem gehört, der eine solche Nachricht erhalten hatte. So wartete sie weiter. Jedesmal, wenn es an der Tür läutete, fing ihr Herz an zu klopfen. Dann lief sie hin, riß die Tür auf und ließ enttäuscht die Arme sinken, weil es irgend jemand war, der da stand. Irgend jemand, nur nicht Ferdinand.

Die Schwiegereltern bemerkten Antonias Ungeduld und ließen sich davon anstecken, und auch die Mädchen standen immer öfter am Fenster, als könnten sie auf diese Weise die Rückkehr des Vaters beschleunigen. Trotzdem fanden sie sich erstaunlich gut in ihrer neuen Lebenswelt zurecht. Wenn sie an Antonias Seite über Schuttberge kletterten, dann waren das für sie wirklich nur Schuttberge und nicht die Reste von Häusern, die von Menschen mit ihrer Hände Arbeit errichtet worden waren, auf die man gespart und die man gepflegt hatte. Den ständigen Geruch nach Staub und kaltem Rauch nahmen sie ebenso selbstverständlich hin wie die unzähligen Flüchtlinge, die hungrig und verzweifelt die Stadt bevölkerten.

Wahrscheinlich hatte es noch nie eine Generation gegeben, die so sehr der Gegenwart verhaftet war, dachte Antonia; was vergangen war, zählte nicht mehr. Die Plakate und Schriften an den Wänden beachteten sie kaum. »Unsere Kirchen sind vernichtet. Das hat Hitler angerichtet!« hieß es da. Oder: »Nieder mit den alten Nazis!« Oder auch nur die Zahl 666, die kreuzweise durchgestrichen war. Antonia konnte diese Inschrift nicht deuten. Doch ihr Schwiegervater erklärte ihr, 666 sei in der Apokalypse die Zahl des Teufels. Franz Josef Bellago nickte dazu. Der Gedanke gefiel ihm, sie in den Zusammenhang zu bringen, der offenkundig gemeint war.

Jeden Tag geschah etwas Neues. Bald sollte auch der Unterricht in den Schulen wieder beginnen. Vor allem Lilli konnte es kaum erwarten. Antonia hatte Enricas alten Ranzen vom Dachboden geholt und ihn für Lilli hergerichtet, daß er fast wie neu aussah. Seither lief Lilli den halben Tag lang damit herum, und in der Nacht nahm sie ihn mit ins Bett.

Auch Enrica freute sich auf die Schule. Sie hatte ihre Freundin Berti wiedergetroffen. Nach anfänglicher Verlegenheit hatte ihr Berti gestanden, sie würde nun doch gern versuchen, ins Gymnasium überzutreten. Durch den Krieg seien alle Schüler aus dem Lernrhythmus gekommen. Deshalb war es möglich, sogar zwischendurch neu anzufangen. Ihre Mutter habe nun nichts mehr dagegen. Zur Not, meinte Franz Josef Bellago, dem Enrica alles erzählte, würde er selbst die Sache in die Hand nehmen und mit den Behörden in Kontakt treten. Keinem Kind, das so begabt war wie Berti, sollte durch seine Abstammung die Zukunft verbaut werden.

Nur Peter reagierte nicht, er blieb apathisch. Man werde Schulklassen einrichten, wurde gemeldet, die auf den Kriegsdienst der Gymnasiasten Rücksicht nahmen. Auch wolle man den Stoff dem knappen Zeitraum anpassen, der für die Vorbereitung zur Matura noch zur Verfügung stand. Die jungen Menschen hatten genug Opfer gebracht. Sie sollten nicht auch noch Zeit verlieren, sondern schnell und unbehindert zur Universität geführt werden. So viele Männer waren nicht aus dem Krieg zurückgekehrt. Man brauche den Nachwuchs für den Wiederaufbau. Man brauche die Jungen, Gesunden, Kräftigen, die zupacken wollten, wenn es darum ging, im Land einen neuen, bescheidenen Wohlstand aufzubauen.

Doch Peter, dachte Antonia, war nicht gesund und kräftig. Er war müde und gebrochen. Die meiste Zeit verbrachte er allein in seinem Zimmer. Schon ein kurzer Besuch störte ihn. Er war nicht mehr der charmante, lebhafte Junge von einst. Er war ein Soldat, der den Krieg nicht aus den Knochen brachte. Noch immer wollte er sich nicht einmal von dem Mantel, mit dem er zurückgekommen war, trennen, als läge ein Winter vor ihm, der so kalt war, daß man ohne dieses Kleidungsstück erfrieren würde.

Er trug den Mantel von morgens bis abends. Selbst in der

Sommerhitze legte er ihn nicht ab. War er ein Panzer für ihn, der ihn schützen sollte? Oder war er die Strafe, mit der er sich belastete, weil er überlebt hatte? Antonia hätte weinen mögen, wenn sie ihren Bruder sah, wie er an seinem Schreibtisch saß und zu leben versäumte. Sie flehte ihn an, den Mantel abzulegen und in die Sonne hinauszugehen. Doch Peter antwortete nur, sie solle ihn in Ruhe lassen. Ihm gehe es gut.

3

Der Sommer neigte sich dem Ende zu. Die Trümmer in der Stadt waren weitgehend fortgeräumt. Nur vereinzelte Mauern und Ruinen standen noch, doch es war abzusehen, daß man auch sie bald niederreißen und neue Gebäude errichten würde. Menschen mit viel Geld tauchten auf und erklärten ihre Bereitschaft, zu investieren. Menschen, die gut genährt waren und an die Zukunft glaubten. Vor allem aber an den Profit. Vielleicht brauchte man solche wie sie, die das Materielle schätzten und das Gegenteil von dem vertraten, was die Nazis propagiert hatten.

Ideologien waren tot. Von ihren Vertretern wollte keiner mehr etwas wissen. Sogar den Gauleiter hatte man eingesperrt, und wie sein Prozeß ausgehen würde, darüber bestand kein Zweifel. Nicht einmal der Gedanke an Hitler spielte noch eine große Rolle. Zwar fiel sein Name in fast jedem Gespräch, aber immer beiläufiger, als erwähne man ein Familienmitglied, das kriminell geworden war und mit dem man nichts mehr zu tun haben wollte. Letztlich waren sie doch schnell vergangen, die tausend Jahre der Nationalsozialisten, dem Himmel sei Dank!

Sie saßen am Mittagstisch und aßen eine Suppe aus Brennesseln, die Paula hinter dem Gartenhaus geerntet hatte. Zwei große Körbe voll hatte sie gebraucht. Da sie keine Handschuhe angezogen hatte, war sie bis zu den Ellbogen hinauf voller juckender Pusteln. Die Ausbeute des Ganzen war ein kleiner Topf Suppe, gerade ausreichend, daß jedes Familienmitglied einen Teller davon bekam. Dazu gab es für jeden eine klobige Schnitte Schwarzbrot mit einer dünnen Schicht Margarine. Während Paula die Brote schmierte, erinnerte sie sich mit Wehmut an die vornehmen Weißbrotschnittchen, die man vor dem Krieg serviert hatte. Sie konnten gar nicht dünn genug sein. Aber damals wußte man auch noch nicht, was Hunger war.

Es schmeckte ihnen. Langsam und bedächtig löffelten sie die Suppe und kauten ihr Brot, als müßten sie sich jeden Bissen merken.

»Gut ist das!« lobte Lilli, die die Zeit vor dem Krieg nicht gekannt hatte.

In diesem Augenblick läutete es an der Tür. Wie immer zuckte Antonia zusammen. Doch Paula war schon aufgestanden, um zu öffnen. Man hörte einen leisen Aufschrei und dann ein aufgeregtes Flüstern. Paula kam zurück und holte ein Gedeck aus dem Schrank. Ohne eine Miene zu verziehen, stellte sie einen Teller hin und legte einen Löffel dazu. Dann brachte sie den Topf aus der Küche und goß den Rest der Suppe in den Teller. Dazu servierte sie auf einem Dessertteller ein großes Stück Brot, das viel dicker beschmiert war als die übrigen.

Alle sahen ihr zu. Sie wußten, etwas war geschehen, und irgendwie ahnten sie alle, was es war. Trotzdem blieben sie sitzen, warteten sie mit klopfendem Herzen und zitternden Händen. Dann schauten sie zur Tür, die noch offenstand. Franz Josef Bellago legte eine Hand auf die Brust, dorthin, wo sein Maschinchen so heftig arbeitete. Seine Frau flüsterte: »Mein Gott!« Antonia erhob sich langsam.

Dann war er da. Stand in der Tür. Hochgewachsen, wie sie ihn in Erinnerung hatten, aber erschreckend schmal. Die Uniform schlotterte um seinen Körper. Sein Gesicht war braun von der Sonne, doch die Wangen waren eingefallen. Trotzdem sah er gut aus. Vielleicht lag es an seinem Blick: so erwartungsvoll und sicher, daß seine Heimkehr große Freude auslösen würde. Daß alle hier auf ihn gewartet hatten und glücklich waren, ihn wiederzuhaben. Ferdinand Bellago, dem sie den Platz bei Tisch freigehalten hatten. Jetzt konnte er ihn wieder einnehmen. Er war wieder zu Hause.

Sie stürzten sich auf ihn, umarmten ihn und warfen ihn fast um. Die Mädchen hingen an ihm wie Kletten, und Lilli küßte sein Gesicht ab. Sie schleppten ihn fast zu seinem Platz und sahen zu, wie er die Suppe löffelte. Wie hungrig er sein mußte!

Alle redeten auf ihn ein. Er antwortete geduldig, während schon die nächsten Fragen auf ihn niederprasselten. Als er fertiggegessen hatte, kam Paula mit einer großen Portion Rührei aus der Küche. Sogar Speckstücke waren dazwischen. Eigentlich wäre das das Essen für abends gewesen, und es war für alle zusammen gedacht. Paula warf einen besorgten Blick auf Antonia, doch die nickte zustimmend.

»Zu Hause schmeckt es am besten«, sagte Ferdinand. Es war ihm anzusehen, daß er in letzter Zeit nicht viel bekommen hatte, was ihm schmeckte. Dann wurde er plötzlich nachdenklich. »Dieses Essen hier«, sagte er langsam, »die Suppe: war das eine Vorspeise für euch oder das Hauptgericht?«

Antonia lächelte. »Sie war deine Vorspeise«, antwortete sie sanft. Während sie ihn ansah, fiel ihr wieder die Ähnlichkeit mit Enrica und Lilli auf und auch mit Marie. Wenn er sich daheim eingelebt hatte, würde sie ihm von Marie erzählen. Sie würde ihm den Brief zu lesen geben, in dem alles stand, was Marie berichtet hatte. Bestimmt würde es ihm guttun, zu erfahren, daß ihm Mira Zweisam vergeben hatte. Miranda. Ferdinands Miranda, die auf dem Friedhof lag und doch in ihrer Tochter weiterlebte.

Er ging hinauf, um sich frisch zu machen. Paula hatte schon den Badeofen eingeheizt. Nach so vielen Jahren würde Ferdinand Bellago endlich wieder ein warmes Bad genießen können. Sogar Badesalz war noch vorhanden. Antonia hatte es über den Krieg hinweg für diesen Tag aufgehoben.

Dann waren sie endlich allein. Erst jetzt konnte man Ferdinand ansehen, daß er müde war. Drei Tage sei er unterwegs gewesen, erzählte er. Aber das spiele keine Rolle. Hauptsache, endlich wieder daheim!

Er zog die Uniform aus und wußte nicht, wo er sie ablegen sollte in diesem schönen, sauberen Zimmer, in das ein Kleidungsstück wie dieses nicht paßte.

»Darf ich sie verbrennen?« fragte Antonia vorsichtig. »Sie soll dich nicht an den Krieg erinnern oder an die Gefangenschaft.«

Da lächelte er erleichtert. »Weg damit, so schnell wie möglich!« rief er.

Dann verschwand er im Bad. Antonia legte ihm frische Sachen aufs Bett. Wahrscheinlich würde ihm alles zu groß sein. Ferdinand würde sich wohl von seinem Vater Hosenträger ausleihen müssen, bis er wieder in seine Kleidung paßte.

Sie rollte die Uniform zu einem Bündel zusammen und ging hinaus, während im Bad Wasser in die Wanne strömte.

Als sie an Peters Zimmer vorbeikam, sah sie, daß die Tür offenstand. Sie konnte sich nicht erinnern, daß dies in den letzten Wochen irgendwann einmal vorgekommen wäre. Stets war Peter darauf bedacht gewesen, alle aus seinem Leben auszuschließen.

In einem raschen Entschluß klopfte sie an und trat ein. Sie war enttäuscht, als ihr Bruder wie immer mit dem Rücken zur Tür an seinem Schreibtisch saß. »Darf ich hereinkommen?« fragte sie leise.

Er antwortete nicht, doch es schien ihr, als hätte er genickt.

Da trat sie ein und setzte sich ihm gegenüber, wie schon so oft. Sie legte das Bündel mit Ferdinands Uniform vor sich auf den Tisch. »Ich verbrenne das Zeug«, kündigte sie an, als sie Peters fragenden Blick bemerkte. »Ich verbrenne das Zeug und damit den Krieg. Wir wollen nichts mehr damit zu tun haben.«

Sie sah ihn lange an. »Willst du mir nicht auch deinen Mantel geben?« fragte sie dann. »Solange du damit herumläufst, kommst du nie von all dem los.«

Peter schüttelte den Kopf.

»Ferdinand wird bestimmt seine Kanzlei wieder eröffnen«, fuhr Antonia fort. »Wenn du jetzt zur Schule gehst und dann studierst, kannst du bei ihm eintreten. Das wolltest du doch immer. Erinnerst du dich nicht mehr?«

Draußen auf dem Korridor gingen die Mädchen vorbei. Sie lachten und redeten.

»Sie freuen sich, daß ihr Vater wieder da ist«, sagte Antonia leise. »Freust du dich nicht auch ein wenig?«

Peter schaute sie an und zuckte die Achseln.

Antonia wollte nicht aufgeben. »Du bist ein so gutaussehender Junge«, sagte sie. »Schon früher waren die Mädchen hinter dir her, und es hat dir gefallen, leugne es nicht.« Sie lächelte und griff nach seinen Händen, die auf dem Tisch lagen. Er zog sie nicht zurück. »So kann es wieder werden, Peter!« versicherte Antonia eindringlich. »Du wirst dich verlieben und glücklich sein. Gibt es denn niemanden, von dem du manchmal träumst?«

Sie merkte, daß sie ins Schwarze getroffen hatte. Peters Hände zuckten unter ihren Fingern. Er dachte an jemanden, das spürte sie. »Du wirst lieben und geliebt werden«, sagte sie sanft, um ihn nicht durch ihren Eifer abzuschrecken. »Und du wirst tanzen. Das hast du doch immer gern getan. Auch mit mir. Weißt du noch? Du mußt dir einfach die Musik wieder anhören, die du so gern mochtest.« Sie beugte sich über den Tisch und schaute ihm in die Augen. »Weißt du noch?« Dann fing sie an zu singen. Ganz leise und ein wenig atemlos, aber er hörte jedes Wort, das sah sie ihm an.

I'm the Sheik of Araby.
Your love belongs to me.
At night when you're asleep,
Into your tent I'll creep.

Peter errötete. Dann spürte Antonia plötzlich, daß er sich, kaum merklich, im Rhythmus bewegte. Es war, als erinnerte er sich wieder, wer er gewesen war, als käme wieder Leben in seine Augen. Als wäre der traurige Mensch, der eben noch hier gesessen war, plötzlich verschwunden und der wahre Peter hätte seine Stelle eingenommen. Peter Bethany, der den Schalk im Nacken hatte und in Swingmusik vernarrt war. Das Glückskind von einst, den sein Vater seinen kleinen Fortunatus genannt hatte.

Sie sang weiter und plötzlich stimmte er mit ein. Leise, vorsichtig, als könnte er selbst nicht glauben, daß es für ihn noch so etwas gab wie Musik und Vergnügen.

The stars that shine above
Will light our way to love.
You'll rule the land with me.
I'm the Sheik of Araby.

Sie lachte. »Ich bin es!« rief sie. »Suleika! Weißt du noch?«

Da lachte auch Peter plötzlich auf, ganz kurz, und diesmal blieb der Sonnenstrahl im Zimmer.

Antonia stand auf. »Gib mir den Mantel«, sagte sie sanft und streckte die Hand aus. »Bitte!«

Sie konnte es selbst kaum glauben, daß er ihr gehorchte. Zögernd zwar, doch er tat es. Er schlüpfte aus dem Mantel und reichte ihn ihr. Sie nahm ihn, rollte ihn zusammen und fügte ihn dem anderen Bündel hinzu. Dann ging sie schnell aus dem Raum. An der Tür drehte sie sich noch einmal um und lächelte Peter zu, der ein wenig verloren vor seinem Tisch stand, als wäre er beraubt worden.

Sie lief in die Küche und holte Streichhölzer und eine Flasche mit Waschbenzin. Dann eilte sie hinaus in den Garten bis in den hintersten Winkel. Dort warf sie die Uniformen aufeinander, goß das Benzin darüber und zündete sie an. Zu Anfang schossen die Flammen mit einem Zischen empor, doch bald hatten sie Mühe, sich durch den Stoff hindurchzufressen. Widerstandsfähiges Material, dachte Antonia ironisch und holte Paulas Rechen, der an einem Baumstamm lehnte.

Damit schürte sie das Feuer. Als sie die Flammen sah, merkte sie plötzlich, wie Zorn in ihr aufstieg und mehr und mehr von ihr Besitz ergriff. Als entschiede nicht sie selbst, sondern diese jähe Wut in ihr, prügelte sie auf das Feuer ein, bis es nun doch lichterloh brannte. Dieser brennende Haufen verkörperte alles, was ihr und ihrer Familie Leid zugefügt hatte. Es war gut, daß er brannte! Es tat gut, ihn brennen zu sehen. So prügelte und prügelte sie weiter, bis ihr der Schweiß auf der Stirn stand. Prügelte auf Hitler und seine Nazis ein; prügelte auf die Bomber, die die Städte zerstört, und auf die Tiefflieger, die sie selbst zu Tode erschreckt hatten; prügelte auf diese ganzen verdammten sechs Jahre ein, die der Welt das Glück geraubt hatten, die Gesundheit, den Seelenfrieden, die Heimat oder das Leben. Prügelte und prügelte, bis nur noch ein glühender Haufen Asche zurückblieb, in dem die Blechknöpfe blitzten, die eine schöne, lichtblaue Farbe angenommen hatten.

Dann erst atmete sie auf. Ihr war, als hätte sie sich endlich von allen Sorgen befreit. Auch die Wut, die bisher in ihr gewesen sein mußte und die sie sich erst jetzt, angesichts der Flammen, eingestand, war verflogen.

Voller Ruß an den Händen und im Gesicht lehnte sie den Rechen wieder an den Baum. Als sie sich umdrehte, sah sie, daß der Professor und seine Frau vor dem Gartenhaus standen und sie beobachteten.

Auch in der Villa hatte Antonias Aktion Aufsehen erregt. Die Schwiegereltern und Paula waren herausgekommen, und oben auf dem Balkon standen die Mädchen. Doch nicht nur sie. Antonias Herz fing an zu klopfen, als sie Ferdinand erblickte, der am Geländer lehnte, frisch rasiert und umgezogen, und sich zu ihr herunterbeugte. Neben ihm Peter in einem sommerlichen Hemd, das sie schon lange nicht mehr an ihm gesehen hatte. Zwei Zivilisten, dachte sie. Endlich keine Soldaten mehr! Das Schönste aber war, daß alle lachten.

»Was treibst du da?« rief Ferdinand gutgelaunt. »Du hast den Rasen ruiniert.«

Da lachte auch Antonia. »Der wächst wieder nach!« rief sie übermütig. »Aber das Zeug da nicht mehr.«

Dann ging sie zum Haus zurück. Schnell und immer schneller. Sie hatte es auf einmal ganz eilig, wieder bei den andern zu sein. Sie wußte, daß dies ein Moment ihres Lebens war, den sie nie vergessen würde. Er war nicht vollkommen, denn Vollkommenheit war ein Geschenk, das nur selten vergeben wurde. Doch er war nicht weit davon entfernt. Fast alle, die sie liebte, waren in ihrer Nähe. Sie brauchte nur auf sie zuzugehen, und schon würde sie bei ihnen sein. Da fing sie an zu laufen, plötzlich außer Atem vor lauter Glück, wie sie es seit Jahren nicht mehr gespürt hatte, und während sie rannte, hatte sie das Gefühl, wenn sie jetzt die Arme ausbreitete, könnte sie fliegen.